Schmetterlingstage

Eileen Ramsay

Schmetterlingstage

Roman

Aus dem Englischen
von Sonja Schuhmacher

Weltbild

Die englische Originalausgabe erschien 2002 unter dem Titel
Someday, Somewhere bei Hodder and Stoughton, London.

Besuchen Sie uns im Internet:
www.weltbild.de

Genehmigte Lizenzausgabe für Verlagsgruppe Weltbild GmbH,
Steinerne Furt, 86167 Augsburg

Übersetzung: Sonja Schuhmacher
Umschlaggestaltung: Zero Werbeagentur, München
Umschlagmotiv: Mauritius Images, Mittenwald
Gesamtherstellung: CPI Moravia Books s.r.o., Pohorelice
Printed in the EU
ISBN 978-3-8289-8681-7

2009 2008 2007
Die letzte Jahreszahl gibt die aktuelle Lizenzausgabe an.

Für meinen Lieblingstenor,
meinen Mann Ian

KAPITEL I

Torry Bay 1998

Liebste Holly, alles, was du in diesem Cottage findest, gehört dir, und du kannst damit machen, was du für richtig hältst. Ich habe einen Pakt geschlossen – aber nun lebt niemand mehr, dem daran noch etwas liegt.

Holly ließ den Blick über das Cottage schweifen, das einmal ihre zweite Heimat gewesen war. Ihre Tante war tot – nun erst wurde ihr richtig bewusst, was die schreckliche Nachricht bedeutete –, und jetzt gehörte ihr dieses Cottage, in dem sie so viele wunderbare Ferientage verbracht hatte. Aber es würde nie wieder so sein wie früher – ohne Tony, ihre scheußlichen Zigaretten, ihre unmodernen Kleider, ihren jungenhaften Haarschnitt.

An dem Cottage selbst hatte sich nichts verändert, es war ein kleines, gedrungenes Haus, das aussah, als habe die Hand eines Riesen es in die Bucht verpflanzt und ihm dann kräftig den Kopf getätschelt, sodass das Fundament nun ein wenig breiter war als das Dach. Hier bin ich, und hier bleibe ich, schien es zu sagen, und so hielt es den Stürmen der Wintermonate ebenso stand wie der Sonne Glut, die im Sommer auf den weißen Mauern brannte. Die Petunien in den Blumenkästen litten unter diesem Wetter, aber an den wenigen Tagen, die nichts zu wünschen übrig ließen, belohnten sie die nachlässige Gärtnerin mit einer geradezu beschämenden Farbenpracht.

Vom Dach war ein Scharren zu hören, und Holly blickte auf. Eine junge Möwe war auf dem befremdlich großen Dachfenster gelandet, das Tony hatte einbauen lassen, um in ihrem Atelier mehr Licht zu haben. Halb lachend, halb schluchzend beobachtete Holly, wie sich der junge Vogel mühte, das Gleichgewicht zu halten, während er die schräge Scheibe hinunterrutschte. Kurz bevor er unten angelangt war, fiel ihm wieder ein, dass er ja fliegen konnte, und er erhob sich mit wütendem Gekreisch in die Lüfte. Solange Holly denken konnte, hatten kleine Vögel solche Landungsversuche unternommen.

Mit einem Seufzer zog sie den Schlüssel aus ihrer Handtasche. Sie konnte das Cottage nicht behalten, sosehr sie auch daran hing. Sie arbeitete in Glasgow, und für zwei Wohnsitze reichte das Geld nicht. Folglich musste sie das Häuschen verkaufen, aber zuerst wollte sie ein paar Sachen holen, die sie als Kind geliebt hatte. Ganz oben auf der Liste stand der alte Sessel, in dem Tony gestorben war. So viele schöne Erinnerungen verbanden sich damit. In ihrer modernen Wohnung konnte sie ihn im Schlafzimmer unterbringen. Und eines Tages würde er in ihrem Haus Platz finden, in ihrem und Johns Heim.

Holly kämpfte mit den Tränen, als sie den Schlüssel im Schloss drehte und die Tür öffnete. Dann stand sie im Eingang und wartete, so wie sie immer gewartet, geschaut, gelauscht, geschnuppert hatte. Sonnenstäubchen wirbelten ihr entgegen, und mit ihnen all die glücklichen Erinnerungen der Vergangenheit. Links lag das Wohnzimmer, in dem auch gegessen wurde, vor ihr führte die steile Treppe zum Badezimmer und zu den Schlafräumen hinauf, die sich unterm Dach drängten, und rechts ging es in die winzige Küche. Irgendwann in den letzten zwanzig Jahren hatte Tony einen Durchgang zum alten Waschhaus in die Mauer hauen lassen, um nicht mehr den Elementen trotzen zu müssen, wenn sie Wäsche waschen wollte.

Alle modernen Annehmlichkeiten, mein Schatz.

Nein, keine Zeit, sich in Selbstmitleid zu ergehen. Der Schulleiter war so freundlich gewesen, ihr ein paar Tage freizugeben, damit sie nach Argyll fahren und alles für die Beisetzung regeln konnte; aber man würde nicht erfreut sein, wenn sich dieser zweite Besuch, der der Auflösung des Haushalts ihrer Tante diente, bis in die nächste Woche hinzog. Sie musste ganz gezielt vorgehen. Ihre

Wohnung war zu klein für die vielen Dinge, die ihr etwas bedeuteten – schließlich würden bald noch Sachen von John hinzukommen. John verabscheute »alten Plunder«, wie er es nannte. Sie würde sich umsehen, und wenn ihr Gefühl sie auch noch so heftig drängte, einige wertlose Dinge zu behalten, sie würde sich davon trennen – es war Unsinn, irgendwelchen alten Müll als Andenken aufzubewahren. Andererseits würde John sicher verstehen, dass sie ein paar Erinnerungsstücke mitnahm; schließlich liebte er sie doch und wollte, dass sie glücklich war. Aber sie musste sich rasch entscheiden, die Dinge, die sie auf keinen Fall missen wollte, einpacken und dann in die Stadt zurückfahren. Denn dort lebte sie nun einmal, mochte es auch noch so unbefriedigend sein.

Wir schreiben unser Drehbuch selbst, mein Schatz.

Die Stimme klang so klar, dass Holly zusammenfuhr: Es war, als stünde Tony neben ihr, wie so oft im Lauf der letzten dreißig Jahre. Holly lächelte und schob die Tür hinter sich zu. Das Wohnzimmer des Cottage bot einen vertrauten Anblick: zwei große, abgenutzte Sessel vor dem offenen Kamin, ein weiterer am Fenster mit Blick auf den Strand, ein Tisch mit zwei Stühlen … Zwei? Einer für Tony und einer für Holly. Solange sie zurückdenken konnte, waren immer nur zwei Menschen im Cottage gewesen, sie selbst und Tony.

Sei nicht kindisch, Holly, schalt sie sich. Tony hatte doch bestimmt Freunde im Dorf.

Natürlich. Mrs. Fraser aus dem Laden. Holly musste ins Dorf hinaufgehen und sie fragen, ob sie ein Andenken wollte. Wer noch? Der Pfarrer? Er schien Holly so vertraut, obwohl sie ihm nie begegnet war, und jetzt war er längst tot, auch wenn er in Tonys wunderbaren Porträts weiterleben würde.

In den sechziger Jahren hatte Tony den Führerschein gemacht, damit sie ihre heimatlose Nichte am Bahnhof in Glasgow abholen konnte. Meinetwegen, hatte Holly mit kindlicher Befriedigung gedacht, meinetwegen hat sie fahren gelernt!

»Ich weiß, dass es auch nähere Bahnhöfe gibt, mein Schatz, aber so kommen wir in den Genuss einer Fahrt durch Argyll.«

Wie hatte Holly die Fahrten in dem alten Auto geliebt! Wodurch wurde es in Gang gehalten? Gewiss eher durch Gebete als durch die Technik, aber diese Spritztouren waren das reine Vergnügen gewesen, sie hatten solchen Spaß gehabt, geredet, gesungen, plötzlich gehalten, um einen Ausblick zu genießen.

»Holly, schau dir das Licht auf dem Meer an.«

»So blau, nicht wahr?«

»Nein, das nicht, schau – es ist lila … und rosa. Schau mit allen deinen Sinnen, Holly, nicht nur mit den Augen.«

Manchmal, wenn das Wetter schön war, picknickten sie auf einer Böschung inmitten von purpurfarbenem Heidekraut. Wie das Heidekraut kratzte! Aber die Aussicht war solche kleinen Unannehmlichkeiten wert. Tony dachte nie an praktische Dinge, etwa daran, eine Decke einzupacken.

Holly wandte sich wieder ihrer Bestandsaufnahme zu. An der Wand das Sofa, das nie benutzt wurde, unter dem Fenster das Regal mit den bunt zusammengewürfelten Büchern. Nippes, Vasen, Öllampen. Zum ersten Mal bemerkte sie, dass die Lampen Tiffany-Schirme hatten. Das würde John gefallen. Sie seufzte. John, der in ihrem unbefriedigenden Leben so viel Raum einnahm. Sie wollte jetzt nicht über ihn nachdenken. Sie hatte zu viel zu tun und dafür zu wenig Zeit.

Unwillkürlich warf sie einen Blick auf den Kaminsims und lächelte erleichtert. Die Uhr war noch da, die schöne vergoldete Mädchenfigur, die so wie damals in Hollys Kindheit das Pendel in die Höhe hielt. Das Pendel rührte sich nicht, aber Holly erinnerte sich, dass sie einmal mit einer Magenverstimmung im Bett liegen musste, und da hatte Tony die Uhr in das Zimmer unterm Dach hinaufgetragen, wo die kleine Holly, eingelullt durch das leise Ticktack und die Bewegung des Pendels, eingeschlafen war.

Sie griff nach ihrer Reisetasche und ging nach oben. Ihr Zimmer war noch genauso, wie sie es verlassen hatte. Verdammt. Wann hatte sie das letzte Mal mehr als einen Nachmittag in diesem Haus verbracht? John wollte seine »Zeit nicht in der schottischen Wildnis verplempern«, und so hatte sie sich in den letzten fünf Jahren nur selten die Mühe gemacht, den Menschen zu besuchen, der ihr mehr bedeutete als jeder andere. Sie legte sich auf das Bett unterm Fenster und weinte so hemmungslos, wie sie als Kind geweint hatte. Hätte sie gewusst, dass es Tony nicht gut ging, dann wäre sie gekommen. Sogar John wäre gekommen, so egoistisch war er auch wieder nicht. Aber Tony hatte nie geklagt, wollte nie Umstände machen.

»Jungverliebte, mein Schatz. Das kenne ich. Mach dir keine Sorgen um mich. Komm, wenn du kannst. Du bist hier zu Hause, das weißt du ja.«

Sie hatte zu ihr reisen wollen, aber es war nie dazu gekommen. Tony, die wirklich keine Ahnung hatte, wie es war, in einen schwierigen Menschen verliebt zu sein, die über Liebe eigentlich gar nichts wusste, hatte ihrer Nichte alles nachgesehen.

Holly schlief ein. Als sie in dem dunklen Zimmer erwachte, wusste sie einen Augenblick lang nicht, wo sie war. Sie drehte sich auf den Rücken und schaute aus dem Fenster in die Nacht hinaus, wie sie es als Kind so oft getan hatte. Und aus der Vergangenheit drang die eigene Stimme zu ihr herüber: »Zieh die Vorhänge nicht zu, Tante Tony! Ich möchte sehen, wie die Sterne wandern.«

Heute Abend waren keine Sterne zu sehen, doch die Zeit selbst schien am Fenster vorbeizuziehen. John rechnete damit, dass sie nur eine Nacht fortblieb, und jetzt hatte sie – zu dumm! – einfach Stunden verschlafen. Sie würde sich etwas zu essen holen und dann mit ihrer Bestandsaufnahme fortfahren. Er vermisse sie, wenn sie nicht da sei, hatte er behauptet. Sie verscheuchte den Gedanken, wie er sie denn vermissen könne, da er doch selbst so oft keine Zeit für sie hatte. Er arbeitet so viel, damit wir bald heiraten können, tröstete sie sich.

Unten zündete sie die Öllampen an, die sehr viel freundlicher wirkten als die Glühbirnen. Elektrisches Licht gab es hier erst seit den siebziger Jahren. Dann ging Holly in die Küche und versuchte herauszufinden, welcher Knopf am Herd für welche Platte zuständig war. Sie machte sich Instantkaffee, setzte sich an den Tisch, aß Brot, Käse und Obst und sah auf den Strand hinaus. Der Mond stand hoch am Himmel und spiegelte sich auf der glatten Oberfläche des Meeres. Hin und wieder fielen seine Strahlen durchs Fenster und tauchten die Steine und Muscheln auf der Fensterbank in weiches, blasses Licht. Die Steine. Die Muscheln. Jedes Jahr in den Ferien hatte Holly sie gesammelt, und jeweils ein Stein, eine Muschel hatte einen Ehrenplatz auf dem Fensterbrett erhalten.

Holly 1966 … Holly 1970

So ging es weiter. Keines der Stücke war weggeworfen worden, nachdem die kleine Holly wieder im Zug nach Glasgow oder im Flugzeug saß, um ins Internat oder zu ihren überarbeiteten Eltern zurückzukehren.

Holly stellte das Geschirr in die Spüle – sie würde den Abwasch später in einem erledigen – und ging wieder nach oben. Sie wollte sich ein paar Dinge aus den Schlafzimmern aussuchen. Wenn sie den Sessel und die Tiffany-Lampe, die Uhr, einige Bücher, ein, zwei Ziergegenstände mitnahm (Dinge, die »Tony« flüsterten), vielleicht würde ihre Wohnung sie dann an Achahoish und Torry Bay erinnern.

Das geräumige Schlafzimmer sah aus wie immer. Hier standen das große, bequeme Bett mit den vielen Kissen, der Sessel, der Schrank mit Tonys Kleidern und ihre Frisierkommode. Holly betrachtete die Kommode, die so makellos wirkte, obwohl Tony doch wirklich unordentlich gewesen war. Warum sah dieses Möbelstück eigentlich so … anders aus? Das war's. Auf jeder anderen Frisierkommode stand mindestens ein Foto, aber bei Tony gab es so etwas nicht.

»Die Menschen, die ich liebe, trage ich in meinem Herzen, Holly. Ich brauche keine Fotos.«

»Menschen? Warum Menschen, Tony? Du hast doch nur mich.«

Sie hörte ihre eifersüchtige Kinderstimme und sah Tony lächeln.

»Natürlich, mein Schatz«, hatte Tony erwidert und sich eine Zigarette angezündet. »Aber verrat der eisernen Gilda nicht, dass ich rauche wie ein Schlot.«

Wider Willen hatte die kleine Holly lachen müssen. Wirklich, Tante Tony sollte Mami nicht eiserne Gilda nennen. Darüber vergaß sie, dass Tony ihrer Behauptung, es gebe sonst niemanden in ihrem Herzen, nicht beigepflichtet hatte. Aber jetzt waren alle tot, ihr Vater, der den Ansprüchen an sich selbst nie ganz gerecht geworden war, ihre Mutter und auch Tony.

Nacheinander zog sie die Schubladen auf. Hier würde sie bestimmt nichts finden, was sie behalten wollte. Tony war klein und zierlich gewesen – neben ihr war sich Holly manchmal groß und plump vorgekommen, obwohl sie selbst gerade eins fünfundsechzig maß. Außerdem hatte Tony immer nur übergroße T-Shirts und farbbekleckste Jeans getragen, allenfalls gelegentlich mal einen bunten, weiten Rock. Holly würde alles für wohltätige Zwecke spenden, vielleicht in Glasgow – hier in Achahoish kannte sie ja niemanden mehr. Tonys alte Freunde, mit denen sie sich gelegentlich getroffen hatte, lebten nicht mehr, außer dem Doktor, der seinen Lebensabend in Spanien verbrachte und zu alt und zu traurig war, um zur Beisetzung zu kommen. Vielleicht würde sie ihm eines Tages schreiben oder ihn besuchen, aber was sollte sie dann sagen? »Erinnern Sie sich an mich? Ich habe früher immer meine Tante besucht. Einmal haben Sie mir einen Angelhaken aus dem Ohr gezogen.«

Nein, das würde ihn nicht interessieren. Warum auch?

Holly war ein wenig überrascht, als sie eine schöne Abendstola entdeckte. Sie schmiegte die Wange an den weichen Stoff. Er roch nach einem ziemlich teuren Parfum – Tonys Parfum für »besondere Anlässe«. Vielleicht sollte sie dieses eine Stück behalten, auch wenn Tony es nie in ihrer Gegenwart getragen hatte. Ganz unten in einer Schublade voller Skizzenblöcke entdeckte sie eine große, verschnürte Schachtel, und obendrauf lag ein versiegelter Umschlag, auf dem in Tonys eleganter Handschrift »Holly« stand. Sie nahm ihn, öffnete ihn, und ein großer, altmodischer Schlüssel fiel heraus.

Mein Schatz,
der Inhalt der Kästchen gehört dir. Viel Spaß damit. Der Schlüssel ist für die Mansarde, wo ich die Werke aufbewahre, die ich zu meinen Lebzeiten nicht verkaufen wollte. Aber wie es in meinem Testament heißt, kannst du damit tun, was du für richtig hältst. Ich hoffe, du behältst ein paar als Andenken.
Alles Liebe,
deine Tony

Ihre Werke. Tony war Malerin gewesen, und sogar eine Malerin, die ihre Bilder verkaufte. Hollys Vater hatte sich nie ganz damit abgefunden, dass seine Schwester Künstlerin war, mit der Boheme konnte er nicht viel anfangen. Aber Holly wusste, dass ihre Tante eine weltberühmte Kunstakademie in London besucht und bis Anfang der siebziger Jahre mehrere Ausstellungen gehabt hatte. Nur zu diesen Anlässen hatte sie Torry Bay verlassen. Dann packte sie ihre wunderschönen Landschaften, gelegentlich auch das Porträt eines angesehenen Bürgers aus der Gegend in den Kofferraum ihres komischen alten Autos und fuhr nach London, Glasgow oder Edinburgh.

Wahrscheinlich hatte sie die Stola bei der Vernissage getragen. Ein Hauch von Eleganz. Und die Leute sagten: »Da kommt die alte Tony Noble in ihrer museumsreifen Stola. Die Arme.«

Aber laut diesem kleinen Brief, den sie gerade gelesen hatte, gab es noch mehr Werke.

Holly legte die Schachtel beiseite – sie würde sich den Inhalt später ansehen – und ging auf den Flur hinaus. Hier gab es drei

Türen: Zwei führten in Tonys und Hollys Zimmer, die dritte in die Mansarde, die Tony als Atelier gedient hatte.

Offenbar war das Schloss seit einiger Zeit nicht mehr aufgesperrt worden, denn es war schwierig, den Schlüssel herumzudrehen, aber schließlich ging die Tür auf, und wieder wurde Holly von Erinnerungen überwältigt. In dem schwach beleuchteten Raum roch es muffig, aber vor allem roch es nach Farbe. Holly erinnerte sich, wie sie, ein Mädchen im Badeanzug und mit Pferdeschwanz, Farbe auf eine Leinwand kleckste, während Tony neben ihr stand und wunderbare Wirbel in Blau, Rosa und Grau malte, die sich auf wundersame Weise in die Hügel und das Meer und das Dorf jenseits der Bucht verwandelten. Jetzt stand hier nur noch eine Staffelei. Tony hatte sich schon vor langer Zeit damit abgefunden, dass Hollys Begabung, wenn sie denn eine besaß, nichts mit Pinsel und Farbe zu tun hatte.

»Aber es steckt was in dir, mein Schatz, und wir werden es finden. Hör nicht auf die Lehrer. Die haben keine Ahnung.«

Die Lehrer, nicht Tony, hatten Recht behalten. In Holly Noble schlummerte kein verborgenes Talent. Antonia Noble war das einzige Genie der Familie.

Holly lächelte, als sie wieder ihre Tante vor sich sah, wie sie in ihren Jeans und ihrem übergroßen Hemd, die Zigarette (meist unangezündet) im Mundwinkel, dastand und malte, malte, malte. Sie blickte sich um, sah die kahlen Wände und das riesige Fenster, das Tony ins Dach hatte einbauen lassen. Tagsüber oder in einer sternklaren Nacht konnte man auf das elektrische Licht verzichten. Im Mondlicht erblickte Holly großformatige, in Laken gewickelte Pakete, das mussten die in dem Brief erwähnten Bilder sein.

»Die Werke, die ich zu meinen Lebzeiten nicht verkaufen wollte.«

Bestimmt sind es Porträts von mir. Aber sie kann doch nicht – Holly blickte sich verstört um, überall standen Leinwände – dreißig, vierzig Bilder von mir gemalt haben? Und die Porträts von mir hat sie doch ohnehin meiner Mutter geschenkt, oder? Holly zog die Hülle von einigen der Gemälde weg. Die Bilder trieben ihren Schabernack mit ihr. Bescheiden kehrten sie neugierigen Blicken den Rücken zu. Holly stand auf und drehte das erste um. Einen Augenblick lang war sie erleichtert. Eines von Tonys wunderbaren Meeres-Ansichten, nichts weiter. Was hatte sie erwartet?

Jedenfalls nicht das, nicht diesen überraschenden Ausblick auf ein Meer, das sie, Holly nie gesehen hatte, und mitten darin ein Junge, ein Jüngling, oder war es ein Satyr? Schwer zu sagen. Er ritt auf einem Delphin, und seine grünen Augen funkelten. Das Gesicht des Jungen kam ihr bekannt vor. Nein, das war doch nicht möglich … Holly fand den Lichtschalter, und das harte moderne Licht verbannte den Mond aus dem Zimmer. Holly blinzelte.

Dieses idiotische Licht. Und das Zimmer war viel zu klein. Das war ein großes Bild, und sie musste es sich genauer anschauen. Holly schleppte das Gemälde die Treppe hinunter und ins Wohnzimmer, wo sie es gegen die Kommode lehnte. Nachdem sie alle Lichter im Raum eingeschaltet hatte, betrachtete sie das Bild aus gebührendem Abstand. Ja, es war eine Meeres-Ansicht, ein altes, oft dargestelltes mythologisches Thema: »Der Junge auf dem Delphin«. Die Augen des Jungen strahlten sie aus einem sonnengebräunten Gesicht an, das verblüffend schön war. Auf die Rückseite hatte Tony in ihrer schwungvollen Schrift den Arbeitstitel notiert:

Meergeist, London 1937

Holly kauerte sich nieder und sah sich das Bild genauer an. Wie schön er war, wie verschmitzt er lächelte. Unmöglich, dass sie schon andere Gemälde oder Fotografien von ihm gesehen hatte. Ganz und gar ausgeschlossen. *Meergeist, 1937.* Wo war Tony 1937 gewesen? Und er, der Junge, der Meergeist? Nein, sagte sie, diesmal laut, damit kein Zweifel aufkam. Aber das war bereits geschehen.

Behutsam streckte sie ihre zitternde Hand aus, berührte aber das Bild nicht.

Die Farbe ist immer ein bisschen fettig, mein Schatz.

Sie richtete sich auf, als wäre sie eine alte Frau, und stieg die Stufen zur Mansarde hinauf. Die Gemälde waren noch da, es handelte sich um keinen Traum oder Albtraum. Holly drehte ein zweites, ein drittes Bild um, und ihr stockte der Atem. Es waren fast ausschließlich große Leinwände, und tatsächlich war auf einigen Holly als Kind dargestellt. Aber sie war nicht die Hauptfigur. Auf jedem dieser Bilder stand ein Mann im Mittelpunkt. Manchmal wirkte er nachdenklich, manchmal vergnügt, bald traurig, bald schelmisch. Es war Blaise Fougère, ohne Zweifel der größte Tenor, den Frankreich je hervorgebracht hatte, und möglicherweise der größte französische Sänger aller Zeiten.

Mit einem Schmerzensschrei schaltete Holly das Licht aus, warf die Tür hinter sich zu und stürzte die Treppe hinunter. Da stand immer noch der »Meergeist«, und die schönen Augen mit dem spöttischen, ja, spöttischen Blick sahen sie an.

... so nah wie möglich an das herankommen, wo ich hinwill.

Holly hatte diese beiläufige Bemerkung schon fast vergessen. Ihr Blick fiel auf das Buffet, wo das Kästchen stand, das sie aus Glasgow mitgebracht hatte. Nein, sagte Holly und noch einmal, nein. Sie hat mich geliebt – und Torry Bay. Hier wollte sie beigesetzt werden.

»Morgen, Tony. Morgen trage ich deine Asche zu der kleinen Halbinsel hinauf und verstreue sie dort. Das hast du gewollt«, sagte sie zu der Urne.

Tony, die lebenssprühende, wunderbare Tony, jetzt nur mehr eine Hand voll Staub.

Meergeist 1937.

Kurz vor dem Krieg. Fürchteten sie einen Krieg? Er, dieser Meergeist? Das Meer sah so echt aus, dass sie beinahe den Tang riechen konnte. Wenn sie das Gemälde berührte, würde die Gischt ihre Hand benetzen. Sie blickte in diese grünen Augen. Sie wirkten nicht spöttisch. Sie lächelten die Künstlerin an. Was sagte dieser Blick?

»Ich kenne dich. Ich liebe dich.«

Einen Augenblick lang fühlte sich Holly wie ein Voyeur, der etwas Privates, etwas Heiliges beobachtete, ohne das geringste Recht dazu zu haben.

»Du hast doch nur mich, Tony.«

Das Gemälde bewies ihr, dass ein Teil ihres Lebens eine Lüge gewesen war. Tony mochte Hollys Ein und Alles gewesen sein, aber umgekehrt traf das nicht zu. Antonia Noble, die vergötterte unverheiratete Tante, die allein in diesem Cottage gelebt und sehnsüchtig auf Besuche ihrer Nichte gewartet hatte, hatte noch ein zweites, ganz anderes Leben geführt. Wie gut hatte sie ihr Geheimnis gehütet. Holly hatte immer wieder bei Tony gelebt, weil ihre Eltern als Missionare im Ausland gewesen waren. Außer ihr war niemand hier zu Besuch gewesen, und ganz bestimmt nicht dieser Mann.

Holly betrachtete die kniende Gestalt, die ihren Blick erwiderte.

Hollyberry.

Wer sprach da?

Sie war meine Tante, dachte Holly zornig. Ich hätte es gewusst. Sie hätte es mir gesagt. Holly sah auf die Uhr. Verrückt. Mitternacht war schon vorüber, aber sie musste die Bilder sehen, sie musste die Wahrheit herausfinden. Sie kehrte in die Mansarde zurück und packte so viele Gemälde wie möglich aus. Unmöglich, dass diese Bilder einem kranken Geist entsprungen waren. Hier handelte es sich nicht um die Werke einer einsamen, frustrierten, sexuell ausgehungerten alten Frau, die einen Mann malte, nach dem sie sich heimlich verzehrte.

Die Bilder hatten Titel und waren datiert. *Blaise, Kensington Gardens 1938*; *Blaise, Paris 1954*; *Blaise, Torry Bay 1969*; *Blaise 1990*. Blaise, Blaise, Blaise.

1990. Von Opernsängern hatte Holly wenig Ahnung, aber er war so berühmt gewesen – jeder kannte ihn –, und daher wusste auch jeder, dass er kurz nach 1990 gestorben war.

Holly betrachtete die Bilder, auf denen sie dargestellt war. Auf einem hielt er ihre Hand, und sie tanzte neben ihm ins Meer hinein, unbeschwert, zufrieden: Sie war ihm begegnet, hatte ihn gekannt und konnte sich nicht daran erinnern.

Mit einem unterdrückten Schrei warf Holly die Laken über die leuchtenden Bilder. Sie musste hier raus. Sie sperrte die Tür ab und lehnte sich dagegen. Ihr Herz pochte wild. Tony und Blaise Fougère.

»Die Menschen, die ich liebe, trage ich in meinem Herzen.«

Tony Noble und Blaise Fougère hatten sich über fünfzig Jahre lang gekannt; die Gemälde zeugten von Nähe, Vertrautheit. Bilder eines Mannes, gemalt von der Frau, die ihn liebte, und nach dem Funkeln in seinen Augen zu urteilen, hatte auch er sie geliebt. Ein Leben in Heimlichkeit. Wie war es möglich, dass Tony Noble Blaise Fougère so gut gekannt hatte und niemand davon wusste? Nein, unmöglich. Fougère war weltberühmt. Eine Zeit lang galt das auch für Tony. Die Presse hätte davon erfahren, wäre hinter das Geheimnis gekommen, hätte diese Liebe in den Schlagzeilen ausposaunt.

Aber die Gemälde logen nicht. Sie waren zu … intim. Unmöglich, dass sie nur der Phantasie entsprungen waren. Holly flüchtete sich ins Wohnzimmer zurück, kuschelte sich in den großen Sessel – Fougère war in entspannter Haltung auf diesem Sessel gemalt worden – und blickte übers Wasser auf die Hügel am anderen Ufer. Der Mond breitete einen silbernen Teppich über das Wasser.

Der Feenpfad.

Wie sehr hatte Tony diesen Blick geliebt, und wie gern hatte sie ihren Bruder, Hollys Vater, den Erzbischof Frederick Noble, geneckt.

»Ich hebe meine Augen auf zu den Bergen«, hatte sie bei den seltenen Besuchen ihres Bruders, des Missionars, gern zitiert, »von welchen mir Hilfe kommt.«

»Wirklich, Antonia, wie oft muss ich dir noch sagen, dass es eine Frage ist: Woher wird Hilfe kommen? Die Berge sind voller Räuber.«

»Diese hier nicht«, gab Tony zurück.

Bei dem Gedanken an die beiden, die Tante, die sie so innig geliebt, und den Vater, den zu lieben und zu achten sie sich solche Mühe gegeben hatte, seufzte Holly. Jetzt waren beide tot, ihr Vater, der zu spät erkannt hatte, dass seine eigene Tochter ihm fremd geblieben war, und Tony, die Holly so gut zu kennen glaubte und von der sie eigentlich gar nichts wusste.

Blaise Fougère? Kein Zweifel, dass sie Opern geliebt hat. Sie hat mir die Oper nahe gebracht, Platten vorgespielt – waren welche von Fougère darunter? Während ihre Bilder in London und Glasgow ausgestellt wurden, ging sie in die Oper, aber das …? Ich kannte ihn, als ich klein war, und anscheinend mochte ich ihn. Aber stimmt das wirklich? Ich kann mich an nichts erinnern. Oder doch.

Tony hätte niemals gelogen.

Ihr ganzes Leben war eine Lüge.

War er der Grund, weshalb meine Besuche, als ich älter war, manchmal verschoben werden mussten? Bestimmt wollte er nicht, dass ich ihn zu Gesicht bekomme, wo ihre Beziehung doch geheim war, aber warum? Warum haben sie nicht geheiratet? Er war Franzose. War er katholisch? Tony hat sich doch nie um Konventionen gekümmert. Er vielleicht schon. Ob er mit einer anderen verheiratet war? Aber warum hat er sich nicht scheiden lassen? Vielleicht weil er katholisch war.

Dieses Bild ist 1937 datiert. War eine Scheidung damals schwieriger als heute?

Holly stand auf und machte sich eine Tasse Kaffee. Sie konnte es kaum fassen, was sie da herausgefunden hatte. Niemals hatte sie im Zusammenhang mit ihrer Tante an einen Mann gedacht. Auch wenn ihre Eltern geäußert hatten, Antonia solle doch einen netten Mann kennen lernen und ihr unkonventionelles Leben aufgeben, hatte Holly in ihrer Selbstgefälligkeit gedacht, dass Tony ja sie liebte und deshalb keinen anderen Menschen brauchte. Und die ganze Zeit hatte Tony Blaise Fougère geliebt.

Nein, das konnte nicht sein. Eine Affäre? Tony? Die exzentrische Tony hatte eine Beziehung mit einem weltberühmten Mann! War das denkbar? Nein, sie hätten es niemals geheim halten können. Und diese Gemälde? Sie zeigten ganz eindeutig einen Mann, der die Künstlerin liebte. Holly nahm ihren Kaffee und ging wieder nach oben. Vielleicht würde ihr der Inhalt der Schachtel ja weiteren Aufschluss geben.

Sie machte es sich auf dem Bett bequem, bevor sie die Kästchen öffnete, die sie in der Schachtel fand. Sie war froh, dass sie saß; ihre Knie hätten diesem neuerlichen Schock nicht standgehalten. Tiffany-Glas war nichts dagegen. Die Kästchen enthielten Schmuck, teure Einzelstücke: Diamanten, Smaragde, Saphire und Goldarmbänder. Ein Brief lag dabei.

Er war in vieler Hinsicht ein naiver Mensch, Holly. Er konnte nicht begreifen, dass es Frauen gibt, die keinen Schmuck mögen. Er war unglaublich großzügig – natürlich hat er für wohltätige Zwecke gespendet, aber wenn er viel Geld verdiente, hat er es gerne für Geschenke verwendet. Ich habe es aufgegeben, mit ihm zu streiten, und den Schmuck getragen, wenn wir zusammen waren. Die Rubine mag ich am liebsten, sie sehen auch zu Jeans großartig aus! Keine Perlen. Perlen bedeuten Tränen. Er wollte nicht, dass ich weine.

Holly griff nach der Halskette mit den Rubinen und dem dazugehörigen Armband. Die kostbaren Steine bildeten das Zentrum winziger Goldblumen und wirkten erstaunlich filigran.

»Aber nicht zu Jeans, Tony«, sagte sie und presste die Rubine an ihr Herz, wo sie die einzige wertvolle Kette berührten, die Holly besaß: die Perlen, die ihr John zum fünften Jahrestag ihrer Beziehung geschenkt hatte.

Die Rubine würde sie behalten, ganz gleich, was John sagte.

Was in aller Welt sollte sie bloß tun? Sie hatte sich bereits mit dem Gedanken abgefunden, das Cottage zu verkaufen. Das Leben ging weiter, man musste nun einmal von Menschen und Orten Abschied nehmen. Aber jetzt gab es die Bilder, die wohl einen gewissen Wert besaßen, und den Schmuck und sogar die Möbel, die ihr als Kind nicht bemerkenswert erschienen waren.

Offenbar bin ich jetzt eine reiche Frau. John wird sich freuen.

Aber auch der Gedanke an Johns Freude konnte Holly nicht begeistern. Beinahe wünschte sie, die Anwälte hätten ihr den Brief nicht gegeben. Sie wollte Blaise Fougères Juwelen nicht, und auch seine Bilder konnten ihr gestohlen bleiben.

»Du kannst damit tun, was du für richtig hältst.«

Aber was hältst du für richtig, Tony? Du hoffst, dass ich ein paar als Andenken behalte. Das werde ich tun, aber ich kann sie nicht alle unterbringen und … sie sind wichtig, nicht wahr? Du warst eine anerkannte Malerin, und er war … eben Blaise Fougère. John als praktischer Mensch wird bestimmt sagen: »Jetzt sieht alles ganz anders aus, wir brauchen nicht mehr zu warten.« Aber ich wollte ihn gestern heiraten, als wir nichts hatten. Für meine Verhältnisse bin ich jetzt eine wohlhabende Frau. Was würde wohl der Direktor sagen, wenn ich kündige?

Aber das konnte sie nicht. Sie liebte Kinder. Wie sehr sie doch die Kinder anderer Leute liebte. Aber jetzt … Nein, da gab es zu viel zu bedenken. Eins nach dem anderen. Sie musste das Cottage zum Verkauf anbieten und dann erst einmal mit John reden. Wieder griff Holly nach den leuchtenden Rubinen, den kleinen funkelnden Blutstropfen, die ihr zuzuzwinkern schienen.

»Soll ich euch behalten? Soll ich euch tragen, oder werdet ihr mich nur an die andere Seite meiner geliebten Tony erinnern und an die Lügen, mit denen wir gelebt haben?«

Inzwischen war es so spät, dass es ratsam schien, ins Bett zu gehen. Die Gemälde hatten gewartet – manche von ihnen viele Jahre lang. Eine Nacht mehr oder weniger spielte da keine Rolle.

Holly wachte am nächsten Morgen sehr früh auf und fühlte sich rundum zufrieden. Sie streckte die Hand nach John aus, ertastete aber nur die Bettkante und war enttäuscht. Dann fiel ihr wieder ein, dass sie in Torry Bay war.

Sie setzte sich auf, sah dann aber, dass es draußen noch völlig dunkel war. Also legte sie sich wieder hin und rollte sich zusammen.

Wundervoll.

Wundervoll? Sie war hierher gekommen, weil Tony tot war. Tony, ihre wunderbare Tante, die ihr trotz widriger Umstände eine glückliche Kindheit geschenkt hatte, war für immer fort. Holly sah sie vor sich, wie sie in ihrem Atelier stand und malte, eine Zigarette im Mundwinkel. Nicht angezündet. Natürlich nicht. Schließlich liebte sie einen Sänger, einen Tenor, die empfindsamste Pflanze im Garten der Oper.

Und ich habe nichts geahnt. Was für ein selbstsüchtiger Fratz bin ich doch gewesen!

Vielleicht waren alle Kinder selbstsüchtig. Holly kannte viele Kinder, sie hatte Hunderte unterrichtet. Warum waren sie selbstsüchtig? Sie streckte sich, drehte sich auf den Rücken und schaute zur Decke. Der Morgen dämmerte, und das erste Licht drang ins Zimmer – ihr wundervolles Zimmer, in dem sie immer so glücklich gewesen war. Aber nichts war perfekt. In der Ecke war ein feuchter Fleck. Es schien ratsam, das Dach reparieren zu lassen, bevor sie das Cottage zum Verkauf anbot.

Dann fiel ihr ein, dass sie das Haus gar nicht zu verkaufen brauchte. Sie konnte es behalten. Gemeinsam mit John würde sie hier ihre Ferien verbringen. Sie stellte sich vor, wie sie ihm die Idee schmackhaft machen würde: Wirklich der ideale Ort, um abzuschalten, John!

John wollte in die Politik, zuerst auf kommunaler Ebene, dann nach London. Vor ihrem geistigen Auge erschien ein rosiges Bild: Mr. und Mrs. Robertson mit Tochter, nein, Sohn, Sohn und Tochter. Sie stöhnte und vergrub den Kopf im Kissen. Ihr ganzer Körper sehnte sich nach John – oder sehnte sie sich nach dem Baby, das sie sich von ihm wünschte? Hier, in diesem Haus, grübelte sie zu viel, überließ sich zu sehr ihren Gefühlen.

Bitte, John, es bleiben uns doch nur noch ein paar Jahre zum Kinderkriegen.

Es war schon über zwei Jahre her, seit sie zum letzten Mal über den Hochzeitstermin und das künftige Familienleben geredet hatten, denn John hatte gekränkt und ärgerlich reagiert, als sie das Thema vorsichtig anschnitt. Natürlich hatte sie sich entschuldigt. Er hatte ja Recht, sie brauchte keine Kinder, um ihr Selbstwertgefühl aufzupolieren, um sich zu beweisen, dass sie eine vollwertige Frau war. Nein, sie sah ihn nicht nur als Karrieremenschen und als Samenspender. Sie liebte ihn über alles. Aber diese Vorstellung von einer glücklichen Familie – Vater, Mutter, Kind, die sich liebten und füreinander einstanden –, einer Familie, in der jeder sich entfalten konnte, diese Vorstellung hatte sie nun mal, und sie würde warten, bis der richtige Zeitpunkt da war.

Damals waren ihr Zweifel gekommen, die sie immer wieder in einsamen Nächten heimsuchten. Wie lange hatte es gedauert, bis ihr klar wurde, dass sie seit Jahren nichts anderes tat, als auf Johns Bedürfnisse einzugehen? Aber die Menschen sahen es gern, wenn Politiker Familie hatten. Alles würde gut werden, und das hatten sie Tony und ihrer unerwarteten Großzügigkeit zu verdanken.

Wundervoll, dachte Holly. Ich werde den Kindern hier in Achahoish schwimmen und segeln beibringen.

Die Zukunft sah so rosig aus wie der Morgenhimmel. Holly schwang die Beine aus dem Bett, und ihre nackten Zehen berührten den kalten Boden. Teppiche. Sie musste eine Liste machen. Die nächste lästige Pflicht – nein, wieso lästig ? – war, John anzurufen und ihm die Neuigkeiten mitzuteilen.

Seine Stimme wirkte so nahe, als wäre er im Nebenzimmer. »Wie steht's, Holly? Hast du schon mit einem Makler gesprochen? Ich hatte gehofft, du wärst schon auf dem Heimweg.«

Sie wickelte sich in eine Decke. Der September in Schottland mochte ja sehr schön sein, aber er war auch kalt. Sie lachte. Bestimmt war der Schmuck doch nicht so viel wert, aber wusste man's?

»Was ist denn so komisch?«

»Nichts, Liebling, nein, ich habe noch keinen Makler. Ich bin eingeschlafen.« Sie wartete auf einen Wutausbruch, aber er blieb ruhig.

»Dann bestell heute jemanden her, und bring das Haus auf den Markt.« Er hielt inne, und sie konnte sich vorstellen, wie er sich zusammenriss und versuchte, nett zu sein. »Hast du Sachen gefunden, die du behalten willst? Ich hoffe, sie hat keinen Konzertflügel, den du mitnehmen musst.«

Dabei wusste er doch, dass es hier kein Klavier gab.

»Ich möchte einen Sessel.«

Er sagte nichts. Zweifellos ließ sein wacher Verstand die Möbel des Cottage Revue passieren. »Das kann doch nicht dein Ernst sein! Gut, ein Sessel, aber komm heim. Mein Bett ist so leer ohne dich.«

Über Betten wollte sie sich jetzt keine Gedanken machen.

»John, vielleicht bringe ich den Sessel lieber nicht mit ...«, begann sie. Sie musste ihm beibringen, dass sie das Cottage behalten würde.

»Großartig«, meinte er. »Die Möbel waren ja wirklich hübsch, aber nicht das Richtige für unsere Traumwohnung.«

»Du hast Recht, ich lasse die Sachen also hier. Dann können wir uns hier daran freuen.«

Jetzt kam der Wutausbruch. »Verdammt noch mal, Holly! Ich habe dir tausendmal gesagt, dass wir jeden Penny umdrehen müssen. Eines Tages werden wir ein Haus am Strand haben ...«

Diesmal fiel sie ihm ins Wort. »John, ich kann es mir leisten, das Cottage zu behalten. Tony hat mir ein paar Bilder in ihrem Atelier hinterlassen. Weißt du noch, die Landschaft, die ich verkauft habe, als meine Eltern starben« – und dann rutschte ihr etwas heraus, was sie eigentlich nicht sagen wollte –, »die zehntausend Pfund, die ich dir für deine Anzahlung überlassen habe. Das war vor fünf Jahren. Und es sind ungefähr vierzig Gemälde.«

Seine Stimme klang erregt. »Zehn mal vierzig. Vierhunderttausend Pfund. Mein Gott!« Er verstummte, offenbar hatte es ihm die Sprache verschlagen. »Nein, so viel können die nicht wert sein, Holly. Sei nicht kindisch, du meine Güte. Das sind Bilder, auf denen sie sitzen geblieben ist.«

»Hallo, ich höre dich nicht. Meine Batterie ist leer«, sagte Holly und schaltete das Handy ab.

So hatte sie noch nie ein Telefongespräch mit ihm beendet. Eigentlich hatte sie das überhaupt noch nie getan.

Das ist die Luft.

Lachend lief Holly nach unten. Nach der zweiten Tasse Kaffee schämte sie sich, doch dann kam ihr der tröstliche Gedanke, dass sie John ja noch einmal anrufen konnte, wenn er vom Büro nach Hause kam. Es war keine gute Idee, so früh mit ihm zu telefonieren. Unter der Woche war er morgens zu nichts zu gebrauchen. Samstags und sonntags sah die Sache anders aus: Da war er morgens bester Laune. Bei diesem Gedanken lächelte sie, spülte ihre Tasse aus – wie dekadent – und ging nach oben, um zu duschen und sich anzuziehen. Aber eine Dusche gab es hier nicht.

Nächster Punkt auf der Liste. Teppiche. Dusche.

Ich muss an die Schule zurück. Die Kinder anderer Leute. Es ist doch nicht verkehrt, sich Kinder zu wünschen, bevor die biologische Uhr abläuft. Das hat nichts damit zu tun, dass ich ein Kind brauche, um meine Erfüllung als Frau zu finden.

Damit hat sich's.

Jetzt musste sie mehr über die Gemälde herausfinden. Sie ging in Tonys Zimmer und zog die Schublade wieder auf, in der sie den Schmuck und die Skizzenblöcke gefunden hatte. Auf einigen ihrer Skizzen hatte Tony etwas notiert. Die Bemerkung, die Holly auf einer Zeichnung von ihr und John fand, gefiel ihr nicht besonders.

»Wann begreift sie's endlich?«

Das war doch das Letzte! Wie konnte Tony es wagen, Tony, die keine Ahnung …

Aber Tony hatte Ahnung.

Sie blätterte die Skizzenblöcke durch und musste abwechselnd lachen und weinen, als sie ihre Eltern sah, sich selbst und Blaise, immer wieder Blaise. Der Pfarrer, mit dem Tony befreundet war, der Arzt, die alte Frau, die den Laden im Dorf hatte, ihre Schwäne, grässliche Vögel – schön anzusehen, aber

Treu bis zum Tod.

Hörte sie Stimmen? Wer hatte das gesagt? Wahrscheinlich hatte sie es irgendwo gelesen. Sie legte die Blöcke zurück. Unten durchforschte sie noch einmal Tonys Schubladen. Sie brauchte die Telefonnummer einer Kunstgalerie, mit der Tony Kontakt gehabt hatte. Ein Experte musste vorbeikommen und die Gemälde schätzen. Und dann der Schmuck, auch er sollte geschätzt werden, bevor sie ihn verkaufte.

Otto von Emler. Den Namen fand sie in Tonys Adressbuch. Er klang vertraut, wahrscheinlich hatte Tony gelegentlich ihren Galeristen erwähnt. Wenn es jemanden gab, der den Wert von Antonia Nobles Bildern kannte, dann er. Holly fühlte, wie Panik in ihr aufstieg. Es war zu früh. Sie konnte den Verkauf der Bilder nicht in die Wege leiten, bevor sie die Tatsache verdaut hatte, dass es sie gab. Sie musste mehr über Fougère herausfinden. Sie musste mit John sprechen und ihn um Rat bitten. Schließlich war er Anwalt.

Sie würde die Gemälde erst einmal hier im Cottage lassen, bis sie sich an ihre Existenz gewöhnt hatte. Was den Schmuck betraf, würde der Anwalt ihn irgendwo deponieren, bis sie sich um den Verkauf kümmern konnte. Die Rubine. Die Rubine würde sie behalten.

Sie passen großartig zu Jeans.

Wie die Faust aufs Auge, Tony, dachte Holly und musste lachen. Sie stürmte nach oben und holte den Schmuck heraus. Die Rubine zwinkerten ihr zu, taten ihr schön. Mit zitternden Händen legte sie sie an.

Wo hatten sich Tony Noble und ein weltberühmter französischer Tenor wohl kennen gelernt?

Wo?

KAPITEL 2

LONDON 1937

Meergeist

Der Mai war der schönste Monat des Jahres. Sie würde ihn so malen, dass es einfach jedem gefallen musste. London hatte unter den Weltstädten nicht ihresgleichen – das behauptete sie einfach, obwohl sie keine andere kannte –, und im Mai war London atemberaubend schön. Über den Straßen lag ein Schleier von magischem Licht, das die Gebäude in Rosa oder Blau, in Lila oder das hellste, zarteste Grün hüllte. Die Bäume standen in vollem Laub, und die Grüntöne auf den Straßen Londons bezauberten das Auge. Im Regent's Park und zweifellos auch in allen anderen Parks glitten Schwäne majestätisch über das gläserne Wasser – verloren aber ihre Würde, sobald sie auf der Wiese herumwatschelten.

»Du dummer Schwan«, sagte Antonia Noble zu dem großen weißen Vogel, der sie ziemlich bösartig anfunkelte, »du solltest wirklich in deinem Element bleiben, wenn du deine Schwäche vor den bewundernden Augen der Leute verbergen willst. Auf dem Trockenen, mein Lieber, wirkst du wie der Kerl von der Kneipe nebenan. Als Nächstes ziehst du eine Zigarette unter dem Flügel hervor und fängst an, ungeniert zu paffen.«

Der Schwan zischte sie an und watschelte davon.

Tony lachte. Sie hieß Tony, seit sie mit dem Zug vom Land nach London gekommen war. Sie war achtzehn Jahre alt und studierte in London Kunst. Ihre Eltern hatten äußerst erstaunt zur Kenntnis genommen, dass sie auf die Kunstakademie wollte. Malen war etwas für Bohemiens, also ganz sicher nicht die richtige Beschäftigung für die Tochter eines Dorfschullehrers. Ihr Sohn war für den geistlichen Stand bestimmt, und die Tochter sollte Lehrerin werden.

Aber genau das wollte sie nicht. Die Eltern kamen zu dem

Schluss, dass Antonias Pläne eigentlich nie mit den ihren übereinstimmten. Natürlich versuchten sie, sie von ihrem Vorhaben abzubringen.

»Mach einen ordentlichen Abschluss, werde Lehrerin und mal in deiner Freizeit ein paar hübsche Bilder. Kunstakademie, wirklich, Antonia, das klingt ziemlich überspannt.«

Aber sie hatten nachgegeben, weil Antonia sich schlichtweg weigerte, einen anderen Beruf zu ergreifen. Frederick, Gott sei Dank konnte Frederick es gar nicht abwarten, ans College zu kommen und Theologie zu studieren. Anschließend wollte er um jeden Preis nach Übersee, um Heiden zu bekehren.

»Die armen Heiden tun mir schon jetzt Leid«, witzelte Antonia.

»Passt auf, oder er kriegt euch!«, rief sie, und das junge Paar, das seinem rundlichen Kleinkind beim Entenfüttern half, starrte sie irritiert an.

Wie sollte sie ihnen erklären, dass sie gar nicht gemeint waren?

Fröhlich schlenderte sie weiter und schwang ihre Tasche hin und her. Zu Mittag gab es ein Sandwich mit Käse und einen Apfel. Für ihr Festmahl brauchte sie nur ein stilles Plätzchen in der Sonne.

Am Weg stand eine gusseiserne Bank, aber unter den Bäumen im Gras war es doch viel schöner. Doch sie hatte die guten Ratschläge ihrer Mutter noch nicht vergessen. Sie konnte förmlich die Stimme ihrer Mutter hören.

»Geh nicht ins nasse Gras!«

»Pass auf, dass die Bank sauber ist, bevor du dich setzt!«

Mechanisch wischte Tony die Bank ab und setzte sich. Sie öffnete die Tasche und freute sich an dem Geruch von Brot, Käse und Apfel. Mrs. Lumsden, ihre Wirtin, die »Zimmer an Damen« vermietete, in einem Haus, das nur einen Katzensprung vom British Museum entfernt lag, buk das Brot selbst und geizte nicht mit Butter und Käse. Tony wollte gerade in das Sandwich beißen, da bemerkte sie den Mann.

Er lag auf dem Bauch im Gras und las, auf schlanke, sonnengebräunte Arme gestützt, in einem Buch. Seine Lektüre fesselte ihn offenbar so, dass er sie nicht gar nicht bemerkte. Als sie sein Gesicht sah, wusste sie, dass es sie für den Rest ihres Lebens verfolgen würde, wenn sie es nicht sofort zeichnete. Er war schön, hatte tief liegende Augen – bestimmt waren sie blau –, eine gerade Nase, schwarze Locken, die ihm wie von einem Künstler arrangiert in die hohe Stirn fielen, und einen schönen, sinnlichen Mund. Nur der Grashalm, an dem er kaute, wirkte störend, aber den konnte sie ja weglassen.

Sie biss in ihr Sandwich, legte es weg, kramte ihren Kohlestift heraus und begann mit flotten Strichen zu zeichnen. Er war das ideale Modell, weil er sich nicht bewegte. Sein Gesicht hatte sie schon eingefangen – aber sie musste seine Augen sehen, unbedingt –, und nun zeichnete sie die Hand, die das Buch hielt. Wie wunderbar war sie geformt, die Finger lang und feingliedrig, gut geschnittene, saubere Nägel – wie erfrischend, einen jungen Mann mit sauberen Fingernägeln zu sehen. Vielleicht war er ja Pianist: Er studierte Noten. Nein, er war nur ein Junge, aber sie würde mehr über ihn wissen, wenn sie seine Augen sah.

Sie waren grün. Eine Überraschung, zweifellos, aber sie wusste sofort, dass grün am besten zu ihm passte. Er war ein Geschöpf des Meeres, das die Wellen an Land gespült hatten. In einem früheren Leben war er auf dem Rücken von Delphinen geritten. Und so würde sie ihn malen mit seinen meergrünen Augen und seinen schwarzen Locken: eine mythologische Gestalt.

»Haben Sie eine Genehmigung?«, fragte er plötzlich, und sie fuhr zusammen, weil sie nicht damit gerechnet hatte, dass er etwas sagen könnte. Er war so still gewesen – ein Stillleben im Regent's Park.

»Eine Genehmigung?«, fragte sie verständnislos.

»Mein Porträt zu malen?«, ergänzte er. Er sprach mit starkem Akzent, aber sein Englisch war gut, wenn auch ein wenig altmodisch.

»Nein«, erwiderte sie und wusste, dass das noch dümmer wirkte als ihre erste Erwiderung.

»Dann muss ich es mir ansehen und entscheiden.« In einer raschen, fließenden Bewegung erhob er sich, und sie sah, dass er obendrein hochgewachsen war. Nun streckte er ihr erwartungsvoll seine schönen Hände entgegen. Sie betrachtete sie – diese Hände musste sie meißeln – und reichte ihm schweigend ihren Skizzenblock.

Er setzte sich im Schneidersitz ins Gras. Er schien wirklich unglaublich fit zu sein. Womöglich ein Sportler, denn er war ausgesprochen gut gebaut, breite Schultern, muskulöse Brust, schmale Hüften, lange Beine. Sie unterdrückte den jähen, erschreckenden Wunsch, ihn zu berühren.

Langsam und systematisch blätterte er ihren Skizzenblock durch. Später würde sie feststellen, dass das grundsätzlich seine Art war. Danach gab er ihr den Block zurück und lächelte. Sein Lächeln wirkte geradezu elektrisierend auf sie.

»Bien«, lobte er. »Sie können weitermachen, aber zuerst esse ich den Rest von Ihrem Sandwich auf. Als Bezahlung.«

Sie war verwirrt, verhaspelte sich. Wieder lächelte er sie an, als wäre sie ein Kind, und griff nach ihrem Esspaket.

»Sie können den Apfel haben«, meinte er großzügig, »aber dieses Brot, der Duft ist mir schon dort auf der Wiese in die Nase gestiegen. Englisches Brot schmeckt nach nichts, wissen Sie, aber das da?«

»Meine Zimmerwirtin bäckt es selbst.«

»Nimmt sie auch männliche Studenten?« Er brach das Sandwich in zwei ungleiche Teile und gab ihr den kleineren, von dem sie bereits abgebissen hatte. »Hier, ich will nicht gierig sein. Ich gebe Ihnen die Hälfte zurück.«

Tony betrachtete ihren Anteil. Im Rechnen war er nicht so gut wie in Fremdsprachen. »Nein, ich meine, danke für das Sandwich. Nein, die Pension ist nur für Frauen.«

»Ich wohne in einem kleinen Hotel an der Marylebone

Road« – er sprach es wie Mary Le Bone aus – »und alles, was man über die englische Küche hört, wurde in diesem Hotel geschrieben.« Er hatte ihr Sandwich bereits verdrückt.

Ein Hotel? Er war auf Urlaub hier, würde wieder abreisen, und sie würde ihn nie wiedersehen. Plötzlich erschien ihr die Welt völlig trostlos.

»Machen Sie weiter«, sagte er. »Ich nehme Position ein.«

Sie lachte. Er wollte gezeichnet werden und fand es entzückend, dass sie seiner Schönheit Tribut zollte. Keiner der Jungen aus dem Dorf hätte so reagiert wie dieser junge Mann. Schon streckte er sich wieder mit seinem Buch im Gras aus. »Studenten.« Konnte er als Student in einem Hotel wohnen? Dann war er bestimmt reich. Sie hatte noch nie jemanden kennen gelernt, der reich war, also konnte sie nicht beurteilen, ob dieser junge Mann – wie hieß er eigentlich? – ein typisches Beispiel dafür war.

»Worüber lachen Sie?« Er rührte sich nicht von der Stelle.

»Über Ihr Ego.«

Rasch setzte er sich wieder auf und blickte sie erstaunt an. »Aber das Ego ist doch notwendig. Warum sagen Sie es mit Verachtung? Auch Sie müssen dieses Ego haben, oder Sie werden nie eine große Malerin.«

»Oh, doch, das werde ich. Und zwar die größte.«

Er nickte ernst. »Gut. Das ist richtig so. Ohne Ego werden Sie nicht kämpfen. Sie sagen: ›Ich bin groß‹, und *voilà*, bevor Sie sich versehen, sind Sie groß, und was noch wichtiger ist, die Welt gibt es zu.«

»Legen Sie sich wieder hin«, befahl sie und errötete, als sie sein verschmitztes Lächeln sah. »Ich habe nicht viel Zeit.«

Er »nahm Position ein«, und sie zeichnete.

Was sollte sie zu ihm sagen? Wie konnte sie ihn in ihren Bann ziehen? Wie konnte sie ihn hier behalten? Sie wusste nicht, wie ihr geschah, aber ein Blick aus diesen schalkhaften Augen hatte genügt, und nun war sie ihm verfallen. War es eigentlich sehr unhöflich, persönliche Fragen zu stellen, zum Beispiel: »Wie lange bleiben Sie in London? Könnten Sie bitte für immer bleiben?«

»Was ist das für ein Buch?«, fragte sie unbeholfen.

»Streng genommen ist es gar kein Buch. Es ist eine Partitur, *Lohengrin*.«

Sie hatte keine Ahnung, wovon er sprach.

»Wagner«, erklärte er ungeduldig. »Haben Sie schon von Wagner gehört?«

Natürlich hatte sie von Wagner gehört. »Er ist schrecklich deutsch«, murmelte sie.

Er ließ das Buch – die Partitur – sinken. »*Mon Dieu*. Er ist Komponist. Spielt es da eine Rolle, wie deutsch er ist, was immer das heißen soll. Sie, Mademoiselle, sind *schrecklich* englisch.«

Sie lachte. »*Touché*.«

Wieder setzte er sich auf und lächelte. Sie war erleichtert, denn sie hatte gedacht, sie hätte ihn verärgert. Doch sie konnte ihn nicht zeichnen, solange er mit gekreuzten Beinen dasaß wie ein zu groß geratener Gartenzwerg.

»Sie sprechen Französisch?«

»Nein, mein Wortschatz beschränkt sich auf *touché*.«

»Ich bringe es Ihnen bei. Es ist eine sehr kultivierte Sprache. Und jetzt muss ich weg, oder ich komme zu spät zum Unterricht.« Er wies mit einer vagen Geste auf die Royal Academy of Music.

Verdutzt sah sie ihm nach, wie er mit langen Schritten über die Wiese ging. Doch dann … drehte er sich um. »Bis morgen«, rief er. »Bringen Sie mehr Brot mit.«

Sie schaute ihm nach, bis er verschwunden war, dann steckte sie den Block wieder in ihre Tasche und verließ den Park. Er hatte Unterricht. Auch sie hatte Unterricht, aber wäre er im Park geblieben, dann wäre auch sie geblieben und hätte sich keine Gedanken über die Folgen gemacht. Ohne recht zu wissen, was sie tat, ging sie zur Haltestelle und erwischte gerade noch den Bus, der sie zur Slade School of Fine Arts in der Gower Street brachte. An dem Tag, an dem einem das Schicksal begegnet, spielt die Zeit keine Rolle.

Heute Morgen war es noch das Wichtigste in ihrem Leben gewesen, dass sie an dieser angesehenen Akademie studieren durfte. Jetzt war das alles unwichtig – alles außer einem Jungen mit grünen Augen und schönen Händen, der ihr Sandwich aufgegessen hatte und den sie vermutlich nie wiedersehen würde.

Sie lächelte, hüpfte wie ein kleines Mädchen, und die beiden älteren Frauen, die auf einer Bank saßen und die Passanten beobachteten, fühlten sich in ihre Jugend versetzt.

Als sie in dem Atelier saß, wo der Anatomiekurs stattfinden sollte, zeichnete sie einen Kreis springender Delphine rund um den Jungen.

Sie versuchte sein Gesicht aus der Erinnerung zu zeichnen, ein schelmisches Funkeln in die grünen Augen zu legen, aber obwohl es ihr gelang, die Farbe annähernd zu treffen, schielte er schließlich auf ihrem Bild, und als der Dozent endlich zu erscheinen geruhte, war ihre Stimmung auf den Nullpunkt gesunken.

Am nächsten Morgen bat sie Mrs. Lumsden um zwei Sandwiches.

Ihre Wirtin, die ihr nahrhaften Porridge zum Frühstück angeboten hatte, lächelte. »Natürlich, Schätzchen, aber sage ich euch nicht immer, wenn ihr den Tag mit einem Teller Porridge beginnt, haltet ihr bis zum Abendessen durch.«

Tony setzte sich und schenkte sich Tee aus einer großen Kanne ein. »Sie haben selbstverständlich Recht, Mrs. Lumsden, aber genau dasselbe hat meine Mutter immer gesagt, und ich bin entschlossen, nach meinen eigenen Vorstellungen zu leben. Außerdem verabscheue ich Porridge. Man versteht die Schotten besser, wenn man Porridge anschaut. Entweder sieht er vollkommen tot aus, oder er brodelt wie ein Vulkan.«

Die Wirtin verschränkte die Arme über ihrer breiten Brust. »Was Sie auch immer als Nächstes sagen wollen, Miss Noble, geben Sie nur Acht, dass meine schottischen Damen Sie nicht hören.«

»Das bleibt unser kleines Geheimnis, liebe Mrs. Lumsden. Und könnte ich heute zwei Sandwiches haben, große?« Sie schenkte ihrer Zimmerwirtin ein gewinnendes Lächeln, und Mrs. Lumsden ging kopfschüttelnd in die Küche, um die Sandwiches zu machen. Ihre jungen Damen brauchten nicht zu hungern, und wenn sie lieber aufs Frühstück verzichteten und dafür zwei große Sandwiches als Proviant mitnahmen, war das ihr gutes Recht. Damen waren sie alle, auch wenn Miss Noble ein bisschen anders war als die anderen. Und Damen hatten nun mal ihre eigenen Vorstellungen.

Zehn Minuten später überreichte sie Tony ein großes Paket. »Und nehmen Sie sich zwei Stück Obst von der Anrichte«, schlug sie vor. »Auch wenn Sie noch so eifrig studieren, dürfen Sie darüber nicht Ihre Gesundheit vernachlässigen.«

Tony gehorchte lächelnd. Später fiel ihr ein, dass es moralisch nicht ganz einwandfrei war, diesen… wer immer er auch sein mochte, von ihrer Wirtin durchfüttern zu lassen, selbst wenn sie, Tony, zum Ausgleich aufs Frühstück verzichtete. Aber im Augenblick ging es ihr nur darum, den Vormittag irgendwie zu überstehen.

Dennoch konnte ihr Lehrer sie auch an diesem Morgen in seinen Bann ziehen. Er war eigenwillig, aber Tony war bereit, seinen Ausführungen zu lauschen, um dann über das Gehörte nachzudenken und sich eine eigene Meinung zu bilden.

»Die Vernunft und jeder Experte mit geschultem Auge sagt mir, dass Turner der größte britische Maler war. Es gibt Leute, die Constable kopieren – wobei man durchaus etwas lernen kann –, doch Constable ist etwas für den Amateur, Turner hingegen für den echten Künstler… Aber wenn Sie wirklich malen und nicht nur hübsche Schmierereien in Öl fabrizieren wollen, dann studieren Sie Tizian. Fahren Sie nach Italien. Mit dem Bus kostet das nur ein paar Pfund. Tizian konnte wie kein anderer vor oder nach ihm mit Farbe umgehen. Seine Blau- und Rottöne singen. Ihr Rot, Miss Noble, schreit auf vor Qual. Lindern Sie seinen Schmerz.«

Sie nahm sich vor, Tizian zu studieren. Und auch Turner, obwohl seine Meeres-Ansichten sie förmlich überwältigten. Aber sie würde sich auch mit Constable beschäftigen. Ihr gefielen die Gemälde, die sie von ihm gesehen hatte, und sie wollte sich eine eigene Meinung bilden. Unterdessen versuchte sie, ihr Rot von seiner Qual zu erlösen, aber weil sie es im Grunde ganz in Ordnung fand, abgesehen davon, dass es nicht sang, konnte sie es ihrem Lehrer nicht recht machen. Sie entschied sich, ihren Vater nicht um die »paar Pfund« zu bitten. Tizian und Italien mussten warten, so wie sie jetzt auf die Mittagspause wartete.

Ausgerechnet heute wollten einige ihrer Kommilitonen sie überreden, mit ihnen in die National Gallery zu gehen, um dort das Streitgespräch Turner gegen Constable fortzusetzen.

»Sie sind einfach zwei unterschiedliche Maler«, rief sie, während sie die Treppe hinunterhastete, »ich mag sie beide.«

Dann stand sie draußen, und der Himmel war bedeckt. Bestimmt würde er nicht kommen. Bedrückt ließ sie sich auf der Parkbank nieder und kaute lustlos an ihrem Sandwich. »Ich hätte mit ihnen gehen und über Turner diskutieren sollen«, klagte sie einem Spatzen und fütterte ihn mit Brotkrumen.

»Wer ist Turner?« Er war da. Sie hatte ein kurzärmliges Hemd mit offenem Kragen erwartet, aber er trug einen dicken dunkelgrünen Pullover.

»Sie sehen aus wie ein Fischer«, sagte sie betont gelassen, obwohl ihr Herz hämmerte, als wäre sie gerade zur Bushaltestelle gerannt. »Gestern dachte ich noch, dass Sie einem Meergeist ähneln.«

Er sah an seinen Beinen hinunter. »Für einen Meergeist sind meine Beine zu lang«, meinte er nüchtern. »Außerdem haben Sie meine Frage nicht beantwortet.«

»Was ist *Lohengrin*?«, fragte sie. Sie brachte es nicht über sich, ihn anzuschauen, als er sich neben sie setzte, aber sie nahm ihn deutlicher wahr als je irgendeinen anderen Menschen.

»*Touché*«, erwiderte er. »Jetzt erzähle ich Ihnen von *Lohengrin*, und Sie erzählen mir von Turner, aber haben Sie auch Brot mitgebracht?«

Wortlos griff sie in ihre Tasche und nahm das für ihn bestimmte Sandwich heraus.

»Schade um das gute Brot«, rügte er, klappte das Sandwich auseinander und kratzte den Käse ab. Dann zog er ein Päckchen hervor, und als er es öffnete, stiegen Tony unbekannte, aber verlockende Düfte in die Nase. »Ich bringe Wurst und richtigen Käse mit«, erklärte er. »Und jetzt werfen Sie Ihren Käse diesen hungrigen kleinen Vögeln hin, und greifen Sie zu. Wein habe ich auch dabei.«

»Wein?« Wein, Ingwerwein, gab es in Tonys Familie zu Weihnachten. Aber das hier war etwas anderes. Er war rot und weich und rann ihr wie Wasser die Kehle hinunter.

»So sieht eine zivilisierte Mahlzeit aus«, erklärte er. »Brot, Wurst, Käse und ein Glas Wein. Obst wäre auch gut, aber alles, was ich gefunden habe, war alt und verschrumpelt.«

»Ich habe einen Apfel und einen Pfirsich mitgebracht.«

Er prüfte die Früchte kritisch. »*Bien*. Und jetzt sollten wir einander vorgestellt werden, finden Sie nicht? Wer soll das tun? Dieser kleine Spatz? Monsieur, wollen Sie Blaise Fougère dieser großen Künstlerin vorstellen?«

»Sehr erfreut, Mr. Fougère«, sagte Tony ernst und streckte ihm die Hand entgegen.

Er ergriff sie, und Tony durchlitt Qualen, als sie merkte, wie sie errötete. Was machte er nur mit ihr? Es musste am Wein liegen.

»Und Sie, Mademoiselle? Erlauben Sie, dass Monsieur Spatz Sie mir vorstellt?«

Wenn er doch nur ihre Hand loslassen würde.

»Antonia Noble«, sagte sie.

»Antoinette. Wunderbar.«

»Eigentlich nenne ich mich jetzt Tony. Das klingt doch nach Künstlerin, finden Sie nicht?«

»Ich finde, es klingt nach Mann, aber da es Ihr Name ist, Tony, nenne ich Sie Tony.«

»Und Sie sind Blaise?«

»Ja. Der Schutzheilige der Kehle, aber das ist ein Zufall, oder vielleicht auch nicht. Meine Eltern glauben nicht, dass aus ihrem Kind ein Sänger wird, sie meinen, er wird Anwalt wie der Papa.«

»Sänger?« Sie dachte an das Buch, *Lohengrin*. »Opernsänger? Meine Güte, ich bin noch nie einem Opernsänger begegnet. Ehrlich gesagt, habe ich noch nie eine Oper gehört«, plapperte sie. Bestimmt hielt er sie für dumm. »Ich weiß schon, ›Wie eiskalt ist dies Händchen‹ und ›Oh, teurer Vater‹ und ›Ach, lieber Südwind, blas doch mehr‹, das kommt ja ständig im Radio.«

Er verzog schmerzlich das Gesicht.

»Sie haben ein unglaublich ausdrucksvolles Gesicht, Blaise.« Sie hatte den Namen noch nie gehört, aber er gefiel ihr. »Das sind keine Opernarien, oder?«

»Wir müssen beide noch viel lernen, Tony. Ich bin kein Opernsänger, sondern Student. Ich studiere Gesang, und eines Tages werde ich vielleicht singen.«

»Ich würde Sie gerne singen hören«, sagte sie schüchtern.

Er zuckte die Achseln. »Eines Tages. Und jetzt, Miss Tony, erzählen Sie mir von Antoinette. Warum ist sie Malerin geworden?«

»Ich bin keine Malerin, und wahrscheinlich denken meine Lehrer, dass auch nie eine aus mir wird. Mein Lieblingsdozent hat mir heute erklärt, dass mein Rot nicht singt. Das war ziemlich demoralisierend.«

»Ich glaube, ich weiß, was er meint. Rottöne sollten rufen: ›Schaut mich an!‹ Das lernen Sie noch. Sie müssen die alten Meister studieren. Wir lernen von den großartigen Toten, Tony. So viele große Männer, und man meint, alles wurde schon geleistet, ich werde nicht gebraucht, aber es ist doch so. Und Sie lauschen dem Lehrer, der Ihnen das Herz bricht, aber Sie lassen nicht zu, dass er Ihnen auch den Geist bricht, und eines Tages wird Ihr Rot höher singen als jedes andere.«

»Und Ihre Stimme – wird sie auch höher singen?«

Er lachte. »Ich bin, falls Ihnen das entgangen ist, kein Sopran, und die höchsten Tonlagen sind nicht das Ziel. Die Rolle mit

Farbe zu interpretieren – so wie Ihre Rottöne – heißt, sie mit Scharfsinn und Feingefühl zu deuten, damit man eines Tages sagen kann: Vielleicht würde es Beethoven gefallen, wie ich seinen Florestan singe …«

Er verstummte und sah sie an. »Kennen Sie Beethoven?«

Sie nickte.

»Und den Florestan?«

Beschämt schüttelte sie den Kopf.

Er nahm sie in die Arme. Niemand hatte sie je einfach so umarmt. Wie französisch er war! Bestimmt hatte sie ein bisschen französisches Blut in den Adern, denn sie wollte seine Umarmung erwidern, aber da streckte er bereits die Hand aus, um ihr aufzuhelfen.

»Wir werden so viel Spaß haben, Toinette.« Offenbar hatte er bereits vergessen, dass er sie Tony nennen wollte. »Sie lehren mich Malerei, und ich lehre Sie Musik. Aber jetzt habe ich Unterricht, und der Maestro wird sagen: ›Gehen Sie zurück nach Frankreich. Sie hören sich an wie ein Schwein in der Senkgrube.‹ Das mit dem Schwein und der Senkgrube verstehe ich zwar nicht ganz, aber ich werde mich ins Zeug legen und um eine weitere Chance bitten, weil ich gehört habe, dass er das zu allen sagt. Und eines Tages wird er in Covent Garden an der Bar stehen und sagen: ›Fougère, ich habe ihm alles beigebracht, was er kann.‹ Und Sie malen mein Porträt als Lohengrin, und es wird in Paris hängen.«

Sie glaubte ihm. Genauso würde es kommen. Es gab nichts, was sie nicht hätten erreichen können. Sie waren jung, sie waren in London, und eine glänzende Zukunft wartete auf sie.

Aber zunächst einmal würde sie lernen, ihr Rot ein bisschen summen zu lassen. Und sie würde ihn auf dem Rücken eines Delphins malen.

KAPITEL 3

Torry Bay 1998, Glasgow 1998

Entscheidungen standen an. Die Gemälde mussten geschätzt werden, und der richtige Mann für diese Aufgabe war zweifellos Tonys Galerist. Wusste er überhaupt, dass sie tot war? An der Trauerfeier hatten nur Holly, John, der Anwalt und Mrs. Fraser aus dem Laden teilgenommen. Tony hatte keinen Trubel gewollt.

Die Asche. Tonys letzter Wunsch.

... so nah wie möglich an das herankommen, wo ich hinwill.

Holly legte ihre Liste auf den Tisch. Später würde sie hinzufügen: Anwalt anrufen, Galeristen anrufen, aber zuerst wollte sie Tonys letztem Willen Genüge tun. Sie griff nach der Schatulle mit der Asche ihrer Tante. Draußen war es kalt und klar. Das Meer war ruhig. Auf den Wellen wiegten sich Schwäne. Aus diesem Grund hatte Tony Schwäne gemalt – weil sie da waren. »Lieber Gott, ich weiß nicht, was ich sagen soll. Verzeih mir.« Ob ihr Vater wohl wusste, dass seiner einzigen Tochter in diesem schicksalsschweren Augenblick kein einziges Gebet einfiel?

Lohengrin.

Das war kein Gebet. Ein Flüstern. Dumme Holly, hier war niemand, der dieses Wort flüstern konnte.

Hollyberry.

Sie schüttelte den Kopf und wischte sich die Augen. »Tony, liebste Tante, liebste Freundin, wir sind nun zum letzten Mal zusammen. Nein, das ist nicht wahr. Du wirst immer bei mir sein. Siehst du uns – deine Nichte und deine Schwäne? Wo bist du jetzt? Hier, als Asche in einer Schatulle, oder irgendwo bei ihm? Wenn Gott gerecht ist, Tony, und das habe ich immer angenommen, dann bist du bei Blaise. Ich trage deine Rubine. Ich muss sagen, ich komme mir damit ein bisschen komisch vor, aber sie waren dein Lieblingsschmuck, und sie machen mir Mut. Ich wünschte, du wärst hier und könntest die Ausstellung erleben, die ich organisieren werde. Irgendwann nächstes Jahr gibt es diese Ausstellung mit deinen wunderbaren Bildern, und sie wird die Kunstwelt in Erstaunen setzen. Und ich sage nicht leb wohl.«

Sie sah, dass die Schwäne herangeschwommen waren und sie anblickten. Ein weiterer Titel für ein ungemaltes Meisterwerk. Trauernde bei einer Beisetzung oder Schwäne in Torry Bay. Aber es war niemand da, der es hätte malen können. Sie öffnete die Schatulle und verstreute die Asche.

Verdammt, sie sah nichts, wegen der Tränen und der Septembersonne, die sich auf dem Wasser spiegelte. Für einen Moment schloss sie die Augen und nahm den kräftigen Geruch des Meeres wahr.

»Die Entscheidung über die Ausstellung habe ich gerade getroffen, Tony. Hättest du das gewollt?«

Hollyberry.

Wer sprach da, wer?

»Hast du mir nicht gesagt, dass man mit geschlossenen Augen besser hört, Tony? Ich höre das Meer, es ist ein schlürfendes Geräusch. Und ich rieche es – und auch den komischen Kokosnussduft des Stechginsters. Wenn ich irgendwo in der Welt wäre und die Augen zumachte, könnte ich mir den Geruch von Achahoish und Torry Bay vorstellen und dich, liebe Tony, vor mir sehen. Farbe, immer wenn ich Farbe rieche, bin ich bei dir in deinem Atelier unterm Dach. Weißt du noch, wie viel Spaß wir hatten, du mit deinen wunderbaren Farbwirbeln und ich mit meinem Gekleckse? Und wie großzügig von dir, dass du solche abscheulichen Bilder geduldet hast.«

Als Kind hatte Holly es ganz normal gefunden, dass ihre Bilder neben Tonys hingen. Erst mit vierzehn hatte sie ihrer Tante klarmachen können, dass sie um die Wertlosigkeit ihrer Werke wusste und kein Trauma davontragen würde, wenn sie dorthin wanderten, wo sie hingehörten – in den Müll.

Jetzt schluchzte sie laut und hemmungslos, sodass ihr die Nase lief. Sie hatte kein Taschentuch und fuhr sich mit der Hand über die Nase wie ein Kind. Ein Kirchenlied wäre nun angebracht gewesen. Aber alles, was ihr einfiel, war »Stille Nacht, heilige Nacht«. Ein Fluch lag ihr auf der Zunge, aber dann erinnerte sie sich gerade noch rechtzeitig daran, dass sie ja eine Art Gottesdienst abhalten wollte.

Ich hätte mich besser darauf vorbereiten sollen, liebste Tony.

Sie schlug die Augen auf und sah nur das leise seufzende Meer und die Schwäne, die im Rhythmus der Wellen schaukelten. »Leb wohl.« Jetzt hatte sie es doch gesagt.

Sie wandte sich um und lief zurück ins Cottage. Sie spülte das Geschirr, zog die Bettwäsche ab und steckte sie in ihren Koffer, dann stellte sie den Strom ab. Die Gemälde und den Schmuck hatte sie wieder dort verstaut, wo sie jahrelang verborgen gewesen waren. Bestimmt waren sie dort sicher, bis sie mit Otto von Emler gesprochen hatte.

Lange stand sie im Eingang und wünschte sich, hier bleiben zu können. Hier bin ich zu Hause, wenn ich je ein Zuhause hatte, dann hier. Sein Zauber rührt mich an, wo immer ich auch bin. Dann lächelte sie, denn dank Tony gehörte dieses Haus ihr, und sie konnte für immer hier bleiben, wenn sie wollte.

Sie fuhr langsam nach Glasgow zurück, ohne auf den Verkehr zu achten, weil sie über so vieles nachzudenken hatte. Die Gemälde mussten verkauft werden. Allein schon ihrer Größe wegen waren sie in einem normalen Haus kaum unterzubringen. Und was noch wichtiger war: Alle zusammen stellten sie ein wertvolles historisches Dokument dar und sollten der Öffentlichkeit nicht vorenthalten werden.

Wie gern würde ich sie alle an Wänden sehen, wo sie gut zur Geltung kommen! Aber zuerst will ich sie mir in aller Ruhe selbst ansehen und ihnen ihre Geheimnisse entlocken, denn sie bergen einige Geheimnisse. Und dann möchte ich, dass die Welt Tony Nobles Genie würdigt.

Als sie an einer Ampel hielt, schloss sie die Augen und stellte sich Johns Gesicht vor. Ein Gefühl der Wärme durchströmte sie … Es war in Ordnung. Alles würde gut werden.

Hier, nicht in Torry Bay, war sie zu Hause. Natürlich. Es war besser, sich damit abzufinden, dass das Vergangene vorbei war. Es hatte keinen Sinn, wählerisch zu sein.

Auf dem Küchentisch standen Blumen, die nun traurig die Köpfe hängen ließen.

Hätte ich sie weggeworfen, bevor ich losgefahren bin! Dann stünden jetzt keine welken Blumen vor mir, wenn ich zur Tür hereinkomme.

Holly brachte es nicht über sich, Blumen wegzuwerfen. Stets schnitt sie sorgsam die Stängel ab, entfernte nur die völlig verblühten Exemplare und stellte die übrigen in immer kleinere Vasen, bis sie kaum noch ein Sherryglas füllten.

»Das nenne ich am falschen Ort gespart«, meinte John, wenn er die welken Blumen in den Müll beförderte.

Aber mit Sparsamkeit hatte das nichts zu tun, sondern mit Schönheit und Leben. Holly warf die vergessenen Blumen in den Eimer und bat sie um Verzeihung. Dann hörte sie den Anrufbeantworter ab, aber es gab keine Nachrichten, die sie sofort beantworten musste. Anschließend duschte sie, bezog ihr Bett frisch und schaute in den Kühlschrank. Der Anblick war noch trauriger als die Blumen.

»Du vertust deine Zeit, Holly Noble. Ruf John an.«

Aber sie wollte über ihr Erbe nachdenken und ihre Entscheidungen treffen, bevor sie mit ihm sprach. Im Gefrierfach fand sie eine Pizza und legte sie zum Auftauen in die Mikrowelle. Dann wählte sie Johns Nummer.

»Sie sind mit dem Anschluss von John Robertson verbunden. Leider kann ich im Moment nicht ans Telefon kommen. Bitte hinterlassen Sie Ihre …«

Schließlich konnte sie nicht erwarten, dass er neben dem Apparat saß und auf ihren Anruf wartete.

Doch, das konnte sie. Wäre er doch schon auf dem Weg zu ihr gewesen! Oder, noch besser, hätte er hier in der Wohnung auf sie gewartet.

Wie sollte er das anstellen, wenn er nicht einmal wusste, wann sie kam?

Was hätte das für einen Unterschied gemacht?

Der Signalton der Mikrowelle gab die Antwort. Sie hatte vergessen, das Backrohr vorzuheizen. Nachdem sie das nachgeholt hatte, setzte sie sich mit einem Heft und einem Stift an den Tisch und wartete, bis die Pizza fertig war.

Fragen

1. Was mache ich mit den Gemälden?
2. Was mache ich mit dem Schmuck?
3. Was mache ich mit dem Cottage?

Antworten / Lösungen

1. Alle behalten – unmöglich.
2. Alle verkaufen.
3. Ein paar behalten, ein paar verkaufen.

Was mache ich mit dem Rest meines Lebens?

Pizza essen, auspacken und ins Bett gehen. Du hast morgen Unterricht. Für heute ist es genug.

Sie fand keinen Schlaf. Obwohl sie müde war, sehnte sich ihr Körper nicht nach Schlaf, sondern nach John. Sie wälzte sich auf dem frischen, sauberen Laken von einer Seite auf die andere. Ihre Finger griffen … ins Leere, ihre tastenden Finger fanden … nichts. Sie wäre fast aus dem Bett gesprungen, als das durchdringende Klingeln des Telefons die Stille zerriss.

»Holly, du warst es also doch. Warum hast du keine Nachricht hinterlassen?«

»Wo warst du?«

»Es ist Sonntag. Meine Eltern. Du weißt schon.«

»Ich wünschte, du wärst hier.»

»Warum bist du denn nicht zu mir gekommen, du dummes Mädchen? Musst du morgen arbeiten?«

»Natürlich. Ich bin mir noch nicht sicher, wie ich alles regeln soll.«

»Was denn? Pass auf, ich komme rüber und schlafe bei dir. Dann besprechen wir alles.«

»Ich bin müde, John.« Plötzlich fühlte sie sich todmüde.

Er lachte. »So müde kann niemand sein.«

Er legte auf. Sie sah auf die elektrische Uhr neben ihrem Bett. Kurz nach Mitternacht. Gott sei Dank hatte sie die Laken gewechselt.

Sollte sie eine Flasche Wein aufmachen?

Sei nicht albern. Das wäre Verführung. Hier wird niemand verführt. Du wartest auf deinen Verlobten. Sie würden reden. Kaffee war genau das Richtige. Aber zuerst holte sie das Schächtelchen mit den Rubinen unter ihren Winterpullovern hervor und legte die Halskette an, zum Nachthemd.

Werd erwachsen, Holly.

Aber sie legte die Kette nicht ab.

Sie würde vernünftig sein, auf John warten, der nun quer durch die Stadt fuhr, und die Zeit zum Nachdenken nutzen. Die Gemälde mussten von beträchtlichem Wert sein. Sie würde sie schätzen lassen und anschließend verkaufen. Eine Ausstellung. Das war bereits beschlossene Sache. Sie würde eine Ausstellung organisieren, das hatte sie Tony versprochen, als sie die Asche in der Bucht verstreute. Die Gemälde würden an Sammler, an Galerien gehen. Von Emler würde ihr bestimmt helfen. Aus dem Erlös konnte sie sein Honorar bezahlen. Die Juwelen würde sie auf einer Auktion verkaufen. Darum sollte sich Tonys Anwalt kümmern. Das Cottage? Sie wollte das Haus behalten – mindestens für ein paar Jahre. Gewiss würde John das Cottage gefallen, wenn sie ihn bewegen konnte, mit ihr hinzufahren; und dann würden sie es als Ferienhaus nutzen.

Schließlich hörte sie, wie ein Wagen vorfuhr. Das war John. Oh, wie sie seinen Anblick liebte; die Art, wie ihm das Haar in die Stirn fiel, seine leicht gebeugte Haltung, seine lustige Stupsnase.

Als er die Tür aufschloss, umschlang sie ihn, und er ließ seine kleine Reisetasche fallen und drückte sie an sich. Dann schob er sie rückwärts in Richtung Schlafzimmer.

»John, warte.«

»Warum?«

Ja, warum eigentlich? Sie wollte es auch, nicht wahr, sie wollte ihn, nicht *es*.

Es war nicht ganz so, wie sie es sich vorgestellt hatte, aber es tat wohl, nach der Spannung diese wunderbare Erlösung zu erleben. Als es vorbei war, bemerkte sie, dass ihm die Rubine überhaupt nicht aufgefallen waren.

»John, wie konntest du sie nur übersehen?«, sagte sie später, als auch er ruhiger atmete.

»Die übersehe ich nie.« Lächelnd legte er die Hand auf ihre Brust.

Sie schob ihn weg und setzte sich auf. »Hier, John.«

Er sah zu ihr auf, betrachtete die zarten roten Edelsteine, die zwischen ihren Brüsten lagen. »Wow, wo hast du die her … sind sie echt?«

»Was denkst du denn?«

»Ich finde, du solltest dich immer so kleiden«, meinte er lachend. »Zu Jeans sehen sie großartig aus.«

Auch Holly lachte. Hatte Tony das gemeint?

»Sie sind also echt.«

Er stand auf, und sie sah zu, wie er ins Badezimmer ging. Auch von hinten nett anzusehen. Als er zurückkam, trug er seinen Bademantel und brachte ihren mit. »Sind sie wertvoll, Liebling? Es sind doch keine Diamanten?«

»Nein, Rubine, aber gute Steine. Sie waren Tonys Lieblingsschmuck.« Sie sah zu ihm auf. Sein Blick war auf die Steine geheftet. »Ich möchte sie behalten.«

»Natürlich, aber«, er zögerte, »ein Geschenk von irgendeinem Mann an deine Tante. Wir könnten sie verkaufen, und dann könntest du dir etwas aussuchen …«

»Tony hat Blaise Fougère ihr ganzes Leben lang geliebt. Er war nicht irgendein Liebhaber. Ich bin überzeugt, dass sie sich wie seine Frau gefühlt hat. Sie hat gehofft, dass ich Freude an ihrem Schmuck habe, und das war ihre Lieblingskette.«

Er streckte die Hand aus. »Behalt sie, wenn du magst. Auch wenn meine Perlen daneben ziemlich langweilig aussehen.«

»Ich verspreche dir, sie nie zusammen zu tragen«, sagte Holly, als sie die Tür zur Dusche hinter sich zuschob.

»Warum hast du dich nicht krankgemeldet und die ganze Angelegenheit hinter dich gebracht, als du dort warst?« Holly hatte geduscht, und jetzt tranken sie am Küchentisch Kaffee. »Nun musst du noch mal hinfahren und dich um die Schätzung kümmern. Und wer sagt, dass du dem Galeristen trauen kannst? Er wurde nicht zur Beisetzung eingeladen, und außerdem weiß doch jeder, dass Kunsthändler Gauner sind.«

»So wie Anwälte«, fiel ihm Holly ins Wort.

»Okay, aber trotzdem ist es vernünftiger, wenn du dort bist. Lass die Gemälde schätzen – am besten ziehst du noch einen zweiten Experten hinzu. Verkauf den Schmuck auf einer Auktion, und bring das Cottage auf den Markt.«

»Ich verkaufe es nicht.«

Er setzte seine Tasse so heftig ab, dass der Kaffee überschwappte. »Niemand hat ein Landhaus in Argyll! Südfrankreich, Holly, Toskana, Spanien.«

»Ich bin zu müde, um jetzt darüber zu reden. Es ist schon spät, John«, erklärte Holly und stand auf. Sie holte einen Lappen und wischte den verschütteten Kaffee auf. »Das gibt einen Fleck.«

John achtete nicht darauf. »Ich habe eine Idee. Auf allen Gemälden ist dieser Opernsänger zu sehen?«

»Genau.«

»Hat er Familie?«

Familie? Hatte Blaise Fougère eine Familie? »Keine Ahnung.«

»Weißt du was, ich sehe mal, was ich darüber herausfinde. Und du rufst Tonys Anwalt an und stellst fest, was er weiß.«

»Falls Tony Recht hat und nun niemand mehr lebt, dem etwas daran liegt, dann wird es leichter sein zu entscheiden, was mit dem Gemälden geschehen soll.«

»Wunderbar. Nachdem das jetzt geregelt ist, würde ich mir gern diese Rubine näher ansehen.«

Aber aus irgendeinem Grund, vielleicht, weil er keine Anstalten gemacht hatte, den Kaffeefleck aufzuwischen, war Holly nicht mehr in der richtigen Stimmung. »Ich habe schon geduscht, John, und wir müssen in ein paar Stunden zur Arbeit.«

Ohne einander zu berühren, lagen sie im Bett, bis um sechs der Wecker schrillte.

Eine versöhnliche Geste. »Du kannst zuerst ins Bad, John, ich mache inzwischen Kaffee.«

»Das gestern Nacht tut mir Leid, Holly. Habe ich egoistisch geklungen? Das war nicht so gemeint. Wirklich, ich kann mir vorstellen, wie viel dir dieses kleine Cottage bedeutet. Aber für uns ist das nicht das Richtige, Holly. Und wenn wir uns ein zweites Haus leisten können – mein Gott, wir haben ja schon zwei Wohnungen –, dann möchte ich lieber irgendwo in den Süden.«

Zwei Wohnungen.

»Wir haben zwei Wohnungen, John, weil du die Hochzeit immer weiter hinausschiebst und weil deine Eltern nichts von unserem Techtelmechtel halten.«

»Ich kann ihnen nicht wehtun.« Unvermittelt zog er sie an sich. »Jetzt sieht alles anders aus, Holly. Mit deinem kleinen Spargroschen können wir uns allmählich Gedanken über den Hochzeitstermin machen. Vorher war alles zu unsicher. Aber ich habe auch Neuigkeiten für dich. Ich habe gute Chancen, bei den nächsten Wahlen als Kandidat aufgestellt zu werden. Das kostet Geld, und jetzt haben wir Geld. Das ist ein Anfang, Holly. Heute Abend reden wir darüber. Komm nach der Schule zu mir, dann kochen wir was Schönes und schmieden Pläne.«

Sie toastete Bagels und dachte darüber nach, was wohl die geringere Sünde war: die eigenen Eltern zu belügen oder zuzugeben, dass man mit seiner Verlobten zusammenlebte. Und wie schwer wog die Sünde, wenn eine völlig gesunde Lehrerin sich krankmeldete, nur um Zeit für Geschäfte zu haben?

Verdammt, allmählich werde ich noch frömmer als du.

Dann blieb keine Zeit mehr zum Nachdenken, bis um halb vier die Schulglocke läutete. Und danach war sie damit beschäftigt, Hefte zu korrigieren und wenigstens einen Teil des Schadens zu beheben, den unfähige Vertretungen – oder war es das Werk des Schulleiters? – während ihrer Abwesenheit angerichtet hatten. Das alles hinderte sie daran, weiter über die verschiedenen Nuancen von Heuchelei, über Erbschaften und andere Dinge nachzusinnen. Hastig packte sie ihre Tasche und nahm die U-Bahn nach Hillhead. Bei einer Metzgerei an der Byers Road kaufte sie ein Brathähnchen – John hatte bestimmt Wein zu Hause –, und beim Gemüsehändler besorgte sie Salat.

Als John kurz nach sieben kam, brutzelte das Hähnchen schon in der Röhre, der Tisch war gedeckt, und Holly saß mit ihrer Liste auf dem Sessel neben dem Fenster.

»In Torry Bay ist die Aussicht schöner«, meinte sie lächelnd, als er sich über sie beugte und sie küsste.

»Ich mache eine Flasche Wein auf.«

Ein paar Minuten später reichte er ihr ein Glas. »Holly, ich bin zu dem Schluss gekommen, dass du Urlaub nehmen und die Sache regeln solltest. Wir könnten dieses Wochenende zusammen hinfahren, wenn du magst. Vielleicht wäre es besser, wenn wir den Schmuck und die Bilder herbringen.«

Holly stand auf. »Das Hähnchen«, sagte sie.

Er folgte ihr in die Küche. »Sie könnten gestohlen werden, oder das Haus könnte abbrennen.«

»Es könnte auch von einem Meteoriten getroffen werden, John. Trotzdem möchte ich alles dort lassen, bis ich weiß, was ich damit machen will. Ich kann jetzt keine Entscheidungen treffen. Meine

Arbeit bedeutet mir viel, trotz aller Probleme, und ich möchte sie eigentlich nicht aufgeben.«

Er legte die Arme um sie, und sie lehnte sich an ihn. »Niemand verlangt, dass du kündigst. Ich habe nur gesagt, du könntest Urlaub nehmen.«

»Es wird Wochen kosten, das Chaos zu beseitigen, das meine Vertretung hinterlassen hat. Wenn nur zehn Prozent von dem, was die Kinder erzählen, wahr ist …«

»Um Himmels willen, Holly, es sind nicht deine Kinder. Du bist ihnen nichts schuldig. Wenn diese Juwelen echt und diese Gemälde wertvoll sind, dann kannst du sie nicht einfach in einem leeren Haus lassen. Sicher, sie sind schon jahrelang dort, aber da hat Tony noch gelebt, und jetzt ist sie tot, Holly. Liebes, ich will dich zu nichts drängen, aber du musst einsehen, dass ich Recht habe. Es sei denn, wir können das alles an diesem Wochenende über die Bühne bringen. Können wir die Bilder in zwei Autos unterbringen?«

Sie schüttelte den Kopf.

»Aber bestimmt könnten wir die besten holen.«

»Ich weiß nicht, welche das sind, John, ich habe noch nicht alle gesehen. Sie lehnen in Stapeln von fünf, sechs Stück an den Wänden.«

»Wahrscheinlich verschimmelt.«

»Das Haus ist in Ordnung.«

»Ich miete einen Kleinbus.«

»Und wo sollen wir deiner Meinung nach vierzig wertvolle Gemälde unterbringen? In Achahoish sind sie besser aufgehoben als in Glasgow.«

Er stieß sie weg, sodass sie beinahe hinfiel. »Willst du nun meine Hilfe, Holly? Oder kann ich meine Perlen einpacken, da du ja jetzt mit den Rubinen eines tuntigen Soprans herumläufst?«

Holly starrte ihn an. Was bildete er sich eigentlich ein?

Sie griff nach ihrer Tasche. »Das Hähnchen hat noch ungefähr dreißig Sekunden bis zur totalen Kernschmelze. Dasselbe lässt sich von unserer Verlobung behaupten.«

Er hielt sie fest, als sie schon an der Tür war. »Liebling, Liebling, bitte. Verzeih mir. Ich wollte dich nicht stoßen.«

Sie befreite sich aus seinem Griff. »Ich brauche Freiraum, John. Und Zeit zum Nachdenken, um mir ein Urteil zu bilden.«

Sie wusste, dass er noch in der Tür stand und lauschte, als sie schon auf der Außentreppe angelangt war. Also blieb sie stehen und rief: »Er war Tenor, und zwar einer der größten, die die Welt je gekannt hat. Ich habe heute in der Schule im Internet nachgesehen.«

Dafür, dass sie gerade ihrem Verlobten nach – wie viel? – nach fünf Jahren eine Abfuhr erteilt hatte, fühlte sie sich erstaunlich gut. Unter ihrem gut geschnittenen, aber langweiligen blauen Baumwollhemd spürte sie die Rubine und lächelte. Vielleicht hatte sie sich verändert, seit sie die Rubine des »tuntigen Soprans« trug.

Als sie wieder in ihrer Wohnung war, beschloss sie, Urlaub zu nehmen, sobald die Schulbehörde eine Vertretung gefunden hatte. Außerdem stand fest, dass sie, wenn möglich, jedes Wochenende nach Torry Bay fahren würde. Vielleicht konnte von Emler es einrichten, an einem Wochenende zu kommen, denn es schien unabdingbar, dass sich ein Experte die Bilder unverzüglich ansah.

John rief nicht an. Das hatte sie auch nicht erwartet. Er war beleidigt, und das konnte immer ein paar Tage dauern. Sie war froh darüber, denn damit blieb ihr Zeit, um nachzudenken. Allzu oft hatte sie ihre Sehnsucht nach Torry Bay und Tony wegen John unterdrückt. Auch wenn Tony nichts mehr davon hatte, konnte sie jetzt endlich ihrem Herzenswunsch nachgeben.

Am nächsten Tag opferte sie ihre Mittagspause, um ihre Lage ausführlich mit dem Schulleiter zu besprechen. Dann beantragte sie eine Beurlaubung. Nach der Schule raffte sie ihre Unterlagen zusammen, stopfte sie in ihre Aktentasche und eilte nach Hause, um noch vor Büroschluss entweder den Anwalt oder den Galeristen zu erreichen. Als sie in ihrer Wohnung ankam, war sie zu dem Schluss gelangt, dass die Gemälde Vorrang hatten, und so atmete sie tief durch, setzte sich mit einer Tasse Zitronen-Ingwer-Tee an den Küchentisch und rief den Galeristen Otto von Emler an.

Er wusste nichts von Tonys Tod und klang erschüttert. »Ich habe Tony Noble beinahe ein ganzes Leben lang gekannt, Miss Noble. Und ich glaube behaupten zu dürfen, dass ich viel für sie getan habe. Dass sie keine Anweisungen hinterlassen hat, mich zu benachrichtigen ...« Offenbar völlig verstört, verstummte er.

»Es war niemand da, Mr. von Emler, außer der alten Mrs. Fraser aus dem Laden von Torry Bay – sie hat meine Tante gefunden – und Miss Nobles Anwalt. Sie können sich zweifelsfrei ein besseres Bild machen, wenn Sie sehen, was Tony in ihrem Cottage hinterlassen hat.«

Seine Stimme veränderte sich. Er hatte alt und müde gewirkt, aber nun klang er wie ein junger, tatkräftiger Mann. »Ein Gemälde! Tony hat ein neues Gemälde hinterlassen. So oft hatte sie es angedeutet, ja halb versprochen, und dann kam nichts.«

»Die ganze Mansarde ist voller Gemälde, Mr. von Emler.«

Sie hörte, wie er sich lautstark die Nase schnäuzte, und musste lächeln.

»Kann ich sie sehen?«

»Ihr Name stand im Adressbuch meiner Tante. Da Sie ihr Werk besser kennen als jeder andere, habe ich gehofft, dass Sie so freundlich wären, nach Schottland zu fliegen, sich die Bilder anzusehen und sie vielleicht zu schätzen.«

»Ich hasse das Fliegen. Außerdem habe ich noch andere Maler zu betreuen. Hätten Sie eine Woche später angerufen, Miss Noble, dann hätten Sie bis zum Frühling warten müssen. Niemand fährt im Spätherbst nach Schottland, wissen Sie das nicht?«

Sie ging nicht auf diese Bemerkung ein und hatte den Eindruck, dass er das auch nicht erwartete. Es war nicht wichtig, wie alles, was nicht sein Lebenselixier, die Kunst, betraf.

»Dieses Wochenende, Mr. von Emler?«

»Ich fliege nach Glasgow, Miss Noble. Holen Sie mich ab.«

Auf dem Weg nach Torry Bay sprach er kaum ein Wort. »Städte sind mir lieber«, meinte er, als sie die wunderbare schottische Westküste erreichten. Dazu fiel ihr nichts ein.

Doch als sie in Achahoish eintrafen, beugte er sich nach vorn, so erwartungsvoll wie Holly früher gewesen war, und als sie zur Bucht hinunterfuhren, wirkte er regelrecht ergriffen.

»Ihre Bucht«, sagte er mit leiser Stimme, als wäre er in einer Kirche. Er schwieg, während sie parkte und die Tür zum Cottage öffnete.

Hollyberry. Willkommen daheim.

»Könnte ich jetzt die Gemälde sehen, Miss Noble?«

Er verbrachte Stunden im Atelier. Holly bot ihm Tee, Kaffee und so weiter an, aber er beachtete sie gar nicht.

»Verdammt noch mal, ich verhungere gleich«, sagte sie um neun Uhr abends und stürmte ins Atelier hinauf. Er saß in seinem Armani-Anzug auf dem Fußboden – es musste wohl ein Armani sein, denn er hatte keinen Kragen – und betrachtete zwei Gemälde.

»So jung«, flüsterte er, als Holly eintrat. »So voller Freude, so vielversprechend.«

Dents de Lion. Blaise, nur mit Shorts bekleidet, auf einer Wiese mit golden leuchtendem Löwenzahn.

Der Tanzbär. Was hatte das zu bedeuten? Das Bild stellte Blaise dar, aber er trug ein Clownskostüm, und um seinen Hals hing eine Kette. Das Bild wirkte verstörend. Holly schauderte.

»Ja, das gefällt mir«, sagte sie und deutete auf das Löwenzahn-Bild.

»Gefallen, Miss Noble? Ein Bild *gefällt* einem nicht. Man ist entweder davon ergriffen, oder man geht weiter.«

»Ich bin ergriffen«, erwiderte Holly leise und ging dann wieder hinunter, um sich Rührei zu machen. Dieser merkwürdige Mann hatte offenbar vor, über Nacht zu bleiben.

Während Holly ihr Rührei auf warmem Toast mit Butter aß, blickte sie aus dem Fenster und beobachtete, wie der größte aller

Künstler die Bucht malte. Zuerst erprobte er die Wirkung schwermütiger Purpurtöne, dann versetzte er das Meer durch eine Flut von Gold in Entzücken. Den Himmel versah er mit roten und rosafarbenen Streifen und ein wenig von dem übrig behaltenen Goldstaub.

Bevor sie ins Bett ging, brachte sie von Emler Kaffee und ein Sandwich und teilte ihm mit, dass sie das große Schlafzimmer für ihn hergerichtet habe. Doch am Morgen fand sie ihn bereits wieder im Atelier, und nur eine kleine Delle auf der weißen Bettdecke zeugte davon, dass er sich kurz ausgeruht hatte.

Er kam herunter, als sie Kaffee machte, setzte sich ans Fenster und genoss die Aussicht.

»Eine große Ausstellung, mit Ihrer Erlaubnis, Miss Noble«, sagte er schließlich. »Ich hatte immer darauf gehofft, aber jetzt sind sie da, und es sind ihre besten Bilder. Einige habe ich zuvor schon gesehen, aber sie wollte sie nicht verkaufen.«

»Und jetzt wissen Sie warum?«

»Nein, ich will nicht einmal so tun, als würde ich es verstehen. Außerdem bin ich jetzt zu erschöpft zum Nachdenken. Würden Sie mich zum Flughafen fahren?«

»Natürlich.«

»Und Sie vertrauen mir?«

»Meine Tante hat Ihnen vertraut.«

»Ja, das stimmt. Ich werde mich um dieses Vermächtnis kümmern. Gemeinsam werden wir Tony Noble den Platz sichern, den sie verdient. Zunächst einmal müssen die Gemälde in meine Londoner Galerie gebracht werden. Dort kann ich sie in Ruhe ansehen und schätzen. Erst dann werden wir über das weitere Vorgehen entscheiden, aber sie haben schon lange genug gewartet. Ich werde mir Zeit nehmen, aber nicht mehr als erforderlich.«

»Wie lange wird das dauern, Mr. von Emler?«

»Otto«, sagte er wie aus der Pistole geschossen. »Ich werde nicht einfach irgendeinen Lastwagenfahrer anrufen. Hier handelt es sich um Kunstwerke. Ich brauche die besten Spediteure und muss den Transport persönlich überwachen. Zunächst muss ich mich um eine größere Ausstellung in London kümmern. Ich rechne damit, alles zu verkaufen, und wenn diese Bilder fort sind, werde ich Tonys Werke holen. So Gott will, werden sie noch vor dem Winter in London sein.«

»Mr. von … Otto, was wissen Sie über Mr. Fougère?«

Er steckte die Nase tief in seine Kaffeetasse. »Ich bin so müde, Miss Noble.«

Holly lächelte. Offenbar versuchte er Zeit zu gewinnen. »Holly«, sagte sie, und nun lächelte er.

»Holly. Ja, ich weiß von Mr. Fougère, aber man hat mir nicht gestattet, dieses Wissen weiterzugeben. Ich schlage vor, Sie rufen Tonys Anwalt an. Wenn sie ihm nichts gesagt hat, dann werde ich mich darauf besinnen, was ich weiß.«

Er nahm einen Toast und verzehrte ihn geistesabwesend. Soweit sie wusste, hatte er in den letzten vierundzwanzig Stunden nichts gegessen. »Wenn ich diese Ausstellung auf die Beine gestellt habe, Holly, dann kann ich in Ruhe sterben. Begreifen Sie das? Ich habe sie seit meinem sechzehnten Lebensjahr beobachtet, und ich wusste, ich wusste, dass sie gemalt hat. Tony musste malen – nein, nicht die Bilder, die sie für die Touristen gemalt hat, die Schwäne der Torry Bay, Blumen zuweilen, alle vorzüglich, verstehen Sie. Sie war eine großartige Künstlerin, die stets ihr Bestes gab, aber die Gemälde, die sie mit ihrem Herzblut gemalt hat, haben wir nur wenige Male gesehen. Ich wusste es. Ich wusste es«, wiederholte er, und die Begeisterung schien seinen ganzen Körper zu ergreifen, »und endlich habe ich sie gesehen. Ich werde kein Auge zutun, bis sie gerahmt und gehängt sind, sodass die Welt ihnen Tribut zollen kann.«

Er verstummte erschöpft, und sein wahres Alter zeigte sich auf seinem Gesicht.

Dann sah er zu ihr auf und lächelte schelmisch. »Danke, Holly, für die schönste Nacht meines Lebens.«

KAPITEL 4

Godalming 1938

Dents de Lion

Sie bogen auf ihren Leihfahrrädern um die Kurve. Plötzlich schrie Tony auf und kam mit quietschenden Bremsen zum Stehen. »Schau, Blaise, hast du jemals etwas so Schönes gesehen?«

Sein Herz pochte heftig – sie hatte so laut geschrien, als hätte sie sich wehgetan. »Ich sehe Wiesen«, erwiderte er vorsichtig. Er sah nichts, was ein so spektakuläres Bremsmanöver gerechtfertigt hätte. »Und viel Unkraut am Straßenrand.«

»*Crétin*«, schalt sie. »Unkraut sind Blumen, die manchen Leuten nicht gefallen.«

Er nickte verständig. »*Bien sûr.* Meinem Vater würden sie nicht gefallen. Schau dir die Köpfe an. In ein paar Wochen sind es Pusteblumen, die ihre Samen über die Wiesen streuen, um nächstes Jahr tausendmal so viele hervorzubringen. Man sollte sie abmähen.«

Sie schob ihre Hand in seine. »Sie sind schön, Blaise. Schau noch einmal hin.«

Und er schaute, aber diesmal versetzte er sich in Tonys Wahrnehmung, und er sah Hunderte von goldenen leuchtenden Köpfen auf kräftigen grünen Stängeln schweben. Die Wiese stieg sanft an, und der Horizont war von Löwenzahnblüten gesäumt, die sich vor dem kristallklaren blauen Himmel abzeichneten. Blaise lachte. »Ja, Tony, *ma mie*, sie sind wunderschön.«

Sie ließen ihre Fahrräder unter der Hecke am Straßenrand zurück und wanderten die Wiese hinauf. Hand in Hand gingen sie bis zur Horizontlinie und überblickten nun den Rest der Wiese. Auch hier leuchtete gelb der Löwenzahn.

»*Les dents de Lion*«, sagte Blaise. »Die Zähne des Löwen.«

»Sind sie nicht schön?« Tony lachte wie ein kleines Mädchen, legte sich in das saftige Gras und ließ sich den Hang hinunterrollen.

Was sollte er tun? Lachend folgte er ihrem Beispiel, und als er unten am Hang neben ihr landete, war nichts natürlicher, als sie gierig zu küssen, und dann verdeckte sein Körper den Himmel und die Wiese und den Löwenzahn, und Tony stöhnte und zog ihn an sich, bis sie nur noch sein Gesicht und seine schönen grünen Augen sah. Schließlich lag er mit seinem ganzen Gewicht auf ihr, und als er Anstalten machte, sich von ihr zu lösen, hielt sie ihn mit erstaunlicher Kraft fest.

»Das war was«, sagte sie ohne jede Verlegenheit, als sie ihre abgelegten Kleider zusammensuchten.

Blaise schwieg.

Tony sah ihn an. »Ich habe mich gefragt, wie es sein würde, und ich wollte, dass das erste Mal wunderbar wird, und das war es auch. Aber für dich war es nicht das erste Mal, Blaise, oder?«

»Nein«, sagte er traurig, »leider nicht.« Er setzte sich und umschloss seine Knie mit den Armen. Es war, als blicke er in die Vergangenheit und in die Zukunft. »Ich bin sehr gierig, *ma mie*. Ich will alles mit dir teilen. Ich hätte warten sollen, dann hätten wir es gemeinsam entdecken können.«

»War es schön, das erste Mal, für dich, meine ich? War sie etwas ganz Besonderes?«

»Damals schon. Sie war das Dienstmädchen meiner Mutter und doppelt so alt wie ich. Sie war wirklich nett zu mir jungem Kerl und hat nicht gelacht.«

»Gut. Komm. Wir sollten jetzt unsere Räder schnappen, sonst verpassen wir den Zug nach London. Ich hoffe, deine Eltern haben sie nicht gefeuert.«

»Gefeuert? Oh, entlassen. Nein. Vielleicht waren sie froh, dass sie … sauber war. Ich habe mich dauernd verliebt, Toinette, und immer in die unpassendsten Frauen.«

»Aber du hast sie nicht *geliebt*?«

»Nein. Die meisten haben mir Angst gemacht. Die Freunde

meiner Eltern waren, wie sagt man … geistreich, manche wenigstens.«

»Was für eine Wonne«, sagte Tony, als sie über den Zaun kletterten. »Geistreiche Leute zu kennen, meine ich. Mein Leben war so langweilig, Blaise.«

Er sah in ihr ernstes kleines Gesicht, und sein Herz zog sich zusammen. »Oh, Madame ist so alt und doch so unerfahren.«

»Meine Eltern sind wirklich ehrenwerte Leute. Aber so langweilig.«

Er sah sie forschend an, während er mit geübten Händen ihre Bluse neu zuknöpfte. Wie üblich hatte sie einfach drauflosgeknöpft. Und wie üblich schlüpfte bei ihm jeder Knopf ganz brav in das zugehörige Knopfloch. »Ist Ehrbarkeit langweilig?«

»Nein, natürlich nicht, aber bei meinen Eltern ist sie so langweilig, dass man immer genau das Gegenteil von dem tun möchte, was sie vorschlagen.«

Sie lachte ihn an, und wie immer, wenn sie lachte, veränderte sich ihr unscheinbares kleines Gesicht, wirkte munter und elfenhaft, sodass ihm der Atem stockte.

»Ich weiß, mit neunzehn ist man noch jung, aber wenn ich eine große Künstlerin werden will, brauche ich viel Erfahrung.«

Sein Herz, das eben noch rasend gepocht hatte, setzte beinahe aus. »Dann bin ich eine Erfahrung für dich?«

Sie blieb stehen und sah zu ihm auf. »Nein«, erwiderte sie ernst. »Du bist das Leben.«

Er hielt sie fest. »Und du bist meine Augen, Toinette. Du zeigst mir die Schönheit in den einfachen Dingen, und du bringst mich dazu, stehen zu bleiben und zu schauen und außer meiner Stimme noch etwas anderes wahrzunehmen.«

»Wenn du das möchtest.«

»Ich werde dich brauchen, Antonia Noble, an jedem Tag meines Lebens. Ich brauche dich, um die Füße auf dem Boden zu behalten, um den Unterschied zwischen Unkraut und Blumen zu erkennen.«

Sie küsste seinen Hals. »Es gibt keinen Unterschied, Blaise. Du musst nur alles mit Staunen und Liebe betrachten.«

»Das wirst du mich lehren.«

»Ich werde da sein, *ma mie.*« *Ma mie*, sie hatte sich sein Kosewort zu Eigen gemacht. »Immer.«

Mitsamt Fahrrädern fuhren sie im Zug zurück nach London, hielten Händchen, ohne zu sprechen, denn beide spürten, dass jetzt alles anders war. Sie waren fast zwölf Monate lang Freunde gewesen, und sie hatten sich auch geküsst – schließlich war Blaise Franzose und begrüßte Bekannte stets mit einem Küsschen, aber mit Leidenschaft hatte das nichts zu tun.

Tony sah ihn an und rief sich lächelnd die Augenblicke auf der Wiese in Erinnerung. Das war's, dachte sie. Ich bin keine Jungfrau mehr, ich bin jetzt eine Frau. Seine Frau.

Acht Monate lang waren sie unzertrennlich gewesen, hatten sich nach dem Unterricht getroffen, waren von Tonys Pension aus nach Süden geradelt, hatten immer wieder die Brücken der Themse überquert, als Blaise *un appartement* suchte, hatten Museen und Galerien erforscht und jeden Abend Covent Garden besucht. Blaise hätte sich gute Opernkarten leisten können, aber Tony nicht, und weil sie nicht zuließ, dass er für sie bezahlte, gab er sich bescheiden und stieg mit ihr die Treppen zu den Rängen hinauf. Er habe nicht geahnt, meinte er, dass er für die Besteigung des Mont Blanc trainieren müsse. In Teashops tranken sie Tee und aßen Scones, und sie redeten ohne Unterlass. Sie diskutierten über Kunst und Musik. Sie sprachen über ihre Familien.

Blaise verehrte seine Eltern, vor allem seine schöne, kultivierte Mutter, und er liebte seine kleine Schwester Nicole. Er erzählte Tony von ihrem Landhaus im Département Lot – »dort gibt es ein Dorf namens Fougère« – und von seinem Elternhaus in Paris.

»Wir wohnen in der Rue de Passy im sechzehnten Arrondissement – Paris ist nämlich in Bezirke eingeteilt, wir sagen Arrondissements. Wir leben in einem so genannten *hôtel particulier*, einem hohen, schmalen Haus, drei oder vier Stockwerke für eine Familie. Es gibt einen kleinen Vorgarten mit einem prachtvollen Eisentor, das ist so hübsch. Paris darf in der Ausbildung eines Malers nicht fehlen, Tony. *En effet*, du musst in den Ferien mit mir nach Paris kommen. Ich werde dir den Bois de Boulogne zeigen – ich habe dort in der Nähe die École Marymont besucht, sie ist sehr gut, *très* – wie sagt man – streng, aber guter Musikunterricht, aber ich wurde nicht deshalb dorthin geschickt. Es war einfach die Schule mit dem besten Ruf. Und am Donnerstag ist mein Kindermädchen oder manchmal auch Maman mit mir zu Guignol gegangen.« Er dachte nach. »Guignol, das sind… *les marionnettes*, Puppen, sehr berühmt, und danach spazierten wir über den Fluss zu Angelina, einem Café an der Rue de Rivoli.« Er schnupperte. »Beinahe kann ich von hier aus die heiße Schokolade riechen. O ja, *ma Toinette*, du musst nach Paris kommen.«

»Das würde ich gerne«, erwiderte sie ernst, und das Herz wurde ihr schwer, weil sie schon wusste, was ihr Vater sagen würde.

»Ein Franzose, ein Junge aus Frankreich. Du kommst nach Hause, wo wir ein Auge auf dich haben können, Mädchen. Reicht es denn nicht, dass wir uns Sorgen um dich machen, während du an deiner Akademie alle möglichen Bohemiens kennen lernst, die rauchen und trinken.«

Dank Blaise hatte sie den Wein lieben gelernt, und jetzt beschloss sie, sobald wie möglich mit dem Rauchen anzufangen. Was für eine Wonne. Auf der Höhe der Zeit. Und jetzt noch Sex. Sie sahen einander an, als sie Tonys Pension erreichten. Sie wollten sich nicht trennen.

»Ich lade dich zum Essen ein, *chérie*, und zwar richtig. Von ›Blaise, das ist lächerlich teuer‹ will ich nichts hören. Geh jetzt, ich hole dich um acht Uhr ab. Ich hoffe, in deiner asketischen Unterkunft gibt es heißes Wasser.«

Sie lächelte. »Glaubst du, eine Frau, die so köstliches Brot macht, würde mich in kaltem Wasser baden lassen?«

Keine Zeit für Träumereien. Sie rannte die Treppe hinauf, nahm so viele Stufen auf einmal, wie sie konnte, und zog die entsetzten Blicke von ein paar älteren Bewohnerinnen auf sich.

»Künstler«, meinte Monica, die englische Literatur studierte und umgeben von Büchern unbekannter Dichter im dritten Stock hauste.

Tony scherte sich nicht darum. Sie schloss sich im Badezimmer ein und warf ihre Kleider ab. Ihre Hochzeitsnacht stand bevor, und alles musste perfekt sein.

Schließlich kam sie, gefolgt von einer Dampfwolke, wieder heraus und eilte in ihr kleines Zimmer. Eine Nagelschere war zwar nicht das ideale Instrument zum Haareschneiden, aber sie schaffte es. Und Blaise bemühte sich, nicht zu lachen, als er den ungleichmäßigen Wust roter Locken sah.

»Ich schneide sie dir gerade, *ma mie*, wenn du mir nicht erlaubst, dir den Friseur zu bezahlen.«

Sie fuhren mit dem Taxi zum Ritz – »aber natürlich muss es das Ritz sein, Toinette« –, und weil Blaise Franzose war, brauchten sie viel Zeit, um zu entscheiden, was sie essen sollten. Doch danach erinnerte sich Tony nur noch an Duft und Zungenkitzel und seine grünen Augen, die ihr über den Tisch hinweg zulächelten.

Es war ein wunderbarer Sommerabend, also gingen sie zu Fuß zu seinem Hotel. Im Green Park begegneten sie anderen Liebespaaren, mit denen sie ein verständnisvolles Lächeln tauschten. Schließlich waren sie da und stiegen langsam Arm in Arm die Treppe hinauf in sein Schlafzimmer, und sie wusste, dass sie am rechten Ort war. Sie küssten sich und streiften einander die Kleider ab, nicht in fiebriger Hast, sondern mit Bedacht, entdeckten kleine Wonnen, die sie genossen, bis sie es nicht mehr aushielten. Er nahm sie auf seine Arme, stand einen Augenblick am Fenster und betrachtete den Mond, als bringe er ein Opfer dar. Dann legte er sie behutsam aufs Bett und lehrte sie alles, was sie wissen wollte.

»Ich liebe dich«, flüsterte sie, als der Morgen kam.

»*Je t'aime.* Und ich werde dich mein Leben lang lieben.«

Sie dachten ganz praktisch.

»Jetzt ist nicht der richtige Zeitpunkt für die Ehe, *ma mie*«, meinte Blaise. »Wir müssen weiterstudieren.«

»Wir könnten schrecklich modern sein und gar nicht heiraten.«

Er war schockiert und setzte sich kerzengerade im Bett auf. »Das ist doch Unsinn. Natürlich heiraten wir. Es ist das einzig Richtige. Ich betrachte dich schon jetzt als meine Frau, und eines Tages werden wir uns vor dem Bürgermeister und vor dem Priester das Jawort geben. Jetzt aber muss ich singen, und du musst malen.«

»Ich kann überall malen«, sagte sie, während sie sich die Rundung der Muskeln seines Armes einprägte. »Ich werde malen, während du singst.«

»Wenn du mir erlauben würdest, eine vernünftige Opernkarte zu kaufen, würdest du sehen, dass dies unmöglich ist. Ich bin sehr hässlich, wenn ich singe. Es ist schwere Arbeit, so viel … wie sagt man, *déformation* … Entstellung, Anspannung der Muskeln, der Kiefer, und ich stehe auch nicht still. Wie kannst du den Schmerz des Singens einfangen?«

»Ich werde es versuchen. Ich werde die Freude malen, und wenn ich sehr gut bin, vielleicht auch den Schmerz. Der Schmerz tut doch nicht weh, Blaise?«, fragte sie besorgt.

»Nein, ich kann das nicht erklären. Nur ein Sänger versteht das. Es ist, als würde man sehr schnell laufen. Gut zu singen kostet Kraft. Das ist der Schmerz, aber auch die Freude.«

Sie seufzte glücklich und legte sich zurück, die Arme hinter dem Kopf verschränkt.

Er betrachtete sie, und wieder regte sich das Verlangen. »Du bist schamlos«, neckte er sie, »dass du deine Reize so darbietest.«

»Bei dir schäme ich mich nicht. Meinen Körper hat noch niemand gesehen, seit ich sieben Jahre alt war, außer dem Doktor, und das auch nur teilweise. Aber jetzt …«, sie kam nicht weiter, weil sein Mund ihre Lippen verschloss.

»Ich glaube nicht, dass meine Mutter das jemals getan hat«, sagte sie, als sie wieder zu sprechen in der Lage waren.

»Das muss sie wohl.« Wieder betrachtete er sie. »Tony, es darf kein Baby geben. Ich weiß, was zu tun ist. Das nächste Mal werde ich… vorbereitet sein. Heute Nacht bin ich zu gierig, und wir müssen hoffen. Es wäre nicht der Weltuntergang, wenn…« Er zögerte. Sie war jung und unerfahren. Er hätte sich vorher Gedanken machen sollen. Nun zuckte er die Schultern. Er würde sich darum kümmern. Jetzt brauchte er Schlaf.

»Schlaf, Toinette. Morgen haben wir Unterricht, und du fragst deine Eltern, ob du in den Ferien meine Familie besuchen darfst.«

Aber sie war bereits in seinen Armen eingeschlafen.

Ihre Mutter war hin und her gerissen zwischen der Sorge, dass ihrer Tochter in Frankreich irgendein namenloses Unheil drohte, und der Genugtuung, dass ebenjene Tochter einem jungen Mann wie Blaise gefiel. Seine Eltern besaßen zwei Häuser, man stelle sich vor! Sie überlegte, ob sie doppeltes Bettzeug hatten oder die Bettdecken von Haus zu Haus beförderten.

»Und das Geschirr«, sagte sie abends zu ihrem Mann, während er Aufsätze korrigierte.

»Geschirr, Judith?«

»Die Familie dieses jungen Mannes. Glaubst du, sie haben alles doppelt?«

»Ich werde nicht zulassen, dass meine Tochter einen hedonistischen Lebensstil pflegt. Jedenfalls wird sie nicht in der Obhut dieses jungen Mannes nach Frankreich reisen. Er studiert Gesang? Unter einer Million ist nur ein Sänger wirklich gut, und ihre Moralvorstellungen sind, gelinde gesagt, ziemlich fragwürdig. Außerdem ist er Franzose.« Charles Noble schauderte. Jeder wusste, dass Franzosen Frösche aßen. Was war das für eine Kultur? »Er wird es zu nichts bringen, Judith. Opern, wenn sie überhaupt aufgeführt werden müssen, sollten von Italienern gesungen werden, das ist weniger peinlich für alle Beteiligten.«

Allerdings hätte es noch weitaus schlimmer kommen können. Nicht auszudenken, wenn Antonia einen Italiener kennen gelernt hätte… Er würde Gott für diese kleine Gnade danken, wenn er sein Abendgebet sprach. »Ich lasse mich nicht beschwatzen. Ich denke, dass ich ein guter Vater bin, und unter anderen Umständen, zum Beispiel wenn sie sich mit einem netten französischen Mädchen mit vergleichbarer Herkunft angefreundet hätte, dann hätte ich wohl das Geld für diese Ferien aufgebracht. Ich weiß sehr wohl, dass Reisen bildet.«

»Wir könnten ihn hierher einladen, Dad.« Tonys Bruder Frederick blickte von den Logarithmen auf, mit denen er sich gerade plagte. »Es gibt sicher auch anständige Franzosen, und wenn Antonia den Jungen mag, ist er bestimmt ganz nett. Schauen wir ihn uns einfach an, bevor du Antonia ins Ausland reisen lässt. Er soll sehen, dass sie aus einer soliden Familie kommt. Und falls er irgendwelche Flausen im Kopf hat, weil sie Kunst studiert, wird er eines Besseren belehrt werden.«

Die Eltern betrachteten ihren Sprössling. Hieß es nicht in der Bibel: »Aus dem Munde der Kinder«?

Deshalb erhielt Tony einen Brief, in dem stand, ihre Eltern könnten ihr nicht gestatten, eine Auslandsreise in Gesellschaft eines jungen Mannes zu unternehmen, den sie nur aus den Erzählungen ihrer Tochter kannten. Sie würden sich aber freuen, Mr. Fougère übers Wochenende als Gast begrüßen zu dürfen.

»Die Vorladung«, meinte Blaise lachend, als sie ihm davon erzählte. »Sie versetzt mich in Angst und Schrecken.«

»Du wirst dich zu Tode langweilen«, klagte Tony. »Am Freitagabend gibt es Fisch. Am Samstag gehen wir in den Tennisclub und schauen zu, wie Freddy – das ist mein Bruder – und Vater ein Doppel spielen. Immerhin gibt es dort guten Tee. Nach dem Abendessen spielen wir Bridge. Am Sonntag besuchen wir die Messe und essen im Gasthaus zu Mittag. Mein Gott, du bist ja katholisch.«

»Sag das nicht so, als wäre ich ein Aussätziger. Keine Sorge, ich bin außerdem noch Franzose und kann Zugeständnisse machen.«

»Und Blaise, lieber Schatz, mein süßer Blaise, dir ist sicher klar, dass du nicht in mein Zimmer kommen kannst.«

Er richtete sich zu voller Größe auf und bedachte sie mit einem furchterregenden Blick. »Madame, Sie beleidigen mich. Ich bin ein Gentleman.« Dann ließ er sich neben sie aufs Bett sinken, und seine Hände begannen ihren Körper zu erkunden. »Ich werde der perfekte Gast sein, aber jetzt benehme ich mich unperfekt.«

»Nicht perfekt«, wollte sie ihn korrigieren, aber seine Lippen waren schon auf den ihren.

Der Besuch verlief genauso, wie Tony es sich vorgestellt hatte. Sie versuchte sich nicht dabei ertappen zu lassen, wie sie Blaise ansah. Ihr Blick musste sie verraten. Aber ihr Vater wusste Bescheid, davon war sie überzeugt. Er gab sich kühl und bemüht höflich, aber war er Fremden gegenüber nicht immer so? Außerdem war Blaise nicht nur ein Fremder, er war Ausländer.

Schlimmer noch war ihre Mutter. Sie redete wie ein Wasserfall. Tony zeichnete boshafte kleine Karikaturen von ihr: ihre Mutter mit offenem Mund, dem eine Unzahl alberner Bemerkungen entströmten.

»Ein Sänger. Wie nett. Sie müssen für uns singen. ›One Fine Day.‹ Für dieses Lied schwärme ich.«

»Antonia sagt, Sie sind Franzose. Wie klug Sie sein müssen, dass Sie so gut Englisch sprechen.«

Und dann der Albtraum der Gastgeberin. »Ich hoffe doch, Sie mögen englisches Essen.«

Freddie benahm sich wie ein Missionar, der Heiden bekehren möchte, obwohl Blaise kein Heide, sondern Katholik war. Vielleicht war das für jemanden wie Freddie ja noch schlimmer.

Blaise war ungezogen und meinte, Freddie sei wohl schon als Erzbischof auf die Welt gekommen.

Tony wälzte sich im Bett herum, dachte an Blaise, der nur zwei Türen weiter schlief; sie hoffte und betete, er möge vergessen, dass er ein Gentleman war. Aber sie hoffte vergebens, denn als praktisch denkender Franzose war er eingeschlafen, sobald sein Kopf das Kissen berührte.

Es hatte ihn einige Mühe gekostet, sich um eine Gesangsdarbietung zu drücken.

»Ich bin nicht aufgewärmt«, hatte er Mrs. Noble erklärt, die eiligst noch ein Scheit ins Feuer legte.

»Seine Stimme, Judith, seine Stimme«, hatte Tonys Vater in gereiztem Ton bemerkt. Blaise hatte Erbarmen mit ihr und bat sie, ihm noch einmal ihren Garten zu zeigen, da er ihn an den seines Vaters erinnere. Das war gelogen: Der Rosengarten seines Vaters, der sich über zweieinhalb Hektar erstreckte, war ein Meisterwerk. Aber, so erinnerte er Tony im Zug nach London: »Ich bin ein Gentleman, und Gentlemen sind immer um das Wohlbefinden der anderen besorgt. Höflichkeit, *ma mie*, kostet nichts.«

KAPITEL 5

Schottland 1998, London 1998

Ein Dutzend rote Rosen wurde für Holly in der Schule abgegeben. Die Kinder ihrer Klasse waren nicht die Einzigen, die höhnisch johlten – oder neidische Blicke auf die Blumen warfen.

»Da will wohl jemand was wieder gutmachen?«, meinte Fiona Gilmour, die Schulsekretärin, die die Blumen entgegengenommen hatte. Sie überreichte Holly das Bouquet mit einem großen leeren Eiskrembecher aus Plastik. »Die Kristallvase habe ich leider zu Hause vergessen. Das muss reichen.«

»Wir hatten Streit«, gestand Holly. »Danke, Fiona.« Sie nahm die Blumen mit ins Klassenzimmer, wo sie den ganzen Nachmittag standen. Obwohl sie dort ein wenig fehl am Platz wirkten, hatte sie doch ihre Freude daran.

Als sie zu Hause war und die Blumen in ihrer schönsten Vase arrangiert hatte, rief sie John im Büro an.

»Es tut mir auch Leid«, sagte sie, nachdem sie sich Johns Selbstanklage angehört hatte. »Pass auf, John. Tonys Galerist war im Cottage und hat die Bilder begutachtet. Er war sehr angetan. Am Samstag treffe ich mich mit Mr. Gilbert.«

»Wunderbar, ich komme mit.«

Sie zögerte.

»Ich bin auch Anwalt, Holly«, sagte er, und seine Stimme klang streng und zugleich gekränkt. »*Dein* Anwalt. Vielleicht sollte ich doch dabei sein.«

»Das wäre schön, John, nur – er hat mich in seinen Club in der Princes Street zum Mittagessen eingeladen. Am Samstag hat seine Kanzlei nicht geöffnet. Er erweist mir einen großen Gefallen, und dafür bin ich ihm sehr dankbar. Ich kann ihn schwerlich fragen, ob ich noch einen Gast mitbringen darf.«

»Nein, das sehe ich ein. Aber vergiss nicht, Juristen tun einem keinen Gefallen, wenn sie sich nichts davon versprechen. Wenn diese Bilder gut sind, Holly, dann bist du als Klientin alle Mühe wert.«

Darauf erwiderte sie nichts. An seinen Worten war sicher etwas Wahres, aber sie wollte lieber glauben, dass Henry Gilbert einfach ein netter Mensch war.

»Trefft ihr euch im New Club?«, fragte John schließlich.

»Ja.«

»Sehr gut. Ich bin zu Hause, falls du danach mit mir reden willst. Ich liebe dich, Holly. Du fehlst mir.«

»Du mir auch.« Als Holly aufgelegt hatte, fragte sie sich, ob das wirklich stimmte.

Mit Henry Gilbert, Tonys Anwalt aus Edinburgh, hatte sie auf der Trauerfeier gesprochen, aber sie konnte sich überhaupt nicht an ihn erinnern. Groß, hager und irgendwie asketisch, dachte sie, mit gestreifter Hose und dunklem Jackett, die Karikatur eines schottischen Anwalts. Sie traf ihn im eleganten Foyer des New Club, der heiligen Feste der Rechtsgelehrten, die in der Princes Street drohend auf die Passanten herabblickte. In Wirklichkeit war Henry Gilbert alles andere als die Karikatur eines Schotten, sondern ähnelte eher einem fröhlichen Gartenzwerg. Er war klein und lebhaft, vollständig kahl, trug aber einen entzückenden weichen weißen Bart, und seine Augen funkelten, vor allem als er sah, dass sein Gast die Aussicht auf das Schloss von Edinburgh wie ein Kind bestaunte.

»Wie wäre es mit einem kleinen Rundgang, Miss Noble?«, fragte er. »Wir haben hier einige schöne Gemälde und Bücher und natürlich diese unschätzbare Aussicht.«

Das imposante Schloss schien alle Fenster zu füllen. »Nächstes Mal müssen Sie Ihren Fotoapparat mitbringen.«

Henry Gilbert hatte nicht nur funkelnde Augen, er war auch äußerst gewitzt.

»Hatten Sie schon Zeit, sich Ihr Erbe anzusehen, Miss Noble?«

»Ja, und es sind einige Fragen offen.«

»Sie sind jetzt eine wohlhabende Frau, meinen Glückwunsch. Ihre Tante hat Sie sehr geliebt, sie hat ihr Testament mehrmals mit mir durchgesprochen. Haben Sie den Schmuck schon?«

»Ja, aber natürlich kann ich ihn nicht behalten.« Sie überlegte, wie sie ihm das erklären sollte.

»Wenn Sie den Schmuck verkaufen wollen, kann ich Ihnen natürlich behilflich sein, aber ich glaube, sie hat gehofft, Sie würden einige ihrer Lieblingsstücke behalten. Sie dachte, die Rubine könnten Ihnen stehen und die Diamantohrringe – sie war sicher, dass Sie Ohrringe tragen.« Er warf ihr einen pfiffigen Blick zu. »Er ist für annähernd eine Million versichert.«

Ihr Magen zog sich zusammen. »Eine Million …?«

»Pfund selbstverständlich«, entgegnete er ernst. »Geht es Ihnen gut? Lieber Himmel, Sie sehen etwas mitgenommen aus.« Er winkte dem Kellner. »Ich bestelle Ihnen einen Brandy.«

»Nein, mir geht es gut. Es ist nur … Mr. Gilbert, fast der ganze Schmuck ist in meiner Handtasche, und ich bin gerade vom Parkplatz unter dem Schloss zu Fuß hierher gegangen.«

Nun war er plötzlich ganz Anwalt. »Vollkommen unverantwortlich und leichtsinnig, Miss Noble. Aber es war auch unvernünftig von Ihrer Tante, den Schmuck im Cottage aufzubewahren. Jedenfalls wusste ich über die Juwelen und ihren Wert Bescheid. Von den Bildern hingegen wusste ich nichts, und das war ein Fehler von Miss Noble, wenn ich mir diese Bemerkung erlauben darf. Eine höchst unbefriedigende Situation – aber ich habe mir von einigen Leuten Auskunft über ihren ungefähren Wert geben lassen, ohne dass sie die Gemälde gesehen hätten. Wenn sie echt sein sollten, und daran habe ich keinen Zweifel, dann sind sie sehr wertvoll. Miss Noble war eine der angesehensten Malerinnen ihrer Zeit. Wahrscheinlich wissen Sie, dass sie in den Nachkriegsjahren zur Kultfigur der Londoner Gesellschaft wurde. Jeder, der etwas darstellte, wollte sich von ihr porträtieren lassen. Ein bisschen wie Sargent oder Raeburn.«

»Ich hätte Sie schon bei unserem Telefongespräch fragen sollen, Mr. Gilbert – wussten Sie eigentlich von der Beziehung meiner Tante zu Blaise Fougère, dem französischen Tenor? Die Bilder im Atelier sind Porträts von ihm.«

»Ich war der Anwalt Ihrer Tante, Miss Noble, nicht ihr Vertrauter. Ich weiß jedoch, dass sie Blaise Fougère 1952 für die Pariser Oper und 1949 für das New Yorker Opernhaus gemalt hat. Dieses Gemälde ging übrigens später als Geschenk an Covent Garden. New York gab 1960 ein weiteres Porträt in Auftrag, aber sie hat es nie abgeliefert. Nach 1960 malte sie sehr viel weniger und fast ausschließlich Landschaften und Meeres-Ansichten.«

»Sie hat Turners Gemälde geliebt«, sagte Holly, und ihre Stimme stockte. »Sie meinte, wenn man *Das alte Rom. Agrippina trifft mit der Asche des Germanicus ein* und *Venedig: Sturm bei Sonnenuntergang* betrachtet, sei das ein ganzes Semester Vorlesungen über Farbe und Licht wert.«

Er hüstelte und machte sich mit seinen Stiften zu schaffen. Von Farbe und Licht verstand er nichts. Zurück zum Recht. Das war leichter zu begreifen. Wieder hüstelte er. »Wenn«, so begann er streng, »die Gemälde also unseren Vermutungen entsprechen, und ich sehe keinen Grund, das anzuzweifeln«, fügte er eilig hinzu, als er ihren empörten Blick sah, »dann werden sie überaus begehrt sein. Vielleicht kennt der Galerist die Provenienz der einzelnen Bilder. Ich kann Ihnen nur sagen, dass die Fougère-Stiftung nach meinem Kenntnisstand mit der Hartman Corporation in Verbindung steht, und wenn Sie es wünschen, werde ich dazu weitere Nachforschungen anstellen.«

Ein Kellner brachte das Essen, und Holly genoss die verlockenden Düfte – das Frühstück lag schon lange zurück. Sie griff nach ihrer Gabel. »Die Hartman Corporation? Klingt nach Geld.«

Henry Gilbert prüfte zunächst den Wein, der soeben serviert wurde. Dann antwortete er: »Üblicherweise bezeichnet man das als stinkreich. Ihr Vermögen, meine liebe Miss Noble, ist auch nach dem Verkauf der Gemälde ein Nichts im Vergleich zu den Hartmans dieser Welt.«

Holly rutschte nervös auf ihrem Stuhl hin und her. Sie interessierte sich nicht für die Hartman Corporation, aber wenn dort jemand mit Blaise Fougère in Beziehung stand, sollte er von den Gemälden erfahren.

»Der Name sagt mir nichts, Mr. Gilbert, aber ich würde irgendwelche Angehörige gern über die Existenz der Gemälde informieren – eigentlich müssten sie sich doch dafür interessieren. Ich könnte jemandem von ihnen die Gemälde zeigen und vielleicht eines dieser Stiftung spenden.«

Der Anwalt machte ein verblüfftes Gesicht. »Sie haben keinerlei Verpflichtungen, Miss Noble, und ich bin mir nicht sicher, ob das nicht höchst unpassend wäre. Wie gesagt, ich war nicht Miss Nobles Vertrauter. Das betraf aber nicht alle Bereiche, denn sie hat mir durchaus erzählt, was sie sich für Sie erhoffte. Sie war sehr stolz, als Sie sich entschlossen, für diese Hilfsorganisation in Afrika zu arbeiten, doch sie fürchtete, dass Sie, so wie Ihr Vater, den Kontakt zu anderen jungen Menschen verlieren könnten. Er hat, glaube ich, ziemlich spät geheiratet, und sie hoffte, dass Sie …«, er lächelte, »einen netten jungen Mann kennen lernen, sich verlieben und eine Familie gründen.«

»Das habe ich auch getan«, erwiderte sie sarkastisch. »Zweimal. Mich verliebt«, fügte sie hinzu, als sie sein erstauntes Gesicht sah. »Und was Afrika betrifft – ich habe jeden Augenblick genossen. Um die Jahre, die ich dort verbracht habe, tut es mir nicht Leid.«

»Gut, dann lassen wir uns jetzt diesen köstlichen Barsch schmecken. Nach dem Essen werde ich den Schmuck mit dem Taxi in meine Kanzlei bringen und dort im Safe verwahren.«

Holly spazierte durch die Princes Street Gardens zu dem Parkplatz, auf dem sie ihr Auto abgestellt hatte. Ihr Herz und ihre Tasche waren leichter, und sie freute sich an dem Park, in dem noch Ende September die Farbenpracht der Blumenrabatten zu bewundern war. Ein paar beherzte Spaziergänger wanderten die

Wege vom Park hinauf zu den Schlossmauern – bestimmt gab es dort einen Eingang –, und erste Herbstblätter segelten in die Pfützen hinunter, die der Regen in dem großen, trockenen Brunnen hinterlassen hatte. Sie schwor sich, das nächste Mal einen dieser ansteigenden Wege entlangzugehen, um zu sehen, wo er hinführte.

Sie fuhr nach Hause und rief Otto in seiner Galerie an. Er reagierte ausweichend. »Man hat es vermutet, Holly. Mehr kann ich nicht sagen.«

Holly war enttäuscht. Sie war überzeugt gewesen, wenn jemand etwas über Blaise Fougère und seine Rolle in Tonys Leben wusste, dann ihr Galerist. »Sie haben die Gemälde gesehen. Diese Bilder erzählen die Geschichte ihrer Liebe, Otto. Wissen Sie denn nichts über Fougère? Warum sie nie geheiratet haben? Wenn sie sich so geliebt haben, wie diese Bilder zeigen, warum haben sie dann nicht zusammengelebt?«

»Fougère hat Anfang der vierziger Jahre geheiratet, glaube ich, oder kurz nach dem Krieg.«

»Und aus der Kriegszeit gibt es keine Gemälde.« Holly war aufgeregt. »Ich habe Bilder von 1937 gesehen und Bilder aus den sechziger Jahren, oder gab es auch welche aus den Fünfzigern?«

»Sie hat gemalt, Holly. Wir haben Landschaften für sie verkauft, ein paar Porträts und ihre Schwäne.«

»Schwäne? Ich kann mich nicht erinnern, dass sie viel für Schwäne übrig hatte. Aber wahrscheinlich sind hübsche See-Stücke mit Schwänen etwas für Leute, die nicht viel von Kunst verstehen.«

Sie kreuzte die Finger und kam wieder zu dem Thema, das ihr am Herzen lag: »Ich glaube, Mr. Fougère hatte keine Kinder.«

»Nein.« Holly umklammerte den Hörer und lauschte gespannt, aber vergebens. Warum fand er keine Worte? Was musste er ihr sagen?

»Keine Kinder?«

»Holly, es gibt einen Neffen.« Er räusperte sich und setzte neu an. »Es gibt einen Neffen aus der Ehe von Fougères Schwester

Nicole mit einem Amerikaner, Bradley Hartman, der aus einer reichen Familie aus Pennsylvania stammt. Sie haben mit Bergwerken angefangen, genug verdient, um in die Politik zu gehen, und dann kamen diverse andere Projekte hinzu. Heute steckt das Geld der Familie in mehr Branchen, als ich Bilder in meiner Galerie habe. Der Senator ist vor etwa acht Jahren gestorben, aber es gibt einen Sohn, Taylor Fougère Hartman. Er dürfte Anfang vierzig sein und gehört wahrscheinlich zu den reichsten Männern Amerikas, da er alles von der Familie seines Vaters, seinem Onkel und seinen französischen Großeltern geerbt hat.«

»Ich weiß. Laut Mr. Gilbert ist er stinkreich.«

»Was bei dieser Ausstellung umgesetzt wird, wäre für Hartman ein Kinkerlitzchen.«

Holly seufzte. »Das habe ich schon gehört.« Sie interessierte sich weder für Taylor Hartman noch für sein Geld, aber da er offenbar der einzige lebende Verwandte von Blaise Fougère war, sollte er von den Gemälden erfahren. »Ich finde, wir sollten ihm sagen, dass es die Bilder gibt – sie müssten ihn eigentlich interessieren. Wäre es nicht nett, wenn er mir etwas über Tony und Blaise erzählen könnte? Und vielleicht ist ja ein Gemälde darunter, das er gern haben möchte. Ich könnte ihm eines überlassen.«

»Hartman ein Gemälde überlassen?« Ihm fehlten die Worte. Holly konnte sich lebhaft vorstellen, wie sein Verstand und sein Gewissen arbeiteten. »Holly, zufällig bin ich ihm einmal begegnet, und ich kann Ihnen die Nummer seines Büros in New York geben, aber er kann es sich leisten, eines der Bilder zu kaufen. Überstürzen Sie nichts! Und machen Sie sich keine Sorgen um die Hartmans. Die können sich um sich selbst kümmern.«

»Meine Tante hat Blaise Fougère geliebt. Bestimmt hat sie – wie heißt er gleich – Taylor gekannt. Taylor, was für ein alberner Vorname! Aber egal, wie er heißt, Otto, es wäre in Tonys Sinn, dass er die Gemälde sieht.« Sie verspürte einen Schauder der Erregung. Mit einem Mal waren die Gemälde mehr als nur ein Erbe. »Otto, abgesehen von ihrem künstlerischen Wert stellen sie ein kulturgeschichtliches Dokument dar. Verstehen Sie das nicht? Sie erzählen sehr viel über das lange Leben eines berühmten Mannes. Auf manchen Bildern wirkt er so glücklich und auf anderen so unglücklich, geradezu deprimiert. Bestimmt ist es faszinierend, gemeinsam mit Mr. Hartman sein Leben zu erforschen.«

Später hatte sie das Gefühl, das sei die Untertreibung des zwanzigsten Jahrhunderts. Es dauerte Wochen, auch nur bis zum Vorzimmer des Allerheiligsten vorzudringen, in dem Taylor Hartman residierte. Die Sekretärinnen seiner Sekretärinnen hatten Sekretärinnen, und keine von ihnen war bereit, Holly zu ihm durchzustellen.

Holly erzählte John von ihren enttäuschenden Erfahrungen. Er hatte sie zum Essen ins Rogano eingeladen, ihr Lieblingsrestaurant. Holly fühlte sich innerlich zerrissen; sie hatte das Gefühl, dahinzutreiben wie die Schwäne der Torry Bay – nicht in eine bestimmte Richtung, sondern im Sog der Gezeiten, und das war in diesem Fall Johns stärkere Persönlichkeit. Andererseits gab es zu bedenken, dass sie in den letzten fünf Jahren sehr viel in diese Beziehung investiert hatte. Sie konnte sie nicht wegen einer Sache aufgeben, die sich womöglich als bloße Laune erweisen würde.

Aus diesem Grund gingen sie nicht mehr unbefangen miteinander um, und John benahm sich vorbildlich. Er war der perfekte Partner für ein Rendez-vous, charmant, höflich, aufmerksam, aber nicht aufdringlich. Und er achtete peinlich darauf, Hollys Erbe nicht zu erwähnen, bis sie selbst darauf zu sprechen kam.

»Wenn du herausfinden würdest, dass es einen Haufen unbekannter Meisterwerke gibt, auf denen ein Familienmitglied von dir dargestellt ist, John, würdest du sie dann nicht sehen und vielleicht eines davon als ganz besonderes Andenken haben wollen?«

John schwenkte sein Brandyglas und sog das Aroma ein. »Ich versuche mich in die Gedankenwelt einer Frau zu versetzen, Holly. Das ist nicht sexistisch gemeint, glaub mir. Ein Teil meines Gehirns sagt, dass der steinreiche Mr. Hartman alle Andenken besitzt, die ihm etwas bedeuten. Warum also sollte ihm etwas an einem

Gemälde liegen, noch dazu als Geschenk von dir? Er ist keines von deinen armen Waisenkindern, Holly.«

»Darum geht es nicht.« Sie beugte sich vor, und er sah die Erregung in ihren Augen. »Das ist nicht irgendein Gemälde, John. Es stammt von Tony Noble.«

»Ich wünschte, du würdest mich so aufregend finden wie diesen Wirtschaftsboss.«

Sie legte ihre Hände in seine. »Ach, John, Liebling, es geht doch nicht um ihn, es geht um die Bilder.«

»Du hast dich verändert, Holly.«

Sie lehnte sich erstaunt zurück. »Das stimmt nicht. Versuch mal, mich zu verstehen. Es geht nicht um das Geld. Ich hätte mir nie träumen lassen, dass Tante Tony Geld hat. Sie hat so bescheiden gelebt, und ich kann mich nicht erinnern, wann sie zuletzt ein Bild verkauft hat. Jetzt weiß ich, dass diese Bilder existieren, aber ich kann es einfach nicht glauben. Es ist gar nicht das Geld. Es ist, bitte, Liebling, lach nicht, aber das Cottage hat einfach etwas, eine besondere Atmosphäre. Es ist, als wäre mir eine heilige Pflicht übertragen worden.«

»Und als Dreingabe der Schmuck im Wert von einer Million.«

»Daran denke ich gar nicht. Eines Tages werde ich begreifen, dass es sie wirklich gibt. Ich kann das alles einfach nicht fassen. Fougère hat eine Stiftung gegründet. Vielleicht wäre ja eine Tony-Noble-Stiftung zugunsten künstlerisch begabter Kinder sinnvoll. Es gibt bestimmt wirklich begabte Kinder, die zu arm sind, um den Unterricht zu bezahlen.«

»Wie wär's mit einer Holly-Noble-Stiftung zugunsten mittelloser Juristen, die in die Politik gehen wollen, um für alle Kinder etwas zu tun?«

Sie sah ihn über den Rand ihrer Kaffeetasse an und nahm bedächtig einen Schluck. »John, auf das Geld kommt es nicht an. Natürlich hast du meine volle Unterstützung, die hattest du immer, aber ich muss das tun, ich muss es für Tony durchziehen.

Dann kann ich über Geld und Investitionen und dieses ganze Juristengerede nachdenken.«

»Ich dachte, ich rede als Verlobter mit dir.«

War sie unfair? Schwäne, die in heiterer Ruhe über das Wasser glitten, paddelten in Wirklichkeit wie verrückt unter der stillen Oberfläche. Genau das tat sie, sie paddelte wild, um den Kopf über Wasser zu halten.

»Setz mich nicht unter Druck, John! Ich habe so viel im Kopf, vor allem Schuldgefühle. Sie war für mich da, in meiner Kindheit, als meine Eltern nicht belästigt werden wollten. Genauso während der Studienzeit, bei den ersten Jungenfreundschaften. Und ich habe mich in den letzten Jahren nicht besonders viel um sie gekümmert.«

Er winkte dem Kellner. »Und das ist vermutlich meine Schuld.«

»Nein, meine. Ich bin für mich und meine Handlungen selbst verantwortlich, und ich bin nicht gerade zufrieden mit mir. Ich schulde ihr etwas.«

»Weil sie dir die Geschenke ihres Herzensbrechers hinterlassen hat.«

Als er den Schock in ihren Augen sah, fügte er hastig hinzu: »Tut mir Leid, tut mir Leid, Holly, aber für mich ist das alles auch nicht so einfach.«

Er war laut geworden, und Holly wand sich innerlich vor Scham, als sie merkte, dass andere Gäste lächelnd oder verwundert herübersahen. Sie verließ das Lokal vor ihm und wartete draußen, bis er die Rechnung bezahlt hatte. »Ich fahre nach Hause, John. Ich brauche Zeit zum Nachdenken.«

»Überleg nicht zu viel, Holly!«, sagte er, drehte sich auf dem Absatz um und ließ sie auf dem Bürgersteig stehen.

Sie sah ihm kurz nach, dann ging sie die Straße entlang und fand glücklicherweise gleich ein Taxi. Überleg nicht zu viel! Nein, sie musste nachdenken – über einiges, aber vor allem über Tony und deren Leben, von dem sie als Nichte nichts gewusst hatte, und über Tonys Liebe zu Blaise Fougère. Sie rief sich in Erinnerung, was sie alles erledigen wollte: erstens – irgendwie Kontakt mit Taylor Hartman aufnehmen.

John war dank seines Scharfsinns und seiner Weltklugheit zu dem Schluss gekommen, Hartman habe offenbar persönlich entschieden, dass ihn Miss Holly Noble nicht interessiere. Er wartete drei Tage, dann stattete er Holly mit einem weiteren Blumenstrauß einen Besuch ab.

»Ich hatte gehofft, dass ich dich am Wochenende nach Torry Bay begleiten darf.«

Holly starrte ihn an. Torry Bay und John. Sie steckte die Nase in die Blumen und unterdrückte die niedrige Anwandlung, dass sie John nicht dabeihaben wollte.

»Ich weiß nicht, John. Das ist nett von dir, aber …«

»Wir sind beide angespannt, Liebling, und ich glaube, dass dieser Hartman der Grund dafür ist. Wenn du ihm erst einmal von der Ausstellung erzählt hast, geht es dir bestimmt besser.«

»Er ruft mich nicht zurück.«

»Sag einer seiner Vorzimmerdamen, dass du vorhast, die Romanze in die Boulevardpresse zu bringen.«

Holly war schockiert. »Das wäre unmoralisch und unredlich. Ich möchte, dass er die Gemälde sieht und sich eines aussucht, aber wenn er kein Interesse daran hat, dann werde ich sie ausstellen und verkaufen – abgesehen von denen, die ich behalten werde.«

Er lachte. »Wahrscheinlich die, auf denen du dargestellt bist. Ich wette, du warst ein goldiges kleines Mädchen.«

Holly zuckte zurück, als er neckend die Hand nach ihr ausstreckte. »Vielleicht behalte ich ein Gemälde, es heißt *Onkel Feuer*, aber nicht die anderen. Es gibt ein paar traurige Bilder, die mir gefallen. Das muss ich mir noch durch den Kopf gehen lassen.«

Was ist eigentlich los mit mir? Er ist mein Verlobter. Seit fünf Jahren leben wir praktisch zusammen, und jetzt ertrage ich es kaum noch, wenn er mich anfasst. Reiß dich zusammen, Holly!

Sie ließ sich von ihm in die Arme nehmen und lehnte sich an ihn. »Du hast Recht. Ich bin auch nervös. Fahren wir für den Nachmittag rauf« – sie wollte im Cottage nicht mit ihm schlafen –, »und ich zeige dir ein paar Bilder.«

In der folgenden Woche erschien ein Bericht über die Entdeckung der Gemälde in der *Daily Mail.* Wenige Stunden nach der Veröffentlichung meldete sich Taylor Hartman aus New York. Die Behauptung, er sei wütend, wäre eine Untertreibung gewesen.

Holly hatte unglücklicherweise keine Ahnung, wovon er überhaupt sprach, und war entsetzt, als er es ihr sagte. Wer kann eine solche Story verkauft haben?, fragte sie sich. Jemand aus Mr. Gilberts Kanzlei, aus Ottos Galerie? Eine dritte Möglichkeit wollte sie sich nicht vorstellen.

»Mr. Hartman«, begann sie mit zittriger Stimme und war froh darüber, dass der Atlantik zwischen ihnen lag und er ihre bebenden Knie nicht sehen konnte, »bitte glauben Sie mir – ich habe diese Zeitung nicht informiert, und mir ist schleierhaft, wer es getan haben könnte. Alle, die von der Existenz der Gemälde wissen, sind vollkommen …«

Er fiel ihr ins Wort. »Auf mindestens einen trifft das nicht zu, Miss Noble. Verlangen Sie sofort eine Richtigstellung und eine Entschuldigung. Diese Gemälde, falls es sie wirklich geben sollte, zeigen mit Sicherheit nicht Blaise Fougère. Allein der Gedanke ist völlig absurd.«

Hollys Knie beruhigten sich allmählich wieder, und auch ihre Zunge klebte nicht mehr am Gaumen. Sie wollte sich nicht einschüchtern lassen. »Hören Sie mir zu«, setzte sie an, aber er sprach bereits wieder.

»Haben Sie überhaupt eine Vorstellung, wie viele Frauen zu Lebzeiten meines Onkels behauptet haben, mit ihm eine Affäre gehabt zu haben, Miss Noble?« Seine Stimme bebte vor unterdrücktem Zorn. »Und jede Einzelne von ihnen war eine Lügnerin. Die Welt der Oper ist von geisteskranken Groupies bevölkert, die in ihren Phantasien leben. Blaise Fougère war ein Gentleman. Er war meiner Tante treu und hätte nie etwas getan, was sie verletzt hätte.«

»Antonia Noble war eine herausragende britische Malerin«, entgegnete Holly. »Es gibt zwei berühmte Gemälde von ihr, die Blaise Fougère zeigen.«

»Ja, ja, ich weiß«, sagte er ungeduldig. »Pralinenschachtelbildchen, beide, krankhaft sentimental. Als Lohengrin in Paris und ein widerwärtiger des Grieux, der sich nun in London befindet. Sie sollten sich den einmal ansehen – hundsmiserabel.«

»Zweifellos sind Sie nebenberuflich ein namhafter Kunstkritiker, Mr. Hartman.« Holly war nun ganz ruhig – Tony war niemals sentimental oder süßlich gewesen. Sie verabscheute diesen Hartman. »Die Sache ist die, es befinden sich über vierzig Gemälde, die Mr. Fougère zeigen, in meinem Haus in Schottland. Sie sind signiert und datiert, und bei keinem handelt es sich um Rollenporträts. Es sind Bilder eines großen Sängers *en vacances*, sozusagen. Das erste ist 1937 entstanden und das letzte in den achtziger Jahren.«

»Eine Obsession«, meinte er nach einer Pause. »Ein kranker Geist. Opernsänger, vor allem die wenigen wirklich großen Tenöre, ziehen solche Leute an.«

»Es gibt da auch einige wunderbare Juwelen, Mr. Hartman. Der Anwalt meiner Tante versichert mir, dass die Stücke wertvoll sind … Was die Bilder betrifft, auf einigen davon bin ich auch zu sehen, und meine Tante hätte mich niemals in eine Phantasieumgebung versetzt. Es sind authentische Porträts, und die Welt hat das Recht, sie zu sehen.«

Eine Weile herrschte Schweigen, und Holly wartete ab, während er sich eine neue Strategie zurechtlegte. »Sie wollen mir also erzählen, Sie hätten ihn gut gekannt, und er hätte Sie auf seinen Knien reiten lassen?« Seine Stimme klang sarkastisch, hasserfüllt und überraschenderweise verletzt.

»Ich kann mich nicht an ihn erinnern, Mr. Hartman.«

»Wo sind die Bilder?«

Holly lachte. »An einem Ort namens Torry Bay bei Achahoish in Argyll.«

Sie glaubte ein Keuchen zu hören, dann fluchte er leise auf Französisch. »Das ist so gottverdammt grauenhaft, dass es wahr sein muss«, sagte er schließlich auf Englisch. »Haben Sie die Bilder fotografiert?«

Auf die Idee war sie gar nicht gekommen. »Nein.«

Wieder fluchte er, diesmal auf Englisch. »Dann tun Sie das mal, Miss Noble. Dann rufen Sie mich unter dieser Nummer an, und wir treffen uns in London. Ich kann in drei Stunden dort sein …«

»Ich arbeite für meinen Lebensunterhalt, Mr. Hartman, und kann nicht Ihnen zuliebe alles stehen und liegen lassen.«

»Ich lasse wegen Ihnen und Ihren Schinken auch alles stehen und liegen, Miss Noble. Rufen Sie mich an!«

Sie rief John an und erzählte ihm von dem Überraschungstelefonat. »Aus heiterem Himmel, John. Nachdem ich mir so viel Mühe gemacht habe, ihn zu erreichen, klingelt das Telefon, ich nehme ab und habe diesen wutentbrannten Taylor Hartman am Apparat. Sein britischer Anwalt hat ihm gesagt, in der *Daily Mail* sei ein reißerischer Artikel erschienen. ›Gemälde deuten auf Liebesnest hin‹ oder so etwas. Aber wie sollte etwas durchgesickert sein? Bestimmt hat doch Mr. Gilbert … Otto …«

»Galeristen, Holly. Eine kleine Sensation steigert die Preise.«

»Bei Otto kann ich mir das nicht vorstellen. Er war so … ergriffen von den Gemälden.« Sie verstummte, denn der Gedanke, der sie beschlich, war zu schrecklich, um ihn auszusprechen oder auch nur zu erwägen. Sie schüttelte den Kopf, um ihn zu verscheuchen. »Hartman ist bereit, nach London zu fliegen und Fotografien der Gemälde in Augenschein zu nehmen, obwohl er meine Geschichte nicht für glaubwürdig hält. Er sagt, auch andere Frauen hätten behauptet, Blaise Fougère … gekannt zu haben.«

»Vielleicht war es ja so.«

»Blaise Fougère hat meine Tante geliebt.«

»Ach, komm schon, Holly! Deine Tante ist doch nie aus diesem kleinen Cottage in Argyll herausgekommen. Das ist Phantasie, Holly. Hartman weiß das, und du willst es nicht wahrhaben. Mit den Hartmans dieser Welt lässt sich schlecht streiten. Wenn er der Presse erzählt, du seist sensationslüstern, dann macht er dich und deine Tante und dazu noch mich lächerlich, und meine Chancen in der Politik sinken auf null. Holly, Schätzchen, verkauf das verdammte Cottage und die Gemälde, und dann wird geheiratet.«

Holly starrte das Telefon an, als könne sie nicht glauben, was sie gerade gehört hatte. *Geheiratet.* Wie oft hatte sie sich im Lauf ihrer Beziehung danach gesehnt, diese Worte zu hören? Wie oft hatte er ihr gut zugeredet, damit sie einwilligte, die Hochzeit aufzuschieben?

»Ich fahre nach London, John. Sobald ich dort bin, spreche ich mit Otto. Wenn du mich jetzt entschuldigen würdest, ich gehe eine Polaroid kaufen.«

Zwei Wochen später rief sie Taylor Hartman an, und diesmal wurde sie sofort durchgestellt. Sie berichtete, sie habe nun Fotos von den Gemälden, und auf ihren Wunsch vereinbarten sie ein Treffen am folgenden Samstag.

Er hatte eine Suite im Park Lane Hotel, und Holly suchte ihn dort auf.

»Ich hatte mit einem professionellen Fotografen gerechnet, Miss Noble«, sagte er, nachdem er die Fotos einige Minuten lang begutachtet hatte, und gab sie ihr zurück. »Ich muss mir die Bilder ansehen. Es ist zwar zu erkennen, dass sie meinen Onkel darstellen, aber die Aufnahmen sind so dilettantisch, dass die Qualität der Gemälde unmöglich zu beurteilen ist.«

Holly war entschlossen, sich dieses Urteil nicht zu Herzen zu nehmen. Sie war anerkanntermaßen eine gute Fotografin, aber sie hatte noch nie Gemälde fotografiert. Jedenfalls würde sie sich von diesem Mann nicht aus dem Konzept bringen lassen. Sie war erstaunt darüber, wie sehr er seinem Onkel ähnelte. Er war ebenfalls hochgewachsen, aber eher hager, und sein Gesicht wirkte härter. Doch es ließ sich nicht leugnen, dass er gut aussah. Aber davon würde sie sich nicht beeindrucken lassen. Bestimmt war er es gewohnt, umworben zu werden. Doch das Leben und Miss Holly Noble hatten eine hübsche kleine Überraschung für ihn parat.

»Wie gesagt, die Gemälde befinden sich im Haus meiner Tante in Argyll. Ich habe vor, sie zu verkaufen. Leider kann ich nicht alle behalten.«

»Gibt es handschriftliche Briefe von meinem Onkel? Irgendeinen hieb- und stichfesten Beweis?«

»Nein. Meine Tante hat offensichtlich alles entsorgt, was nicht für fremde Augen bestimmt war. Sie hat einen Brief hinterlassen, um mich über den Verbleib der Gemälde zu informieren. Wenn es Ihnen hilft, kann ich Ihnen versichern, dass ich nicht vorhabe, die Beziehung, die zweifellos zwischen Mr. Fougère und Miss Noble existierte, publik zu machen.«

Er sah sie scharf an. »Das ›geheime Leben des großen Opernsängers‹ war also nur ein Trick, um meine Aufmerksamkeit zu erregen?«

»Dieser Artikel ist ohne mein Wissen erschienen, Mr. Hartman. Das habe ich bereits klargestellt.« Sie holte tief Luft und versuchte den Verdacht zu verscheuchen, der sich ihr immer wieder aufdrängte. »Ehrlich gesagt, glaube ich, dass er nie erschienen wäre, wenn ich eine Antwort auf meine Briefe und meine Anrufe erhalten hätte.«

»Menschenskind, gutes Mädchen. Glauben Sie, meine Angestellten haben nichts Besseres zu tun, als jedem Idioten zu antworten, der mir schreibt?«

Diese Reaktion des reichen, mächtigen Mannes hatte sie vorhergesehen und sich eine Antwort zurechtgelegt, die sie mit Stolz erfüllte. »Höflichkeit kostet nichts. Ich bin überzeugt, dass Sie einen Handlanger haben, der ein paar Hundert Briefe ausdrucken könnte, Mr. Hartman bedankt sich bla, bla, aber leider bla, bla.

Außerdem bin ich nicht Ihr gutes Mädchen. Und wenn Sie die Gemälde sehen möchten, ich bin praktisch jedes Wochenende in Achahoish und kann Sie in Torry Bay empfangen.«

Er stand auf, und sie hatte das deutliche Gefühl, dass er ihr am liebsten an die Gurgel gesprungen wäre. Nein, Mr. Hartman war es nicht gewohnt, dass ihm jemand die Stirn bot.

Er trat ans Fenster und schaute auf die Autos hinunter, die sich in Schlangen an dem großen Hotel vorbeiwälzten, verzweifelt bemüht, wenigstens die nächste Ampel bei grün zu erreichen. »Kaum zu glauben, was hier in London für ein Verkehr herrscht.«

Holly sagte nichts.

»Miss Noble. Ich bin mit einer Concorde gekommen und hatte vor, heute Abend zurückzufliegen. Morgen habe ich eine äußerst wichtige Besprechung in Washington.«

»Dann wünsche ich Ihnen einen angenehmen Flug«, sagte Holly und griff nach ihrer Tasche. Sie konnte förmlich spüren, wie er sich zusammenriss.

»Miss Noble.« Sprach er mit zusammengebissenen Zähnen? Sie wagte nicht hinzusehen. »Ich werde meine Besprechung verschieben und mit Ihnen in dieses gottverdammte Nest fliegen.«

Sollte sie ihm verraten, dass sie ziemlich selten in London war und daher gehofft hatte, einen Besuch im Theater oder einer Kunstgalerie einschieben zu können? Lieber nicht.

»Ich habe für morgen einen Rückflug gebucht.« Sie deutete auf das Telefon auf dem edlen Schreibtisch am Fenster.

Er lächelte. »Erlauben Sie, dass ich alles Nötige arrangiere. Ich kann nicht auf Linienflüge warten. Am besten, Sie checken aus Ihrem Hotel aus, damit wir so bald wie möglich hinfliegen, die Gemälde ansehen und ein paar Entscheidungen treffen können. Wo kann ich Sie erreichen?«

Sie gab ihm die Nummer ihres Hotels und verließ hastig seine Suite. Sie hatte das Gefühl, überfahren worden zu sein. Ob Tonys Liebhaber wohl ebenso rücksichtslos und arrogant gewesen war wie Taylor Hartman?

»Blaise war sicher viel netter«, sagte sie laut, als sie im Fahrstuhl stand, und erntete einen fragenden Blick von der älteren Dame, die mit ihr hinunterfuhr, »und offenbar hat sie ihn ja nur in kleinen Dosen genossen«, schloss sie in Gedanken.

Später am Nachmittag rief Taylors Privatsekretär an. Sein Wagen werde Holly in genau fünfunddreißig Minuten abholen. Anschließend gehe es weiter zum Flughafen, wo eine Privatmaschine bereitstehe, die sie direkt nach Argyll bringen solle. Dort warte ein Wagen, mit dem sie bis Torry Bay weiterfahren würden.

Fünfunddreißig Minuten? Warum nicht die gute alte halbe Stunde? Taylor Hartman nahm es wohl ganz genau. Er hielt nichts von Zeitverschwendung. Sie schwor sich, rechtzeitig fertig zu sein, und das gelang ihr auch. Ihre Rechnung war bezahlt, und sie wartete im Foyer, als ein großer Bentley mit Chauffeur vorfuhr. Hartman saß im Fond, und sie stellte erfreut fest, dass er nicht mehr ganz so nach erfolgreichem Wirtschaftsboss aussah wie zuvor. Er trug Freizeitkleidung, einen hellblauen Rollkragenpullover und bequeme Schuhe. Holly erschien ihr elegant geschnittenes graues Kostüm plötzlich übertrieben vornehm.

Sein Blick verriet nicht, was er von ihrem Outfit hielt, und sie beschloss, sich keine weiteren Gedanken darüber zu machen. Schließlich hatte sie das Kostüm nicht für Taylor Hartman ausgesucht, sondern weil sie sich darin wohl fühlte.

»Reisen Sie immer mit Privatflugzeugen, Mr. Hartman?«, fragte sie, als sie sich dem Flughafen näherten.

»Nein«, erwiderte er knapp, und als würde er sich für seine schroffe Antwort schämen, ging er nun ins Detail: »Mit der Concorde fliegt man eben am schnellsten von New York nach London. Meine Zeit ist kostbar, und in einem Privatflugzeug kann ich mit meinen Mitarbeitern ungestört arbeiten. Wer weiß, Miss Noble, wenn ich meine Wasserträger – oder waren es Handlanger? – während des Fluges schuften lasse, vielleicht gönne ich ihnen ja dann nach der Landung ein bisschen Freizeit, um sich die Sehenswürdigkeiten anzusehen. Gibt es etwas Sehenswertes in Argyll?«

»Bestimmt nichts, was Sie interessieren könnte.«

»Sie haben doch keine Ahnung, was mich interessiert, Miss Noble.«

Diese boshafte Antwort war wohl verdient, sodass sie schwieg, bis das Flugzeug abgehoben hatte. Sie war schon immer gern geflogen, aber eine Reise in einer privaten Chartermaschine war wirklich ein überwältigendes Erlebnis. Vergeblich versuchte sie ihre Erregung zu verbergen.

»Die Erde sieht vom Fenster der British Airways genauso aus«, bemerkte er lächelnd, und einen Augenblick lang fand sie ihn sogar sympathisch.

Lachend lehnte sie sich zurück. »Ich weiß, aber ich kann es einfach nicht fassen, dass so ein Flugzeug überhaupt fliegt.«

Sie landeten nicht in Glasgow, wie Holly zunächst angenommen hatte, sondern auf einem kleinen Privatflugplatz bei Oban. Dort wartete ein Wagen. Auf die Taylor Hartmans dieser Welt wartete offenbar immer ein Wagen. »Sind Sie schon mal Bus gefahren?«, fragte Holly unfreundlich, aber er strafte diese Bemerkung mit Nichtachtung.

Eigentlich nicht zu Unrecht, fand sie.

Hartman studierte eine Landkarte und besprach die Route mit dem Fahrer des Wagens.

»Kommt er nicht mit?« Hartman hatte Holly den Beifahrersitz angeboten – wahrscheinlich weil ich den Weg kenne, dachte sie –, und nun zwängte er seine langen Beine hinter das Steuer.

Dann schnallte er sich an und warf ihr einen Blick zu. »Ihre Tugend ist nicht in Gefahr.«

Holly errötete und lehnte sich zurück. Beinahe wünschte sie, sie hätte ihm niemals vorgeschlagen, sich die Bilder anzusehen. Sie fuhren eine Stunde lang durch die friedliche, sonnige Landschaft. Der Herbst in Argyll zeigte sich von seiner besten Seite.

Hartman brach das Schweigen mit einem Ausruf. »Hätten Sie etwas dagegen?«, fragte er, und bevor sie etwas erwidern konnte, hielt er und stieg aus. »Alte Steine«, sagte er, als er die Tür zuschlug.

Neugierig folgte sie ihm bis zur Grenzmauer. Ihr Rock war zu kurz und zu eng, um hinüberzuklettern und die Wiese zu betreten, wo ein Kreis großer stummer Wächter darauf wartete, dass jemand ihr Geheimnis lüftete. Ohne auf das hohe, feuchte Gras zu achten, umrundete Hartman die Steine, betastete und betrachtete sie. Dann drehte er sich um, sah sie an der Mauer stehen und lächelte ihr zu. Er war wirklich ein sehr attraktiver Mann. Sie verzog keine Miene.

»Das ist *sehenswert*«, sagte er.

»Blaise war hier«, rief sie ihm über die Wiese zu. »Tony hat ... einige Bücher über die Steine der Pikten. Sie sind im Cottage.«

Sie drehte sich um und ging zurück zum Wagen. Ein paar Minuten später folgte er ihr.

»Wie wär's, wenn wir für den Rest des Tages Waffenstillstand schließen«, schlug er vor. »Ich bin am Verhungern und würde gerne in diesem kleinen Gasthaus dort hinten essen. Darf ich Sie einladen?«

Sie wäre nicht auf die Idee gekommen, nein zu sagen. Im Cottage gab es nur ein paar Konserven.

Sie fuhren zu dem Gasthof, und Holly stellte erstaunt fest, wie gut in diesem abgelegenen Restaurant gekocht wurde. Hartman schien das nicht zu überraschen.

»Ich suche immer nach solchen Lokalen. Manchmal erlebt man einen Reinfall, aber meistens haben sie eine großartige regionale Küche. Jetzt bin ich eher in der Lage, mich mit Ihnen wegen der Gemälde zu streiten.«

»Ich hätte Ihnen ja nichts davon erzählen müssen«, erklärte Holly in freundlichem Ton. Ihre Beziehung hatte sich unmerklich verändert. Vielleicht weil sie miteinander »Brot gebrochen« hatten?

Auf der Fahrt zum Haus unterhielten sie sich über die Steine und die Pikten, dieses uralte Volk, das in der Gegend gelebt und seine seltsamen Botschaften in die großen Steine gemeißelt hatte. Die Straße wand sich in Mäandern um das Tal herum, verlief kurz auf der Anhöhe und fiel schließlich steil zur Bucht hinunter ab.

»Achahoish«, sagte Holly. Angesichts der Schönheit dieses Orts und aller damit verbundenen Erinnerungen ging ihr das Herz über. »Und dort liegt Torry Bay.«

Hartman hielt an, sah Holly an und wandte sich rasch ab. »*Merde*«, sagte er.

Holly folgte seinem Blick, konnte aber nichts Außergewöhnliches, Überraschendes entdecken, was eine solche Reaktion gerechtfertigt hätte. Zwar hatte sie ihr Schulfranzösisch weitgehend vergessen, aber immerhin wusste sie noch, dass *merde* nicht gerade ein Kompliment war.

Wieder schaute sie hin und lächelte glücklich, als sie die paar Häuser sah, die sich in das Tal schmiegten, und die Purpur- und Grüntöne der Hügel. Sie sah, wie die Wellen ans Ufer rollten. Man hatte den Eindruck, als würde das Meer die Bucht umarmen.

Er schwieg, während sie auf die Rhododendronbüsche zufuhren, die das Cottage und seinen Garten in einem weiten Bogen umschlossen.

»Manchmal dringt das Meer bis zu den beiden äußersten Rhododendren vor. Hier kann es ziemlich trostlos sein, aber im Frühling ist es wundervoll, eine Mauer aus Pink und Lila.«

Er schwieg immer noch. Sie überließ ihn seinen Grübeleien und stieg aus, um die Tür aufzuschließen.

»Das Haus ist ziemlich klein«, sagte sie, als er neben ihr stand. »Schauen Sie sich nur um, wenn Sie möchten. Ich werde die Mansarde mit den Gemälden aufsperren.« Sie musterte ihn. »Vielleicht wollen Sie ja ein paar Bilder ins Wohnzimmer hinunterbringen. Dort droben ist nicht viel Platz.«

Sie ging hinauf und schloss die Tür auf. Die Gemälde standen immer noch mit dem Gesicht zur Wand. Dann folgte ihr Hartman, der sich im Türrahmen bücken musste. Das weckte eine Erinnerung in ihr.

Du kannst nicht von mir erwarten, hier aufrecht zu stehen, mamie. *Das ist etwas für kleine Elfen wie dich und meine Hollyberry.*

Sie blickte sich suchend um, aber der Geist, wenn es denn einer gewesen war, hatte das Weite gesucht, und Hartman hatte offenbar nichts gehört. Er trat zum ersten Gemälde und drehte es um. Schweigend stand er da, und als er ein weiteres Bild betrachtete, ging Holly nach unten, setzte sich ans Fenster und blickte aufs Meer hinaus.

Sie hörte, wie er umherwanderte und fluchte, als er sich den Kopf anstieß. Dann hörte sie ihn auf der Treppe.

»Holly«, rief er. Seit wann nannte er sie Holly?

»Rechte Tür«, antwortete sie, und schon stand er im Raum, der durch den großen Mann und das große Gemälde plötzlich geradezu winzig wirkte.

»Wir können sie nicht hier lassen«, sagte er. »Sie könnten gestohlen werden.«

Er lehnte das Gemälde gegen den Tisch. Es stellte Blaise inmitten einer Löwenzahnwiese dar. »Was ist Godalming?«

»Eine kleine Stadt in Surrey bei London.«

»Es gefällt mir«, sagte er. »Mein Onkel hat sich selten so entspannt gezeigt. Das Gemälde ist natürlich ziemlich primitiv. Das Gold wirkt ein wenig grell.«

»Wann sind Sie zuletzt halb nackt durch eine Löwenzahnwiese gelaufen? Mit gefällt es gut.«

Er lachte. »Ich bin vollkommen sicher, dass Sie nicht andeuten wollten, was Sie gerade angedeutet haben. Ich bin gleich wieder da.« Und fort war er. Er rannte die alten Eichenstufen hinauf und kehrte deutlich langsamer mit einem weiteren Gemälde zurück.

Gegen neun Uhr abends wurde Holly allmählich nervös. Hartman war genauso gefesselt, wie Otto es gewesen war; anscheinend hatte er die Zeit vergessen, und die Rückfahrt nach Glasgow würde mindestens zwei Stunden dauern. Sie ging nach oben und fand ihn mit gekreuzten Beinen auf dem Boden sitzend vor. »Es wird spät.«

»Haben Sie etwas zu essen im Gefrierschrank?«

Erstaunt nahm er zur Kenntnis, dass es weder Essen noch einen Gefrierschrank gab.

»Ich könnte zu der Farm auf der anderen Seite der Bucht gehen, um zu fragen, ob sie mir ein paar Eier verkaufen.«

»Wunderbar«, meinte er. »Wenn Sie uns etwas zu essen machen, werde ich mich noch ein bisschen mit den Bildern beschäftigen, obwohl es unter diesen Bedingungen kaum möglich ist, sie eingehend zu betrachten – wir müssen besprechen, wo und wann ich sie mir richtig ansehen kann. Dann werde ich ein paar Anrufe tätigen und ein Hotel auftreiben. Es macht Ihnen doch sicher nichts aus, eine Nacht zu bleiben. Sie können gern mein Handy benutzen, falls es jemanden gibt, der sich Sorgen um Sie macht.«

Nein, es machte sich niemand Sorgen, aber wie sollte sie ihm erklären, dass es hier meilenweit kein Hotel gab?

»Es gibt hier meilenweit kein Hotel.«

Er nahm es gelassen auf. »Ob sich im Badezimmer wohl noch ein alter Rasierer und eine Zahnbürste finden? Macht nichts. Mein Sekretär meinte, ich sollte auf alles gefasst sein. Er wird sich freuen, wenn er sagen kann: Ich habe Sie gewarnt.«

Holly zuckte die Achseln, zog sich flache Schuhe an und machte sich auf den Weg zu den Nachbarn. Sie fürchtete sich nicht, die Nacht mit einem Fremden in einem abgelegenen Cottage zu verbringen. Schließlich war sie eine erwachsene Frau und kein Kind. Man tat es nur einfach nicht. Sie fragte sich, wie er wohl reagieren würde, wenn sie ihm das sagte.

»Du meine Güte, Sie haben ja mittelalterliche Vorstellungen, Holly. Ich habe mir die Schlafzimmer angesehen, Sie können das kleinere haben. Falls es Ihnen etwas ausmacht, vor die Tür gesetzt zu werden, dürfen Sie das große Schlafzimmer auch mit mir teilen.«

»Sehr komisch.« Holly versuchte unbekümmert zu klingen. »Es gibt Frauen, die sich die Chance nicht entgehen lassen würden. Kommen Sie, Holly, ich bin einfach zu groß für das niedliche kleine Bett.«

»Sie wissen ganz genau, dass ich nicht über die Zimmer rede.«

Er sah sie an, als könne er kein Wässerchen trüben. »Was haben Sie denn aufgetrieben?«

»Aufgetrieben ist genau der richtige Ausdruck. Eier, Würstchen aus Wildbret und selbst gepökelten Schinken.«

»Klingt wunderbar. Sagen Sie Bescheid, wenn Sie fertig sind.«

»Ich kann nicht kochen«, erwiderte Holly ärgerlich. Das entsprach zwar nicht ganz der Wahrheit, aber er war bestimmt die hervorragende Küche erstklassiger Hotels gewohnt. Und die konnte sie ihm nicht bieten.

»Glauben Sie mir, Sie können es bestimmt besser als ich. Passen Sie auf, ich decke den Tisch und spüle anschließend ab. Ist das ein gerechter Ausgleich?«

Die Würstchen waren ein bisschen zu stark angebraten, aber Hartman beschwerte sich weder darüber noch über den Instantkaffee.

Er rückte ein Stück vom Küchentisch ab und lehnte sich auf dem Stuhl zurück. »Man könnte sich an das einfache Leben gewöhnen.«

»Nicht bei Windstärke zehn, würde ich sagen.«

»Vielleicht komme ich im Kampf gegen die Naturgewalten ja erst in Hochform.«

Da sie diesen Köder ignorierte, begann er über die Bilder zu reden.

»Ich bin Ihnen dankbar, dass Sie sie mir gezeigt haben. Zwar bin ich noch nicht überzeugt, dass mein Onkel wirklich Modell dafür gestanden hat, aber es sind hervorragende Gemälde. Und wenn es Ihnen Recht ist, hätte ich gern ein paar davon für meine Privatsammlung.«

»Es sind echte Porträts. Die beiden hatten eine Beziehung, und sie hat beiden sehr viel bedeutet. Begreifen Sie das doch endlich!«

Er wandte sich ab und sah zum Fenster hinaus. Der Himmel hatte sich violett verfärbt. »Ich habe ihn mein Leben lang gekannt. Ich hätte es erfahren«, sagte er finster.

Sie schwieg. »Ich hätte es erfahren.« Hatte sie nicht genau dasselbe empfunden? »Es sind echte Porträts. Suchen Sie sich Ihr Lieblingsbild aus.«

Darauf erwiderte er nichts. Offensichtlich hing er seinen Gedanken nach, und sie wollte ihn nicht stören.

»Ich will darüber nicht streiten«, sagte er schließlich. »Die Frage ist, was mit dem Großteil der Bilder geschehen soll. Könnten Sie sich mit dem Gedanken anfreunden, sie ordentlich unterzubringen, bis ich Nachforschungen angestellt habe … und das, was Sie mir sagen, verdaut habe?«

»Das dürfte kein Problem sein.«

»Dann werde ich jetzt ein paar Anrufe tätigen«, meinte er, stand auf und wollte nach seinem Handy greifen, das auf dem Küchenschrank lag.

»Darum kümmere ich mich selbst, Taylor.«

Er lächelte, aber nicht ganz so freundlich wie zuvor.

»Taylor«, sagte er. »Ich hatte mich schon gefragt, wann Sie mich mit dem Vornamen anreden werden. Um zu zeigen, dass wir auf gleicher Augenhöhe verhandeln.«

»Was die Bilder betrifft, habe ich das Sagen.«

»Ich will sie Ihnen ja nicht stehlen, in Gottes Namen, aber ich möchte, dass sie ordentlich untergebracht und professionell begutachtet und geschätzt werden.«

Bis zu diesem Augenblick hatte sich Holly trotz Johns Kommentaren nie ernsthaft Gedanken über den Wert der Bilder gemacht. Für Holly waren sie nichts anderes als ein langer Brief von Tony.

»Für mich sind sie vollkommen unschätzbar, Mr. Hartman, aber das verstehen Sie wohl kaum.« Sie ging an ihm vorbei zur Tür. »Das Geschirrspülmittel finden Sie unter der Spüle. Gute Nacht.«

Sie hätte sich wunderbar gefühlt, wenn sie ihn nicht hätte lachen hören, als sie in kerzengerader Haltung die Treppe hinauf in das kleinere Schlafzimmer ging.

KAPITEL 6

London 1939

Der Tanzbär

»Liebe mich, Toinette, liebe mich.«

Er knöpfte ihre Bluse auf, und sie gab sich dem Zauber seiner Hände, seiner Lippen hin. »Ich liebe dich über alles, Blaise. Ich werde dich immer lieben.«

Später saß sie in seinen Bademantel eingehüllt da und hörte zu, wie er beim Kochen summte. »Ich habe dich nie singen hören, Blaise«, meinte sie nachdenklich. Sie waren nun fast zwei Jahre zusammen, aber er hatte noch nie für sie gesungen.

Überrascht hielt er beim Eierschlagen inne. »Aber ich singe die ganze Zeit, *ma mie*. Ich habe gerade eben gesungen.«

»Du hast gesummt. Und manchmal singst du dich ein, aber das ist genau wie Wasser, das durch den Abfluss gurgelt.«

Mit der Omelette-Pfanne in der Hand verbeugte er sich, als hätte sie ihm ein Kompliment gemacht. »Ich singe auf dem Fahrrad.«

»Du summst vor dich hin, und manchmal schreist du: *En passant par la Lorraine, avec mes sabots.* Aber das ist kein Gesang.«

»Es ist mein Lieblingslied, und ich, Blaise Marie Fougère«, er verbeugte sich abermals mit großer Geste, »ich schreie nie. Ich bin Tenor, das kommt von *tenir*, halten, und nicht von schreien.«

Sie betrachtete kritisch ihre Zehennägel und beschloss, jeden mit einer anderen Farbe zu lackieren. »Das hast du mir schon mal erklärt. Wann kann ich dich einmal singen hören?«

»Es ist besser, wenn ich dich zum Singen bringe.« Seine Hände verschwanden unter ihrem Bademantel und streichelten ihren warmen Körper.

»Das Omelette«, sagte sie, bevor es zu spät war.

Er lachte und gab sie frei.

Das Omelette und der Salat mit frischen Kräutern waren köstlich. Blaise war nach seinem ersten Studienjahr in eine kleine, preiswerte Wohnung auf der anderen Seite des Flusses gezogen. Das hieß, dass sie ohne Schuldgefühle zusammen sein konnten. Er buk Omelettes, kreierte Salate und kochte wundervollen Kaffee. Tony brachte nichts Genießbares zustande. Ihre ganze Kreativität floss in ihre Bilder – und in die Liebe zu Blaise.

Die Woche über wohnte sie in dem Zimmer der Studentenpension, das ihr Vater bezahlte, aber von Freitagabend bis Sonntagabend war sie bei Blaise. Sie wusste, dass sie es ihren Eltern sagen musste, aber da feststand, dass ihre Eltern und ihr Bruder dieses Verhältnis missbilligen würden, schob sie es immer wieder auf.

»Du hast mir noch keine Antwort gegeben«, sagte sie, während sie beobachtete, wie er in der Kochecke hantierte. Sie betrachtete ihn so gerne. Sein Körper war genauso ausdrucksvoll wie seine Hände – und wie seine Stimme, davon war sie überzeugt.

»Was ich am meisten an ihr geliebt habe«, sagte er, wobei er Tony nicht ansah, sondern auf einen leeren Stuhl blickte, »war, dass sie mich in unserem gemeinsamen Leben nie gebeten hat zu singen.«

Tony stand auf, durch den langen Bademantel behindert, und schlang die Arme um seine Taille. »Du Ekel«, rief sie. »Du redest, als wäre alles vorbei und wir wären nur noch Freunde.«

In aller Ruhe stellte er die heiße Kaffeekanne ab, dann nahm er sie in die Arme. »Tony, Tony«, protestierte er lachend. »Ich habe so getan, als wäre ich steinalt und hochberühmt. Mein Leben lang werde ich von der Öffentlichkeit so behandelt werden wie ein Automat: Wirf einen Penny ein, und der Tanzbär tanzt. Jedes Lied, das ich singe, werde ich für dich singen, Toinette, aber in dieser kleinen Wohnung kann ich nicht singen, weil ich dann die Babys und die alten Leute aufschrecke. Und dann müsste ich wieder in dieses spießige Hotel ziehen, wo ich auch nicht singen kann.«

»Aber es ist, als ob du mir etwas vorenthältst, einen besonderen

Teil von dir. Ich zeige dir meine Bilder: Damit lege ich meine Seele bloß, Blaise. Ich will deine Seele sehen.«

»So viel Melodram! Bist du sicher, dass du keine Französin bist, meine Antoinette? Nein, nein.« Er hielt sie fest, als sie sich von ihm losreißen wollte. »Ich weiß, ich bin boshaft.« Er drückte sie an sich, während er überlegte. »Komm, zieh dich an. Wir suchen einen Ort, wo ich für dich singen kann. Dann gehen wir wieder heim, und du singst für mich. Das ist doch ein gutes Geschäft, oder?«

Sie errötete heftig und verbarg ihr heißes Gesicht an seiner Brust. »Ich müsste mich schämen, Blaise. Meine Eltern werden sagen, dass ich schlecht bin, aber ich fühle mich nicht schlecht. Mit dir zusammen zu sein ist gut.«

»Es ist gut für uns beide, *ma mie*. Wir sind die beiden Seiten einer Münze, die Sonne und der Mond. Du, Tony, bist die großartige, brennende, kraftvolle Sonne, und ich bin dein blasser Trabant, der dir für dein Licht dankt.«

Erstaunt sah sie ihn an. Eigentlich war doch er die Sonne und sie der langweilige Mond, aber sie wollte nicht streiten. Er würde singen, richtig singen, und sie würde ihn endlich hören.

Sie zog sich warm an. Es war kalt, und sie wollten sich kurz vor dem Ende der Öffnungszeit im Park verstecken. Er war verrückt, sie war überdreht. Bestimmt würden sie beide ins Kittchen wandern, aber sie konnte ihm nichts abschlagen. Schließlich war es ihre Schuld. Sie wollte hören, wie er mit voller Stimmkraft sang, und in diesem Stadium seiner Karriere war ein menschenleerer Londoner Park der einzige Ort, wo sie für eine Weile ungestört sein konnten.

Sie überquerten den Fluss und gingen zum Hyde Park. Es dämmerte bereits. Mütter, Väter und Großeltern sammelten ihre Schützlinge ein und scheuchten sie aus dem Park, bevor der Aufseher die großen Eisentore schloss. Sie hörten Stimmen: »Du lässt jetzt diesen Schwan in Ruhe und kommst her, Alf, oder ich ziehe dich an den Ohren nach Hause.«

So unauffällig wie möglich schlüpften sie hinter den Musikpavillon, und dort saßen sie, eng umschlungen, um sich zu wärmen, bis sie die Gewissheit hatten, dass die Leute gegangen waren. Sie sprachen kein Wort, sondern lauschten, wie der Park zur Ruhe kam. Die Bäume seufzten in der Abendbrise, und aus der Ferne hörte man Verkehrslärm, einen Bus, die Sirene eines Polizeiautos – Geräusche der Großstadt.

»Was riechst du?«, fragte Tony.

»Deine Sauberheit. Gibt es das Wort?«

»Sauberkeit.«

»Natürlich, und Holzrauch. Sie verbrennen schon wieder Laub und Zweige aus dem Garten.«

»Ich rieche Pommes.«

Er lachte, dann stand er auf und verbeugte sich vor ihr: »Sie wünschen?«

Sie nickte, und er sagte: »Willkommen, Madame – und alle kleinen Krabbeltiere –, zum ersten öffentlichen Auftritt von Blaise Marie Fougère, Tenor.«

Leichtfüßig lief er die Stufen zum Musikpavillon hinauf und stand reglos im Mondlicht da, während er den Orchesterklängen in seinem Kopf lauschte. Dann begann er zu singen.

Auf diese Erfahrung war Tony nicht vorbereitet. Er sang »Je crois entendre encore«, die gefühlvolle Tenorarie aus Bizets *Perlenfischern*. Ihr Französisch reichte nicht aus, um den Text ganz zu verstehen, aber sie brauchte keine Übersetzung. Die Worte ergossen sich wie ein Goldstrom ins Silberlicht der Nacht. Sie wusste nicht, dass ihm noch viel Technik fehlte, dass die Kraft und Reinheit, für die er berühmt werden sollte, erst im Ansatz spürbar waren. Darauf kam es nicht an.

Auf die erste Arie folgte eine zweite, diesmal italienisch, »Una furtiva làcrima« aus Donizettis komischer Oper *Der Liebestrank*. Als die Arie ihren Höhepunkt erreichte, begann Tony zu weinen. Sie wusste nun ganz genau, dass er nicht ihr gehörte und ihr nie ganz gehören würde. Er gehörte der Welt, und sie wusste, dass sie über Wochen und Monate auf ihn warten würde, um das zu bekommen, was er dann noch zu geben hatte. Aber eine innere Stimme sagte ihr, dass er sie brauchte. Um seines Seelenfriedens willen musste er wissen, dass sie immer auf ihn wartete und ohne Einschränkung für ihn da war.

Bestürzt hörte er auf zu singen und sprang von dem Podest. »*Ma mie*, das ist ein frohes Lied! Ich habe es schlecht gesungen. Im Mondlicht siehst du nicht, dass ich lächle. Schau, ich lächle!« Er war neben ihr im Gras, hielt sie fest, küsste ihre Augen, ihr Haar.

»Ich weiß. Ich habe geweint, weil es so schön war«, log sie. »Ich habe beinahe das Gefühl, Blaise, als wärst du gar kein Mensch aus Fleisch und Blut, sondern eine mystische Erscheinung.«

Er schnaubte vor Zorn, wie es nur Franzosen können. »Soll ich dir zeigen, wie menschlich ich bin, Tony? Wer weiß besser als du, dass ich nur ein Mensch bin mit Bedürfnissen wie andere Menschen?«

Und einem einmaligen Talent, dachte sie, sprach es aber nicht aus. Für sie durfte er nur Blaise, der Freund, der Geliebte sein, nicht Fougère, der Tenor.

»Bitte sing eine dieser mitreißenden Arien«, verlangte sie. »Erinnerst du dich an die Oper, die wir in Covent Garden gehört haben?«

»Wir haben mehrere gehört. Ich werde ›De quella pira‹ aus dem *Troubadour* singen, aber meine Stimme ist zu jung, bestimmt wird sie überschnappen. Doch besser, das passiert mir hier als im Unterricht, wo der Maestro seufzt und die Frage stellt, ob es denn keine Schule in Frankreich gibt, in der Franzosen ihre Lehrer foltern können.«

Seine Stimme schnappte nicht über, aber er kam trotzdem nicht bis zum triumphalen Ausklang der Arie, denn plötzlich leuchtete ihm eine grelle Taschenlampe ins Gesicht, die ein bulliger Polizist auf ihn richtete.

»Was macht ihr denn da? Wie seid ihr hier reingekommen?«

»Herr Wachtmeister, das ist ja wunderbar, dass Sie uns gefunden haben«, rief Tony mit kokettem Augenaufschlag. »Ich weiß nicht, wie es passieren konnte, dass wir hier eingeschlossen wurden«, fügte sie hinzu und senkte schamhaft den Blick, sodass er sich seinen Teil denken konnte. »Wir haben versucht, jemanden auf uns aufmerksam zu machen.«

»Auf eine ziemlich ungewöhnliche Art, wenn Sie mir die Bemerkung gestatten, Miss. Ihr Freund ist wohl Ausländer?«

»Franzose.«

»Ja, dann«, meinte er, als sei damit alles erklärt. »Kommen Sie! Eigentlich müsste ich Sie vor den Kadi bringen, aber dies eine Mal drücke ich ein Auge zu.« Er sah sie streng an. »Ich werde mich an Sie beide erinnern, wenn ich Sie noch mal hier erwische.«

»Vielen Dank.« Tony sah ihm zu, als er das Tor hinter ihnen abschloss. »Komm, Blaise«, sagte sie, und er folgte ihr wortlos.

»Sagen Sie Ihrem Freund, er könnte sich am Freitagabend im Pub ein hübsches Sümmchen verdienen, wenn er mal was Englisches lernen würde.«

Zu Tonys Erleichterung sprach Blaise endlich, aber was er sagte, verstörte sie – es war ihr erster Streit. »Wo hast du gelernt, so gut zu lügen, Tony? Ich war bereit, die Strafe zu bezahlen. Mehr wäre es nicht gewesen. Mein Vater ist in Frankreich Jurist.«

»Jetzt bist du wohl schockiert. Man spart sich Ärger damit, das ist alles.«

»Ich bin bereit zu bezahlen, wenn ich etwas falsch gemacht habe. Das ist Gerechtigkeit.«

»Geld, Geld.« Der Abend war verdorben.

»Ich rede nicht von Geld. In diesem Fall vielleicht eine Nacht im Gefängnis.«

Jetzt war sie schockiert. »Mein Vater könnte nicht mehr mit erhobenem Haupt aus dem Haus gehen, wenn seine Tochter ins Gefängnis müsste.«

»Toinette, ich hätte nicht zugelassen, dass du ins Gefängnis gehst. Das war meine Idee. Sie hätten meinen Vater angerufen. Eine Verwarnung, schlimmer wäre es nicht geworden.«

Sie sagte nichts, sondern ging einfach weiter, aber ihre Beine waren plötzlich müde. Blaise blieb stehen und zog sie an sich. »Ich werde mich um dich kümmern, Tony, immer.« Auf einmal lachte er. »Und weißt du was, wenn meine Professoren Recht behalten und ich keine Zukunft habe, dann kann ich doch wirklich Freitagabend im Pub ein hübsches Sümmchen verdienen. Wir werden also nicht verhungern.«

Sie schlang die Arme um ihn und drückte ihn an sich, ihren Adler, der noch nicht wusste, welche Kraft in seinen Flügeln steckte. »Du wirst der Beste, Blaise. Millionen Menschen werden jeden Preis bezahlen, um dich singen zu hören.«

»Lustige kleine Tony. Ich muss noch so viel lernen, bevor sie mich auf die Bühne lassen.« Er hielt sie ein Stück von sich weg und sah ihr in die Augen. »Aber, Toinette, wenn ich dort bin, brauche ich dich an meiner Seite. Du bist meine Erfüllung. Ohne deine Liebe werde ich mit Technik singen, aber ohne Herz. Liebe mich, Toinette, immer!«

»Mit meinem letzten Atemzug werde ich von meiner Liebe zu dir sprechen, Blaise Fougère, von der Liebe zu meinem Mann.«

»Meine Frau«, sagte er, und ihr Herz jubelte, als sie die Leidenschaft in seiner Stimme hörte.

Sie malte die Sonne und den Mond in den Hintergrund eines Porträts von Blaise, als sie hörte, dass die Deutschen in Polen einmarschiert waren. Sie hätte Polen nicht mit absoluter Sicherheit auf dem Globus finden können, aber sie wusste, wo Deutschland lag. Blaise schimpfte seit mehr als einem Jahr über die Aggression der Deutschen, aber Tony hatte ihn beruhigt und getröstet und dazu gebracht, dass er vor allem an sein Studium und an sie dachte.

Er hatte die Rundfunkmeldung nicht gehört. Vor ihm auf dem Schreibtisch lagen offene Bücher und eine Partitur, in die er sich vertieft hatte. Seine Konzentrationsfähigkeit faszinierte sie. Er saß da, machte sich Notizen, summte Melodien, bis ihm heftiges Magenknurren zu Bewusstsein brachte, dass er Hunger hatte.

Wenn Tony malte, ging es ihr ähnlich: Sie musste einfach noch einmal versuchen, es richtig hinzubekommen, den weichen Schwung seines Armes einzufangen, das Spiel des Lichts auf einem Blatt, das Gras, durch das der Wind fuhr.

Sie stellte das Radio ab, und gerade das störte ihn.

»Ist es Zeit fürs Essen, Toinette?«, fragte er, aber sein Blick ruhte noch auf der Partitur.

»Was sagt dein Magen?«

»Ich höre nicht auf meinen Magen. Ich höre Beethoven.«

Sie sah ihn an und griff nach dem Pinsel. Am besten sagte sie nichts. Sie würde ihn für immer hier behalten. Nie wieder würde sie das Radio anschalten. Sie würde hier mit ihm glücklich sein, bis in alle Ewigkeit, Amen.

Aber er würde dabei nicht glücklich werden. Und nur darauf kam es an.

Sie ging zu ihm und zog seinen Kopf an ihren Bauch. »Die Deutschen sind in Polen einmarschiert.«

»Die Scheißkerle«, sagte er auf Englisch, dann folgte eine Schimpftirade auf Französisch, die sie glücklicherweise nicht verstand.

»Habe ich es dir nicht gesagt, Tony, letztes Jahr, als Daladier und Bonnet nach London kamen, um über die Tschechoslowakei zu reden, und im Dezember, als Ribbentrop den Boden von Paris besudelte mit seiner Behauptung, es gebe keine Territorialfrage zwischen Deutschland und Frankreich? Habe ich dir da nicht gesagt, dass es nur eine Frage der Zeit ist? Es gibt Krieg, Toinette, noch einen Weltkrieg, neben dem der Krieg, der alle Kriege beenden sollte, wie Kindergezänk aussehen wird.« Er sprang auf. »Hol deinen Mantel! Ich muss mit meinem Vater sprechen.«

Normalerweise reinigte sie ihre Pinsel, wenn sie die Arbeit unterbrach, aber jetzt folgte sie ihm und kümmerte sich nicht darum, dass Pinsel und Farben trockneten und verdarben. Wenn es Krieg gab, und damit musste man rechnen, dann waren ruinierte Pinsel die geringste aller Sorgen.

Er hielt sie an der Hand und zog sie durch die belebten Straßen. Die Menschen wirkten bedrückt und nervös. Die Welt wartete.

Er fand eine Telefonzelle, warf die Münzen ein und nannte seine Nummer. Sie beobachtete, wie er Münzen nachwarf und redete. Dann legte er auf, doch er rührte sich nicht vom Fleck, und sie wagte nicht zu fragen, warum. Das Telefon klingelte, und wieder sprach er und lauschte, und das einzige Wort, das sie verstand, war *Papa*.

Als er zum zweiten Mal auflegte, stand er einen Augenblick da und weinte, dann zog er sie an sich und benetzte ihr Haar mit Tränen. Vor lauter Angst brach sie ebenfalls in Tränen aus. Er riss sich zusammen. »Tony, Tony«, flüsterte er, küsste ihr Haar, ihre Augen, ihre Nase. »Ich habe dich erschreckt. Komm, wir essen irgendwo schön.«

»Das geht nicht. Du hast keine Krawatte um, und auf meinem Rock ist Farbe.«

Er nahm sie an den Schultern, sah sie an und lachte freudlos. »Lieber Gott im Himmel, Hitler wütet wie ein Wolf in Europa, und wir machen uns Gedanken wegen Krawatten und Farbflecken! Oh, meine Toinette, wenn *le bon Dieu* es erlaubt, werde ich dafür sorgen, dass dies deine größten Sorgen sind. Jetzt werde ich der wohlerzogene junge Mann sein, zurück in die Wohnung gehen, mein Gesicht waschen, eine Krawatte umbinden, und dann werde ich dich in ein nettes Restaurant führen, wo wir Wein trinken und tanzen.«

Aber das tat er nicht. Sie kehrten zurück in die Wohnung, er schloss die Tür und nahm sie in die Arme. Dann streifte er mit geübten Händen rasch erst ihre und dann seine Kleider ab, zog sie ins Bett, und sie liebten sich, bis sie vor Lust und Schmerz aufschrien. Nie war er so grob gewesen, nie so zärtlich, und Tony ging auf seine Leidenschaft, seinen Kummer, seine Liebe, seine Trauer ein. Danach schliefen sie, und als sie aufwachten, war es Sonntagmorgen und noch völlig dunkel.

»Jetzt höre ich meinen Magen, Tony. Was gibt's in der Speisekammer?«

Sie standen auf, wie sie waren, fanden Brot und Käse, Tomaten und Rotwein. Blaise gab ihr sein Hemd und zog seine Shorts an. Sie saßen auf dem Bett, aßen und tranken und redeten.

»Habe ich dir wehgetan?« Er konnte sie nicht ansehen.

Sie legte die Hand auf sein Knie. »Nein.«

Er seufzte. »Gott sei Dank. Es ist eine Tatsache, Toinette. Papa ist sicher, dass Frankreich Deutschland den Krieg erklären wird. Er möchte, dass ich hier bleibe, aber ich muss zurück nach Frankreich und für mein Land kämpfen.«

Sie warf sich in seine Arme, und Rotwein ergoss sich auf das Laken. »Nein, nein! Ich lasse dich nicht gehen. Du bist zu kostbar. Die Zivilisation braucht die Kunst, Blaise. Deine Stimme wird Wunden heilen.«

Er hielt sie umschlungen und wiegte sie, als wäre sie ein Kind. »Aber wie könnte ich mit meinen eigenen Wunden leben, *ma mie*? Ich muss zurück nach Frankreich. Ich fahre nach Hause und melde mich freiwillig. Verstehst du das? Ich habe meinen Militärdienst noch nicht geleistet«, sagte er mit einem typisch französischen Achselzucken. »Es muss sein, und deshalb gehe ich jetzt. Bitte versteh das, *ma mie*, je eher ich gehe, umso eher bin ich zurück. In zwei, drei Jahren bin ich reifer und mein Körper und meine Stimme auch. Das wird meiner Karriere nicht schaden.«

»Und was ist, wenn sie dich umbringen? Geh nicht, Blaise«, flehte sie und klammerte sich an ihn, allen Stolz vergessend. »Dein Vater ist reich und hat Einfluss. Er kann dich da raushalten. Die Kriegsmaschine braucht dich nicht, aber ich, ich brauche dich.«

Er brachte sie mit einem Kuss zum Schweigen, und dann liebte er sie zärtlich, bis der Himmel über London hell wurde. Er hielt sie in den Armen, während sie schlief, und in seinem Kopf hörte er die Klänge seiner Lieblingsoper, *Fidelio*.

»Ich werde wiederkommen, Toinette; ich werde den Florestan für dich singen, den Alfredo und den Rodolfo und eines Tages auch den Parsifal, den Othello und sogar den Tristan. Wir werden gemeinsam die Welt erobern, *ma mie*, du mit deiner Malerei und ich mit meinem Gesang, und die Welt wird ein schönerer Ort sein, weil wir darin gelebt haben.«

Sie erwachte und sah ihn an. »Heirate mich heute Morgen – und mach mir ein Kind, denn du wirst nicht wiederkommen, Blaise. Es war zu schön, zu vollkommen, um nicht zerstört zu werden.«

Er nahm seinen Siegelring mit den eingravierten Initialen B.M.F. und steckte ihn ihr an den Finger. »Morgen werde ich dir eine Goldkette kaufen, damit du ihn um den Hals tragen kannst. Wenn der Krieg vorbei ist, verlange ich ihn zurück und ersetze ihn durch einen Hochzeitsring, dann wird es Babys geben, *ma mie*. Viele dicke kleine Babys, die beim Malen singen. *Bébés chantants*. Ist das nicht ein wunderbares Bild, das du im Kopf behalten kannst?«

»Ich werde es im Herzen behalten«, sagte sie.

KAPITEL 7

Torry Bay 1998, Glasgow 1998

Taylor war in Argyll die Liebenswürdigkeit in Person gewesen. Er hatte Holly in der Morgendämmerung geweckt und auf Straßen, über denen noch Nebelschwaden hingen, zum Flughafen gefahren. Sie erreichten Glasgow noch vor acht. »Jetzt eine schöne Tasse Kaffee«, war alles, was sie sagte, als sie aus dem Auto stieg.

»Ich fliege von hier direkt nach Washington«, erklärte er knapp. »Sie haben meine New Yorker Nummer. Fragen Sie nach Chandler, Chandler North. Er wird Ihnen sagen, wo ich bin.« Er nickte dem Fahrer in Dienstuniform zu, der auf sie wartete. »Der Wagen bringt Sie nach Hause.«

Mit dieser Höflichkeit hatte sie nicht gerechnet. Ihre Nachbarn beobachteten interessiert, wie sie in einem Wagen mit Chauffeur vorfuhr. Das war etwas anderes als ihr alter Fiat oder sogar Johns schicker Audi. Erschöpft ließ sie sich am Küchentisch nieder, um Atem zu schöpfen und ganz in Ruhe nachzudenken, ohne Taylors überwältigende körperliche Präsenz.

Verdammt, Otto! Sie hatte vorgehabt, sich während ihres Aufenthalts in London mit ihm zu treffen oder wenigstens seine Galerie in Augenschein zu nehmen.

Beim neunten Klingeln, als Holly gerade einfiel, einen Blick auf die Uhr zu werfen, meldete sich eine verschlafene Stimme.

»Miss Noble, es ist Sonntagmorgen und noch nicht mal neun. Ich bin erst um drei ins Bett gekommen.«

»Das tut mir wirklich Leid, Otto. Es ist nur, weil Taylor hier war.«

»Taylor? Einen Augenblick.«

Sie wartete.

»Ohne Brille kann ich nicht denken. Sie meinen Taylor von der Hartman Corporation?«

»Genau den.«

»Erzählen Sie.«

»Er hat mich angerufen. Anscheinend ist ein ziemlich schauerlicher Artikel in der Skandalpresse erschienen.« Ob Otto davon gehört habe, fragte sie nicht. Sie war überzeugt, dass er sich nicht zu solchen Aktionen herabließ. »Er hat mich gebeten, die Gemälde zu fotografieren und ihn in London zu treffen – Sie kennen doch diese Jet-Set-Leute, ständig im Flugzeug unterwegs? An der Qualität hatte er einiges auszusetzen …«

»Von Tony Nobles Bildern? Dieser Spießer.«

Sie lachte und entspannte sich. »Nein, an der Qualität meiner Fotos. Ich habe einen Linienflug nach London genommen, hatte gerade noch Zeit, in meinem Hotel einzuchecken, und bin dann gleich zu ihm gegangen. Kaum dort angelangt, sitze ich schon in einem Privatjet nach Argyll. Am wichtigsten ist jedoch, dass er die Bilder gesehen hat, und ich glaube, er möchte ein paar davon.«

»Hält er sie für echte Porträts?«

»Ich nehme an, Sie wollen damit fragen, wie er über die Beziehung zwischen meiner Tante und Blaise Fougère denkt?« Sie wartete, aber er schwieg.

»Er wollte wissen, ob es Briefe gibt. Es gibt keine.«

»Sind Sie sicher, Holly? Haben Sie – verzeihen Sie, meine Liebe –, haben Sie gesucht?«

»Ich habe lediglich den Brief in der Kommode gefunden, der bei dem Schmuck lag und auch den Schlüssel zum Atelier enthielt. Abgesehen davon hat sie nur ein paar Skizzenblöcke hinterlassen. Otto, haben Sie jetzt Zeit, sich um den Transport zu kümmern und die Gemälde zu schätzen?«

»Ich werde mir die Zeit nehmen. Ich möchte sie noch vor dem Winter aus Schottland herholen. Könnten Sie es einrichten, dabei zu sein?«

Sie dachte an die Schule – man hatte immer noch keine Vertretungskraft gefunden – und an John. Nein, eigentlich konnte sie es nicht einrichten. »Wann immer Sie kommen, Otto, ich stelle mich darauf ein.«

»Ich rufe Sie in den nächsten Tagen an.«

»Ich habe Taylor mehr oder weniger versprochen, dass ich ihn auf dem Laufenden halte. Es hat ja keinen Sinn, ihn vor den Kopf zu stoßen, oder?«

Otto verabschiedete sich nur und legte auf.

Der unbekannte, aber allmächtige Chandler erklärte, dass Mr. Hartman dringend nach Japan müsse. Ob Miss Noble bereit sei, sich mit einer Privatausstellung ohne Publicity zu begnügen? Der Familie sei daran gelegen, einen Skandal zu vermeiden. Skandal? Jetzt wurde Holly wirklich wütend. Tony hatte sich ihrer Liebe zu Blaise Fougère nicht geschämt. Beide, Tony und Blaise, hatten ihre Beziehung aus Gründen verschwiegen, die nur sie etwas angingen. Wenn Blaise auch nur die geringste Ähnlichkeit mit seinem arroganten Neffen besaß, war er derjenige, der dafür gesorgt hatte, dass die Liebesgeschichte ein wohlgehütetes Geheimnis blieb. Er war derjenige, der sich in der Öffentlichkeit als treuer Ehemann präsentiert hatte. Diese Pose war eine Lüge, das bewiesen die Gemälde. Holly war so wütend über das Wort Skandal, dass sie das Wort Familie gar nicht mehr hörte.

»Chandler, ich denke, ich sollte mit Mr. Hartman persönlich sprechen.«

Taylor rief sie zurück. Er wirkte kalt und distanziert, und es kam zu einem handfesten Streit.

»Passen Sie auf, Holly, nicht jeder Künstler hat eine Beziehung zu seinem Modell. Niemand hat jemals Blaise mit Ihrer Tante in Verbindung gebracht, abgesehen davon, dass sie zwei Porträts von ihm gemalt hat... Er war der liebenswürdigste Mensch, den man sich vorstellen kann. Vielleicht waren sie ja einfach nur Freunde.«

Holly fiel ihm ins Wort. »Seien Sie nicht albern. Nur Freunde? Sie haben einander geliebt, Sie wissen das, aber Ihr dummer Stolz sträubt sich dagegen.« Sie sah ihn geradezu vor sich. Während er sie anschrie, lief er wahrscheinlich mit großen Schritten auf einem kostbaren Teppich auf und ab. Aber sie würde nicht zu den Hunderten von Menschen gehören, die sich von Taylor Hartman einschüchtern ließen.

»Ich lasse nicht zu, dass mein Onkel ins Gerede kommt! Er hat meine Tante sein Leben lang geschützt – und seine Privatsphäre. In seinem Testament hat er mich gebeten, seinen … seinen Ruf zu wahren. Das ist eine heilige Pflicht. Er hat immer noch unzählige Verehrer.«

»Menschen, die ihn gerne singen hörten. Glauben Sie, diese Fans werden seine CDs nicht mehr kaufen, wenn sie erfahren, dass er eine …?« Sie hatte Geliebte sagen wollen, aber dieses Wort würde Tonys Rolle nicht gerecht werden.

»Holly, Sie verstehen das nicht …«, begann er.

»Ich verstehe, wenn ich herablassend behandelt werde, Mr. Hartman. Ich erinnere Sie noch einmal daran, dass ich rechtlich in keiner Weise verpflichtet war, Ihnen die Bilder zu zeigen. Und ich werde sie ausstellen und verkaufen, wenn ich es für richtig halte.«

Sie legte auf und sagte sich, dass eine solche heilsame Lektion für Mr. Hartmans Charakterbildung nur von Vorteil sein könne. Als sie später über das Gespräch nachdachte, fiel ihr Taylors Bemerkung ein, Blaise habe seine Tante geschützt.

Einige Wochen später meldete sich Chandler. Mr. Hartman würde es vorziehen, wenn die Gemälde in New York gezeigt würden. Dafür wäre er Holly zu großem Dank verpflichtet.

Tatsächlich? Ihrem ersten Impuls folgend, lehnte Tony ab, und Otto bestärkte sie in dieser Meinung. »Ich rieche miese Tricks. Dieselben internationalen Kunstsammler würden erscheinen, wenn ich die Bilder in Torry Bay in der Küche ausstellen würde.«

Bei dieser Vorstellung mussten beide lachen.

»Ich möchte, dass Tony international gewürdigt wird, und zwar als Malerin, Otto, nicht als Geliebte. Oder liege ich da falsch? Die Gemälde sind doch gut?«

»Einige davon sind großartig, meine Liebe.«

Holly weinte beinahe, aber Gott sei Dank konnte Otto sie nicht sehen. »Gut«, sagte sie forsch, »dann legen wir jetzt einen Termin für die Vernissage fest. Natürlich werden wir die Hartman Corporation darüber informieren – genauso wie andere potentielle Käufer.«

Nach diesem Gespräch war es Zeit, sich um John zu kümmern. »Wie geht's, John?«

Er antwortete mit einer Gegenfrage. »Wo bist du, Holly? In Achahoish?«

»Nein, in meiner Wohnung.« Sie machte eine Pause, dann sagte sie hastig: »Ich könnte uns etwas zu essen machen, und wir könnten reden.« Wenn sie an Taylor Hartman und dessen Fehler dachte, erschien ihr John geradezu als ein Engel. Wahrscheinlich hatte sie ihm mit ihrem Verdacht Unrecht getan.

»Ich muss noch etwas fertig machen. Sagen wir um acht.« Er klang so kalt, so abweisend. Dann fügte er hinzu: »Ich habe dich vermisst, Holly.«

Ihr fiel ein Stein vom Herzen. »Ich dich auch.« Das stimmte zwar nicht ganz, weil sie keine Zeit gehabt hatte, an etwas anderes zu denken als an Tony und ihr Erbe.

Wenige Sekunden später klingelte das Telefon.

»Wie geht es Ihnen, Holly?«

Holly suchte Halt an der Tischplatte und setzte sich. »Danke, gut, Taylor. Was wollen Sie?«

»Wollen? Warum schreien Sie mich eigentlich immer an? Ich rufe an, um hallo zu sagen. Und Sie gehen gleich auf mich los.«

»Nun, als ich so unerwartet Ihre Stimme hörte, ohne Vorankündigung durch den wunderbaren Chandler, habe ich angenommen, dass Sie entweder schlechte Nachrichten für mich haben oder etwas wollen. Warum rufen Sie an?«

Er schwieg so lange, dass sie schon glaubte, er habe aufgelegt.

»Das weiß der Himmel«, sagte er schließlich. »Wahrscheinlich tut es mir Leid, wie ich mich verhalten habe. Ich hätte wohl versuchen sollen, meine Situation besser zu erklären.«

»Vielleicht wäre das angebracht gewesen«, stimmte sie betont freundlich zu.

»Verdammt noch mal, Holly. Ich bin es nicht gewohnt, vor jemandem zu Kreuze zu kriechen.«

»Dann gewöhnen Sie sich dran! Es kann Ihnen nur gut tun.« Natürlich legte er auf.

Nach diesem Gespräch war Holly nicht mit sich zufrieden. Er hatte sich ausnahmsweise einmal wie ein normaler Mensch benommen, und sie hatte es vermasselt. Seltsamerweise fand sie das aufregend. Sie gestand sich ein, dass sie dieses unglücklich verlaufene Gespräch genossen hatte.

Verdammt, ich denke über einen Mann nach, den ich überhaupt nicht leiden kann, obwohl ich eigentlich für den Mann kochen sollte, den ich … liebe, der mir über alles geht.

Mit großer Sorgfalt bereitete sie das Essen zu und deckte den Tisch. Zu guter Letzt schaltete sie doch noch das elektrische Licht ein, sonst hätte es zu sehr nach Verführung ausgesehen.

Er kam über eine Stunde zu spät. Sie schob den Gedanken beiseite, dass er ihr eine Lektion erteilen wollte. Schließlich war er Anwalt und machte oft Überstunden.

»Holly, es tut mir Leid«, sagte er und nahm sie in die Arme. »Diese blöden Akten mussten gelesen werden. Verzeihst du mir?«

»Natürlich.« Mit einem Lächeln nahm sie den Wein entgegen, den er mitgebracht hatte, und stellte ihn auf die Anrichte. »Ich habe Thunfischfilets mariniert. Wenn du den Wein entkorkst, können wir ein Glas trinken, während sie garen.«

»Erzähl mir von deinen Fortschritten«, sagte er, während er ihre Bitte erfüllte. »Wenn du möchtest.«

»Natürlich möchte ich es dir erzählen. Ich habe zum kommenden Freitag gekündigt. Diese Entscheidung ist mir schwer gefallen. Wenn alles vorbei ist, werde ich einen Job brauchen, und gute

Stellen für Lehrer sind rar.« Falls sie eine aufmunternde Bemerkung von ihm erwartet hatte, wurde sie enttäuscht. »Otto kommt am Montag«, fuhr sie fort, »und fängt an, die Gemälde zu verpacken. Heute Abend hat Taylor angerufen und nach Art des verwöhnten Millionärs angedeutet, dass ihm das alles gar nicht schmeckt.«

Er leerte hastig sein Glas und schenkte sich nach. »Warum?«

Behutsam wendete Holly den Fisch. Er war nicht angebrannt, und sie lächelte triumphierend. »Fougère hat immer so getan, als sei er ein musterhafter Ehemann gewesen und habe nie eine andere Frau angeschaut. Dieser Mythos bricht jetzt zusammen, und das passt der Familie nicht.«

»Und wenn du das mit der Beziehung unerwähnt lässt? Sag einfach, es war eine Künstlerfreundschaft.«

»Essen wir, solange es noch warm ist«, meinte Holly und stellte zwei blaue Glasteller auf den Tisch, die sie aus dem Cottage mitgebracht hatte. Als sie fortfuhr, klang ihre Stimme belegt. »Ich habe einfach das Gefühl, Tony möchte, dass ihre Bilder ausgestellt werden, selbst wenn die Wahrheit ans Licht kommt. Sicher, sie hat ihre Beziehung zu Blaise Fougère geheim gehalten, aber nicht aus Scham. Wahrscheinlich hat sie es ihm zuliebe getan.«

»Wäre das denn so abwegig gewesen?«

Das sagte ausgerechnet der Mann, der möglicherweise der Boulevardpresse eine Skandalgeschichte geliefert hatte! Nur Mut, Holly, stell ihn zur Rede! Hast du es getan, John? Frag ihn, verdammt noch mal!

Holly warf einen spöttischen Blick auf John, während sie sich eine zweite Portion Salat auftat. Sie holte tief Luft und nahm einen Anlauf. »Aus deinem Mund ist das ein starkes Stück.« Sie hasste sich dafür, dass sie ihn nicht rundheraus fragte. Sie war ein Feigling. Keine gute Basis für eine glückliche Ehe. »Ihr Juristen redet immer mit gespaltener Zunge. Fougère hat mein volles Mitgefühl, aber Tony ist eine unterschätzte Künstlerin, deren Werk es verdient, ausgestellt zu werden.«

»Und verkauft.«

»Genau. Diese Bilder gehören in Museen, vielleicht auch in Opernhäuser und in Privatsammlungen in aller Welt.«

Holly legte das Besteck aus der Hand. Vor drei Monaten, vor drei Jahren, wäre ihr die Frage, die ihr nun auf der Zunge lag, nie in den Sinn gekommen. »John, wenn ich dir etwas unter dem Siegel der Verschwiegenheit mitteile, kann ich mich dann darauf verlassen, dass du es für dich behältst?«

»Mein Gott, Holly, ich bin Anwalt. Ich habe ständig mit vertraulichen Angelegenheiten von Klienten zu tun.« Er war wütend, und die silberne Fischgabel, ein weiterer Schatz aus dem Cottage, fiel klirrend auf seinen Teller.

»Ich bin kein Klient, John«, erwiderte Holly ruhig.

»Nein, du bist meine Verlobte, du hast mir die Ehe versprochen. Du vertraust mir genug, um mit mir zu schlafen, bezweifelst aber, dass ich ein Geheimnis bewahren kann.«

Holly sah, wie sich das hübsche Bild von der gemeinsamen Zukunft, das sie sich ausgemalt hatte, in Wohlgefallen auflöste. »Aber du warst es doch, der der Presse verraten hat, dass die Bilder Blaise Fougère darstellen.«

Er stand auf und warf seine Serviette auf den Tisch. »Sicher, es war ganz einfach. Hartman hätte dich doch sonst gar nicht beachtet. Du wirst nie lernen, wie man Leute beeinflusst.«

»Weil ich es nicht lernen will. Wie konntest du so etwas tun, obwohl du wissen müsstest, dass ich solche Methoden verabscheue?«

»Sei doch nicht so naiv! Wenn du dich endlich wie ein Erwachsener verhalten willst, weißt du ja, wo du mich erreichen kannst.«

Erwartete er etwa, dass sie ihm nachlief, zu Kreuze kroch, sich entschuldigte? Ihre Knie zitterten, und ihr war übel, aber das würde sie nicht tun. Schon war er an der Tür, nahm seinen Regenmantel von dem Stuhl, auf den er ihn geworfen hatte, und ging. Der Duft des Thunfisches, der allmählich kalt wurde, stieg ihr in die Nase.

Erleichterung war das stärkste Gefühl, das sie empfand.

Sie seufzte, und dann lachte sie. Ihr Verlobter war gegangen, und sie fühlte sich eher erleichtert als traurig. Seit Monaten hatte sich in ihrer Beziehung ein Desaster angekündigt. War das nun schon die entscheidende Kraftprobe gewesen oder nur ein Scharmützel vor der großen Schlacht? »Zum Teufel mit dir, John!«, fluchte sie leise. »Du weißt, dass du im Unrecht bist, und ich werde nicht so blöd sein, mir durch dich den Appetit auf ein ziemlich teures Fischfilet verderben zu lassen.« Sie schenkte sich ein zweites Glas Wein ein und schob ihren Teller in die Mikrowelle. Johns Portion wanderte in den Müll.

Nach dem Essen würde sie anfangen, die Schachteln mit den Briefen durchzusehen – ein Familienarchiv aus dem Haus ihrer Eltern, dem sie bisher keine Beachtung geschenkt hatte. Und morgen würde sie nach Torry Bay fahren, um dort nach weiteren Hinweisen auf die Liebesbeziehung zwischen ihrer Tante und Blaise Fougère zu suchen.

Aus den Briefen konnte sie nichts entnehmen. Jedenfalls nichts über die Liebesgeschichte. Stattdessen erfuhr Holly, welche Bedenken ihr Vater gehegt hatte, als Tony ihre Ersparnisse in den Kauf des zuvor gemieteten Cottage steckte. Ihre Tante hatte den Eltern ausführlich über ihre, Hollys, Fortschritte beim Schwimmen und später beim Segeln berichtet. Allerdings nicht beim Malen… Holly wischte sich die Tränen weg. Sie hatte diese Zuneigung ihr Leben lang für selbstverständlich gehalten, und ihre Liebe zu John hatte sie so beschäftigt, dass sie ihre Tante kaum besucht hatte. Warum habe ich das nur versäumt? Wie konnte ich zulassen, dass ein Mann mich dermaßen vereinnahmt und ich nur noch wie ein Roboter seine Wünsche erfüllt habe?

Sie fuhr nach Argyll, nach Achahoish und weiter bis Torry Bay, dem Cottage, ihrem Haus, das sie, wie sie jetzt wusste, unter keinen Umständen verkaufen würde. Ich werde darin wohnen. Vielleicht arbeite ich gelegentlich als Vertretung oder ehrenamtlich an einer Schule. Wenn ich einen Teil des Schmucks verkauft habe, lasse ich mir eine Zentralheizung einbauen und mache es mir richtig gemütlich. Außerdem brauche ich noch einen Fernseher mit Videogerät. Schließlich möchte ich mir ab und zu einen richtig spannenden Krimi ansehen. Sie lachte, während sie fuhr.

Wie hat Tony die trostlosen, einsamen Wintermonate durchgestanden? Offenbar hatte ihr die Kälte nichts ausgemacht, denn jeden Tag war sie zu der kleinen Landzunge gewandert, die sie so oft gemalt hatte. Holly verspürte das Verlangen, zu der Stelle hinaufzugehen, wo Tony so viele Male gestanden hatte, aber es war dunkel und kalt. Sie packte ihre Sachen aus dem Wagen und schwor sich, den Weg gleich morgen in aller Frühe zu gehen. Sie stieg hinauf in Tonys Schlafzimmer, das Zimmer, das ihre Tante mit Blaise Fougère geteilt hatte.

»Ich sollte wohl hier schlafen«, sagte Holly laut, aber sie brachte es nicht über sich, ihr Gepäck hereinzuholen. Sie öffnete den Schrank und sah Tonys Sachen durch, Kleider aus zwei Leben. Tony hatte nicht immer ein abgeschiedenes Dasein in Torry Bay geführt. Sie war zu ihren Ausstellungen nach Edinburgh, London und Glasgow gefahren, und bestimmt hatte sie mit Blaise auch fremde Länder besucht. Allem Anschein nach war sie mit ihm in Paris, Mailand, Bayreuth und sogar in New York und San Francisco gewesen, denn mehrere große Gemälde zeigten diese Städte. Holly beschloss, sich Tonys Pass anzusehen.

Sie zog einen ganzen Stapel perlenbestickter Cocktailkleider aus dem Schrank und warf sie aufs Bett. So viel zu ihrer naiven Vorstellung, Tony habe ein ruhiges Leben geführt. Die Wohlfahrtsorganisation würde sich über eine solch reiche Spende freuen. Unter den Kleidern entdeckte sie Taschen mit Pullovern, Freizeithosen und Shorts. Sie erkannte den dicken blauen Guernsey-Pullover. Blaise Fougère trug ihn auf dem Gemälde mit dem Titel *Schmerz*. Und dieses braune Hemd trug er auf dem Bild, das Tony *Onkel Feuer* genannt hatte. Holly drückte den Pullover an ihr Gesicht und atmete den schwachen Duft von Seife und Rasierwasser ein.

Tony hatte den Pullover nicht gewaschen, nachdem Blaise ihn zum letzten Mal getragen hatte. Sie hatte ihn sorgfältig eingepackt und im hintersten Winkel ihres Schranks verwahrt.

»Sie hat dich so geliebt«, sagte sie zu dem Geist, der den Pullover einst getragen hatte. »Hast du sie auch geliebt, oder hast du sie nur benutzt?« Aber wenn es Gespenster in diesem kleinen Cottage gab, antworteten sie ihr nicht. Ihr Blick fiel auf ein Abendkleid. Es war mit wunderbaren Perlen besetzt, das Werk eines Künstlers, und deren Glanz erinnerte Holly an den wertvollen Schmuck, der in Mr. Gilberts Safe lag. Vielleicht hatte Tony diesen Schmuck ja nur getragen, wenn sie mit Blaise zusammen war. Doch plötzlich stieg eine vage Erinnerung in Holly auf: Es gab ein Schmuckstück, das Tony immer und zu allem trug, aber was war es? Holly wusste es nicht mehr; jedenfalls waren es nicht Tonys geliebte Rubine. Sie dachte nicht weiter darüber nach. Wenn es wichtig war, würde es ihr irgendwann wieder einfallen.

Dann saß Holly eine Weile unten am Fenster und beobachtete das Glitzern des Mondlichts auf dem Meer. Tony musste hier Tag für Tag, Abend für Abend gesessen haben – und auch Blaise Fougère. Sie hatten in diesem Zimmer eine vertraute Zweisamkeit erlebt. Holly spürte die Gegenwart, die Liebe dieser beiden Menschen. Und plötzlich wusste sie, dass diese Liebe auch ihr galt. Sie liebten sie, sie hießen gut, was sie tat.

»Ich möchte, dass die Welt erfährt, was für eine großartige Malerin Tony war, Blaise. Sie hat diese phantastischen Porträts versteckt gehalten, um dich, um deine Frau zu schützen. Aber ihr seid jetzt tot, ihr alle. Die Geschichte, die die Bilder zu erzählen haben, kann dir nicht schaden. Die Millionen von Menschen, die das Andenken an Blaise Fougère, den Tenor, in Ehren halten, werden dich nicht weniger bewundern, weil du die Liebe und Unterstützung gebraucht hast, die Tony dir dein Leben lang gegeben hat. Es war doch dein ganzes Leben lang, nicht wahr? Ganz gleich, wie dein Privatleben in Wahrheit aussah, wie hättest du es geschafft, wie hättest du ohne Tony Millionen Menschen solche

Freude bereiten können? Du wusstest, dass sie hier war und geduldig auf dich wartete, dass sie ihr eigenes phänomenales Talent zurückstellte, um deines zu fördern. Sie hat genommen, was du zu geben vermochtest, und dir mit Freuden alles zurückgegeben, was sie hatte. Jetzt ist sie an der Reihe. Du möchtest doch, dass sie zum Zug kommt, oder?«

Hollyberry.

»Ich werde keinem von euch beiden schaden, das verspreche ich.«

Es war nach elf, also in New York erst kurz nach sechs. Wie gut, dass es Handys gab. Sie würde eine Telefonleitung installieren lassen – zusammen mit der Zentralheizung.

»Hallo, Taylor, hier ist Holly.« Sie tat, als hätten sie sich niemals gestritten. Darüber war sie jetzt hinweg. »Ich bin in Torry Bay. Seine Kleider sind hier, ein paar jedenfalls. Er hat sie geliebt, er hat mir gesagt…«

»Wann?«

Es schien ihn gar nicht zu überraschen, dass er einen Anruf aus einem abgelegenen Ort in Schottland bekam. Das war eines der Wunder des zwanzigsten Jahrhunderts, das Leute wie er für selbstverständlich nahmen. »Mein Onkel ist vor Jahren gestorben. Wann hat er mit Ihnen gesprochen?«

Er würde über sie lachen, aber das war ihr egal. »Vor ein paar Minuten. Ich will nicht behaupten, dass ich einen Geist gesehen habe, aber ich spüre seine Gegenwart hier – und Tonys auch. Sie wollen, dass ich Ihnen die Stirn biete, Taylor. Ich werde die Gemälde der Welt zeigen.«

»Ich nehme an, Sie sind im Cottage.«

»Ja.«

»Geben Sie nichts aus der Hand, bis ich da bin.«

Sie geriet in Panik. »Ich möchte nicht, dass Sie kommen. Ich habe Ihnen lediglich meine Pläne mitgeteilt.«

»Und ich teile Ihnen meine mit. Ich reise ab, sobald ich hier weg kann.«

Er traf keine achtundvierzig Stunden später ein, als sie gerade auf der Landzunge war und aufs Meer hinausschaute. Sie hatte eine kleine Mulde gefunden, in der sie vor dem Wind geschützt war und trotzdem den wunderbaren Blick genießen konnte.

»Liebe mich, Toinette, liebe mich.«

»Das tue ich, *mon ange*, aber wir sind doch gleich beim Cottage.«

Er knöpfte ihr Hemd auf, eines von seinen, die er bei seinem letzten Besuch hier gelassen hatte. »Ich kann nicht warten«, sagte er.

Tony und Blaise waren hier bei ihr. Holly setzte sich und betrachtete das Gemälde eingehend. Offenbar hatte sich hier sehr wenig verändert, seit ihre Tante diesen wunderbaren Ort entdeckt hatte. Es musste dieser Frieden gewesen sein, der Tony bewogen hatte, sich hier niederzulassen. Genau das würde sie auch tun. Ganz weit weg von Glasgow und John, New York und Taylor...

Da hörte sie seine Stimme und stand auf. Ich rede von Frieden, und was bekomme ich – Taylor Hartman! Dabei habe ich immer noch nichts zu essen im Haus.

»Hier«, rief sie laut.

Er hatte seinen Leihwagen vor der Tür abgestellt, der Konzernboss aus dem Bilderbuch, und er sah zu, wie sie in ihrem ältesten Rock und Pullover widerstrebend vom Ufer herüberkam.

»Warum sind Sie gekommen, Taylor?«, fragte sie aggressiv. »Ich habe Ihnen nichts anzubieten.«

Er lachte. »Chandler hat bei Fortnum and Mason's einen Fresskorb bestellt. Der stand am Flughafen bereit.«

»Ich habe nicht vom Essen gesprochen, das wissen Sie genauso gut wie ich.«

»Das wissen Sie genauso gut wie ich«, äffte er sie nach. »Holly, Miss Noble, ich würde mir gerne die Dinge ansehen, die Sie als persönliches Eigentum meines Onkels erkannt haben. Bitte schön.«

Holly drängte sich an ihm vorbei und ging zur Tür des Cottage, das nun gar nicht mehr friedlich wirkte. »Es sind nur ein paar alte Pullover. Die wollen Sie bestimmt nicht mitnehmen. Sie würden wohl kaum zu Ihren Madison-Avenue-Klamotten passen.«

Er warf einen Blick auf seinen Nadelstreifenanzug und lächelte sie an. Einen kurzen Augenblick lang erinnerte er sie an den *Meergeist.* »Der hier kommt aus Mailand. Ich könnte Sie dort einführen.«

Sie schlug ihm die Tür vor der Nase zu, aber er ließ sich nicht abschrecken. Nach ein paar Minuten klopfte er an. »Das war kindisch, Holly. Ehrlich gesagt, Sie sehen ganz entzückend aus, und ich verspreche, keine unpassenden Bemerkungen mehr zu machen. Außerdem verspreche ich, meinen Fresskorb mit Ihnen zu teilen.«

Sie schwieg.

»Ich wette, Sie wollten dicke Bohnen auf Toast essen.«

Sie öffnete die Tür. »Sie dürfen reinkommen und sich die Sachen im Schrank ansehen, Taylor, aber nur, weil Sie von so weit her angereist sind. Übrigens eine geradezu obszöne Geldverschwendung …«

Er griff nach ihr und zwang sie, sich ihm zuzuwenden. Einen Augenblick schaute sie in sein zorniges Gesicht. Sie fand das Ganze einfach nur ärgerlich. Dann lachte er und ließ sie los. »Ich stelle einen Scheck für eine Wohlfahrtsorganisation Ihrer Wahl aus, Miss Noble, aber – nicht dass es Sie etwas anginge – Blaise Fougère hat mir viel bedeutet. Ich dachte, mehr als jedem anderen. Und ich war der Meinung, dass auch ich ihm mehr bedeutete als jeder andere – obwohl Sie das ebenfalls nichts angeht.« Er holte tief Luft. »Verdammt, ich kann nicht mit Ihnen verhandeln, wenn ich müde bin. Ich würde gern seine Sachen sehen«, bat er beinahe demütig.

»Im Schlafzimmer.«

Er ging an ihr vorbei nach oben, und sie setzte sich in den großen Sessel am Fenster und wartete. Er ließ sich Zeit. Sein sonnengebräuntes Gesicht wirkte bleich, als er schließlich wieder herunterkam.

»Kann ich die Briefe sehen, die Ihre Tante hinterlassen hat, und die Juwelen, Holly?«

Sie holte die Briefe und gab sie ihm. »Der Schmuck befindet sich in einem Safe.«

»Nicht so wichtig, mich hätte nur der Stil interessiert.«

Die Briefe las er immer wieder durch. »Sie klingt nett, Ihre Tante.«

Holly wollte etwas sagen, aber er sprang auf und war schon an der Tür.

»Ich hole den Korb«, erklärte er, »und dann fahre ich zurück nach Glasgow.«

»Taylor.«

Er blieb stehen.

»Sie können das Schlafzimmer heute Nacht haben. Sie sind bestimmt müde.«

Er stand mit dem Rücken zu ihr. »Ich glaube, das geht nicht, Holly, aber vielen Dank. Es ist ziemlich viel für mich.«

Als er mit dem Korb zurückkehrte, begriff sie, dass er weder über Blaise noch über Tony oder die Gemälde sprechen wollte. Doch sie musste ihn fragen, bevor er abfuhr.

»Die Kleider, Taylor?«

»Geben Sie sie zur Kleiderspende. Bis bald, Holly.«

Sie blickte ihm nach, als er wegfuhr. Während sie zum Haus zurückging, fragte sie sich, ob das eine Drohung oder ein Versprechen gewesen war. Einen Moment verharrte sie an der Tür, öffnete sie dann langsam und hörte ein Flüstern, begleitet von einem Seufzen.

Mein Schatz.

Hollyberry.

KAPITEL 8

London 1939

Auszug aus dem Ausstellungskatalog:

»Wir haben keine Gemälde aus diesem Lebensabschnitt der Künstlerin. Während dieser Zeit entstanden drei Porträts von Kanonikus Gemmell – siehe Seite 60 –, und wir glauben, dass sie damals auch das erste Gemälde ihrer berühmten Lohengrin-Serie malte.«

Großbritannien erklärte Deutschland am 3. September 1939 den Krieg, gefolgt von Australien, Neuseeland und Frankreich.

Zwei Tage lang hatte Tony gewartet und wider besseres Wissen gehofft, dass doch noch alles gut würde. Es durfte keinen Krieg geben. Blaise durfte seine Karriere nicht aufgeben, um Soldat zu werden. Es war undenkbar. Wenn er sie verließ, würde sie sterben. Das wusste sie. Er war ihr wichtiger als die Luft zum Atmen. Sogar das Malen stand für sie an zweiter Stelle.

»Male, Toinette!«, befahl er. »Wenn ich fort bin, wird es mir Mut machen zu wissen, dass du hier bist und etwas Schönes erschaffst. Male meine Babys, unsere Babys, fünf, denke ich, fünf dicke kleine Babys, zwei Jungen für dich und drei kleine Mädchen, die ich verwöhnen kann.«

Um ihm den Gefallen zu tun, malte sie mollige Putten mit Pinseln in der Hand und Farbklecksen auf dem rundlichen Po.

»Diese hier wird weltberühmt«, versicherte Blaise ihr und deutete auf eine singende Putte. »Sie hat die Stimme eines Engels. Was für eine Tosca sie geben wird! Und zwischen ihren Engagements wird sie Meisterwerke malen. Komm, gib ihr eine Kinderstaffelei.«

Aber Tony brach in Tränen aus. Er umarmte und tröstete sie, bis sie sich wieder fasste.

Die Slade School of Fine Arts wurde von London nach Oxford verlegt, ins Ruskin College. »Ich gehe nicht. Wer interessiert sich in einer wahnsinnigen Welt schon für Malerei?«

Blaise redete ihr gut zu. »Ist das dieselbe Toinette, die mir erzählt hat, dass die Kunst die Menschheit zivilisiert? Von Oxford nach London ist es nicht weit, Tony. Du musst gehen, und wir werden uns treffen, sooft es geht. Eine gute Übung, *ma mie*, für eine Laufbahn an der Oper.«

Er selbst reiste nicht sofort ab. Seine Eltern waren ebenso beunruhigt wie Tony, und tränenreiche Telefonate sowie tränenbefleckte Briefe von seiner Mutter zwangen ihn, entgegen seinen Wünschen erst einmal am Konservatorium zu bleiben.

Das Jahr 1940 brach an. Am 21. März wurde Paul Reynaud französischer Ministerpräsident. Aber falls *la douce France* die Hoffnung gehegt hatte, das Unvermeidliche aufhalten zu können, wurde sie enttäuscht. Am 14. Juni, als Tony und Blaise Pläne für die Sommerferien zu schmieden begannen – obwohl eine Reise nach Paris ja leider nicht infrage kam –, besetzten deutsche Truppen die französische Hauptstadt. Blaise war völlig verzweifelt, und Tony versuchte ihre eigene Angst zu unterdrücken und sich vorzustellen, wie es sein musste, wenn die eigenen Eltern und die kleine Schwester in einer besetzten Stadt lebten.

»Sie gehen bestimmt aufs Land, Blaise.«

»Mein Vater wird in Paris gebraucht. Viele seiner Klienten sind Juden. Er wird nicht gehen.«

»Zu wissen, dass du so gut vorankommst« – Blaise hatte unlängst an einem Konzertabend des Konservatoriums teilgenommen –, »wird ihnen Kraft geben.«

Er wandte sich von ihr ab. Sie wollte ihn in die Arme schließen und trösten, aber sein Blick schien zu sagen: »Lass mich allein in meiner Verzweiflung.«

Sie wusste nicht, wie sie an ihn herankommen sollte. Sie besuchte ihn in London, wo er manchmal stundenlang dasaß und ins Leere starrte, wobei er die Musik auf volle Lautstärke gedreht hatte. Dann wieder liebte er sie, als könne er nicht genug von ihr kriegen. Danach weinte er, und sie hielt ihn umschlungen und tröstete ihn, bis er erschöpft einschlief.

Eines Tages kam sie in seine Wohnung, und er war fort. Sie fand einen Brief, den sie nicht lesen konnte, weil Tränen ihren Blick verschleierten. Sie brauchte ihn nicht zu lesen, denn sie wusste, was darin stand. Er war nach Frankreich zurückgekehrt. Es war nicht so, wie sie es erwartet hatte, sondern schlimmer. Er wollte sich den französischen Freiheitskämpfern unter General de Gaulle anschließen. Weiter hieß es in dem Brief, sein Vater habe die Miete für die Wohnung im Voraus bezahlt, und Tony könne sie gerne benutzen.

> Ich werde mir vorstellen, wie du in der Wohnung bist, wie du malst, wie du zu kochen versuchst, *pauvre Toinette*, und schläfst. Das wird mich sehr glücklich machen. Du bist so schön, wenn du schläfst.

Im folgenden Jahr führte Tony ein Doppelleben. In der Woche war sie Tony Noble, die Kunststudentin. Sie besuchte Kurse und Vorlesungen in einer der schönsten Städte der Welt, doch deren Schönheit nahm sie nicht wahr. Welche Reize konnte ein Ort schon haben, wenn Blaise nicht dort war? Sie machte nicht einmal Skizzen von den Sehenswürdigkeiten der Stadt. Sooft es möglich war, fuhr sie nach London, zunächst noch mit dem Zug, dann mit dem Bus und manchmal sogar auf einem Laster voller Gemüse. Sie begann die Wohnung zu hassen; sie war so leer, so ruhig. Selbst wenn sie seine Schallplatten mit den Beethoven-Symphonien spielte, wurde das schreckliche Schweigen kaum übertönt.

Heute kommt ein Brief, ich weiß es.

Nächstes Wochenende kommt ein Brief, das habe ich im Gespür.

Wenn ein Brief eintraf, was gelegentlich der Fall war – ein paar dünne Blätter, unterzeichnet mit »*Je t'aime, ma mie*«, dann blieb sie über Nacht und putzte die Wohnung. Der Staub schien sie zu verspotten. Er tanzte in den Sonnenstrahlen, bevor er sich gemächlich wieder auf den Möbeln niederließ.

»Du bist ohnmächtig«, schien er ihr zu sagen, »ohnmächtig und ohne jede Hoffnung.«

Nein, sie hatte die Hoffnung nicht verloren. Sie hatte diese dünne Botschaft.

Nein, nein, das Papier ist dünn – die Botschaft ist kraftvoll. Er wird wiederkommen, und in der Zwischenzeit werde ich malen lernen.

Einer der Lehrer jagte ihr Angst ein. Tony war klein, und er war nicht viel größer, aber mit dem Pinsel in der Hand wirkte er wie ein Riese – und das wusste er. Wenn er das Bild betrachtete, an dem sie gerade malte, spie er Gift und Galle, nahm ihr den Pinsel aus der Hand und zeigte ihr, wie es ging. Es dauerte Wochen, bis sie begriff, dass er damit seine Wertschätzung für ihre Begabung zum Ausdruck brachte. Aber sie fürchtete sich vor dem unvermittelten Geschrei.

»Zu viel gottverdammte Atmosphäre«, schrie er mit seinem schottischen Akzent. »Wo bleibt die Klarheit?«

Ach, bitte, bitte, warum konnte er nicht unterrichten, ohne zu fluchen?

»Was zum Teufel malen Sie da? Einen Menschen oder den Untergang der gottverdammten Zivilisation? Studieren Sie die Florentiner, in Gottes Namen, und seien Sie *präzise*. Das Malen beginnt, bevor Ihr Pinsel die gottverdammte Leinwand berührt. Mischen Sie die Farbe *auf* der Palette. Da fängt das Malen an.«

Auf so etwas war sie durch ihr Elternhaus nicht vorbereitet. Und weil ihr die Unterstützung durch Blaise fehlte, erwog sie den Rückzug in das biedere, ruhige, langweilige Leben ihrer Familie. Dort wurden ihre Nerven wenigstens auf konventionelle Weise strapaziert.

»Womit malen Sie eigentlich, Miss Noble? Was möchten Sie vermitteln? Fotografische Ähnlichkeit? Dann kaufen Sie sich eine gottverdammte Kamera und verschwenden nicht meine wertvolle Zeit. Oho, die Maus hat Kampfgeist! Das gefällt ihr nicht. Gut. Gut. Malen Sie aus dem Bauch heraus, Miss Noble! Schauen Sie, wie das Licht auf Ihr Motiv fällt, und malen Sie, was Sie *sehen*. Was Sie sehen, muss Sie verführen, so wie ein Liebhaber Sie verführt, sodass Sie alles tun, alles in Kauf nehmen, um es richtig hinzukriegen.«

Sie hielt es nicht mehr aus. Sie würde die Akademie verlassen und hübsche Bildchen von den Oxford Colleges malen und an die Touristen verkaufen, wenn der Krieg vorbei war. Nachts malte sie die Babys, die sie mit Blaise bekommen würde; sie malte sie auf Wolken, die über den blauen Himmel schwebten. *Bébés chantants*, singende Babys. Aus ihren kleinen Mündern quollen goldene Noten. Blaise konnte sie nicht malen. Sie wusste nicht, wo er war, was er tat. In seinen seltenen Briefen war nur von seiner unwandelbaren Liebe die Rede. Wie sehr er ihr fehlte! Es war wie bei Zahnweh; nur der Leidende wusste, wie heftig es war. Einmal, als der Schmerz unerträglich wurde, schwänzte sie den Unterricht und fuhr per Anhalter nach London. In der leeren Wohnung fühlte sie sich ihm näher. Hier hatten sie miteinander gelebt und sich geliebt, gelacht und geweint.

Sie war in der Wohnung, als in einer Augustnacht eine Bombe auf die Pension fiel, in der sie früher gewohnt hatte. Mrs. Lumsden, Monica, die Literaturstudentin, und alle anderen kamen ums Leben. Sie waren die ersten Kriegsopfer, die Tony persönlich gekannt hatte. Sie dachte an Mrs. Lumsden und die Sandwiches, die sie für Blaise gemacht hatte, aber ihr Herz war bereits so voller Kummer, dass sie keine Tränen mehr hatte. Sie verabscheute diese Gefühllosigkeit, fand sich aber damit ab.

Sie erfuhr, dass de Gaulle von London aus für ein freies Frankreich kämpfte. War Blaise bei ihm? War er in der Nähe? Die Gegner de Gaulles in Vichy brachen die diplomatischen Beziehungen zu Großbritannien ab. Nichts war wichtig außer Blaise.

Tony nahm ihre Gemälde und die Auszeichnungen, die sie bei

ihrem Abschluss von der Akademie erhalten hatte, und verstaute sie auf dem Dachboden ihres Elternhauses in Surrey. Gegen den Wunsch ihrer Mutter – »Du bist dumm, Antonia, du bist schon einmal nur durch ein Wunder davongekommen. Ich weiß genau, dass du ein zweites Mal nicht so viel Glück haben wirst. Bleib hier! Hier bist du sicher.« – kehrte sie nach London zurück, wo sie in der Rüstungsindustrie arbeitete und zu malen versuchte.

Wie kann ich etwas erschaffen, wenn ich innerlich tot bin?

Die Miete war bis Juni bezahlt, aber Tony konnte den Vertrag nicht weiterführen, ihr magerer Verdienst reichte dazu nicht aus. Sie würde London verlassen. Vielleicht war es unter den gegebenen Umständen besser, irgendwo weit weg von hier zu warten, bis der Krieg vorüber sein und Blaise zurückkehren würde. Sie schrieb ihm, aber er antwortete nicht, und Anfang Mai, als in ganz London die Bäume trotzig mit weißen und rosafarbenen Blüten prangten, packte sie seine und ihre Habseligkeiten und ging, ohne ihre Eltern zu benachrichtigen, zur Waterloo Station, um einen Zug, irgendeinen Zug zu besteigen, der sie so weit wie möglich von London fort brachte.

An diesem Abend fuhr nur ein Zug, und die Endstation war Glasgow, eine Stadt, die ihr so vertraut schien wie Timbuktu, aber es spielte keine Rolle. Auf der endlosen Reise fragte sie sich immer wieder, ob das nicht ein bisschen verrückt sei. Hätte sich ein vernünftiger Mensch in einen Zug gequetscht, der – wenn er sich überhaupt bewegte – im Zickzackkurs durch die englische Landschaft kroch? Die Waggons waren überfüllt, und Tony saß bis zu einem Bahnhof, vermutlich Darlington – die Schilder waren abmontiert – auf ihrem Koffer im Gang und schätzte sich glücklich, dass sie nur ihre zweitbesten Strümpfe angezogen hatte. Die Reisetaschen der anderen Fahrgäste ruinierten nicht nur ihre Strümpfe, sondern scheuerten auch ihre Haut wund. An diesem namenlosen Bahnhof wechselte sie in einen Waggon, aus dem Soldaten ausgestiegen waren, aber der Geruch nach ungewaschenen Körpern und abgestandenem Rauch ließ sie beinahe wehmütig an die Stunden im Gang zurückdenken. Ihr gegenüber saß eine ziemlich dicke Frau mit einem Korb, dem der angenehm kräftige, erdige Geruch nach Kartoffeln entströmte. Die übrigen Reisegefährten waren zwei Frauen in Uniform und drei kleine, weinerliche Kinder mit ungewaschenen Gesichtern und Rotznasen. Tony vermied es, ihre Nasen anzusehen, machte sich aber Vorwürfe, als sie die Schilder sah, die an die Mäntel der Kinder geheftet waren.

»Wo fahrt ihr hin?«, fragte sie das älteste Mädchen.

»Wir dürfen nicht mit Fremden reden«, erklärte das Kind. »Unsere Oma holt uns in Crewe ab. Sie kann wunderbar backen, unsere Oma«, fügte sie hinzu. Offenbar fiel ihr das Schweigen ziemlich schwer.

Tony lächelte. Hätte sie doch auch eine Oma, die sie in Crewe abholte! Doch nein, sie wollte nur Blaise. Wenn diese Kinder die Fahrt ins Unbekannte wagten, um nach Crewe zu gelangen, dann konnte sie auch noch weiterfahren, um einen Unterschlupf zu finden, bis Blaise wiederkam. Sie schloss die Augen. Als sie sie wieder aufschlug, waren die Kinder und die Frau mit dem Korb verschwunden, und der Zug stand auf einem Rangiergleis.

»Fragen Sie nicht, wo wir sind«, sagte die junge Frau neben ihr. »Es ist so dunkel, dass man nicht mal die Hand vor Augen sieht.«

Tony sehnte sich nach einer Tasse Tee, einer Toilette und einem heißen Bad, aber nicht unbedingt in dieser Reihenfolge. Viele Stunden musste sie auf all diese Annehmlichkeiten verzichten, doch am Ende erreichte der Zug doch Glasgow, und sie stolperte halb erfroren, steif und unsagbar müde auf den Bahnsteig. Später hielt sie die Militärkantine, wo sie sich ihre ersten beiden Wünsche erfüllen konnte, auf Zeichnungen fest. Sie umfasste die Tasse mit beiden Händen, um sich zu wärmen, und betrachtete ein arg ramponiertes Plakat, auf dem sie einen idyllischen Hintergrund für ein wunderbares Gemälde entdeckte. Den Namen konnte sie ebenso wenig aussprechen wie der Fahrkartenverkäufer, aber gemeinsam fanden sie die günstigste Verbindung nach – Achahoish.

Blaise war an jenem Maiabend mit einem Auftrag in London unterwegs. Ohne es zu wissen, waren sie einander auf dem überfüllten Bahnhof zwanzig Minuten lang ganz nahe.

Blaise hatte das wasserdichte Paket, das er von Frankreich hierher befördert hatte, bereits übergeben, und sein Befehl lautete, sofort zurückzukehren.

Nach getaner Arbeit hatte er den Kopf frei, um an Tony zu denken. Sie war hier, vielleicht schlief sie in seiner Wohnung. Wie wunderschön wäre es, sie auch nur einen Augenblick zu sehen oder ihre Stimme zu hören, aber sein Befehl war eindeutig: Sofort zurückkehren. Beinahe schämte er sich, als die Sirenen Bombenalarm ankündigten. Unter diesen Umständen konnte er die Heimreise nicht antreten, das hätte niemand von ihm erwartet. Er konnte durch die Straßen Londons laufen und sie suchen. Sie war sein Leben, sein Ein und Alles. In der Zeit der Trennung hatte er nur drei Briefe von ihr erhalten – ganz offensichtlich nur ein kleiner Teil einer Flut von Briefen, in denen sie ihm ihre Liebe versicherte. Er hatte sie beantwortet, wusste aber nicht, ob seine Briefe sie jemals erreicht hatten. Es spielte keine Rolle. Seine Toinette wusste, dass sein Herz ihr gehörte. Sie wusste, dass er wiederkommen würde.

Er wünschte sich so sehr, bei ihr zu sein, sie zu berühren, ihre Stimme zu vernehmen. Vielleicht waren ihnen nur ein paar gemeinsame Stunden vergönnt, aber auch dafür wären sie dankbar. London hatte sich verändert. Dieser Teil der Stadt war durch die grauenhaften Luftangriffe im vergangenen September weitgehend zerstört worden; Straßen, die er gut gekannt hatte, existierten nicht mehr.

Er hatte sich verlaufen und suchte verzweifelt nach einem Orientierungspunkt. Wenn er den Fluss und St. Paul's Cathedral im Rücken hatte und weiterging, würde er sich bald wieder zurechtfinden.

Bei einem Luftangriff ist es nicht leicht, eine bestimmte Straße zu finden. Schreckensstarr beobachtete Blaise, wie die gesamte

Vorderfront eines Gebäudes vor seinen Augen einstürzte. Einen Augenblick lang fiel ein großer bedrohlicher Schatten über ihn, ein jäh aufblitzender Feuerball beleuchtete einen alten Mann mit einem Teekessel in der Hand, einen Säugling in einer Wiege, Möbel, die einfach dastanden, und dann stürzte alles in eine wahre Hölle hinab, und er glaubte, sie werde auch ihn verschlingen. Der Lärm war unbeschreiblich. Das dumpfe Dröhnen von Flugzeugmotoren war in seinem Leben so allgegenwärtig, dass er es nur noch bemerkte, wenn es verstummte, aber niemand konnte sich jemals an das Krachen der Bomben gewöhnen, die Leben auslöschten. Die Feuerwehr, die Luftschutzwarte und die Sanitäter waren bereits da, und Blaise packte mit an, ohne nachzudenken.

Man hatte keine Angst, keine Zeit für Angst. Man sah und handelte. Zuletzt sagte jemand: »Hier können Sie nichts mehr tun, mein Junge.« Erst dann begriff er, was geschehen war, und wieder dachte er nur noch an Tony.

Er musste zu ihr. Sie war hier irgendwo inmitten dieses Wahnsinns, und er musste sie finden.

Gütiger Gott! Es stimmte. Wie würde er mit Toinette darüber lachen. Die Briten und ihr Tee.

»Hier, mein Junge, trink.«

Ein Luftschutzwart, mit schmutzigem Gesicht, zerrissenen Kleidern, rauchgeschwärzt, schob Blaise eine Blechtasse in die zitternde Hand. Er hätte ebenso gut zwanzig wie sechzig sein können. Unmöglich zu sagen, wer ihm hier inmitten des zerstörten London gegenüberstand. »Verdammter Bombenhagel heute Nacht. Die Dreckskerle werfen Brandbomben rund um das Elephant and Castle. Freeman, Hardy and Willis brennt, und Spurgeon's Tabernacle, Dean's Rag Book Factory – das Feuer breitet sich aus.«

Blaise antwortete nicht, nickte nur zum Dank. Fast drei Jahre lang hatte er kaum Englisch gesprochen, und er wollte keine Zeit mit Erklärungen vertun.

»Ich bin doch wacher, als ich glaubte«, überlegte er, »wenn ich darüber nachdenken kann. Alles Übung.«

Er trank den Tee aus, der erstaunlich gut schmeckte, und wartete, bis er sich unbemerkt entfernen konnte. Er hatte alle nötigen Papiere bei sich, falls er kontrolliert wurde, aber ihm blieb wenig Zeit. Er musste zu Tony. Plötzlich überfiel ihn die Angst. Warum hatte er seine Zeit mit Teetrinken vertan? London, ihre Stadt, wurde in Schutt und Asche gelegt, und Toinette war mittendrin.

Er kannte das Elephant and Castle, in diesem Pub hatten sie viele gemeinsame Abende verbracht. Freeman, Hardy and Willis lag von der Wohnung aus um die Ecke. »Ein Schuhladen? Bei dem Namen denkt man eher an eine Anwaltskanzlei«, hatte Toinette lachend gemeint.

Er setzte sich wieder in Bewegung. Nun dachte er nicht mehr an das London der Vorkriegszeit zurück. Er schwelgte nicht länger in Erinnerungen an kostbare Stunden mit Tony. Jetzt dachte er einzig und allein darüber nach, wie er sie finden konnte. Es war ein Leichtes, sich zu orientieren. Rundum brannte es lichterloh, und während er im Schein der Flammen seinen Weg suchte, übermannte ihn die Verzweiflung. Würde am Morgen von der Stadt noch etwas übrig sein? Natürlich. London konnte nicht zerstört werden. Selbst Hitler würde es nicht schaffen.

Freude überkam ihn, als er in seine Straße einbog. Aber sie dauerte nur einen Augenblick. Sein Verstand weigerte sich zu begreifen, was er sah. Wo einmal die Straße gewesen war, tat sich ein riesiger qualmender Krater auf, und überall wuselten Gestalten umher, die dennoch planmäßig vorgingen und ruhig miteinander sprachen, laut zwar, um sich verständlich zu machen, aber ohne zu schreien.

Als er näher heran war, sah er, dass es Luftschutzwarte und Feuerwehrleute waren. Blaise sprach einen von ihnen an, einen alten Mann, dessen Gesicht vor Erschöpfung grau war.

»Wo ist die Straße?«, fragte er verzweifelt. »Wo ist die Straße?«

»In diesem Loch, junger Mann.« Auf dem schmutzigen Gesicht des Luftschutzwarts zeigte sich Mitgefühl. Er nahm seinen

Helm ab, und Blaise sah dunkles, lockiges Haar. »Keine Überlebenden, mein Junge, falls Sie jemanden suchen.«

»Meine Frau.«

Blaise schaute in den Krater und wunderte sich, wie ruhig er blieb. Toinette war irgendwo in diesem Krater. Sie war tot, und weil sie tot war, war auch er tot. Aus diesem Grund blieb er so ruhig. Er war tot.

»Tut mir Leid, Sie könnten …«

Aber Blaise hatte sich umgedreht und lief davon. Er dachte nur an Tony. Tony bei ihrer ersten Begegnung, als er so tat, als wäre er in die Partitur von *Lohengrin* vertieft, in Wirklichkeit aber beobachtete, wie sie über den Rasen spazierte und anfing, ihn zu zeichnen; Tony in der Löwenzahnwiese, als sie sich zum ersten Mal geliebt hatten; Tony im Schneidersitz auf dem Bett in seiner Wohnung, Tony, Tony, Tony.

»Ich bin auch tot, meine Toinette, aber was von mir übrig ist, wird dich immer lieben.«

KAPITEL 9

LONDON 1999

»Eine Galerie in Bayreuth ersucht uns um ein Vorkaufsrecht für alle Schwäne, Holly.«

»Warum? Wahrscheinlich haben sie eine Verbindung zu Blaise, aber eine ziemlich nebulöse, und außerdem sind in der Vergangenheit schon viele Schwanenbilder verkauft worden.«

Otto hörte nicht zu. »Lohengrin. Wir nennen sie die Lohengrin-Serie.«

»Aber er hat den Lohengrin nur selten gesungen. Diese Rolle wird kaum mit ihm in Verbindung gebracht. Kein Vergleich zu Cavaradossi oder des Grieux.«

»Schade, dass sie keine Briefe aufbewahrt hat. Und es gibt auch keine Tagebücher?« Otto hatte die Hoffnung immer noch nicht aufgegeben.

»Keine Tagebücher, und die Briefe, die sie aufgehoben hat, stammen von Angehörigen oder von Galerien. Auch ein paar von Ihnen sind dabei und von Ihrem Vater.«

»Mein Vater. Großartig. Darf ich sie sehen?«

»Natürlich. Ich gebe sie Ihnen.«

Nach einem exzellenten Lunch saßen sie gemütlich in Ottos wunderbarer Londoner Wohnung. Holly war in einen bequemen pfirsichfarbenen Sessel gesunken und betrachtete ein Orchideengesteck in derselben Farbe. Enttäuscht hatte sie festgestellt, dass diese exquisiten Blüten nicht dufteten. Ihrer Meinung nach sollten alle Blumen einen angenehmen Duft verströmen. Ottos Diener hatte Kaffee eingeschenkt und war dann diskret verschwunden. Holly schaute ihm nach.

»Wo in aller Welt haben Sie Phil gefunden? Er ist ein Phänomen.«

Otto legte den Finger auf die Lippen, eine Geste, die sie hasste.

»Werden Sie vom Geheimdienst überwacht, Otto?«

»Es ist noch seltsamer«, sagte er geheimnisvoll, »aber Phil ist – er war ein tibetischer Mönch. Er ist 1959 zusammen mit dem Dalai Lama nach Indien geflohen und lebt seit Anfang der siebziger Jahre in London. Gott allein weiß, wie alt er ist. Er sieht immer noch genauso aus wie damals, als er sich bei mir vorgestellt hat. Er kümmert sich einfach um alles. Ich muss mir überhaupt keine Gedanken machen, und das heißt, ich kann mich voll und ganz darauf konzentrieren, meine Künstler reich und berühmt zu machen.« Mit einer Handbewegung wies er auf die noble Ausstattung des Wohnzimmers und die Aussicht, die sich von hier aus bot. »Hätten Sie nicht auch gern eine kleine Wohnung wie diese, Holly?«

Holly, die aufgestanden war und ans Fenster trat, fand, dass die erlesene Schönheit dieses Raums alles übertraf, was sie in ihrem Leben je gesehen hatte. Man hätte ihn für eine Zeitschrift fotografieren können. Trotzdem fühlte sie sich darin zu Hause, obwohl sie wusste, dass diese empfindlichen Seidenkissen noch nie von Kuchenkrümeln verunziert worden waren. Sie ließ den Blick über die faszinierende Stadt schweifen und dachte an Torry Bay. »Sie brauchen sich nicht über mich lustig zu machen, Otto. Ich bin in Tonys Cottage vollauf zufrieden.«

Otto war neben sie ans Fenster getreten und wischte ein imaginäres Stäubchen von den farblich dezent abgestimmten Vorhängen. »Ich wünschte, ich hätte sie einmal dort besucht. Aber sie hat dort sehr zurückgezogen gelebt.« Er lächelte ihr zu. »Ich habe gehört, dass sogar der verwöhnte Taylor seinen kurzen Aufenthalt dort genossen hat. Wie haben Sie es geschafft, einen der reichsten Männer der Welt in einem winzigen *pied-à-terre* glücklich zu machen?«, fragte er schelmisch.

Holly beschloss, diese Anspielung zu überhören, und kehrte zu ihrem Sessel zurück. »Ach, Otto, ich habe ihm Würstchen zum Abendessen serviert und ihn anschließend spülen lassen.«

Er hatte gerade die zierliche Porzellantasse an die Lippen gesetzt und verschluckte sich an seinem Kaffee. »Wie einfallslos von Ihnen, Holly!« Er musterte sie nachdenklich, während sie unschuldig an ihrem Kaffee nippte. »Wie dem auch sei, die Gemälde gehören zwar nicht zu der Fougère-Serie – sie hat Hunderte von Schwänen gemalt –, doch sie befanden sich ebenfalls im Atelier. Ein paar Jahre vor ihrem Tod hat sie angedeutet, sie bereite eine Ausstellung vor. Wahrscheinlich hatte sie nicht vorgehabt, diese Bilder gemeinsam mit den Hauptwerken zu zeigen, doch dann überlegte sie es sich anders. Wir können aber trotzdem einiges herausschlagen.«

Holly stand auf. »Ich mag es nicht, wenn Sie so reden.«

»Wie naiv wir doch sind! Holly, ich bin Geschäftsmann. Ich hoffe, dass ich auch Künstler bin. Für Tony wünsche ich mir weltweite Anerkennung. Für Sie wünsche ich mir so viel Geld wie möglich, und, nein, ich werde nichts zu Ihrer kleinen Stiftung beisteuern oder was Sie da vorhaben. Die Gemälde sind gut. Sie lassen sich zwar nicht mit den Porträts von Blaise vergleichen, aber es sind schöne Beispiele für Tonys Stil, ihren unglaublichen Sinn für Licht und Farbe. Erwägen Sie, die ganze Serie zu verkaufen?«

»Ich habe sie nie genau in Augenschein genommen. Ich finde, es stellt sich die Frage, ob sie alle zur Lohengrin-Serie gehören oder ob einige nicht einfach nur schottische Landschaften mit Schwänen sind.«

»Mr. Hartman lässt fragen, ob Sie zu Hause sind, Sir.«

Sie hatten nicht gehört, dass Phil eingetreten war. Hollys Herz hämmerte. Sie hatte Taylor seit ihrer letzten Begegnung in Argyll nicht mehr getroffen. Ihr rasender Puls verriet, dass sie sich auf ein Wiedersehen freute.

»Führen Sie Mr. Hartman herein«, bat Otto, und Phil kam dieser Aufforderung nach.

»Was für ein unerwartetes Vergnügen!«, begrüßte Otto ihn. »Taylor, mein Lieber, wie nett, dass Sie vorbeikommen. Noch eine Tasse, Phil, bitte. Taylor, Sie kennen Miss Noble?«

Holly bemerkte, dass Taylor ebenso überrascht war, sie zu sehen, wie umgekehrt, aber er fasste sich rasch. »Guten Tag, Holly.«

»Taylor.«

Otto wies ihm einen Platz auf dem Sofa zu. »Es ist einfach furchteinflößend, wie Sie einen mit Ihrer Größe überragen, Taylor. Zumindest in meinem Wohnzimmer möchte ich mich nicht einschüchtern lassen.«

Taylor lächelte, setzte sich völlig unbefangen und schlug die Beine übereinander. »Ich bitte um Entschuldigung für meine Größe, Otto. Holly, ich freue mich, Sie hier anzutreffen. Es muss doch eine Möglichkeit geben, Sie im Cottage zu erreichen. Sie haben Chandler Ihre Nummer in Glasgow gegeben, aber nicht Ihre Handynummer.«

Holly konnte dem Drang nicht widerstehen, ihn zu ärgern. »Sie können mir ja eine Nachricht im Laden hinterlassen.« Blaise war damit zurechtgekommen. Aber Taylor war nicht Blaise und Holly nicht Tony. Blaise hatte Tony geliebt und sie ihn. Holly liebte Taylor nicht, sie mochte ihn nicht einmal, und er verabscheute sie ebenfalls.

Nun hatte sie es sich eingestanden, und es tat überhaupt nicht weh.

Taylor musterte sie kurz, und sie errötete. Hatte er dieselben Gedanken wie sie? »Handys, Holly, das Internet, E-Mail und so weiter. Dieser Journalist, nein, Verzeihung, dieser Rechtsverdreher, Ihr Freund, schätzt es sicher nicht, dass Sie sich so von der Außenwelt abschirmen. Ich würde mir jedenfalls schreckliche Sorgen machen, sofern ich Sie liebte«, fügte er hastig hinzu. Er geriet in Verlegenheit, ein wenig vertrautes Gefühl, das ihm nicht gerade behagte.

Holly genoss seine missliche Lage, und so blieb es Otto überlassen, seinem Überraschungsgast zu Hilfe zu kommen. »Ich habe Holly gerade erzählt, dass sich eine Galerie um ein Vorkaufsrecht für die Lohengrin-Serie bemüht hat.«

»Eine Frage: Erlöst Holly mehr, wenn die Bilder einzeln auf

einer Auktion verkauft werden oder wenn sie die ganze Serie auf einmal anbietet?«

Er redete schon wie John. Geld, Geld, Geld.

»Es gibt noch andere Gesichtspunkte, Mr. Hartman.«

»Schon wieder Mr. Hartman«, protestierte Taylor unwillig. »Holly, nur Leute, die kein Geld haben, tun so fromm. Sie haben doch bestimmt lange genug in Afrika geschwitzt, um eines gelernt zu haben: Je mehr Geld ein wahrer Philanthrop hat, desto mehr kann er für die Menschheit tun. Also, wollen Sie den höchstmöglichen Preis für die Bilder?«

Holly kam nicht mehr mit. Einerseits hätte sie gern gewusst, wie er von ihrer Tätigkeit in Afrika erfahren hatte, andererseits wollte sie einwenden, sie sei gar keine Philanthropin, aber genau das wollte sie doch eigentlich sein, oder? Schließlich sagte sie nur: »Natürlich.«

Er musterte sie mit einer Miene, die sie nicht zu deuten wusste. »Dann sorgen Sie dafür, dass Sie einen guten Start hinlegen. Das ist eine einmalige Gelegenheit, Holly.«

Holly stand auf. Sie war wütend, und das wusste er. »Ich muss los, Otto. Sie und Mr. Hartman haben bestimmt viel zu besprechen.«

»*Miss* Noble«, sagte Taylor spöttisch, »sind Sie jetzt zufrieden? Ja, ich nehme Kaffee, Otto, schwarz. Miss Noble, ich habe bei Otto vorbeigeschaut, weil ich wissen wollte, wie man Sie erreichen kann. Wir müssen überlegen, wer die Gemälde schätzt und transportiert.«

Otto hüstelte. »Mein Lieber, das ist alles bereits geregelt.« Er ratterte die Namen von drei weltbekannten Koryphäen herunter. »Ihnen zufolge sind es samt und sonders Meisterwerke. Wir haben beschlossen, die Gemälde erst einmal hierher bringen zu lassen. Vorige Woche wurden sie ausgepackt, und die letzte Schätzung ist heute erfolgt. Sie hängen in meinen Lagerräumen.«

»Ich hatte damit gerechnet, dass man mich darüber informiert«, entgegnete Taylor eisig.

»Warum?«, fragte Holly. »Der Wert der Bilder hat doch nichts mit Ihnen zu tun.«

»An ihrem Geldwert bin ich nicht interessiert, Miss Noble, aber nachdem ich wegen dieser Bilder mehr als einmal über den Atlantik geflogen bin, dachte ich, Sie wären so freundlich, mich auf dem Laufenden zu halten. Ich glaube mich sogar zu erinnern, dass wir das vereinbart hatten. Immerhin handelt es sich angeblich um Porträts meines Onkels, falls Sie das vergessen haben sollten.«

»Darum handelt es sich tatsächlich – aber was hat das damit zu tun?« Holly schrie beinahe.

»Sie müssen der Erste sein, der sie sieht, mein Freund«, schaltete sich Otto ein. »Wir könnten ja gleich in die Lagerräume gehen. Aber vergessen Sie nicht, Taylor, von einem Lagerraum dürfen Sie nicht zu viel erwarten, nur vier Wände, und die Beleuchtung stimmt auch nicht. Sie müssen *gehängt* werden.«

»Ich weiß, was Sie meinen, aber trotzdem würde ich sie gerne sehen. Sind Sie damit einverstanden, Miss Noble?«

Holly beschloss, sich gnädig zu zeigen. »Natürlich. Und Sie können sich sogar eines aussuchen, das ich Ihnen gerne zum Geschenk machen würde.«

Sie lächelte strahlend, als er die Zähne zusammenbiss, und wandte sich an Otto: »Ich komme auch mit. Wir müssen noch entscheiden, ob wir sie chronologisch hängen, als eine sich entfaltende Liebesgeschichte sozusagen. Haben Sie Ihren Kaffee ausgetrunken, Taylor?«

Sie musste wieder lächeln, als sie hörte, dass die hauchdünne Tasse scheppernd auf dem Unterteller landete, und beschloss, sich von nun an zu benehmen. Sie hatte ihn genug gepiesackt.

Sie nahmen Taylors Wagen, der vor der Tür stand, und fuhren zu den großen Lagerhäusern, in denen Otto Werke untergebracht hatte, die ausgestellt oder verschickt werden sollten. Während der Fahrt schwieg Holly die meiste Zeit.

»In großen Städten kommt man zu Fuß schneller voran«, bemerkte sie dann, und Taylor, dessen Unmut verflogen war, lachte.

»Wenn Sie das schon schlimm finden, dann fliegen Sie mal nach New York oder Tokio. Aber in London steht man vermutlich länger in den Staus als in New York. Eure Straßen sind so eng.«

Holly dachte an ihre Überlegung, künftig in Torry Bay zu leben. »In meiner Stadt gibt es nur eine Straße«, sagte sie, »und Staus entstehen allenfalls, wenn amerikanische Touristen durch den Ort brausen.«

Sie merkte, dass Otto nervös wurde. Taylor war schließlich ein gern gesehener Kunde. Sie wusste selbst nicht, was für ein Kobold ihr ständig Sticheleien einflüsterte.

Was ist ihm Hekuba, was ist er ihr?

Rasch stoppte sie die *Hamlet*-Szene in ihrem Kopf. Denn das Ende vom Lied war, *dass sie um ihn weinen sollte*, und nichts lag ihr ferner, als um den arroganten Neffen von Blaise Fougère Tränen zu vergießen. Sie spürte, dass er sie ansah, warf ihm einen hastigen Blick zu und errötete. Warum nur?

»Sie wissen doch, was die Hartman Corporation ist, nicht wahr, Holly?«

»Natürlich.« Was für eine merkwürdige Frage.

Er schwieg.

Die Heizung in den Lagerräumen war so eingestellt, dass eine optimale Temperatur für die Gemälde herrschte. Holly wurde von freudiger Erregung ergriffen. Fast alle Bilder waren zu groß, um im Cottage ihre volle Wirkung zu entfalten, aber hier in diesen riesigen Räumen mit den blendend weißen Wänden wirkte die Explosion von Farbe und Licht überwältigend.

»Schauen Sie«, flüsterte sie. »Wie schön sie sind!«

»Großartig«, pflichtete Otto ihr bei.

Taylor sagte nichts. Langsam schritt er durch den Raum und machte sich mit den Bildern vertraut. Er hatte in Torry Bay noch nicht alle Gemälde gesehen, das war bei den beengten Verhältnissen im Cottage nicht möglich gewesen. Nur wenige hatte er dort betrachten können, eins nach dem anderen, und das bei ungünstigem Licht. Holly vergaß, dass sie ihn nicht mochte, und schloss sich ihm an, stieß Rufe des Entzückens aus, zeigte ihm Dinge, die ihr zuvor noch nicht aufgefallen waren und die auch er vielleicht übersehen hatte.

»Schauen Sie, Taylor, der Regenbogen ... sehen Sie, sehen Sie, wie raffiniert.«

»Warum trägt er eine Kette um den Hals? Auch der Titel ist merkwürdig.«

»Ach, der Schwan, schauen Sie sich den Schwan an. Eine Botschaft an die Nachwelt.«

Die Gemälde waren nicht geordnet. Sie waren so verpackt worden, wie die Spediteure sie im Atelier vorgefunden hatten, und in derselben Reihenfolge waren sie hier ausgepackt und gehängt worden – 1978 nach 1990, 1937 neben 1982, Torry Bay in trauter Nachbarschaft mit Bayreuth, Wien dicht neben New York, Blaise ganz jung in einem Musikpavillon neben dem älteren Blaise in einer Kleewiese.

»Einfach unfassbar«, meinte Taylor schließlich.

Holly sah ihn mit leuchtenden Augen an. Sie waren einer Meinung. »Sie sind atemberaubend, nicht wahr?«

»Sie sind obszön«, sagte er. »Ein krankes Hirn. Ich kannte ihn besser als jeder andere, außer meiner Mutter, und sie ...« Er brach ab und wandte sich an Otto. »Wir hätten es gewusst. Wenn Sie kein Taxi nehmen wollen, kommen Sie jetzt.«

»Wir kriegen schon ein Taxi, mein Lieber.«

Wortlos ging Taylor hinaus, und Holly lauschte dem Klacken seiner zweifellos teuren handgefertigten Schuhe auf dem Beton. Dann drehte sie sich zu Otto um, der glücklich vor sich hinlächelte.

»Was hat er nur?«

»Wer weiß, meine Liebe. Vielleicht hat sein Chauffeur Feierabend.«

Holly konnte es nicht fassen. »Er hat sie obszön genannt.« Sie kochte vor Zorn. »Er ist ein Schwein, Otto! Wie kann man diese Bilder obszön nennen?«

»Holly, Onkel Otto verrät Ihnen jetzt ein Geheimnis über die Spezies Mann. Männer sind leicht eingeschnappt, wenn ihre kleine Seifenblase platzt. Taylor Fougère Hartman hat geglaubt, er sei der einzige Mensch, der seinem Onkel etwas bedeutete. Und voilà, eine ganze Serie von Gemälden verweist auf ein geheimes Leben, auf Menschen und Orte, von denen Taylor nichts wusste.«

»Wie kindisch«, fand Holly. Dann erinnerte sie sich schuldbewusst, wie überrascht und verletzt sie selbst reagiert hatte, als sie herausfand, dass sie nicht die einzige Liebe im Leben ihrer Tante gewesen war. Doch das verriet sie Otto nicht.

»Wie wär's, wenn wir sie in Ruhe anschauen und genießen, solange sie noch unser Geheimnis sind, Holly.«

Holly sah, eigentlich zum ersten Mal, Porträts von Blaise Fougère, die seine Fans in Entzücken versetzen würden, auch wenn sie ihn zunächst kaum wiedererkennen würden. Blaise nachdenklich. Blaise lachend. Blaise mit der Last der ganzen Welt auf seinen breiten Schultern. Blaise in seinem geliebten Paris, in New York, Wien, London und zahllose Gemälde von ihm in Torry Bay. Die Lohengrin-Bilder – auf einigen waren tatsächlich nur Schwäne zu erkennen, aber andere stellten den König der Schwäne dar, der einst der Jungfrau den ersehnten Geliebten zuführen würde.

»Schauen Sie, Otto.« Sie zeigte ihm, was sie Taylor gern gezeigt hätte. »Wenn Sie genau hinsehen, erkennen Sie, dass dies über dem Schwan kein Klecks ist, sondern eine goldene Krone.«

»Also verkaufen wir sie als Serie, was meinen Sie, meine Liebe?«

»Otto, Sie haben keine Seele.«

»Die wirkt im Geschäftsleben ziemlich störend.«

Ein paar Tage später trafen sich Holly und Otto, um Fotos für den Ausstellungskatalog auszuwählen.

»In der Kriegs- und Nachkriegszeit klafft eine große Lücke.«

Holly saß an Ottos Schreibtisch und sah die Fotos durch, die sich vor ihr stapelten.

»Wir wissen doch, dass er Soldat war.«

»Ja, aber der Krieg war 1945 zu Ende. Selbst wenn wir berücksichtigen, dass es einige Monate gedauert hat, bis die Männer aus dem Krieg zurückkamen, gibt es in dieser Sammlung keine Porträts von Blaise bis zum Jahr 1953. Man möchte meinen, wenn er sie geliebt hätte, wirklich geliebt, dann hätte er nach ihr gesucht, sobald Paris befreit war.«

»Es ist anzunehmen, dass sie sich während des Krieges aus den Augen verloren haben. Er hat als Geheimagent für de Gaulle gearbeitet, und sie ist aus irgendeinem Grund nach Schottland gegangen. Hätte sie ihn geliebt, dann hätte sie doch wohl eine Adresse hinterlassen.«

Holly nahm ein Foto in die Hand. »Ich habe *Dents de Lion* ins Herz geschlossen. Vielleicht behalte ich es, vor allem, nachdem Taylor ein Auge darauf geworfen hat.«

»Sie sollten sich schämen, Holly«, sagte Otto, aber er meinte es nicht ernst. Auch er fand, dass der reiche Mr. Hartman eine Lektion verdient hatte. Er war zu sehr darauf aus, seinen Kopf durchzusetzen.

»Warum, Otto?«, fuhr Holly fort, während sie die Fotos durchblätterte. »Warum hat es so lange gedauert, bis sie einander gefunden haben? Schauen Sie sein Gesicht an. Er betet sie an. Warum hat er nicht nach ihr gesucht?«

»Vielleicht dachte er, sie sei tot. Habe ich nicht in diesem Revolverblatt gelesen, dass der Häuserblock mit seiner Londoner Wohnung vor seinen Augen in Schutt und Asche gesunken ist?«

»Und er hat nicht nachgeforscht, ob sie wirklich tot ist? Hat nicht mit seinen sorgfältig manikürten Händen im Schutt gewühlt, um ihre sterblichen Überreste zu finden?«

Otto betrachtete die eigenen gepflegten Fingernägel. »Ich glaube kaum, dass er im Kampf für die Freiheit Frankreichs Zeit für Maniküre hatte.«

»Darum geht es nicht. Es ist die entsetzliche Zeitverschwendung, die mir zu Herzen geht. Sie hat ihr Leben vertan, die Jahre, in denen sie hätte Kinder kriegen können. Sie hat Kinder geliebt. Und dann ihr Potential als Künstlerin! Sie hat ihre größten Werke versteckt. Er ist um den gesamten Globus gereist, hat sein Doppelleben geführt, und sie hat sich in diesem winzigen Cottage in Argyll verkrochen. Dabei hätte sie eine weltberühmte Künstlerin sein können.«

»Liebe.«

»Eine ziemlich einseitige Angelegenheit.«

»Er war verheiratet.«

»Warum? Weshalb hat er eine andere geheiratet, obwohl er Tony liebte?«

»Vielleicht hat er Eleanor während des Krieges kennen gelernt, hatte eine Beziehung mit ihr, hat sie geheiratet, und als die Ehe schief ging, beschloss er, seine große Jugendliebe aus der Mottenkiste zu holen. Das erste unserer Nachkriegsgemälde stammt aus dem Jahr 1953. Ja, bestimmt hat es ein paar Jahre gedauert, bis sich seine Schuldgefühle gelegt hatten.«

Holly steckte die Fotos wieder in den Umschlag. »Nun, wenn er dachte, sie sei tot, wie Sie vor zwei Minuten gesagt haben, wie hat er sie dann wiedergefunden?«

»Wo wollen Sie hin?«

»Covent Garden. Wegen einer Bemerkung von Taylor. Ich erzähle es Ihnen später, außer Sie kommen mit.«

»Ich würde mich liebend gern mit einer schönen jungen Frau in der Oper zeigen, aber ich muss mich um meine Galerie kümmern. Und außerdem, wer würde uns schon sehen? Heute ist schließlich keine Nachmittagsvorstellung.«

Sie warf ihm einen traurigen Blick zu. »Auf Sie ist kein Verlass, Otto. Kommen Sie. Ich möchte mir den *Des Grieux* anschauen, und Sie sind der Einzige, den ich kenne, der mir sagen kann, ob das Bild etwas taugt.«

Sie hatte gewusst, dass er nachgeben würde, und keine halbe

Stunde später standen sie in einem der oberen Korridore der Royal Opera.

»Zugegeben, er sieht umwerfend aus, Otto, aber trotzdem gefällt er mir nicht so recht. Mit dem Ausdruck stimmt etwas nicht. Er erinnert mich auf diesem Gemälde ein bisschen an seinen hochnäsigen Neffen.«

Otto ging nicht darauf ein; also betrachtete sie das Gemälde noch ein wenig genauer. »War er wirklich so hübsch, oder hat sie da des Guten zu viel getan?«

Otto musterte das Gemälde kritisch. »Als dieses Bild entstand, war ich noch ziemlich jung und ich hatte ihn nur einmal in irgendeiner Oper in Covent Garden erlebt, aber ich würde sagen, sie hat gemalt, was sie sah. Seine physische Ausstrahlung war ganz außerordentlich. Die Tatsache, dass sich manche mehr für sein Äußeres als für seine Stimme interessierten, war einer der Gründe, warum er gern untertauchte. Heutzutage tun Opernstars alles, um aufzufallen. Fougère hat nicht nur sehr zurückgezogen gelebt – und hier zitiere ich meinen verstorbenen Vater –, sondern er meinte auch, seine Stimme sei das Einzige, was sein Publikum anginge. Ein bisschen naiv, würde ich sagen.«

Holly betrachtete noch einmal den schönen jungen Mann in dem weinroten Rock mit dem lachsfarbenen Halstuch. Das Band, mit dem sein dunkles Haar zusammengebunden war, hatte die Farbe seiner Augen. »Ich muss sagen, ein Held, der so aussieht, tut mehr für meinen Blutdruck als ein kleiner Italiener.«

»Dann sind Sie keine echte Opernliebhaberin. Ihr kleiner Italiener sollte Sie glauben machen, dass er wie Fougère aussieht.«

Holly lachte. »Am besten gehen wir jetzt, Otto. Wir können doch nicht den ganzen Tag hier stehen und starke Männer bewundern.«

»Ach, ich kann das schon«, scherzte Otto. »Und jetzt sagen Sie mir, was hat unser Ausflug in diese heiligen Hallen eigentlich mit Tony zu tun?«

»Es geht um das Datum, Otto. 1949. Dem Archivar zufolge

hat Eleanors Familie das Gemälde in Auftrag gegeben und dem Opernhaus geschenkt. Hat meine Tante gewusst, dass er verheiratet war, und wenn ja, warum hat sie ihn dann gemalt? Sie muss es gewusst haben«, meinte sie nachdenklich, »so etwas kann man nur schwer geheim halten.«

»Anders als eine Liebschaft«, warf Otto ein.

Holly überhörte die Bemerkung. »Warum hat er Eleanor geheiratet und nicht Tony?«

Einen Augenblick verharrten sie in dem wunderbaren Treppenaufgang.

»Wie schön!«

»Ja, nicht schlecht«, meinte Otto abfällig, »aber nichts im Vergleich zur Wiener Staatsoper, wenigstens so wie sie früher war.«

Holly war noch nie in Wien gewesen und konnte folglich nicht widersprechen. Während sie die Treppe hinunterstieg, stellte sie sich kindischerweise vor, sie trüge ein wunderschönes Abendkleid mit langer Schleppe.

»Wir werden nie alles über Blaise und Tony erfahren«, sagte sie traurig.

»Wenn sie das gewollt hätte, dann hätte sie Tagebücher hinterlassen.«

»Aber was wir in unserer Ausstellung zeigen, ist doch schließlich auch ein Tagebuch.«

KAPITEL 10

Torry Bay 1942, Surrey 1942

Sie sah aus dem Fenster auf eine Wiese, und ihr Blick schweifte weiter bis zum Meer. Das Meer war grau. Graues Wasser, begrenzt von grauen Felsen und weiter draußen von grauen Wolken. Grau, grau, grau wie ihre Stimmung. Doch während sie schaute, lösten sich die grauen Wolken allmählich auf, Rosa und Hellblau traten zutage. Sie rührte sich nicht vom Fleck.

Ihr stockte der Atem, als sie sah, wie er mit hoch erhobenem Kopf über die Bucht auf sie zukam.

Sie stand auf, hastete die Treppe hinunter, eilte, immer noch im Schlafanzug, zur Seitentür hinaus und lief zum Strand.

Er war immer noch da und blickte zum Haus, beinahe, als würde er sie beobachten.

»Sei gegrüßt, Lohengrin«, sagte sie, als sie das kiesbedeckte Ufer erreicht hatte.

Der Schwan tauchte den Kopf in das silbergraue Wasser, zog ihn wieder heraus und wandte sich von ihr ab. Als er davonschwamm, versprühte er einen Schauer von Diamanttropfen.

Sie wagte kaum zu atmen und wünschte sich sehnlichst, er möge bleiben. Schließlich hielt er inne und verweilte ein paar Meter vom Ufer entfernt.

»Ich werde dich füttern«, flüsterte sie ihm zu. »Bei schlechtem Wetter kannst du dich auf mich verlassen, das verspreche ich dir.«

Sie fror, ihr Schlafanzug war feucht, und die nackten Füße schmerzten.

»Bitte geh nicht«, bat sie, aber als sie wieder oben war und aus dem Schlafzimmerfenster blickte, war der Schwan verschwunden.

»Er kommt zurück«, flüsterte sie. »Er muss einfach.«

Sie wusch sich mit kaltem Wasser und zog sich rasch an. Ihr war leicht ums Herz, denn sie wusste, dass sie die richtige Entscheidung getroffen hatte. Das war ihr Haus, ihr Nest. Hier würde sie warten.

Sie wusste aber auch, dass sie verhungern würde, wenn sie nicht irgendwie ein bisschen Geld verdiente. Als Erstes musste sie sich um Arbeit kümmern.

Sie ging ins Dorf hinauf. Wenn sie hier leben wollte, war es wichtig, ihre Nachbarn kennen zu lernen.

Das Dorf bestand eigentlich nur aus einer Straße, die sich um die Bucht schlängelte. Neben ein paar Häusern gab es einen Dorfladen mit Postamt und ein etwas größeres Gebäude mit dem Schild »Arztpraxis«.

Sie ging hinein.

Das Wartezimmer war leer. Sie fragte sich, ob das an den wenig einladenden, splittrigen Holzstühlen (zwei), der alten Zeitschrift (eine, immerhin) und den kahlen Wänden lag, die nicht einmal eine Reproduktion zierte. Wurde praktischen Ärzten nicht zusammen mit ihrem Diplom ein Kunstdruck überreicht? Sie hatte wenig Erfahrung mit Arztpraxen – schließlich war ihr Vater Lehrer, und sein Gehalt war für unnötige Arztbesuche zu schade gewesen. Sie erinnerte sich jedoch an ein Gemälde namens *Angelus*, das sich sicher nur ein Arzt ins Wartezimmer hängen würde. Priester kannte sie nicht.

»Guten Tag. Was kann ich für Sie tun?«

Wahrscheinlich der Doktor. Sein Aussehen wirkte auf Tony nicht besonders vertrauenerweckend, aber sie überlegte fröhlich, dass es nicht gerade wahrscheinlich war, dass sie seine ärztliche Kunst je in Anspruch nehmen müsse.

»Nichts«, sagte sie und streckte ihm die Hand entgegen. »Ich bin Tony Noble, und ich habe vor kurzem das Cottage in Torry Bay gemietet.«

Einen Augenblick wirkte er enttäuscht. »Mein Gott, Sie sehen aber gar nicht aus wie eine Verrückte. Das ganze Dorf redet über die exzentrische Millionärin, die nach Torry Bay gezogen ist. Ich hatte gehofft, Sie seien eine Patientin. Ich bin Simon McRae, der neue Arzt.«

»Ganz neu«, meinte sie und musterte ihn genauer.

Er war ungefähr in ihrem Alter, Mitte zwanzig, klein, mager und hätte einen anständigen Haarschnitt gebrauchen können. Blaise hätte verzweifelt mit seinen schönen Händen gestikuliert. Auch Simons Jacke hatte schon bessere Zeiten gesehen.

Dennoch erinnerte er sie an Blaise. Blaise, der hoch gewachsen, gut aussehend, bestens gekleidet und weltgewandt war und mehrere Sprachen beherrschte.

»Es sind Ihre Augen«, sagte sie strahlend. »Sie sind freundlich.«

Er lief feuerrot an, was ihm nicht besonders gut stand. »Wie bitte?«

»Ach, nichts, Dr. McRae. Aber ich verspreche Ihnen, wenn ich je einen Arzt brauche, werde ich mich melden.«

»Bitte, Miss … Noble, nicht wahr? Kommen Sie doch herein. Ich wollte gerade eine Tasse Tee trinken, es gibt auch Toast dazu. Ich werde eine Patientenkarte für Sie anlegen, wenn Sie länger bleiben.«

»Für den Rest meines Lebens, denke ich«, meinte Tony resigniert. »Ich habe in London gewohnt und wollte weg. Da sah ich ein Plakat und das Wort Achahoish – ich konnte es nicht einmal aussprechen. Dann bin ich in den Zug gestiegen, und jetzt bin ich da.«

»Ja, da kann man von Glück reden. Ich nehme an, London war die Hölle.«

Er bemerkte, dass ihr lebhaftes Gesicht erstarrte.

»Die Hölle«, wiederholte sie.

»Aber das Haus, das Sie gemietet haben, ist auch nicht gerade anheimelnd.«

Tony lächelte. »Es ist nicht das Ritz. Ein Lastwagen hat mich mitgenommen – bei denen habe ich immer Glück –, und der Fahrer hat mich bei einer Farm abgesetzt, da durfte ich auf dem Sofa schlafen, ziemlich kratzig. Rosshaar. Aber dem Farmer und seiner Frau gehört das Cottage, und sie lassen mich dort wohnen, bis der Krieg vorbei ist oder ihr Sohn aus Burma heimkommt, wenn das je der Fall sein wird. Gott steh ihm bei!«

Er führte sie in das winzige Wohnzimmer. »Das ist alles Teil der Praxis«, erklärte er, als Tony sich umschaute. »Es gehört meinem Onkel. Stellen Sie sich vor, sie haben ihn eingezogen, obwohl er schon dreiundvierzig ist.« Er sagte das, als handle es sich um ein biblisches Alter. »Mich wollten sie nicht, weil, na ja, weil ich nicht gut sehe, und Onkel Henry hat mir die Praxis überlassen, während er den Feind zur Schnecke macht.«

»Ich glaube, Ihr Onkel Henry würde mir nicht gefallen«, meinte Tony, während sie ein Himbeertörtchen hinunterschlang. »Warum wollten Sie in den Krieg?«

»Weil ich ein Mann bin«, erwiderte er nach längerem Nachdenken. »Man will einfach sagen können, ich habe meinen Part beigetragen.«

»Warum glauben Sie, Sie müssten Ihren Part beitragen? Ich … kenne jemanden, einen Franzosen. Er wollte auch seinen Teil beitragen, aber vielleicht werden, wie bei Ihnen, seine Fähigkeiten anderswo gebraucht. Oder man braucht sie, wenn alles vorüber ist und all die Wunden heilen müssen.«

Sein Gesicht hellte sich auf. »Ist er Arzt?«

»Er ist Sänger. Der größte Tenor, den die Welt vielleicht nie hören wird.«

Eine Weile schwieg er, und sie tranken den dünnen Tee.

»Auf seine Weise ist er wohl auch ein Medizinmann«, meinte er schließlich, und Tony wusste, dass sie einen Freund gefunden hatte.

»Ich brauche Arbeit.«

Er wirkte überrascht. »Hier ist nicht gerade eine Industriegegend. Vielleicht braucht jemand eine Landarbeiterin.« Er musterte sie noch verblüffter. »Sie sehen aber nicht so aus, als könnten Sie einen Futtersack hochhieven.«

»Keine Muskeln«, pflichtete sie ihm bei. »Ich bin Malerin.«

»Das machen die hier alle selbst«, meinte er bedrückt. »Ach so, Sie meinen eine richtige Malerin. Das ist ja großartig. Ich kann keinen geraden Strich zeichnen.«

Sie lachte. »Dann sind Sie ja auf dem besten Weg zur Kunst. Nein, ich suche etwas ganz Einfaches. Wie Sie wurde ich vom Arbeitsdienst freigestellt, doch ich hätte nichts dagegen, meinen Teil beizutragen, freiwillig, aber ich kann eigentlich nichts außer dem, was ich auf der Akademie gelernt habe. Ich möchte meinen Schwan malen, aber ich brauche etwas zu essen. Ich könnte also putzen gehen oder kellnern.«

Plötzlich begriff Tony, wie aberwitzig ihre Entscheidung gewesen war. Ihre Eltern hatten, wie immer, Recht. Sie hätte nach Hause fahren sollen, wo ihre Auszeichnungen und ihr Diplom lagen, um dort ihren Lebensunterhalt zu verdienen.

Aber sie war zu Hause. Das wusste sie felsenfest. Etwas hatte sie berührt, als sie das Plakat mit der entlegenen Halbinsel erblickte, eine Stimme hatte nach ihr gerufen, als sie das Cottage entdeckte, und sie hatte ihren inneren Frieden gefunden, als sie am Morgen den Schwan sah.

Lohengrin war übers Wasser zu ihr geschwommen. Wenn sie hier blieb, würde Blaise kommen. Wenn er noch lebte, würde er sie finden.

Sie lächelte, und Simon McRaes Herz zog sich zusammen, was medizinisch nicht zu erklären war. Wenn sie lächelte, veränderte sie sich vollkommen. Sie wurde schön.

»Ich habe Jessie von Onkel Henry geerbt«, sagte er. »Sonst würde ich Sie sofort einstellen. Mrs. Douglas – sie hat die Törtchen gebacken – hatte vor dem Krieg ein Mädchen, das Süßigkeiten und Eis an die Urlauber verkauft hat, aber in letzter Zeit waren kaum noch Touristen hier.« Er stand auf und öffnete eine Tür. »Kommen Sie«, sagte er. »Ich habe eine Idee.«

Sie folgte ihm durch einen engen Korridor mit Steinfliesen in ein düsteres Wohnzimmer. Es hatte braune Wände, braune Teppiche und braune Vorhänge mit hässlichen ungesäumten Verdunkelungsgardinen. Die Fenster mussten gründlich mit Essigwasser geputzt werden, denn sie waren grau, was den Raum auch nicht gerade aufhellte.

»Bilder wie diese malen Sie hoffentlich nicht?«, fragte er.

»Lieber Himmel, nein.« Die Wände waren mit düsteren Gemälden von Bergen, Tälern, sterbenden Highland-Helden und verendenden Hirschen bedeckt. Daneben fanden sich Stillleben mit toten Hasen, Enten und Fasanen.

»Hier halte ich mich nie auf. Zu viel Blut – und dann diese Augen! Ich nehme nicht an, dass Sie ...«, begann er, verstummte dann aber.

Tony betrachtete nacheinander die traurigen Bilder in den schweren Rahmen. »Sie Ärmster! Onkel Henry wäre wahrscheinlich nicht erbaut, wenn Sie ein paar davon rausschmeißen würden?«

»Nein. Ich meine, ja, er wäre bestimmt nicht erfreut.«

Bei einigen Bildern lief es Tony kalt den Rücken hinunter, bei anderen lächelte sie entzückt. »Ein paar davon sind ein Vermögen wert, aber wenn sie Ihnen die Laune verderben, dann verbannen Sie sie doch ins Gästezimmer. Ob er wohl etwas dagegen hat, wenn Sie die Wände streichen?«

»Wahrscheinlich nicht. Seit Lebzeiten meines Großvaters hat sich hier nicht viel verändert.«

»Macht nichts«, meinte Tony vergnügt. »Ich werde Ihnen ein paar Bilder von mir leihen, bis ich Ihnen etwas Freundlicheres malen kann. Mein Cottage ist für einige meiner Gemälde zu klein.«

Vor Freude hätte er fast einen Luftsprung gemacht. »Ich wollte Sie bitten, etwas für mich zu malen, aber ich wusste nicht, wie ich es Ihnen sagen sollte.«

Tony strahlte ihn an. »Aber das ist mir doch ein Vergnügen. Jetzt muss ich los zu ... Mrs. Douglas, nicht wahr?«

Er begleitete sie zur Tür, und als sie fort war, kehrte er in sein Wohnzimmer zurück, das ihm nun noch düsterer vorkam.

Chrissie Douglas hatte eine Teestube am Hafen. Sie lachte, als Tony fragte, ob sie Hilfe gebrauchen könne.

»Was ich verdammt noch mal gebrauchen könnte, ist ein Wunder, Kindchen. Da stehe ich, die beste Bäckerin von ganz Schottland, und den letzten zahlenden Kunden habe ich 1940 gesehen. Und wie hat es Sie hierher verschlagen? Sie haben doch keine Probleme, oder? Sonst wären Sie in Glasgow besser aufgehoben.«

Tony verstand, was sie meinte – Sie sind doch nicht etwa schwanger? –, und lächelte wehmütig. Solche Probleme wären ihr willkommen gewesen. Blaise, wo bist du? Der Schwan war ein gutes Omen. Denk an den Schwan!

»Nein, ich bin Malerin, Künstlerin. Ich habe die Slade School besucht.« Offensichtlich konnte Mrs. Douglas damit nichts anfangen. »Das ist eine Kunstakademie in London – ziemlich berühmt.«

»Ich dachte mir schon, dass Sie nicht von hier sind.«

»Jetzt bin ich's. Ich habe das Cottage am Point gemietet.«

»Meine Güte! Das ist ja Straßenraub. Dieser Krieg macht die Leute noch schlechter, als sie jemals waren. Das Haus ist baufällig und sollte abgerissen werden. Da hat man Sie übers Ohr gehauen, Mädel.«

»Die Aussicht ist unbeschreiblich.«

Chrissie Douglas sah sie mitleidig an. Ihr Haus hatte ein einsturzgefährdetes Dach, aber eine schöne Aussicht – eine Künstlerin eben. »Von dem Ausblick wird Ihnen im Winter auch nicht warm. Da müssen wir uns was überlegen.«

»Ich werde malen. Vielleicht wären Sie ja so nett, meine Bilder in Ihrer Teestube auszustellen?«

»Klar doch, dann können wir beide sie bewundern. Und der Kanonikus, wenn er auf eine Tasse Tee vorbeikommt. Und Dr. McRae.«

»Das sind schon drei mehr als zur Zeit«, meinte Tony fröhlich. Alles würde gut werden. Sie würde malen, der Krieg würde zu

Ende gehen, die Touristen würden wiederkommen, und eines Tages würde sie von Blaise hören.

»Ich hole Sie, wenn ein Schiff einläuft, Kindchen. Der Krieg kann nicht mehr lange dauern.«

Aber der Krieg ging weiter, obwohl sich schließlich das Blatt wendete. Im September 1944 las Tony, dass die Alliierten Paris erobert hatten. War Blaise dort? Lebte er noch? Natürlich lebte er. Sie hätte es gespürt, wenn er gestorben wäre. Weihnachten hätte sie am liebsten in Torry Bay verbracht, die gefahrvolle Reise wäre eine gute Ausrede gewesen, aber das Pflichtgefühl, nicht die Liebe trieb sie, diese schreckliche Erfahrung zu wiederholen.

Der Zug, in dem sie Platz fand, war kälter und noch überfüllter als der, mit dem sie vor zwei Jahren nach Norden gereist war. Dass ihre Eltern und Frederick sie mit allen Anzeichen des Entsetzens über ihr Aussehen in Empfang nahmen, machte die Sache auch nicht besser.

»Wann hast du zuletzt gegessen, Antonia?«, jammerte ihre Mutter.

»Mum, Zugfahrten sind fürchterlich. Ich habe ein Sandwich ergattert, und dafür war ich dankbar. In Torry Bay esse ich gut, ich arbeite und verkaufe.«

Dass sie nur ein einziges Bild verkauft hatte, und zwar an einen Handlungsreisenden aus Liverpool, der ihr ganze zehn Shilling dafür bezahlte, erwähnte sie nicht.

Sie aß tatsächlich gut, auch wenn es immer die gleichen einfachen Speisen waren, und sie hatte es halbwegs warm. Es gab genug Treibholz zum Schüren des Feuers, und mit getrocknetem Seetang konnte sie die Glut in der Küche die ganze Nacht über schützen. Im Winter schlief sie in der Küche. Was es für eine Wohltat war, sich in einem sauberen, warmen Bett ausstrecken zu können, würde sie ihren besorgten Eltern lieber nicht erzählen.

»Deine Hände, Antonia! Was hast du mit deinen Händen gemacht?«

»Gemalt, Mum, Holz gesammelt, Wandfarbe abgekratzt, Möbel abgezogen, alles Mögliche, sogar gegärtnert.«

»Erzähl uns doch noch mehr über diesen Doktor.«

Anscheinend machte sich ihre Mutter Hoffnungen.

»Er ist ein guter Freund, Mummy, so wie Chrissie Douglas und der Kanonikus.« Hoppla, den Kanonikus hätte sie nicht erwähnen sollen.

Freddie schwieg, aber ihr Vater konnte sich nicht zurückhalten. »Ein Katholik?«

»Römisch-katholisch.« Es wurde immer schlimmer.

Ihr Vater ließ sich auf einen Stuhl sinken. »Du gehst doch nicht etwa in seine Kirche?«

Sollte sie ihm sagen, dass sie schon seit Jahren keine Kirche mehr von innen gesehen hatte? Hätte sie Weihnachten in Achahoish verbracht, dann wäre sie dort in die Mitternachtsmesse gegangen. Die Sehnsucht nach Torry Bay und Chrissie, Simon und dem Kanonikus überwältigte sie.

»Nein«, sagte sie, aber Freddie musterte sie missbilligend.

»Was ist mit deinem Franzosen passiert?«, fragte er, als sei ihm plötzlich eine weitere Missetat seiner Schwester eingefallen.

»Er ist nach Frankreich zurückgekehrt, um zu kämpfen«, antwortete sie mit erzwungener Ruhe. »Ich habe schon seit Jahren nichts mehr von ihm gehört.«

»Halb so schlimm, Liebes«, meinte ihre Mutter. »Sänger haben keine Zukunft, würde ich sagen. Ein Arzt … Er ist doch kein Schotte, oder?«

»Natürlich ist Simon Schotte.«

Ihre Mutter bot ihr einen Nachschlag Kartoffeln an. »Es könnte schlimmer sein, Liebes.«

Tony hatte das Gefühl zu ersticken. »Ja, er könnte ein französischer Sänger sein«, sagte sie und stand auf. »Ich bin müde, ich gehe jetzt ins Bett.«

Sie sah ihre gekränkten, besorgten Gesichter, aber sie hielt es in diesem Raum nicht mehr aus. Wie hatte sie nur auf den Gedanken verfallen können, nach Hause zu fahren, und sei es über Weihnachten? In ihrem Zimmer, das zuletzt renoviert worden war, als sie vierzehn war, setzte sich Tony im Schneidersitz aufs Bett und durchlebte noch einmal die kindische Phantasie, sie sei als Baby vertauscht worden. Trotz ihrer Traurigkeit musste sie kichern. »Ich bin nicht vertauscht worden. Ich bin ein Kuckuckskind. Arme Mummy, armer Daddy. Und die Allerärmste bin ich.«

Sie hätte in Torry Bay bleiben sollen. Dort hätte sie Weihnachten mit Chrissie verbracht und die Mitternachtsmesse in der winzigen Kapelle des Kanonikus besucht. Chrissie servierte Kanonikus Gemmel selbst gebackene Scones und Tee, wenn sie ihn dazu bringen konnte, ihre Teestube zu besuchen – »jemand muss den armen Mann doch durchfüttern« –, aber um keinen Preis wäre sie in seine Kirche gegangen. Ihre Ehrlichkeit war erfrischend.

Alles in Torry Bay war erfrischend. Simon, Chrissie und der Kanonikus waren ihre Freunde, und jeder von ihnen fand mindestens einmal die Woche den Weg zu ihrem Cottage, um zu sehen, wie es ihr ging, ihre Gemälde zu bewundern oder ihr zur Hand zu gehen, wenn sie arbeitete. Natürlich erwiderte sie diese Freundschaftsdienste.

Sie hatte Ansichten des Dorfs und der Bucht für Simon gemalt und ihm den *Meergeist* leihweise überlassen. Chrissie hatte ihr zehn Shilling dafür bezahlt, dass sie bei den Weihnachtsessen des Landfrauenvereins serviert und abgespült hatte, und der Verein hatte sie daraufhin zu seinen Treffen eingeladen.

Wie sagt man nein, ohne jemanden zu beleidigen?

»Wissen Sie, ich mache fast alle Reparaturen am Haus selbst. Da bleibt mir keine Minute Freizeit.« Nicht besonders überzeugend, aber es musste genügen.

Zwei Handwerker aus dem Dorf hatten ihr bei größeren Reparaturen am Cottage geholfen – »da haben wir wenigstens was zu tun«. Sie hatte Bilder für ihre Frauen gemalt – Pralinenschachtelbildchen nannte sie das –, und daraufhin hatte sie weitere Aufträge erhalten, mit denen sie sich vielleicht über den Krieg retten konnte.

Kanonikus Gemmel hatte am Päpstlichen Schottischen Kolleg in Rom studiert. Er war ein gebildeter Mann, und Tony fragte sich, warum die Kirche einen Akademiker, der mehrere Sprachen beherrschte, als Seelsorger für ein paar Fischer und Kleinbauern an die schottische Küste schickte.

»Das ist ein ziemlich snobistischer Standpunkt, meine liebe Tony. Es gibt Intellektuelle unter den Kleinbauern, Männer, aber auch Frauen, die auch viel über Kunst und Kultur wissen. Und zwar einfach, weil es im Winter hier nicht viel zu tun gibt außer lesen und Radio hören.«

Aber sie wollte nicht klein beigeben. »Man braucht doch nicht Italienisch und Deutsch zu können, um sich hier zu verständigen.«

»Vor dem Krieg schon. Hier haben zwei italienische Familien und eine deutsche gewohnt. Zwei Familien wurden deportiert, die dritte ist in einem Lager. Wenn der Krieg vorbei ist, gibt es viel wieder gutzumachen.«

»Wird er denn je enden?«

Er hatte sie angelächelt. »Ja«, sagte er schlicht.

Er war nicht neugierig. Anders als Chrissie fragte er nie, warum sie nach Achahoish gezogen war. Sie war da. Das genügte, und er stellte klar, dass auch er da war, wenn sie ihn brauchte. Sie war eine Künstlerin mit akademischer Ausbildung, und so sprachen sie über London und die Londoner Galerien. Er war weit gereist und hatte in vielen europäischen Hauptstädten große Kunstwerke gesehen. Im Gedankenaustausch mit ihm konnte sie ihre Ausbildung fortsetzen.

»Das ist kein Ort für eine Malerin ohne Einkommen, Tony. Sie müssen ausstellen. Lassen Sie mich den *Meergeist* mit nach Glasgow nehmen.«

»Er ist unverkäuflich.«

»Er sollte aber ausgestellt werden.«

»Nein.« Sie versuchte ihre barsche Antwort auf sein freundliches

Angebot durch ein Lächeln zu mildern. »Sie können den *Lohengrin* mitnehmen, wenn er fertig ist.«

»Lohengrin? Wagners Lohengrin?«

»Meiner. So heißt der Schwan in meiner Bucht.«

Kanonikus Gemmel beschloss, nicht zu fragen, warum sie den Schwan Lohengrin nannte. »Es gibt mehrere Schwäne in der Bucht, Tony. Welchen malen Sie?«

»In der Bucht befinden sich immer mindestens siebenundzwanzig und höchstens einundvierzig Schwäne, Hochwürden, aber Lohengrin war an meinem ersten Morgen da. Sein Anblick ... hat mich aufgemuntert. Nach dem Aufstehen und vor dem Zubettgehen halte ich stets nach ihm Ausschau. Es ist albern, sich an einen Schwan zu klammern, aber wenn ich ihn sehe, habe ich das Gefühl, dass alles gut wird.«

»Ich halte von morgens bis abends nach Gott Ausschau, Tony.«

Sie drückte Farbe auf ihre Palette, als sei das, was sie in diesem Augenblick tat, das Wichtigste auf der Welt. Dann schraubte sie die Tube wieder zu und legte sie fein säuberlich neben die anderen. »Ich hoffe, Sie finden ihn, Hochwürden.«

»Ist das Lohengrin?« Er deutete auf die Staffelei.

»Nein, Sie würden ihn erkennen, wenn Sie ihm begegnen. Das ist nur ein Pralinenschachtelbildchen für meine Eltern zu Weihnachten.« Sie brachte es nicht über sich zuzugeben, dass sie sich auf das Wiedersehen mit ihrer Familie nicht gerade freute. »Sie haben mir Geld für die Bahnfahrt geschickt.«

»Wenn die Touristen zurückkehren, können Sie mit diesen sogenannten Pralinenschachtelbildchen Ihren Lebensunterhalt bestreiten. Weihnachten scheint Sie ja nicht sehr zu begeistern.«

»Weihnachten begeistert mich durchaus. In London bin ich einmal mit ... einem Freund in eine französische Messe gegangen. Es war so schön, und da bin ich das Weihnachten darauf – allein – wieder hingegangen. Der Priester hat mit allen Kindern der Gemeinde vor der Messe Einzug gehalten, und das kleinste trug *le divin enfant*. Es war richtig süß. Das Wichtige zuerst. Erst Gott, dann die Geschenke.«

»Die Franzosen denken ziemlich praktisch.«

»Ja.«

Mehr sagte sie dazu nicht, und er stellte auch keine Fragen. »Ich wünsche Ihnen schöne Ferien bei Ihrer Familie, Tony.«

Aber die Ferien waren nicht schön. Manchmal fühlte sie sich älter als ihre Eltern. Dann fragte sie sich, wie sie es siebzehn Jahre lang mit ihnen ausgehalten hatte, ohne verrückt zu werden. Oft geriet sie in Panik. Ich habe mit meinen Eltern, meinem Bruder nichts gemeinsam. Ich verstehe sie nicht, und sie verstehen mich nicht – aber sie versuchen es auch gar nicht. Dabei sollten Eltern es eigentlich versuchen.

Freddie war der perfekte Sohn für sie, unkompliziert, vollkommen angepasst. Auf der Rückfahrt nach Argyll dachte Tony, dass sie mit ihren Eltern und ihrem Bruder viel besser zurechtkommen würde, wenn sie sich von ihnen fern hielt. Wenn *Lohengrin* verkauft wurde, wenn sie ein Zeichen der Anerkennung erhielt – würden sie dann immer noch auf sie einreden, so wie sie es in den Ferien mehrmals getan hatten? »Ist es nicht an der Zeit, Antonia, dass du dir eine richtige Arbeit suchst und einen netten jungen Mann heiratest?«

»Ich bin verheiratet«, hatte sie schließlich erwidert. »Ich habe mit Blaise zusammengelebt, und einen anderen auch nur anzusehen wäre Treulosigkeit.«

Ihre Mutter hatte geweint. Ihr Vater war vor Zorn erbleicht. »Du hast in Sünde gelebt? Unsere Tochter? Und dein Bruder steht kurz vor der Ordination! Du bist egozentrisch, Antonia. Das warst du schon immer. Du hast dir jede Chance zerstört, einen anständigen Ehemann abzukriegen, und wofür? Weil du dich an einen Mistkerl von Franzosen weggeworfen hast, der dich sitzen gelassen hat, nachdem er seinen Spaß mit dir hatte …«

»Er ist tot«, schluchzte Tonys Mutter. »Bestimmt ist er tot.«

Tot? Sitzen gelassen? Nein. Sie hätte es gewusst, wenn er tot wäre, und er würde sie niemals im Stich lassen. Eines Tages würde er, von einem Schwan geleitet, übers Meer kommen.

Daran musste sie glauben.

KAPITEL II

London 1999

Die Gäste trafen überraschend früh ein. Es kursierten so viele Gerüchte über diese bedeutende Ausstellung bisher ungesehener Werke von Tony Noble, dass sich niemand die neuerdings übliche Verspätung leisten mochte.

»Ihnen steht jedenfalls eine Überraschung bevor«, sagte Otto von Emler, der Galerist, zur Nichte der Künstlerin.

Holly ließ den Blick durch den großzügigen Raum wandern, an dessen Wänden Tonys lebenslange Liebesgeschichte zu sehen war. Sie seufzte. »Ich hoffe, dass es die richtige Entscheidung war, Otto.«

Otto nahm ihren Arm und führte sie zu dem Glastisch, auf dem mehrere Flaschen der besten Weine warteten. »Denken Sie an das viele schöne Geld für einen guten Zweck. Und jetzt trinken Sie einen Schluck – Champagner, *naturellement.*«

Holly warf einen letzten langen Blick auf die Wände. Er hatte Recht. Natürlich hatte er Recht. Tony hatte es so gewollt. Oder?

Marcelline Sandhurst war die erste Kritikerin, die eintraf. Sie stand am verglasten Eingang, als sei sie selbst ein Ausstellungsgegenstand, und musterte die Wände eingehend. Ihr gut geschnittenes rotes Kostüm reflektierte sich mehrmals in den Türen und Spiegeln und erinnerte – was sie nicht ahnen konnte – an eine zackige blutrote Narbe auf den weißen Wänden.

»Heilige Scheiße«, sagte die weltmännische Marcy und griff nach ihrem Handy.

Fröhlich stieß Otto mit Holly an. »Hab ich es Ihnen nicht gesagt, mein Engel? Es geht los. Das war kein Kommentar über das Können der Künstlerin.«

Holly stellte ihr unberührtes Glas wieder ab. »Sie kann doch noch nicht ihre Kritik abliefern?«

»Sie ruft Amy Rosenthal an, die beiden sind Busenfreundinnen.«

Holly verzog das Gesicht. Amy Rosenthal war eine berüchtigte und deshalb höchst populäre und teure Klatschkolumnistin.

»Ich hatte Miss Rosenthal eingeladen«, gestand Otto, »aber sie meinte, sie sei leider verhindert.«

»Gut.«

Otto sah sie mitleidig an. »Was sind wir doch naiv! Sie wird hier sein, noch bevor Marcy aufgelegt hat.«

»Ich glaube, ich halte das nicht aus.«

Otto sah Holly an und lächelte, weil er kleine, zierliche Frauen mochte, sie weckten seinen Beschützerinstinkt. »Das haben wir doch schon besprochen. Man wird anfangen, Fragen zu stellen, dann folgen die Spekulationen, und die Gemälde werden weggehen wie warme Semmeln.«

»Mir wäre es lieber, wenn sie sich verkauften, weil Tony eine wunderbare Künstlerin ist.«

»Aber natürlich verkaufen sie sich deshalb, aber wenn die Spekulanten das Thema sehen, den Gegenstand eines Lebenswerks, werden sie verstehen, warum zu Lebzeiten der Künstlerin so wenige Gemälde ausgestellt wurden, und das steigert die Aufregung noch um einige Grade. Es erklärt außerdem die Preise, die ich für die Werke einer Malerin fordere, die weitgehend in Vergessenheit geraten ist.«

Eigentlich wollte sie die Frage nicht stellen. »Hat Taylor die Einladung angenommen?«

»Ein Taylor Hartman sagt bei Einladungen nicht zu oder ab. Er kommt, wenn es ihm gerade einfällt.« Otto nippte genüsslich an seinem Glas und musterte sie aus dem Augenwinkel. »Warum? Hatten Sie gehofft, ihn hier zu treffen? Ich muss sagen, wenn ich eine ungebundene junge Frau wäre, würde ich auch hoffen, ihn zu treffen, aber er ist nichts für Sie, meine Liebe.« Otto warf sich in

Positur, betrachtete sich kritisch im Spiegel und rückte sein Einstecktuch zurecht. »Was haben diese Piraten nur an sich, was sie so unwiderstehlich macht? Er würde Sie zum Abendessen verspeisen und anschließend Ihre kleinen zierlichen Knochen ausspucken. Sie sind einfach zu naiv, Holly, zu vertrauensselig, und weil wir gerade bei dem Thema sind: Sie könnten mehr aus Gottes Gaben machen.« Er hielt inne, um zu sehen, welche Wirkung seine Worte zeigten, aber sie schaute ihn nur aus klaren Augen an und wartete, bis er fertig war. Er zuckte die Schultern. »Hartman kann unter den Reichen und Schönen haben, wen er will, Holly, Frauen, die ihm gewachsen sind. Er ist verzogen, wissen Sie, seit dem Augenblick seiner Geburt. Sein Onkel hat ihn über alles geliebt, er war für ihn der Sohn, den er nie hatte.«

Der früher so schweigsame Otto redete wie ein Wasserfall.

»Verschonen Sie mich!«, bat Holly und nahm einen Schluck Wein. Über Taylor nachzudenken, was sie weit öfter tat, als ihr lieb war, oder über ihn zu reden war die perfekte Methode, einen schönen Abend zu ruinieren. Er war der aller… Nein, sie ließ nicht zu, dass er sich in ihre Gedanken drängte. Sie wandte sich zur Tür, zu den vielen Menschen, die alle gleichzeitig eingetroffen waren. »Ich glaube, ich bleibe eine Weile in Ihrem Büro, Otto. Und Sie werden unterdessen genau das Richtige sagen und tun.«

»Feigling«, antwortete er, aber er lächelte, als er sich aufmachte, die Gäste überschwänglich zu begrüßen.

»Kein Feigling, Otto«, sagte Holly für sich. »Nur nicht meine Szene.« Sie warf rasch einen Blick in den Spiegel und musste Otto zustimmen. Höchste Zeit, dass sie sich einen Friseurbesuch leistete. In den nächsten Tagen würde sie schon Zeit dazu finden. Durch das dicke Glas drang das Geplauder draußen im Ausstellungsraum nur gedämpft zu ihr, aber Holly konnte den Gesichtsausdruck der Leute studieren, die ihre Runde machten. Sie waren beeindruckt, überrascht. Überraschte sie das Thema oder Tonys Talent, oder erstaunte sie, dass die Künstlerin diese Gemälde über so viele Jahre hinweg gemalt hatte und noch nie eines davon gezeigt worden oder auch nur gerüchtweise bekannt geworden war?

Das Telefon auf dem Schreibtisch neben Holly klingelte laut, und sie sah sich hilfesuchend um. Wo war Ottos Sekretärin? Otto hatte das Klingeln offenbar gehört, er winkte und gestikulierte. Holly nickte und nahm ab.

Sie erkannte die Stimme sofort. Sie war stark, durchsetzungsfähig und ebenso beeindruckend wie ihr Besitzer Taylor Hartman.

»Holen Sie mir Otto!«, befahl er.

»Tut mir Leid, aber Mr. von Emler hat gerade eine private Ausstellung.«

»Von mir aus kann er haben, was er will«, erwiderte die Stimme. »Sagen Sie ihm, er soll sofort ans Telefon kommen.«

Da war es wieder, das verdammte, ärgerliche Kribbeln in der Magengrube. Übelkeit – ihr war ganz einfach schlecht. Sie atmete gleichmäßig, sodass es ihr gleich besser ging, und erwiderte laut und vernehmlich: »Sie sind der unhöflichste Mensch, dem ich je zu begegnen das Pech hatte, Mr. Hartman. Ich werde sehen, ob Mr. von Emler der Vorladung Folge leisten kann.« Sie drückte die Stummschalttaste so fest, dass sie sich einen sorgfältig manikürten Fingernagel abbrach, und fluchte laut.

Dann mischte sie sich unter die zahlreichen Gäste, die tranken, köstliche Canapés verspeisten und unaufhörlich über die großartigen Porträts redeten. Holly gelang es, Otto auf sich aufmerksam zu machen.

»Taylor Hartman ist am Telefon. Er möchte sofort mit Ihnen sprechen.«

Otto entschuldigte sich bei seinen superreichen Gesprächspartnern – um sich einem noch reicheren zuzuwenden – und eilte in sein Büro. Ein paar Minuten sprach er, dann hörte er eine ganze Weile zu und legte schließlich auf. Dann trat er an den Weintisch, als habe er eine sehr wichtige Ankündigung zu machen, und klopfte mit einer winzigen Gabel gegen ein Kristallglas.

Er betupfte seine vollkommen trockene Stirn mit einem Seidentaschentuch und ergriff das Wort: »Meine Damen und Herren, ein anonymer Käufer hat gerade telefonisch ein Gebot von …«, er hielt inne – der perfekte Schauspieler –, bis er sicher sein konnte, dass aller Augen auf ihn gerichtet waren, »fünf Millionen Dollar – US-Dollar – für die komplette Sammlung abgegeben.«

Die Gäste gerieten in Aufruhr und zogen ihre Handys aus Handtasche oder Jackett – so viele Mobiltelefone hatte Holly noch nie auf einmal gesehen.

»Anonym, das ist ja verrückt. Aus fünf werden leicht zehn …«

»Aber das ist ungeheuerlich …«

»Hugo, ich muss den *Löwenzahn* einfach haben. Unbedingt. Überbiete ihn. Tu etwas …«

Holly fing nur ein paar hektische Gesprächsfetzen auf, während Otto durch dieses Tollhaus wanderte, beruhigte, gut zuredete. Sie ging zu ihm.

»Otto, sie sind nicht alle zu verkaufen.«

Er tanzte fast vor Aufregung. »Ich weiß, Holly. Ist das nicht ein Spaß?«

Holly war außer sich. Damit hatte sie nicht gerechnet. »Aber warum will er sie? Er kann sie doch nicht alle wollen.«

»Er hat angedeutet, er werde sie samt und sonders im nächsten Ofen verbrennen.«

Holly verschlug es den Atem. »Sie haben sie ihm doch nicht etwa verkauft?«

»Meine liebe Miss Noble, ich kann sie ohne Ihre Zustimmung nicht verkaufen. Beruhigen Sie sich! Sie sind im Begriff, ein Vermögen zu machen.«

Er ließ sie stehen und widmete sich wieder seinen aufgeregten Gästen, plauderte, versprach wer weiß was nicht alles, bis alle außer Holly und den Mitarbeitern gegangen waren. Die Kellner, die fasziniert diesen auch in der bunten Geschichte der Londoner Kunstszene außergewöhnlichen Ausklang einer Vernissage beobachtet hatten, räumten zusammen und verließen ebenfalls den Ort des Geschehens.

Holly und Otto blieben allein zurück. Da ging die Tür auf, und herein trat Taylor Hartman, ein Relikt, so dachte Holly, aus einer Epoche, in der Anstand und gutes Benehmen noch unbekannt waren. Wie zuvor Marcy stand er für eine Weile im Eingang, ein zum Leben erwecktes Gemälde, aber anders als Marcy posierte er nicht. Er hielt Ausschau nach seiner Beute. Er sah Holly zaudern, sah sie zittern, schritt auf sie zu und musterte sie, als wolle er ihr jeden Knochen im Leib brechen. Holly versuchte vergeblich, das Zittern zu unterdrücken, und vermied es, über die Ursache ihrer Angst nachzudenken.

»Hallo, Taylor«, brachte sie halbwegs ruhig, aber mit piepsiger Stimme heraus. »Wie nett, dass Sie vorbeischauen! Aber Sie vertun Ihre Zeit. Sie bekommen die Bilder nicht. Ich lehne Ihr Angebot ab.«

Sie drehte sich um, ging in Ottos Büro und ließ sich in einen Sessel fallen.

Türen zu knallen war nicht Taylors Stil. Er folgte ihr so lautlos, wie ein wütender Mann seiner Statur es eben zuwege bringt.

»Warum ich überhaupt mit Ihnen beiden spreche, weiß ich nicht. Ich hätte die Vernissage unterbinden sollen. Ich hatte Sie um eine diskrete Privatausstellung gebeten – für einen kleinen Kreis handverlesener Kunstliebhaber. Damit hätten Sie genauso gute Preise erzielt, aber nein …« Er wies auf die Galerie mit den zauberhaften Arrangements aus teuren Blumen. »Stattdessen wollten Sie das, diese schamlose Zurschaustellung. Bei dem Gedanken, dass Klatschkolumnisten über meine Familie herziehen, dreht sich mir der Magen um. Ich habe Ihnen gesagt, was ich von dieser schmutzigen kleinen Affäre halte, Holly, und ich werde nicht zulassen, dass sich jede hohlköpfige Frau über die Familie Fougère das Maul zerreißt. Gott weiß, dass die Frauen meinem Onkel schlimm genug zugesetzt haben, als er noch am Leben war. Jetzt geht es um Schadensbegrenzung. Nehmen Sie den verdammten Scheck. Den Großteil davon werden Sie ohnehin für wohltätige Zwecke spenden, also sollten Sie sich freuen. Diese Gemälde werden nicht mehr ausgestellt, und meiner Familie bleiben die Kommentare der Klatschkolumnistinnen erspart. Andernfalls könnte ich natürlich eine einstweilige Verfügung erwirken.«

Die Übelkeit war verflogen. Holly war wieder sie selbst, bereit, es mit Taylor aufzunehmen. »Und was wollen Sie damit erreichen? Die Gemälde noch interessanter machen? Außerdem, Taylor …« Holly, die sich ihrer Sache sicher war, erhob sich – ein schlechter Schachzug. Er wirkte noch größer und bedrohlicher, wenn sie, vor Nervosität zitternd, vor ihm stand. »Ach, setzen Sie sich doch, Sie sind mir im Licht.«

Er setzte sich lächelnd. Ihr Unbehagen war ihm nicht entgangen. Bestimmt war er sich völlig darüber im Klaren, wie er auf Menschen wirkte. »Was wollten Sie sagen?«, fragte er höflich.

»Kein Gericht würde hier eine einstweilige Verfügung verhängen. Ich bin die Besitzerin der Gemälde und habe die Genehmigung der Künstlerin, damit zu machen, was ich für richtig halte.« Sie war im Recht, nicht wahr? So stand es doch in Tonys Brief, oder?

Er stand auf und trat zur Tür, wo er sich noch einmal umdrehte: »Otto, klären Sie unsere Unschuld vom Lande über die Tatsachen des Lebens auf, und Sie, Holly, ich hoffe, Sie haben den Vertrag gelesen, den dieser Gauner aufgesetzt hat. Passen Sie auf, dass er nur das kriegt, was ihm zusteht.«

Er ging hinaus, und die große Galerie wirkte plötzlich leer.

»Ein unfreundlicher Mensch! Er hat tatsächlich die Fassung verloren.« Lächelnd wandte Otto sich Holly zu. »Darf ich Sie zum Essen einladen, dann können wir diese kleine Panne besprechen.«

Sein Luxuswagen, zweifellos durch satte Provisionen finanziert, stand bereits vor dem Eingang. »Und jetzt kein Wort mehr über unseren lieben Taylor, bis wir bestellt haben. Im Augenblick sage ich nur eins: An einem verzogenen Kind hat man wenig Freude.«

»Ist London nicht hübsch?«, fragte Holly, nur um etwas zu sagen. Sie dachte ununterbrochen an Taylor. Taylor, der unentwegt versuchte, ihre Pläne zu vereiteln. Taylor, der sich seiner Anziehungskraft so sicher zu sein schien. Bei diesem Mädchen kannst du nicht landen, Hartman.

»Hübsch? Holly Noble, sind Sie wirklich mit Tony blutsverwandt? Sie hatte einen hervorragenden Geschmack. London ist schäbig, London ist majestätisch. Aber hübsch ist es ganz gewiss nicht. Kalenderschönheiten sind hübsch.«

Sie waren am Restaurant angelangt, und so erübrigte sich eine Antwort auf Ottos Predigt.

Das Restaurant war keinesfalls hübsch, es war prachtvoll ausgestattet, und das Essen war exquisit. Ungeachtet ihrer zierlichen Gestalt bewies Holly einen erstaunlichen Appetit, und Otto, der sich mit einer sprichwörtlichen Spatzenportion begnügte, beobachtete amüsiert, wie sie es sich schmecken ließ.

»Und jetzt«, sagte er schließlich, als sie beim Kaffee angelangt waren, »sehen wir uns Taylors Angebot etwas genauer an.«

»Er darf sie nicht in die Hände bekommen, wenn er sie zerstören will, Otto. Das wäre ein Sakrileg.«

»Er schießt leicht übers Ziel hinaus und mag es nicht, wenn man sich quer legt, aber er sieht den inneren Wert dieser Gemälde durchaus. Die Künstlerin hätte weltberühmt sein können, wenn sie zu Lebzeiten mehr ausgestellt hätte. Er wird die Bilder nicht verbrennen.«

»Was macht er dann damit? Fünf Millionen Dollar – wie viel ist das eigentlich?«

»Drei Millionen Pfund, ungefähr.«

»Damit lassen sich viele Talente fördern.«

Otto interessierte sich nicht dafür, was sie mit dem Geld vorhatte – ob sie sich damit ein Leben voller Luxus finanzierte oder, was wahrscheinlicher schien, alles für wohltätige Projekte investierte, ihm sollte es Recht sein.

»Die Gemälde müssen gezeigt werden, nicht weil sie uns interessante Details über den perfekten Ehemann verraten« – er bemerkte, dass Holly zusammenzuckte, und tätschelte ihre Hand –,

»sondern weil sie große Kunst sind. Sie war ein Genie, Holly. Ihre Gemälde waren zu lange in alte Leintücher gehüllt. Ich möchte, dass die Menschen sie sehen, die Farben, das unglaubliche Spiel von Licht und Schatten bewundern. Taylor wird sie irgendwo unter Verschluss halten, und das wäre grausam. Man sollte sich daran erfreuen.«

»Ich habe nichts dagegen, wenn er ein paar Bilder nimmt, sofern er vorhat, sie aufzuhängen und zu betrachten, aber alle verkaufe ich ihm nicht.« Sie beugte sich vor und fragte leise: »Otto, was ist, wenn er doch eine einstweilige Verfügung erwirkt?«

Otto runzelte die Stirn und schwenkte sein Brandyglas. »Er wird es versuchen. Zweifellos sind seine Anwälte bereits dabei, nach einem triftigen Grund zu suchen. Ein bösartiger Zug von den Hartmans. Hüte dich vor den Wölfen im Schafspelz, selbst wenn er von Armani oder Dolce & Gabbana stammt. Schade, dass wir nicht vorgewarnt waren. Sie haben doch mit ihm gesprochen.« Das war nicht als Frage gemeint.

»Ich habe ihn nicht mehr gesehen, seit wir zusammen im Lagerraum waren. Aber ich hatte natürlich Kontakt mit Chandler North. Taylor und seine ›diskrete Privatausstellung‹. Wie kommt er bloß auf den Gedanken, er könne sich die Käufer von Tonys Werken aussuchen? Ich werde einfach versuchen, ihm klar zu machen, dass er sich unfair verhält. Es war keine ›schmutzige kleine Affäre‹. Bestimmt hat er sich die Gemälde gar nicht richtig angeschaut. 1937, Otto, das erste Gemälde ist auf 1937 datiert, und Blaise hat sie noch kurz vor seinem Tod besucht. Ich würde sagen, sie haben sich sehr geliebt.«

Er kannte die Antwort, wollte die Hoffnung aber nicht aufgeben. »Und sie hat bestimmt keine Briefe hinterlassen, keine Tagebücher? Zusammen mit den Gemälden wären sie von unschätzbarem Wert.«

Holly schüttelte den Kopf. Die Aufzeichnungen mit den zuweilen beißenden Kommentaren sollte niemand zu Gesicht bekommen. »Soweit ich weiß, nur den Brief, der beim Schmuck lag.«

Sie kreuzte die Finger, um die bösen Folgen ihrer Lügen abzuwenden. »In unserer Familie werden Briefe selten aufgehoben. Meine Eltern hatten kaum welche, nicht einmal meine. Jedenfalls«, erklärte sie, um das Thema abzuschließen, »erzählen die Bilder die ganze Geschichte.«

»Aber Bilder sprechen nicht«, wandte Otto enttäuscht ein.

Holly lachte. »Was für eine seltsame Bemerkung aus dem Mund einer weltweit anerkannten Autorität auf diesem Gebiet.«

Er lächelte wehmütig. »Sie wollen mich missverstehen. Die Gemälde sprechen zu uns, aber wenn sie wirklich reden könnten, was hätten sie uns dann zu berichten! Holly, meine Liebe, haben Sie das Haus wirklich gründlich durchsucht?«

Holly sah ihn an. »Otto, ist Ihnen eigentlich schon in den Sinn gekommen, dass ich ein Heim und Verpflichtungen und eine … Beziehung habe?«

»Eine unbefriedigende Beziehung, liebe Holly. Warum ist John nicht hier bei Ihnen? Wenn er Sie lieben würde …«

»Dazu haben Sie kein Recht, Otto. Was wissen Sie schon über John? Er muss sich um eine Verhandlung kümmern. Er ist nicht wie Taylor …«

»Er ist allzu sehr wie Taylor: egoistisch, ichbezogen, gewohnt, seinen Kopf durchzusetzen. Ich wette, er ist über Ihre Pläne nicht sehr erfreut.«

»Stimmt.«

Er lachte.

Was bildete Otto sich nur ein? Sie kannten sich erst seit ein paar Monaten, und schon spielte er sich als Ratgeber in allen Lebensfragen auf.

Holly wollte nicht zugeben, dass er Recht hatte. Sie trug immer noch Johns Ring, weil sie es nicht über sich brachte, ihn abzunehmen und zurückzugeben. Das wäre so endgültig, und der Gedanke machte ihr Angst. Zugleich verabscheute sie, an einer unbefriedigenden Beziehung festzuhalten, weil sie sich vor der Leere fürchtete, die blieb, wenn man Schluss machte. John war nicht erfreut. Es störte ihn, dass sie in den letzten Monaten so selten in Glasgow gewesen war, und auch, dass sie auf Tonys Namen eine Stiftung für Kunststudenten plante, begeisterte ihn wenig. Aber er war nicht wie Hartman. Nicht im mindesten.

John, lieber John. Natürlich vermisste er sie, er brauchte sie schließlich. Es war auch ganz normal, dass er nach all den arbeitsreichen Jahren meinte, die unerwartete Erbschaft solle dazu dienen, ihre gemeinsamen Pläne zu verwirklichen.

»Es ist genug da, John«, hatte sie ihn beschwichtigt, »genug für alles, für deine Pläne, Tonys Stiftung. Du wirst schon sehen.«

»Mein Privatleben ist allein meine Angelegenheit, Otto«, sagte sie jetzt. »Ich habe Ihnen diese Bilder angeboten, weil Sie Tonys Galerist waren. Sie möchten doch nicht, dass ich es mir anders überlege.«

»Das können Sie nicht. Wir haben einen Vertrag.«

Warum mussten Männer immer das letzte Wort haben?

Nachdem Otto sie im Hotel abgesetzt und – eine altmodische Geste der Höflichkeit – im Foyer gewartet hatte, bis sie sicher in ihrem Zimmer angelangt war, rief Holly John an. Wieder kreuzte sie die Finger, aber diesmal, damit John so reagierte, wie sie es hoffte, und nicht, wie sie es befürchtete.

»Fünf Millionen Dollar. Das ist ja nicht zu fassen! Mein Gott, Holly, sogar in Pfund ist das unglaublich. Du hast sie verkauft.«

»Nein.«

Schweigen. Und dann: »Kluge kleine Holly! Er wird höher gehen. Vielleicht bekommst du sogar zehn.«

»Ich will nicht an ihn verkaufen.«

»Warum denn nicht, in Gottes Namen?« Er brüllte so laut, dass Holly entsetzt den Hörer vom Ohr nahm.

Am liebsten wäre sie in Tränen ausgebrochen. Wie konnte sie jemanden lieben, der alles, woran sie glaubte, infrage stellte? War es Verzweiflung, die sie in dieser Beziehung hielt? Apathie, Schicksalsergebenheit, Angst? »Er hat angedroht, sie zu verbrennen.«

»Das kann uns doch gleich sein. Behalt deine Lieblingsbilder, das wird noch Gesprächsstoff liefern – und den Wert der übrigen steigern. Was spielt es da für eine Rolle, was er damit anstellt?«

Das Herz wurde ihr schwer. Es war vorbei. Arme dumme Holly. Keine Ahnung von Männern. John würde es nie verstehen. Tony, ihre geliebte Tony sprach aus jedem der Bilder zu ihr. Auf jedem Gemälde legte Tony ihr Herz, ihre Seele bloß. Sie hatte ihr Leben, ihre Liebe zu Blaise Fougère Holly anvertraut. Warum? Doch bestimmt, weil sie wusste, dass Holly im Grunde so war wie sie. Dass Holly begriff, was die Gemälde bedeuteten. Dass Holly ihr Erbe in Ehren halten würde.

»Leb wohl, John!«, sagte Holly nur. Sie wollte hinzufügen »für immer«, aber das erschien ihr zu melodramatisch. Jetzt musste sie handeln. Sie konnte nicht länger wie Scarlett O'Hara herumlaufen und alles auf morgen verschieben. Sie hatte hin und her überlegt, bis ihr der Kopf rauchte, und war noch kein bisschen weitergekommen. Nun stand sie vor der Tatsache, dass sie John ihr Herz – und alles andere – zu schnell geschenkt und ihre Wünsche seinem brennendem Ehrgeiz geopfert hatte. Wie konnte eine Frau widerstehen, wenn sie hörte, sie sei wunderbar, schön, begehrenswert? Eine Zeit lang hatte sie seinen Schmeicheleien geglaubt. War das alles ein Fehler, ein kostspieliger Fehler gewesen, der einen umso höheren Preis fordern würde, je länger sie die Dinge laufen ließ?

Sie stand vor einem Scherbenhaufen, ihr Privatleben war verpfuscht, und nun wurden auch ihre Hoffnungen für Tony zunichte, noch bevor sie sich so recht entfalten konnten. Sie wollte nicht weinen und schon gar nicht klein beigeben. Das ist nur ein unbedeutender Rückschlag, Tony, wir schaffen das. Wir werden diese Gemälde zeigen, und wir werden Taylor dazu bringen, dass er dich anerkennt. Wart's nur ab.

KAPITEL 12

Torry Bay 1945, London 1946, Surrey 1947

Der Krieg war zu Ende, und der Brief kam nicht. Entweder ist er tot, oder er will mich nicht mehr. Wenn er seine Versprechungen vergessen hat, dann werde ich ihm nicht nachlaufen. Ich habe meinen Stolz.

Tony war nicht die erste Frau, die feststellen musste, dass Stolz ein unangenehmer Begleiter ist. Sie warf den Schwänen ein letztes Stück Brot zu und genoss den Blick, betrachtete staunend, wie das Purpurgrau der Hügel mit dem Blaugrüngrau der Wellen verschmolz. »Ich werde versuchen, das zu malen, aber zuerst finde ich heraus, ob er noch lebt und ob er nicht in Not ist.« Sollte sie Blaise in einem Krankenhaus, in einer psychiatrischen Anstalt finden, körperlich oder seelisch verletzt, dann würde sie sich um ihn kümmern. Er war ihr Mann, ihr Leben. So einfach war das.

Sie besuchte den Kanonikus. Er kniete mit seinen arthritisgeplagten Knien auf der steinigen Erde, die ihm jeden Herbst widerwillig ein paar Kohlköpfe lieferte.

»Das scheint der unwirtlichste Garten in ganz Argyll zu sein, Kanonikus«, sagte sie.

»Ach, irgendwann wird eine Rose für mich blühen, meine Liebe. Helfen Sie mir auf, und sagen Sie, was ich für Sie tun kann.«

Als sie nebeneinander auf der Gartenbank vor der Tür saßen und der alte Mann sorgfältig die Erde von seinen Hosenbeinen geklopft hatte, erzählte sie ihm, sie habe beschlossen, ernsthaft zu malen. Sein asketisches Gesicht hellte sich auf.

»Mein liebes Kind, Sie haben immer ernsthaft gemalt. Ich glaube, Sie wollen sagen, dass Sie eine Ausstellung vorbereiten.«

Sie nickte.

»Dann müssen Sie nach London fahren. Können Sie sich ein Hotel leisten?«

»Meine Eltern wohnen in Surrey.«

Er war es so gewohnt, dass Tony allein lebte, dass er das kurze Gespräch über ihre Familie vergessen hatte. »Gut. Es gibt da einen österreichischen Flüchtling, der sich einen Namen gemacht hat. Er ist Kunsthändler und besitzt eine Galerie, von Emler, Klaus, glaube ich. Ich habe seine Galerie vor einem Jahr gesehen, als ich in London war. Was können Sie ihm zeigen?«

»Vielleicht sind die Schwäne gut genug und ein paar Landschaften.«

Er sah sie aus freundlichen, verständnisvollen Augen an. »Ihr bestes Werk ist der *Meergeist*.«

Tony wich seinem Blick nicht aus, und er erkannte den Kummer in ihren Augen. »Es tut mir Leid, meine Liebe, Sie wissen das am besten.«

»Es gibt noch andere Bilder«, sagte sie und dachte an *Dents de Lion* und *Les bébés qui chantent*, »aber ich kann sie aus gutem Grund nicht ausstellen. Vielleicht werde ich das nie tun.«

»Sie sind die Künstlerin, Tony.«

»Sie haben ein sehr gutes Gesicht, Kanonikus. Ich hatte gehofft, dass ich Sie malen darf, und auch Chrissie, der Aristokrat und die Bäuerin, aber verraten Sie ihr nicht, dass ich das gesagt habe.«

Im Winter 1945 schuf sie zwei Porträts des Kanonikus. Auf einem saß er auf einem geschnitzten Stuhl mit hoher Lehne, trug seinen Talar und sah, wie Chrissie meinte, »so heilig aus, heiliger geht's nicht mehr«. Das andere zeigte ihn in seinen ältesten Kleidern, bevor er sich offenbar anschickte, seinen Garten umzugraben. Tony malte Chrissie in ihrer Schürze und ihren rosafarbenen flauschigen Hausschuhen, und diese beiden Gemälde wurden der Maßstab, an dem alle ihre Auftragsarbeiten – und es folgten viele – gemessen wurden.

»Nein«, betonten ihre reichen Auftraggeber, »so kann mich

auch eine Kamera einfangen. Ich möchte mein wahres Ich, so wie Sie diesen Alten in seinem Garten dargestellt haben.«

Also schuf Tony die Porträts, um sie diesem neuen Händler zu zeigen, der auf der Suche nach vielversprechenden Künstlern war. Sie telefonierte vom Pfarrhaus aus mit ihren Eltern, die nicht nach Blaise fragten, aber das hatten sie ja noch nie getan.

»Wird Freddie da sein?«

»Wir dachten, du hättest vergessen, dass du einen Bruder hast. Er wird nächsten Sommer ordiniert. Wir hoffen, dass du zu diesem Anlass nach Hause kommst.«

»Natürlich, Mutter. Das würde ich um nichts auf der Welt verpassen. Ich kann einfach nicht jedes Wochenende von Schottland anreisen.«

»Du musst ja schließlich nicht dort oben wohnen.«

Sie musste schon, aber das konnte sie nicht sagen. Sie durfte nicht sagen, dass Schottland, Argyll, ihr schönes Torry Bay der einzige Ort war, an dem sie ohne Blaise atmen konnte.

»Ich erzähle euch alles, wenn ich da bin«, erklärte sie verzweifelt und legte auf. Sie holte einen Zehn-Shilling-Schein aus ihrer Handtasche und legte ihn neben den Apparat. Es war ein langes Gespräch gewesen, sie hatte keine Ahnung wie lang, aber der Kanonikus würde nur dann etwas sagen, wenn sie zu viel bezahlt hatte.

Schließlich verging fast ein Jahr, bis sie nach London fuhr, um mit Klaus von Emler zu sprechen. Sie hatte drei Porträts, zwei kleine Landschaften und eines ihrer Schwanenbilder im Gepäck. Es gehörte zu den Lohengrin-Gemälden. Sie waren ein wenig besser als die anderen Bilder, die sie von den Schwänen gemalt hatte. Kanonikus Gemmels Freund Pater Donald MacDonald holte sie am Bahnhof ab und half ihr, die Gemälde zu von Emlers kleiner Galerie zu tragen, wo Tony zwei Menschen kennen lernte, die ihr Leben stärker beeinflussen sollten als jeder andere – abgesehen von Blaise.

Anders als sein aristokratischer Name vermuten ließ, erinnerte

Klaus von Emler eher an einen typischen Großvater. Sein sechzehnjähriger Sohn Otto, der eines Tages wie der Inbegriff eines Kunsthändlers aussehen sollte, war klein und schlank, hatte hellblonde Haare und schöne blaue Augen. Damit entsprach er dem Klischee eines Jungen, der dem deutschen Diktator gefallen hätte. Sein Aussehen war offenbar nicht der Grund, warum die von Emlers Österreich verlassen hatten, und Tony fragte sie nie danach. In den fünfzig Jahren, die sie mit der Familie bekannt war, besuchte keiner von ihnen Deutschland oder Österreich. Nicht einmal ein Sänger wie Blaise Fougère konnte Otto, einen großen Opernliebhaber, in die wunderschöne Wiener Staatsoper locken, und über das Zustandekommen der Bilder, die Tony später in diesen beiden Ländern malte, äußerte er sich kaum.

Bei dieser ersten Begegnung lächelte er sie schüchtern an und beobachtete schweigend, wie sein Vater die Bilder begutachtete.

»Sie haben Talent, Miss Noble«, sagte Klaus schließlich.

»Papa, sie ist ein Genie«, rutschte es dem jungen Otto heraus, und sein Vater lachte.

»Ein miserabler Geschäftsmann«, neckte er seinen Sohn, »aber er weiß schon mehr über Malerei als ich. Es wäre uns eine Ehre, eine Ausstellung für Sie vorzubereiten, Miss Noble. Aber es wird einige Zeit erfordern.«

Tony gab ihm ihre Adresse von Torry Bay und die Telefonnummer des Kanonikus, dann nahm sie den Zug nach Surrey. Wie gut, dass sie sich so freute über die bevorstehende Ausstellung in London, über die Bemerkung eines Teenagers, der sie ein Genie genannt hatte, über die Freundschaft mit dem Kanonikus und Pater MacDonald, denn der Besuch zu Hause war kein Erfolg. Sie war dünn, ihre Mutter nannte sie dürr, sie war seit Jahren nicht beim Friseur gewesen – Tony schnitt sich die Locken mit der Schere ab, wenn sie ihr in die Augen fielen –, und ihre Kleider saßen nicht nur schlecht, sondern waren auch hoffnungslos unmodern.

»Und sag nicht: ›Wir hatten Krieg.‹ Es gibt gewisse Standards,

Krieg hin oder her. Und bevor du unseren Freunden unter die Augen trittst, will ich mal sehen, ob deine Frisur noch zu retten ist.«

Arme Mama!, dachte Tony. Sie hätte eine brave, fügsame Tochter verdient, und was hat sie stattdessen? Mich.

»Und wo wir gerade miteinander sprechen, Antonia«, sagte ihr Vater – Sprachen sie miteinander? Hatten sie es je getan? –, »ich würde gerne wissen, wovon du die letzten Jahre gelebt hast. Du hättest mich doch wirklich jederzeit um Geld bitten können.«

Du lieber Himmel! Denkt er, ich verdiene meinen Unterhalt mit Liebesdiensten? Sie unterdrückte das böse Verlangen, ihre Eltern mit einer tränenreichen Szene zu schockieren und sie um Verzeihung zu bitten. »Ich verkaufe Gemälde, Daddy. Du hast viel Geld für mich ausgegeben und mich auf die beste Kunstakademie der Welt gehen lassen. Bald habe ich eine Ausstellung in London. Kommt ihr?«

»Dieser Mann? Der Sänger?«

Der Schmerz ging mitten durch die Brust. »Im Krieg gefallen.«

Ihr Vater besaß immerhin den Anstand, ein betretenes Gesicht aufzusetzen. »Antonia, wir wollen doch nur das Beste für dich.«

»Nein, Daddy, du hast immer das gewollt, was du für das Beste gehalten hast. Und jetzt erzählt mir von Freddie.«

Gott sei Dank gab es Freddie. Über ihn konnten sie Tag und Nacht reden. Nach der Ausstellung fragten sie nicht, und weil Tony auch noch nichts Näheres wusste, kam sie von selbst nicht darauf zurück. Sie sagte ihren Eltern, sie müsse wieder nach Schottland, nahm sich aber noch einen Tag Zeit für London und besuchte Covent Garden. Während des Krieges war das Gebäude als Tanzsaal genutzt worden. Würde es dort je wieder Opernaufführungen geben? Sie wählte den Eingang an der Fountain Street, den Eingang, der zu den endlosen Treppen führte, die sie und Blaise Abend für Abend voller Vorfreude, voller Erregung hinaufgestiegen waren, Hand in Hand, Freunde, Liebende, Musikkritiker, nicht Blaise, aber »Mademoiselle, die große Kennerin«.

»Der Tenor ist gut, Blaise, aber nicht annähernd so gut wie du.«

Sie ging zur Slade School, deren Schüler während des Krieges evakuiert worden waren, aber bald aus Oxford zurückkehren würden. Einige von Tonys Studienfreunden waren im Krieg umgekommen, andere lebten bestimmt irgendwo auf der Welt als Maler. Sie würde es herausfinden. Dann machte sie sich zu ihrer gemeinsamen Wohnung auf, fand sie aber nicht. Die Gegend rund um das Elephant and Castle, das Pub, das sie so geliebt hatten, gab es nicht mehr oder hatte sich vollkommen verändert.

Wenn ich London nicht verlassen hätte, wäre ich nicht mehr am Leben. Dieser erschreckende Gedanke berührte sie kaum. Sie konnte sich nicht mehr über das Mädchen ereifern, das in dieser Wohnung auf seinen Liebhaber gewartet hatte. Sie schien nichts gemein zu haben mit Tony Noble, die nun vor einem Schutthaufen stand.

Mrs. Lumsden? Ihr Herz zog sich schmerzlich zusammen. Mrs. Lumsden war tot, und mit ihr war das Geheimnis ihres wunderbaren Brots für immer verloren. Als es passiert ist, war ich zu sehr mit meinem eigenen Unglück beschäftigt, um noch etwas anderes zu empfinden. Jetzt werde ich um Sie trauern, liebe Mrs. Lumsden.

Am liebsten hätte sie den Zug heim nach Torry Bay angeschoben. Bei der geringsten Steigung kroch er nur noch ächzend und stöhnend dahin. Tony hatte weder Augen für die Wiesen und Felder noch für die zerstörten englischen Städte. Sie sah Mrs. Lumsden tot in ihrem eingestürzten Haus, und sie sah Blaise Fougère in den Trümmern der Wohnung. Er lebte nicht mehr. Bestimmt war er nach London gekommen, um Tony zu suchen, war zur Wohnung gegangen und getötet worden. Wenn sie zu ihrer Vernissage fuhr, würde sie noch einmal versuchen, ihn zu finden.

Tony saß im Zug nach London zu Freddies Ordination, die kurz nach der Eröffnung ihrer ersten Ausstellung stattfinden sollte, als ihre Mutter einen Anruf erhielt.

»Mrs. Noble, ich weiß nicht, ob Sie sich an mich erinnern. Mein Name ist Blaise Fougère.«

Judith Noble hörte ihm zu, sagte nichts und überlegte angestrengt. Antonia ist davongekommen. Sie hat eine Chance, es zu schaffen, berühmt zu werden, und jetzt taucht dieser Franzose auf, der sie gegen uns aufgebracht, der ihr Leben ruiniert hat. Und Freddie wird am Samstag ordiniert.

»Mrs. Noble, hören Sie? Es tut mir Leid, wenn das ein Schock für Sie war, aber ich habe im Krieg den Kontakt zu Tony verloren, und ich habe unsere Wohnung gesehen. Es hat geheißen, alle seien tot, aber ich habe die Hoffnung nie aufgegeben. Ich werde bald in London sein, und ich glaube, ich werde es noch einmal versuchen.«

Judith stählte sich. Sie tat es nicht gern, und der Himmel wusste, was Freddie, der liebe Freddie, dazu sagen würde, aber es war besser so, eine bittere Medizin zwar, aber besser für alle Beteiligten. »Sie haben vergeblich gehofft, Mr. Fougère. Haben Sie die Straße gesehen?«

Sein Herz wurde schwer. »Ja.« Er konnte nicht in Worte fassen, was er empfunden hatte, als er das Loch gesehen hatte, das sich anstelle des Hauses auftat, in dem sie miteinander gelebt hatten.

»Dann hat man es Ihnen gesagt?« Er sollte ihr irgendwie entgegenkommen. Regelrecht lügen wollte sie nun doch nicht. Ihr Sohn sollte am Samstag zum Priester geweiht werden. Wusste er das nicht? Sie wollte nicht richtig lügen.

»Keine Überlebenden, hat es geheißen, aber ich habe gehofft, gebetet …«

»Lassen Sie sie los, Mr. Fougère. Es tut mir Leid, wenn ich Ihnen wehtue.« Das war keine Lüge. Sie wollte ihm nicht wehtun, und sie hatte ja nicht gesagt, Tony sei … sie durfte das Wort nicht einmal denken. »Auf Wiedersehen, Mr. Fougère.«

Blaise hörte das Klicken, sie hatte aufgelegt, dann ertönte das Freizeichen, aber er stand noch eine Weile mit dem Hörer in der Hand da.

So fand ihn seine Schwester vor. »Was ist los, Blaise?«

»Nichts, *chérie*, ich wollte eine alte Freundin treffen, wenn wir nach London fahren, aber sie ist … nicht da.«

Nicole lachte. Sie war zu jung, um sich an die Anrufe ihres Bruders zu erinnern, der seinen Angehörigen vom Wunder der wahren Liebe berichtet hatte. »Dann hast du mehr Zeit für diese hübsche Amerikanerin, die dich anhimmelt. Gefällt sie dir nicht, Blaise? Sie ist verrückt nach dir.«

»So etwas sollst du nicht sagen. Es gehört sich nicht für eine Dame.«

»Puh. Es stimmt aber, und sie wäre die richtige Frau für einen Opernsänger. Sie reist gern, sonst wäre sie nicht in Paris. Ich wette, sie folgt uns – oder dir – nach London.«

Aber er wollte nicht an Eleanor Ridgeway und ihre bewundernden Blicke denken. Toinette war tot. Ihre Mutter hatte es bestätigt. Er hatte die Bombenkrater mit eigenen Augen gesehen. Er hatte gehört, wie sie sagten »keine Überlebenden«, und er hatte glauben wollen, es sei ein Irrtum. Aber es würde ein Wunder geben, und Toinette würde aus Schutt und Staub auferstehen. Er sah, dass Nicole sich um ihn sorgte. Er musste sie zum Lachen bringen, sie sollte jetzt das fröhliche junge Mädchen sein dürfen, das sie im Krieg nicht hatte sein können.

»Wer hat gesagt, dass du mit der französischen Nationaloper nach London fahren darfst? Wer hat gesagt, dass dieser neue Tenor, der die Welt der Oper auf den Kopf stellen wird, seine kichernde kleine Schwester dabeihaben möchte, wenn ihm London zu Füßen liegt?«

»Du hast das gesagt«, entgegnete sie.

Wie sie vorhergesehen hatte, kapitulierte er. »Kümmere dich um deine Mutter und deine Schwester«, hatte Papa im Krieg gesagt, »nur für alle Fälle.«

Als Blaise Fougère in Covent Garden sein Debüt gab, saßen seine Eltern, seine kleine Schwester und eine steinreiche amerikanische Familie im Publikum.

KAPITEL 13

London 1999, Glasgow 1999

Ohne den Lärm und das Durcheinander der Vernissage wirkte die Galerie fast wie eine Kathedrale. Es herrschte ein beinahe feierliches Schweigen. Die Sonne strömte durch die großen Fenster herein, und Holly beobachtete den Tanz der Sonnenstäubchen. An einem Computer in einer Ecke saß ein Angestellter, aber niemand rührte sich, niemand sprach. Holly drehte sich um und bemerkte Otto hinter den Glaswänden seines Büros an seinem Schreibtisch. Überrascht erkannte sie, dass das Sonnenlicht sein wahres Alter zeigte, das man sonst leicht vergessen konnte. Sie lächelte. Selbst angesichts einer Katastrophe war Otto gut aufgelegt. Ganz gleich, was geschah, er setzte sich das Ziel, Kapital daraus zu schlagen.

So wie du, Holly, sagte sie sich. Auch wenn John wegen der Tony-Noble-Stiftung fuchsteufelswild wird, bleibt noch mehr als genug übrig, um seine politische Karriere und was er sonst noch vorhat, zu finanzieren – sobald wir die Gemälde verkaufen. Sie schüttelte ungeduldig den Kopf. Verdammt! Hatte sie nicht beschlossen, endgültig mit John Schluss zu machen?

Begnüge dich nie mit dem Zweitbesten, mein Schatz.

Jetzt höre ich sogar schon hier in London Stimmen. Ich bin müde.

Sie war es leid, über John nachzugrübeln, und verbannte ihn aus ihren Gedanken. Stattdessen wanderte sie durch die sonnige Galerie und betrachtete die Gemälde, jedes mit Titel und Jahreszahl versehen. Die Türen waren abgeschlossen. Niemand konnte kommen, um zu sehen und zu kaufen. Heute gehörten die Bilder Holly allein, und sie freute sich an ihnen, entdeckte auf jedem etwas Neues. Immer wieder blieb sie stehen und ließ sich in den Bann ziehen.

Tony hat das geschaffen, Tony, und ich habe nie geahnt, wie großartig sie ist.

Ich sollte dieses behalten, das erste, was ich damals entdeckt habe: *Meergeist 1937*

Die schelmischen grünen Augen des Meergeists auf dem Rücken des Delphins lächelten Holly an. Sie streckte die Hand aus und folgte behutsam der Linie vom Hals des Jungen über den Rücken und die Taille bis zum Gesäß.

»Böses Mädchen! Sie dürfen die Bilder nicht berühren. Das Fett auf der Haut kann ziemlichen Schaden anrichten.«

Sie war so vertieft gewesen, dass sie Ottos leise Schritte auf dem Teppich nicht gehört hatte.

»Ich weiß, aber er sieht so echt aus.«

»Hübscher Hintern.«

»Sie hat gekniffen. Die Wellenkrone verdeckt seinen … Hintern, wie Sie es nennen.«

»1937. Soweit wir wissen, hatten sie sich damals gerade erst kennen gelernt. Wahrscheinlich hatte sie ihn noch nicht nackt gesehen, also soll ihn diese wunderbare Welle verdecken und nur einen kleinen verlockenden Blick gewähren.«

»Sagen Sie mir ehrlich, was Sie von dem Bild halten, Otto.«

»Es verspricht viel, und das macht es so aufregend. Man sieht, dass die Künstlerin jung ist, unerfahren, die Farben sind ziemlich derb – sie singen nicht.«

»Hat sie ihn geliebt, ihren Meergeist?«

»Wahrscheinlich, aber sie wusste es noch nicht. Wie alt war sie – siebzehn, achtzehn, die behütete Lehrertochter vom Land. Und er, der verwöhnte einzige Sohn einer Familie der Oberschicht Frankreichs, weltgewandt, mit einer weit besseren Schulbildung als Ihre Tante. Was ist mit dem unschuldigen jungen Liebespaar auf der Löwenzahnwiese geschehen, Holly? Warum haben sie nicht geheiratet?«

»Ich weiß es nicht, Otto.«

»Was sagt Taylor dazu?«

»Sehr wenig, und was er sagt, ist beleidigend.«

Holly ging weiter. Vielleicht würde sie das Bild des blutjungen unbekümmerten Meergeists ja behalten. Nein, doch lieber das Löwenzahnbild, einfach um Taylor zu ärgern. Hatte er nicht gesagt, dass ihm an diesem Bild etwas lag? Gab es noch einen Interessenten? Eine Vernissage-Besucherin, eine von den Reichen und Berühmten, hatte es auf *Dents de Lion* abgesehen. Sie würde also zwei Menschen eine Enttäuschung bereiten. Ach, wenn sie doch alle behalten und ihre Geheimnisse erkunden könnte! Oder war das Voyeurismus? Es war die Geschichte einer Liebe, einer von Herz zu Herz geschlossenen Ehe, denn Tony und Blaise waren ja allem Anschein nach über fünfzig Jahre lang ein Liebespaar geblieben. Hätten sie geheiratet, dann wären Holly und Taylor miteinander aufgewachsen. Ein schrecklicher Gedanke.

Die Klingel an der Eingangstür schrillte, als wolle sie sich beschweren, dass sie so vehement gedrückt wurde.

»Du meine Güte!«, rief Otto und eilte, so schnell es seine Würde erlaubte, zum Eingang. »Mein lieber Mr. Hartman, die arme Türklingel gibt gleich ihren Geist auf.«

»Dann verklagen Sie mich doch. Gut, dass Miss Noble hier ist. Sie warten in der Galerie, Otto. Meine Anwälte werden sich um die Verfügung kümmern. Jetzt möchte ich nur mit Miss Noble sprechen.«

Hollys Herz, das sich sehr merkwürdig verhielt, raste plötzlich. Keine Sorge! Bleib ruhig!

»Guten Morgen, Mr. Hartman«, brachte sie noch heraus und wollte ins Büro fliehen, aber er war ihr auf den Fersen und schlug Otto die Tür vor der Nase zu, der nur noch beobachten konnte, wie sie einander anschrien, aber kein Wort verstand.

»Sie sind ein Tyrann, Taylor, und ich lasse mich nicht tyrannisieren. Ihre Anwälte können uns nichts verbieten. Die Gemälde gehören mir.«

»Setzen Sie sich, Holly. Was ich Ihnen zu sagen habe, wird Ihnen nicht gefallen.«

Sie blieb stehen.

»Dann setze ich mich eben. Holly, mein Onkel hat mich in seinem Testament damit beauftragt, seine Privatsphäre zu schützen. Ich habe eine einstweilige Verfügung erwirkt, weil triftige Gründe vorliegen. Sie können die Bilder nicht mehr zeigen, solange ich Beweise sammle, dass sie der Familie von ... Blaise Schaden zufügen.«

Holly schaute ihn an, aber er wich ihrem Blick aus. Er hatte etwas zu verbergen. »Unsinn, diese Bilder schaden seinem Ruf in keiner Weise, und das Ansehen meiner Tante kann dadurch nur steigen.«

Taylor stand auf und ging zur Tür. »Sie machen sich lächerlich. Schämen Sie sich nicht, wenn die ganze Welt erfährt, dass Ihre Tante nichts Besseres war als eine ...?« Er bemerkte, wie blass sie wurde, und wusste, dass er zu weit gegangen war. »Es tut mir Leid. Ich kann mich nicht als Moralapostel aufspielen, aber mein Onkel hat mich als Testamentsvollstrecker eingesetzt, und ich muss mich nach seinen Wünschen richten. Außerdem muss ich an meine Mutter und meine Tante denken.«

Er machte eine kurze Pause, als sei er unsicher, bevor er weitersprach. »Ich hätte nie gedacht, dass ich über die Erkrankung meiner Mutter froh sein könnte. Sie ist im Frühjahr gestürzt, und ich schirme sie ab, so gut es geht. Aber natürlich kann ich ihre Telefongespräche nicht kontrollieren. Jetzt geht dieser verdammte Zirkus von vorne los. Ich konnte ja noch verhindern, dass irgendeine dumme Kuh ihr diese Boulevardzeitung unter die Nase hielt, aber mir fällt kein vernünftiger Grund ein, ihr die *New York Times* vorzuenthalten.«

»Hohlköpfige Frau, dumme Kuh, Sie haben für Frauen wohl nicht viel übrig, Taylor?«

»Verschonen Sie mich mit Ihrer Psychoanalyse. Es war ein hohlköpfiges Weib, das diese großartigen Artikel verbrochen hat, die heute Morgen in Ihren so genannten besseren Zeitungen erschienen sind.« Er warf einige Exemplare auf Ottos makellosen

Schreibtisch. Holly las die Schlagzeile, bemüht, nicht zusammenzuzucken.

DIE MALERIN, DER SÄNGER UND
DAS REICHE MÄDCHEN

Taylor war noch immer nicht fertig. »Meine Mutter ist eine ältere Dame, und sie hat ihren Bruder über alles geliebt. Ich lasse nicht zu, dass ihre Erinnerungen getrübt werden. Und dann wäre da noch meine Tante. Das Leben hat ihr so übel mitgespielt, und er hat sich alle Mühe gegeben, sie zu schützen. Sie hat es verdient, dass man sie in Ruhe lässt.«

Das war zu viel. »Das Leben? Sie meinen wohl, Ihr Onkel hat ihr übel mitgespielt. Er hat sie geheiratet, als er bereits eine andere liebte. Warum, Taylor? Sie war doch reich, oder? Hat er ihr Geld gebraucht, um seine Karriere zu finanzieren?«

Holly staunte über die eigene Gehässigkeit. Wie hatte sie nur etwas so Schreckliches sagen können? Sie ärgerte sich über sich selbst, aber gleichzeitig war sie wütend auf John und Taylor, ja, sogar auf Blaise Fougère. »Sie hat sich an jemanden geklammert, der eine andere geliebt hat. Die Rachsucht liegt scheinbar in der Familie.«

Er blickte sie an und seufzte, als sei sein Zorn plötzlich verflogen. Er setzte sich auf die Kante von Ottos Schreibtisch, als hätte ihn die Kraft verlassen. »Wie gut er ihr Geheimnis gehütet hat. Hat Tony Ihnen nichts von ihr erzählt?«

Sie schüttelte den Kopf. Auf das, was sie jetzt hörte, war sie nicht vorbereitet. »Eleanor Ridgeway Fougère war geisteskrank, Holly.« Einen Augenblick schien es, als könne er es nicht ertragen weiterzusprechen. »Sie ist wenige Wochen, bevor Blaise starb, in einer geschlossenen Anstalt verstorben. Sie war annähernd fünfzig Jahre lang in der Psychiatrie. Mein Onkel hat sie sehr geliebt, und er hat nie in Erwägung gezogen, sich scheiden zu lassen. Das ist wahre Liebe, Holly. Er hat immer nur gegeben und nichts zurückbekommen, dennoch war er treu. Ich kann nicht… ich will nicht glauben, dass er für diese Gemälde Modell gestanden hat. Bedaure. Tony Noble ist Blaise Fougère in New York begegnet – und zwar nur ein einziges Mal. *Des Grieux* und *Lohengrin* sind unterschiedlich datiert, aber sie sind zur selben Zeit entstanden.« Er schaute in die Galerie hinaus und sagte mit einer alles umfassenden Geste: »Das ist Phantasie, Einbildung. Mein Onkel hat seine Frau geliebt und sie geschützt. Ich muss dasselbe tun – für sie beide. Diese Gemälde dürfen nicht ausgestellt werden.«

Sie konnte nichts entgegnen, nichts tun. Als ihr Gehirn wieder arbeitete, hatte er das Büro verlassen. Er trat soeben auf die Straße hinaus, wo zweifellos wieder einmal ein Wagen auf ihn wartete.

»Tja, meine Liebe, der kocht ja vor Zorn.«

Sie brachte es nicht fertig, Otto anzusehen. Ihr Magen verkrampfte sich vor Entsetzen über diese Tragödie. »Haben Sie das gewusst, Otto? Haben Sie über seine Tante Bescheid gewusst?«

Er wandte den Blick ab. »Das bestgehütete Geheimnis der Welt. Sie hat… sehr zurückgezogen gelebt. Es gab Gerüchte, Alkohol, Drogen und so weiter. In den ersten Jahren traf man sie überall, auf allen noblen Partys, in den schicken Urlaubsorten. Er konnte gar nicht genug Publicity kriegen. Die Traumstimme heiratete das amerikanische Traummädchen, und dann ging alles schief. Sie hat ein Baby verloren. Sie wollten es noch einmal versuchen. Dann war sie wie vom Erdboden verschwunden, und er versteckte sich vor seinen Fans, gab keine Interviews, keine Autogramme. All das führte nur dazu, dass er populärer denn je wurde. Das Geheimnis kombiniert mit dieser großartigen Stimme, diesem Aussehen. Wissen Sie, Schätzchen, ein Rodolfo, der ein bisschen wie Byron aussieht und wie ein Engel singt, ist schon etwas anderes als ein kleiner dicker Italiener mit Mundgeruch. Je mehr er sich entzog, umso mehr stellten sie ihm nach. Selbst als er aufgehört hatte zu singen, ließen sie ihn nicht in Ruhe. Können Sie sich vorstellen, was für ein Leben das war? Er verließ das Theater und wurde von Hunderten hysterischer Frauen und Fotografen erwartet, die nur darauf lauerten, dass der perfekte Mann eine menschliche Schwäche zeigte. Wenn er ein Hotel betrat, standen sie bereits vor seiner Zimmertür. Ich glaube, eine Weile griff er auf Verkleidungen zurück, und er hatte eine Reihe treuer Gefolgsleute, die Ablenkungsmanöver inszenierten. Er konnte kaum in einem Restaurant essen, im Hotel-Pool schwimmen, einkaufen gehen.«

»Jetzt sagen Sie bloß, Sie hätten das mit seiner Frau nicht gewusst.« Holly stand auf. Sie war kurz davor, sich vor Ottos piekfeinem Schreibtisch zu übergeben, aber sie musste die Antwort hören, bevor sie ins Bad rannte.

»Ich habe Ihnen alles gesagt, was mir bekannt ist – und was man aus der Zeitung erfährt. Was wissen Sie denn über seine Frau?«

Aber Holly war schon in Richtung Toilette verschwunden. Als sie wieder herauskam, war sie für Hilfsangebote und Mitgefühl völlig unempfänglich und fuhr direkt zurück in ihr Hotel, wo sie vollständig angezogen stundenlang auf dem Bett liegen blieb und nachdachte. Wenn es stimmte – und höchstwahrscheinlich stimmte es –, dann war es eine Tragödie. Aber was war mit Tony?

Inzwischen lebt niemand mehr, dem noch etwas daran liegt.

Da irrst du dich, liebe Tony. Taylor lebt, und ihm liegt viel daran.

Holly lag still da, während sich ihr Magen beruhigte, und überlegte, dass Tony ihre Karriere zurückgestellt hatte, um Blaise einen Gefallen zu tun – weil sie ihn geliebt hatte. Sie hatte zu Lebzeiten eine gewisse Anerkennung erfahren, aber sie hatte ganz bewusst die Werke versteckt gehalten, die sie berühmt und berüchtigt hätten machen können. Aber in ihrem letzten Brief an ihre Nichte hatte sie doch angedeutet, dass sie sich eine Ausstellung wünschte. Holly hatte freie Hand zu tun, was sie für richtig hielt. Es war ihre Entscheidung, ob sie verkaufte oder die Bilder behielt, und verkaufen hieß ausstellen. In Tonys Laufbahn als Malerin gab es Lücken. Holly musste sich die Jahreszahlen und Schauplätze der Gemälde genau ansehen und dann in den Familienpapieren nach Hinweisen suchen. Tony hatte sich mit ihrem jüngeren Bruder nicht gut verstanden, aber sie hatte ihn trotzdem gemocht, und sie hatten bis zu seinem Tod Kontakt gehalten.

»Aber ich kann Otto nicht zumuten, wochenlang seine Galerie zu schließen, während ich vor Gericht gegen das Hartman-Imperium kämpfe. Das kann ich mir auf keinen Fall leisten, und der Mistkerl weiß das. Die arme Eleanor tut mir Leid, aber sie ist tot, und das alles kann ihr nichts mehr anhaben.«

Sie zog sich die Bettdecke über die Schultern und schlief ein. Erst gegen Abend wachte sie mit Kopfschmerzen wieder auf. Ihr Mund fühlte sich pelzig an, und sie hatte einen Bärenhunger.

»Geschieht mir recht, weil ich mir nicht die Zähne geputzt habe.«

Eine Stunde später ging es ihr besser. Sie verließ das Hotel, um einen Zeitungskiosk zu suchen, der noch geöffnet hatte. Dann setzte sie sich in ein Café. Ein guter Kaffee machte die Berichte über die missglückte Vernissage beinahe erträglich. Der grässliche Presserummel hatte begonnen. Sie fand zwei Artikel über Blaise Fougère und einen mit der Überschrift: »Geheimnisvolle britische Künstlerin. Liebende oder Malerin und Modell.« Die Schlagzeile »Die Malerin, der Sänger und das reiche Mädchen« konnte sie nicht entdecken.

Die Verfasserin der Artikel hatte die Bilder nicht gesehen, und Holly sprach ein Dankgebet für diese kleine Gnade. Die Artikel über den Tenor las sie zweimal, während sie sich ein mit Pesto und Käse überbackenes Baguette schmecken ließ, schämte sich aber ein wenig, dass sie solche Freude am Essen hatte.

Ich habe schließlich den ganzen Tag nichts gegessen, sagte sie sich, während sie las.

Auch das wahre traurige Schicksal von Eleanor Ridgeway Fougère war der Journalistin offensichtlich nicht bekannt. Sie glaubte, Fougères Frau sei nach einem zurückgezogenen Leben in einer New Yorker Luxusvilla gestorben. Es wurde angedeutet, dass mit Mrs. Fougère etwas nicht stimmte, eine sorgfältig formulierte Theorie wurde wiedergegeben, aber Geld und die Treue ihres Mannes hätten sie erfolgreich gegen die krankhafte Neugier der Massen abgeschirmt. Auch wenn es teilweise grausame Gerüchte gab, Eleanors Geheimnis war mit ihr gestorben. Vielleicht wäre die Wahrheit freundlicher gewesen.

Es tut mir Leid, Eleanor, aber Taylor bricht schon eine Lanze für dich. Ich muss für Tony kämpfen.

Sie rief Otto an und stellte fest, dass er sich immer noch in seinem gläsernen Büro befand.

»Hier war den ganzen Tag die Hölle los, Holly. Nehmen Sie ein Taxi, ich fahre Sie später in Ihr Hotel zurück.«

Sie tat, was er sagte.

»Die Hölle los? Wie ist das möglich in leeren Räumen?«

»Ich glaube, heute hat jede Zeitung hier angerufen, die es in diesem Land gibt. Jeder Reporter, den ich je zu einer Vernissage eingeladen habe, möchte einen Knüller landen. Man hat mir Geld angeboten, Holly«, fügte er angeekelt hinzu. Er schüttelte den Kopf, als könne er nicht glauben, dass man ihn dermaßen beleidigt hatte. »Jeder, der glaubt, sich als Kunstkenner ausgeben zu können, möchte eine Vorbesichtigung. Diese einstweilige Verfügung ist genau das – einstweilig. Vor Gericht hat Hartmann keine Chance. Wir verkaufen Tonys Gemälde in alle Welt.«

»Ich fahre zurück nach Schottland, Otto.«

Er wurde weiß wie die Wand.

»Sie müssen sich einen dunkelroten Anzug kaufen, Otto. Sonst fallen Sie hier nicht auf, so blass wie Sie sind.«

Holly, das war zum zweiten Mal heute eine absichtliche Gemeinheit.

Er machte ein gequältes Gesicht, war aber anscheinend nicht gekränkt. »Ich passe mich meiner Umgebung an, und genau das sollte ein kluger Galerist tun. Meine Künstler schreien, meine Gemälde ...«

»Singen«, ergänzte Holly.

»Genau.« Er lächelte überrascht. »Ich bin lediglich hier, um meine Kunden zum Kauf zu ermuntern. Und jetzt erzählen Sie mir bloß nicht, dass Sie vor Taylor davonlaufen. Meine Anwälte schlagen zurück. In ein paar Wochen werde ich dank dieser netten kostenlosen Publicity alles an den Mann bringen können. Nicht dass ich das tun würde, *naturellement*. Man hat Geschmack, man hat Grundsätze. Aber alle werden sich wünschen, von mir vertreten zu werden. Wenn es da draußen eine zweite Tony gibt, die halb verhungert in einer kleinen Dachstube sitzt und ein Bild nach dem anderen malt ...«

»Jetzt aber halblang, Otto. Tony war nie in einer Dachstube, und sie war nie halb verhungert.«

»Natürlich nicht. Sie hatte einen reichen Liebhaber.«

Holly war fest davon überzeugt, dass Blaise Fougère Tony niemals »ausgehalten« hatte. Das war nicht Tonys Stil. Als Liebende waren sie gleichgestellt. Holly würde nach Schottland zurückfahren und die Schachteln durchsehen, die sie nach dem sinnlosen Unfalltod ihrer Eltern auf einer schmalen Himalaja-Straße noch nie geöffnet hatte. Vielleicht, wisperte ihr eine Stimme zu, werde sie dann auch über ihre Gefühle für John Klarheit bekommen. Vielleicht. Aber eins nach dem anderen, und Tony stand an erster Stelle. Tony hatte immer ... Nein. Holly hatte geglaubt, dass sie selbst für Tony immer an erster Stelle gestanden habe, aber die ganze Zeit hatte es für Tony diese heimliche, wichtigere, stärkere Liebe gegeben.

Sie holte tief Luft. Jetzt oder nie. Holly und Tony, beide hatten genug. »Ich ziehe nach Torry Bay, Otto. Auf Dauer.«

Er sah, dass es ihr ernst war, stand von seinem Stuhl auf und rannte beinahe um den Schreibtisch herum zu ihr. »Holly, meine Liebe, Sie können nicht einfach abreisen! Es fängt gerade erst an, spannend zu werden, und ich kann ohne Sie keine Entscheidungen treffen.«

»Sie brauchen auch keine Entscheidungen zu treffen. Ich nehme die Gemälde vom Markt, bis ich einige Nachforschungen angestellt habe. Packen Sie sie ein, und schicken Sie sie zurück nach Achahoish, wenn Sie wollen.«

Er griff nach ihrem Arm. »Ich wäre überglücklich, wenn ich freie Hand hätte, sie irgendwohin zu schicken. Aber ich fürchte, weder Sie noch ich können über die Bilder verfügen. Sie stehen sozusagen unter der Obhut des Gerichts. Niemand, nicht einmal Sie, die rechtmäßige Besitzerin, kann ohne richterliche Erlaubnis die Bilder verkaufen, vom Markt nehmen oder sonst etwas damit tun. Im Augenblick hat Taylor alle Fäden in der Hand.«

»Ich bin absolut sicher, dass er prozessieren und gewinnen würde, wenn er Sie jetzt hören könnte, Otto. Ich werde mich beeilen. In der Zwischenzeit kann ich sie nicht verkaufen, aber Taylor kann sie auch nicht kaufen, und das befriedigt mich vollauf.«

Sie kehrte in der Luxuslimousine ins Hotel zurück, die Otto ihr freundlicherweise zur Verfügung gestellt hatte, denn er war entschlossen, auf ihre Grobheit nicht beleidigt zu reagieren. In dieser Nacht schlief sie so fest wie ein sorgloses Kind, checkte früh aus und nahm den ersten Zug zurück nach Glasgow. Er war sauber, mit ausreichend Personal besetzt und pünktlich. Was für ein Glück!

Auf dem Weg nach Norden dachte sie darüber nach, dass sie ihr Leben lang ziellos umhergeirrt war. Die gegenwärtige Lage war nicht so, wie sie es sich wünschte, aber allzu schlimm war sie auch nicht. Andererseits, sie selbst wurde nicht jünger, und sie war immer noch ziellos und suchte nach dem passenden Mann, mit dem sie ein perfektes Heim, eine glückliche Familie und wunderbare Kinder haben würde.

Du lieber Himmel, ich bin siebenunddreißig Jahre alt!

Seit über dreißig Jahren bin ich auf Wanderschaft, das sind mehr als dreißig Jahre zu viel.

Torry Bay, das erkannte sie jetzt, war nie ihre zweite Heimat gewesen, sondern schlicht und einfach ihre einzige, der Ort auf der Welt, wo sie so akzeptiert wurde, wie sie war, der einzige Ort, wo sie sich immer geborgen und sicher gefühlt hatte. Von jetzt an würde sie ihren Eltern keine Vorwürfe mehr machen, weil sie Fehler gehabt hatten und ihr nicht hatten zeigen können, dass sie sie liebten und sie ihnen nicht weniger wert gewesen war als die

Missionsstation, die sie leiteten. Sie erkannte, dass sie sogar ein paar gute Eigenschaften von ihren Eltern geerbt hatte, Eigenschaften, die ihr Leben prägten. Wenn sie ihr nicht beigebracht hätten, sich um Menschen zu kümmern, die schlechter gestellt waren als sie selbst, wäre sie wohl kaum auf die Idee gekommen, in den ersten Jahren nach dem Studium in afrikanischen Kinderheimen zu unterrichten. Wenn ihre Eltern ihr überdies aufgebürdet hatten, sich ununterbrochen den Kopf darüber zu zerbrechen, was eine echte Familie, ein echtes Zuhause bedeuteten, dann musste sie eben lernen, damit umzugehen. Sie würde John anrufen und ihm von ihren Befürchtungen und Sorgen erzählen, reinen Tisch machen.

Verdammt, schon wieder ein Klischee!

Aber eines stand fest, sie würde sich nicht durch schöne Worte überreden lassen, sich mit den Verhältnissen abzufinden, wie sie nun einmal waren. Sie gab jedoch dem Drang nach, sich noch einmal Johns gute Seiten vor Augen zu führen. Es war eine eindrucksvolle Liste.

»Ich bin verrückt. Wie komme ich auf die Idee, das alles aufzugeben?«

Sie rief sich einige Gemälde in Erinnerung, die sie im Lagerraum zum ersten Mal gesehen hatte: Fougère auf einer Kleewiese, unter einem Regenbogen, einsam in einem Ruderboot, und Fougère – ausgeschlossen, dass es sich um eine romantische Phantasie handelte –, wie er einem kleinen Mädchen half, einen Weg aus Muscheln zu bauen, während Tony, an einen Felsen gelehnt, vor sich hin döste.

Toinette, ma mie. Hollyberry, Hollyberry.

Die Stimme in ihrem Kopf war so echt, als säße er neben ihr.

Zuflucht vor dem Sturm. Wie viel Kraft in diesem Gemälde lag! Der Sturm toste um ein Paar auf der Landzunge, ebenjener Landzunge, wo sie Tonys Asche verstreut hatte.

»Wolltest du, dass ich das tue, Tony?«

Mein Schatz.

Für den Rest der Reise schaute sie aus dem Fenster und versuchte nichts zu sehen außer der Landschaft vor ihren Augen.

Sie hörte das Telefon, als sie ihre Wohnung betrat. Der Anrufbeantworter sprang an. Es war John. Keine Zeit für lange Überlegungen. »Hallo, John. Ich bin gerade reingekommen.«

»Ich habe es in der Zeitung gelesen. Ich hätte für dich da sein sollen. Es tut mir Leid.«

»Ich hatte dich nicht darum gebeten, John.«

»Können wir reden, Holly? Ich will nicht fünf wunderbare Jahre wegwerfen – nur wegen eines dummen Streits.«

»John …«, begann sie.

»Kein Sex. Nur reden. Bitte, Holly! Pass auf, bestimmt hast du nichts zu essen zu Hause. Ich lade dich ein, wir gehen irgendwo Pizza oder Spaghetti essen. Wir müssen uns unterhalten.«

Sie verabredeten sich in einem kleinen italienischen Restaurant in der Nähe des Theatre Royal. Holly nahm sich vor, an ihrem Entschluss festzuhalten und sich in ihrer Beziehung zu behaupten – auch wenn sie noch so viele schöne gemeinsame Abende in diesem Lokal verbracht hatten.

»Erzähl mir mehr von der Ausstellung«, sagte er, nachdem sie bestellt hatten.

»Wie gesagt, es ging zu wie im Tollhaus, so viele Besucher waren da. Und die Presse. Ich habe gehört, wie die Leute über die Gemälde geredet haben, sich Bilder ausgesucht haben, die sie unbedingt kaufen wollen. Es waren auch diese grässlichen Gesellschaftsjournalisten da; vor denen habe ich mich in Ottos Büro versteckt. Der Abend lief blendend, da kam der Anruf von Taylor, und er hat alles ruiniert.«

Ein Kellner stellte einen Teller mit Knoblauchbrot auf den Tisch, und Holly fiel ein, dass sie während der Bahnfahrt wenig gegessen hatte. Sie konnte es kaum abwarten, bis er das Ritual des Öffnens der Weinflasche beendet hatte.

»Ist das nicht ein himmlischer Duft, John?«

John interessierte sich nicht besonders für das Essen. »Hast du denn richtig über dieses Angebot nachgedacht? Vielleicht solltest du es dir noch einmal durch den Kopf gehen lassen.«

»Er wusste genau, dass ich mich nicht darauf einlasse. Ich will sein Geld nicht.«

»Was willst du denn?«, fragte John aggressiv.

»Anerkennung für Tonys Genie. Wenn ihre besten Gemälde versteckt oder zerstört werden, dann wird man von ihrer wahren Größe nur durch Hörensagen erfahren.«

»Ich kann es nicht fassen.«

»Was denn?«

»Dass es tatsächlich Menschen auf der Welt gibt, die Millionen von Pfund einfach wegwerfen.«

Holly lächelte ihn an. »Ich nehme an, du meinst, sie zu kaufen und zu verbrennen sei Geldverschwendung. Der Gerechtigkeit halber muss gesagt werden« – nein, sie würde sein Familiengeheimnis nicht preisgeben –, »dass ich nicht glaube, dass er sie zerstören würde. Oder wolltest du etwa sagen, dass ich diejenige bin, die unbekümmert Geld wegwirft?«

»Es könnte unsere Zukunft sein. Und die wirfst du einfach weg.«

War es der Wein, das befriedigende Aroma des köstlichen Essens? Jedenfalls wusste Holly auf einmal zweifelsfrei, dass sie mit John keine Zukunft hatte. Sie stellte ihr Glas ab.

»Ich verkaufe meine Wohnung, John, und ziehe ins Cottage. Ich laufe nicht weg, ich bin nicht Tony. Ich brauche die Zivilisation und komme irgendwann zurück – aber im Augenblick brauche ich Torry Bay.«

»Du bist verrückt geworden. Was ist los mit dir, Holly?«

»Nichts, nur dass mir Tonys unglaubliche Gemälde die Augen geöffnet haben.« Sie stand auf und gab ihm ihren Verlobungsring. »Die Perlen schicke ich dir morgen.«

»Perlen bedeuten Tränen.« Fougère hatte Recht.

KAPITEL 14

Torry Bay 1949, New York 1949

Des Grieux

»Wie bitte, Klaus? Was haben Sie gesagt? Die Verbindung ist so schlecht.«

Tony stand im Flur des Kanonikus und versuchte sich mit ihrem Galeristen Klaus von Emler zu verständigen. Sein Akzent und die Störungen in der Leitung machten jedes zweite oder dritte Wort unverständlich.

»Das ist eine großartige Chance, Tony. Man schickt Sie nach New York, wo er sich den ganzen Winter über aufhält, jedenfalls im November und Dezember.«

»Wer ist in New York, Klaus? Ich glaube, ich habe nicht alles verstanden.« Tonys Hand, die den Hörer umklammerte, zitterte. Tony setzte sich auf den harten Holzstuhl.

»Fougère, Tony. Er ist Sänger, einer von den ganz Großen, und das Opernhaus möchte, dass Sie ihn als des Grieux malen. Das ist eine Figur aus einer Oper.«

Tony antwortete nicht. Des Grieux, der Tenorpart in Puccinis *Manon Lescaut.* Sie hatte die Oper vor dem Krieg mit Blaise gesehen. In der Rolle war er bestimmt großartig.

»Blaise Fougère?«, fragte sie schließlich.

»Ja.«

»Er will mir einen Auftrag erteilen?«

»Irgendeine reiche Familie stiftet das Bild für das Opernhaus. Haben Sie von Fougère gehört? Ich habe ihn mit Otto letztes Jahr in *Rigoletto* gehört … ungefähr um die Zeit, als Sie Ihre erste Ausstellung hatten. Ja, als Covent Garden nach dem Krieg wieder eröffnete. Was für eine Stimme! Tony, hören Sie mich?«

»Ja, ich höre.« Er lebte, er sang – und hatte sie vergessen! Ihre Eltern hatten Recht. Er hatte sie benutzt, als er sie brauchte, und dann fallen lassen. Sie konnte nicht fassen, was Klaus da sagte. Blaise war in London gewesen, war in Covent Garden aufgetreten, als sie ihre Ausstellung hatte. Wie war es möglich, dass er in derselben Stadt gewesen war und sie es nicht gewusst hatte?

»Ich habe zu viel zu tun, Klaus«, sagte sie und legte auf, weil sie unfähig war, weiterzusprechen. All der unterdrückte Schmerz drängte sich an die Oberfläche. Sie musste weg, sie konnte nicht hier, im Flur des Kanonikus, einen Schrei tiefster Verzweiflung ausstoßen. So leise wie möglich zog sie die Eingangstür hinter sich zu und eilte zum Pfad, der zur Bucht führte. Als sie außer Sicht war, begann sie zu laufen, und sie rannte, bis sie schluchzend nach Atem rang und Seitenstechen bekam. Die Schwäne waren in der Bucht. Sie beachteten sie nicht. Wenn es im Wasser genug zu fressen gab, brauchten sie sie nicht. Schwäne, es waren einfach nur Schwäne. Tony hockte sich auf den steinigen Strand und beobachtete sie.

»Das sind Schwäne«, sagte sie sich. »Schwäne, keine verzauberten Prinzen, und sie bringen mir auch keinen Ritter in glänzender Rüstung übers Meer. Was für ein Idiot war ich doch! Habe ich mich ernsthaft bemüht, mit ihm in Verbindung zu bleiben? Ich habe ein paar Briefe geschrieben, auf die er nicht geantwortet hat. Die Adresse seiner Eltern hatte ich nicht, aber als der Krieg vorüber war, hätte ich nach Paris fahren und im Telefonbuch nachsehen können, ich hätte jedem Juristen schreiben können, der Fougère heißt. Das hat er doch gesagt: ›Mein Vater ist Jurist.‹ Ich hätte eine Anzeige in die Zeitung setzen können. Ich hätte kämpfen können, aber stattdessen habe ich hier gesessen wie eine schwachsinnige Romantikerin und auf einen elenden Schwan gewartet. Ich kann nicht glauben, was für ein Schwachkopf ich doch war. Er lebt, er hat Erfolg, und Toinette, seine kostbare Toinette, war nichts anderes als ein Betthäschen, während er am Konservatorium studierte.«

Sein Ring. O Gott, ich habe geglaubt, das sei mein Hochzeitsring. Wie konnte ich nur so naiv sein? Sie zog die Goldkette über den Kopf, stand auf und warf den Ring, so weit sie konnte, aufs Meer hinaus. Gedemütigt musste sie sehen, dass er nur ein paar Fuß vom Ufer entfernt ins Wasser plumpste. Ohne die Schuhe auszuziehen, watete sie hinein. Sie wollte ihn aufheben und noch weiter hinausschleudern… Nein, sie wollte ihn zurückhaben. Es war ihr Hochzeitsring. Sie musste ihn finden. Doch als die Wellen ihren Schatz nicht preisgaben, geriet sie in Panik.

Bitte, lieber Gott, lass mich ihn finden, und ich werde nie wieder fluchen.

Die Schwäne zischten sie wütend an und verzogen sich in ruhigere Gewässer, während sie auf und ab ging und systematisch suchte. Ihr Rock war klitschnass, genauso ihre Schuhe.

»Oh, Mist! Verflixt, Ich wollte ja nicht mehr fluchen, aber das ist ja eigentlich kein Fluch. Bitte, bitte, hilf mir.«

Schließlich entdeckte sie die Kette auf einem Stein, direkt zu ihren Füßen. Sie hob sie auf, drückte sie an die Brust, küsste sie, rieb sie liebevoll an ihrer Bluse trocken und zog sie wieder über den Kopf.

»Ich habe nicht genug gekämpft. Habe ich vielleicht in tiefstem Herzen geglaubt, ich sei nicht gut genug – vor allem für ihn? Habe ich deshalb London verlassen, ohne tausend Botschaften zu hinterlassen? Klaus sagt, er gehört zu den Großen, er wird gefeiert. Aber das wusste ich schon vor zehn Jahren. In seinem ersten Brief stand: Vertrau mir! Ich habe dir vertraut, Blaise. Ich habe gewartet… allmächtiger Gott, ich habe auf einen elenden Schwan gewartet, und er hat mir gesagt, er hat mir so oft gesagt, dass er nur ein Mensch ist.«

Der Kanonikus wartete vor dem Cottage auf sie, und ihr Herz zog sich zusammen, als sie sah, wie er gealtert war. Als er sie kommen sah, stand er auf und verlor kein Wort über ihre nassen Kleider.

»Guten Tag, meine Liebe. Klaus hat noch einmal angerufen.«

»Treten Sie ein und trinken Sie eine Tasse Tee mit mir, Kanonikus. Ich muss mir nur rasch was Trockenes anziehen.«

Er folgte ihr ins Cottage, und als sie wieder herunterkam, hatte er bereits Wasser aufgesetzt.

»Ich bin Ihnen eine Erklärung schuldig«, fing sie an, aber er unterbrach sie.

»Sie sind mir gar nichts schuldig, meine Liebe, außer einer aufmunternden Tasse Tee. Klaus war in Sorge, dass Sie nicht begreifen, wie wichtig dieser Auftrag ist.«

»Ich verstehe schon. Ich hatte … Angst.«

»Das ist verzeihlich, sogar verständlich, aber Sie müssen eines bedenken, Tony: Sie sind jetzt gefragt. Sie haben einen Ruf als Künstlerin und brauchen keine Angst vor den Reichen und Berühmten zu haben – oder vor Ihrem Talent. Das ist eine heimtückische Furcht, die viele Genies plagt.«

»Ich bin kein Genie«, protestierte sie, aber dann fiel ihr wieder ein, was Blaise gesagt hatte: Du brauchst Selbstvertrauen. Wenn du nicht glaubst, dass du gut bist, wie soll die Welt es dann wissen? »Ich bin gut, Kanonikus, und vielleicht werde ich nach New York reisen und Mr. Fougère malen.«

»Sie müssen das tun, und wenn er Sie in die Oper einlädt, meine Liebe, dann gehen Sie. Ich glaube, er wird als Stimme des Jahrhunderts gehandelt, der neue Caruso und so weiter. Der Ärmste, statt dass man ihm gestattet, der erste Fougère zu sein, so wie Sie, Tony, die erste Noble sind.«

Sie lachte. »Ich lerne auch von den großartigen Toten, Kanonikus. ›Hör auf die großartigen Toten‹, das hat mir vor vielen Jahren ein Freund gesagt.«

»Das mit den großartigen Toten gefällt mir. Also kommen Sie jetzt mit und rufen Klaus zurück?«

Sie nickte, schenkte ihm Tee nach, und weil ihr Chrissies Befürchtung einfiel, dass er zu wenig aß, holte sie den letzten Keks aus der Brotdose und legte ihn auf einen Teller.

»Was für gute Freunde ich doch habe«, sagte er und tat so, als merke er nicht, dass der Keks altbacken war.

Wie Klaus berichtete, beabsichtigte ein reicher Mäzen in New

York, dem Opernhaus der Stadt ein Porträt von Blaise Fougère zu schenken. New York hatte versucht, ihn unmittelbar nach seinem ersten Auftritt in Paris zu engagieren, musste aber warten, bis er auch in Covent Garden sein Debüt gegeben hatte. Die Operngesellschaft und die reiche Familie, die zu den Hauptsponsoren gehörte und oft die gesamten Kosten einer neuen Produktion übernahm, wollte Fougère an New York binden. Das Porträt gehörte zu den kleinen Anreizen, die man ihm bot.

»Die Ridgeways haben Ihr Porträt von Lord Butterstone gesehen und waren tief beeindruckt. Vielleicht erinnern Sie sich, dass sie eine kleine Landschaft gekauft haben.«

Tony erinnerte sich nicht. Es interessierte sie nicht, wohin ihre Bilder gingen. Sie schuf sie für die Menschen, denen sie gefielen, und malte stets neue, um die entstandene Leere zu füllen.

»Klaus, kennt Fougère den Namen der Malerin?« Sie ertrug es kaum, die Antwort zu hören.

»Das weiß ich wirklich nicht, meine Liebe, aber ich glaube, sie wollen ihm eine Überraschung bereiten.«

Das wird ihnen gelingen, dachte Tony.

Sie beschloss zu fahren, wagte aber nicht zu hoffen, dass er sie noch liebte, dass es ein grauenhaftes Missverständnis gegeben, dass er sich genauso nach ihr gesehnt hatte wie sie sich nach ihm verzehrte. Sie weigerte sich, sich vorzustellen, wie sein liebes Gesicht vor Freude strahlte, wie er die Arme nach ihr ausstreckte. Nein, sie – die allseits gefragte Künstlerin – wollte ihre Würde bewahren. Sie würde ihren inneren Aufruhr nicht preisgeben, aber wenn es die Möglichkeit gab, um ihn zu kämpfen, dann würde sie es tun.

Ich trage seinen Ring. Ich werde ihn auch in New York tragen, und wenn er es ignoriert, dann weiß ich, dass der Kampf verloren ist, dann werfe ich ihm den Ring vor die Füße und lebe mein Leben weiter.

Auf dem Flug über den Atlantik war ihr elend zumute. Sie war noch nie geflogen, aber das machte ihr keine Angst. Im Grunde war ihr kaum bewusst, dass sie sich mehrere tausend Meter über der Erde befand. Ihr war schlecht vor Angst vor dem endgültigen Bruch.

Hätte er dich gewollt, hätte er dich schon vor Jahren gefunden.

Sie werden ihm sagen: Die Malerin ist diese Tony Noble, und er wird es ablehnen, sich von mir porträtieren zu lassen. Lampenfieber, wird es heißen, wenn sie mich mit einem versöhnlich stimmenden Scheck nach Hause schicken.

Blaise war noch elender zumute als Tony. Er erfuhr es erst, als er aus San Francisco nach New York zurückkehrte. Wie erstarrt stand er im Salon des wunderbaren Anwesens der Ridgeways. Er konnte es nicht fassen. Es war ein schlechter Witz, ein Albtraum – Wahnsinn.

Sarah Ridgeway hatte erwartet, dass ihr Schützling eine gewisse Dankbarkeit zeigte. Die Malerin war ziemlich teuer, obwohl sie ein erst kürzlich entdecktes Talent war, hinzu kamen noch die Kosten für den Transatlantikflug und natürlich die für ein anständiges Hotel. »Wir hatten gehofft, dass du dich freust, mein Lieber. Wir haben ihre Bilder in London gesehen, als du dort dein Debüt hattest, und wir dachten, diese Malerin könne ein gutes Porträt von dir liefern.«

Er warf seinem neuen Sekretär einen verzweifelten Blick zu, aber der verstand seine Reaktion auch nicht. »Noble, hast du gesagt, Tony Noble. Es ist doch nicht etwa eine Frau?«

Henderson Ridgeway lachte. »Du meine Güte! Du willst doch nicht etwa behaupten, dass du keine Künstlerinnen magst. Sie ist eine begehrte Porträtistin. Als wir im Club erzählten, dass wir sie engagiert haben, wollten buchstäblich alle wissen, ob sie denn nicht auch für sie Zeit habe, aber auf dieser Reise gehört sie uns allein. Das heißt, allein dir, und das Management wünscht sich den des Grieux, deine Debütrolle.«

»Du bist einfach hinreißend in diesem Kostüm, Blaise«, meinte Sarah Ridgeway, »und ich wette, dass es unsere kleine Eleanor aufmuntern wird, wenn sie dich wieder in diesem wunderbaren Gewand aus Samt und Satin sieht.«

Eleanor. Mein Gott, Eleanor. »Ja, ich muss sofort zu ihr.«

»Nein, sei nicht gekränkt, mein Lieber, aber sie will dich noch nicht sehen. Doktor Kermaly kümmert sich um sie. Sie braucht eine kleine Ruhepause, dann geht es ihr wieder gut. Du und Stefan, ihr habt so viel zu tun. Wir haben uns überlegt, Miss Noble zum Abendessen einzuladen. Dann können wir sie alle kennen lernen.«

»Nein. Nicht heute Abend, Sarah. Hier liegt so viel Post für mich, und ich möchte Eleanor sehen.«

»Natürlich, mein Lieber. Henderson und ich werden Miss Noble zum Essen ausführen, und dann vereinbaren wir einen ersten Termin. Dürfen wir das in deinem Namen tun?«

Sie war schon an der Tür, als ihm bewusst wurde, dass sie Hunderte von Dollars ausgegeben hatten, um der Operngesellschaft ein Porträt von ihm zu stiften. »Ich danke euch beiden. Ihr seid einfach zu gut zu mir.«

»Nichts ist zu gut für unseren Lieblingstenor«, meinte Sarah und warf ihm eine Kusshand zu.

Sobald sich die Tür hinter ihnen geschlossen hatte, wandte er sich an Stefan. »Finden Sie heraus, wo Miss Noble abgestiegen ist, und besorgen Sie mir einen Wagen.«

»Sie hat ein Zimmer im Carlisle, Monsieur.«

»Sie sind schon jetzt unersetzlich, Stefan.«

Er eilte hinaus und stieg in den Wagen, der bereits am Bürgersteig wartete. »In die Stadt, bitte, zum Carlisle.«

Er war so nervös wie am Abend seines Debüts, nein, noch nervöser. Was war das Schlimmste, was damals hätte passieren können? Er hätte seinen Text vergessen, seine Stimme hätte überschnappen können. Aber das? Er konnte immer noch kaum glauben, dass es stimmte, dass sie am Leben war und er die ganze Zeit nichts davon gewusst hatte. Er hatte um sie getrauert und dann beschlossen, weiterzumachen, sich ein Leben ohne sie aufzubauen, und plötzlich war sie aus dem Totenreich zurückgekehrt.

»Das Zimmer von Miss Noble, bitte«, sagte er an der Rezeption und wartete einige Sekunden, bis ihn die Empfangsdame verbunden hatte.

»Hallo.« Ihre Stimme war dieselbe, gut moduliert, nur ein bisschen nervös.

Er versuchte zu sprechen, bekam aber keinen Ton heraus. Erst beim zweiten Versuch gehorchte ihm seine Stimme. »Tony? Toinette? Bist du's?«

Er hörte, wie sie nach Luft schnappte, dann folgte Schweigen, und er konnte sich vorstellen, wie sie dastand und den Hörer umklammerte.

»Blaise? Wo bist du?«

»Im Foyer. Darf ich raufkommen?«

Wieder folgte eine Pause, dann gab sie ihm mit ruhiger Stimme ihre Zimmernummer.

Der Fahrstuhl bewegte sich quälend langsam nach oben. Er hielt in jedem Stockwerk, ein paar Leute sahen ihn vielsagend an, aber er merkte gar nicht, dass sie auf ein Lächeln des Opernstars warteten. Er nahm kaum etwas von seiner Umgebung wahr, denn er dachte nur an Toinette. Sein Puls raste, sein Herz hämmerte. Endlich, endlich war er im siebten Stock angelangt. Vor ihrer Tür zögerte er einen Moment. Irgendwie hatte er sich vorgestellt, die Tür werde offen stehen und sie nach ihm Ausschau halten. Er klopfte.

Da flog die Tür auf und Tony stand vor ihm. Einen Augenblick, der ein Leben zu währen schien, sahen sie sich schweigend an, dann breitete er mit einem geradezu schmerzlichen Stöhnen die Arme aus und zog sie an sich.

»Sie hat mir gesagt, du seist tot«, sagte er und stieß die Tür hinter sich zu.

KAPITEL 15

Glasgow 1999, Torry Bay 1999

Am folgenden Nachmittag suchte Holly einen Immobilienmakler auf und traf alle Vorkehrungen für den Verkauf ihrer Wohnung. Die Entscheidung hatte sich nun doch nicht als besonders schwierig erwiesen. Torry Bay lockte, und ohne ihre Arbeit, die ihr viel bedeutete, und ohne John, der ihr scheinbar viel bedeutet hatte, war Glasgow für sie nicht wichtig. Natürlich hatte sie Freunde, gute Freunde, die sie nicht gern zurückließ, aber sie würden zu Besuch kommen, die Reise nach Torry Bay dauerte nur ein paar Stunden, und wenn Holly Lust auf Unternehmungen hatte, die nur die Stadt zu bieten hatte, dann würde sie hinfahren. Sobald sie diese verrückte Episode hinter sich hatte, würde sie sich vielleicht sogar eine neue Wohnung kaufen.

Auf dem Heimweg warf sie den Umschlag mit den Perlen in den Briefkasten und machte in mehreren kleinen Läden Halt, um ein paar Kleinigkeiten zu besorgen, die es in Torry Bay nicht gab: eine feste grüne Avocado, knackigen grünen Salat, Strauchtomaten, die den Duft der Toskana in die grauen Straßen Glasgows trugen.

Vor ihrem Haus parkte ein kleiner blauer Wagen, und daran lehnte Taylor und beobachtete ein paar Jungen, die in der ruhigen Straße Fußball spielten. Ihr Magen begehrte auf. War es Angst, Aufregung, ein tierischer Instinkt, eine sinnliches Verlangen, das sie nicht beim Namen nennen wollte? Er sah … gut aus, wie er da so lehnte. Woher er wohl kam? Ob es schwierig gewesen war, einen Abstecher zu ihrer Wohnung zu machen? John wohnte nur ein paar U-Bahn-Stationen entfernt, doch er war nie einfach aufgetaucht. Taylor hingegen, der, wie sie glaubte, in New York lebte, stattete ihr recht häufig einen Überraschungsbesuch ab. Sie hätte sich gerne eingeredet, dass es an ihrem Charme lag.

»Was wollen Sie jetzt schon wieder?«, fragte sie unwirsch.

»Schön, Sie zu sehen«, erwiderte er und richtete sich zu voller Größe auf.

Sie wurde rot. »Warum sind Sie gekommen, Taylor? Haben Sie Ihre Meinung geändert? Tut es Ihnen Leid, dass Sie so viel Lärm um nichts machen?«

»Menschen zu schützen, die man liebt, ist nicht nichts, Holly. Wenn Sie gerade vorhaben sollten, Kaffee zu kochen, ich könnte einen vertragen. Die Fahrt vom Flughafen hierher ist nicht ohne.«

»Und nachdem Sie den Wagen gemietet haben, sind Sie wohl völlig abgebrannt?«

»Sehr witzig. Darf ich mit Ihnen Kaffee trinken?«

»Um diese Tageszeit trinke ich immer Tee.«

»Um Himmels willen, Holly, mir ist alles recht außer Schwefelsäure.«

Sie sah sein müdes Gesicht und hörte ihren boshaften Tonfall. Wie sehr sie sich in so kurzer Zeit verändert hatte; sie ließ sich von Taylor Hartman nicht mehr einschüchtern. »Tut mir Leid. Natürlich mache ich Ihnen Kaffee, aber was wollen Sie?«

Er folgte ihr in die Wohnung. »Hübsch«, sagte er, »aber die Wände sind nicht groß genug.« Er sagte nicht: für Tonys Gemälde.

»Ich ziehe um«, erklärte sie beiläufig, während sie die Kaffeemaschine füllte.

»Sie heiraten wohl und ziehen … ans andere Ende der Stadt?«

Woher wusste er so viel über ihr Privatleben? »Das geht Sie nichts an, aber ich will Ihnen verraten, dass ich im Cottage wohnen werde. Ich werde auf der Landzunge sitzen und nachdenken.«

»Ich hoffe, Tony hat Ihnen einen Pelzmantel hinterlassen.«

Sie lachte, und er lachte auch. Wenn sie ihn nicht so verabscheut hätte, dann hätte sie ihn fast sympathisch finden können. »Politisch nicht korrekt.« Sie holte zwei Tassen aus dem Hängeschrank über der Spüle. »Ich kann Ihnen ein Sandwich machen. Avocado, Salat, Tomaten, und irgendwo habe ich noch einen guten Käse.«

»Ich nehme alles, bitte. Das ist mein Lieblingssandwich.«

Er setzte sich an den Küchentisch, während sie Brot und Avocado schnitt, sagte aber nichts, bis die Sandwiches fertig waren. »Meine Mutter möchte die Bilder sehen.«

Überrascht schaute sie ihm in die Augen, als sie die blauen Teller aus Torry Bay auf die schlichte, blau karierte Tischdecke stellte. Sie hatte noch nie auf seine Augen geachtet. Sie waren dunkel, aber weder braun noch schwarz – sie waren grün. »Verdammt«, sagte sie und wurde rot. Es war wirklich ein unerträgliches Klischee: Sie sah in seine Augen und hatte das Gefühl zu ertrinken. Sie reckte den Kopf aus dem Wasser. »Warum?«

»Sie meint, das sei sie ihrem Bruder schuldig.«

Inzwischen lebt niemand mehr, dem noch etwas daran liegt.

»Obwohl sie schon so alt ist, will sie die Mühe auf sich nehmen?« Holly glaubte nicht ganz an diese gebrechliche, unsichtbare Mutter.

Er wich ihrem Blick aus und betrachtete seine Hände. »Ich habe ihr erzählt, dass ich die Ausstellung habe schließen lassen, dass ich es versucht habe, aber zu spät dran war, um sie von vornherein zu verhindern.«

Holly seufzte. »Warum so rachsüchtig, Taylor?«

»Ich bin nicht rachsüchtig.« Er lächelte sie mit geübtem Charme an. »Das können Ihnen alle meine Freundinnen bestätigen. Im Ernst, meine Mutter möchte die Gemälde sehen und Sie kennen lernen.«

Sie betrachtete seine Hände, als er nach seinem Teller griff, die langen, sonnengebräunten Finger, die teure Uhr. Rasch wandte sie den Blick ab.

»Wusste sie – von ihrem Bruder und Tony?«

Er legte sein Sandwich unberührt wieder zurück. »Blaise und Tony hat es nicht gegeben.«

»Lassen Sie sich nicht den Appetit verderben.« Sie beobachtete ihm beim Essen.

»Das Brot ist gut«, befand er. »Wollen Sie sich mit ihr treffen?«

Nicole Fougère Hartman. Wenn jemand es wusste, dann sie. »Wo ist sie?«

»Im Augenblick in Paris. Sie hat dort eine Wohnung.«

»Und sie ist nicht zu gebrechlich, um diese Reise zu unternehmen?«

Sah sie da eine verlegene Röte auf seinem sonnengebräunten Gesicht? »Vielleicht habe ich Sie irregeführt, das tut mir Leid. Ich hielt es für … notwendig. Sie ist tatsächlich gestürzt … beim Skifahren.«

Holly lachte. »Da haben Sie mich schön an der Nase herumgeführt, Taylor. Ich hatte mir eine alte Dame mit Gehhilfe oder sogar im Rollstuhl vorgestellt.«

Er machte ein zerknirschtes Gesicht. »Ich lüge nicht gerne, Holly, und eigentlich war es ja keine Lüge. Sie war tatsächlich krank.«

»Ich nehme an, Geschäftsleute haben immer eine Rechtfertigung bei der Hand.« Sie stand abrupt auf. »Ich habe in Torry Bay einiges zu erledigen. Sie kann ja mit Otto sprechen.«

Auch er erhob sich und baute sich in voller Größe vor ihr auf. Er war ihr so nah, dass sie die Schlagader an seinem Hals pulsieren sah. Keine Krawatte. Richtig leger. Sie wich zurück.

»Im Ernst, warum sind Sie gekommen?«

»Danke für das Sandwich«, sagte er, und fort war er. Sie hörte seine Schritte auf der Treppe, die Autotür, und dann den lautstarken Versuch, den Motor anzulassen, Stille, dann sprang der Wagen an und fuhr davon.

Sie stand in der Küche und griff nach der Tasse, die er benutzt hatte. Der übrig gebliebene Kaffee überdeckte alle Geruchsspuren, oder war da nicht doch ein Hauch von einem Duft? Sie stellte die Tasse so heftig ab, dass der Kaffee überschwappte und die Tischdecke besudelte.

»Verdammt noch mal, er hat meine Vorräte aufgegessen.«

Holly wollte nur noch weg. In Glasgow konnte sie nicht denken. Hier wurde sie unentwegt gestört. Hastig packte sie die wenigen Sachen, die sie brauchte. Eine gelbe Primel am Küchenfenster erinnerte sie daran, dass der Frühling nicht mehr weit war. Sie konnte die Pflanze nicht eingehen lassen. Also goss sie den Topf und stellte ihn in eine Plastiktüte.

Ein paar Stunden später, nachdem sie unterwegs ihre Vorräte wieder aufgefüllt hatte, stellte sie die Blume zwischen die Steine auf das Fensterbrett von Torry Bay.

Holly 1970. Holly 1972.

April in Argyll. Das hörte sich an wie ein Film- oder Buchtitel – *April in Argyll.* Am Morgen nach ihrer Ankunft ging sie zur Bucht hinunter, setzte sich ans Ufer und beobachtete die Schwäne. Irgendwo in der Nähe mussten die Weibchen ihre Nester haben, und bald würde es in der Bucht von braunen Küken nur so wimmeln. Sie würde bleiben, bis die Küken schlüpften. Wegen des Lichts würde sie bleiben, ein solches Licht, so weich und sanft, gab es nirgendwo sonst. Und wegen der Luft, die so kühl und klar war, wegen des warmen Windes, der manchmal über die Bucht wehte und Meergeruch mitbrachte, wegen des Holzrauchs, der aus der Feuerstelle eines benachbarten Cottage aufstieg. Sie blieb wegen des Friedens, der sich »nach und nach einstellt«. Tony hatte den Frieden geliebt. Holly hatte die Briefe gelesen, die Notizen zu den Skizzen, und was Tony am häufigsten schrieb, war: »Mir gefällt es hier.«

»Guten Morgen, Lohengrin«, rief sie dem stattlichsten der Schwäne zu, und er tauchte den Kopf unter.

Unmöglich, dass es sich um ein und denselben Schwan handelte. Eine goldene Krone trug er auf keinen Fall. Wenn Tony auf einen Schwan gewartet hat, worauf warte dann ich? Ritter auf weißen Hengsten haben heutzutage Seltenheitswert. Die Erinnerung an Taylors Hände, die das Sandwich hielten, blitzte auf, aber sie verbannte jeden Gedanken an ihn. Wie friedlich war es doch ohne die Sorge um John und ihre Beziehung.

»Ist das Liebe, wenn ich froh bin, ihn nicht zu sehen?«, rief sie den Schwänen zu, die die Frage in heiterer Gelassenheit überhörten. Also gab sie sich selbst die Antwort: »Nein, ich liebe ihn nicht, nicht so, wie Tony Blaise geliebt hat.«

Tony hatte ohne Blaise nie ihren Seelenfrieden gefunden. Das verrieten die Gemälde. Die Briefe waren weniger aufschlussreich. Die Antworten ihres Bruders handelten hauptsächlich von häuslichen Angelegenheiten und kirchlichen Themen. Hollys Vater beklagte sich über Tonys »egoistischen« Wunsch, sich von ihrer Familie loszusagen und »das wenige Geld, das du mit deinen Bildern verdienst, in den Kauf dieses heruntergekommenen Cottage am Ende der Welt zu stecken«. Und das aus dem Mund eines Missionars. Manchmal ging es auch um die kleine Holly:

> Du weißt, wie schwierig es für uns ist, Holly hier zu haben. Wir möchten, dass sie eine britische Erziehung genießt. Es war ziemlich gedankenlos von dir, liebe Schwester, ausgerechnet während ihrer Schulferien eine Ausstellung zu planen. Nun sind wir gezwungen, die Direktorin zu bitten, dass sie sich darum bemüht, Holly irgendwo unterzubringen. Sie kann nicht hierher kommen. Natürlich hätten wir sie nur allzu gern bei uns, sie ist unser geliebtes Kind, aber vielleicht könntest du dir doch durch den Kopf gehen lassen, ob du sie nicht nach London mitnehmen könntest. Gilda und ich haben kein Verlangen nach den Zerstreuungen der Großstadt, und wir wissen allzu gut, welche Gefahren dort für ein junges Mädchen lauern – daran müssen wir dich nicht erinnern –, aber natürlich hält unsere Hauptstadt auch kulturelle Angebote bereit, Besuche in Museen und Kunstgalerien, vielleicht wäre sogar das Ballett von Sadlers Wells zu erwägen …

Das war nur einer von vielen Briefen ihrer Eltern, die mit den »Schäfchen« ihrer Gemeinde besser zurechtkamen als mit ihrem einzigen Kind. Holly fühlte sich noch elender, als sie das Datum des Briefs mit den Terminen von Tonys Ausstellungen verglich und feststellte, dass es zum fraglichen Zeitpunkt keine Ausstellung gegeben hatte. Tony hatte sie nicht gewollt, so einfach war das. Sie versuchte den Schmerz zu verdrängen, so wie sie Taylor aus ihren Gedanken verbannte. Blaise war da gewesen, und seine Bedürfnisse hatten Vorrang. Eine andere Erklärung gab es nicht.

Sie hat mich geliebt, und meine Eltern haben mich auf ihre Art auch gern gehabt. Aber niemand liebt mich mit der Leidenschaft, die Tony für Blaise Fougère empfand. Wie es wohl ist, so verliebt zu sein, so geliebt zu werden, dass nichts und niemand so wichtig ist wie der Geliebte? Wenn John mich so geliebt hätte, wie Tony Blaise liebte … wenn ich ihn so geliebt hätte …

»Ich will ganz, ich will ohne Vorbehalt lieben, ja, das will ich«, versicherte sie Lohengrin, aber er kannte die Litanei schon und schwamm mit hoch erhobenem Kopf davon.

Sie wusste nicht, wo die Stunden blieben. Die Tage wurden länger, und die Abende an der Bucht gewannen an Reiz. Sie wachte früh auf, schaffte Ordnung, säuberte die Feuerstelle – eine Arbeit, die sie schon früher immer mit Freuden erledigt hatte, wenn sie bei Tony war. Dann schichtete sie das Holz für ein neues Feuer auf – abends wurde es immer noch kalt – und ging ins Freie. Sie machte lange Spaziergänge, suchte zwischen Baumwurzeln nach gelben Schlüsselblumen oder sah dem Spiel des Lichts auf dem Wasser zu.

Und sie beobachtete die Schwäne, so wie Tony sie beobachtet und mit ihnen gesprochen hatte. »Liebe Tony, wie konntest du so treu auf ihn warten? Du wusstest doch, dass die Geschichte von Lohengrin nur eine Sage ist, aber trotzdem hast du geglaubt, dass Blaise wiederkommt.«

Manchmal glaubte sie eine liebevolle, fröhliche Stimme zu hören.

Wenn alles stimmt, dann merkst du es schon, mein Schatz, und wenn es sein muss, wartest du bis zum Ende der Zeit.

Holly war zu realistisch für solche Hirngespinste. Sie wusste, dass sie keine Stimmen hörte, und wenn es so wäre, dann würde sie Hilfe suchen, wahrscheinlich bei einem Psychiater. Dennoch gab es nichts Schöneres, als es sich am Abend in Blaise' Sessel gemütlich zu machen und Tonys Skizzenblöcke durchzusehen, manchmal zu lachen, oft zu lächeln und nicht selten in Tränen auszubrechen.

Eine Zeichnung von Blaise in einem Ruderboot und die Worte »dieser Schmerz«. Zwei Gestalten, nicht zu erkennen, auf der Landzunge. Der Mann, groß und breitschultrig, die Frau, winzig klein, geschützt von seinen Armen. Die Worte »Frieden, Schutz«. So ein Bild gab es auch in der abgebrochenen Ausstellung, erinnerte sie sich. Die kleine Holly mit einer Puppe. »Freude.« Wer hat die Freude erlebt, Tony, du oder ich? Hoffentlich wir beide.

Aber es konnte nicht ewig währen. Briefe und Anrufe kamen von John, von Taylor, sogar von Otto. Wie konnten sie es wagen, ihren Frieden zu stören, sie an die Welt dort draußen zu erinnern?

> Verzeih mir, Holly! Ich liebe dich und brauche dich und werde versuchen, die Sache mit dem Cottage zu verstehen. Bitte komm heim. Die Kandidaten werden bald aufgestellt.

Wäre es ihr damit anders gegangen, wenn John zu ihr nach Torry Bay hinausgefahren wäre und den Verlobungsring und die kleine Perlenkette mitgebracht hätte, statt einen Brief zu schreiben?

> Der gute Taylor ist immerhin zweimal in der Galerie aufgetaucht, wahrlich furchteinflößend. Man könnte fast meinen, er wolle sich als Dauergast hier einrichten. Ich habe sehr geschickt – und geschmackvoll – dafür gesorgt, dass die Geschichte im öffentlichen Bewusstsein bleibt. Sie werden mir noch dafür danken, aber nicht, solange Sie in der Wildnis sitzen.
> Tragen Sie einen fairen Kampf aus, Holly. Kommen Sie zurück, und streiten Sie mit mir, oder ich besuche Sie in Torry Bay. Ich bin Ihnen noch ein Essen schuldig.

Sie ignorierte all diese Aufforderungen und widmete sich stattdessen der Erforschung der Familienkorrespondenz. Keiner von Tonys Freunden und Verwandten hatte je auf die Beziehung mit Blaise Fougère angespielt. Es gab nur dunkle Andeutungen über die »Probleme, mit denen junge Mädchen in der Großstadt konfrontiert sind«, Briefe ihrer Großeltern, die sich um den Kriegsverlauf sorgten, aber niemand erwähnte Blaise Fougère. Kannten sie ihn? Wenn ja, was hielten sie von ihm? Wo war Blaise während des Krieges? Er war ein Franzose, der in London studierte. War er dort geblieben, und wenn ja, warum hatte er Tony nicht geheiratet? Er hat sie geliebt. Das verrieten seine Augen auf den ersten Porträts. Warum haben sie nie geheiratet?

KAPITEL 16

New York 1949, Torry Bay 1949, Surrey 1949

Tony wollte sich keineswegs auf eine Affäre mit einem verheirateten Mann einlassen. Als sie ihn in ihr Zimmer ließ, hatte er ihr verschwiegen, dass er verheiratet war. Sie waren beide zu keinem vernünftigen Gedanken fähig gewesen. Sie ließen sich von dieser Woge des Verlangens überwältigen, und für eine Weile schienen die Jahre der Enttäuschung und des Schmerzes wie ausgelöscht. Als er ihr von Eleanor erzählte, wurde sie wütend, nicht weil er geheiratet hatte, sondern weil er trotzdem zu ihr gekommen war und mit ihr geschlafen hatte.

»Raus, verschwinde!«, schrie sie. »Du hast mich zur Hure gemacht.«

Ihr Zorn machte ihm Angst, und er hielt sie an den Händen fest. »Nein, o nein, *ma mie*, niemals. Hör zu, Toinette«, beschwor er sie. »Hör mir bitte zu. Du hast nie geschrieben, das Haus war zerstört. Sie hat mir gesagt, du seist tot. Alles lag in Schutt und Asche. Es war ausgelöscht, keine Spur von dir. Dich gab es nur noch in meinem Herzen, in meinem Blut, unter meiner Haut. Ich habe um meine Frau getrauert, meine Frau.«

Er ließ sie los und stand da, als würde er auf den nächsten Schlag warten. Und sie teilte aus.

»Also bist du mit einer anderen ins Bett gesprungen?«

Sein empfindsames Gesicht verzog sich schmerzhaft, als sie ihm diesen Vorwurf entgegenschleuderte.

Er redete weiter wie im Fieber, versuchte es ihr zu erklären. »Ich habe Eleanor nach dem Krieg in Paris kennen gelernt. Ich glaubte, du seist tot, also blieb ich in Paris und nahm mein Studium wieder auf. Ich war die richtige Stimme zur rechten Zeit, und alle Türen öffneten sich für mich. Die Ridgeways unternahmen eine Europareise und hörten mich singen. Ich erhielt eine Einladung nach New York. Eleanor verliebte sich, vielleicht in meine Stimme, und ich war einsam, Toinette. Ich dachte, du seist tot. Ich hatte versucht, dich zu finden. Hast du versucht, mich zu finden?«

Was sollte sie darauf sagen? Ich habe auf einen Ritter in glänzender Rüstung gewartet, der mit einem Schwan übers Meer gefahren kommt? Sie suchte Ausflüchte. »Ich habe an alle Adressen geschrieben, die du mir gegeben hast. Du hast nicht geantwortet.«

Das Telefon klingelte. Es war die Rezeption.

»Mr. Ridgeway ist hier, um Sie zum Dinner abzuholen.«

Tony starrte entsetzt auf den Hörer. Mr. Ridgeway. Dinner. »Vielen Dank«, sagte sie mit tonloser Stimme und legte auf.

»Mr. Ridgeway kommt herauf. Was soll ich sagen? Ich muss hier weg.« Hastig warf sie Kleidungsstücke in ihren Koffer.

»Toinette, bitte. Hör auf, Toinette. Schau mich an.«

»Warum? Warum sollte ich dich anschauen? Was sehe ich, wenn ich dich anschaue?«

»Mich, Blaise, denselben Blaise.«

Sie schlug nach ihm und fing an zu weinen, und er zog sie vorsichtig in seine Arme und hielt sie umschlungen, aber sie ließ sich nicht trösten.

»Tony, es tut mir Leid. Es gibt keine Worte dafür, aber bitte, bleib, mal das Bild.«

»Lieber würde ich sterben.«

Er zuckte zusammen. »Tony, es ist ein Auftrag, weiter nichts. Kannst du es nicht einfach als Auftrag betrachten? Als Chance? Bleib ein paar Wochen. Mal das Bild, einen Tenor in einem schönen Kostüm, sonst nichts. Dann kannst du dich aus meinem Leben verabschieden und ich mich aus deinem, das verspreche ich, wenn es das ist, was du willst.«

»Wie kannst du danach fragen? Natürlich will ich das.« Sie blickte ihn voller Verachtung an. »Du hast es geschafft, dass ich mich schmutzig fühle. Ich habe mich noch nie schmutzig gefühlt.«

Er wurde blass.

»Geh!«

Er stolperte rückwärts zur Tür, die Hand erhoben, als wolle er sich vor ihrem Hass schützen. Auf dem Flur wartete er, bis er sich gefasst hatte, musste sich dann aber verstecken, als der Vater seiner Frau aus dem Fahrstuhl trat. Er wartete und hörte, wie Tony höflich sagte: »Bitte, verzeihen Sie, ich bin noch nicht ganz fertig.«

Er verbarg sich wie ein Verbrecher, bis er hörte, dass sie gingen, und dann beobachtete er die Anzeige des Fahrstuhls, bis dieser im Erdgeschoss angelangt war. Er tappte wie ein alter Mann die Treppe hinunter und nahm ein Taxi nach Hause. Am folgenden Tag hatte er seine erste Sitzung bei Tony. Doch das Porträt war kein Erfolg, und die Ridgeways zeigten sich gekränkt, dass ihnen diese beliebte junge Gesellschaftsmalerin eine Enttäuschung bereitet hatte.

»Das bist nicht du, Blaise. Die Augen wirken … berechnend.«

»Es stellt des Grieux dar«, versuchte er Tony zu verteidigen.

»Dann hättest du ihr die Handlung der Oper erzählen sollen. Des Grieux ist vernarrt in eine Frau, die ihn ins Unglück stürzt. Ein wenig Berechnung hätte ihm nicht geschadet. Ziemlich abgehoben, diese britischen Maler.«

Blaise sagte nichts weiter dazu. Er verschwieg, dass Tony die traurige Geschichte des Chevalier des Grieux liebte und verstand. Auch erwähnte er nicht, dass Tony während der Sitzungen kein Wort mit ihm gesprochen hatte.

Später verriet sie ihm, dass sein Schwiegervater ihr ein wenig von Eleanors trauriger Geschichte erzählt hatte und dass sie den Kummer der jungen Frau nicht vergrößern wollte, indem sie sich weigerte, Blaise zu malen. Sie verließ das Atelier, in dem sie gearbeitet hatte, sobald das Porträt fertig war. Mit dem Bild war sie selbst unzufrieden, weil es weder Blaise noch des Grieux darstellte. Auch der Ausdruck der Augen auf dem Porträt gefiel ihr nicht, weil es nicht der Ausdruck war, den sie während der Arbeit gesehen hatte. Diese Augen zeugten von Trauer, von tapfer ertragenem Schmerz. Sie wollte malen, was sie sah, aber ihre Finger verweigerten ihr den Dienst und machten, was sie wollten.

Blaise schrieb ihr, und Klaus leitete die Briefe weiter, aber sie verbrannte sie ungeöffnet. Es war der Sohn, Otto von Emler, der Blaise die Adresse des Cottage gab, eine Ungebührlichkeit, für die er sich bei seinem Vater nicht entschuldigen wollte.

»Sie lieben einander, Papa. Ich möchte, dass sie glücklich wird.«

»Er ist mit einer anderen verheiratet.«

»Du bist altmodisch. Heutzutage ist es in Ordnung, einen Fehler einzugestehen.«

»Die Künstler, die wir betreuen, erwarten Loyalität.«

»Von mir wird sie nicht betreut, Papa. Mir ist es lieber, wenn sie glücklich wird.«

»Dummer Junge!«

Blaise wusste, dass er mit Briefen nichts ausrichtete. Er wartete, bis er zwischen den Aufführungen in Covent Garden ein paar Tage frei hatte. Stefan besorgte die Zugfahrkarten. Er sagte nichts, aber Blaise war sich darüber im Klaren, dass sein Sekretär ihn für verrückt hielt.

»Ich schlafe im Zug, Stefan. Sie wissen doch, dass ich überall schlafen kann, wie eine Katze.«

Es war seine letzte Chance. Er musste es ihr so erklären, dass sie es verstand. Er ertrug es nicht, dass sie ihn hasste. Dass er sich ihre Liebe wünschte, wollte er sich nicht eingestehen. Aber dass er sie liebte, hatte er immer gewusst.

»Ihre Mutter hat mir gesagt, sie sei tot.«

Während sich der Zug schwerfällig durch das Bergland bewegte, überlegte er, was ihre Mutter bewogen haben mochte, ihm diese schreckliche Lüge zu erzählen, aber ihm fiel kein logischer Grund ein. Er beschloss, nicht mehr darüber nachzudenken. Stattdessen machte er sich Gedanken darüber, was er Tony sagen wollte. Eleanor ging es besser. Vielleicht, wenn sie wieder ganz auf dem Damm war… Nein, darüber wollte er gar nicht nachdenken. Lieber nahm er Zuflucht zur Musik, zu Beethoven, zu Mozart. Die Musik füllte ihn ganz aus, verdrängte alles außer diesem letzten Vorwurf von Toinette.

»Du hast es geschafft, dass ich mich schmutzig fühle.«

Es regnete, als er in Argyll eintraf, und er nahm ein Taxi vom Bahnhof ins Dorf. Er hatte Landkarten studiert, denen er nur entnehmen konnte, dass Toinette offenbar am Meer lebte. Er bat den Fahrer nicht, ihn zum Cottage in Torry Bay zu bringen, denn er wollte Tony Gerede ersparen. Freundlicherweise schien nun die Sonne, und er staunte über die unglaubliche Schönheit Schottlands nach dem Regen. Das Licht war so weich und schön, dass es ihm zum ersten Mal seit langem leicht ums Herz wurde. Ein Regenbogen spannte sich über den Himmel, und am Ende des Regenbogens stand ein Cottage, klein und gedrungen, mit blauer Tür und blauen Fensterbrettern, auf denen Petunien in dicken Töpfen die nassen Blüten der Sonne entgegenreckten.

Die blaue Tür ging auf, und eine Frau trat heraus. Sie ging von ihm weg zum Meeresufer, und er sah die Schwäne.

Wagte er es? Wagte er es?

»Mein lieber Schwan…« Er stimmte die gefühlvolle Arie an, die Lohengrin für den verzauberten Schwan singt.

Sie blieb stehen und blickte aufs Wasser hinaus. Dann drehte sie sich langsam um, als könne sie nicht glauben, was sie da hörte. Würde sie zurück ins Cottage laufen und die Tür vor ihm verriegeln? Sie stand da und blickte zu ihm auf, der Regenbogen schien sie einzurahmen. Er blieb stehen, aber seine Stimme fand den Weg zu ihr, und sie lächelte.

»Komm lieber rein«, sagte sie. »Du hast eine lange Reise hinter dir.«

Er versuchte nicht, sie zu berühren. Sie saßen stundenlang in der Küche, tranken Kaffee und redeten, und erst am nächsten Tag, als er schon fort war, fiel ihr ein, dass sie ihn nicht gefragt hatte, wer »sie« war, die ihm gesagt hatte, Tony sei tot.

Sie lächelte. Es war wichtig. Natürlich war es wichtig, aber jetzt hatte sie es versäumt. Vielleicht würde sie ihn bei ihrer nächsten Begegnung fragen. O ja. Ihm hatte sie es nicht versprochen, aber sich selbst. Sie wollte ihn wiedersehen.

In New York hatte niemand geahnt, dass sie an zwei Gemälden arbeitete, dem, das die Ridgeways bestellt und bezahlt hatten, und dem anderen Bild, ihrem heimlichen Bild, das sie begann, weil sie mit dem Porträt von Blaise als des Grieux unzufrieden war. Am liebsten hätte sie es in Torry Bay fertig gemalt – sie meinte, der echte Blaise würde dort aus der Leinwand hervortreten, fern von der bedrückenden Atmosphäre des Zimmers, wo Blaise in seinem rostroten Samtrock und dem hellrosa Satinhemd vor ihr saß. Doch die Ridgeways waren es gewohnt, dass man ihre Wünsche prompt erfüllte, und Tony war zu verzweifelt, um ihnen etwas entgegenzusetzen. Stattdessen ertrug sie die Qual, sich stundenlang mit Blaise in einem Raum aufzuhalten und ihn weder berühren noch ein ungezwungenes Wort mit ihm reden zu können.

Sie hätte ja gern mit ihm gesprochen oder ihn berührt. Aber er gehörte unwiderruflich einer anderen, einer Frau, der er vor Gott und den Menschen Liebe, Achtung und Treue geschworen hatte. Sie konnte sich nicht auf ihre Arbeit konzentrieren. Die Frau in ihr behielt die Oberhand, und als er lässig auf dem edlen historischen Sessel posierte, durchlebte sie noch einmal die ersten fieberhaften Augenblicke, nachdem er in ihr Hotelzimmer getreten war. Sie versuchte ihren Zorn aufzupeitschen.

Er hat mich wie eine Hure behandelt. So sieht er mich.

Sie wollte sich nicht eingestehen, dass sie ihn genauso ungestüm umarmt hatte wie er sie. Es war besser, ihn als Opernfigur zu betrachten, als etwas Unwirkliches. In den Stunden, in denen er ihr Modell saß, malte sie einen steifen des Grieux, unfähig, ihn richtig einzufangen. Sie hasste das Gemälde und hätte es zerstört, aber die Ridgeways wollten nun einmal diesen Grieux, und sie sollten ihn bekommen. Nachts aber malte sie den Lohengrin, und das ernste junge Gesicht, das auf der Leinwand entstand, stammte aus einer anderen Welt, wirkte rein und traumhaft. Die Neuerschaffung der Legende zehrte an den Kräften der Künstlerin, die sich danach wie ein verwundetes Wild in ihr Bett schleppte, um sich zu erholen. Sie gab Blaise nicht einmal Bescheid, als das in Auftrag gegebene Werk fertig war. Irgendwann stellte sie fest, dass sie nichts mehr daran machen konnte, checkte einfach aus ihrem Hotel aus und nahm ein Taxi zum Flughafen. Das zweite, unfertige Gemälde befand sich aufgerollt in ihrem Gepäck.

Zu Hause wartete Arbeit auf sie, aber sie konnte nicht malen. Sie fühlte sich völlig ausgelaugt und fand sich damit ab, dass sie erst einmal wieder Kräfte sammeln musste. Also verbrachte sie viel Zeit am Ufer, schaute aufs Meer hinaus, beobachtete die Schwäne und versuchte, nur an das Spiel des Lichts auf dem Wasser zu denken, oder daran, wie jede Feder der Schwäne genau an der richtigen Stelle saß und genau die richtige Größe hatte, sodass sie sich perfekt neben ihren Nachbarn einfügte. Während Tonys Körper sich ausruhte und neue Kraft schöpfte, ging ihr immer wieder das Gespräch mit Blaise durch den Kopf, und ihr fielen wieder die Worte ein, die sie vergessen hatte: »Sie hat mir gesagt, du seist tot.«

Weil *sie* Blaise gesagt hatte, Tony sei tot, hatte er Eleanor geheiratet. So einfach war das. Ihr Leben war zerstört, weil *sie* gesagt hatte, Tony sei tot. Wer war *sie*?

Es war an der Zeit, ihre Bilder, *Die singenden Babys* und *Dents de Lion*, heimzuholen, und endlich hatte sie genug Geld für den Transport. Sie schrieb ihrer Mutter einen kurzen Brief.

Ihr Vater holte sie in Godalming vom Bahnhof ab. Normalerweise war er kein besonders guter Beobachter, und so war sie überrascht, als er fragte: »Was ist passiert? Du wirkst irgendwie verändert.«

»Das kommt, weil ich New York erlebt habe«, versuchte sie zu scherzen. »Es ist wirklich eine tolle Stadt, Daddy.«

»Ich war nicht besonders glücklich darüber, dass du eine so weite Reise unternimmst, nur um ein Bild zu malen.« Typisch Daddy. Sie verschwieg ihm, dass mehrere Prominente sie gebeten hatten wiederzukommen.

Ihre Mutter legte eine übertriebene Munterkeit an den Tag. »Da ist ja unsere Weltreisende«, rief sie, aber ihr Lächeln wirkte gezwungen und unnatürlich. »In der *Times* ist ein Artikel über junge Künstler erschienen, Antonia. Du wirst darin erwähnt, ich habe ihn aufgehoben.«

Sie aßen zu Abend, und Tony hörte zu, wie ihre Mutter lebhaft über Freddie, die Ereignisse in der Gemeinde und vieles andere plauderte, nur nicht über Blaise Fougère.

»Er hat geheiratet«, warf sie ein, während ihre Mutter vom Sommerfest im Tennisclub berichtete.

»Wer?«, fragte ihr Vater, hielt inne und schaute erst seine Frau, dann seine Tochter an. »Ich geh kurz raus und sehe nach meinem Blumenkohl.«

Offensichtlich hatte er mit der Sache nichts zu tun. Tony ließ ihn gehen, dann fragte sie mit ruhiger Stimme: »Warum, Mutter, warum hast du ihm etwas so Ungeheuerliches erzählt?«

Judith begann zu wimmern. »Ich wollte doch nur dein Bestes, Liebes«, wisperte sie.

Demnach war es ihre Mutter gewesen, die diesen Verrat begangen hatte! Tony erkannte schmerzlich, dass sie die ganze Zeit gehofft hatte, ihre Mutter zu Unrecht zu verdächtigen. Langsam, wie eine alte Frau, stand sie auf. »Ich liebe Blaise Fougère aus tiefster Seele. Ich liebe ihn seit zehn Jahren, und deshalb glaube ich sagen zu können, dass ich ihn mein Leben lang lieben werde. Das werde ich dir nie verzeihen.«

Sie ließ ihre Mutter allein am Tisch zurück, und als sie hörte, dass sie laut zu schluchzen begann, kehrte sie nicht um, um sie zu trösten, sondern ging nach oben und packte ihre Bilder ein. Als diese Aufgabe zu ihrer Zufriedenheit erledigt war, legte sie sich in ihrem alten Zimmer vollständig angekleidet aufs Bett. Morgen würde sie ein Taxi nehmen und mit dem ersten Zug nach London fahren und dann weiter nach Torry Bay. Dieses Haus würde sie nie wieder betreten.

Gegen zehn klopfte ihr Vater an die Tür. Bedrückt stand er am Fußende ihres Betts. »Er hatte gehört, du wärst umgekommen, Antonia. Mum dachte, alles liefe so gut mit deinen Bildern und es wäre besser, die Sache nicht wieder aufzuwärmen.«

Tony schwieg.

»Sie hat getan, was ihrer Meinung nach das Beste für dich war. Etwas anderes haben wir nie gewollt.«

Tony setzte sich auf und blickte ihn an, bis er rot wurde. »Ihr wolltet das angeblich Beste für mich erzwingen. Was ich davon halte, hat euch nie interessiert.«

Jetzt wurde er wütend. Das Recht war auf seiner Seite. »Wir haben dich auf diese alberne Kunstschule geschickt.«

»Ja, das habt ihr, und dafür werde ich euch immer dankbar sein. Schade, dass ihr euch so schämt für die Künstlerin, die aus dieser Schule hervorgegangen ist, Daddy. Du hast nie wirklich an mich geglaubt. Ich höre noch, wie ihr euch unterhalten habt. ›Lassen wir sie gehen, Judith. Sie wird sich diese Flausen schon aus dem Kopf schlagen. Dann kommt sie zurück und heiratet einen netten Jungen aus der Gemeinde.‹ Stimmt's, so war es doch?«

Sie hatte es so genau getroffen, dass er noch heftiger errötete.

Tony legte sich wieder hin. »Gute Nacht«, sagte sie. Das Gespräch war für sie beendet.

Am Morgen war sie aus dem Haus, bevor die anderen aufwachten, und sie sah ihre Eltern nie wieder. Sie malte ein merkwürdiges Bild, das sie *Ernüchterung* nannte, und weil niemand über den Hintergrund Bescheid wusste, meinten spätere Kritiker, es ginge um die Ernüchterung über einen Liebhaber. Als ihr Vater an Lungenentzündung starb, war sie mit Blaise in Wien. Zwei Tage später starb ihre Mutter friedlich im Schlaf, erschöpft von der wochenlangen aufopfernden Pflege. Der untröstliche Freddie wusste nicht, wo er Tony erreichen konnte, und so fand die Beerdigung statt, bevor seine Schwester nach Torry Bay zurückkehrte. Wie so oft flüchtete sie sich auf die Landzunge. Ihre Eltern waren tot, und sie hatte ihnen nicht verziehen. Sie versuchte ihnen jetzt zu verzeihen, aber es waren leere Worte. Und so trauerte sie um ihre Eltern und um das, »was hätte sein können«. Sie wusste, dass Blaise niemals ihr Mann sein würde, die *Bébés chantants*, die singenden Babys, würden nie zur Welt kommen, aber Lohengrin war zurückgekehrt, sie hatte ihn erwartet. Sie würde immer auf ihn warten.

KAPITEL 17

Torry Bay 1999, London 1999

»Sie werden nie erraten, wer mich heute Morgen angerufen hat: Nicole Fougère Hartman. Sie möchte Sie zum Mittagessen einladen.«

»Warum? Was will sie von mir?«

»Das wird sie Ihnen zweifellos beim Essen verraten.«

Holly schwieg. Sie hörte, wie der Regen gegen das Fenster trommelte und der Wind in dem alten Kamin heulte. Jemand musste sich darum kümmern. Wenn es draußen stürmte, half nur noch ein Höllenfeuer, das beinahe das Haus in Brand zu stecken drohte, oder der Wind trieb Rauchschwaden durch die kleinen Zimmer.

»Sind Sie noch dran?«

Ottos freundliche Stimme riss sie aus ihren Gedanken.

»Tut mir Leid, Otto. Hier ist es ziemlich stürmisch. Hat sich Mrs. Hartman herabgelassen, Ihnen zu sagen, wo sie mit mir essen möchte? Vielleicht in dem Pub, das ihr Sohn hier oben entdeckt hat?«

»Böses Mädchen. Nein, sie hat mich aus Paris angerufen und sich nach Ihrer Telefonnummer erkundigt. Sie besitzt ein entzückendes Appartement auf der Île Saint-Louis. Blaise hat früher dort mit ihr das Marionettentheater besucht, und sie sind oft über eine Brücke spaziert, um in einem ganz besonderen Café Kuchen und heiße Schokolade zu genießen. Sie sagte: ›Ich erzählte ihm, hier würde ich einmal wohnen, wenn ich groß bin, worauf er versprach, mir eine Wohnung zu kaufen – und das hat er dann auch getan.‹ Ein großzügiger Mann, dieser Blaise Fougère.« Otto seufzte – zweifellos bei dem Gedanken an Madames wunderschöne Wohnung. »Ich dachte mir, ich warne Sie lieber vor, obwohl Taylor Ihnen doch sicher schon Bescheid gesagt hat.«

Nicole Fougère Hartman ließ sich bis zum Abend Zeit. Obwohl Holly mit dem Anruf rechnete, sprang sie nervös auf, als das Handy klingelte.

»Haben Sie meinen Anruf erwartet, Miss Noble – oder darf ich Sie Holly nennen?« Hollys Zustimmung voraussetzend fuhr sie fort: »Ich habe vor, bald in die Staaten zurückzukehren, aber vorher werde ich mich noch ein paar Tage in London aufhalten. Ich möchte mir diese Bilder ansehen und Sie kennen lernen.«

Was sollte sie sagen, was tun? Wie reagieren? Charmant oder ganz aufrichtig? »Mrs. Hartman, haben Sie meine Tante gekannt?«, fragte sie unvermittelt.

Mrs. Hartman wirkte überrascht. »Nein, meine Liebe, aber ich habe von ihr gewusst. Wir könnten darüber sprechen, falls Sie so freundlich wären, sich mit mir in London zu treffen. Ich wohne im Ritz. Blaise ist immer dort abgestiegen, wenn er in London war.«

Holly hatte den ganzen Nachmittag darüber nachgedacht, welche Fragen sie Blaise Fougères Schwester stellen wollte. »Können Sie mir wenigstens sagen, was Sie über die Beziehung zwischen Ihrem Bruder und meiner Tante gewusst haben, denn es gab doch eine solche Beziehung, und Taylor weiß das, oder?«

»So viele Fragen. Und dabei ist es doch viel angenehmer, sich in einem gepflegten Ambiente zu unterhalten.«

Holly gab nach und erklärte sich bereit, nach London zu fahren. Dann rief sie im Royal Overseas League in London an, weil ihr Vater dort in seinen späteren Jahren immer übernachtet hatte und weil Mrs. Hartmans Hotel von dort zu Fuß zu erreichen war. Man reservierte ihr ein Zimmer, und sie packte widerwillig für ein paar Tage ihren Koffer.

Der Regen folgte ihr von Argyll nach London, und als sie aus dem Frühstückszimmer ihres Hotels in den entzückenden kleinen Garten hinausblickte, sah sie dicke Tropfen von den Blättern der Bäume auf das Eisengeländer platschen. Die wortkarge Bedienung brachte ihr frischen Obstsalat, warme Croissants und Tee und wandte ihre Aufmerksamkeit anderen Gästen zu.

Ich frage mich, ob sich in diesem Haus irgendetwas verändert hat, seit Daddy hier übernachtet hat. Der offene Kamin sieht aus wie früher, auch die Säulen, die die Decke stützen.

An einem Nebentisch saßen zwei Frauen. Sie trugen beide Cordhosen, karierte Flanellhemden und formlose Aranpullover. Ihre Gesichter waren von der Sonne Asiens so gebräunt, dass sie kaum zu unterscheiden waren. Die eine trug einen großen Diamantring an der rechten Hand – ein Hinweis auf ihr Geschlecht. Holly fragte sich, ob sie hier wohl fehl am Platz wirke. Oder sah sie inzwischen auch schon so aus wie eine typische alleinstehende Engländerin, die auf die vierzig zugeht? Die beiden Frauen waren gesund und kräftig gebaut, und ihre volltönenden Stimmen schallten durch den ehrwürdigen, stillen Speisesaal. Jede hatte einen großen Rucksack neben ihrem Stuhl stehen; Holly fragte sich wozu. Was diese beiden Damen wohl zu Reverend Frederick Nobles Warnung vor den Gefahren gesagt hätten, »die Frauen ohne Begleitung in großen Städten drohen«?

Nach dem Frühstück räumte sie ihr kleines, gemütliches Zimmer auf und verließ gleichzeitig mit den beiden Damen das Haus.

»Mittagessen«, riefen sie ihr zu und deuteten auf die Rucksäcke. »London ist heutzutage ein teures Pflaster.«

Holly lächelte nur. Offensichtlich rechneten die beiden auch nicht mit einer Antwort, sie schulterten ihren Proviant und machten sich auf, London zu erkunden.

Holly ging zum Piccadilly Circus, am Ritz vorbei in den Green Park. Wie immer drängten sich hier die Menschen, aber heute mussten sich alle mit Hüten oder Schirmen gegen den Regen wappnen. Holly, die Schirme in der Stadt hasste und deshalb auch auf dem Land darauf verzichtete, marschierte beherzt weiter, sah aber dann ein, dass sie bei ihrem Treffen mit Nicole Hartman wie eine nasse Ratte aussehen würde, wenn sie ihren Spaziergang fortsetzte. Also suchte sie im Seiteneingang des Ritz an der Arlington Street Zuflucht.

Sollte ein Hotelangestellter sie ansprechen, wollte sie die magische Wirkung des Namens Hartman erproben, aber niemand achtete auf sie. Sie fand eine schön ausgestattete Damentoilette, wo sie sich zurechtmachen und den Schaden beheben wollte, den Wind und Regen angerichtet hatten. Sie betrachtete das Ergebnis im Spiegel, zuckte verzweifelt die Achseln und kehrte in die Eingangshalle zurück, wo sie sich gegenüber vom Palm Court Restaurant in einem bequemen Sessel niederließ, um zu warten, bis es Zeit für ihre Verabredung war.

Blaise war hier abgestiegen. Tony auch? War dieses elegante Hotel einer ihrer Treffpunkte gewesen? Hatten sie im Palm Court gesessen, Tee getrunken und zur Musik der Kapelle getanzt? Nein, das wäre zu auffällig gewesen. Sie glaubte, einen leisen Seufzer zu hören, aber als sie sich umschaute, war niemand zu sehen – hinter den erlesenen Arrangements aus rosafarbenen Orchideen lächelten keine Geister hervor.

Die arme Tony. Sie hatte allein gelebt und war allein gestorben. Während Blaise Fougère sich in der erlesenen Atmosphäre des Ritz und ähnlicher Nobelhotels in aller Welt verwöhnen ließ, hatte Tony in einem Cottage gelebt und war … einsam gestorben.

Tränen traten Holly in die Augen, und sie überlegte, ob sie um Tony weinte oder um sich selbst. Ich will nicht einsam und ungeliebt sterben, aber ich will auch nicht den falschen Mann heiraten.

Hast du sie geliebt, Blaise Fougère?

Liebe stirbt nie, Hollyberry. Ich musste vorausgehen, aber ich habe auf sie gewartet.

Hast du sie geliebt?

Ma mie.

Holly sah sich um. Eine Frau in einem wunderbaren grünen

Seidenkleid blickte sie fragend an. Holly lächelte, aber die Frau drehte sich um und eilte davon.

Jetzt führe ich schon in aller Öffentlichkeit Selbstgespräche, dachte Holly.

»Miss Noble?«

Ein Portier in Livree stand neben ihr. Wollte er sie verhaften?

»Ja.«

»Mrs. Hartman lässt fragen, ob Sie zu ihr heraufkommen möchten?«

Zu ihrer Überraschung fühlte sich Holly ziemlich nervös, als sie in das Wohnzimmer von Nicole Hartmans Suite geführt wurde. Der erste klare Gedanke, den sie fassen konnte, war, dass die Gene der Fougères offenbar sehr dominant waren. Taylors Mutter hatte starke Ähnlichkeit mit ihrem Bruder und auch mit ihrem Sohn, obwohl ihr einst schwarzes Haar nun silbergrau war und sie zierlicher wirkte als er. Jedenfalls war sie keine gebrechliche alte Dame, sondern schien eine Frau zu sein, die ihr Leben im Griff hatte.

Sie küsste Holly erst auf die linke, dann auf die rechte Wange. Ungeachtet der fünfzig Jahre in Amerika war sie Französin geblieben.

»Toinettes Nichte. Ich freue mich, Sie endlich kennen zu lernen, kleine Hollyberry. Kommen Sie, setzen Sie sich. Trinken wir eine Tasse Kaffee.«

Holly kam der Aufforderung nach. »Vielen Dank, Mrs. Hartman. Ich hoffe, Sie werden Mr. Hartman nun doch klarmachen können, dass diese Gemälde keine reinen Produkte der Phantasie sind.«

»Kaffee?«

Holly griff nach der Tasse. Sehr feines Porzellan, dachte sie, wahrscheinlich Crown Derby. Sie setzte sie wieder ab und fuhr entschlossen fort: »Mrs. Hartman, ich möchte nicht unhöflich sein, aber ich komme von weit her, um mit Ihnen zu sprechen. Sie kennen den Kosenamen, den Blaise mir gegeben hat, und ich glaube, diese Tatsache allein beweist, dass es eine Beziehung zwischen Ihrem Bruder und meiner Tante gegeben hat. Ich wüsste gern, wann Taylor die einstweilige Verfügung aufzuheben gedenkt.«

»Ich würde die Gemälde gerne sehen, Holly.«

»Alle Welt könnte sie sehen, wenn Ihr Sohn nicht so … so kindisch gewesen wäre.«

Nicole Hartman lachte. Es war ein angenehmes Lachen. »Wie haben Sie Blaise damals genannt, das war süß, so kindlich … Onkel Feuer?«

»Er hat Ihnen das gesagt?«

»*Bien sûr*.«

Holly wurde traurig. »Ich erinnere mich überhaupt nicht an ihn.«

Nicole wartete einen Augenblick, bis Holly sich gefasst hatte. »Ist der Kaffee gut?« Sie wartete, und Holly griff wieder nach der Tasse. »Er hat mir alles erzählt. Schließlich hat er jemanden gebraucht, mit dem er reden konnte, *ça va sans dire*. Jeder braucht jemanden, Holly, aber ein großer Künstler, dessen Gefühle Tag für Tag aufs Äußerste gefordert werden, braucht noch mehr als gewöhnliche Menschen eine Vertraute, *une confidante*.«

Holly sah ihre Gastgeberin ganz offen an. Nicoles Aussprache war beinahe amerikanisch, schließlich hatte sie viele Jahre dort gelebt, aber wenn sie sprach, gestikulierte sie wie eine Französin. »Können Sie mir dann sagen, warum Taylor es nicht weiß. Oder tut er nur so, als wisse er es nicht?«

»Nein, er hat es nicht gewusst.« Sie zuckte vielsagend die Achseln. »Es ging ihn nichts an.«

»Aber warum nicht?«

»Wie wütend Sie klingen!«

»Natürlich bin ich wütend. Dass er es nicht weiß, hat mir – und anderen – sehr viele Unannehmlichkeiten bereitet. Es ist unverzeihlich, dass die Ausstellung geschlossen wurde.«

Nicole zuckte die Schultern. »Otto wird darüber hinwegkommen«, meinte sie gelassen. »Wenn die Verfügung aufgehoben ist, wird er ein Vermögen verdienen. Ich habe es meinem Sohn nicht erzählt, Holly, weil ich von Ihrem Erbe nichts wusste. Ich hatte einen kleinen Unfall, und Taylor wollte mir Kummer ersparen.« Sie blickte Holly über den Rand ihrer feinen kleinen Tasse hinweg an und lächelte. »Er ist ein rücksichtsvoller Mensch, *n'est-ce pas*? Er hat Blaise vergöttert und alles getan, um seinen Ruf zu schützen und sein trauriges Geheimnis zu bewahren.«

»Das mit Ihrer Schwägerin tut mir Leid, Mrs. Hartman, aber Taylor ist reich und mächtig und setzt sich für sie ein. Tony hat nur mich. Sie hat sich für Ihren Bruder geopfert, und er hat sie in einem abgelegenen Cottage allein gelassen – derselbe Vorwurf trifft mich. Sie ist einsam gestorben, Mrs. Hartman, und das kann ich weder Ihrem geschätzten Blaise noch mir verzeihen.« Holly lehnte sich auf dem bequemen Sessel zurück und hatte das unangenehme Gefühl, sich albern benommen zu haben, aber jetzt konnte sie genauso gut die Frage stellen, die ihr auf der Zunge brannte. »Die Gemälde zeigen, dass er Tony geliebt hat. Warum hat er Eleanor geheiratet?«

Nicole Hartman nahm ihr offenbar nichts übel, und Holly war überzeugt, hätten sie nebeneinander gesessen, dann hätte ihre Gastgeberin ihr beruhigend die Hand getätschelt. »Mrs. Hartman, Ihr Sohn glaubt nicht, dass meine Tante und Ihr Bruder sich ein Leben lang geliebt haben. Die Gemälde widerlegen diese Einschätzung. Sie kennen die ganze Geschichte, nicht wahr, Sie müssen ihn aufklären.«

Nicole Hartman lächelte. »Taylor will es nicht glauben, obwohl er es im tiefsten Innern weiß. *C'est sûr*, meine Liebe, Sie leben bereits lange genug, um zu wissen, dass das Leben nicht so einfach ist. Ich war viel jünger als mein Bruder, aber ich weiß noch, wie besorgt meine Eltern waren. Er stand am Beginn seiner Ausbildung, als er 1937, glaube ich, Tony kennen lernte, seine Toinette, und er war ... oh, wie soll ich das erklären, es war für ihn *un coup de foudre*, er war *bouleversé*, er stand Kopf. Natürlich hat uns der Krieg gelehrt, weniger an uns zu denken, doch damals war es eigentlich unvorstellbar, dass ein Fougère mit einer armen Kunststudentin zusammenlebt. Aber die Frage, ob sie ihren Sohn mit seiner Antoinette willkommen heißen oder verlieren wollten, stellte sich nicht, denn meine Eltern kapitulierten. Er hat Toinette bis zu seinem Tod geliebt.«

»Aber Sie haben sie nie kennen gelernt.«

»Nein. Sie hat uns nie besucht, aber er war bei Ihren ... Großeltern, und er hat Frederick getroffen.«

»Meinen Vater.«

»*Très digne*, ja, ein würdiger Mann. Er war für die Kirche bestimmt, nicht wahr, aber für uns war es die falsche Kirche. Heute ist er zweifellos Bischof.«

»Er ist vor langer Zeit gestorben, Madame. Aber, bitte, Blaise ... warum?«

»Warum sie nicht geheiratet haben?« Nicole zuckte die Achseln. »Er dachte, sie sei tot. Während des Krieges fuhr er nach London und fand nur noch einen Krater vor, wo seine Wohnung gewesen war. Oh, *quelle douleur*, was für ein Schmerz! Ich war noch ein Kind, es war eine dunkle Zeit, der Krieg, und er hat es mir erst später erzählt ...« Sie verstummte und hing ihren Erinnerungen nach. Schließlich wurde Holly ungeduldig.

»Bitte, Mrs. Hartman, wenn Sie es wissen, bitte, sagen Sie mir, warum er eine andere geheiratet hat. Die Gemälde ...«

»Ah ja, ich würde so gerne die Gemälde sehen, ohne Otto und ohne Taylor. Taylor bringt alles durcheinander, er ist so energisch, so anstrengend, aber ich habe ihn in geschäftlichen Angelegenheiten nach San Francisco geschickt. Begleiten Sie mich in die Galerie?«

Holly konnte sich nur schwer vorstellen, dass sich Taylor von irgendjemandem herumkommandieren ließ. »Natürlich, wenn ich darf, aber – Madame?« Holly war erschüttert, doch sie musste mehr wissen. »Meine Tante ist während des Krieges nach Schottland gezogen. Warum hat Blaise nicht versucht, sie zu finden? Bestimmt ...«

»Aber sie hat ihm gesagt, Toinette sei tot, *chérie*. Wer würde die Worte einer Mutter anzweifeln?«

Nein, das konnte nicht sein. Holly verschlug es den Atem. »Meine Großmutter hat ihm gesagt …?«

»Tonys Eltern konnten sich ebenso wenig für einen französischen Sänger – einen Katholiken – begeistern wie meine Eltern für Toinette.«

»Aber eine Lüge?«

»Wer weiß? Lassen Sie die Toten ruhen, Holly. Mein Bruder hat Toinette sein Leben lang geliebt. Die arme Eleanor hat er wohl vor allem deshalb geheiratet, weil er nicht die Kraft besaß, nein zu sagen.« Nicole Hartman seufzte. »Er hat sie geheiratet, weil er eine stabile Beziehung brauchte – wie die meisten Männer. Er wollte keine, wie sagt man, Affären für eine Nacht. Er wollte eine Familie und Kinder. Toinette war tot. Er war außer sich, unfähig zu üben, unfähig, mit dem Leben zurechtzukommen. Eleanor hat ihn bewundert, ihre Familie war … einflussreich, und das zu einer Zeit, als wir Europa verlassen wollten. Der Krieg hatte ihn verändert wie so viele andere Menschen auch. Davor hatte er gesagt: ›Um groß zu sein, musst du an dich glauben‹, aber nach all den Jahren ohne Musik, ohne Ausbildung, ohne Übung … Wenn er, *peut-être*, ohne seine Toinette an seine Größe hätte glauben können, vielleicht wäre er dann einen anderen Weg gegangen, aber so hat er Eleanor geheiratet. Und er war ihr treu, und in gewisser Weise hat er sie auch geliebt.«

»Aber nicht so wie Tony?«

»Nein, eine solche Liebe gibt es nur einmal im Leben – wenn man Glück hat. Haben Sie ihn singen hören, Holly?«

»Nein. Meine Tante ist zwar mit mir in die Oper gegangen, aber ihn habe ich nie gehört, und soweit ich mich erinnere, hat sie ihn auch nie erwähnt.«

»Fanden Sie es nicht seltsam, dass eine Künstlerin, die Fougère gemalt hatte, die die Oper liebte, nie den größten Tenor der Epoche erwähnte?«

Holly schüttelte den Kopf. »Leben nicht alle Kinder in ihrer eigenen Welt, Mrs. Hartman? Tony hat mir viel bedeutet, ich war so gerne bei ihr, aber ich habe mich nie gefragt, wie ihr Leben aussah, wenn ich nicht bei ihr war. Ich habe angenommen, dass sie auf mich wartet... und die ganze Zeit hat sie auf *ihn* gewartet.«

Beide schwiegen und hingen ihren traurigen Gedanken nach. Schließlich zuckte Nicole die Schultern und fuhr fort: »Nach dem Krieg beauftragten die Ridgeways, Eleanors Eltern, die aufregende neue Malerin aus England, ein Porträt ihres berühmten Schwiegersohns für die Metropolitan Opera anzufertigen. Sie konnten Wagner nicht von Scott Joplin unterscheiden, aber sie förderten die schönen Künste. Eleanor war anders. Sie hat die Musik geliebt, und Blaise war ihr Ein und Alles.«

»Aber warum hat er sich nicht von ihr scheiden lassen und Tony geheiratet?«

»Weil sie... weil... *comment*... wie sagt man?« Noch nach all den Jahren dachte Nicole Hartman auf Französisch. »Sie war geisteskrank«, sagte sie schließlich schlicht.

»Ich weiß, und das ist schrecklich, aber, verzeihen Sie mir, Mrs. Hartman, damit ist meine Frage nicht ganz beantwortet.«

»Er hat sich schuldig gefühlt.«

»Warum – weil sie ein Kind verloren hat?«

Nicole nickte traurig. »Mehrere Kinder. Blaise fand, die Schwangerschaften seien seine Schuld, und so hat er sich geschworen, Eleanor zu schützen und die Presse von ihr fern zu halten – nur um ihretwegen, nicht um seinetwillen. Der arme noble Blaise, der Ritter in glänzender Rüstung. Seine Prinzessin begriff es nicht einmal. In den letzten Jahren seines Lebens hat sie ihn nicht wiedererkannt, und dennoch hat er ihr Kleider anfertigen lassen, wie sie ihr gefallen hatten, als sie noch jung und schön war, und er hat sie mindestens einmal im Monat besucht. Ganz gleich wo er sich befand, er stieg ins Flugzeug und nahm die Kräfte raubende Reise auf sich, während Tony in ihrem kleinen

Cottage diese großartigen Bilder malte und auf ihn wartete. Sie war seine Luft zum Atmen, Holly, sein Herzschlag, das meinte er mit *ma mie*.«

Holly versuchte, sich an Onkel Feuer zu erinnern, den großen Mann, der mit ihr ans Meer gegangen war, und sie sah sein Gesicht, wie er sich nach Tony umdrehte. »Ich weiß«, sagte sie nur.

»Ich hoffe, sie wusste, dass er auf dem Weg zu ihr war, als er umkam. Zwar bin ich nicht sicher, aber ich glaube, dass er sich zuletzt entschlossen hatte, mit Tony einen Neuanfang zu machen. Er änderte seine Pläne und flog nach Großbritannien, obwohl er erst sechs Monate später seinen nächsten Auftritt dort gehabt hätte. Was sonst kann er dort gewollt haben?«

»Taylor glaubt, Sie hätten es Ihrem Bruder verübelt, Mrs. Hartman, wenn er sich von Eleanor hätte scheiden lassen.«

»Wirklich?« Mrs. Hartman gab dem Zimmermädchen ein Zeichen, das Kaffeegeschirr abzuräumen. »Wir hätten lieber etwas Alkoholisches nehmen sollen, Holly. Wir könnten zum Essen nach unten gehen und unser Gespräch dort fortsetzen.«

Sie betraten den prachtvollen Speisesaal mit den schönen Vorhängen und den wunderbaren Blumenarrangements.

So sieht das Luxusleben also aus, dachte Holly, als der Kellner diensteifrig herbeieilte.

Mrs. Hartman lächelte über Hollys Gesichtsausdruck, missverstand aber den Grund. »Hübsch, nicht wahr. Ich fühle mich ziemlich unelegant.«

Holly bemerkte erst jetzt, dass Nicole äußerst schlicht gekleidet war und dass ihr diese Zurückhaltung stand. Sie trug ein graues Schneiderkostüm und elegante Schuhe. Auch ihr Schmuck war ein Understatement, ein goldener Ehering und einfache Goldohrringe.

»Sie werden mir verzeihen, wenn ich sage, dass es mich überrascht, wie viel Taylor Ihnen gegenüber von sich preisgegeben hat. Ich hatte keine Ahnung, dass er glaubt, ich sei gegen eine Scheidung gewesen. Ehrlich gesagt, ich hätte sie begrüßt. Es war Blaise, der sich gegen eine Scheidung sperrte. Nicht dass er Tony nicht geliebt hätte, aber ... Männer können so dumm sein. Sein Ehrgefühl hat es nicht zugelassen, sich von Eleanor zu trennen. Wäre sie seelisch weniger labil gewesen, hätte er sich auf der Stelle scheiden lassen. *Pauvre* Taylor.«

»Ich höre nun schon zum zweiten Mal, dass Taylor als arm bezeichnet wird, Mrs. Hartman. Bitte verzeihen Sie mir, aber das ist wirklich das letzte Attribut, das ich ihm zusprechen würde.«

Nicole lachte. »Auch er vertut sein Leben, Holly. Ich dürfte Ihnen das gar nicht sagen, doch vielleicht verstehen Sie ihn dann besser. Auf dem College hat er ein Mädchen geliebt, das eine größere Schwäche für grüne Dollarnoten als für seine grünen Augen besaß. Er sucht eine Frau wie Eleanor, die er hingebungsvoll lieben kann, obwohl er doch besser nach einer zweiten Tony Ausschau halten sollte, die ihn ebenso leidenschaftlich liebt wie er sie. Es ist ... schwierig, ihn davon zu überzeugen, dass mein Bruder Ihre Tante geliebt hat. Diskretion kann wirklich hinderlich sein.«

Holly sagte sich, dass sie sich für Taylor Hartman und sein verpfuschtes Liebesleben nicht im mindesten interessierte. »Diskretion? Auch das ist ein Wort, das ich in Verbindung mit Ihrem Sohn nicht unbedingt gebrauchen würde.«

Mrs. Hartman lachte. »Ich meinte nicht Taylor, *chérie*, sondern Blaise. Was seine Privatsphäre betraf, war er geradezu paranoid. Seine Probleme sollten nicht in die Klatschpresse gelangen, und außerdem glaubte er, dass die Fehlgeburten für Eleanors Zustand verantwortlich waren – obwohl ich offen gesagt meine, dass sie schon vor der Ehe labil war.«

Holly dachte an die eigene Sehnsucht nach einem Kind. »War es schlimm für ihn, keine Kinder zu haben?«

»Oh, er wäre sicher gerne Vater gewesen. Taylor war sein Ein und Alles, und nach den Bildern im Ausstellungskatalog zu schließen, hat er Sie auch gern gehabt. Aber für ihn war das nicht so entscheidend wie für Eleanor. Ich bin selbst kein mütterlicher Typ, und daher fällt es mir schwer, mich in eine Frau einzufühlen, die sich Kinder wünscht und keine bekommen kann. Sie sind ein Einzelkind?«

Auf diese Wendung des Gesprächs hätte Holly verzichten können, aber sie antwortete wahrheitsgemäß. »Ja, meine Eltern waren Missionare. Sie haben ziemlich spät geheiratet, und ich glaube, meine Ankunft war eine nicht unbedingt angenehme Überraschung.«

»Und Sie haben keine Kinder?«

»Nein«, erwiderte Holly knapp. Über dieses Thema redete sie nicht gerne mit Leuten, die sie gerade erst kennen gelernt hatte.

Aber Mrs. Hartman entging nicht, dass die Frage Holly bedrückte. »Wie viel Gefühl man in eine einzige Silbe legen kann, Holly.«

Nach dem Essen stand Nicole auf. »Kommen Sie, wir können den Kaffee auf meinem Zimmer trinken. Ich möchte, dass Sie mir mehr über sich erzählen. Sie leben in der Stadt, haben aber beschlossen, dieses kleine Cottage zu beziehen, fernab von der Zivilisation? Ich würde diesen Ort, der auf viele Menschen so anziehend wirkt, gerne sehen.«

»Ich bin nicht Tony. Ich will nicht auf Dauer dort leben. Ich möchte das Haus erst einmal instand setzen.«

»Und die Gemälde?«

»Gehen an Museen und Galerien in aller Welt. Vielleicht möchten Sie sich ja eines aussuchen.«

Nicole Fougère Hartman konnte ihre Überraschung nicht verbergen. »Meine Liebe, Sie wollen mir doch nicht etwa eines *schenken*?«

»Wenn Sie eines möchten ...«

Nicole schüttelte traurig den Kopf, aber sie lächelte. »Taylor hatte Recht. Er sagte: ›Sie gibt mir aus Herzensgüte ein Gemälde, nicht weil sie irgendetwas von mir will.‹ Sie haben keinen Geschäftssinn, *chérie*. Schon die Fotos sagen mir, dass es mehrere Gemälde gibt, für die ich alles geben würde, und alles ist bei mir eine Menge. Würden Sie mir die Bilder jetzt zeigen?«

»Ich weiß nicht, ob das möglich ist – wegen der gerichtlichen Verfügung.«

»Sie können sie nicht verkaufen, bis das Gericht darüber entschieden hat, aber sie befinden sich doch noch in der Galerie, oder?«

»Ja.«

»Dann werden wir jetzt den lieben Otto anrufen, damit er uns die Tür aufsperrt. Er ist ein Mann mit Fingerspitzengefühl, anders als mein Taylor, der immer mit der Tür ins Haus will. Otto ist so wie ich – sehr clever. Passen Sie nur auf, wir werden unseren Kopf durchsetzen.«

»Setzt Taylor nicht auch meistens seinen Kopf durch?«

»Natürlich, vor allem bei Frauen. Seine Taktik ist… anders. Seien Sie vorsichtig.«

Auf dem Weg zur Galerie kochte Holly vor Wut über diese letzte Bemerkung. Otto, wie immer dezent gekleidet, stand am Straßenrand bereit, noch bevor der Fahrer aussteigen konnte, und öffnete einer seiner besten Kundinnen die Tür. Sie begrüßten einander auf Französisch, dann fiel ihnen Holly wieder ein.

»Ich dachte, Sie wären Deutscher, Otto.«

»Wie unfreundlich! Sie wissen ganz genau, dass ich Österreicher bin, aber anders als die Briten sprechen wir echten Europäer mehr als eine Sprache.«

»Kinder, benehmt euch!«, mahnte Mrs. Hartman. »Man möchte nicht glauben, dass Otto meiner Generation angehört, Holly.«

Holly schwieg. Sie würde Otto später fragen, warum er ihr nie erzählt hatte, wie gut er Nicole Hartman kannte.

»Mrs. Hartman würde gerne die Porträts ihres Bruders sehen, Otto. Ich wäre dankbar, wenn Sie ihr die Bilder zeigen könnten.«

»Selbstverständlich, meine Damen.«

Er öffnete die Tür und geleitete seine Besucherinnen in die Räume, wo Tonys leidenschaftliche Gemälde immer noch die Wände zierten. Sie überwältigten die Sinne mit ihren Farben, ihrem phänomenalen Licht, ihrer Aussage. Er liebt sie; er liebt sie nicht; er liebt sie.

Nicole Fougère Hartman ließ sich Zeit für die Bilder, die das Leben ihres geliebten Bruders darstellten. Sie sagte wenig, blieb aber oft stehen und betrachtete die Werke. Ab und zu seufzte sie oder lachte sogar, oft lächelte sie. *Der Meergeist*, *Dents de Lion*, *Onkel Feuer*… Sie verharrte vor einem anmutigen Schwan, der mit hoch erhobenem Kopf in den sicheren Hafen schwimmt, und betrachtete ihn näher. »Ach, *la pauvre petite*«, murmelte sie. »*Je comprends, c'est Lohengrin.*«

»*C'est plutôt triste.* So traurig«, flüsterte sie vor anderen Motiven, und dann kam sie zu einer großen Leinwand. Das Gemälde hieß *Regenbogen* und stellte selbstverständlich Blaise dar, der auf der Landzunge von Torry Bay stand. Am Himmel hinter ihm leuchteten mehrere Regenbogen.

»Ich hätte gerne dieses Gemälde, wenn ich darf, Holly.« In Nicoles Augen standen Tränen. »Ich fühle mich wie ein Voyeur angesichts solcher Intimität.«

»Das ist das Genie der Künstlerin, Madame«, erklärte Otto leise. »Sie sehen jetzt, warum diese Gemälde nicht in eine Mansarde weggesperrt oder zerstört werden dürfen.«

»Taylor ist kein Philister, Otto. Wenn er sich einmal damit abgefunden hat, was die Bilder ihm erzählen, wird er Vernunft annehmen. Schließlich ist die Liebe eines Mannes zu einer Frau etwas ganz anderes als die Liebe eines Mannes zu einem Kind. Taylor verliert dadurch nichts.«

»Ich gestehe, dass ich Ähnliches empfunden habe, Mrs. Hartman, als ich die Bilder zum ersten Mal sah. Ich hatte immer geglaubt, Tony habe nur mich geliebt.«

»Ich blicke zwar nicht auf ein so langes Leben zurück wie Tony, aber auf ein längeres als Sie, und ich habe viele Menschen geliebt und liebe sie noch, Holly. Ich wünsche mir, dass Sie und Taylor dasselbe sagen können. Jede Liebe verändert uns, macht uns besser, *n'est-ce pas?*«

»Sie verändert uns, das stimmt. Ich glaube, wenn man jemanden liebt, ist man nicht mehr wie vorher.« Traurig dachte sie an ihre zerronnenen Träume. »Man kann nicht mehr zu dem Menschen werden, der man vorher war, selbst wenn die Liebe stirbt. Durch die Liebe werden wir unwiderruflich verändert.«

»Meine Güte, so viel Philosophie, aber – zum Besseren verändert, oder?«, fragte Mrs. Hartman, immer noch in die Schönheit des Gemäldes vertieft.

»Das hoffe ich.«

»Dann haben Sie etwas gewonnen. Die Liebe ist eine seltsame Sache. Hier stehe ich und verliebe mich in ein Gemälde, also bin ich nicht mehr die Frau, die ich war, als ich eingetreten bin, weil dieses Gemälde – und natürlich die Künstlerin – mich berührt haben.«

Holly betrachtete Mrs. Hartman in ihrem teuren Designer-Kostüm, mit ihren handgenähten Schuhen, den Tränen auf den Wangen.

»Genau dieses Gefühl haben die Bilder bei mir geweckt. Sie sprechen zu mir.«

»Und Blaise, spricht er auch zu Ihnen?«, fragte Mrs. Hartman ernst. »Er ist sehr schön, nicht wahr?«

»Es macht mir Spaß, ihn kennen zu lernen«, erwiderte Holly diplomatisch.

»Mein Sohn hat große Ähnlichkeit mit ihm«, meinte Mrs. Hartman geheimnisvoll, während sie ihre Handschuhe anzog.

Holly wollte dazu lieber nichts sagen.

KAPITEL 18

TORRY BAY 1957

Schmerz

Tony war übel vor Aufregung und Angst. Vor allem aber war ihr übel, weil sie ein Kind erwartete. Wie war das möglich? Schließlich hatten sie doch aufgepasst, oder? Den ganzen Juni war sie bei Blaise in London gewesen, und fast jeden Abend hatte er es geschafft, sich fortzustehlen und zu ihr zu kommen. Es war wunderbar gewesen, so als seien sie verheiratet. Er ging zur Arbeit, dann kam er nach Hause, sie aßen zusammen, und anschließend gingen sie ins Bett. Tony hatte versucht, sich zu entspannen, so zu tun, als seien sie ein altes Ehepaar, als lauerten dort draußen im Schatten keine Reporter, die darauf erpicht waren, ihr Geheimnis zu entdecken und eine geschmacklose Schlagzeile daraus zu machen. Zweimal war sie auf einem Empfang gewesen, bei dem auch er zu Gast war, aber sie hatten kaum gewagt, miteinander zu sprechen, weil sie fürchteten, dass jemand die Blicke bemerken würde, die sie wechselten, die Blicke, die sagten: »Ich liebe dich, ich brauche dich, ich will dich.« Sie hatten Theater gespielt: Berühmter Tenor trifft bekannte Malerin.

»Wir müssen Miss Noble dafür gewinnen, Sie noch einmal zu malen, Maestro.«

»Das wäre mir ein Vergnügen. Wie gesagt, ich bin durchaus mit Miss Nobles Werk vertraut.«

»Es wäre mir eine Ehre«, meinte Tony und dachte an die vielen Gemälde, die bereits existierten.

Später im Bett sprach er von der Arbeit und vom Vergnügen, und dann brachte er sie zum Singen, und schließlich lagen sie angenehm erschöpft da und lauschten den Geräuschen der erwachenden Stadt.

»London wacht nicht auf, *mon cher*. Diese Stadt schläft nie.«

»Aber Gott sei Dank döst sie ein wenig – so wie Paris. Nur erwachen die Pariser mit dem Duft von Brot und Blumen, während den Londonern Autoabgase und Smog in die Nase steigen. Ich wünschte, wir könnten nach Torry Bay fahren und die Seeluft riechen.«

»Wenn wir alt sind, werden wir jeden Morgen in Torry Bay aufwachen, Blaise. Das weiß ich.«

Mit dem Branden des Meeres in den Ohren und seinem Duft in der Nase schliefen sie schließlich ein, bis Blaise sich anziehen und in sein Hotel zurückkehren musste, um so zu tun, als sei er die ganze Nacht dort gewesen.

Blaise' Sekretär, Stefan Lazlo, war ihr Verbündeter. Ob er wohl billigte, was sie taten? Tony wusste es nicht, und Stefan schwieg, zeigte keine Gefühle. Fest stand nur, dass er mit unverbrüchlicher Loyalität zu seinem Arbeitgeber hielt.

Sie hatten keine Zeit gefunden, nach Schottland zu fahren. Blaise musste weiter nach Bayreuth, wo er zum ersten Mal Wagner sang, und Tony hatte der Versuchung widerstanden, ihn zu begleiten, um ihn zu hören.

»Aller Augen werden sich auf dich richten, da ist es besser, du konzentrierst dich auf Wagner und nicht auf mich.«

Sie war nach Torry Bay zurückgekehrt, um auf ihn zu warten, und jetzt wartete sie nicht allein. In einer dieser wundervollen Nächte war ein Baby entstanden. Ob es die Sopranistin war, die einmal als Tosca die Musikwelt in Erstaunen versetzen würde?

Plötzlich fror Tony. Sie war schwanger und konnte das Baby nicht bekommen. Ein paar Minuten lang hatte sie sich Tagträumen hingegeben. Blaise würde begeistert sein. Er würde einsehen, dass ihm keine Wahl blieb, als sich von seiner Frau scheiden zu lassen und die Mutter seines Kindes zu heiraten.

»Ich kann mich niemals von ihr scheiden lassen, Toinette. Ihr Geist wurde zerrüttet, weil sie nicht in der Lage war, mir ein lebendes Kind zu schenken. Ich werde sie nie verlassen.«

Es hatte keinen Sinn, zu schimpfen und zu wettern, dass Eleanor ihn ja bereits verlassen habe, dass sie die Trennung gar nicht mitbekommen würde. Er könnte ja weiterhin die Krankenhauskosten begleichen, sie so oft besuchen wie jetzt. Tony lag im Bett und wartete darauf, dass sich ihr Magen beruhigte. Sie würde ihm schreiben. Nein, sie würde nach Glasgow fahren und ihn anrufen. Wenn sie ihn von Torry Bay aus anrief, dann würde das Lügengebäude seiner idealen Ehe zusammenbrechen und das traurige Geheimnis seiner Frau zum Gegenstand von Klatsch und Tratsch werden.

Aber sein Baby, mein Baby ist wichtiger. Eleanor wird es nie erfahren, nie begreifen.

Ihre Familie wird leiden.

Sie leidet schon jetzt.

Haben sie es verdient, auch noch das ertragen zu müssen?

So argumentierte sie hin und her.

Wenn sie Blaise wirklich lieben, werden sie sich für ihn freuen.

Erschrocken stellte sie fest, dass sie Eleanor zu hassen begann. Einmal schrie sie sogar: »Warum stirbt sie nicht?«

Blaise schrieb aus Bayreuth. Wagners *Tannhäuser* sei eine unglaubliche Herausforderung. Die Rolle erschien ihm sehr schwierig. Man hege Vorurteile gegen ihn, weil er kein Deutscher sei, aber er arbeite pausenlos mit dem Repetitor an der Sprache und seiner Interpretation der Rolle.

Ich kann ihm nicht noch ein großes Problem aufbürden, wo er doch schon so viele hat, aber ich kann auch nicht bis zum Ende der Festspiele warten.

Sie suchte Simon auf.

Er verurteilte sie nicht. »Du bist mindestens im zweiten Monat schwanger, Tony. Was sagt der Vater dazu?« Einen Augenblick lang zeigte sich eine tiefe Enttäuschung auf seinem Gesicht.

»Ich habe es ihm nicht gesagt. Es ist … schwierig.«

»Wie wäre es, wenn du heiratest?«

»Nein.«

»Ich kann dir nur raten, es ihm zu sagen.«

Tony versuchte nicht, es ihm zu erklären. Sie sah ihn an. »Ich habe mich für einen Abbruch entschieden.«

Wie schön wäre es gewesen, wenn die Worte einfach zum Fenster hinausgeschwebt wären, aber sie waren zu schwer und zu hässlich.

Er nahm ihre Hände, die kalt vor Angst waren. »Tony, das ist ein Mensch in dir, ein neuer…« Er dachte nach. »Ein neuer van Gogh.«

»Du hättest ein aufmunternderes Beispiel aussuchen können, Simon.« Tony versuchte zu lachen. »Van Gogh hatte nicht alle Tassen im Schrank.«

»Eine zweite kleine Tony. Das wäre doch schön. Ein Wunder geschieht in dir, und du kannst es dem Allmächtigen nicht ins Gesicht werfen, als wäre es Strandgut, das die Flut nach Torry Bay gespült hat. ›Tut mir Leid, lieber Gott, es passt gerade nicht.‹ Das ist ein echter, lebendiger Mensch, Tony. Ich kenne da eine Geschichte über eine Frau. Sie hatte mehrere Kinder, die alle ein wenig behindert waren, und dann merkte sie, dass sie wieder schwanger war. ›Weg damit! Das kannst du dir nicht leisten.‹ Sie weigerte sich. ›Es ist ein Geschenk Gottes‹, sagte sie zu den Leuten. Weißt du, wie das Baby hieß, das dann zur Welt kam, Tony? Wie hieß es?«

Sie hielt sich die Ohren zu.

»Beethoven, Antonia, Ludwig van Beethoven.«

»Halt den Mund. Du hast kein Recht, so mit mir zu reden. Nennen Sie mir die medizinischen Optionen, *Herr Doktor*, sonst nichts.«

»In dieser Praxis gibt es keine Optionen, Tony. Ich habe versprochen, das Leben zu schützen, nicht, es zu zerstören.«

Sie stand auf und ging hinaus. Mit Simon wechselte sie monatelang kein Wort mehr.

»Wär's abgetan, so wie's getan ist, dann wär's gut, man tät es eilig.« Shakespeares Schottenstück. Wie passend. Blaise hatte schon zweimal den Macduff in Verdis Oper *Macbeth* gesungen.

Abbruch, Abtreibung. Abtreibung, Abbruch. Abtreiben. Die Schwangerschaft beenden. Lieber Gott, verzeih mir. Baby, verzeih mir. Sie durfte nicht an das Baby denken. Wenn sie sich ein richtiges lebendiges Baby vorstellte, das wie sein Vater aussah und dessen schöne Stimme hatte, dann wurde sie verrückt. *Bébés chantants. Die singenden Babys.* Welches bist du? Das freche auf der Wolke, das das Gemälde seiner Schwester verkritzelt? Das vergnügte kleine, das die Wolken anstelle der Leinwand bemalt?

Tony packte ihren Koffer, sperrte das Cottage ab und verreiste. Zwei Monate später kam sie zurück. Sie ging zu Chrissie, um Milch und Brot zu holen.

»Tony, ich habe dich vermisst. Du hast nicht gesagt, dass du Urlaub machst. Malsachen hast du doch nicht mitgenommen, oder? Dann war es wirklich ein richtiger Urlaub?«

In der kleinen Gemeinde wusste natürlich jeder über jeden Bescheid. Im Dorf war bekannt, was sie unternahm, man tuschelte über den Mann, der von Zeit zu Zeit auf der Landzunge auftauchte, es wurde spekuliert, wo sie hinfuhr, wenn sie sich mit Blaise traf, man fragte nach dem Erfolg ihrer Ausstellung. »… ich hab da was im *Glasgow Herald* gelesen. Wir müssen dich wohl allmählich mit mehr Respekt behandeln.«

Chrissie hatte schon immer gewusst, wann sie neugierig sein durfte und wann nicht.

»Dein Gesicht wirkt ein bisschen schmal, Tony, als wärst du erschöpft. Das ist das Schlimme am Urlaub. Man braucht anschließend Ferien, um sich davon zu erholen.«

Sie versuchte zu lächeln. »Genau. Zu viel Sonne. Und die langen Abende im Restaurant. Ein paar Tage in Torry Bay, und mir geht's wieder gut.«

»Ich bin für dich da, Tony, wenn du mich brauchst.«

»Meine Freundin«, sagte Tony.

Sie hörte das Getuschel der anderen Kunden, als sie mit ihrem Einkauf hinausging. »Sie ist doch gar nicht braun geworden. Komische Leute – die Künstler.«

Sie suchte Zuflucht in ihrem Cottage und bemühte sich, sich in den nächsten Wochen darüber klar zu werden, ob sie es Blaise sagen sollte – Blaise, der Triumphe gefeiert, die Kritiker widerlegt und die Deutschen dazu gebracht hatte, ihn in einer Wagner-Rolle zu akzeptieren. Sie untersuchte ihren Körper und ärgerte sich, weil man nichts sah. Sie war schlank, ohne Narben oder irgendwelche Zeichen, die sagten: »Ein Baby wurde abgetrieben.« Sie nahm keine Veränderung wahr, und deshalb würde auch Blaise keine Veränderung bemerken. Eigentlich wollte sie Simon fragen, ob es innere Anzeichen gab, die Blaise auffallen konnten, aber dann brachte sie es doch nicht über sich, ins Dorf zu gehen und mit ihm zu sprechen.

Ich muss es ihm sagen. Er hat ein Recht, es zu erfahren.

Sei nicht dumm. Er wollte das Baby nicht. Denk daran, wie vorsichtig er immer war.

Möchte ich, dass er mit mir trauert, meinen Schmerz teilt?

Wahrscheinlich, doch auf solche Nachsicht hast du kein Recht.

Bayreuth. Nächster Auftritt in Wien, ihrer Lieblingsstadt. Danach stand Tokio auf dem Plan, anschließend Sydney. Zu Weihnachten war er wieder zu Hause in New York.

»Komm, Toinette, du fehlst mir so. Du magst doch Wien. Komm und schau dir die Stadt an.«

»Ich habe eine Ausstellung in Glasgow. Zu viel zu tun.«

»Komm nach Tokio. Wir können ein paar Tage in Kyoto verbringen. Wie gerne würde ich dir Kyoto zeigen.«

»Nächstes Jahr.«

»Von Tokio geht es weiter nach Sydney und dann nach New York. Komm nach New York, *ma mie*. Ich kann ohne dich nicht leben.«

Wie sollte sie ihm sagen, dass sie Angst hatte? Nachts lag sie wach und sehnte sich nach ihm, oder sie träumte von ihm, schöne Träume, solange sie währten, aus denen sie aber einsam und verzweifelt erwachte. Tagsüber malte sie wie eine Besessene: zahllose Studien seiner Hände, seiner Augen. Sie malte ihre Schwäne, und sie malte Babys, Babys, die sie wieder von der Leinwand schabte, um sich dann weinend aufs Bett zu werfen.

Bitte, Gott, verzeih mir! Ich habe einen schrecklichen Fehler gemacht.

Fehler kann man wieder gutmachen. Das hatte ihre Mutter gesagt. Man musste nur um Verzeihung bitten und versprechen, dass man denselben Fehler nicht noch einmal machen würde.

»Entschuldige. Verzeih mir. Tut mir Leid. Ich werde es nie wieder tun.«

Ihre Mutter hatte Unrecht. Das mochte funktionieren, wenn man der besten Freundin eine Gemeinheit an den Kopf geworfen hatte.

Zu spät. Zu spät.

Er kam am sechzehnten Dezember, und sie freute sich so, ihn zu sehen, dass sie ihm ohne nachzudenken um den Hals fiel.

»*Ma mie, ma mie*, du bist so dünn. Du hast zu stark abgenommen. Du arbeitest zu viel, Toinette. Lass uns zusammen nach New York fahren, damit wir dick und rund werden.«

Sie brachte kein Wort heraus, lag nur in seinen Armen, spürte seine Wärme, atmete seinen Geruch ein.

Er deutete ihr Schweigen als Zustimmung, hob sie hoch und trug sie nach oben.

Sie vergaß alles außer ihrer Liebe, ihrem Verlangen, reagierte auf ihn, auf seine Leidenschaft, klammerte sich an ihn. Gemeinsam kamen sie zum Höhepunkt und schliefen erschöpft ein.

Später betastete er ihre Brüste, ihren Bauch. »Wie mager du bist, Toinette. Warum, *ma mie*? Du isst nicht genug und malst die ganze Zeit. Aber jetzt feiern wir Weihnachten in New York, und statt zu malen, wirst du mich lieben, und wir verbringen wunderbare Ferien.«

»Ich hatte eine Abtreibung.«

Die Worte kamen wie von selbst über ihre Lippen. Sie hatte nicht nachgedacht, keine klare Entscheidung getroffen, aber nun war es ausgesprochen, und die Luft um sie herum wurde plötzlich eisig. Er ließ die Hände sinken, mit denen er sie berührt hatte, und lag regungslos da. Sie lag neben ihm und wünschte, sie hätte nichts gesagt, aber es ließ sich nicht mehr rückgängig machen.

Gerade war sie noch heiß und verschwitzt gewesen, aber jetzt war ihr kalt. Doch sie wagte nicht, die Decke hochzuziehen, sondern blieb ruhig liegen und fror.

Vielleicht fiel ihm ja ein, dass er ein großer Tenor war, dass Tausende von Menschen ihn singen hören wollten. Er konnte es sich nicht leisten, eine Erkältung einzufangen. Wie ein alter Mann stand er auf und ging ans Fenster. Er beobachtete, wie sich über der Bucht ein Sturm zusammenbraute. Es erschien ihm wie ein Echo seiner Wut, seines überwältigenden Schmerzes.

»Du hast unser Kind getötet. Wie konntest du das tun?«

Nicht in ihren düstersten Phantasien hatte sie sich träumen lassen, dass er etwas so Grausames sagen könnte. Sie starrte seinen breiten Rücken an, und ein Zorn, den sie lange unterdrückt hatte, ohne es zu wissen, brach sich Bahn. Sie sprang aus dem Bett, rannte zu ihm und schlug mit den Fäusten auf seinen Rücken ein, ahnte aber, dass er es gar nicht spürte. Sie war eine Maus, eine Maus neben einem Löwen, und der konnte töten.

»Unser Kind?«, fragte sie. »Es war mein Kind. Du warst nur zur Zeugung anwesend. Jeder andere Mann mit funktionsfähigem Anhängsel hätte das genauso gut zustande gebracht. Du kommst her, wenn es dir passt, du vögelst mich zwei, drei Tage lang, dass ich fast den Verstand verliere, und dann fährst du wieder. Manchmal höre ich wochenlang nichts von dir, und dann hast du die Frechheit zu sagen: unser Baby!«

»Manchmal zeigt sich doch, dass du keine gute Erziehung genossen hast, Antonia.«

Er zog sich an, und Tony sah ihm wütend zu. Dann lief er die Treppe hinunter, hinaus in den Sturm.

Wo ging er hin? Was hatte er vor? Blaise. Blaise.

Sie suchte ihre Sachen zusammen, streifte sie mit fahrigen Händen über und rannte ihm nach ins Freie. Ein Windstoß hätte sie beinahe wieder zurück ins Haus gefegt. »Blaise!«, schrie sie. »Blaise, verzeih mir! Komm zurück, bitte, komm zurück!« Aber wenn er sie hörte, achtete er nicht auf sie, und sie kehrte ins Cottage zurück.

Bis auf die Haut durchnässt, schleppte sie sich die Treppe hinauf in ihr Zimmer. Dort zog sie die nassen Sachen aus und kroch wieder ins Bett, wo sie frierend in den kalten Laken lag und an das Liebesglück dachte, das sie gerade eben hier erlebt hatte. Sie weinte sich in den Schlaf und hörte ihn nicht, als er wiederkam und in der Küche das Feuer anschürte. Und sie hörte auch nicht, wie er um sein totes Kind weinte.

Als sich der Sturm gelegt hatte, stand er auf, zog seine Jeans und den handgestrickten Pullover über, den Tony bei der Witwe eines Fischers gekauft hatte, und ging hinunter zum Meer. Am Ufer lag das Boot, und er schob es ins Wasser. Dann ruderte er hinaus, immer weiter hinaus, als könne er bis zu seinem Opernhaus rudern, wo die Partituren für alle Tragödien lagen, die vorüber waren, sobald der Vorhang fiel und der tosende Applaus verebbte.

Er ruderte bis zur völligen Erschöpfung, holte die Riemen ins Boot und ließ sich von der Strömung treiben, bis Tony ihn entdeckte.

Sein Gesicht war bleich, und sie wusste, dass er nicht geschlafen hatte. Sie rief nicht nach ihm, sondern stand nur da, während der Wind an ihrem Rock zerrte, und beobachtete ihn. Sie würde sein Gesicht nie vergessen, niemals, auch wenn sie ihn nie wiedersehen sollte, und sie gelangte zu der schrecklichen Überzeugung, dass es tatsächlich ihre letzte Begegnung war. Er hasste sie. Sie sah die Augen, mit denen er sie angesehen hatte, als er wegen des toten Babys geschrien hatte, und sie wusste, dass sie ihn nicht trösten konnte und dass er niemals, niemals ihre Verzweiflungstat verstehen würde. Das Boot mit seinem schweigenden Insassen schaukelte auf den Wellen. Irgendwann blickte er zum Himmel auf, den der Sturm rein gefegt hatte, und seufzte. Er griff nach den Riemen und ruderte zurück ans Ufer, wo sie auf den Schlag wartete, der kommen musste. Er zog das Boot aufs Trockene und hinterließ wie immer alles in tadelloser Ordnung. Dann erst drehte er sich zu ihr um, obwohl er bemerkt haben musste, dass sie da war. »Es ist aus, Antonia. Ich fahre fort und komme nicht wieder.«

Sie wollte nicht betteln. Sie wollte sich nicht auf den Boden werfen und sich schreiend an seine Beine klammern, sodass er sie über den Strand bis zum Cottage hinaufzerren musste. Wenn sie geglaubt hätte, ihn damit erweichen zu können, dann hätte sie es getan. Sie war nicht stolz. Er war ihr Leben, und wenn er ging, konnte sie sich genauso gut die Pulsadern aufschneiden und ihr Blut in den Sand fließen lassen, denn sie konnte sich nicht vorstellen, dass ihr Herz weiterschlug, wenn er sie verließ.

Er wandte sich um und kehrte ins Cottage zurück, während sie den Hügel hinter dem Haus hinauf zu dem kleinen Unterstand rannte, wo sie so oft gelegen, geredet, sich geliebt, geträumt hatten. Zusammengerollt wie ein Fötus wartete sie, bis sie den Motor starten hörte, dann sprang sie auf und beobachtete, wie er wegfuhr.

Tony weinte nicht. Es gibt einen Schmerz, der zu tief für Tränen ist. Seine Kleider waren fort, seine Bücher, seine Musik. Sein Hirtenstab, über den sie gelacht hatten, lag zerbrochen im Feuer. Sie stocherte in der Glut und sah zu, wie er verbrannte. Als sie das Baby abtrieb, hatte sie geglaubt, keinen größeren Schmerz erleben zu können, aber der Schmerz, der nun in ihr wütete, riss und zerrte genauso an ihren Eingeweiden. Sie betete darum, an diesem Schmerz zu sterben, aber sie starb nicht.

Es dauerte Wochen, bis sie wieder malte. Sie hatte den eigenen Schmerz ausdrücken wollen, aber das Gemälde, das dabei entstand, zeigte einen Mann, der gramgebeugt in einem Ruderboot sitzt und hilflos den Blick auf das richtet, was war und was hätte sein können.

Als der Brief des Anwalts mit dem Scheck eintraf, der sie bis an ihr Lebensende versorgt hätte, war sie drauf und dran, das Gemälde zu zerstören. So groß war der Zorn, der sie packte.

»Wie kann er das wagen?« Sie stöhnte und hob das Messer, um das Gemälde in Stücke zu schneiden, aber sie brachte es nicht über sich. Stattdessen riss sie den Scheck in winzige Fetzen.

Bevor sie diese Fetzen zurück an den Anwalt schickte, stellte sie das Bild im Atelier mit der Vorderseite zur Wand und schaute es nie wieder an.

KAPITEL 19

London 1999, Paris 1999, Schottland 1999

Holly beschloss, anstelle ihrer Kleider den bequemen Hotelbademantel anzuziehen und sich beim Zimmerservice etwas zu bestellen: ein Steaksandwich, ein Glas Rotwein und Kaffee. Sie würde die Beine hochlegen, beim Essen fernsehen und anschließend in die Badewanne steigen. Ein wunderbarer Abend lag vor ihr.

Das Klingeln des Telefons störte sie noch vor dem ersten Bissen. Wer, außer Nicole und Otto, wusste, dass sie in London war?

»Woher wissen Sie, dass ich hier bin?«

»Wie nett, Sie zu hören. Von meiner Mutter. Ich habe sie angerufen, um zu erfahren, wie sie die Reise überstanden hat, und da hat sie mir von eurem netten Essen und dem Besuch in der Galerie erzählt.«

»Und?«

Er seufzte. »Holly, manchmal frage ich mich wirklich, warum ich mir so viel Mühe gebe. Ich bin gerade über dem Atlantik …«

Sie fiel ihm ins Wort. »Über dem Atlantik kann man nicht telefonieren.«

»Wenn einem das Flugzeug gehört, ist das kein Problem.« Er schwieg, und Holly war wütend auf sich, weil sie so hinterwäldlerisch war. »Vielleicht war dieser Anruf doch keine gute Idee.«

»Es tut mir Leid, Taylor, aber Sie können nicht von mir erwarten, dass ich mich über ein Lebenszeichen von Ihnen freue – es sei denn«, fügte sie nervös hinzu, »Sie wollen mir sagen, dass die einstweilige Verfügung aufgehoben ist.«

»Nein. Ich bin unterwegs nach Paris.«

Er verstummte, und sie fühlte sich vor den Kopf gestoßen.

»Und?«

»Ich dachte, Sie wollen sich vielleicht mit mir treffen.«

»Wo? In Paris?«

»Natürlich in Paris.«

Holly betrachtete ihr appetitliches Sandwich, das allmählich kalt wurde, und den Kaffee. Das Sandwich mochte ja noch essbar sein, aber kalter Kaffee war ungenießbar. Dieser Idiot.

»Taylor, ich möchte Ihnen etwas über die Arbeiterklasse erzählen«, begann sie, aber er unterbrach sie.

»Verschonen Sie mich! Von London aus sind es höchstens ein paar Stunden nach Paris. Nehmen Sie nur den Hinflug. Ich bringe Sie zurück, wenn ich meine Mutter abhole.«

»Möchten Sie sich mit mir treffen, damit wir besprechen können, was mir Ihre Mutter erzählt hat?«

»Darauf wäre ich gar nicht gekommen. Eigentlich habe ich mir gedacht, Sie würden vielleicht gerne den *Lohengrin* sehen. Das Bild stammt aus demselben Jahr wie der *des Grieux*, aber man sieht, dass es ein Mädchenbild ist.«

Sie legte auf, griff jedoch sofort wieder nach dem Hörer, aber die Verbindung war unterbrochen.

Verflixt und zugenäht! Du selbst bist dein ärgster Feind, Holly Noble, aber er ist tatsächlich so arrogant zu glauben, dass ich sofort springe, wenn er pfeift.

Das Telefon klingelte abermals, als sie in der Wanne lag. Sie redete sich ein, es sei Otto mit einer wichtigen Information, stieg aus dem Wasser, hüllte sich in ein Badetuch und nahm den Hörer ab.

»Aufzulegen ist so unhöflich, Holly.«

Holly stand mit dem Hörer in der nassen Hand da und lachte. »Taylor, was führen Sie im Schilde? Sie wohnen – wenn Sie sich überhaupt irgendwo länger aufhalten – in New York, aber immer wenn ich aus dem Fenster schaue, muss ich damit rechnen, dass Sie auftauchen. Wie ist das zu erklären?«

Er antwortete nicht sofort. »Wenn ich das wüsste«, meinte er schließlich. »Vielleicht mag ich Sie einfach, Holly Noble. Sie sind so ... Sie sind echt, Holly.«

Echt? Nicht schön, faszinierend, aufregend intellektuell? Zum Teufel mit ihm.

»Und Sie sind unmöglich. Ich werde gleich wieder auflegen. Es hat mir nämlich unheimlich Spaß gemacht, Ihnen das Wort abzuschneiden«, log sie. »Ich glaube sogar, dass Ihnen die Erfahrung nicht schadet. Eines Tages werden Sie mir dankbar sein, weil ich Sie darauf aufmerksam gemacht habe, dass Sie und Ihr singender Onkel auch nur Menschen sind.«

»War«, stellte er richtig. »Er war auch nur ein Mensch. Aber es war unglaublich spannend, mit ihm zusammen zu sein. Wenn er einen Raum betrat, verstummten alle. In Restaurants standen die anderen Gäste auf, wenn er zur Tür hereinkam, und applaudierten, bis er sich gesetzt hatte. Er hasste das, aber mir hat es vor Aufregung den Atem verschlagen.« Er hielt inne, als habe er gemerkt, dass er schon wieder zu viel von sich preisgab. »Ich habe angerufen, um Sie höflich zu fragen, ob Sie sich den *Lohengrin* ansehen möchten.«

Ach, diese Versuchung, nach Paris zu fliegen, um das einzige Gemälde von Blaise Fougère als Lohengrin zu sehen, das Tony zu Beginn seiner erstaunlichen Karriere gemalt hatte!

»Sie brauchen sich nicht einmal mit mir zu treffen, Holly. Ich habe viel zu tun.«

»Wenn das so ist«, sagte sie, und er lachte. Es hörte sich gut an.

»Rufen Sie mich an, wenn Sie Ihren Flug gebucht haben. Chandler wird Sie abholen, und ich sorge dafür, dass man sie reinlässt, um das Bild anzusehen.«

Er wartete nicht auf ein Dankeschön, und sie stand mit dem Hörer in der Hand da, der keinen Ton mehr von sich gab. Jetzt erst merkte sie, dass sie fror und sich noch nicht richtig abgetrocknet hatte, aber gleichzeitig – war ihr warm ums Herz …

Sie buchte Hin- und Rückflug. Der unverzichtbare, stets zuverlässige Chandler holte sie ab und fuhr sie zur Oper. Außerdem überreichte er ihr eine handschriftliche Mitteilung von Taylor.

Ich möchte Sie heute Abend zum Essen einladen. Dann können wir unsere Ansichten über die unbestreitbare Qualität des Bildes austauschen.

Natürlich wollte sie ablehnen, aber da das Briefchen absichtlich so geschrieben war, dass sie sich ärgern musste, nahm sie natürlich an.

Frankreich war stolz auf Blaise Fougère. Das Gemälde war 1989 von seinem ursprünglichen Standort in der wunderbaren Opéra Garnier in die neue Opéra Bastille gebracht worden und hing nun so, dass es jedem Besucher ins Auge fallen musste. Holly stand lange davor und vertiefte sich in das Bild. Es war zum Verrücktwerden, aber Taylor hatte ärgerlicherweise Recht. Es war ein Mädchenbild, auch wenn sie lieber gestorben wäre, als das vor ihm zuzugeben. Lohengrin, der Ritter in der glänzenden weißen Rüstung, stand da mit dem Schwert in der eisenbewehrten Hand. Hinter ihm erstreckte sich das Meer. War es das Meer, wie man es von den Fenstern des Cottage in Torry Bay sah? Hinter dem Gralsritter war ein Schwan dargestellt, der bereits kehrtmachte, um heim in sein Zauberreich zu schwimmen.

Lohengrin achtete nicht auf den Schwan. Er blickte geradeaus in die Augen des Betrachters – ursprünglich wohl in die Augen der Malerin. Wie jung er wirkte, wie verletzlich! Er hatte gelitten, schwer gelitten, aber er kämpfte für das Recht. Die Entschlossenheit in seinen Augen war so stark wie die Trauer, mit der er sich abfand.

Nein, dachte Holly, ich interpretiere hier Gefühle hinein, die ich sehen möchte. Sie versuchte es noch einmal. Er sieht traurig aus, traurig und entschlossen und gleichzeitig … verletzlich.

Es war ein Pralinenschachtelbildchen. So etwas gab es nicht in Wirklichkeit. Der Gralsritter war schön, gleichzeitig stark und zärtlich, und das Gesicht, die Augen …

»Scheißkerl«, sagte Holly laut und zog sich damit den tadelnden Blick eines Angestellten der Oper zu, des einzigen Menschen, der sich außer ihr hier im Korridor aufhielt. Holly wurde rot. Solche Ausdrücke zählten normalerweise nicht zu ihrem Vokabular. Wieder richtete sie den Blick auf das Gemälde, und ein Gesicht, das dem auf der Leinwand glich, drängte sich immer wieder dazwischen. Hatte sie eben Blaise oder Taylor gemeint?

Bin ich blöd?, schalt sie sich. Taylor sieht eigentlich nicht so aus wie Blaise, und er benimmt sich auch nicht wie Blaise.

Sie begab sich zu dem kleinen Hotel an der Sorbonne, das sie gebucht hatte, und machte sich für das Essen mit Taylor zurecht. Sie hatte kein Abendkleid mitgebracht und hoffte, dass er sie nicht in ein Restaurant führen würde, wo ihr unbehaglich zumute wäre. Wenn er wie seine Mutter im Ritz dinierte oder in der hoch gelobten Closerie des Lilas, dann hatte sie ein Problem.

Chandler fuhr sie zu einem kleinen Gasthaus an der Straße nach Versailles.

»Sie kennen mich, Holly, ich suche immer nach Lokalen, in denen man hervorragend isst. Ich hoffe, es findet Ihren Beifall, und aus purem Egoismus hoffe ich auch, dass Marin darauf verzichtet zu expandieren.«

»Innen ist es eleganter, als ich erwartet hatte«, sagte Holly mit Blick auf die schneeweiße Tischdecke und die Kristallgläser.

Taylor lächelte und rief den Kellner, während Holly sich setzte und mit halbem Ohr seinem perfekten Französisch lauschte. Was sollte sie ihm über das Porträt seines Onkels erzählen? Sollte sie zugeben, dass sie es fast so irritierend fand wie den *Des Grieux*?

»Sie hat die beiden Bilder ungefähr zur selben Zeit gemalt, jedenfalls im selben Jahr, und im *Lohengrin* zeigt sich so viel...«

»Anbetung?«, schlug Taylor vor und kicherte.

»Verständnis«, erwiderte Holly schroff. »Ihre Mutter hat etwas Interessantes über die Liebe gesagt.«

Er lachte. »*Maman* ist Französin. Deshalb hält sie sich für eine Expertin.«

»Sie wollen es also nicht hören, oder? Aber es war vernünftig und scharfsichtig, ein Gedanke, der mir neu war.«

Er lächelte großmütig, als lausche er einem Kind. »Verraten Sie ihn mir.«

Sie hatte nicht zu Mittag gegessen, und der gut temperierte, milde Wein war ihrem leeren Magen willkommen gewesen. Sie lächelte Taylor an. Er sah wirklich gut aus. »Sie sagt, die Liebe verändert uns. Wenn man etwas liebt, und sei es eine Katze …«

»Gott bewahre«, fiel Taylor ihr ins Wort.

»… dann wird man verändert, und man wird nie wieder derselbe Mensch. Das ist ein wichtiger Gedanke.« Sie fühlte sich benebelt.

»Wenn Sie es sagen. Und welche anderen tiefsinnigen Gedanken hat *maman* Ihnen noch mitgeteilt?«

Sie riss sich zusammen und blickte sich in dem belebten Restaurant um. »Niemand ist aufgestanden, als Sie hereingekommen sind, Taylor.«

»Ich bin auch nur ein Mensch, Holly«, meinte er milde. Offenbar war er nicht auf Streit aus. »Das Einzige, was ich habe, ist Geld.«

»Und ein anziehendes Äußeres«, meinte Holly altklug, während sie sich von dem Weinkellner nachschenken ließ.

Taylor lachte. »*Merci mille fois*. Ich wollte eigentlich sagen, viele Leute haben Geld. Okay.« Er lachte verlegen. »Manche sehen auch gut aus, aber dieses … Charisma, diese Kraft, diese Stimme.«

»Können Sie singen?«

»Wie ein Frosch.«

»So gut?«

Amüsiert lehnte er sich zurück. Er wirkte elegant, gepflegt, gewandt. »Sie haben zu viel Wein getrunken, *Mademoiselle*.«

Holly schob mit Bedauern den letzten Bissen ihres wunderbaren Spargels in den Mund und spülte ihn mit einem Schluck Wein hinunter. Sie kicherte. »Ich weiß, aber die Gemälde, Taylor. Der *Des Grieux* ist fast so traurig wie *Schmerz*.«

»Nein«, entgegnete er beinahe ärgerlich. »*Schmerz* ist ein großartiges Gemälde, *Des Grieux* nicht. Die Künstlerin war verwirrt.

Als sie *Schmerz* malte, wusste sie, was sie tat. Es zeigt auch ihr persönliches Leid.«

Also verstand er doch etwas von Malerei. »Ich hätte gerne eine Tasse Kaffee, bitte.«

Er beugte sich vor. »Kommen Sie mit in mein Haus, Holly. Es ist sehr hübsch, mit Bäumen und kleinen Höfen mit schönen Toren. *Maman* behauptet, es ist inzwischen schon so piekfein, dass es nicht mehr schön ist, aber Blaise hat es mir hinterlassen, und ich möchte, dass Sie es sehen.« Er merkte, dass seine Nähe sie verwirrte, und lehnte sich wieder zurück. »Wahrscheinlich war auch Tony einige Male dort.«

Sie sah ihn an und wusste, dass sie sich nichts so sehr wünschte, wie mit ihm in sein Stadthaus zu fahren. Aber diese Regung war zweifellos dem Wein zuzuschreiben. »Heute Abend nicht, Taylor. Ich glaube, ich bin ein bisschen beschwipst.«

Er beugte sich wieder vor. »Sie sind ganz bezaubernd, wenn Sie beschwipst sind. Wir haben unseren Spaß miteinander. Ist das nicht nett?«

»Bitte, bringen Sie mich zurück in mein Hotel.«

Er widersprach nicht.

Sie war nun vollkommen nüchtern. Am nächsten Morgen zahlte sie ihre Rechnung und nahm ein teures Taxi zum Flughafen. Es war, als befürchte sie, er könne sie aufhalten.

Vom Flughafen aus rief sie Chandler an und teilte ihm mit, sie fliege nach Hause. Dann bestieg sie die nächste Maschine nach London. Sie vergaß, Otto anzurufen und ihm zu sagen, was sie in Paris gesehen hatte, so stark war der Drang, so schnell wie möglich Abstand von Taylor zu gewinnen. Sie wollte in ihr Cottage in Torry Bay, und als sie ihre Haustür aufschloss, hatte sie das Gefühl, von Sympathie und Verständnis empfangen zu werden. Sie hatte die richtige Entscheidung getroffen.

Hier war sie daheim.

In den folgenden Wochen hatte sie den Eindruck, dass Schottland ihren Enthusiasmus auf die Probe stellte. Sie hatte vergessen, dass hier nicht selten ein Regentag auf den anderen folgte. Tony hätte sich einen alten Regenmantel übergezogen und der Witterung getrotzt, aber Holly war nicht ganz so robust. Sie blieb im Cottage, las, dachte nach und schaute aus dem Fenster. Dann kam der Briefträger mit dem Fahrrad den Hügel herab und brachte ihr einen Brief von Taylor. Hätte sie ihn überhaupt geöffnet und gelesen, wenn sie gewusst hätte, dass er von ihm stammte? Die Adresse, stellte sie nachträglich fest, war auf ein hübsches kleines Etikett gedruckt.

Meine Güte, kriege ich jetzt regelmäßig Weihnachtskarten, weil meine Adresse im Computer der Sekretärin von Taylors Sekretär steckt?

Die zweite Überraschung war der Brief selbst, handgeschrieben in einer energischen, männlichen und erstaunlich leserlichen Schrift.

Warum sollte dich das überraschen, Holly Noble?

Weil ich dachte, dass seine Handlanger alle Schreibarbeiten für ihn erledigen.

Kindisch.

Ich weiß.

Es war ein Tag, den man am besten mit einem Buch vor dem Kaminfeuer verbringt. Holly hielt das schwere geprägte Briefpapier in der Hand und betrachtete missmutig die regennasse Landschaft. Selbst die Rhododendronbüsche schienen in Selbstmitleid zu versinken, während sich kalte Regentropfen auf ihren Blättern sammelten und in tausend kleinen Wasserfällen die flachen Wurzeln benetzten. Die Schafe auf der Weide drängten sich unglücklich aneinander, und der dichte graue Regenvorhang verbarg das Meer.

Ich werde das Feuer anfachen und das da verbrennen.

Als die ersten kleinen Flammen auf den trockenen Zweigen tanzten, hielt Holly den Brief darüber, zog ihn aber rasch wieder zurück.

Wenn sie ein Telefon installiert hätte, dann hätte er mit ihr geredet. Wenn sie so freundlich gewesen wäre, ihm ihre Handynummer zu geben, dann hätte er sie angerufen. Stattdessen hatte er geschrieben. Zweifellos in seinem Privatflugzeug, unterwegs vom Segeltörn mit einer hübschen Erbin zum Dinner mit der nächsten, grollte Holly und wusste, das dies noch kindischer war als ihre vorherigen Gedankengänge.

Sie brauchte den Brief nicht noch einmal zu lesen. Sie kannte ihn schon auswendig.

> Warum streiten wir immer, Holly? Vielleicht sollten Sie um Tonys willen versuchen, mit mir auszukommen. Weglaufen ist wirklich kindisch. Welche Absichten haben Sie mir denn um Gottes willen unterstellt?

Holly errötete. Sie hatte gedacht … Ja, was hatte sie eigentlich gedacht? Sie hielt das Blatt wieder über die Flammen, dann steckte sie es hastig unter das Sofakissen auf ihrem Sessel. »Was du da machst, ist ziemlich albern, Holly Noble.« Sie schaute sich die Fotos der Gemälde noch einmal an und verglich sie mit dem *Lohengrin* in Paris, wie sie ihn in Erinnerung hatte. Sie mochte ihn, ob es nun ein »Mädchenbild« war oder nicht. Der Dargestellte sah aus, wie sich jedes Mädchen den Ritter in der glänzenden Rüstung vorstellt, der ihm auf dem Rücken eines weißen Hengstes oder – wie in dieser phantastischen Geschichte – in einem Kahn, der von einem verzauberten Schwan gezogen wird, zu Hilfe eilt. Sie beschloss, nicht mehr über Paris nachzudenken. Wenn sie sich Paris in Erinnerung rief, dann fielen ihr Taylor ein und diese wenigen Augenblicke im Restaurant, als sie sicher gewesen war, dass sie … einander näher kamen. Wie blöd von mir zu denken, dass ein Mann, dem von Geburt an die ganze Welt zu Füßen liegt, Holly Noble mögen könnte!

Jetzt loderte das Feuer hell, und sie legte noch ein Scheit in die Flammen, bevor sie nach oben ging, um in der großen, alten gusseisernen Wanne ein Bad zu nehmen. Mit der Wanne verband sie schöne Erinnerungen. Warum war ihr eigentlich nie aufgefallen, dass den großen Eisenfüßen, auf denen sie stand, vor nicht allzu langer Zeit die Nägel lackiert worden waren?

Hat er auch darüber gelacht, Tony? Hast du ihm erlaubt, Farben für die Füße auszusuchen? Hatte er wie ich eine Vorliebe für Purpurrot?

Doch die Nägel der Eisenfüße waren leuchtend grün lackiert.

Das passt zu dir, Tony.

Wenn ich das Cottage verkaufe, mache ich dann zur Bedingung, dass der neue Besitzer stets die Zehennägel dieser Eisenfüße lackieren muss?

Holly lachte über die aberwitzige Idee. Jeder Käufer des Cottage würde zweifellos die gesamte Badezimmereinrichtung hinauswerfen und sämtliche sanitären Einrichtungen neu installieren lassen.

Und das zu Recht. Aber da ich keineswegs vorhabe, das Cottage zu verkaufen, werde ich mich selber mit dem Installateur unterhalten.

Es war schon spät, als sie in ein langärmliges Nachthemd schlüpfte, das sie unter Tonys Sachen gefunden hatte. Es fühlte sich an, als umarme Tony sie liebevoll. Sie schenkte sich ein Glas Wein ein und setzte sich ans Feuer. Noch einmal zog sie den Brief hinter dem Kissen hervor und las ihn.

Warum streiten wir immer?

Weil wir einander nicht mögen, deshalb, du Schlaukopf.

Holly war dazu erzogen worden, zu jedermann höflich zu sein. »Höflichkeit kostet nichts.« Diese Stimme meldete sich immer wieder aus der Vergangenheit, und deshalb neigte Holly dazu, die wenigen Menschen, die sie partout nicht leiden konnte, mit übertriebener Höflichkeit zu behandeln.

»Höflichkeit kann eine mächtige Waffe sein, mein Schatz.« Das war Tony, und die andere Stimme gehörte ihrem Bruder, Hollys Vater.

Sogar in der Bucht herrschte jetzt Stille. Holly setzte sich ans Fenster in Tonys schmuddeligen alten Sessel und blickte hinaus.

Kein Wunder, dass Tony sich damit zufrieden gegeben hatte, hier zu bleiben und zu malen.

Wenn ich jemandem erzählen wollte, wie unglaublich schön es hier ist, dachte Holly, es würde mir nicht gelingen. Ich habe keine Gabe dafür, die rechten Worte zu finden. Wie sollte ich es sagen? Das Wasser ist ruhig, die kleinen Wellen werden von Mondstrahlen liebkost, sodass es aussieht wie … wie ein achtlos hingeworfener Seidenschal. Der Himmel ist graublau, und hie und da sieht man ein bisschen Rosa, und dort, wo die Wolken beinahe das Wasser berühren, zeigt sich ein Faden aus geschmolzenem Gold.

Tony hatte keine Worte gebraucht. Sie griff einfach zu Palette und Pinsel und bannte das Bild auf die Leinwand. Mit unzureichenden Worten musste sie sich nicht zu begnügen.

Wenn ich doch alles verstehen würde, was die Porträts erzählen! Aber ich glaube, ich habe immerhin so viel verstanden, wie du mir sagen wolltest.

Das Cottage war so gemütlich, das Feuer warf tanzende Schatten an die Wände. Holly saß in Tonys altem Nachthemd da und döste. Die Glut sackte mit einem Seufzer in sich zusammen, und Holly erwachte.

Es ist so kalt hier. Ich muss mit dem Installateur auch über eine Zentralheizung sprechen.

Sie stand auf, streckte sich, und Taylors Brief fiel in die Feuerstelle. Sie griff danach und warf ihn auf die Glut. Dort lag er ein paar Sekunden lang, bevor er sich rot färbte und schließlich zu Asche wurde.

Frühjahrsputz, das ist die Lösung. Frühjahrsputz und renovieren.

Am nächsten Morgen reinigte sie das Cottage von oben bis unten. Die Geister, die ihr gelegentlich über die Treppe in die Mansarde folgten, waren freundlich und ängstigten sie nicht. Holly freute sich sogar, wenn sie ihr Gesellschaft leisteten. Mitten auf der Treppe fiel es ihr ein. Ein Ring. Den hatte Tony immer getragen, und nicht die schönen Juwelen, die nun in Henry Gilberts Safe lagen. Holly setzte sich auf die Stufen und versuchte sich Tony in Erinnerung zu rufen. Tony in Jeans, dazu ein Männerhemd – das offenbar Blaise gehörte – und um den Hals eine Goldkette, an der ein schwerer Ring baumelte. Wie viele Jahre war es her, dass Holly diesen Ring gesehen hatte?

Aber ihr Gedächtnis spielte ihr wohl einen Streich, denn sie glaubte, den Ring erst kürzlich gesehen zu haben. Doch Tony hatte ihn in den letzten zwanzig Jahren bestimmt nicht getragen. Wahrscheinlich hatte Blaise ihn auf einem der Porträts am Finger. Sie würde die Bilder noch einmal genau betrachten, wenn sie wieder nach London fuhr.

Dann rief sie Otto an, um ihn aus seiner Qual zu erlösen.

Er war begeistert, und einen Augenblick lang freute sie sich, dass ihr Anruf ihn so aufmunterte. »Hallo, meine Liebe. Wie steht's im schönen Schottland?«

»Es ist erfrischend«, erwiderte sie ironisch. Sie hatte das Gefühl, Otto inzwischen ganz gut zu kennen. Bestimmt führte er irgendetwas im Schilde. »Ich wollte Sie über meine Pläne informieren, Otto.«

»Nicht nötig, nicht nötig. Nehmen Sie sich ruhig die Zeit, einen klaren Kopf zu bekommen.«

Beinahe hätte sie ihn gefragt, ob er betrunken sei, aber Otto trank selten und nie unmäßig. Sie hatte erwartet, dass er nervös sein würde, weil er nicht verkaufen konnte, doch stattdessen sprühte er förmlich vor guter Laune. »Mit meinem Kopf ist alles in Ordnung, ich hoffe nur, das gilt auch für Ihren.«

»Was sind wir doch boshaft! Wie ist das Wetter dort oben?«

»Ein typischer Frühlingstag. Sonne, ein frischer Wind, Narzissen, wohin man schaut, und Primeln. Tony hat die kleinen rosafarbenen besonders geschätzt.« Bestimmt war er beschwipst. »Otto, warum flehen Sie mich nicht an, den Verkauf der Bilder wieder in Gang zu bringen?«

»Alles zu seiner Zeit. Ich muss jetzt los, meine Liebe. Ich bin zum Lunch mit Amy Rosenthal verabredet. Ich werde ihr … von

Ihrer Entscheidung erzählen, in Schottland zu bleiben. Ich sehe schon die Schlagzeilen vor mir.«

Er hatte aufgelegt, bevor sie sagen konnte: Tun Sie das nicht.

Sie beschäftigte sich wieder mit ihrem Frühjahrsputz. Was sollte sie mit den Sachen von Blaise anfangen? Sie hatte sie nicht nach Glasgow mitgenommen, und jetzt hingen sie im Schrank. Der Arzt oder einer der beiden Pfarrer würde wissen, wer einen warmen Pullover gebrauchen konnte. Taylor wollte die Sachen nicht. Sie hatte sie ihm ja angeboten. Die perlenbestickten Cocktailkleider waren völlig aus der Mode. Vielleicht eigneten sie sich für einen Theaterfundus. Die meisten hatten ein Etikett eines teuren Designers. Sie wusste, dass clevere junge Mädchen in Second-Hand-Shops nach exklusiven Modellen suchten, aber der Gedanke schreckte sie, mit Tonys Hinterlassenschaft noch mehr Geld zu machen. Sie sah die Kleider durch, ohne eine Entscheidung zu treffen.

Der Hunger trieb sie nach unten. Sie bereitete sich Tee und ein Käsesandwich zu, setzte sich ans Fenster und genoss die Aussicht.

Wie ungewöhnlich! Ein Wagen kam den Weg von der Anhöhe herunter und steuerte auf die Bucht zu. Wer konnte das um diese Zeit sein? Einbrecher wohl kaum. Sie ging rasch zur Tür und schloss ab, obwohl es ihr ein wenig albern erschien. Dann löschte sie das Licht und trat ans Fenster. Der Wagen befand sich jetzt in der Einfahrt. Irgendetwas stimmte nicht. Bestimmt war es die Polizei.

Der Wagen hielt, die Scheinwerfer gingen aus, die Tür wurde aufgestoßen. Taylor. Es war Taylor.

Eine Million Empfindungen und Gedanken jagten ihr durch den Kopf, und aus einem unerklärlichen Grund kribbelte es in ihrer Magengrube. Sie war ihm in Paris so nah gewesen – da war ihr der Wein zu Kopf gestiegen. Daran lag es, am Wein. Sie stand wie angewurzelt da und konnte sich nicht rühren.

»Holly, machen Sie auf! Verdammt, ich habe das Licht gesehen.«

Sie wollte einen Jubelschrei ausstoßen. Ohne Erfolg versuchte sie, ihre Erregung zu unterdrücken.

Ja, tatsächlich, Taylor Hartman. Wer sonst war imstande, Tausende von Meilen zurückzulegen, um den Menschen anzuschreien, den er besuchen wollte?

Holly eilte zur Tür und wollte sie aufreißen, dachte aber nicht mehr daran, dass sie abgeschlossen war.

»Zum Teufel, Holly, ich bin gerade dreitausend Meilen geflogen. Ich brauche ein Bad und eine Tasse Kaffee.«

»Hören Sie auf zu schreien. Ich habe vergessen, dass abgesperrt ist.«

Taylor war New Yorker. In New York war alles abgeschlossen. »Wie können Sie das vergessen?«, murrte er ärgerlich, als er an ihr vorbei ins Haus drängte.

Sie schloss die Tür und wandte sich höflich zu dem leeren Platz an der Tür: »Wollen Sie nicht hereinkommen? Möchten Sie eine Tasse Kaffee?«

»Sehr witzig, aber ich hatte vergessen, wie abgelegen dieses Haus ist.«

»Sie hätten unterwegs anhalten und anrufen können.«

»Ich habe Ihre Handynummer nicht, schon vergessen? Sie sind schwerer zu erreichen als ich. Bitte, könnte ich eine Tasse Kaffee haben?«

Wie lammfromm er sich anhörte! Sei auf der Hut!, sagte sie sich. Wenn er lieb und nett ist, hat er immer gefährliche Pläne.

Sie ignorierte seine Bitte. »Warum sind Sie gekommen?«

»Ich muss mit Ihnen reden.«

Sie lachte. »Um herauszufinden, warum ich Ihr Angebot, mich mitzunehmen, ausgeschlagen habe? Ich hoffe doch nicht, Sie haben die weite Reise nur deshalb auf sich genommen.«

»Ich nehme an, es ist kein Wein im Haus.«

Sie sah Falten der Müdigkeit und Erschöpfung auf seinem Gesicht. Woher er wohl kam? War er aus Tokio oder Rio angereist, um mit ihr zu reden? Sie hatte Wein. »Ich mache Kaffee.«

Sie ging in die Küche. Auf dem Marmorbrett in der Speisekammer lagen zwei schöne Wildbretwürste. Holly beschloss, sie für ihn zuzubereiten. Sie setzte Wasser auf und stellte zwei Tassen auf ein Tablett. Bestimmt würde er sich über den Instantkaffee beschweren. Aber er sagte nichts, denn er war eingeschlafen, und eine Weile stand sie mit dem Tablett in der Hand da und betrachtete ihn. Wie verletzlich er aussah, wenn er schlief! Sie setzte das Tablett unsanft ab. John hatte auch verletzlich und gestresst ausgesehen, wenn er bei ihr etwas erreichen wollte.

»Ich habe diese Wildbretwürste für Sie gebraten, weil Sie sie so gerne mögen. Diesmal sind sie nicht angebrannt«, sagte sie zögernd.

Er setzte sich auf, rieb sich die Augen wie ein Kind, und in diesem Augenblick sah sie den Ring. Tonys Ring. Blaise' Ring. Taylor trug ihn.

»Sie haben seinen Ring.«

Er schaute auf seine Hand. »Er hat ihn mir als Glücksbringer geschenkt, als ich aufs College ging. Ich trage ihn immer.«

Holly errötete vor Verlegenheit. Sie erinnerte sich, wie sie seine Hände betrachtet hatte, als er in ihrer Wohnung war, und dann später in Paris. An den Ring erinnerte sie sich nicht.

Er nahm den Teller, den sie ihm reichte. »Tut mir Leid. Ich hätte etwas zu essen mitbringen sollen.«

Sie war sofort beleidigt. »Das hat zwar nicht Ihr Freund Jacques Marin zubereitet, aber es ist gut.«

»Holly, bitte, schließen wir Frieden? Ich habe nur gemeint, dass es unhöflich ist, unangemeldet aufzutauchen und nichts mitzubringen.«

Holly setzte sich auf ihren Lieblingsplatz am Fenster. Sie hatte die Vorhänge zugezogen, um zu prüfen, ob sie fadenscheinig waren, und überlegte nun, ob sie sie wieder aufziehen sollte. Normalerweise machte sie die Vorhänge nie zu – der Blick war so einzigartig. Aber wenn sie sie jetzt aufzog, würde Taylor irgendeine provozierende Bemerkung machen.

Sie trank ihren Kaffee, während Taylor sich die Würste und Toast schmecken ließ. Schließlich lehnte er sich zurück und wischte sich den Mund mit einem Taschentuch ab – sie hatte die Serviette vergessen.

»Ich weiß noch, dass dieses Fenster einen phantastischen Ausblick bietet«, sagte er.

Sie öffnete die Vorhänge.

»Besser, als ich es in Erinnerung hatte«, meinte er nach einer Weile.

Hatte Blaise etwas Ähnliches gesagt, wenn er zu Besuch in Torry Bay war? Hatte Tony am Fenster gesessen und ihm beim Essen zugesehen oder das sich unablässig wandelnde Gemälde dort draußen bewundert?

Holly stand abrupt auf. Sie war nicht Tony, und er war zweifellos nicht Blaise. »Es ist spät, Taylor. Vielleicht könnten Sie mir doch sagen, warum Sie gekommen sind?«

»Und dann setzen Sie mich wohl an die Luft?«

»Ach, seien Sie nicht kindisch! Wo sollten Sie denn hin? Sie können das große Zimmer haben. Ich kann da sowieso nicht schlafen.«

»Vielen Dank.«

War das alles? Er war Tausende von Meilen geflogen – dreitausend Meilen, hatte er gesagt, also kam er aus New York. Er war von Paris nach London geflogen, dann nach Tokio, von dort zurück nach New York, und jetzt war er wieder hier. Schlief er jemals im eigenen Bett? Und warum war er hier? Sie zog es vor, nicht noch einmal zu fragen. Die Vorstellung, dass in der Bucht ein Privatjet landete, entlockte ihr ein Kichern. Er blickte sie irritiert an.

»Wo ist Ihre Maschine gelandet?« Nun, die Frage hörte sich doch weltgewandt an.

»In London. Sonst konnte ich nirgends eine Landegenehmigung bekommen. Dann ging's weiter mit einem Linienflug und mit dem Mietwagen. Ich bin bettreif, Holly, und wenn ich müde bin, bin ich zu nichts zu gebrauchen, also, bitte, streiten Sie nicht mit mir. Sie sind ja immer nur auf Streit aus.«

Das war nun wirklich eine himmelschreiende Lüge. »Ich? Streiten? Taylor Hartman …«

»Sehen Sie«, gab er zurück. »Ich brauche nur den Mund aufzumachen, und schon schreien Sie mich an.«

Sie warf ihm einen wütenden Blick zu, dann kapitulierte sie. »Sie haben Recht. Tut mir Leid. Möchten Sie ins Bett gehen, Taylor?«

Als ihr klar wurde, was sie gerade gesagt hatte, lief sie purpurrot an, aber er lächelte nur.

»Ich muss nicht zuerst Geschirr spülen?«

»Das hat bis morgen Zeit.«

Er stand auf und ging zur Tür. »Gibt es genug Wasser zum Duschen?«

»Heißes Wasser gibt es in Hülle und Fülle, aber – keine Dusche.«

»Macht nichts. Gute Nacht und danke, Holly.«

Sie rührte sich nicht aus ihrem Sessel. »Gute Nacht.«

Ein paar Minuten später hörte sie, wie Wasser in die mächtige Badewanne rauschte – und dann Taylors Stimme. »Hey, das ist hübsch. Mir sind gerade die Zehennägel aufgefallen.«

Holly entging keine Bewegung, die er machte. Kurz bevor er in die Badewanne stieg, huschte sie rasch in ihr Zimmer und setzte sich aufs Bett. Sie hörte ihn kreischen, als er versuchte, sich in die Wanne zu legen. Zu spät erkannte sie ihr Versäumnis: Sie hätte ihn warnen müssen, dass die antiquierten Leitungen manchmal aus beiden Hähnen heißes Wasser sprudeln ließen. Angestrengt bemühte sie sich, nicht zu lauschen, und vor allem versuchte sie, sich ihn nicht vorzustellen. Sie hörte, wie er das Fenster aufstieß, das sich nur widerstrebend öffnen ließ. Schließlich ging er in das Zimmer nebenan.

Was machte er nur? Er brauchte so lange, um von der Tür zum Bett zu gelangen. Vielleicht lag er auf den Knien und betete – ein bizarrer Gedanke. Oder stand er am Fenster und schaute auf die Bucht hinaus, wie es sein Onkel so oft getan hatte, auch wenn Taylor das nicht zugeben mochte?

Endlich quietschten die alten Federn, und dann herrschte Ruhe, bis frühlingshafte Sonnenstrahlen Hollys Lider kitzelten und sie weckten. »Achahoish, du bist wohl entschlossen, dich deinem Gast von der besten Seite zu zeigen«, sagte sie, als sie den Blick über das sanfte Purpurblau der Landschaft wandern ließ.

Taylor war bereits in der kleinen Küche zugange und reichte ihr eine Tasse Kaffee, als sie herunterkam. Sie nahm anerkennend einen Schluck. »Danke, Taylor. Warum sind Sie hier?«

»Ich weiß es nicht«, erwiderte er schlicht, wandte sich aber von ihr ab. Durfte sie seine Augen nicht sehen? Bestimmt war ein Hartman imstande zu lügen, ohne mit der Wimper zu zucken. »Irgendetwas mache ich immer falsch, wenn ich mit Ihnen zusammen bin«, fuhr er fort.

»Zum Beispiel die Ausstellung schließen.«

»Das ist nur vorübergehend. Ottos Anwälte verstehen ihr Geschäft. Ich wünschte, ich könnte Ihnen ... egal. Wenn Sie heute noch nichts vorhaben, könnten Sie mir doch Edinburgh zeigen. Die Gemäldegalerie in The Mound hat ein paar Bilder von Tony.«

Sie war überrascht und schämte sich, weil sie das nicht gewusst hatte.

Argwöhnisch musterte sie ihn. Was ging hinter dieser gewiss trügerisch freundlichen Fassade vor?

»Ich mache gerade Hausputz, suche Sachen für die Altkleidersammlung heraus.«

»Das ist wohl besser als ein schöner Tag mit einem Rundgang durch Ihre Stadt?«

»Edinburgh ist ebenso wenig meine Stadt wie Los Angeles oder New York, Taylor, aber ich liebe es, und zweifellos« – sie beschloss nachzugeben – »sind die wunderbaren Gemälde meiner Tante interessanter als der Frühjahrsputz. Ehrlich gesagt, bin ich noch gar nicht auf die Idee gekommen, dass es dort Bilder von ihr geben könnte.«

Er wartete klaglos, bis sie sich umgezogen hatte. Dann fuhren sie, so schnell es die Geschwindigkeitsbegrenzung zuließ, Richtung Edinburgh.

»Gibt es hier ein Lokal, in dem wir frühstücken können?«

Sie wies ihm den Weg zum Royal Overseas League an der Princes Street. »Sie gehören zwar keinem Commonwealth-Land an, aber als mein Gast haben Sie Zutritt.«

»Ein Privatclub. Mann o Mann. Wir aus den Kolonien lieben so etwas.«

»Seien Sie nicht albern! Sie werden mit dem Frühstück zufrieden sein.«

Als sie das köstliche Frühstück verzehrt hatten, stützte er die Ellbogen auf den Tisch, faltete die Hände und fragte: »Holly, warum machen Sie es den anderen und vor allem sich selbst so schwer?«

»Bin ich jetzt in der Sprechstunde von Dr. Hartman gelandet?«

Er lächelte und schenkte ihr Kaffee nach.

»Mache ich es wirklich allen so schwer? Wenn ich es tue, ist das keine Absicht. Meine Eltern waren Missionare, aber das wissen Sie ja, oder?«

Er nickte nur und schenkte sich selbst nach.

»Ich nehme an, was wir in der Kindheit lernen, bleibt uns. Ich habe mich wirklich bemüht, Abstand von meinen Eltern zu gewinnen, aber je älter ich werde, desto häufiger ertappe ich mich dabei, dass ich ihre Grundsätze übernehme. Wir in der westlichen Welt haben es viel zu leicht, und wir halten zu vieles für selbstverständlich.« Sie merkte, dass sie rot wurde. »Trinken Sie aus, Taylor! Wir vertun unsere Zeit.«

Er lächelte, sagte aber nichts, und wie durch Zauberhand tauchte der Kellner mit der Rechnung auf. »Ich sollte öfter hier essen«, meinte Taylor, als sie die Treppe hinuntergingen und auf die Princes Street traten.

»Auf dem College hatte ich eine Freundin«, sagte er, als sie den Anblick des majestätischen Altstadtpanoramas genossen, »die immer zum Theaterfestival nach Edinburgh fuhr. Sie hat mir erzählt, dass sie überzeugt war, diese Fassaden seien von Disney aufgestellt worden.«

»Sie sind tatsächlich echt. Taylor, woher wussten Sie, dass es hier Gemälde von Tony gibt?«

»Chandler«, antwortete er schlicht. »Und was und wo ist The Mound?«

Sie verfiel in den Tonfall der Fremdenführerin. »Wir können durch den Park gehen. Edinburgh, die Altstadt, wo Sie geparkt haben, war von der später errichteten Neustadt durch einen See getrennt, ein Loch, wie die Schotten sagen. Um von einem Ufer zum anderen zu gelangen, ohne rundherum zu marschieren, haben die Händler einen Schotterweg aufschütten lassen, und den nannte man The Mound – er liegt direkt vor uns.«

Sie waren am anderen Ende von Princes Street Gardens angelangt und schauten auf die elegante, belebte Straße, die heute die Alt- und die Neustadt verbindet. Auf der einen Seite befanden sich zwei wunderbare Museen, die National Art Gallery und daneben die Royal Scottish Academy. Wenn man den Blick noch weiter schweifen ließ, sah man eine ganze Reihe atemberaubend schöner Häuser, die The Mound säumten.

»Ich kann nicht glauben, dass das alles echt ist«, meinte Taylor, während er bereits den Knopf der Fußgängerampel drückte.

Als sie die National Gallery betraten, verschlug es Holly den Atem. Sie war öfter mit Tony in Edinburgh gewesen, aber nie hatte sie hier Bilder von ihrer Tante gesehen.

Die gewaltige Landschaft beherrschte eine ganze Wand des Museums. Die Wellen wurden von einer winterlichen Sturmbö aufgepeitscht. Die Malerin beherrschte ihr Handwerk so perfekt, dass der Betrachter unwillkürlich vor dem Toben der Elemente zurückwich.

»Haben Sie die Bucht schon mal so gesehen?«

»Nein. Ich war noch nie im Winter hier. Man sieht genau, dass sich diese dicke Wolke gleich entladen wird.«

»Ein starkes Bild.«

Sie standen eine ganze Weile vor dem Gemälde. Das Museum war leer, abgesehen von einem Führer – oder vielleicht war es auch ein Wärter –, der auf einem Stuhl am Eingang saß und in eine andere Richtung schaute.

»Sie interessieren sich für Tony Noble?« Seine Stimme ließ sie beide zusammenfahren.

»Ja«, antwortete Taylor. »Wir haben gehört, dass es hier noch ein Bild von ihr gibt.«

»Stimmt. Wir haben zwei. Unschätzbar, würde ich sagen, vor allem da die arme Frau jetzt tot ist. Kürzlich war ein Dozent mit seinen Studenten hier. Aber vielleicht sind Sie ja selbst Maler und wissen Bescheid.«

»Wir sind keine Maler«, antwortete Holly für beide. »Nur Bewunderer.«

»Eine große Künstlerin, hat er gesagt. Nach dem Krieg war sie sehr bekannt, vielleicht bis Ende der Siebziger, aber danach hat sie nur noch wenig gemalt und selten ausgestellt. Der Dozent meinte, einige Gemälde von ihr seien in Amerika entdeckt worden. Aber Sie sind ja Amerikaner, Sir, Sie müssten es wissen.«

»Nein«, erwiderte Taylor, ohne den Blick von *Sturm in Achahoish* zu wenden. »Die Gemälde wurden hier in Schottland gefunden. Wo ist das andere Bild?«

»Dort drüben. Es zeigt einen alten Mann – das sympathischste Gesicht, das man sich vorstellen kann.«

Sie traten durch einen Torbogen in einen kleineren, rechteckigen Ausstellungsraum. Sie erkannten das Gemälde sofort. Es zeigte einen hochgewachsenen, gebeugten Mann, dessen faltiges Gesicht beinahe ätherische Züge besaß. Er stand mit einer Schaufel in der Hand neben einem kleinen Haufen Steine, die er aus dem offensichtlich unfruchtbaren Boden geklaubt hatte. Das Gemälde hieß *Vision*.

»Warum dieser Titel?«

Holly betrachtete das Bild; sie erinnerte sich kaum an den Mann, den die Malerin porträtiert hatte. »Er hat diesem unwirtlichen Fleckchen Erde ein paar Kohlköpfe abgerungen, doch er hat immer von Rosen geträumt. Der Mann war schon sehr alt, als ich ihn kennen lernte. Er war im Ruhestand und lebte in einem Kloster bei Orban.«

»Dann war er wohl Katholik?«

»O ja, er war Kanonikus.«

»Und Tony?«

»Anglikanische Kirche. Wie steht's mit Blaise?«

»Katholisch.«

Sie dachte an das Gespräch mit seiner Mutter und fragte: »Er hielt wohl nicht viel von Scheidung?«

Sie spürte seine Anspannung. Es schien ihr, als würde er am liebsten die Flucht ergreifen.

»Gehen wir noch mal zurück und schauen uns die Landschaft an.«

Sie kehrten in den ersten Ausstellungsraum zurück. Anschließend erwarb Taylor im Museumsladen Drucke von beiden Gemälden.

»Drucke?«, fragte Holly ungläubig. »Die Hartman Corporation kauft Drucke?«

»Ich habe nicht vor, sie aufzuhängen, Holly, es sei denn, ich kann Sie dazwischen aufknüpfen«, meinte er lächelnd.

Sie hatten über eine Stunde im Museum verbracht. »Dann wollen wir mal sehen, ob die Fassaden wirklich echt sind. Oder möchten Sie heim zu Ihrer Hausarbeit?«

»Nein, aber da Sie schon mal hier sind, könnten Sie mir einen Tipp geben, was ich mit seinen Kleidern machen soll.«

Er überhörte ihre Frage. »Können Sie in den Schuhen laufen?«, fragte er, während sie The Mound hinaufgingen.

Dann blieb er stehen. »Sehen Sie sich das an.« Er blickte auf die eleganten Princes Street Gardens und die wunderbare georgianische New Town hinunter. Die ganze Stadt war in ein sanftes blaues Licht getaucht.

»Dieses Licht war früher grau«, meinte Holly, »durch den Rauch der Kohlenfeuer.«

»Geben Sie die Sachen zur Kleiderspende«, sagte Taylor. Er hatte wirklich erstaunlich lange gebraucht, um ihre Frage zu beantworten. »Aber vielleicht sollten Sie den blauen Guernsey-Pullover behalten. Wenn Sie wirklich vorhaben, in Torry Bay zu überwintern, kann so ein Pullover nicht schaden.«

»Ich lasse mir eine Zentralheizung einbauen.«

»Und ein Telefon?«

»Taylor, wollen Sie mich etwa anrufen?«

»Immer zu Weihnachten, um mich zu überzeugen, dass Sie nicht ins Meer geweht wurden.«

Sie gingen weiter zur Royal Mile. »Ich weiß, vom Palast zum Schloss ist es eine Meile, deshalb nennt man sie königlich. In welche Richtung gehen wir, hinauf zum Schloss oder hinunter zum Palast?«

Drei Stunden später waren sie zum Schloss hinaufgewandert, hatten an einer Führung teilgenommen und die Camera Obscura besichtigt, wo Taylor voller Begeisterung Münzen in die Maschine warf, um immer wieder die historischen und architektonischen Wunder der schottischen Hauptstadt zu betrachten. Anschließend waren sie die Royal Mile wieder bis zum Palast hinuntergeschlendert und hatten unterwegs verschiedene historische Gebäude besichtigt.

»Verdammt, wir sind zu spät dran«, klagte Taylor.

»Gott sei Dank«, flüsterte Holly, die kaum noch laufen konnte.

Er hatte es gehört. »Ich habe Sie gewarnt. Wissen Sie, worauf ich jetzt Lust hätte? Auf Lasagne.«

»Spielt Zeit denn keine Rolle?«

»Heute nicht. Wie wär's, wenn wir uns ein italienisches Restaurant suchten? Anschließend fahre ich Sie nach Hause.«

Nervös rechnete sie durch, wie lange das dauern würde, und

er lachte. »Das ist kein Verführungsversuch, Holly. Wir essen, ich fahre Sie heim, und dann suche ich mir ein Hotel. Vielleicht komme ich wieder her. Hier gibt es noch einiges zu sehen.«

»Sie wären frühestens um Mitternacht wieder hier.«

»Was für eine rührende Einladung«, meinte er, »nein, danke. Der Kassierer am Parkplatz hat mir ein gutes Hotel genannt. Da rufe ich an, während wir essen.«

Holly wusste kaum, ob ihr Ärger oder ihre Erleichterung überwog. Nach Achahoish war es weit – selbst für einen Fahrer wie Taylor –, und sie wollte ihn nicht im Cottage haben. Nicht heute, nach einem wunderbaren Tag, den sie ganz entspannt und unbeschwert miteinander verbracht hatten, ohne einen Gedanken an die Ausstellung und Taylors einstweilige Verfügung zu verschwenden. Aber sie wollte auch nicht im Hotel mit ihm übernachten. Außerdem hatte sie kein Gepäck dabei. In seinem noblen Hotel würde man das verdächtig finden.

Zum Teufel mit ihm! Sie wollte zurück nach Argyll. Und wenn sie einen Wagen mietete? Natürlich – das war die Lösung. »Ich besorge mir ein Auto. Bitte. Das wäre am einfachsten.«

»Ihre Gedanken stehen Ihnen ins Gesicht geschrieben, Holly. Ich fahre Sie nach Hause. Erstens bin ich am Verhungern und Sie bestimmt auch. Zweitens fahre ich gerne. Drittens: Was würde meine Mutter sagen, wenn ich meine Freundin nach einem Date im Stich lasse?«

»Das ist kein Date.«

»Erklären Sie das mal meiner Mutter.«

Darauf erwiderte sie lieber nichts.

Er winkte ein Taxi herbei und fragte den Fahrer nach einem guten italienischen Restaurant. »Sie mögen doch italienisches Essen?«

Holly nickte und schwieg, während sie die Royal Mile wieder hinauffuhren.

»Waren Sie schon mal im Festival Theatre?«, fragte Taylor. »Das Restaurant ist direkt daneben, und ich habe mich gerade gefragt, ob Blaise jemals dort aufgetreten ist. Er hat jedenfalls in Edinburgh gesungen.«

»Wahrscheinlich eher in der Usher Hall«, meinte Holly.

Das Restaurant, das der Fahrer empfohlen hatte, war an Gäste gewohnt, die vor dem Theater rasch noch etwas aßen, und so dauerte es keine Viertelstunde, bis Holly ein großes Glas Wein vor sich hatte. Taylor telefonierte.

Anschließend lächelte er und lehnte sich auf der engen Bank, so gut es ging, zurück. »Wunderbar. Ich habe ein Zimmer im Balmoral. Ist das nicht ein guter schottischer Name?«

»Es ist schweineteuer.«

Einen Augenblick lang musterte er sie, als wollte er darauf etwas entgegnen, dann lächelte er. »Amüsante Holly.«

Der Kellner servierte die Vorspeisen, und sie waren zu hungrig, um viel zu reden. Danach folgten Spaghetti carbonara für Holly und Lasagne für Taylor. Zum Essen trank er Wasser, und Holly begnügte sich mit ihrem Glas Wein.

Als der Kellner den Kaffee brachte, war die Anspannung von ihr abgefallen. Es war gar nicht so spät, wie sie befürchtet hatte, als sie von Edinburgh nach Argyll aufbrachen.

Sie unterhielten sich kaum. Holly war zu sehr mit widerstreitenden Gedanken beschäftigt und sah einfach nur aus dem Fenster. Schließlich hatten sie die Zivilisation hinter sich gelassen und steuerten auf die schottische Westküste zu.

Kurz nach Mitternacht kamen sie in Torry Bay an. Er konnte auf keinen Fall nach Edinburgh zurückfahren.

»Taylor …«

»Kennen Sie das alte Sprichwort über die Oper, Holly? Es ist erst vorbei, wenn die dicke Dame gesungen hat. Gute Nacht!«

Sie stand an der Tür und beobachtete, wie die Rücklichter seines Wagens in der blauschwarzen Nacht verschwanden.

KAPITEL 20

TORRY BAY 1957, LONDON 1957

Blumen im Fluss

Nachdem Blaise gegangen war, verließ Tony wochenlang kaum das Cottage. Sie wusste, dass er nicht schreiben würde. Deshalb machte sie sich gar nicht erst die Mühe, zur Straße hinaufzugehen und den Briefkasten zu leeren. Auf andere Post legte sie keinen Wert. Sie blieb im Haus, aß wenig und schlief noch weniger. Sie malte nicht und hörte keine Musik. Sie vegetierte dahin. Ihre Gefühle waren wie betäubt. Bei dem Schwangerschaftsabbruch hatte sie so viel geweint und mit dem Leben gehadert, dass keine Tränen mehr übrig zu sein schienen. Wenn sie mitten in der Nacht aus unruhigem Schlaf erwachte, bedrückte sie, dass sie noch atmete, und sie wunderte sich über den Instinkt, der sie nötigte, ein wenig Brot, einen trockenen Kräcker, ein Stück alten Käse zu essen. Der Wein, den Blaise mitgebracht hatte, war noch da, und sie überlegte, was geschehen würde, wenn sie ihn öffnete, auf einmal austrank und dann ins Wasser ging.

»Wahrscheinlich würde ich einschlafen, bevor ich am Strand angelangt bin. Dann würde ich aufwachen, und mir wäre tagelang schlecht.«

Sie ließ den Wein unberührt, und mit dieser Entscheidung begann die Heilung, wenn man es so nennen konnte. Eines Tages wachte sie auf und hatte Hunger. Als sie in den Spiegel sah, schämte sie sich für ihre ungekämmten Haare und ihr hageres Gesicht. Sie badete und zog saubere Sachen an. Dann ging sie ins Dorf zum Einkaufen.

Warum war der Tag nur so schön? Vom Himmel strahlte dieses milde Licht, das auf den Regen folgt. Das Land roch sauber, die Straße frisch, und der Meeresduft stieg mit der warmen Luft auf. Tony ging schneller.

Chrissie betrachtete sie, und ihr altes Gesicht verzog sich schmerzlich.

»Ach, Mädel, hab ich dir nicht gesagt, dass das Leben hundsgemein ist? Ich stelle keine Fragen, aber ich bin da, wenn du mich brauchst.«

Tony erwiderte die Umarmung. »Ich weiß«, sagte sie, »und das macht es beinahe erträglich.«

Sie kaufte Würstchen und Fisch, Brot, Kaffee und einen Apfel, der so schön war, dass sie ihn mit nach Hause nehmen und malen wollte, aber stattdessen aß sie ihn auf dem Heimweg zusammen mit einem Stück Brot. Noch nie hatte ihr etwas so gut geschmeckt.

Es war nicht recht, dass es ihr schmeckte, aber dieser Gedanke schmerzte nur ein klein wenig. Sie eilte nach Hause, stach die Würstchen rundherum ein, und als sie fröhlich in der Eisenpfanne auf dem Herd brutzelten, ging sie zum Briefkasten, um zu sehen, ob ihr jemand geschrieben hatte.

Sie fand mehrere Briefe, darunter einen von Frederick und einen von Freunden, die sie bei ihrer ersten Ausstellung kennen gelernt hatte.

Erst der Geruch nach angebrannten Würstchen machte sie auf die Beinahkatastrophe in ihrer Küche aufmerksam, und sie kam gerade noch rechtzeitig, um die Pfanne in die Spüle zu schleudern, die Vorhänge von den Fenstern zu reißen und die Flammen damit zu ersticken.

So ein Mist! Ich habe mir die Hände verbrannt.

Sie war Malerin, und nun hatte sie sich die Hände verbrannt.

Es muss doch etwas geben, was ich dagegen tun kann. Aber in ihrem Arzneischränkchen fand sich nichts, was auch nur im Entferntesten bei Verbrennungen taugte. Sie musste wieder ins Dorf hinauf und Simon aufsuchen.

Er erwähnte ihren Streit mit keinem Wort. »Du siehst schrecklich aus«, sagte er freundlich, als er ihr die Hände verband.

»Ich musste mich entscheiden zwischen meinen Händen und meinem Haus«, meinte sie, und er lachte.

»Deine Hände haben nur Brandwunden, Tony. Das, was dir sonst noch wehtut, bereitet mir Sorgen.«

»Ich hatte viel zu tun«, log sie. »Wenn ich male, vergesse ich zu essen.«

»Mit neuer unsichtbarer Farbe? Die Nachkriegskunst ist wirklich bemerkenswert. Tony, alte Freundin, sogar auf Major Cunninghams eleganter Cocktailparty an Weihnachten vor einem Jahr hattest du Farbe an den Händen. Es ist aus, oder?«

Sie sagte nichts, wich aber seinem Blick aus und starrte auf seine Hände.

»Hätte er sich scheiden lassen?«

Sie schüttelte heftig den Kopf. »Nein. Ja. Ich weiß es nicht. Vielleicht. Aber so hätte ich ihn nicht gewinnen können, Simon. Er hätte mich gehasst, noch mehr vielleicht als er mich jetzt hasst. Und der Skandal wäre ihm ein Gräuel gewesen, genau wie mir.« Sie stand auf. »Danke für deine Hilfe«, sagte sie noch und ging.

Als sie wieder im Cottage war, warf sie die verkohlten Würstchen den Möwen vor und ließ Wasser in die schwarze Pfanne laufen.

Ich werde Simons Hände malen.

Aber die Erinnerung an andere Hände drängte sich dazwischen, und wieder kamen ihr die Tränen.

Ich stehe unter Schock. Ich stehe unter Schock. Jetzt will ich in meinem Bett schlafen.

Seit er fort war, hatte sie nur in dem großen Sessel vor dem Kamin Schlaf gefunden. Sie betrachtete das ungemachte Bett, die Laken noch befleckt von ihrer letzten gemeinsamen Nacht. Sie sah den Staub auf der Kommode.

Morgen, morgen bringe ich das in Ordnung. Dann ging sie in das kleinere Zimmer nebenan und weinte sich auf der Rosshaarmatratze in den Schlaf.

Der Morgen kam. Die kleinen Fenster hatten keine Vorhänge. Im Sommer war das Licht hier im Norden so stark, dass sie auch nicht viel genutzt hätten. Tony stand auf und sah hinaus. Draußen bot sich ein Gemälde dar, das schöner war als alles, was sie je zustande bringen konnte. Die Strahlen der aufgehenden Sonne, die über das Meer glitten, die Wellen, die den Strand liebkosten, der Nebel, der beinahe zärtlich über der Landschaft hing … alles kündete vom Leben. Zum ersten Mal erkannte sie es mit erschreckender Klarheit.

Ich hätte mein Kind bekommen sollen. Das wäre sein Zimmer gewesen. Er wäre jeden Morgen hier aufgewacht und zu diesem Fenster gelaufen, wo jeden Augenblick ein neues Gemälde auf ihn gewartet hätte. Tony wusste, dass es ein Junge geworden wäre. Sie sah ihn dort unten am Strand, wie er ins Wasser lief, ihr kleiner Meergeist, mit kräftigen, braun gebrannten Gliedern so wie sein … Sie konnte das Wort nicht aussprechen, und ein Schmerz, schlimmer als der Schmerz der Abtreibung, erfüllte sie, bis sie sich unter dem Fenster auf den Boden kauerte und darum betete, endlich zu sterben. Doch sie starb nicht, und schließlich stand sie auf, stieg die Treppe hinab und kochte Kaffee. Mit der Tasse in der Hand ging sie ins Freie zu einem Felsen neben der Tür, auf den sie sich setzte und sich von der Morgensonne trösten ließ.

Ich werde meine Trauer malen, beschloss sie, aber es war Blaise, der auf ihrem ersten Bild Gestalt annahm. Sie nannte es *Schmerz*.

Eines Tages wanderte sie auf den Hügel hinter dem Haus und schaute aufs Meer hinaus. Irgendwo dort draußen lebte Blaise. War er glücklich? Natürlich war er glücklich. Er brauchte im Grunde nur seinen Gesang. Dann konnte er alles vergessen, Schmerz, Liebeskummer, Reue. Und er vergaß auch seine Mitmenschen, Eleanor, seine Frau, Nicole, seine Schwester, und Toinette. Wie lange hatte er gebraucht, um Toinette ein zweites Mal aus seinem Herzen zu verbannen? Fiel es ihm diesmal leichter, weil sie sein Baby getötet hatte?

Mein Baby. Es war auch mein Baby. Mein kleiner Sohn.

Auf der Landzunge wuchsen Blumen mit winzigen blauen Blütenblättern, so hübsch, so zart. Vergissmeinnicht.

»Vergiss mich nicht!«, rief sie verzweifelt und schleuderte die

Blüte, die sie gepflückt hatte, in den Fluss. Sie tanzte auf der Strömung. Wenn sie es bis zum Meer schafft, wird sie ihn erreichen, er wird sich an mich erinnern und wiederkommen. Die erste Blume blieb an einem Felsen hängen und wollte sich nicht vom Fleck rühren. Die zweite wurde von der Strömung nach unten gezogen. Die dritte drehte sich unter dem überhängenden Ufer im Kreis. Nein, nein. Sie mussten frei sein, damit sie zu ihm gelangten, damit sie das Meer erreichten und dann tapfer weitertrudelten bis zu den Fluten des gewaltigen Ozeans. Andernfalls würde er nie zurückkommen, und dann würde sie sterben. Ganz bestimmt konnte sie es nicht ertragen, ohne ihn zu leben, nicht noch einmal. Aber sie würde nicht sterben. Ihr blühte Schlimmeres. Sie würde in einer qualvollen Vorhölle dahinvegetieren, wo es kein Licht gab, keine Musik, keine Kunst und keine Liebe. Fieberhaft riss sie noch mehr Blumen aus, dann kniete sie sich ans Ufer und pflückte geduldig all die kleinen Blüten von den Stängeln.

»Vergiss mich nicht!«

Die blauen Blüten taumelten eine nach der anderen auf dem reißenden Wasser dahin. Ach, hätte sie den Mut gehabt, diese leere Hülle, die Tony Noble hieß, auch hineinzuwerfen, damit dieser Schmerz ein Ende hätte! Sie richtete sich auf und stolperte zurück zum Cottage. Um weiter dahinzuvegetieren, musste sie einen Schlussstrich ziehen. Ihre ungeborenen Babys waren oben, ihre kostbaren kleinen Engel. Sie betrachtete sie, hörte ihre glockenhellen Stimmen. Und jene andere Stimme.

»Diese hier wird weltberühmt. Sie hat die Stimme eines Engels. Was für eine Tosca sie geben wird!«

Die Kleine würde nie die Tosca singen, weil sie nie zur Welt kommen, nie gezeugt werden sollte. Tony war kalt, schrecklich kalt, als sie nach dem Palettenmesser griff, und noch kälter war ihr, als sie ihre ungeborenen Kinder von den flauschigen Wolken hackte. Dann nahm sie das Feuerzeug und zündete die Stücke an.

»Bin ich blöd! Ich Idiot«, flüsterte sie entsetzt.

Lass sie verbrennen. Es sind nur Träume.

»Nein, nein. Meine Babys!«

Sie griff nach den brennenden Fetzen der *Singenden Babys*, aber es war zu spät. Sie hatte ihre Kinder zweimal getötet.

Simon fand Tony und löschte das Feuer, bevor die anderen Gemälde, das Haus und die Malerin selbst in Flammen aufgingen.

»Das ist kein Mann wert, Tony.«

Sie wartete geduldig, bis die Verbrennungen an ihren Händen geheilt waren. Dann malte sie Simons Hände und schenkte ihm das Bild zu Weihnachten. Beim Essen am ersten Weihnachtsfeiertag machte er ihr einen Heiratsantrag.

»Ich liebe dich schon lange, Tony, und ich möchte für dich da sein.«

Sie hatte mit dem Antrag gerechnet, aber noch nicht so bald. »Ich liebe ihn immer noch, Simon.«

»Ich weiß, aber da ist nichts mehr zu retten, Tony. Er wird nicht zu dir zurückkommen. Ich liebe dich, und in gewisser Weise liebst du mich auch. Wir könnten zusammen glücklich sein.«

»Du hast etwas Besseres verdient, Simon. Ich kann dich nicht heiraten. Ich habe mich immer als Frau von … von dem Vater meines Kindes gefühlt.«

Es war nicht Simons Art, andere auszuhorchen. »Hat er dich nicht auf brutale Weise verstoßen?«

Sie versuchte zu lächeln. »Wir sind schon so lange Freunde, Simon. Mach es nicht kaputt.«

»Denk darüber nach! Es wäre nicht so wie mit ihm, aber es wäre eine gute Ehe, Tony, und vielleicht könnten wir ein Kind haben.«

Sie stand auf. »Ich kann nicht. Ich muss jetzt gehen, Simon. Die Arbeit wartet auf mich.«

Er drang nicht weiter in sie, sondern begleitete sie zum Cottage und wartete, bis sie hineingegangen war und oben das Licht anging.

Sie begann, *Blumen im Fluss* zu malen. Sie brauchte drei Jahre, bis sie mit dem Bild zufrieden war, und auch dann hatte sie noch etwas daran auszusetzen, aber das galt für alle ihre Gemälde. Nichts war mehr perfekt, seit Blaise sie verlassen hatte. Frederick schrieb ihr. Er hatte auf einer Missionsstation in Afrika eine Krankenschwester kennen gelernt. Sie wollten heiraten. Tony müsse unbedingt zur Hochzeit kommen.

Freddie, das Neutrum, heiratete! Du kannst Gift darauf nehmen, dass ich komme, Frederick, und sei es nur, um zu sehen, was für ein humorloses Geschöpf dir das Jawort gibt!

Ihre Zusage formulierte sie höflicher. Die Hochzeit sollte im Juni in London stattfinden. Als der Termin näher rückte, stellte Tony fest, dass ihre Vorfreude wuchs. Wann war sie zuletzt in London gewesen? Vor drei, vier Jahren? Wie lächerlich! Sie musste ihre alten Galeristen besuchen. Einige hielten noch Kontakt; Klaus von Emler und sein Sohn Otto, inzwischen zum Partner aufgestiegen, hatten Tony gebeten, an sie zu denken. Vielleicht würde sie die *Blumen im Fluss* oder den *Lohengrin* mitnehmen.

Frederick hatte das Haus seiner Eltern verkauft, und da Gilda, seine Verlobte, in Bayswater wohnte, hatte er für die Wochen vor der Hochzeit in London ein Zimmer gemietet.

Gilda aus Bayswater. Wie grässlich! Was hätten unsere Eltern wohl davon gehalten? Auf jeden Fall mehr als von einem französischen Tenor, und ich wette, sie geht jungfräulich in die Ehe.

Tony schämte sich so für ihre Engherzigkeit und ihre Vorurteile, dass sie für das Hochzeitsgeschenk doppelt so viel ausgab, als angemessen erschien, und dem Paar außerdem ein Bild aus der Lohengrin-Serie verehrte – eine Geste, die sie bereute, als Gilda das Gemälde »hübsch« nannte.

Gildas Eltern hatten Tony eingeladen, bei ihnen zu übernachten, aber sie stieg lieber in einem Hotel in Kensington ab – vor allem weil Gilda meinte, für die »Verwandtschaft« sei ein Hotel doch ein unnötiger Luxus.

In ihrem hübschen Hotelzimmer packte Tony rasch aus und

nahm ein Bad – wie dekadent, ein heißes Bad am Nachmittag! Anschließend rauchte sie, eingehüllt in ein dickes, weiches Badetuch, eine Zigarette. Wie wunderbar verrucht und verdorben! Freddie würde zetern wie ein Rohrspatz, wenn er das wüsste.

Nach der Zigarette zog sie sich an und ging aus. Sie hatte keine Pläne, steuerte aber bald auf die U-Bahn-Station zu. Sie löste ein Fahrkarte, und keine halbe Stunde später schlenderte sie Richtung Covent Garden. Sie würde einen Einkaufsbummel machen, in Boutiquen stöbern, sich eine Tasse Kaffee gönnen. Dann stand sie vor dem Royal Opera House.

Wann hatte sie dieses prachtvolle Gebäude zuletzt von innen gesehen? Blaise hatte den Alfredo in *La Traviata* gesungen. Wie immer hatte sie sich äußerst vorsichtig verhalten. Sie hatte die Vorstellung vom Balkon aus verfolgt, und später, nachdem er zahllose Autogramme gegeben und für Fotos posiert hatte, war er zu ihr ins Hotelzimmer gekommen. Zweifellos war in dieser Nacht das Baby gezeugt worden. Tony wischte eine Träne weg. Seit drei Jahren hatte sie keine Oper mehr gehört, aber plötzlich konnte sie an nichts anderes mehr denken. Sie hörte seine Stimme, wunderbar und klangvoll, als stehe er neben ihr. Sie schüttelte den Kopf. Hörte sie ihn tatsächlich? Sang er vielleicht dort im Opernhaus, und die Klänge drangen zu ihr auf die Straße hinaus? Sie lauschte. Die einzigen Geräusche kamen vom Markt, wo die Händler ihre Waren ausriefen, Freunde einander begrüßten und Straßenmusikanten ihr Können unter Beweis stellten.

Tony wandte sich ab und hastete davon. Sie zwang sich, die *Traviata*-Melodien in ihrem Kopf abzustellen, aber an ihre Stelle trat – es war unerträglich – die Arie aus den *Perlenfischern*, die er damals im Park für sie gesungen hatte: »Je crois entendre encore«. Zu ihrer Empörung hatte ein Kritiker die Arie »ein hübsches kleines Lied« genannt. Riss es ihm denn nicht das Herz aus dem Leib, wenn diese großartige Stimme mit spielerischer Leichtigkeit die Registerwechsel bewältigte?

»Er macht mir und Bizet ein Kompliment, *ma mie*, weil er

nicht weiß, wie schwierig es ist, diese Sprünge sauber zu vollziehen.«

Er hatte sie verlassen, aber an ihren Gefühlen würde sich nie etwas ändern, niemals. Nur weg von diesem Gebäude, das so viele Erinnerungen heraufbeschwor! Freddie. Sie wollte an Freddie und Gilda denken. Die beiden hatten eine Zukunft. Sie nicht.

Ach, Blaise, vergiss mich nicht!

Das Plakat des Royal Opera House, das Blaise Fougère als Nadir in drei Aufführungen von Bizets Oper *Die Perlenfischer* ankündigte, bemerkte Tony nicht.

Blaise verließ das Opernhaus durch den unscheinbaren Seiteneingang an der Flower Street. Als er Richtung Markt ging, sah er gerade noch eine Frau, die mit gesenktem Kopf davoneilte. Sie erinnerte ihn so stark an Toinette, dass es ihm den Atem verschlug und er die Hand ausstreckte, wie um sie zurückzuhalten. Doch dann blieb er stehen und ließ die Hand sinken.

Ich habe gelernt, ohne sie, ohne die Liebe zu leben. Ich bin mit der Musik, mit der Oper verheiratet.

Da waren sie, wie immer gierig, unersättlich. Warum mussten sie ihn anfassen? Reichte es nicht, dass sie ihn aufhielten, ihn ansprachen?

»Könnte ich bitte ein Autogramm haben und Sie fotografieren? Maisie, erst machst du eine Aufnahme, dann ich.«

Er unterschrieb, er lächelte. Sahen sie ihn eigentlich als Menschen? Sie warteten gar nicht auf eine Antwort. Es gab aber auch andere.

»Mr. Fougère, Ihre Auftritte bereiten mir solche Freude.«

»Blaise, Sie sind sagenhaft. Passen Sie gut auf Ihre Stimmbänder auf, Mann.«

»Ein Foto? Könnten Sie die Hand um meine Taille legen? Das werden mir die im Laden nie glauben. Sie sind überhaupt nicht eingebildet. Wussten Sie das?«

Er lächelte, signierte und signierte, murmelte ein Dankeschön, und als er schließlich fliehen konnte – zu seinem nächsten Termin –, seufzte er. Stefan schaute in den Rückspiegel.

»Haben wir Zeit für einen kleinen Abstecher nach Schottland?«

Nun seufzte Stefan.

Tony erschien zu Fredericks Hochzeit, sagte, was man bei solchen Anlässen zu sagen pflegt, und dann ging das glückliche Paar auf Hochzeitsreise. Tony hatte seltsamerweise keine Lust, nach Torry Bay zurückzukehren.

Sie widerstand der Versuchung, sich im Unglück zu suhlen, indem sie alte Lieblingsplätze aufsuchte. Der kleine Ausflug zum Covent Garden hatte die alten Wunden wieder aufgerissen. In den ruhigen Stunden der Nacht stieg die Erinnerung an das vergangene Glück in ihr empor. Das ertrug sie nicht.

Sie rief Otto an.

»Tony, meine Liebe, wir dachten schon, du seist tot. Mittagessen? Abendessen? Frühstück? Sag, was du dir wünschst.«

Sie lachte. Er hatte sich nicht verändert. »Ein Plauderstündchen wäre nett.«

»Wir haben eine neue Galerie. Ich habe es dir mitgeteilt, aber du hast uns nie besucht, nie von dir hören lassen.«

»Otto, ich komme vorbei, und dann reden wir über Bilder.«

Die neue Galerie an der Bond Street war fast so elegant wie Otto. Wie üblich hatte er seine Kleidung den Wänden des Hauptausstellungsraums angepasst, einem cremigen Weiß.

»Was trägst du eigentlich im Winter, Otto?«

»Der Winter ist kein Problem, Tony. Wollpullover und Webpelz. Du siehst schlimm aus.« Fürsorglich führte er sie zu einem Sessel, achtete aber wie üblich darauf, dass ihre Kleidung zu den Kissen passte. »Du warst krank, und mich hatte schon ein übler Verdacht beschlichen. Ich habe mich umgeschaut, Tony, ja, ich muss es gestehen, aber du verkaufst auch nicht bei der Konkurrenz.«

»Ich habe kaum gemalt.« Dass sie krank gewesen war, wollte sie nicht leugnen. »Mein Bruder hat am Samstag geheiratet, und ich bin zur Hochzeit hergefahren.«

»Und die Oper?« Sie hatte vergessen, dass er sie schon so lange kannte.

Er warf den Fenstern eine Kusshand zu. »Fougère gibt ein Gastspiel an der Royal Opera. Du hast ihn doch kurz nach dem Krieg gemalt, nicht wahr? Ich könnte dir dort einen weiteren Auftrag besorgen, meine Liebe.«

Sie ertrug es kaum, der Schmerz ging ihr durch und durch. So tun zu müssen, als bedeute ihr der Name nichts mehr … Torry Bay. Ganz plötzlich sehnte sie sich nach der sauberen Luft, dem kalten Seewind – was für ein Glück.

»Ich dachte eher an Landschaften, Meeres-Ansichten.«

Er sah sich um. »Hast du Bilder mitgebracht?«

Sie dachte an das Schwanengemälde, das sie Gilda geschenkt hatte. »Eigentlich nicht. Ich hatte nicht vor zu kommen, aber ich konnte nicht anders. Nun bin ich da und …« Sie warf einen geringschätzigen Blick auf die Werke an den Wänden. »Du ziehst den Kunstbanausen das Geld aus der Tasche, Otto.«

Er folgte ihrem Blick. »Kannst du immer noch besser malen als sie alle zusammen, Tony?«

Sie antwortete nicht. Natürlich konnte sie das, selbst mit geschlossenen Augen und die rechte Hand auf den Rücken gebunden, konnte sie besser malen als sie alle.

»Die Sehnsucht nach echter Kunst wird nie vergehen. Fahr nach Hause, und mal mir ein paar Bilder, Tony. Willkommen daheim.«

Daheim in der Welt von Pinsel und Leinwand, namenlosem Schmerz und Unsterblichkeit.

Die Erregung packte sie. Sie hatte gedacht, mit dieser Erregung sei es vorbei, aber sie war noch da. Als sie im Zug saß, sah sie Blau- und Grün-, Gelb- und Rottöne, die mit trotziger, klarer Stimme sangen.

Ich habe nicht alles verloren, wenn mich diese Stimme nicht im Stich lässt, dachte sie und griff nach einem Stift. Sie vertrieb sich die Zeit mit Skizzen auf Umschlägen, die sie in ihrer Handtasche fand. Sie zeichnete Gilda im Hochzeitskleid, und um Frederick einen Gefallen zu tun, machte sie sie beinahe hübsch. Sie skizzierte die kleine Kirche, in der die Zeremonie stattgefunden hatte, und den Bräutigam, der so feierlich – wenn nicht sogar noch feierlicher – dreinschaute wie am Tag seiner Ordination. Schon damals hatte er schwer an der Bürde seiner Verantwortung getragen, und nun hatte er noch größere Verantwortung auf sich geladen.

Sie hoffte, dass ihm die Ehe mehr bringen würde als nur zusätzliche Sorgen.

Du lieber Himmel, zwei Menschen und eine Kirche, und ich hatte beschlossen, die Porträtmalerei zugunsten von Landschaften aufzugeben!

Wieder flog der Stift über das Papier, und diesmal erschien ein Mann, der nur ein Lendentuch trug. Das dunkle Haar fiel ihm in die Augen. Sie radierte es weg, konnte es aber nicht lassen, es genauso wieder zu zeichnen. Seine Augen sah sie nicht. Bestimmt waren sie grün, grün wie das Wasser der Bucht an geschützten Stellen.

Sie riss den Umschlag durch, einmal, zweimal, und wollte zum dritten Mal ansetzen.

»Das war aber wirklich gut«, meinte die Frau, die ihr gegenübersaß, mit strenger Stimme, und Tony lachte.

»Ja«, stimmte sie zu. »Es war wirklich gut.«

KAPITEL 21

TORRY BAY 1999, LONDON 1999

Hier wollte sie leben, folglich musste sie sich gut einrichten. Sie war nicht Tony, die sich gerne mit offenem Feuer und geradezu primitiven sanitären Einrichtungen zufrieden gab. Selbst jetzt im Sommer konnte es noch recht kühl werden, und wie hieß das wunderbare gälische Wort, das die Frau im Dorfladen gebrauchte? *Dreich*, das war's. In Torry Bay konnte es im Juli *dreich*, feucht und neblig, werden. Wie war es dann wohl im November?

Holly zog eine Jacke an, schloss die Tür ab und ging ins Dorf hinauf. Dort gab es einen Installateur. Er war gerade unterwegs, sollte aber auf dem Heimweg bei ihr vorbeischauen.

Holly kehrte ins Cottage zurück, griff nach dem Branchenverzeichnis, und bald schilderte ihr eine fröhliche Stimme die Vorteile der British Telecom Land Line.

»Ein normales Telefon tut's auch, danke.«

»Wir verlegen die Leitung, Missus, und die Anschlüsse, wo Sie sie brauchen. Den Apparat müssen Sie sich selbst besorgen.«

»Und Sie kommen, so schnell es geht?«

»Aber ja, ich habe Sie auf der Warteliste. Kann höchstens ein paar Wochen dauern.«

»Ein paar Wochen?«, wiederholte Holly, als sie ein lautes Pochen an der Eingangstür hörte.

»Tag, Missus. Wir sind von der Firma Reid. Die Klempner.«

»Du meine Güte, das ging aber schnell.«

»Wir waren gerade auf dem Heimweg zum Tee.«

»Treten Sie ein. Ich bin wirklich froh, dass Sie so rasch gekommen sind. Wollen Sie sich umschauen, vielleicht ausmessen? Kann ich Ihnen Kaffee anbieten oder Tee?«

»Ich habe den Badeofen für Miss Noble eingebaut«, erklärte

der Ältere statt einer Antwort. »Sie hat auch schon von einer Heizung geredet.«

»Ich weiß nicht, warum sie es nicht hat machen lassen«, meinte Holly.

»Eine ruhige alte Dame war das. Wir werden den Boden aufreißen müssen.«

»Das ist in Ordnung«, sagte Holly. Wenn sie für Tony gearbeitet hatten, dann konnte man ihnen vertrauen.

Die Männer waren ihr in die winzige Küche gefolgt. »Man muss hier elektrisch heizen, das wird teuer.«

»Es dürfte doch kein Vermögen kosten, in ein so kleines Haus eine Heizung einzubauen.«

»Nein, nein, die Betriebskosten. Strom ist teuer, aber wir können Nachtspeicheröfen einbauen, das wird ein bisschen billiger. Sind die Zimmer oben groß?«

»Eines schon, das zweite nicht, und dann ist da noch das Bad.«

»Demnach sind es insgesamt zwei große und drei kleine. Bestimmt wollen Sie den offenen Kamin behalten. Ein Feuer mit Treibholz ist doch eine gemütliche Sache. Dafür brauchen wir ...«, sie wechselten einen Blick, »... zwei Tage vielleicht.«

In zwei Tagen konnte sie es warm haben, sich einfach ausziehen und ein Bad nehmen, wenn sie Lust dazu hatte.

»Und eine Dusche im Badezimmer?«

»Wenn die Fußbodenbretter schon mal draußen sind, können Sie auch gleich alles machen lassen.«

Bisher hatte nur einer der Klempner gesprochen, aber der andere lächelte Holly jedes Mal schüchtern an, wenn sie über seine Kaffeetasse hinweg seinen Blick auffing.

»Wann können Sie anfangen?«

»Wir messen aus und zeichnen Ihnen einen kleinen Plan, wo wir schon mal da sind, und dann ...«

»Dienstag in einer Woche«, meinte der Ruhigere der beiden.

Holly war unsagbar enttäuscht. Beinahe noch zwei Wochen!

Der Besuch der Handwerker hatte bei ihr die Hoffnung geweckt, dass sie gleich anfangen könnten.

»Wir müssen die Sachen erst mal bestellen«, erklärte der eine, »und wir haben noch andere Aufträge, aber – « Er trank aus und stand auf. »… sagen wir Dienstag in einer Woche, und wenn wir es schaffen, vielleicht sogar heute in einer Woche.«

Damit musste sich Holly zufrieden geben. Sie maßen alle Zimmer aus, besprachen Größe und Standort der Heizkörper mit ihr und erklärten dann, sie würden ihr einen Katalog mit den neuesten Duschen vorbeibringen.

Das Cottage versank wieder in Schweigen. Nur die Zettel mit Notizen auf dem Küchentisch bewiesen, dass sich Holly den Besuch der Handwerker nicht eingebildet hatte. Irgendwie kam ihr das Cottage nun noch stiller vor. Die beiden hatten Leben ins Haus gebracht.

Holly besorgte sich ihre Telefone und entschied sich für ein dunkelgrünes, das im Wohnzimmer stehen sollte, und einen roten Zweitapparat für das Obergeschoss. Vernünftiger wäre es gewesen, ihn in das große Schlafzimmer zu stellen, aber sie brachte es immer noch nicht über sich, dort zu schlafen. Kaum eine Woche später erschien überraschend ein Mitarbeiter der Telefongesellschaft.

»Da haben Sie aber ein Mordsglück mit Ihrem Haus. Hundert Meter weiter die Küste hinunter kostet es ein Vermögen, eine Leitung legen zu lassen.«

Holly lächelte. Ja, sie hatte ein Mordsglück mit ihrem Haus. »Ich habe mir noch nicht richtig überlegt, wo der zweite Apparat hin soll«, erklärte sie, als sie im Wohnraum standen. »Ich lasse mir eine Zentralheizung einbauen.«

»Kein Problem. Heutzutage kann man ja auch schnurlos telefonieren, aber wenn ich das kleine Grüne hier anschließe, dann würde ich die Wand gegenüber vorschlagen. Brauchen Sie Zugang zum Internet? Wo ist Ihr Computer?«

Als er gegangen war, lachte Holly darüber, wie sie sich blamiert hatte. Kein Computer, kein Interesse am Internet? Was für eine Frau wohnte da in Torry Bay?

Die nächsten Tage wanderte sie bei schönem Wetter am Strand entlang und sammelte Treibholz. Sie konnte es kaum fassen, wie zufrieden sie war. Sie hatte einen Radioapparat, aber keinen Fernseher, also hörte sie abends oft Radio oder las. Meistens aber dachte sie nach.

Eines Tages erhielt sie eine Nachricht von Mr. Reid: »Die Teile kommen nächste Woche.« Wie freute sie sich auf den Besuch der Handwerker. Halleluja! Bald würde Torry Bay etwas hermachen. Sie überlegte, was wohl die anderen Bewohner von der Renovierung hielten.

Mein Schatz. Hollyberry.

Sie sagte sich, dass sie nicht mit Geistern redete, sondern nur über die Vergangenheit nachsann, während sie sich auf das Chaos vorbereitete, das eine Renovierung mit sich brachte. Warum staubst du eigentlich ab? Kannst du dir vorstellen, wie viel Staub in den nächsten Tagen anfallen wird?

Sie beschloss, einen langen Spaziergang zu machen. Die schönen neuen Telefone würden ohnehin nicht klingeln, weil sie niemandem die Nummer gegeben hatte, doch sie schaltete die Mailbox ihres Handys ein. Als sie wiederkam, ließ sie ihre Würstchen anbrennen, redete sich aber ein, dass sie sie so knusprig mochte.

Ich frage mich, wo Taylor gerade diniert? Zweifellos diniert er, statt einfach nur zu Abend zu essen.

Und wenn ich mit ihm in sein Pariser Haus gefahren wäre? Ob dort wohl noch etwas an Blaise erinnert? Warst du eigentlich je dort, Tony?

Hollyberry.

Ich weiß nicht, was ich machen soll. Ich weiß nicht, was ich machen will. Doch, ich weiß es. Ich will mit Taylor Hartman ins Bett gehen.

Verdammt, ich bin ganz schön verdorben oder verzweifelt oder beides. Und ganz sicher habe ich den Verstand verloren. Er ist der sturste, egoistischste, eingebildetste …

Hollyberry.

Ach, halt den Mund!

Lag in diesem Seufzer ein Tadel? – *Mein Schatz.*

Wunder der Technik – auf ihrem Handy waren Nachrichten. Was schief gehen konnte, ging schief: Nach Wochen des Schweigens hatte sich jemand entschlossen anzurufen, ausgerechnet als sie nicht da war. Sie ging mit dem Handy nach oben, ließ Badewasser einlaufen, und während sie darauf wartete, dass es abkühlte, hörte sie den Anrufbeantworter ab.

John.

»Holly, du hast mich genug bestraft, findest du nicht? Wir müssen miteinander reden …«

Sie setzte sich auf den Rand der Badewanne. Wer war John überhaupt? Der Typ, der in Glasgow wohnte und eine Fahrt von zwei Stunden scheute, um sie zu besuchen. Taylor Hartman dagegen flog Tausende … Es reicht. Ich liebe John nicht mehr. Ich liebe ihn nicht. Ich habe ihm seinen Ring zurückgegeben – und seine Perlen. Was will er eigentlich noch von mir? Ruft man jemanden an, um ihm zu sagen, dass man ihn nicht mehr liebt, oder sagt man es ihm ins Gesicht? Darüber muss ich noch nachdenken.

Otto.

»Holly, kommen Sie mal wieder vorbei? Haben Sie die deutschen Zeitungen gesehen?«

Sicher, Otto, die verkaufen sie in Achahoish an jeder Straßenecke, dachte sie spöttisch. Aber warum um Gottes willen denkt er nur, dass mich eine deutsche Zeitung interessieren könnte?

Holly kannte nur eine deutsche Wendung, »Alles Gute«. Aber was Otto sagte, hörte sich nicht gut an. Mit zitternden Fingern wählte sie seine Nummer auf dem hübschen roten Telefon.

»Otto, welche deutschen Zeitungen?«

Er war nicht imstande, die ihm in Fleisch und Blut übergegangenen Höflichkeitsfloskeln über Bord zu werfen. »Guten Abend, Holly, wie geht es Ihnen?«

»Gut.« Genug der Konversation. »Welche deutschen Zeitungen?«

»Alle, würde ich sagen. Es gab natürlich Berichte, als die Ausstellung geschlossen wurde, aber irgendjemand hat genauere Recherchen angestellt. Jetzt haben wir neue Publicity – und heute Morgen sind eine Menge Angebote eingetroffen.«

»Das ist doch schon Wochen her. Wie können die über eine Ausstellung berichten, die gar nicht stattgefunden hat?«

»Ach, Sie kennen doch die Presseleute«, wich er aus. »Irgendwo finden sie ein Samenkorn, und der Samen keimt, und heute, ob Sie's glauben oder nicht, hat ein angesehener Journalist von *Le Monde* angerufen und um ein Interview gebeten. Von *Le Monde*«, wiederholte er, als könne er es selbst nicht fassen. »Wissen Sie, ich hatte das Interesse der Franzosen unterschätzt – unverzeihlich, wo er doch Franzose war.«

»Was schreiben sie?«

»Sie können nicht viel schreiben, wenn sie nichts wissen. Sie wärmen Geschichten wieder auf und erregen damit Aufmerksamkeit, mehr nicht. Natürlich interessiert man sich nicht nur für Blaise, sondern auch für Taylor und die Hartman Corporation. Außerdem werden alte Presseberichte über Tony mit Fotos ihrer schönen Bilder wieder gedruckt. Alles willkommene, kostenlose Publicity.«

Sie wollte nicht fragen, aber sie musste es wissen. »Stellt man auch Spekulationen über Eleanor an?«

Er zögerte einen Augenblick. »Sie wird erwähnt, Holly, aber der Hartman-Clan ist mächtig.«

»Otto, falls Sie ihnen Informationen über Eleanor gegeben haben, kommen wir beide nie wieder ins Geschäft.«

»Holly, ich werde Sie reich machen.«

Sie legte auf und blieb mit zitternden Knien auf dem Bett sitzen.

Verdammt, das Bad! Das Wasser war nur noch lauwarm. Sie drehte den Heißwasserhahn wieder auf und wartete, bis die Temperatur perfekt war. Dann gab sie eine großzügige Portion Badeöl hinein und stieg in die Wanne.

Ich habe Otto vertraut.

Mein Schatz.

Taylor wird wütend sein, und das mit Recht. Ach, verdammt, ich wünschte, ich wäre ihm nie begegnet! Tony, du hast dich geirrt. Wie hast du nur glauben können, dass ihm nichts daran liegt? Hast du vergessen, dass Nicole noch lebt? Hat die Trauer dein Urteilsvermögen getrübt? Holly hatte nie bemerkt, dass sich in Tonys Verhalten auch nur das Geringste geändert hätte. Nichts hatte darauf hingedeutet, dass ihre Tante zehn einsame Jahre lang in ihrem abgeschiedenen Cottage um ihren Geliebten getrauert hatte.

Nein, Tony, du hast dir nur eingebildet, dass er zu dir gehörte.

Hollyberry.

Ich bilde mir auch schon Sachen ein. Ich bilde mir ein, dass Taylor mich gern hat. In Paris, in Edinburgh wirkte er … ich weiß nicht, zugänglich, nett. Ich wünschte, er wäre jetzt hier.

Sie betrachtete ihre Brüste, ihren Bauch.

Nicht übel, Holly Noble.

Langsam hob sie ein Bein in die Höhe und musterte es kritisch. Sie tauchte es wieder ins Wasser und hob das andere. Liebe oder Lust? Lust hätte ich schon. Wenn er doch hier wäre! Außerdem ist mir der Unterschied zwischen Liebe und Lust piepegal. Ich wünschte, er wäre hier. Ich habe keinen Stolz, keine Scham.

Die singenden Babys, Hollyberry.

Les bébés chantants, ma mie.

Ich möchte ein Baby, Tony, aber nicht um deinetwillen.

Ach verdammt, ist das traurig!

Sie zog den Stöpsel heraus und hörte, wie das Wasser abfloss.

Ich will nicht zu einer trübsinnigen alten Einsiedlerin werden.

Sie wickelte sich in ein großes Badetuch, ging wieder ins Schlafzimmer, zog sich ein Baumwollnachthemd über den Kopf und legte sich ins Bett. Dann fiel es ihr wieder ein. Sie stand auf, tapste zum Telefon auf dem Flur und wählte Johns Nummer.

»Sie sind mit dem Anschluss von John Robertson verbunden.« Zum Teufel mit allen Anrufbeantwortern!

»John, es tut mir Leid. Es gibt keine netten Worte dafür. Was ich gesagt habe, war ernst gemeint. Es ist aus. Ich komme nicht zurück. Die Wohnung habe ich verkauft.«

Und jetzt? Es war wunderbar, aber …

»Tut mir Leid, aber bitte ruf nicht wieder an. Viel Glück für die Wahl. Ich bin überzeugt, dass du gewinnst.«

Erst nach Stunden fand sie Schlaf.

Die Reids tauchten noch vor acht am nächsten Morgen auf. Installateure, die in Bad und Küche alles auf den Kopf stellen, sind leichter zu ertragen, wenn man ausgeschlafen ist. »Sie haben doch gesagt …«, begann Holly, während sie den Bademantel enger um sich zog.

»Ich weiß, Missus, aber wir wissen doch, wie dringend die Arbeit bei Ihnen ist, und die Teile sind gekommen.«

Die »Teile« standen gut sichtbar auf der Ladefläche des Lastwagens, der direkt vor ihrer Tür parkte.

»Wir laden ab und fangen gleich mit den Leitungen an.«

»Schön, aber ich muss erst mal Kaffee machen.«

»Das wäre nett.«

Ich habe Kaffee für mich gemeint, dachte Holly, als sie nach oben ging, um sich zu waschen, die Haare zu bürsten und etwas Warmes anzuziehen. Ein Sommergewitter braute sich zusammen, trotzdem hatte Holly das Gefühl, dass sie eine ganze Weile draußen verbringen würde. Eins musste man den Reids lassen, nachdem sie mit Kaffee – für mich bitte Tee, Missus – versorgt waren, legten sie sich ziemlich ins Zeug. Aber es gab einiges zu tun, und das Haus war klein. Dem unaufhörlichen Gehämmer konnte sie nur durch einen ausgedehnten Spaziergang an der Küste entgehen.

Unterwegs fiel ihr aber nichts anderes ein, als über ihr vergeudetes Leben und vertane Möglichkeiten nachzudenken und zum millionsten Mal den Entschluss zu fassen, dass »es nicht noch einmal passiert, altes Mädchen, nicht noch einmal«.

Die Handwerker verbrachten auch ihre Mittagspause, die ungefähr zwanzig Minuten dauerte, im Haus.

Die »Missus« aß ein Sandwich und ging wieder spazieren. Unterwegs entdeckte sie mehrere Motive von Tonys Gemälden. Hier wuchsen die kleinen Blumen, die auf einem der traurigen Bilder vorkamen, dort der Löwenzahn, der auf einem anderen blühte.

Die Klempner packten gerade zusammen, als sie ins Cottage zurückkehrte. »Das kleine Telefon da hat ziemlich oft geklingelt.«

Das kann ich mir vorstellen. John muss dumm aus der Wäsche geguckt haben.

Es war Taylor. »Ich wollte gestern Abend anrufen, aber Sie hatten das Handy abgeschaltet.«

»Ja.« Sollte sie ihm ihre neue Nummer geben?

»Ich wollte wissen, ob ein Agent – ein gewisser Otto von Emler – sich bei Ihnen gemeldet hat.«

»Verdammt noch mal.« Sie legte auf. Dieser arrogante Schnösel hatte kein Recht, ihr den Tag zu verderben. Als sie sich die Verwüstungen in ihrem Cottage ansah, fand sie, dass die Klempner genug Durcheinander angerichtet hatten.

Nein, Holly, das sind nur die Eierschalen, ohne die gibt es eben kein Omelette. Das Handy läutete wieder, als sie in der Küche war.

Wenn das Taylor ist und ich nicht rangehe, dann ist er durchaus imstande herzukommen.

»Ja?«

»Ich wollte Sie nicht ärgern, Holly, aber Sie haben diese Geschichten an die Zeitungen weitergegeben. Mutter und ich kommen nächste Woche nach London. Sie sagt, sie möchte Ihnen etwas erzählen.«

»Dann gebe ich Ihnen lieber meine neue Nummer. Ferngespräche auf dem Handy sind sündhaft teuer, Taylor.«

Sie hörte, wie er tief durchatmete. »Vielen Dank«, sagte er, als er sich die Nummer notiert hatte. »Sie meldet sich bei Ihnen. Ich werde mich da raushalten, spiele aber mit dem Gedanken, Otto den Hals umzudrehen.«

»Seien Sie nicht albern!«

»Ein letztes Angebot. Ich zahle Ihnen persönlich fünf Millionen Dollar, und Sie gestatten mir, die Gemälde zwanzig Jahre lang in einem Tresorraum zu verwahren. Danach wird die Hartman Corporation sie zeigen.«

»Und wem? Vielleicht Ihren reichen Freunden? Behalten Sie Ihr Geld, Taylor.«

Diesmal war es Taylor, der auflegte. Sie musste an die frische Luft, nur weg vom Echo seiner wütenden Stimme.

»Ziehen Sie einfach die Tür zu, wenn Sie gehen, Mr. Reid«, sagte sie und nahm einen Pullover von dem Sessel, in dem Blaise immer gesessen und aufs Meer hinausgeschaut hatte.

Die sanfte Lieblichkeit der Hügel und die Ehrfurcht gebietende Schönheit des Meeres beruhigten sie und halfen ihr, klar zu denken. Eins nach dem anderen. Tonys Gemälde sollten ausgestellt werden, und zwar nicht erst, nachdem sie weitere zwanzig Jahre lang in einem Tresorraum weggeschlossen waren. Sie sollte nach London fahren und sich noch einmal mit Mrs. Hartman treffen. Und sie würde Otto bitten, ihr die Artikel in der Auslandspresse zu zeigen.

Lieber Gott, seit meiner Schulzeit bin ich nicht mehr so viel gereist wie in den letzten Monaten. Eigentlich war es eine gute Idee wegzufahren, solange das Cottage renoviert wurde. Unangemeldet schaute sie in Ottos Galerie vorbei. Sie traf ihn an.

»Liebe Holly!« Er schloss sie in die Arme, sodass ihr der Duft seiner teuren Rasiercreme in die Nase stieg. »Wie schön, Sie zu sehen. Ich nehme an, das heißt, dass auch Taylor in der Stadt ist.«

»Ich möchte mir die Zeitungen anschauen, Otto.«

Otto rückte eine Orchidee auf seinem Schreibtisch zurecht. »Ich habe sie hier. Soll ich sie Ihnen vorlesen? Das britische Bildungssystem ist so lückenhaft.«

»Mit Französisch komme ich zurecht. Sie können mir die deutschen übersetzen.«

»Es macht keinen Spaß, jemanden zu necken, der sich nicht wehrt, Holly.« Aber er merkte, dass sie nicht zum Spaßen aufgelegt war. »Nun gut. Bitte schön.«

Er reichte Holly Ausschnitte aus verschiedenen europäischen Zeitungen, und sie vertraute darauf, dass er die deutschen Artikel korrekt wiedergab. Sie quälte sich durch die französischen Texte, wollte ihn aber nicht um Hilfe bitten. Alles in allem war es dasselbe Gefasel, das bereits zur Zeit der Ausstellungseröffnung in Großbritannien und den Vereinigten Staaten erschienen war.

»Taylor will Ihnen den Hals umdrehen. Ich glaube, das waren seine Worte.«

»Wie brutal. Dabei hat das alles nichts mit mir zu tun. Ich sitze hier und tue was ich kann für meine Künstler. Ich habe keine Interviews gegeben, die ich nicht mit Ihnen besprochen hätte, Holly. Aber ich kann nicht dasitzen und Däumchen drehen, bis ein viel beschäftigter Richter die einstweilige Verfügung wieder aufhebt.«

Holly sah ihn verärgert und gleichzeitig zärtlich an. »Sie sind ein alter Schwindler, Otto. Ich habe Sie gewarnt: Taylor ist auf hundertachtzig. Jetzt muss ich gehen. Nicole möchte mir etwas Wichtiges mitteilen. Sie wissen wahrscheinlich nicht, worum es sich handeln könnte? Und, Otto, eine Kleinigkeit würde mich noch interessieren.«

Er sah sie erwartungsvoll an.

»Warum haben Sie mir nicht gesagt, dass Nicole Ihre Kundin ist?«

Er schien sich nicht einmal zu schämen. Otto hatte seine eigenen Vorstellungen von Loyalität. »Ich kann die Namen meiner

Kunden doch nicht ausposaunen, Holly. Nicht ohne ihre Einwilligung.«

Sie hatte sich mit Nicole im Overseas Club zum Mittagessen verabredet, weil sie sicher war, dass Taylor dort keinen Zutritt hatte, und weil sie sich für Nicoles Einladung revanchieren wollte.

Sie bestellten, und zunächst verlief das Gespräch ziemlich stockend, als wisse Nicole nicht, wie sie zum Thema kommen solle. Holly ließ ihr eine Weile Zeit, doch schließlich fragte sie: »Madame, bei den Jahreszahlen der Gemälde gibt es eine Lücke Ende der fünfziger Jahre. Können Sie sich erklären, warum es aus dieser Zeit kaum Bilder gibt?«

»Sie haben mir gesagt, dass Sie keine Kinder haben, Holly«, lautete die seltsame Antwort. »Ich habe es mit ungeheurer Anstrengung geschafft, eines in die Welt zu setzen. Ich glaube, ich würde für meinen Sohn Morde begehen«, erklärte Nicole schlicht.

Holly musterte die zierliche Frau und dachte an Taylor, dessen körperliche Anziehungskraft ihn noch größer erscheinen ließ, als er in Wirklichkeit war. Sie musste lächeln.

»Sie unterschätzen die Mutterliebe, Holly.«

»Nein, vielleicht bin ich eifersüchtig, Madame. Erstens, weil ich kein Kind habe, und zweitens, weil ich kaum glaube, dass meine Mutter ähnlich wie Sie empfunden hat. Ich wünschte, es wäre anders.«

»Tony hat wahrscheinlich dasselbe für Sie empfunden wie ich für meinen Sohn, vor allem nachdem …«

Holly lief es kalt den Rücken hinunter. »Ja, Madame?«

»Holly, sagen Ihnen die Worte *les bébés chantants* etwas?«

»Ich kann sie übersetzen, Madame.«

»So hieß ein Gemälde. Ich habe es nie gesehen, aber Blaise meinte, es sei ein Meisterwerk im Stil der italienischen Renaissance: nackte Putten, die auf Wolken reiten. Tony hat es vor dem Krieg begonnen, aber entweder hat sie es zerstört oder übermalt.«

»Warum?«, flüsterte Holly.

»Sie hatte eine Abtreibung.«

Obwohl Holly die Antwort auf ihre Frage schon geahnt hatte, wurde ihr schlagartig übel. »Warum?«, brachte sie gerade noch heraus.

»*Je ne sais pas* – ich weiß es wirklich nicht. Alles, was ich weiß, ist, dass Blaise nach Hause kam und nicht mehr singen konnte. Er sagte Aufführungen ab – das tat er sonst nur selten –, aber seine Stimme war weg. Er hat Tony jahrelang nicht wiedergesehen.«

Holly hielt es nicht mehr aus. »Entschuldigen Sie.«

Es gelang ihr, halbwegs würdig an den mit fröhlichen Menschen besetzten Tischen vorbeizugehen, dann stürzte sie in die Damentoilette. Glücklicherweise war sie leer. Nicole gesellte sich zehn Minuten später zu ihr.

»Es tut mir Leid, Holly. Ich war mir fast sicher, dass Sie es nicht gewusst haben, und habe hin und her überlegt, ob ich es Ihnen sagen soll.«

Hollys Gesicht war tränenüberströmt. »*Sein* Baby, *seine* Tosca. Mein Gott, wie arrogant, wie eingebildet. Was ist mit Tonys Baby, mit Tonys Schmerz?« Sie schüttelte wild den Kopf, um die entsetzlichen Bilder zu vertreiben, die sich ihr aufdrängten. »Ich kann es nicht fassen, wie grausam Ihre Familie ist.«

Behutsam nahm Nicole die schluchzende Holly in die Arme. »*Chérie*, wir alle kümmern uns um unsere Sippe. Blaise und Tony sind mit gebrochenem Herzen auseinander gegangen, aber wir wissen, dass ihre Liebe überlebt hat. Natürlich hat mir Tony Leid getan, aber damals musste ich meinem Bruder beistehen. Offen gesagt, glaubte ich und glaube es noch heute, dass es meine Pflicht war, seine Stimme für die Welt zu erhalten.«

»Tony hatte auch nichts anderes im Sinn, als sich um Ihren kostbaren Bruder und seine kostbare Stimme zu kümmern.«

»Sie hat doch wohl nicht geglaubt, dass die Abtreibung seiner Stimme nutzt?«

Holly fühlte sich auf einmal völlig kraftlos und lehnte sich an Nicole. »Ich weiß nicht. Die Antwort liegt in den Gemälden.«

»Können Sie es ertragen, sie noch einmal anzusehen?«

»Wo ist Taylor?«

Nicole schien die Frage zu überraschen. »Jetzt, in diesem Augenblick? Keine Ahnung.«

»Es ist nur, weil es mir lieber wäre, wenn er nicht wüsste, dass ich hier bin. Das letzte Mal … ich weiß nicht. Gestritten haben wir nicht, aber … am Telefon legt immer einer von uns auf.«

»Sie haben gedacht, er möchte mit Ihnen schlafen? Sie haben Angst vor ihm. Das hat er mir erzählt.«

Großer Gott, sprach er eigentlich über alles mit seiner Mutter?

»Das hat ihn verletzt, Holly. Ich glaube, ich habe ihn zu einem Gentleman erzogen.«

Holly konnte dazu nichts sagen. Ihre Gefühle für Taylor waren so verworren. Hätte er ein einziges Wort gesagt …

»Ich habe keine Angst vor ihm«, sagte sie lahm, verkniff sich aber hinzuzufügen: sondern vor mir selbst.

Nicole lächelte. »Geht es Ihnen besser? Wollen wir uns eine zweite Privatvorführung gönnen?«

Holly hatte das Gefühl, dass es ihr nie wieder gut gehen würde, doch sie erklärte sich einverstanden. Diesmal achteten sie auf die Jahreszahlen der Gemälde. Es hatte zunächst den Anschein, als sei nach der ersten Begegnung im Jahr 1937 bis zu Fougères Tod 1989, dem Datum des letzten Gemäldes, jedes Jahr ein Bild entstanden. Allerdings gab es zwei größere Lücken gegen Ende des Krieges und in der Nachkriegszeit, als Tony ihre so genannten Pralinenschachtelbildchen an Touristen verkauft und mit der Schwanen-Serie begonnen hatte, und in den Jahren zwischen 1957 und 1962, was Holly nun schmerzlich verstand. Ein unwiderstehliches Magnetfeld zog sie zu dem großen Gemälde, das Nicole schon früher aufgefallen war. Als Holly es zum ersten Mal sah, hatte sie gedacht, es zeige einen erfolglosen Angler in einem leeren Ruderboot. Keine Fische, keine Ruder. Hollys Magen reagierte empfindlich, als sie den Titel las. *Schmerz 1957*. Blaise' Schwester und Tonys Nichte betrachteten die gebeugte Gestalt in dem Ruderboot voller Mitgefühl.

Nicole dachte offenbar ähnlich wie Holly. »So viel vertanes Leben – eine Tragödie. Dieses Bild sollte an ein Museum gehen, Holly. Ich kann den Anblick kaum ertragen. Ich spüre seinen Schmerz in meinem ...« Sie brachte den Satz nicht zu Ende, presste aber die Fäuste auf ihren Bauch.

»Was ist mit diesem Bild, Madame? 1957–1960. Tony hat drei Jahre lang daran gearbeitet. Ist es deshalb so anders? Ein ganz neuer Stil, und Blaise ist auch nicht darauf abgebildet.«

Es war eine Landschaft, gemalt oben auf dem Hügel hinter dem Cottage. Man sah eine Andeutung des Hauses und eine Gestalt, offensichtlich eine Frau, die mit ausgestreckten Armen neben dem Fluss kniete. Auf dem wirbelnden Wasser tanzten kleine blaue Blumen.

»Das ist, glaube ich, ein Gegenstück zu *Schmerz*, die beiden gehören zusammen. Schauen Sie, das ist Tonys Schmerz. Die Blumen sind Vergissmeinnicht. Diese Jahre waren die Hölle für ihn. Er hat sich nach Tony gesehnt, und sie ... sehen Sie ihre Trauer! Männer und ihr törichter Stolz – ihre Ehre! Ich habe es versucht, bitte, Holly, glauben Sie mir, dass ich es versucht habe.«

»Ich kann jetzt keine Bilder mehr anschauen, Madame.«

»Natürlich. Sprechen wir kurz mit Otto.«

Er erwartete sie in seinem Palast der Pastelltöne. »Wie steht es mit der Wiedereröffnung Ihrer Galerie, Otto?«

Otto lächelte und machte eine ausweichende Geste. »Ich bin – *pour le moment* – zufrieden, wenn sie geschlossen bleibt, meine Damen. Nichts hindert mich, die Werke meiner anderen Künstler zu verkaufen, und das Interesse an der Noble-Sammlung wächst von Tag zu Tag. Sie werden mir verzeihen, Madame, wenn ich sage, dass die Schließung meiner Galerie nicht der scharfsinnigste Schachzug der Hartman Corporation war.«

»Taylor ist normalerweise kein Mensch, der mit dem Herzen

denkt, Otto. Mir war nicht klar, wie sehr er das Andenken meines Bruders in Ehren hält. Ich möchte Ihnen jedoch in Erinnerung rufen, dass auch mein Wort in der Hartman Corporation etwas gilt und nicht wir Ihr Haus geschlossen haben, sondern Taylor.«

»Und daran lässt sich nun nichts mehr ändern, *chère Madame*«, meinte Otto überschwänglich.

Nicole stand auf, und sofort erhob sich auch Otto.

»Mein Wagen steht draußen, Holly. Soll ich Sie irgendwo absetzen?«

Holly schaute auf die Straße hinaus, wo die Leute teils schlenderten, teils vorbeihasteten. »Nein, ich gehe lieber zu Fuß, Madame. Ich habe es nicht eilig.«

Wieder der typisch französische Abschied mit Küsschen auf beide Wangen.

Holly lächelte zurückhaltend. Nachdem sie Mrs. Hartman zu ihrem Wagen begleitet hatte, machte sie sich auf den Weg zu ihrem Hotel. Sie konnte an nichts anderes denken als an ihre geliebte Tony und die Abtreibung sowie an die Tatsache, dass Blaise Fougère seiner Schwester von seinem Schmerz erzählt hatte.

Taylor hat die Frechheit besessen, mit seiner Mutter über mich zu reden. In dieser Familie reden sich wohl alle ihre Probleme von der Seele.

Sie errötete, als sie sich ausmalte, wie Taylor ganz unverblümt sagte: »Sie dachte, ich wollte mit ihr schlafen.« Ihr wurde heiß vor Scham, wenn sie sich vorstellte, wie die beiden über sie sprachen. Vielleicht hatten sie auch über sie gelacht?

In Gedanken vertieft, ging Holly weiter; sie konnte sich nicht erinnern, mit ihren Eltern je über Sexualität gesprochen zu haben. Was es mit der Menstruation auf sich hatte, hatte sie aus eigener Erfahrung gelernt, und beim Sex war es ähnlich. Mit dem Thema hatte sie sich erst befasst, als sie bereits die Universität besuchte, aber dann kreisten ihre Gedanken ständig darum. Heute war sie alt und erfahren genug, um darüber zu lachen. Trotzdem tat ihr die junge Holly Leid.

Was hatte Taylor nur gesagt?

»Die alberne Kuh hat geglaubt, ich wollte mit ihr schlafen. Ausgerechnet ich!« Oder vielleicht eher: »Anscheinend hatte sie furchtbare Angst, dass ich sie vergewaltige. Ausgerechnet ich!«

Jedenfalls hatte er *es* gesagt, und bei dem Gedanken überlief es Holly heiß und kalt. Wieder sah sie sich genötigt, die Flucht zu ergreifen. Sie checkte aus ihrem Hotel aus und eilte zum Bahnhof Euston, als sei ihr ein Monster auf den Fersen. Zehn Stunden, zwei Züge und eine Taxifahrt später war sie an ihrem Zufluchtsort angelangt.

Vor der Tür fand sie Taylor, der auf der Rückbank eines ziemlich kleinen Autos schlief.

KAPITEL 22

New York 1964, London 1964, Torry Bay 1964

Zuflucht vor dem Sturm

»Blaise, warum tust du dir das an?«

Er antwortete nicht. Er saß auf dem Stuhl neben Eleanors Bett und sah zu, wie sie schlief. Im Schlaf wirkte sie beinahe normal. Wenn Blaise sie schlafen sah, konnte er fast vergessen, dass sie vor kurzem einen Selbstmordversuch unternommen hatte, und zwar nicht zum ersten Mal, und dass er die Schuld daran trug. Er hatte sich ein Baby gewünscht, einen Sohn, ein Kind, das ihn überleben, das vielleicht sogar ein Genie wie er oder sogar noch ein größeres sein würde. Darüber hatte er sich keine Gedanken gemacht, als sie noch jung waren, damals nach dem Krieg, als er gerade lernte, die Straße entlangzugehen, ohne sich zu ducken oder Deckung zu suchen. Damals hatte er nur daran gedacht, sie zu lieben, mit ihr die früheren Träume zu vergessen und neue Träume zu finden. Er wollte ein großer Tenor werden – davon hatte auch Tony geträumt, also lieber nicht darüber nachdenken, betrachte es als Eleanors Traum. Sie wünschten sich Kinder, singende Babys, die allerdings nicht malten. Die Putte mit seiner Stimme und Tonys Talent wollte er vergessen. Er hatte Eleanor lieben können, weil man ihm gesagt hatte, Tony sei tot. Und dann hatte Tony, die so lebendig, so begehrenswert war, Tony, die eins war mit seiner Haut, seinem Blut, seinem Atem, dann hatte sie sein Baby getötet und war damit auch für ihn gestorben. Übrig waren nur der große Tenor und diese leere Hülle, die hin und wieder die Kraft zu dem Versuch fand, dem allen ein Ende zu setzen.

»Wie erstaunlich zerbrechlich ist doch der Mensch«, sagte Blaise, und Nicole, seine Schwester, hatte auf ihre Schwägerin in dem extravaganten Nachthemd herabgeblickt und gesagt: »*Au contraire, mon brave*, zäh wie ein alter Stiefel. Wenn sie endlich loslassen würde, dann wärst du frei und könntest deine Toinette heiraten.«

Er hatte ihre liebevolle Hand weggeschoben und sich abgewandt.

»Lass dich scheiden, Blaise!«, zischte Nicole. »Sie bekommt es nicht mit. Es ist ihr gleich.«

»Es ist meine Schuld. Sie hat das Gefühl, mich enttäuscht zu haben, weil sie mir kein Kind geschenkt hat. Ich werde sie nie verlassen.«

Schließlich hörte er das Geklapper der teuren hochhackigen Schuhe seiner Schwester auf dem Gang der Privatstation; sie hatte es aufgegeben. Er glättete die Spitzenrüschen des Nachthemds. Er hatte es in Paris nach einem Stück aus Eleanors Aussteuer kopieren lassen. Diese Farbe, diesen Stil, die exquisite Spitze hatte sie gemocht. Hübsch war sie gewesen in ihren Nachthemden, hübsch, aber nicht begehrenswert. Begehrenswert war Toinette in einem Männerhemd. Toinette… Toinette war die Lust in Person.

Eleanor in die Nachthemden zu kleiden, in denen sie sich hübsch gefühlt hatte, war nur eine kleine Geste.

Die Schwester kam. »Sie wird noch eine Weile schlafen, Mr. Fougère. Wir könnten Sie benachrichtigen, wenn eine Veränderung eintritt.«

Er schaute nicht auf. »Ich bleibe hier.«

Morgen musste er nach London. Er sang dort zum ersten Mal den Othello. Er musste fliegen – wenn es Eleanor gut ging. Dann würde er wochenlang fort sein. Darum wollte er bei ihr bleiben, solange es ging.

Im Flugzeug studierte er die Partitur. Das wäre nicht nötig gewesen, er kannte sie in- und auswendig, aber wenn er sich mit Othello beschäftigte, brauchte er über nichts anderes nachzudenken.

London. Er hatte an allen großen Opernhäusern der Welt gesungen. Ein Teil seines Herzens gehörte der Metropolitan Opera, ein anderer der Pariser Oper, aber Covent Garden hatte er seine

Seele verschrieben, obwohl er darauf achtete, dass man das in Paris und New York nicht bemerkte. Im tiefsten Innern glaubte er, dass jeder große Sänger Covent Garden für den Gipfel, die Nummer eins hielt. Die Opernhäuser von Wien, Mailand, Bayreuth, Paris, die Met in New York – Verführerinnen waren sie alle, aber Covent Garden … Weniger Geld, eine Garderobe, deren Zustand eine Schande, aber schon geradezu komisch war. Dennoch küsste er in Covent Garden und nirgendwo sonst den Boden, wenn er zum ersten Mal wieder auf die Bühne trat. Die Mitarbeiter dort waren an Sänger und ihre Rituale gewöhnt und warteten geduldig, wenn die Stars ihre heiligen Plätze aufsuchten. Und so beachtete ihn niemand, wenn er ehrfurchtsvoll die Bretter küsste, als befände er sich in Gottes Gegenwart – und wer hätte das bestreiten wollen?

Sie hätten ohnehin nur die Schultern gezuckt. Das ist also Fougères Spleen. Was soll's?

Er erkundete London auch gern zu Fuß. Mittlerweile war das schwieriger, da das Fernsehen Opernsänger so populär gemacht hatte, aber er konnte noch in den Parks spazieren gehen – die Parks mied er nicht, obwohl auch sein starker Wille die Erinnerungen nicht verbannen konnte. Er bog in die Bond Street ein und betrachtete die Schaufenster der exklusiven Läden und Galerien. Doch plötzlich begann er zu zittern und lehnte sich Halt suchend an die Glasscheibe. In dem Fenster stand nur ein Gemälde. *Blumen im Fluss*.

Da war die Landzunge, der kleine Unterstand, wo er so oft mit Tony gewesen war, der Fluss. Ihren Stil erkannte er, auch ohne die Signatur zu entziffern. Er sah sie vor sich, die Zigarette unangezündet im Mundwinkel, ihr wirres Haar mit den Farbklecksen, weil sie sich unter Stress immer mit den Fingern durch die Haare fuhr. Er erkannte auch die winzige Gestalt auf der Landzunge, und nur er wusste, dass er selbst die Schläge ausgeteilt hatte, unter denen sich diese zerbrechliche Gestalt duckte, die ihre kleinen blauen Blumen in den Fluss warf. Er brachte es nicht über sich, die Galerie zu betreten. Stattdessen winkte er ein Taxi herbei, fuhr zu seinem Hotel zurück und beauftragte Stefan, das Gemälde zu kaufen.

»Wie hoch soll ich gehen?«

Er warf seinem Sekretär einen so eisigen Blick zu, dass Stefan, der stets höflichstes Verhalten gewohnt war, etwas Besänftigendes murmelte und davoneilte.

Fast fürchtete Stefan sich wiederzukommen.

»Das Bild ist unverkäuflich. Es soll die Leute nur in die Galerie locken. Wirklich ziemlich unfair. Sie haben ein paar schöne Landschaften.«

»Sie haben sie gekauft.«

»Nein, Sir. Ich dachte ...«

»Ich bezahle Sie nicht fürs Denken. Kaufen Sie. Zahlen Sie bar. Versuchen Sie die *Blumen* zu bekommen. Überlegen Sie sich eine Summe, Stefan, und verdoppeln Sie diese. Ich verlasse mich auf Sie.«

Stefan, der seit jener ersten Reise aus der Alten Welt in die Neue für Blaise arbeitete, war den Tränen nahe, als er zurückkehrte. Er hatte eine kleine Ansicht von Torry Bay erstanden. Die anderen Bilder waren bereits verkauft. Die *Blumen* waren das persönliche Eigentum der Künstlerin und sollten Ende der Woche entfernt werden. Natürlich hatte Stefan den Namen des Käufers, der sich für das Werk der Künstlerin interessierte, nicht erwähnt.

»Wann bekomme ich das Bild?«

»Am Samstag, Monsieur. Da endet die Ausstellung.«

Stefan sollte das Bild abholen. Nein, er wollte doch lieber selbst gehen. Nein, dann würde er womöglich Toinette dort antreffen, und das Stechen im Bauch sagte ihm, dass eine solche Begegnung über seine Kräfte ging. Er liebte sie nicht mehr, *ça va sans dire*, aber es hatte keinen Sinn, alte Wunden aufzureißen.

Aber wenn sie tatsächlich verheilt waren?

Natürlich waren sie verheilt, aber die Narbenhaut war noch schmerzhaft dünn. Er hatte am Samstag eine Probe. Wie üblich war er bestens vorbereitet, und sobald er auf der Bühne stand, dachte er nur noch an seine Arbeit. Doch es ging nicht gut. Er hatte zum ersten Mal den Brustharnisch angelegt, der ihn sehr beengte; er konnte nicht atmen, geschweige denn singen.

»Seine Brust kann sich in diesem Harnisch ohne weiteres ausdehnen«, erklärte die empörte Kostümbildnerin dem Regisseur. »Sogar Schaljapin hat hineingepasst.«

»Ich weiß das, und Sie wissen es, aber leider weiß er es nicht.«

Sie nahm den Harnisch mit, um ihn zu ändern.

Blaise probierte ihn noch einmal an. Er glaubte zu ersticken.

»Ich kann in diesem Harnisch nicht singen«, sagte er betont ruhig. Er hasste unnötige Aufregung, vor allem wenn er sie selbst verursachte. »Vielleicht ist es der Halsausschnitt. Können wir ihn weiter machen?«

»Ich kann ihn bis zum Zwerchfell hinunter ausweiten, und Sie würden sich immer noch beklagen, dass Sie nicht atmen können.«

»Dann ziehen Sie ihn doch selbst an und singen den Othello«, schrie er und stolzierte von der Bühne.

Normalerweise litt Blaise Fougère nicht unter Starallüren. In der Regel blieb er gelassen, war stets gut vorbereitet und bedankte sich bei den Mitarbeitern der Oper für ihre Mühe.

»Für einen Tenor ist er nicht schwierig«, meinten die Leute, aber jetzt war er hinausgestürmt, und Hilary Stewart, eine der besten Kostümbildnerinnen, war in Tränen aufgelöst.

Der Regisseur sah seine Desdemona an, die für ihre Wutanfälle weltberühmt war. Sie schenkte ihm ein liebenswürdiges Lächeln.

»Tenöre«, meinte sie knapp. »Ich kann die Liebesszene jedenfalls nicht mit einer Topfpflanze proben, mein Lieber. Wie wär's jetzt mit dem Lunch?«

»Lunch für die Solisten!«, rief der Regisseur und machte sich auf die Suche nach seinem Othello.

Er befand sich mit der Repetitorin in einem Probenraum. Othellos stolz-prahlerischer Ruf, mit dem er von seinem Schiff an Land springt, erklang immer wieder in größter Perfektion.

»Sehen Sie«, sagte er, an den Regisseur gewandt. »Das muss perfekt sein.«

»Es war perfekt. Das hat man durch den ganzen Korridor gehört. Wie wär's mit einem Bier und einem Sandwich drüben im Pub, und dann versuchen wir es noch einmal.«

»Es ist der Harnisch.«

»Auf jeden Fall.«

»Es ist sein Kopf«, murmelte der Regisseur, während er den Star hinausbegleitete.

»Blaise, entspannen wir uns, trinken ein Bier, und dann versuchen wir es noch einmal. Das wirft zwar den Probenplan für den Nachmittag über den Haufen, aber was soll's.«

Blaise lehnte sich in dem dunklen Alkoven des Pub zurück und merkte, dass er sich soeben um seinen freien Nachmittag gebracht hatte. Andernfalls hätte er zu Ottos Galerie gehen und Toinettes Gemälde abholen können. Nein, es war lächerlich, in der Rüstung konnte er die Brust nicht dehnen. Die hatten ja keine Ahnung, wie schwierig es war, bereits beim ersten Auftritt diesen Jubelruf zu singen. Sie sollten es ruhig versuchen. Blaise richtete sich lächelnd auf und lehnte das angebotene Bier ab. Er brauchte keine Entspannungshilfe und wenn, dann bestimmt kein warmes englisches Bier.

Toinette. Ihr Duft stieg ihm in die Nase. Er schaute sich erschrocken um, aber hier im Pub war niemand, der auch nur entfernte Ähnlichkeit mit ihr besaß. Es spielte sich in seinem Kopf ab. Mit Toinette hatte er sich immer entspannt gefühlt. Ein Wort von ihr, und jede Anspannung fiel von ihm ab, eine Berührung ...

»Gibt es hier Avocados? Letzte Saison hatte ich in San Francisco ein köstliches Sandwich – Avocado, Bohnensprossen, Tomaten.«

»Dann müssen Sie wieder nach Kalifornien zurück, *mon ami*«, meinte der Regisseur, und beide lachten. »Aber vom englischen Brot halte ich auch nichts, und Sie?«

Mrs. Lumsden und ihr selbst gebackenes Brot. Mrs. Lumsden,

die im Krieg umgekommen war. »Teilweise ist es nicht schlecht«, sagte er leise. »Das hier kann man essen. Nachher kaufe ich einen Blumenstrauß für Hilary. Sie hatte falsche Maße von mir, daran liegt's, aber gleich wird es reibungslos klappen. *Pauvre petite*, bestimmt ist sie in diesem Augenblick schon bei der Arbeit.«

Der Regisseur lächelte. Auf keinen Fall würde er Blaise erzählen, dass Hilary in ihrer Mittagspause einen Becher Joghurt aß und unterdessen ein lebensgroßes Bild von Blaise Fougère mit Stecknadeln spickte. Und wohin sie sie steckte, darüber wollte er lieber nicht nachdenken.

Am Nachmittag verließ die Sopranistin unter Protest die Bühne.

»Ihr Tenor drängt mich absichtlich in den Hintergrund, und im Liebesduett, das für mich so wichtig, so entscheidend ist, sorgt er dafür, dass das Publikum mein Gesicht nicht sehen kann.«

Sie weigerte sich wiederzukommen, solange Blaise sich nicht entschuldigte.

Blaise ließ nicht mit sich reden. »*Non*. Fragen Sie jede andere Sopranistin der Welt, sie alle werden Ihnen sagen, dass ich meine Partnerin niemals in den Hintergrund dränge. Außerdem verdecke ich keineswegs ihr hübsches kleines Gesicht. Wie sollte ich das tun, wenn ich neben ihr bin? Bestellen Sie die zweite Besetzung her. Dann wird sie hier *rapidement* wieder auftauchen.«

Diese Vorschlag hatte lediglich zur Folge, dass der Manager der Sopranistin mit ihren Anwälten drohte.

»Bitte, Blaise! Ich mache einen Kniefall vor Ihnen«, flehte der Regisseur.

»Dann stehen Sie wieder auf. Das ist lächerlich. Ich werde ›Gia nella notte‹ mit der kleinen Miss Sofrani singen, und zwar fortissimo. Dann werde ich an Madames Garderobe vorbeigehen und der Welt versichern, wie exquisit die Sofrani ist und wie sehr ich mich freuen würde, wenn sie diese Chance bekommt. Und anschließend gehe ich zum Fitnesstraining.«

Hilary bewies ihre Dankbarkeit für seine Entschuldigung, indem sie in die Garderobe der schluchzenden Sopranistin schlüpfte und ihr versicherte: »Ihr verdammter Tenor ist hinter der Sofrani her, Madame. Lassen Sie sich nicht von ihm vertreiben.«

Sie streckte die Waffen, nicht gerade huldvoll, aber sie tat es.

»Geben Sie zu, dass Sie mich ein klein wenig in den Hintergrund gedrängt haben, mein lieber Blaise. Ich bin mir sicher, es war keine Absicht, und Yannis wird einfach anzeichnen, wo Sie stehen« – sie wartete ruhig ab, während der aufgebrachte Regisseur einige konfuse Kreidezeichen auf den Boden malte –, »und dann wird alles wunderbar klappen.«

Und so war es auch, denn ihre Stimme war hervorragend, die Frau war schön, und sie konnte spielen. Der Regisseur ist in der Regel begeistert von einer Desdemona, wenn die Stimme überzeugt, aber alle drei Gaben sind ein Geschenk des Himmels.

Dann war die Probe vorbei, es war erst Viertel nach vier, und Blaise hatte vergessen, Stefan zu sagen, er solle das Bild abholen. Er wollte zum Fitnesstraining, denn er brauchte Bewegung.

Also ging Blaise zu Fuß zur Galerie. Die Türen waren noch nicht verschlossen, aber das Blumengemälde war fort, und an den hellen Wänden hingen neue Werke.

»Was kann ich für Sie tun, Sir?« Er hatte die Schritte des Galeristen auf dem weichen Teppich nicht gehört.

»Ich habe ein Gemälde gekauft.«

Otto von Emler schlug ehrerbietig die Hände aufeinander. »Monsieur Fougère, welche unglaubliche Ehre!«

Dieser junge, sehr feminin wirkende Mann sprach perfekt Französisch.

»Sie verbergen sich also hinter Mr. Lazlo. Ich hatte mich gefragt… Gerade wollte ich die Galerie schließen, aber er hat bar bezahlt, und ich dachte, vielleicht steckt er ja im Stau.«

»Stefan Lazlo ist mein Sekretär. Könnte ich das Bild nun mitnehmen?«

»Natürlich, und… Ja, ich hatte gehofft…« Otto brach ab, als

sein Blick über Blaise' Schulter fiel. »Tony, meine Liebe, hier ist einer deiner Bewunderer.«

Tony stand in der Tür. Als Blaise sich umdrehte, wurde sie blass und hielt sich am Türgriff fest. Dann wandte sie sich ab, als wolle sie wieder gehen, rührte sich aber nicht vom Fleck.

Blaise machte einen Schritt auf sie zu, dann blieb auch er stehen. »Toinette«, sagte er.

Ottos Blick wanderte von ihm zu ihr, und ihm wurde vieles klar. »Ich packe Ihr Bild rasch ein, Mr. Fougère«, sagte er, obwohl er merkte, dass sein Kunde ihn nicht beachtete.

Tony hatte sich gefasst und sah ihn an. »Hallo, Blaise. Was für ein Zufall!«

»Blumen im Fluss«, sagte er. »Ich habe es gesehen. O Gott, verzeih mir, Toinette, verzeih mir!«

»Bitte«, flüsterte sie, »bitte, tu mir das nicht an. Nimm dein Bild und geh!«

Sie wandte sich ab, doch er war schon an der Tür, bevor sie entkommen konnte. »Toinette, ich habe keinen Augenblick aufgehört, an dich zu denken«, hörte er sich sagen. »Ich habe dein Bild gesehen, Tony. Das bist du. Ich weiß, was es bedeutet.«

»Es bedeutet, dass du mich vor fünf Jahren verletzt hast – wahrscheinlich fast so sehr wie ich dich. Aber das Mädchen auf dem Gemälde gibt es nicht mehr. Es braucht dir nicht Leid zu tun. Ihm geht es gut.«

»Aber mir nicht, Toinette.«

»Das ist hervorragend«, entgegnete sie kühl. »Dieses Tremolo in der Stimme … du solltest es in *Othello* verwenden.«

Sie riss sich von ihm los und rannte hinaus, und er stand da wie gelähmt, viel zu verblüfft, um ihr zu folgen.

Otto, der durch die Glaswände seines Büros alles beobachtet hatte, kam heraus und versuchte zu lächeln. »Ich habe das Gemälde eingepackt, Monsieur. Ein kleines Juwel. Ich wünschte, sie würde *Blumen im Fluss* oder ähnliche Werke verkaufen, aber sie bietet nur die Landschaften an – und ihre Schwäne.«

Der prominente Kunde schwieg und starrte auf die Tür. »Ich habe eines der Schwanenbilder in meinem Büro, Monsieur.«

Blaise hob die Hand. Otto hatte diese anmutige Geste schon oft auf der Bühne gesehen. Sie hieß: Komm mir nicht zu nahe. Er achtete nicht darauf. »Ich möchte es Ihnen nicht verkaufen, Monsieur, aber ich glaube, Sie sollten einen Blick darauf werfen. Bitte!«

Blaise folgte ihm.

Das Gemälde war klein. Blaise erkannte die Bucht und die Landzunge. Ein Schwan strebte auf die Küste zu, ein wunderbares, außerordentlich schönes Tier. Auf seinem stolzen Kopf sah man einen Schimmer von Gold, fast wie ein zufälliger Fleck. Hatte die Künstlerin das beabsichtigt? Blaise' Herz, das auszusetzen drohte, als Tony gegangen war, fing an zu rasen. Er beugte sich vor und lachte. Wie schaffte sie das nur? Aus der Nähe sah der kleine Fleck wie eine Krone aus. Er warf Otto einen Blick zu und lächelte.

»Früher nannte sie es *Lohengrin*«, erklärte Otto. »Als ich später danach fragte, meinte sie: Es ist nur ein Schwan. *Au revoir*, Monsieur Fougère, viel Spaß mit Ihrem Bild.«

Blaise griff nach dem Gemälde und klemmte es unter den linken Arm. Dann streckte er Otto die Hand entgegen.

»Es ist mir eine Ehre, Monsieur«, sagte Otto, und Blaise wusste, dass er nicht den Verkauf des kleinen Gemäldes meinte.

Auf der Straße hielt er nach Tony Ausschau, natürlich vergeblich. Er wusste, wo sie war. Nicht heute Abend, er hätte die Reise noch nicht antreten können, aber irgendwann, bald … Mit einem Satz sprang er an den Gehsteigrand und winkte ein Taxi herbei. Als er wieder in seinem Hotel war, packte er das kleine Bild aus und stellte es auf seinen Frisiertisch. Vorsichtig berührte er die Landzunge.

»Nicht anfassen! Die Farbe ist immer ein bisschen fettig.«

»Ich weiß, *ma mie*, ich weiß.«

Verzeih mir, Toinette.

Othello wurde ein Triumph. Die Aufführung musste aufgezeichnet werden. Auch eine Fernsehübertragung war geplant. Die Arbeit stand für Blaise immer an erster Stelle, aber dennoch – er musste weg. Es ging nicht anders. Er studierte seinen Terminkalender, den Stefan stets so gewissenhaft führte, und fand zwei freie Tage.

»Ich fahre nach Schottland.«

»Sehr gut, Sir.«

»Wenn ich sagen würde, ich fahre zum Mars, würden Sie das auch begrüßen, Stefan?«, neckte er seinen unerschütterlichen Sekretär.

»Wahrscheinlich, aber ich würde mich wohl nach dem Transportmittel erkundigen. Ich werde einen Wagen reservieren lassen.«

Als Blaise in Torry Bay ankam, war Tony nicht da.

Bis zu dem Augenblick, als er das Cottage sah, hatte er im tiefsten Innern geglaubt, sie würde auf ihn warten, ihn anhören und ihm dann eine zweite Chance geben. Nieselregen fiel, und das Cottage wirkte verwaist und trostlos. Die Tür war verschlossen, die Fenster gähnten leer, traurig und leblos, so wie er sich jetzt fühlte. Was für ein Unsinn, mitten in einer schwierigen Produktion eine so weite Reise zu machen! Er kehrte zu seinem Leihwagen zurück und ließ den Motor an, aber eine Zeit lang saß er noch da und betrachtete das Cottage, wo er so unglaublich glücklich gewesen war und wo er den schlimmsten Schmerz seines Lebens erlitten hatte. Oder war das unfair gegenüber Eleanor? Auch sie hatten gemeinsam viel durchgemacht, die Fehlgeburten, die Geisteskrankheit.

Ach, Toinette, ich brauche dich so!

Es hatte aufgehört zu regnen, und die Sonne brach durch die Wolken. Er machte den Motor aus und stieg wieder aus. Ein letzter Blick von der Landzunge aus. Vielleicht würde ja der Schwan über die Bucht kommen, um Lohengrin zu den Rittern des Heiligen Gral zurückzubringen.

Mein Gott, war das schön! Bis zu diesem Augenblick hatte er nicht begriffen, dass Torry Bay ebenso wie Toinette ein Teil von ihm geworden war. Wenigstens hatte er das kleine Bild. Er würde es überallhin mitnehmen, ein weiterer Spleen, wie das Kopfkissen, das er brauchte, um in einem Hotelzimmer Schlaf zu finden. Er warf einen Blick auf die Mulde zwischen den Felsen.

Liebe mich, Toinette.

Gleich sind wir im Cottage.

Ich kann nicht warten.

Er musste fort von hier. Gleich würde er zu weinen anfangen wie ein Kind. Er hob die Hand, wie er es auf den Bühnen der Welt schon tausendmal getan hatte.

Lebt wohl, hieß diese Geste. Seine Fans wussten dann, dass er nicht wiederkam, ganz gleich, wie heftig sie applaudierten.

Sie stand neben seinem Wagen, eine kleine Reisetasche neben sich. Als sie aufblickte, sah sie ihn. Er ging auf sie zu, langsam und voller Furcht, sie könne ihn abweisen. Als er näher kam, erkannte er den Ausdruck in ihren Augen und fing an zu laufen.

Er hatte sie nicht verdient – weder ihre Liebe noch ihr Mitgefühl, noch ihre Großzügigkeit. Sie gab und gab immer nur, ohne jeden Groll. Er wusste es, er verstand es, aber in allen Sprachen, die er beherrschte, fand er nicht das rechte Wort dafür.

»Toinette, Toinette!« Er konnte nicht weitersprechen, also zog er sie an sich, küsste ihr Haar, ihre Wangen, ihre Lippen.

»Es ist gut«, sagte sie. »Ich verstehe. *Je comprends, ma mie. Ma mie.*«

So hatte sie ihn noch nie genannt, oder vielleicht einmal vor dem Krieg. *Ma mie.* Er hielt sie in den Armen und sah ihr in die Augen. Dann fiel er auf dem steinigen Weg auf die Knie, ließ die Hände über ihren schmerzlich dünnen Körper gleiten und umschlang ihre Beine. Er drückte seinen Kopf gegen ihren Bauch, gegen ihren Schoß, aus dem sie unter körperlichen und seelischen Qualen sein Kind abgetrieben hatte, ihr gemeinsames Baby, ihren singenden Engel, und er weinte. Und wie immer tröstete sie ihn.

»Es ist gut. Ich verstehe dich. *Je comprends. Je t'aime, Blaise.* Ich habe nie aufgehört, dich zu lieben.«

»Ein Baby«, begann er. »Es war so …« Er verstummte, presste seinen Kopf gegen ihren Bauch, spürte, wie weich und warm sie war, und atmete ihren Duft ein, jene einzigartige Mischung aus Seife, Farbe, Terpentin und frischer Luft.

»Es war mein Fehler, Toinette, ein schlimmer Fehler, und ich habe dafür bezahlt.«

Sie versuchte ihn aufzurichten. »Es ist vorbei, und du bist da. Auch ich habe einen Fehler gemacht, und auch ich habe dafür bezahlt. Wir haben beide bezahlt, *ma mie,* aber jetzt … können wir einen Neuanfang machen, wenn du mich liebst.«

»Ohne dich bin ich nichts, Toinette. Ich bin Technik ohne Wärme, ein Automat. Man fordert: des Grieux, Cavaradossi, Rodolfo, und ich funktioniere, aber ich bin ein Mann ohne Herz, Toinette. Denn ich habe es hier gelassen.«

»Aber du hattest doch meines, mein Lieber. Immer hattest du meines.«

Er stand unbeholfen auf, und sie lehnte sich an ihn und genoss das einst so vertraute Gefühl der Zusammengehörigkeit.

»Es ist kein Wein mehr im Haus.«

»Ich habe nichts mitgebracht.«

Sie verlor sich in seinen schönen Augen. »Du hast dich mitgebracht.«

Arm in Arm gingen sie zum Cottage.

»Sag mir nicht, für wie lange«, bat sie, als sie nach oben gingen.

»Ein Wort von dir, und es wird für immer sein.«

Sie sagte nichts, sondern hielt nur seine Hand fest umklammert, als sie ihr altes Zimmer betraten und sich mit demselben brennenden Verlangen in die Arme schlossen wie in ihrer Jugend.

Er war zärtlicher und leidenschaftlicher als je zuvor. Doch diesmal war er es, der im Augenblick der Erfüllung stöhnte: »Ich sterbe.«

Tony begann *Zuflucht vor dem Sturm* zu malen, noch während er im Flugzeug saß.

Sie malte ihre geliebte Landzunge, den Himmel, wie er sich nur allzu oft über ihre kleine Bucht spannte – mit bedrohlich tief hängenden Wolken. Sie malte das Meer, grau und gepeitscht vom Wind, und sie malte Lohengrin, den Schwan, der mit seiner ganzen Sippe in der Bucht Schutz suchte.

Aber auf die Landzunge malte sie … zwei Gestalten, einen Mann und eine Frau. Der Mann hielt die Frau in den Armen, ihr Kopf ruhte an seiner Brust, seine breiten Schultern schützten ihren zartgliedrigen Körper vor dem Sturm, der über das Meer raste. Er war ihre Zuflucht. Sie verlor sich in ihm, und sie begriff nie, dass ihre Kraft es ihm ermöglichte, mit dem Leben fertig zu werden, dass sie ihm die Kraft gab, zu arbeiten, zu lernen, zu sein, was er war. Sie hatte das Wort *mie* im Lexikon nachgeschlagen. Es heißt »Brotkrumen«. Eine Koseform. Ihr erster Französischlehrer hatte ihr erklärt, dass die Franzosen ihre Lieben *mon petit choux* nennen, »mein kleiner Kohlkopf«. Wahrscheinlich war *ma mie* ähnlich aufzufassen, aber was sie ihm tatsächlich bedeutete, sollte sie erst gegen Ende ihres Lebens erfahren.

KAPITEL 23

Torry Bay 1999

Er war der letzte Mensch auf der Welt, den sie in dieser Verfassung sehen wollte. Auf der Fahrt von London hierher hatte sie ununterbrochen geweint und sich geschämt, als ihre Nachbarn im Zug ihr Hilfe anboten oder sich wegsetzten, weil sie sie für betrunken hielten.

»Möchten Sie eine Tasse Tee, Miss?«

Die Engländer und ihr Tee.

Nein, ich möchte, dass Tony noch lebt, mit Blaise verheiratet und Mutter all dieser *bébés chantants* ist. Wenn Holly das ausgesprochen hätte, dann hätte man sie wohl für angesäuselt oder verrückt gehalten, so verrückt wie die arme Eleanor.

Und nun, da sie zwei Aspirin und ein heißes Bad vertragen konnte, stand Taylor vor der Tür.

»Wollen Sie mit mir essen gehen, Holly?«

Irgendjemand ist hier wirklich verrückt.

Sie starrte ihn verständnislos an. »Essen?«

»Ja, Sie wissen schon, Suppe und Fleisch, zwei Gemüsesorten und Nachtisch, ›wenn du brav warst‹.«

Da packte sie die Wut. »Wie sind Sie überhaupt hierher gekommen, Sie Wahnsinniger? Stellen Sie mir nach, oder was?« Taylor Hartman tauchte ständig auf wie ein Springteufelchen aus der Kiste.

Er lachte. »Werden Sie nicht melodramatisch. Meine Mutter hat mir erzählt, dass ihr zusammen gegessen und euch anschließend die Bilder noch einmal angesehen habt. Sie hat mir auch verraten, wo Sie sind. Da dachte ich, wir könnten miteinander reden. Ich habe alle Londoner Verkehrsregeln übertreten, um es rechtzeitig zum Bahnhof zu schaffen, hab den vermaledeiten Zug aber trotzdem verpasst. Ich habe geglaubt, in diesem schrecklichen Land hätten Züge grundsätzlich Verspätung.«

Trotz der Kopfschmerzen, die ihr die Schädeldecke zu sprengen drohten, brachte Holly ein Lächeln zustande. Sie musterte ihn angestrengt. »Wie sind Sie dann hergekommen?«

»Da gibt es diese neue Erfindung aus Amerika. Flugzeuge heißen die Dinger.«

Jetzt sah sie ihn dreifach. Keiner der drei gefiel ihr. »Sie sind verrückt«, erklärte sie und bereute ihre Worte sofort. »Tut mir Leid, es war nur ein ziemlich bescheuerter Tag.«

»Ein Schluck Alkohol kann da Wunder wirken.«

»Ich glaube wirklich nicht, dass ich heute Abend mit Ihnen klarkomme, Taylor.« Sie drehte sich um und ging zum Haus.

Nachdem sie die Tür hinter sich zugezogen hatte, liefen ihr schon wieder Tränen übers Gesicht. Gott im Himmel, reiß dich zusammen, Holly!

Sie suchte Zuflucht in ihrem kühlen, dunklen Zimmer und legte sich vollständig angezogen aufs Bett. Beinahe wäre sie eingeschlafen, da klopfte es.

Das durfte nicht wahr sein! Für so unwiderstehlich konnte er sich doch nicht halten.

»Gehen Sie!«, rief sie aufgebracht.

»Zimmerservice.«

Sie öffnete die Tür. Taylor hielt ein Tablett in der Hand. Darauf stand eine dampfende Tasse und ein in Folie gewickeltes Päckchen. Wortlos trat sie beiseite, ließ ihn herein, und er stellte das Tablett ab. Er sagte nichts, sondern ging so leise, wie er gekommen war, wieder hinaus.

Ich will Taylor nicht mögen.

Stunden später klingelte ihr neues Telefon. Sie spürte ein erwartungsvolles Kribbeln in der Magengrube, als sie abnahm.

»Wir müssen reden, Holly.«

»Wo sind Sie?«

»In dem kleinen Gasthaus, wo wir mal gegessen haben. Die Leute hatten Erbarmen mit einem Fremdling, der von der Dunkelheit überrascht wurde. Ich habe ihnen erklärt, dass Sie mich rausgeworfen haben und dass ich mit meiner Körpergröße in dieser Nussschale von Auto nicht schlafen kann.«

»Vielen Dank, dass Sie meinen Nachbarn das erzählt haben, Taylor. Mich würde nur interessieren, wann Sie die einstweilige Verfügung aufheben lassen?«

»Das kann ich nicht.«

»Heute – gestern – habe ich herausgefunden, dass Ihr werter Onkel ein Mistkerl war, der meiner Tante das Leben zur Hölle gemacht hat. Sie wissen doch von der Abtreibung, oder?«

Sie spürte, dass es ihm den Atem verschlagen hatte. »Abtreibung? Das ist nicht wahr. Ich kann es nicht glauben. Er war …«

»… nur auf seine Karriere und sein Image bedacht, deshalb hat er zugelassen, dass mein Tante ihr gemeinsames Kind abtrieb. Anschließend hat er ihr den Laufpass gegeben. Auf Wiedersehen, Taylor!« Sie knallte den Hörer auf die Gabel, verharrte noch einen Moment vor dem Telefon, bevor sie in ihr Schlafzimmer zurückging und sich aufs Bett warf.

Wann wurde es eigentlich leichter? Wie schafften es manche Frauen nur, mit heiterer Gelassenheit durchs Leben zu gehen? Wachten sie einfach morgens auf und hatten für alle Zeiten die richtige Bemerkung auf den Lippen, traten nie ins Fettnäpfchen und boten bei allen gesellschaftlichen Anlässen eine elegante Erscheinung? Andere Leute konnten das. Warum machte Holly Noble dann immer alles falsch? Verdammt noch mal: Zu jedem Thema erschienen heutzutage Bücher, aber sie hatte noch nie einen Titel gesehen, der dem Leser Selbsterkenntnis versprach. Für den inneren Frieden gab es jede Menge Rezepte: Treiben Sie Yoga, zünden Sie Kerzen an, legen Sie sich in die Badewanne. Aber wenn das ganze Leben Kopf stand, dann diente ein heißes Bad allenfalls der Reinlichkeit – und trocknete die Haut aus.

Darüber musste Holly lachen. Sie stand auf, ging nach unten

und öffnete die Tür, um den Frieden von Achahoish ins Haus zu lassen. Sie beschloss, ein wenig frische Luft zu schnappen, wanderte auf die Landzunge hinaus und ließ den Blick über die nächtliche Bucht schweifen. Dann drehte sie sich um und sah, wie sich der Mond über die Steinmauern hinter dem Cottage schob und sein silbriges Licht über das Dach, den Schornstein und die Rhododendronbüsche goss. Wie wild sie wucherten! Tony hatte sie immer zurückgeschnitten, da sie sich hemmungslos ausbreiteten, wenn man nicht eingriff.

Plötzlich wurde Holly von einer grenzenlosen Erschöpfung überwältigt, und sie schleppte sich zurück ins Cottage, stieg die Treppe hinauf und ließ sich bäuchlings auf ihr Bett fallen. Sechs Stunden später wachte sie wütend auf – wie immer, wenn sie eingeschlafen war, ohne sich zu waschen und die Zähne zu putzen.

Die Eingangstür stand weit offen, und im Wohnzimmer hatten es sich zwei Schafe gemütlich gemacht. Ein schwarzgesichtiges Tier, das sich auf dem Kaminvorleger niedergelassen hatte, schenkte ihr einen gleichmütigen Blick, während ihr das zweite Tier, mit den Vorderhufen auf dem Tisch stehend, das Hinterteil präsentierte. Es hatte bereits einen Gutteil der rot-weiß-karierten Tischdecke verspeist und hätte sich auch den Rest schmecken lassen, wenn seine Gastgeberin nicht eingeschritten wäre. Nun ließ der Eindringling von seinem Zerstörungswerk ab, drehte sich um und lief, immer wieder auf dem glatten Boden ausrutschend, zur Tür, wobei er eine Menge schwarzer Kötel fallen ließ.

»Ihr blöden Schafe!«, brüllte Holly. Das zweite Tier sprang auf und folgte seinem Artgenossen im Galopp.

»Nicht gerade eine Arbeit, die man sich auf nüchternen Magen wünscht«, jammerte Holly, während sie zum Besen griff und die Hinterlassenschaft der Tiere zur Tür hinauskehrte.

Als der Kaffee fertig war, lachte sie schon wieder. Was Taylor wohl getan hätte?

Sie sah ihn vor sich: groß, breitschultrig – und ach so männlich. Zum Teufel mit ihm! Ist mir doch gleich, was er getan hätte.

Sie trat mit ihrer Kaffeetasse zum Tisch, sammelte die Überreste der Tischdecke ein und warf sie in den Müll. Dann wurde ihr klar, dass die Schafe nicht nur aufgetaucht waren, weil die Tür offen stand, sondern weil die Reids nicht hier waren.

Sie rief bei den Handwerkern an.

»Das hätte heute keinen Sinn gehabt, Missus. Die haben das falsche Bad geliefert. Das richtige soll nächste Woche kommen.«

Vorsehung. Plötzlich hatte Holly Lust, einen Luftsprung zu machen wie die verschreckten Schafe.

»In Ordnung, Mr. Reid. Übrigens habe ich beschlossen, die alte Badewanne zu behalten. Mir gefallen die Zehennägel. Würden Sie sie bitte in das neue Badezimmer einbauen.«

»Es ist Ihr Bad, Missus.«

Das meine ich aber auch, fand die »Missus«.

Holly schenkte sich noch einen Kaffee ein und wanderte mit der Tasse zur Landzunge hinaus. Auf dem Rückweg des erfrischenden kleinen Spaziergangs sah sie den roten Kleinbus des Briefträgers von der Landstraße abbiegen und nach Torry Bay hinunterkriechen.

Er brachte Briefe aus London, Glasgow und Edinburgh. Mr. Gilbert hatte mehrere Schmuckstücke für sie verkauft und riet ihr, den Erlös mit Unterstützung eines Finanzberaters anzulegen. Sehr nett. Sie müsste dem Investmentguru erklären, dass die Rechnung der Reids ein hübsches Sümmchen verschlingen würde.

Die Käufer ihres Appartements wollten die Wohnung einschließlich der Möbel übernehmen. Holly verspürte einen Stich. So viele Hoffnungen und Träume waren mit dem Kauf der Wohnung und der Möbel verbunden gewesen! Sie straffte die Schultern. Jetzt war Torry Bay ihr Heim, und wenn der Umbau erst fertig war, würde sie ihr Cottage mit der neuen Zentralheizung sonnengelb streichen. Sie hatte – seit den missglückten Malversuchen ihrer Kindheit – keine Farbe mehr angerührt, aber sie würde es schon schaffen, eine Wand zu streichen. Ein schönes Sommerprojekt für die neue Holly Noble.

Otto wollte wissen, ob er die Gemälde in seine Lagerräume schaffen solle. Sie erreichte ihn in seinem Büro.

»Ich habe Mrs. Hartman zum Lunch getroffen, bevor sie nach New York zurückgeflogen ist, Holly. Sie meint, ihr Sohn sucht einen Kompromiss.«

»Ja, er möchte die Gemälde für einen gewissen Zeitraum unter Verschluss halten, sagen wir mal zwanzig Jahre. Dann sollen sie ausgestellt werden. Aber ich bin nicht bereit, so lange zu warten. Ich möchte, dass Tony berühmt wird.«

»Selbst wenn das den Bruch mit Taylor bedeutet?«

»Wie kommen Sie eigentlich auf die Idee, dass mich seine Meinung auch nur im Geringsten interessiert?«

Er lachte, sagte »liebe Holly« und legte auf.

Später unternahm Holly ihren Lieblingsspaziergang entlang der Küste, konnte die lästigen Gedanken aber nicht abschütteln. John wollte nach wie vor nicht wahrhaben, dass sie mit ihm Schluss gemacht hatte. Er hatte großmütig beschlossen, sie brauche »ein bisschen Zeit, um wieder zur Vernunft zu kommen«. Männer!

Sie schaute auf ihr Cottage zurück. Im Licht des Spätnachmittags wirkte die Lampe, die sie im Wohnzimmer hatte brennen lassen, freundlich und anheimelnd. Ihr wurde warm ums Herz.

Ich bin glücklich.

Das Leben war zwar nicht perfekt, aber es war schön. Hatte dieses Cottage tatsächlich tiefe Liebe, die schlimmste Tragödie und grenzenlosen Schmerz gesehen? Von der Tragödie war längst nichts mehr zu spüren. Nur die Erinnerung an eine bedingungslose Liebe lebte noch in den alten Steinmauern. Hießen die Geister sie ebenso freundlich willkommen wie die kleine Lampe? Hastig trat Holly den Rückweg an. Wie wunderbar war es doch heimzukommen! Daheim – was für ein schönes Wort. Bald habe ich eine Zentralheizung. Dann habe ich alles, was ich brauche.

Mein Schatz.

Ich komme zurecht. Der Mann fürs Leben wäre auch nicht schlecht, aber es geht auch ohne.

Denk nicht so viel, Holly, entspann dich einfach!

Sie würde das Cottage streichen, und wenn es ihr langweilig werden würde, könnte sie am Strand spazieren gehen und Muscheln sammeln. Abends würde sie den Kamin anmachen und sich mit einem Buch ans Feuer setzen. Der Duft des Holzfeuers bedeutete Geborgenheit.

Vor dem Cottage parkte ein Wagen.

Bitte nicht die Klempner!

Schlimmer. Es war Taylor.

»Gehen Sie!«

Er wartete darauf, dass sie die Tür aufsperrte. Eine Weile stand sie da und schaute ihn an. »Ich gehe nicht, Holly, nicht, bevor Sie es mir erklärt haben. Ich habe meine Mutter angerufen – wegen der Sache mit der Abtreibung. Machen Sie die Tür auf, oder sollen wir hier draußen herumstehen und uns anschreien?«

Sie schloss auf. »Ich habe keineswegs vor, Sie anzuschreien, Taylor. Ich bin müde …«

»Ich werde warten.«

Es hatte keinen Sinn. Sie gab nach und trat vor ihm ein.

Hollyberry. Mein Schatz.

Sie lächelte. »Öffnen Sie die Vorhänge, ich koche inzwischen Kaffee«, schlug sie vor. »Sie können bestimmt einen gebrauchen.«

Er folgte ihrer Aufforderung und setzte sich dann an das Fenster mit Meerblick. Nachdenklich spielte er mit den Steinen. Holly 1970, Holly 1972. »Niedlich«, sagte er und lächelte, aber seine Augen waren traurig.

Sie stellte zwei Kaffeetassen auf den Tisch. »Es ist nichts zu essen im Haus«, erklärte sie ungnädig, und diesmal lächelten auch seine Augen.

»Ich weiß, dass Sie gelegentlich mit dem Haushalt auf Kriegsfuß stehen. Deshalb habe ich Ihnen das Abendessen mitgebracht – gestern wollten Sie ja nicht mit mir essen. Ich habe sogar an den Wein gedacht.«

»Ich habe auch heute nicht vor, mit Ihnen zu essen.«

»Warum eigentlich nicht?«, fragte er. »Sogar Todeskandidaten kriegen eine Henkersmahlzeit.« Er nahm sich eine Tasse und trat wieder ans Fenster. Sie konnte sein Gesicht nicht sehen.

»Holly, meine Mutter sagt, dass Sie Recht haben, aber fest steht, dass mein Onkel eine Abtreibung nicht gewollt hätte. Das weiß ich einfach.«

Er schaute sie an. Seine Haltung erinnerte sie an ... Blaise, natürlich. Er sah aus wie Blaise, groß, muskulös, lässig elegant. Nur die Augen waren anders. Sie senkte den Kopf, doch dann richtete sie den Blick wieder auf ihn.

»Wie auch immer, jedenfalls hat er es zugelassen.«

Taylor ließ sich auf den Sitz am Fenster nieder. »Er hat es nicht gewusst, Holly. Wenn er es gewusst hätte, warum existiert dann dieses Bild – *Schmerz*? Tonys Meisterwerk?«

Dieser Gedanke war ihr noch nicht gekommen. »Na schön, er hat Tony nicht zur Abtreibung geraten, aber offenbar ist sie so vernarrt in ihn gewesen, dass sie sich nicht getraut hat, es ihm zu sagen. Sie hat ihn so sehr geliebt, dass ...« Wieder weinte sie, ohne dass es ihr jedoch Erleichterung bereitet hätte. Es war ein ersticktes Schluchzen, dass im Hals brannte, während ihr heiße Tränen in die Augen schossen und über die Wangen liefen. »Ich hasse ihn«, schluchzte sie. »Ich hasse ihn!«

Hollyberry. Hollyberry.

Er nahm sie in die Arme und hielt sie umschlungen. Sie spürte sein Herz und versuchte ihn zu schlagen. »Ist schon gut«, sagte er wie ein Vater, der sein Kind hält, und sie sträubte sich nicht länger und ließ sich von ihm trösten, bis ihr Schluchzen verebbte und nur noch ein Schluckauf zurückblieb. »Ich hasse ihn«, stieß sie mit einem Seufzer hervor.

Mein Schatz.

Sie hatte aufgehört zu weinen, aber er ließ sie nicht los. »Es kommt nicht darauf an, was du empfindest, sondern was Tony empfunden hat.«

»Ich weiß, aber manchmal habe ich das Gefühl ... ach, manchmal fühle ich mich, als wenn ich Tony wäre… als ob ich ihren Schmerz spüren würde.« Sie sah zu ihm auf, und jetzt schien es ihr doch so, als habe er die Augen von Blaise. Sie zeigten weder Ironie noch Spott, sondern waren ruhig, klar und freundlich. »Damit meine ich nicht… ich glaube nicht wirklich, dass ich Tony bin – Mist, es ist so schwer zu erklären! Es war 1957, Taylor. Gott weiß, wer das gemacht hat. Und wie schrecklich es gewesen sein muss, wie gefährlich! Und außerdem war es illegal.« Der Schmerz, der Schrecken und die Wut, die sich in ihr angestaut hatten, suchten sich nun ein Ventil. »Als guter Katholik hat er wohl nichts von Scheidung gehalten. Warum hat er das zugelassen, Taylor?«

Sie spürte seine Anspannung. Es war, als ziehe er sich in sich zurück. Er schien entrückt. Hatte sein Onkel in seinem Beruf auch diese phänomenale Selbstbeherrschung bewiesen?

»Wir wissen nur, was uns die Gemälde verraten. Ich dachte, ich hätte Blaise gekannt. Du hast geglaubt, Tony zu kennen. Wir haben sie gekannt und doch nicht gekannt. Nimm es hin. Die ganze Wahrheit werden wir nie erfahren. Du interpretierst Dinge in die Gemälde hinein, die du darin sehen willst, um deinen Glauben an diese große Liebe zu bestärken.«

»An die du im tiefsten Herzen auch glaubst! Nur dass dein angekratztes Ego und dein Familienstolz dir nicht erlauben, es zuzugeben.«

Seit wann duzen wir uns eigentlich?

»In Gottes Namen, Holly, sie kann malen. Gut, ich gebe zu, sie war eine große Malerin. Und jetzt machen wir einen Spaziergang am Strand.«

Er ließ sie los, und sie schämte sich beinahe, dass er sie so lange in den Armen gehalten hatte. Was musste er jetzt denken?

»Der Strand wird dir nicht sonderlich gefallen. Es gibt kaum Sand.«

»Das ist hübsch«, meinte er zehn Minuten später. »Darf ich einen Stein mitnehmen und ›Taylor, 1999‹ draufschreiben? Oder hätte dein John was dagegen?«

»Das geht ihn nichts mehr an.« Sie vermied es, Taylor in die Augen zu schauen, und beschleunigte ihre Schritte. Am liebsten hätte sie ihm gesagt, dass sie frei sei, aber sie brachte es nicht über sich. »Es gab ein Gemälde, das die Welt nie zu Gesicht bekommen wird: *Bébés chantants*.«

Er machte ein verdutztes Gesicht. »Die singenden Babys?«

»Sie hat ihre Babys gemalt, wie sie auf Wolken sitzen und darauf warten, geboren zu werden. Alle Babys haben gesungen und gemalt, aber das Bild ist nicht auffindbar.«

»Vielleicht hat sie es übermalt. Vielleicht weiß Otto etwas darüber. Aber weißt du, sie sind ja nicht tot, sie sind nur noch nicht zur Welt gekommen. Schau, die Wolke.«

Sie blickte empor. Es hingen Wolken am Himmel, keine weißen wie auf Tonys Gemälde, sondern hellgraue, die in der Abendsonne rötlich schimmerten.

Seraphim saßen nicht darauf.

»Sieh mal, sagte er, »dort auf der rosa Wolke verpasst die freche kleine Göre ihrem Bruder Farbkleckse auf den Hintern.«

»Wirst du an schottischen Stränden immer so albern?«

»Nur wenn kein Sand da ist.«

Schweigend wanderten sie zurück zum Cottage.

»Du solltest Geranien in die Blumenkästen pflanzen. Das würde den ganzen Sommer über toll aussehen.«

»Der fängt hier erst im Juli an.«

»Da hättest du zwei volle Monate lang Blumenschmuck. Wunderbar.«

»Frieden, Taylor. Wir essen zusammen, dann gehe ich schlafen, und wenn ich wieder aufwache, wirst du fort sein.«

»Fein. Weiß- oder Rotwein?«

»Ist mir gleich.« Sie klang schroffer, als sie beabsichtigt hatte.

»Dann nehmen wir den Roten. Der Weiße dürfte nach den Stunden im Auto zu warm sein.«

Das Essen sah köstlich aus. Holly bedankte sich. Er schnitt seine Quiche. »Warmes Essen ist eine tolle Erfindung, was meinst du?«

Sie lachte. »Hasst du kalte Quiche?«

»Hassen ist übertrieben. Verabscheuen trifft es besser.«

»Ich habe einen Backofen«, erklärte Holly und griff nach den Tellern.

Er folgte ihr in die kleine Küche. »Ich habe mich nicht getraut, es vorzuschlagen.«

»Das kann ich mir vorstellen.«

Hätte sie Tony und ihren Schmerz vergessen können, wäre Taylor ihr richtig sympathisch gewesen.

Hollyberry.

Du hältst dich da raus!

Sie aßen warme Quiche und tranken einen wunderbaren Bordeaux dazu, gefolgt von einer Nachspeise, die auf der Zunge zerging und eine liebliche Erinnerung hinterließ. Die Unterhaltung kreiste nur um Hollys Pläne mit dem Cottage, aber sie blieben bis lange nach Einbruch der Dunkelheit am Tisch sitzen. Keiner von beiden wollte die Abendstimmung mit grellem elektrischem Licht zerstören. Taylor erzählte von seinem Studium in Oxford, wo man ihm, wie er mit ernster Stimme behauptete, wirklich das Herz gebrochen habe. Das mochte stimmen, aber nun erinnerte er sich offenbar nur noch an Freude und Vergnügen. Er griff nach der Flasche, um nachzuschenken, überlegte es sich dann anders und stellte sie hinter sich auf die Anrichte.

»Lieber nicht.«

Holly stand auf. »Ich spüle.«

»Du hast die Quiche warm gemacht.«

Sie lachte und sah ihn an.

Ein schwerer Fehler, Holly.

Sie schwankte ein wenig. Nein, unmöglich. Nach zwei Gläsern Wein? Aber was sonst hatte sie benebelt?

Seine Finger berührten ihre Wange. »Ich räume ab.«

Sie stand immer noch da, unfähig, sich zu bewegen. Seine Hand löste sich von ihrer Wange, und schon lag sie in seinen Armen. Seine warmen, weichen Lippen fanden die ihren, während er sie an sich zog. Sie erwiderte den Kuss, und er wurde immer verwegener. Sie fürchtete zu ertrinken und musste sich an ihm festhalten. Ein Feuer loderte auf, das sie erloschen geglaubt hatte. Sie schmiegte sich noch enger an ihn, denn nur er konnte sie beschützen. Seine Zunge drängte sich zwischen ihre Lippen, und Holly schmolz dahin.

Er ließ sie so abrupt los, dass sie beinahe gestolpert wäre. »Verzeih mir, Holly!«

Sie bemühte sich um Nonchalance, während sich ihr Herzschlag beruhigte. Aber sprechen konnte sie nicht.

»Geh du zuerst hinauf. Ich erledige den Abwasch.« Und um keinerlei Zweifel daran zu lassen, dass er nicht vorhatte, die Nacht mit ihr zu verbringen, fügte er hinzu: »Gute Nacht, Holly.«

Sie stolperte die Treppe hinauf und schloss sich im Bad ein. Nach einer hastigen Katzenwäsche huschte sie in ihr Zimmer.

Hatte sie sich ihm an den Hals geworfen?

Nein, daran waren wir beide beteiligt.

Tony.

Ich bin da, mein Schatz.

Getröstet zog sich Holly aus und kuschelte sich ins Bett. Sie lag da und lauschte den Geräuschen, die aus der Küche heraufdrangen. Erleichtert registrierte sie, dass er nicht lachte. Schließlich folgten die Geräusche, die sie fürchtete – er kam die Treppe herauf.

»Holly.«

Was sollte sie tun, was antworten?

»Ich will dich wirklich, Holly. Unten war ich drauf und dran, dich zu verführen.« Er lachte ein wenig. »Dieses Zimmer ist einfach zu klein für meine Verführungskünste. Ich habe mir sogar überlegt, dich die Treppe raufzutragen, aber das elende Treppenhaus ist zu eng. Hätte ich mich vornüber gebeugt, dann hätte ich deinen Kopf gegen die Wand geschlagen, hätte ich mich aufgerichtet, dann hätte ich mir selber den Schädel angehauen. Die Sache ist die, Holly … wenn du eine der anderen Frauen wärst, die ich je gewollt habe, dann wäre es schon aus, aber nun mache ich mir Gedanken. Liebe? Lust? Es ist dieses verdammte Cottage, hier herrscht eine seltsame Atmosphäre. Wahrscheinlich ist es die Feuchtigkeit. Ich weiß nicht, ob du vielleicht schon selig schlummerst, aber ein andermal nehme ich die Einladung an. *Le cœur a ses raisons que la raison ne connaît pas.* Das stammt von Blaise, aber diesmal Blaise Pascal. Was immer zwischen uns sein mag, es ist nicht vorbei. Vergiss nicht, was ich gesagt habe: Es ist erst vorbei, wenn die dicke Dame gesungen hat. Gute Nacht!«

Er war fort. Holly setzte sich mit wild pochendem Herzen auf und schaute zur Tür. Das französische Zitat hatte sie nicht ganz verstanden. Es ging um das Herz, das seine eigenen Gründe hat – was immer das heißen mochte.

Sie hörte, dass er in sein Zimmer trat und dort lange Zeit reglos dastand. Schließlich quietschten die alten Bettfedern, und dann hörte sie nichts mehr, bis die Morgensonne ihre Augenlider kitzelte.

Holly hatte beschlossen, einfach so zu tun, als sei nichts vorgefallen. »Ich hoffe, dass meine Installateure heute kommen«, sagte sie. »Handwerker tauchen ja nie auf, wenn man auf sie wartet.«

»Das hast du nicht anders verdient, wenn du dich hier in der Pampa verkriechst. Aber einen guten Klempner kannst du wirklich gebrauchen.« Vielleicht erinnerte er sich an sein heißes Bad.

Die Ausstellung! Die Ausstellung musste stattfinden, ganz gleich was zwischen ihr und Taylor passierte oder nicht passierte, denn es ging um Tony – Tony, die nun tot war und sie, Holly, gebeten hatte, ihre Werke zu zeigen.

»Taylor? Was ist mit der Ausstellung?«

»Verkauf mir die Bilder! Ich verdopple mein Angebot. Du kannst dir davon ein Haus mit großen Wänden bauen, wo du die Bilder unterbringst, die du behalten willst.«

»Die beiden möchten aber, dass die Bilder jetzt ausgestellt werden.«

»Mein Gott, du redest schon wieder mit Geistern!«

Wie hatte sie sich je einbilden können, dass sie ihn … ja, gib es zu, Holly, lieben könnte. Holly, das Genie, hat es schon wieder geschafft. Sie hatte sich verrannt, und zwar sehenden Auges, also gab es keine Entschuldigung.

»Du solltest jetzt besser gehen.«

Er stand sofort auf. »Wirf die Badewanne mit den bemalten Zehen nicht raus. Die könnte ich noch gebrauchen.«

Bebend vor Wut sah sie ihn an, aber er lächelte ganz freundlich und offen.

»Denk an die dicke Sängerin!«

Er beugte sich über sie und drückte ihr einen Kuss auf die Lippen, drehte sich um und ging.

KAPITEL 24

TORRY BAY 1969

Klee

»Komm, Blaise, nur noch ein kleines Stück.«

»Was möchtest du mir zeigen?« Er lachte. Immer war sie darauf erpicht, noch ein wenig weiter zu wandern. Die Aussicht vom nächsten Hügel war bestimmt noch schöner. Er hätte sich gern ins Gras gesetzt und Toinette angesehen. Schon bald musste er nach Wien, dann nach Buenos Aires, dann… nein, lieber nicht daran denken, lieber weitergehen und schauen, was die Aussicht vom nächsten Hügel zu bieten hatte. Das Meer natürlich, weitere Hügel, roten und weißen Klee, der sich teilweise schon rosa verfärbte, und Weidenröschen. Die waren neu. In ihrer Kindheit hatte sie sie niemals gesehen. Blaise kannte sie aus Europa.

»Sie sind durch die Bomben hierher gekommen, würde ich sagen.«

»Sei nicht albern. Aus einer Bombe ist noch nie was Lebendiges entstanden.«

»Dann, mein kluges Fräulein, verrat mir mal, warum sie auf zerstörten Straßen wachsen?«

Darauf wusste sie keine Antwort, also wanderte sie schweigend weiter, und er folgte ihr lächelnd. »Meine Lieblingsrolle«, sagte er für sich, »meiner Toinette folgen, wohin sie auch geht.«

Sie hatten zwei traumhafte Tage miteinander verbracht, und immer noch zog sich sein Herz sehnsuchtsvoll zusammen, wenn er sie sah, hörte, roch. Warum? Sie war nicht schön. Schön war Eleanor, aber Tony hatte… das gewisse Etwas. Dieses *Je ne sais pas quoi*…

Sie waren auf dem nächsten Hügel angelangt und standen in einem Meer aus Blüten. »Bleib hier stehen«, befahl sie, nun wieder ganz Malerin. »Wenn ich die Blautöne einfangen kann… Schau dich um, Blaise. Es ist so schön, dass es wehtut.«

»Stimmt«, sagte er, aber sein Blick ruhte auf Tony.

Er gehorchte und blieb, halb zum Meer gewandt, stehen. Ob sie überhaupt merkt, dass ich es bin?, überlegte er, während er sie bei der Arbeit beobachtete. Bin ich nur ihr Modell, bei dem Größe, Gewicht und Farbe stimmen?

Dann schenkte sie ihm ein bedächtiges Lächeln. Ihr Lächeln wanderte von den Augen zum Mund, und da wusste er, woran es lag. Es war ihr Mund. Er wollte sich auf ihren Mund konzentrieren.

Sie vergaß alles andere, während sie rasch die Konturen des Motivs skizzierte, das später höchst begehrt sein würde, und Blaise harrte reglos aus und genoss das Bild, das sie ihm bot.

Sie arbeitet ganz ähnlich wie ich, fand er. Völlige Konzentration, sie nimmt nichts mehr wahr außer ihrer Kunst.

Es fiel ihm schwer, ruhig stehen zu bleiben, denn er spürte, wie etwas sein rechtes Bein emporkrabbelte. Er wagte es nicht hinunterzusehen, wand sich aber innerlich, als irgendein Tierchen in seiner Kniekehle angelangt war.

»Toinette, *s'il te plaît*«, bat er. »Da krabbelt eine Ameise mein Bein hinauf, das macht mich verrückt.«

»Nur eine Sekunde«, sagte sie. »Himmel, Blaise, jetzt hast du alles verpatzt.«

»*Merde!*«, fluchte Blaise und zog sein Hosenbein nach oben. »Tut mir Leid, Toinette, aber sie hat mich gebissen.« Er zerrte an dem Hosenbein, bekam es aber nicht übers Knie.

Tony lachte. »Armer kleiner Junge«, neckte sie ihn. »Von einem kleinen Kribbelkrabbelmonster gebissen. Soll ich das Aua wegpusten? Stell dich doch wieder in diese Positur.«

Er versuchte es, aber ihm war unbehaglich zumute. Er hatte das Gefühl, dass es auf der Wiese ringsum von hungrigen Insekten wimmelte, die es auf seine ungeschützten Beine abgesehen hatten. Benahm er sich kindisch, wie sie meinte? Wie konnte sie es wagen, so etwas zu sagen? Er würde ihr Modell stehen, und dann würde er sich den ganzen Abend von seiner kühlen Seite zeigen, sodass sie sich alle Mühe geben musste, um – wie nannte sie es? – wieder Pluspunkte zu machen.

»Je le regrette«, begann er förmlich und wechselte dann ins Englische. Sie hatte versprochen, Französisch zu lernen, so wie sie geschworen hatte, den Führerschein zu machen, aber wenn sie malte, vergaß sie alles andere. »Ich fühle mich komisch, Tony. Es tut mir Leid wegen des Bildes und des Lichts und deiner Blautöne, aber ich möchte nach Hause.«

Nach Hause. Er nannte das Cottage sein Zuhause. Und das sollte es bleiben, der Ort, an dem er sich sicher und geborgen fühlte und aus nichtigen Gründen schlechte Laune bekommen durfte, so wie jetzt. Sie blickte ihn an, und was sie sah, gefiel ihr nicht.

»Blaise.« Sie ließ Skizzenblock und Zeichenkohle fallen und rannte zu ihm. »Was ist? Lass den Stich mal sehen.«

Blaise begann herumzuhüpfen und versuchte seine Hose auszuziehen. »Ich fühle mich komisch«, flüsterte er. »Ich muss es mir ansehen.«

»Blaise, Blaise, mein Liebling, lass dir helfen.« Sie zog ihm die Jeans herunter. »Es ist nur ein kleiner Stich, Liebling. Schau, siehst du? Er ist in der Kniekehle, ein bisschen gerötet, vielleicht zwei Zentimeter groß, nichts Besonderes. Du brauchst dir keine Sorgen zu machen.«

»Bien«, sagte er mit schmerzlichem Lächeln. »Ein kleiner Stich, und ich bin ein Kleinkind, aber ich kann nicht mehr Modell stehen.«

»Nein, wir gehen heim, Blaise, und es wird wieder gut.« Sie schlang den Arm um seine Taille, er stützte sich auf sie, und sie traten den Rückweg zum Cottage an. Sie sah, dass der süß duftende Klee von Bienen übersät war. Ein schönes Bild. So viel Schönheit, so viel Schrecken. Bestimmt hatte ihn eine Biene gestochen. Sie wagte nicht zu fragen, ob er allergisch dagegen war, aber wenn er es war, dann wäre die Schwellung gewiss viel stärker ausgefallen. Ja, ganz gewiss. Es war nichts. Schließlich war er Sänger, und Sänger sind bekanntlich Hypochonder. Er würde sich bald erholen.

Sie gingen weiter. Warum hatte sie nur darauf bestanden, zu einem noch schöneren Aussichtspunkt zu gehen?

Er stützte sich immer stärker auf sie. »Mir ist schwindlig, Toinette, und ich bin so unruhig wie vor einem Auftritt.«

Unruhig – er verfiel in Panik. Sie musste ihm gut zureden. »Gleich sind wir da. Bald geht es dir besser.«

Er griff sich an die Brust, dann ließ er Tony los und kratzte sich an Armen, Brust und Gesicht. »Es juckt so, und mir ist eng um die Brust, mein Hals ...«

Tony sah ihn an und unterdrückte ein Stöhnen, als sie bemerkte, dass sein Gesicht und sein Hals bereits angeschwollen waren. »Ich bekomme keine Luft«, keuchte er. »Ich kann nicht mehr atmen.«

Was sollte sie nur tun? Zum Dorf waren es noch ein paar Meilen. Sie schlang den Arm um ihn und hielt ihn fest, als könne ihre kümmerliche Kraft das, was ihn angriff, niederzwingen. Er musste sich beruhigen, durfte der Panik nicht nachgeben. »Blaise, bitte bleib ruhig.« Lieber Gott, er schwitzte und zitterte zugleich, als wäre ihm kalt. Wie konnte ihm gleichzeitig heiß und kalt sein? »Wir sind fast da. Im Cottage kann dir nichts passieren, und ich hole Simon. Schau, *ma mie,* halt durch, *ma mie,* wir sind daheim.«

Mit letzter Kraft gelangten sie über den Strand bis ins Cottage, wo er sich auf die Couch fallen ließ. Sie zog einen Sessel heran, auf den sie seine langen Beine bettete. Offensichtlich stand er unter Schock. Tee. Sollte sie ihm eine Tasse Tee machen? Nein, am besten holte sie gleich Simon. Sie rannte nach oben, holte die Bettdecke und trug sie nach unten. »Sing den *Fidelio*«, befahl sie und wickelte ihn ein. »Alle Rollen. Geh die Oper ganz ruhig durch. Wenn ich mit Simon zurückkomme, bist du bestimmt noch nicht einmal bei der Arie des Florestan angelangt. Versprochen? Sing für mich, mein Liebling.«

Er versuchte zu lächeln, aber sie sah die Todesangst in seinen Augen, und sie kannte die Ursache. »In deiner Kehle ist kein Gift, glaub mir.«

Sie küsste ihn rasch, dann rannte sie hinaus. Da stand der Wagen von Blaise. Dieses Jahr nehme ich Fahrstunden. Sie hastete zurück ins Cottage und griff nach dem Schlüssel am Nagel neben der Tür. Sie sah Blaise nicht an, und er schien sie nicht zu hören. Sie hatte noch nie am Steuer eines Autos gesessen. Immer wieder dachte sie darüber nach, den Führerschein zu machen und sich ein Auto zu kaufen, aber es gab Wills Taxi und Chrissies Laden, wo sie zwischen den Markttagen alles bekam, was sie brauchte, also vergaß sie ihre guten Vorsätze wieder, bis sie das nächste Mal einen Wagen brauchte. Aber es sah eigentlich einfach aus, oder? Sie ließ den Motor an. So weit, so gut. Die Handbremse, das war der nächste Schritt. Sie löste die Handbremse, aber das Auto bewegte sich trotzdem nicht vom Fleck. Dieser Knüppel. Ich muss den Knüppel bewegen ...

Am liebsten hätte sie vor Verzweiflung laut aufgeschrien und geweint. Er würde sterben, nur weil sie die Sache auf die lange Bank geschoben hatte. Wie oft hatte Blaise gesagt, dass sie auf ein Auto nicht verzichten konnte?

Sie drückte den Schaltknüppel, und der Wagen machte einen Satz vorwärts, dann starb der Motor ab. »Verdammt! Heiliger Blasius, hilf mir!«

Wieder drehte sie den Schlüssel und fand irgendwie das Gaspedal, das sie durchtrat und solchermaßen den teuren Wagen, der noch nie so miserabel behandelt worden war, unter alarmierenden Quietsch- und Knirschgeräuschen den Weg zur Straße hinaufquälte. Als das Fahrzeug ins Schlingern geriet, betete sie: »Lieber Gott, lass ihn nicht sterben! Ich werde alles für ihn tun. Lass Simon da sein, und lass ihn die richtige Medizin haben. Bitte, Gott, ich gebe ihn frei, wenn du ihn nicht sterben lässt. Das schwöre ich. Ich gebe ihn frei.«

Nie war ihr der kurze Weg so lang erschienen, aber schließlich war sie im Dorf angelangt. Sie parkte den Wagen, indem sie ganz einfach mitten auf der Straße direkt vor Simons Praxis den Motor abstellte, und lief ins Haus.

Wie alle anderen Dorfbewohner hatte auch Simon die abenteuerliche Fahrt beobachtet. Sie waren es gewohnt, dass teure Autos mit surrendem Motor durchs Dorf flitzten, deshalb weckte diese holprige Spritztour großes Interesse.

»Es ist die Malerin aus der Bucht«, teilte ein Kunde Chrissie mit, die gerade Käse abwog. Chrissie riss sich die Schürze ab und lief auf die Straße hinaus. Sie sah gerade noch, wie Tony in die Praxis hastete, und folgte ihr.

Simon kam ihr entgegen.

»Simon, es geht um Blaise. Hilf mir, hilf mir«, schluchzte Tony, als sie in Chrissies Arme sank.

»Ein Freund, Simon, er ist im Cottage. Ich glaube, es war ein Bienenstich. Eine allergische Reaktion.«

»Ich hole meinen Koffer. Chrissie, such jemanden, der den Wagen von der Straße fährt. Kannst du mitkommen, Tony?«

Eine Last fiel von ihr ab. Auf Simon war Verlass, und auch auf Chrissie, die liebe Chrissie.

»Natürlich.«

»Chrissie, könntest du im Krankenhaus anrufen? Am besten bringen wir ihn gleich hin.«

Ihr Kraft kehrte zurück. Sie hätte den Weg nach Hause jetzt auch zu Fuß geschafft. »Es war auf der Wiese neben dem Bach. Ich habe gezeichnet. Ach, Simon, sein Hals schwillt an.«

»Wir werden rechtzeitig dort sein, Tony.« Simon stellte keine Fragen. Er begriff auch so, dass ein Mann, der Mann, den Tony ihr Leben lang geliebt hatte, im Sterben lag, wenn er nicht bereits tot war. Er versuchte seinen alten Wagen auf Touren zu bringen.

Idiot!, schalt er sich. Du hättest seine Nobelkarosse nehmen sollen. Die fährt dreimal so schnell wie meine Rostlaube.

Zu spät, um sich darüber noch den Kopf zu zerbrechen.

Tony sah ihn an. »Er hat Todesangst, Simon. Er bekommt keine Luft. Sein Hals ist geschwollen. Vor allem hat er Angst um seine Stimme. Ich war so hilflos, wusste nicht, was ich tun sollte. Er steht unter Schock. Hätte ich Tee machen sollen?«

Simon hätte beinahe gelacht. Die Briten und ihr Tee! »Nein, Tony, nicht bei einem allergischen Schock.«

»Ich habe ihn zugedeckt.«

»Das war vernünftig«, sagte Simon und merkte, dass sie sich entspannte.

Was für eine Last mein Beruf doch manchmal ist, dachte er. Ich kann sagen, was ich will, sie glaubt es.

Sie kamen zum Cottage. Schon von draußen hörten sie ein grässliches Keuchen, es hörte sich an, als sei ein großer Vogel in einem kleinen Käfig gefangen. Tony stieß die Tür auf, und Simon sah den Mann. Sein Gesicht war beinahe schwarz, und seine hervorquellenden Augen schienen auf etwas zu starren, was die anderen nicht sahen. Mit einem letzten Keuchen fiel er von der Couch auf den Boden.

Tony schrie. Es war ein Geräusch, von dem Simon hoffte, dass er es nie wieder hören würde. Sie war noch vor ihm bei Blaise. »Er ist tot, Simon. Er ist tot.«

Simon stieß sie beiseite und kniete nieder. Die Lippen des Patienten waren stark geschwollen, das verzerrte Gesicht grotesk verfärbt, und die dick angeschwollene Zunge blockierte die Atemwege. Obwohl der Arzt den Patienten erkannte, arbeitete er schnell, stumm und gründlich. Er schob den Kopf zurück und drückte mit dem Daumen das Kinn nach unten, dann legte er die Zeigefinger genau unterhalb der Ohren an den Kieferknochen und schob mit einer energischen Bewegung den Unterkiefer nach vorn. Blaise hustete, er hörte sich fast an wie ein aufgeschreckter Fasan, dann lag er ruhig da.

»Es hat funktioniert«, erklärte Simon. »Das war der Esmarch-Handgriff.« Er öffnete den Arztkoffer und bereitete eine Spritze vor. »Ich gebe ihm Adrenalin.« Er lächelte sie an. »Jetzt kannst du Tee machen, Tony – für mich.«

Tony brach in Tränen aus. »Seine Brust, Simon«, flüsterte sie. »Sie bewegt sich.«

»Wir Mediziner bezeichnen das als Atmung.«

Halb lachend, halb weinend sagte sie: »Du hast meine Hochachtung – mein Leben lang.«

Simon brachte kein Dankeschön über die Lippen. Schließlich konnte er nicht sagen: Das ist mehr, als ich will, und auch viel, viel weniger. Er wandte sich verlegen seinem Patienten zu, der sich langsam erholte.

Tony betrachtete Blaise. Beinahe hatte er seine normale Gesichtsfarbe zurückgewonnen, die Schwellung war zurückgegangen, und er atmete regelmäßig.

»Du weißt, wer er ist«, sagte Tony.

Simon nickte, konnte sie aber nicht ansehen. »Ich habe ihn auf dem Edinburgh Festival singen hören. Du musst mir helfen, ihn ins Auto zu tragen, Tony. Er ist ziemlich schwer. Schaffst du das?«

Die Frage war eigentlich überflüssig. Er hatte den Eindruck, dass sie notfalls versucht hätte, ihn allein zu tragen.

»Ins Krankenhaus? Simon, muss das sein? Kann ich ihn nicht hier pflegen?«

»Er wäre beinahe gestorben, Tony. Man sollte ihn gründlich untersuchen und wenigstens über Nacht beobachten.«

»Du könntest mir doch sagen, was ich machen soll. Ich werde ihn beobachten. Bitte, Simon! Niemand darf von uns erfahren.«

Er durfte sich kein Urteil anmaßen. Jahrelang hatte er gehofft, aber jetzt, hier in diesem Cottage mit Tony und diesem Mann, für den sie alles opferte, erkannte Simon, dass sie ihn nie lieben würde. Doch, sie liebte ihn, aber nicht so wie er sie liebte, dieses Gefühl würde sie nie erwidern. Am liebsten hätte er gesagt: Das ist mir egal. Aber Tony war ihm nicht egal.

»Tony, ich bin Arzt. Nach bestem Wissen und Gewissen kann ich dir nur sagen, dass dieser Mann ins Krankenhaus gehört, aber ich kann ihn nicht zwingen. Die Krise hat er überstanden. Ich werde für ihn tun, was ich kann, aber im Krankenhaus wird er besser versorgt sein.«

»Doktor.« Die berühmte Stimme klang sehr leise. »Sie meinen es gut, und ich verdanke Ihnen mein Leben. Aber ich kann nicht ins Krankenhaus. Man muss auch Rücksicht auf andere nehmen. Bitte.«

»Die Zeitungen«, warf Tony ein.

»Bitte, Doktor, auch um Tonys willen.«

Tony und Simon halfen ihm auf und beförderten ihn wieder auf die Couch.

Simon betrachtete seinen Patienten, der dank des Wunders der modernen Medizin nun mühelos als der Star zahlloser Opernhäuser zu erkennen war. »Ich kann Sie nicht zwingen, sich ins Krankenhaus zu begeben, aber ich halte Ihre Entscheidung für äußerst unklug.«

»Simon, bitte«, flehte Tony. »Du wirst ihn doch behandeln?«

»Ich bin Arzt, Tony. Ich möchte nur unmissverständlich klarstellen, dass er ins Krankenhaus gehört.«

»Verstanden, *Monsieur le médecin.*«

Simon schloss seinen Koffer. »Sie müssen Ihren Hausarzt informieren. Bestimmt kann er Ihnen ein Gegenmittel besorgen, das Sie bei sich tragen können«, erklärte er knapp in offiziellem Ton. Dann lächelte er. »Und halten Sie sich von Kleewiesen fern, auch wenn sie noch so verlockend sind.«

Blaise schüttelte ihm die Hand, und Tony hielt für einen Augenblick den Atem an, doch er sagte nur: »Danke.«

»Und der Tee?«

Simon war bereits an der Tür. »Ich habe in ein paar Minuten eine Operation und muss noch im Krankenhaus anrufen. Soll ich Chrissie herunterschicken?«

Tony begleitete ihn zu seinem Wagen. »Ich komme schon zurecht. Verrat ihr nicht, wer er ist. Sag nur, dass ich sie morgen besuche.«

Blaise hatte sich aufgesetzt, was ihm angenehmer war. Er streckte die Arme aus, und Tony eilte zu ihm. Sie sagten kein Wort, küssten sich nicht. Er hielt sie nur umschlungen, und sie lag an seiner Brust und lauschte seinem Herzschlag. Das war ihr kostbarer als alles. Wie nah. Wie nah. Schließlich riss sie sich los.

»Einen Augenblick lang habe ich gedacht, du würdest ihm Geld anbieten.«

»Beinahe hätte ich es getan. Ich werde mir etwas überlegen.«

»Schaffst du es die Treppe hinauf, Liebling? Das Bett ist bequemer.«

»Im Augenblick ist es hier so schön.« Er küsste ihre Stirn. »Du hast mir das Leben gerettet, Toinette.«

»Simon hat es getan.« Sie schloss ihn in die Arme. »Ich werde den Führerschein machen und mich um ein Telefon kümmern. Ach, mein Gott, ich habe dein Auto mitten auf der Straße stehen lassen. Ich bin damit gefahren, Blaise, hopp, hopp, hopp.«

»*La pauvre voiture.* Ob mir der Verleih je wieder ein Fahrzeug anvertrauen wird? Macht nichts. Meine Toinette wird fahren lernen. Jetzt könnte ich eine Tasse Tee vertragen, *ma mie.* Ich habe großen Durst.«

»Simon meinte, du solltest eine leichte Mahlzeit zu dir nehmen. Ich werde nach deiner Anleitung ein Omelette machen.«

»Und sie wird kochen lernen.«

Simon brachte Blaise' Wagen zum Cottage, und Tony überredete ihn, zum Abendessen zu bleiben. »Eigentlich bin ich nur gekommen, um nach meinem Patienten zu sehen. Herzschlag, Puls, alles normal.«

»Ich bin ziemlich robust.«

»Wenn Sie weniger robust wären, dann wären Sie jetzt tot. Sie werden Ihren Arzt aufsuchen?«

Es blieb ihm keine Zeit zu antworten, denn sie hörten einen Wagen und schauten hinaus. Ein alter schwarzer Hillman rollte die Straße herunter. Tony rannte zur Tür.

»Es ist der Kanonikus, er spart wieder mal Benzin. Ich hoffe, er kann bremsen, bevor er das Meer erreicht...« Tony hatte Kanonikus Gemmel seit einigen Wochen nicht mehr gesehen. Sie wusste, dass er gelegentlich oberhalb der Bucht anhielt, aber diskreterweise nie herunterkam, wenn er ein fremdes Auto vor der Tür sah.

Jetzt war sie hin und her gerissen. Er würde Blaise erkennen und ihre Beziehung bestimmt nicht gutheißen. Diese Gedanken schossen ihr durch den Kopf, als sie zum Strand ging, wo der Wagen schließlich hielt.

»Hallo, meine Liebe. Geben Sie eine Party?«

»Hochwürden, wie schön, Sie zu sehen.«

»Ich bin gestern von den Einkehrtagen zurückgekommen und wollte auf dem Heimweg mal reinschauen, aber Sie hatten Besuch. Ich möchte auch jetzt nicht stören. Ich habe gehört, dass Simon hier ist, und wollte ihn sprechen.«

»Sie stören überhaupt nicht, Hochwürden«, log sie. Natürlich störte er. Er war ein katholischer Priester, der sein Gelübde ernst nahm. Und sie wollte seine Achtung, seine Freundschaft nicht verlieren, aber jetzt war es zu spät. »Simon ist da – als Arzt, er untersucht einen Freund von mir. Es gibt Omelette und Salat. Sie sind wie immer ein willkommener Gast.«

Sie waren bereits an der Tür.

»Simon, der Kanonikus«, begann Tony, aber der Priester steuerte direkt auf den Mann zu, der in Decken gewickelt auf der Couch saß.

»Monsieur Fougère, es ist mir eine große Ehre, Sir.« Er hinderte Blaise daran, sich zu erheben. »Jetzt verstehe ich, was es mit *Lohengrin* auf sich hat. Ja, ich esse gern eine Kleinigkeit mit, Tony, wenn ich darf.« Er wandte sich wieder Blaise zu. »Ich hoffe doch, Sie sind nicht krank, Monsieur Fougère?«

»Ein Bienenstich«, warf Simon ein.

»Hochwürden, Blaise hat mich hier besucht«, erklärte Tony, und Blaise tauschte ein Lächeln mit dem Priester.

»Was für ein wunderbarer Zufluchtsort, Tony, meine Liebe.«

Nach dem Essen half Simon Blaise die Treppe hinauf, und Tony begleitete den Priester zu seinem Wagen. »Tony, was haben Sie nur mit dem *Meergeist* gemacht?«

Sie fuhr zusammen. »Damals können Sie es doch nicht geahnt haben.«

»Nein, ich hatte ihn nie gesehen oder singen hören. Nur an das Gemälde denke ich manchmal. Jetzt weiß ich, warum.«

»Es steht oben im Atelier.«

»Wie schade! Es gehört in eine Galerie.« Mit einiger Mühe stieg er ein. »Als wir uns zum ersten Mal begegnet sind, Tony, habe ich Ihnen versprochen, immer für Sie da zu sein. Das gilt immer noch.«

»Danke«, flüsterte sie, als er winkte und losfuhr. Sie drehte sich um und sah, dass Simon auf sie zukam.

»Ich war mir sicher, dass er es missbilligt.«

»Das tut er auch. Aber das ändert nichts an seiner Zuneigung zu dir.«

Er küsste sie leicht auf die Wange, wie er es sich in den letzten zehn Jahren von Zeit zu Zeit erlaubt hatte.

»Es geht ihm gut, Tony«, sagte er, und damit meinte er nicht den Kanonikus. »Er hat die Konstitution eines Ochsen. Auch der Reise dürfte er gewachsen sein.« Er schlug den Weg zum Dorf ein. »Ich bin für dich da, wenn du mich brauchst.«

Sie sagte nichts, sondern sah ihm nach, bis er oben auf dem Hügel angelangt war. Er war für sie da, der Kanonikus war für sie da, und noch einen Tag lang hatte sie den Mann bei sich, den sie mehr liebte als das Leben. Jetzt wollte sie hineingehen und weder von seiner Abreise reden noch daran denken, dass er beinahe gestorben wäre.

»*Ma mie?*« Seine Stimme klang fragend.

»Ich bin da, mein Liebling, ich bin da.«

KAPITEL 25

Torry Bay 1999, New York 1999

Jeden Morgen kochte sich Holly Kaffee, und wenn es nicht gerade heftig regnete, ging sie mit ihrer Tasse auf die Landzunge und schaute aufs Meer hinaus. Manchmal war Lohengrin da – die Schwäne hielten sich gern im Schutz der Bucht auf. Sie boten einen wunderschönen Anblick. Holly überlegte, was sie eigentlich über Schwäne wusste. Schwanenpaare blieben ein Leben lang zusammen, angeblich sangen sie ein rührend schönes Lied, wenn sie dem Tod nahe waren. Im Wasser sahen sie graziös aus, während sie an Land erstaunlich unbeholfen wirkten, und ihre heitere Gelassenheit war nur der Deckmantel für hektische Aktivität. Vielleicht besaßen auch die eleganten, heiter-gelassenen Frauen mehr Ähnlichkeit mit Schwänen, als man vermuten mochte – alles nur Fassade.

Holly dachte viel an Tony, während sie den Wohnraum strich. Danach nahm sie sich ihr kleines Schlafzimmer vor. Es war seit ihrer Schulzeit nicht mehr renoviert worden. Sie wusste, dass sie dort nicht würde schlafen können, bis sich der Farbgeruch verzogen hatte. Deshalb musste sie ins große Schlafzimmer umziehen, was ihr allerdings immer noch wie ein Sakrileg erschien. Kindisch, aber so war es nun mal.

Zweimal in der Woche rief sie Otto an oder erhielt einen Anruf von ihm. Taylor war, wie sie es vorhergesehen hatte, in die Welt der Hochfinanz und der Konzerngeschäfte zurückgekehrt. Seine Anwälte stritten mit Ottos Anwälten und mehrten damit ihre ohnehin beträchtlichen Einkünfte. Unterdessen konnten Tonys prächtige Gemälde nur von Otto, seinen Mitarbeitern und dem Reinigungspersonal bewundert werden.

Holly seufzte. Alles trieb dahin wie die Schwäne in der Bucht.

Dann reichte es ihr. Sie überwand ihre Vorbehalte und rief Taylor an.

Wie üblich hieß es: »Mr. Hartman ist nicht zu sprechen.«

»Chandler, sagen Sie Mr. Hartman, wenn er mich nicht innerhalb von zwei Stunden zurückruft, werde ich mich persönlich in Ottos Galerie stellen und die Gemälde dem erstbesten Interessenten verkaufen, der zur Tür hereinmarschiert.«

»Damit würden Sie sich strafbar machen, Miss Noble.«

»Dann kann er mich ja im Gefängnis besuchen«, erwiderte sie mit vorgetäuschter Tapferkeit und legte auf.

Taylor rief vier Stunden später an. »Die Vorstellung, dich in Wormwood Scrubs zu besuchen oder wo immer Schwerverbrecher landen mögen, ist zwar unglaublich reizvoll, Holly, aber ich biete dir ein Geschäft an. Würdest du bitte nach New York kommen, damit wir reden können?«

»New York? Taylor, das sind dreitausend Meilen von hier.«

»Dann verkauf doch einen Diamanten.«

»Sehr witzig.«

»Im Augenblick, meine überaus anstrengende Miss Noble, befinde ich mich gute zwölftausend Meilen von New York entfernt. Es ist wichtig, dass wir reden, und das können wir in New York genauso gut wie an jedem anderen Ort.«

Holly war noch nie in den Vereinigten Staaten gewesen. Das war einer der Träume, den sie verwirklichen wollte, wenn … ja, wenn … »Worüber? Warum kannst du jetzt nicht reden?«

»Vertrau mir. Wir müssen uns in New York treffen.«

Was für eine blöde Idee. New York? Sie hätte es sich zweimal überlegt, ob sie auch nur nach Glasgow fahren würde, um mit jemandem zu sprechen.

»Schön. Treffen wir uns in New York.« Bei ihrer Rückkehr würden die Klempner sicherlich fertig sein.

»Ich buche einen Flug für dich.«

»Nein, danke. Ich werde alles Nötige mit Chandler besprechen. Auf Wiedersehen, Taylor.«

Nach dem Gespräch schenkte sie sich mit zittriger Hand ein Glas Wein ein und setzte sich in den großen Sessel. Was hatte sie getan? New York?

Jetzt habe ich endgültig den Verstand verloren.

Durch das offene Fenster hörte sie das Meeresrauschen und die Rufe der Möwen und aus weiter Ferne ein Flugzeug. Sie war genauso aufgeregt wie in ihrer Kindheit, wenn sie wusste, dass sie bald in ein Flugzeug steigen, zu Tante Tony reisen und die Freiheit von Torry Bay genießen würde.

»Bin ich verrückt?«, fragte sie sich laut.

Mein Schatz. Hollyberry.

Warum mache ich das? Warum nur?, überlegte sie fiebrig vor Aufregung, während sie Fluggesellschaften und Reisebüros anrief und schließlich ein paar Sachen in eine kleine Reisetasche packte. Sie musste nach Glasgow fahren, aber vorher wollte sie die Reids anrufen und den Hausschlüssel im Dorfladen hinterlegen.

»Machen Sie sich keine Sorgen, Missus.«

Auf keinen Fall. Sie lebte nur noch für den Augenblick.

Zwei Tage später, als sie in einem New Yorker Hotel auf Taylor wartete, war ihre Aufregung einer leichten Übelkeit gewichen.

Was will er nur? Was will ich?

»Kaffee, bitte, und … einen getoasteten Muffin.«

Deshalb war ihr schlecht. Sie hatte schrecklichen Hunger, und der Duft von schmelzender Butter auf heißem Toast am Nebentisch hatte ihre Magensäfte angeregt. Heißer Kaffee, heißer Toast und geschmolzene Butter. Gab es einen tröstlicheren Duft auf der Welt?

Teures Rasierwasser hielt dem Vergleich jedenfalls nicht stand. Wie aus dem Boden gewachsen, stand plötzlich Taylor vor ihr.

»Ich warte«, sagte er zur Begrüßung. Das Frühstück wurde serviert. »Noch eine Tasse, bitte.« Er lächelte die Kellnerin an, die beinahe rannte, um die Tasse zu holen. Dann setzte er sich Holly gegenüber an den Tisch und sah zu, wie sie sich einschenkte.

»Ich habe viel nachgedacht, Holly, und ich war nie ganz ehrlich zu dir.«

»Du lieber Himmel!«, sagte Holly und dachte dabei nicht an die Qualität ihres Kaffees, der hervorragend war.

»Komm schon, mach es mir nicht noch schwerer. Regelrecht angelogen habe ich dich nicht. Nein, das kann man nicht sagen. Nur in einem Punkt habe ich vorsätzlich gelogen, und zwar deshalb, weil ich überzeugt war, dass es im Interesse aller Beteiligten ist.«

»Von Rätselraten halte ich nichts.«

»Ich möchte, dass wir gemeinsam meiner Tante einen Besuch abstatten.«

Sie ließ ihren Muffin fallen, der mit der gebutterten Seite nach unten auf der weißen Tischdecke landete. Sie konnte es nicht fassen. Bestimmt war das ein schlechter Witz. »Deine Tante ist tot.«

»In den Augen der Welt schon. Kommst du mit? Ich bringe dich nachher wieder hierher zurück.«

Mit zitternden Händen griff sie nach ihrer Tasse. »Taylor ...«, begann sie.

»Frühstücke ruhig zu Ende. Reg dich nicht auf, Holly«, meinte er und erhob sich. Lächelnd beugte er sich über sie und nahm den Muffin vom Tischtuch. »Gut, dass keine Marmelade drauf war«, sagte er und ging.

Sie sah ihm nach. Auch andere Blicke folgten ihm, aber es schien, als würde er die Aufmerksamkeit, die er erregte, nicht bemerken. Ihre Hände zitterten immer noch, als sie ihren Kaffee austrank, sich eine zweite Tasse einschenkte und sie ebenfalls hastig leerte. Der Appetit auf den Muffin war ihr vergangen. Dann ging sie nach oben, holte ihre Jacke, und als sie wieder ins Foyer kam, wartete Taylor schon auf sie.

»Ich habe noch nie ein Mädchen erlebt, das so schnell fertig ist«, meinte er lächelnd, doch sie achtete nicht auf seine Worte, weil sie nur an den bevorstehenden Besuch bei seiner Tante denken konnte.

Es wirkte wie ein schlechter Witz, aber eigentlich war es nicht

Taylors Art, schlechte Witze zu machen, folglich musste es wahr sein. Andererseits hatte er doch gesagt, Eleanor sei tot, oder? Das war also die Lüge, von der er gesprochen hatte. Tony hatte offenbar auch geglaubt, dass Eleanor tot sei.

Wie hatte sie sich ausgedrückt? »Inzwischen lebt niemand mehr, dem noch etwas daran liegt.«

Ach, Tony, liebste Tante, da hast du dich geirrt.

Wie üblich wartete ein Wagen vor der Tür. Holly war zu aufgeregt, um sich davon beeindrucken zu lassen.

»Schau dir die Hartford-Zeitungen an«, sagte Taylor nur.

Holly lehnte sich in das weiche weiße Leder und nahm die Zeitung, die er ihr reichte.

> EXKLUSIV
> ELEANOR RIDGEWAY FOUGÈRE
> IM SANATORIUM

Das konnte nicht sein. Ein »mutiger Reporter« hatte Eleanor Fougère in einem Sanatorium in Connecticut aufgespürt.

> Gestern Abend hat unser Reporter ein Geheimnis gelüftet, das seit annähernd fünfzig Jahren die Klatschkolumnisten Amerikas beschäftigt. Eleanor Ridgeway Fougère, die Frau des Tenors Blaise Fougère, der bei einem Flugzeugabsturz ums Leben kam – angeblich auf dem Weg zu seiner Geliebten, der britischen Malerin Antonia Noble –, ist quicklebendig und hält sich in einem exklusiven Sanatorium in Connecticut auf.

»Zufrieden?«

»Taylor.«

»Sie hat mir vertraut, und ich habe geschworen, sie und sein Andenken zu schützen, aber du musstest die Gemälde ja unbedingt zeigen. Das Geld hat dir nicht gereicht, oder?«

»Wenn du auch nur im Traum annimmst, ich hätte etwas mit irgendwelchen obszönen Klatschgeschichten zu tun, Taylor, dann hat es keinen Sinn, dass wir noch weiterfahren.«

Er sah sie nicht an, sondern hielt den Blick auf die Straße gerichtet und lenkte den Wagen mit sicherer Hand.

»Ist das nicht lustig, Holly? Es macht mir immer ganz besonderen Spaß, die Presse abzuhängen. Ein tolles Vergnügen.«

»Ich verstehe kein Wort.«

»Der Wagen gehört nicht mir. Chandler ist mit meinem Wagen nach Madison unterwegs. Wir fahren in die entgegengesetzte Richtung.« Eine Zeit lang konzentrierte er sich ganz auf die Straße. Gelegentlich warf er einen Blick in den Rückspiegel, und schließlich entspannte er sich.

Holly sagte nichts und sah draußen die hübschen Städtchen und Dörfer Connecticuts vorüberziehen. Aber die Aussicht berührte sie kaum, denn ihre neu aufgekeimten Hoffnungen und Träume wurden soeben zunichte gemacht. Der Reporter, der die totgeglaubte Frau aufgespürt hatte, hatte zerstört, was zwischen Tonys Nichte und Blaise' Neffen vielleicht gewesen war. Schließlich gelangten sie zu großen Eisentoren in einer hohen Steinmauer. Nach kurzer Zeit wurden sie eingelassen.

Das Gebäude war schön, ein zauberhaftes englisches Landhaus, verpflanzt in die Landschaft Connecticuts.

»Die Fougère-Stiftung hat das finanziert«, erklärte Taylor knapp, als sie vor dem stilvollen Eichenportal standen. Holly wurde von unheilvollen Vorahnungen gepeinigt.

Die Tür ging auf. »Wie schlimm sieht's aus?«, fragte Taylor.

»Es tut uns so Leid, Mr. Hartman. Ich weiß nicht, was wir noch hätten tun sollen.«

Ohne darauf einzugehen, fragte er: »Wie geht es ihr?«

Der Arzt, wenn es denn ein Arzt war, lächelte. »Unverändert.«

Holly ging mit Taylor den Flur entlang, der zu einer Suite führte. Ohne anzuklopfen, öffnete Taylor behutsam die Tür, trat ein und zog Holly hinter sich her.

Ein schönes Zimmer mit Möbeln im Stil der Provence. Die Sessel waren mit frühlingshaft gelbem Stoff bezogen. Auf allen Tischen und sogar im ausgeräumten offenen Kamin standen große Vasen mit Frühlingsblumen.

Auf dem Sessel am Fenster saß ein junges Mädchen. Ihr Haar hatte den Goldton des Sessels, und ihr Morgenrock war ein Meisterwerk der Schneiderkunst.

Als die Tür aufging, drehte sie sich um. »Blaise, mein Liebster, ich wusste, dass du kommst. Ich habe gewartet, ich wusste, dass du kommst.«

»Natürlich bin ich hier, Eleanor.«

Taylor trat zu ihr, und Holly erschrak. Das Haar und die Kleider passten zu einem jungen Mädchen, aber es war kein Kind, das Taylors Hände hielt und sinnloses Zeug redete.

Taylor ließ ihre Hände nicht los und sprach beruhigende Worte, während Holly reglos dastand und die beiden beobachtete. Eine Pflegerin hielt sich bereit und griff nach ein paar Minuten ein. »Jetzt ist es aber gut, Madame Fougère, in fünf Minuten ist die Vorstellung. Wir wollen ihn doch nicht aufhalten, oder?«

»O nein, nein«, sagte die geisterhafte Erscheinung. »Mein Blaise muss singen, er singt für mich. Nicht wahr, mein Liebster?«

»*Bien sûr, mon ange.* Ich singe für dich.«

Die Pflegerin führte die mädchenhafte Greisin hinaus, und Taylor ließ sich auf einen Sessel fallen.

»Ich dachte, sie sei tot«, flüsterte Holly.

»Ihr Körper lebt. Sie ist zweiundachtzig Jahre alt und leidet an einer vor fast sechzig Jahren diagnostizierten Geisteskrankheit.«

Welch eine Tragödie! »Ach, Taylor, aber ich hatte gedacht, dass sie Blaise nicht mehr erkannt hat.«

Er blickte auf. »Das hat sie auch nicht. Doch als ich sie vor ungefähr acht Jahren besucht habe, hat sie aus irgendeinem Grund angenommen, ich sei Blaise. Vielleicht lag es an meinem damaligen Alter. Wir, die Familie, hatten geschworen, immer für sie zu sorgen, sie zu schützen, so wie er sie geschützt hat.«

Er stand auf und bewegte sich so rasch auf sie zu, dass sie zusammenfuhr. »Ich habe es vermasselt, Holly, deinetwegen, wegen dieser verdammten Hassliebe zwischen uns. Es wäre richtig gewesen, die Ausstellung von vornherein zu verhindern, nicht zuzulassen, dass diese verdammten Kanalratten ihre ekelhaften Nasen in mein Familienleben stecken, aber ich war zu spät dran.«

Er packte sie und zog sie zum Fenster. »Schau, da draußen. Schau.«

Er tat ihr weh, drückte geradezu ihr Gesicht gegen das Fenster.

»Taylor.«

Er ließ sie los. »Sieh dir die Autos an«, sagte er, betrachtete aber dabei seine Hände, als sei er selbst erstaunt darüber, dass er beinahe die Kontrolle verloren hätte. »Das ist die Regenbogenpresse, Miss Noble. Ich dachte, ich hätte die Spuren verwischt, aber so ist nun mal die böse Welt, nicht wahr? Dein bester Freund verkauft dich, wenn der Preis stimmt.«

Zynismus war ihr zuwider. Das alles war doch nicht möglich, oder? »Sie werden es schon bald leid werden, da draußen herumzusitzen.«

Er lachte freudlos. »Damit verdienen die ihr Geld. Sie warten ab und machen Fotos, sobald sie sich am Fenster zeigt oder im Garten spazieren geht. Sie reden mit Gärtnern, Laufburschen und Lieferanten. Sie werden herausfinden, was sie isst, was sie trägt. Verdammt, Holly, warum hast du nicht einfach das Geld genommen?«

Hassliebe. Hassliebe. Also empfand auch er etwas oder hatte etwas empfunden. Und nun war alles verpfuscht!

»Es ist mir noch nie ums Geld gegangen«, erklärte sie verzweifelt. »Du hättest es mir sagen können, Taylor. Tony glaubte, alle seien tot.«

»Wir haben die Welt in dem Glauben gelassen.«

»Was wirst du jetzt tun? Sie an einem anderen Ort unterbringen?«

»Blaise hat dieses Haus für Eleanor gebaut. Ich kann es ihr nicht auch noch wegnehmen. Hannah soll versuchen, sie für eine Weile von den Fenstern und vom Garten fern zu halten.« Bedrückt stand er auf und ging zur Tür. »Man wird dir Kaffee bringen. Ich werde mich eine Weile zu ihr setzen und sehen, ob ich sie beruhigen kann.« Er ließ Holly allein.

Sie saß eine Weile da und betrachtete die Autoschlange draußen vor den Toren.

Was habe ich nur angerichtet! Wenn ich Otto nicht beauftragt hätte, die Gemälde auszustellen, dann wäre vielleicht niemand dahintergekommen.

Aber inzwischen wusste es alle Welt. Was konnte es also noch schaden, die Bilder zu zeigen?

Die Sensationslüsternen werden gaffen. Die Preise werden sprunghaft steigen, einer wird den anderen überbieten, aus reiner Sensationslust.

Aber was sie als Sensation betrachten, ist eine Tragödie … für alle Beteiligten, auch für mich.

Eine freundliche Frau brachte ihr ein Tablett. Holly hatte keine Ahnung, wie spät es war. Fühlte sie sich wegen der Uhrzeit oder wegen des Schocks so erschöpft? Der frische Obstsalat auf dem Tablett sah appetitlich aus, und Holly griff dankbar zu.

Tee. Er hatte ihr Tee servieren lassen. Ein Hoffnungsschimmer. Tränen traten ihr in die Augen. Ach, Taylor.

»Wir fahren jetzt.« Sie hatte ihn nicht hereinkommen hören. »Sobald wir im Auto sitzen, zieh dir den Schal übers Gesicht, wenn du nicht morgen berühmt sein willst.«

So etwas hatte sie noch nie erlebt.

Taylor fuhr wie ein Wahnsinniger auf die Gruppe der Fotografen zu, die am Tor warteten. Blitzlichter flammten auf, und sie sprangen beiseite.

»Das ist ein Spaß, was, Holly?« rief er wütend, als sie mit quietschenden Reifen zum Tor hinausfuhren. »So hat das Leben meines Onkels ausgesehen. Und dabei wollte er nichts anderes als singen, den Menschen Freude schenken und sich um seine arme, traurige Frau kümmern.«

Sie wagte es nicht, Tony zu erwähnen.

»Sie haben vor den Opernhäusern, vor den Restaurants auf ihn gewartet. Manchmal hat er sich verkleidet. Einer der größten Sänger, den die Welt je gekannt hat. Warum haben sie sich nicht damit begnügt, seine Stimme zu hören? Sie wollten alles. Interviews hat er nie gegeben. Wir haben miteinander gelacht und Antworten auf blöde Fragen erfunden. ›Ich beginne den Tag mit drei Pfaueneiern.‹ – ›Drei?‹ – ›Nein, wie dumm von mir, nur zwei.‹ Er hat mich immer gefragt: ›Was haben sie davon, wenn sie wissen, dass ich Himbeeren lieber mag als Erdbeeren?‹ Er hatte kein Verständnis für dieses Interesse, das ihm entgegengebracht wurde. Dann hat er mich ratlos angesehen. ›Ich bin Sänger, Taylor‹, pflegte er zu sagen. Ich wusste nicht, wie ich ihn trösten sollte.« Er sah sie an. »Kennst du seine Stimme, Holly?«

Hollyberry.

»Ich habe ihn ein paarmal gehört.«

»Es handelt sich um eine Entführung, Miss Noble.«

Einen Augenblick lang packte sie die Panik. Sie saß stocksteif da, doch dann entspannte sie sich wieder. »Im Ernst, du bringst mich zurück nach New York, oder?«

»Nein, ich entführe dich in die Oper.«

»Red keinen Quatsch.«

»Ich möchte dir noch etwas zeigen, etwas, was du unbedingt sehen musst.«

Wieder warf er ihr einen Blick zu, konnte aber ihren Gesichtsausdruck nicht deuten. »Ich dachte, vielleicht möchtest du ja mein Strandhaus sehen.«

Auch sie versuchte zu erraten, was in seinem Kopf vorging.

»Es ist nicht weit. Wir können am Strand spazieren gehen, reden, Steaks grillen, eine CD anhören. Du kannst auch über Nacht bleiben, es gibt ein Gästezimmer. Aber wenn du lieber in die Stadt zurückwillst, brauchst du es nur zu sagen.«

Holly sah ihn an, sein Profil, das energische Kinn, die schöne Nase. Sie betrachtete seine Hände auf dem Lenkrad, die langen, schlanken, kräftigen Finger. »Warum soll ich mir gerade dieses Haus anschauen, Taylor?«

»Wenn du es siehst, wirst du wissen, warum.«

Sie schwieg. Er fasste es als Zustimmung auf und schlug den Weg zu seinem Haus ein. »Die Verkehrsanbindung ist hervorragend. Es ist eine Art Schlafstadt für New York. Unzählige Banker und Anwälte pendeln von hier in die Stadt, teils mit dem Auto, die meisten aber mit der Bahn. Der Connecticut Commuter bringt dich in einer guten Stunde von der Grand Central Station an den Strand. Schau.«

Und da war das Meer, der Atlantik, dessen Wellen an das sandige Ufer schlugen. Taylors Haus lag auf einer Landzunge. Wie sie überrascht feststellte, war es ein nicht allzu großes, weiß gestrichenes Holzhaus mit blauen Türen und Fensterläden. Es stand auf einer kleinen Anhöhe, und die von Rhododendren gesäumte Auffahrt, die zum Eingang führte, wand sich hinunter zum Privatstrand. Am Tor hing ein Schild. TORRY BAY.

Holly verschlug es den Atem.

Taylor parkte den Wagen vor der Tür. »Mein Onkel hat es vor dreißig Jahren gekauft«, erklärte er schließlich. »Er kam ziemlich oft her, wenn er an der Met war. Allerdings haben wir nie verstanden, warum er Rhododendren pflanzen ließ, auch wenn sie stets ordentlich zurückgeschnitten wurden.« Er bemerkte, dass sie blass war. »Es muss dir doch in Schottland aufgefallen sein. Im Sommer wimmeln sie nur so von Bienen, und Blaise war gegen Bienenstiche allergisch.«

Holly brachte kein Wort heraus. Taylor hatte die ganze Zeit über gewusst, dass ihre Geschichte wahr war, und sie an der Nase herumgeführt. Sie erinnerte sich an seinen verblüfften Ausruf, als er Torry Bay zum ersten Mal sah. Sie hatte gedacht, es sei die Umgebung, aber in Wirklichkeit war es der Name, der ihn dazu veranlasst hatte.

»Bring mich nach New York, nein, lieber zum nächsten Bahnhof.«

»Holly, bitte! Er war mein strahlender Ritter. Ich war sein Page. Deine Gemälde haben mir meine Erinnerungen zerstört. Ich wollte nicht wahrhaben, dass er jemand anderen geliebt, ein anderes Kind gern gehabt hat. Ich wollte etwas Besonderes sein. Kindisch, ich weiß, aber ich bin nicht perfekt.«

»Du hast es die ganze Zeit gewusst.« Die Erkenntnis traf sie wie ein Schlag.

»Nein, natürlich nicht. Er sagte, die Umgebung hätte ihn an das Haus von Freunden erinnert. Deshalb habe er es Torry Bay genannt. Er hat nicht gesagt: ›Ich nenne das Strandhaus nach dem Ort, wo ich am glücklichsten bin, wo ich mein Herz verloren habe.‹ Ich habe dich nur belogen, als ich behauptete, sie sei tot, *pauvre petite*. Denn ich hatte mir geschworen, ich würde es nicht zulassen, dass irgendjemand ihr wehtut.«

Bedrückendes Schweigen senkte sich über sie. Sie saßen nebeneinander und vermieden es, einander anzusehen. »Es kann ja nicht schaden, einen Blick reinzuwerfen«, meinte Holly schließlich, übersah jedoch bewusst die Hand, die Taylor ihr beim Aussteigen helfend entgegenstreckte.

Es war wie Torry Bay und doch anders. Das Haus war größer, luxuriöser. Während bei Tony nur ein Fenster den Blick aufs Meer erlaubte, war es bei Blaise eine ganze Glaswand, die auf Knopfdruck zur Seite glitt. Auf einem Tisch rechts vom Fenster lagen Steine. Taylor 1970, Taylor 1973. Über dem Kamin hing ein kleines Gemälde, das Holly sofort erkannte.

»Bestimmt hat sie es für ihn gemalt.«

»Das glaube ich nicht. Es gibt da eine alte Rechnung, die von Otto unterzeichnet ist. Blaise hat das Bild überallhin mitgenommen. Es wundert mich, dass er es nicht dabeihatte, als sein Flugzeug abstürzte. Nach der Beerdigung habe ich es hier aufgehängt. Möchtest du einen Strandspaziergang machen? Schwäne gibt es aber leider nicht.«

Sie folgte ihm auf die Terrasse hinaus. In großen Töpfen blühten Geranien. »Regnet es hier viel?«

Zuerst verstand er ihre Frage nicht. »Ach, du meinst wegen der Blumen. Ich baue auch Tomaten an. Die Leute, die nach dem Haus sehen, gießen die Pflanzen. Blaise hat nie etwas verkümmern lassen.«

Nein, er hat nichts verkümmern lassen – außer Tony. Holly brach in Tränen aus, und es erschien ihr ganz richtig, dass Taylor sie in die Arme nahm und tröstende Worte murmelte.

»Es ist so traurig«, schluchzte Holly.

»Ja, aber auch wunderbar. Sie haben einander fast sechzig Jahre lang geliebt, Holly. Das ist doch etwas, oder? Mir würde das gefallen, dir nicht?«, fragte er mit eindringlicher Stimme. Und seine Augen, die Augen von Blaise, zwangen sie, sich Gefühle einzugestehen, die sie bislang verleugnet hatte. »Es hat eine Ewigkeit gedauert, bis ich begriffen habe, warum du mir so unter die Haut gehst, Holly. Du bist so anders als jede Frau, die ich geliebt habe, anders als jede, mit der ich auch nur ausgegangen bin.«

Sie lachte unsicher. »Ja, ich bin nicht gerade einem Ölgemälde entsprungen, wie man so schön sagt.«

Er sah sie überrascht an. »Alles ist, wo es hingehört, aber es gibt etwas Wichtigeres als äußere Schönheit. Jeder kann gut aussehen, wenn er's darauf anlegt. Nein, das bist du, Holly, einfach du. Die Holly, die für ein Jahr nach Afrika ging und zwei Jahre blieb. Die Holly, die bereit ist, es mit der Welt und Taylor Hartman aufzunehmen, wenn sie glaubt, er sei im Unrecht. Sie schaut mich aus deinen wundervollen blauen Augen an.«

Er griff ihr unters Kinn, küsste sie auf den Mund und zündete damit ein Feuerwerk von Gefühlen.

Wie waren sie zurück ins Haus gekommen? Sie wusste es nicht – und es war ihr auch gleich.

Sie waren im Schlafzimmer. Er küsste sie, während er Knöpfe und Reißverschlüsse ertastete. Sie streichelte seine Schultern, seinen muskulösen Rücken, knöpfte sein Hemd auf, während er ihr die Bluse abstreifte und seine Lippen ihre Brüste suchten. Sie ließ sich von ihrem Verlangen forttragen, hörte eine flehentliche Stimme, die *bitte*, *bitte* rief, und schämte sich nicht, dass es die eigene war.

Er stieß sie auf das weiße Laken, und dann lag er auf ihr und nahm sie so selbstverständlich, als hätten sie einander schon seit Urzeiten gekannt, und sie stöhnte, als sie ihn in sich spürte und auf seinen Rhythmus reagierte.

Niemals hatte sie eine solche Flut von Empfindungen erlebt. In ihrem Hals brannte ein merkwürdiger Schmerz, als lange unterdrückte Gefühle aufwallten und sie sich der Wonne hingab, solch ein Geschenk zu bekommen und gleichzeitig so viel zurückgeben zu können. Sie kamen gemeinsam zum Höhepunkt und hielten sich dann erschöpft und glücklich umschlungen.

»Deine Mutter hat mir verraten, dass dich alle verwöhnen, Taylor.«

Er lachte, den Kopf an ihre Brust geschmiegt. Ein angenehmes Gefühl.

»Ich wünsche mir, dass du mich hemmungslos verwöhnst, und zwar für den Rest meiner Tage.«

Den Rest seiner Tage. Sie setzte sich auf und sah ihn an. »Ich wollte nicht, dass das passiert.«

»Und ich konnte seit Monaten an nichts anderes mehr denken.«

»Taylor.«

Er setzte sich sofort auf. »Schau, wie ich pariere. Du brauchst nur Taylor zu sagen, so wie du früher *Mr. Hartman* gesagt hast, und schon rutscht mir das Herz in die Hose.«

»Du hast keine Hose an.«

»Aber mein Herz verhält sich ganz seltsam«, flüsterte er, legte sich wieder hin und zog sie an sich. »Ganz seltsam.«

Als seine Hände über ihren verlangenden Körper glitten, war sie machtlos.

»Ich will dich noch einmal lieben, Holly.« Er ergriff ihre Hand. »Schau, wie sehr ich dich will. Du brauchst nur ein Wort zu sagen, und ich werde aufhören.«

Sie wollte es sagen. Ihr Mund versuchte verzweifelt, die Silben zu formen – aber da waren seine Hände … Wo hatte er sich nur diese magischen Kräfte angeeignet? So etwas hatte sie noch nie erlebt, sie hätte sich nie träumen lassen, dass körperliche Liebe so sein konnte, so viel Geben und Nehmen ohne falsche Scham. Sie fühlte sich schön und begehrt.

Endlich schliefen sie ein. Stunden später wachte sie im Dunkeln auf und stellte fest, dass er Arme und Beine um sie geschlungen hatte und ihr Kopf auf seiner Brust ruhte.

Sie fror und fand die Situation peinlich. Wie sollte sie sich aus seinen Armen befreien, aus seinem Schlafzimmer, seinem Haus kommen? War sie denn verrückt geworden? Es war ein schrecklicher Tag gewesen. Sie musste an Eleanor denken. Wie viele Meilen lag ihr komfortables Sanatorium, ihr goldener Käfig entfernt?

Wie schnell haben wir sie in unserer Leidenschaft vergessen, dachte Holly reumütig und betrachtete den schlafenden Taylor. Er war ihr Lohengrin, ihr Ritter, und sie liebte ihn und hätte ein Leben lang auf ihn gewartet.

Ach, wie peinlich das war.

Er regte sich. »Gibt's jetzt Abendessen, Schatz, oder ist es schon Zeit für das Frühstück?«

»Taylor, das ist mir furchtbar unangenehm. Das hätte nie passieren sollen. Ich bin … ich habe nicht nach einer Beziehung gesucht.«

Er setzte sich auf. Sie war froh, dass es dunkel war, nur das blasse Mondlicht fiel ins Zimmer und zeichnete schemenhafte Umrisse. »Du hast aber eine gefunden.«

»Es tut mir Leid. Ich wollte nicht …«

»Lüg mich an, wenn du willst, Holly, aber belüg dich nicht selber. Du hättest mich jederzeit aufhalten können und hast es nicht getan. Ich hoffe, ich war gut im Bett. Du warst großartig. Du warst sogar so gut, dass man hätte meinen können, wir wären füreinander geschaffen.«

Was sagte er da? Was hatte sie angestellt? Schon wieder ein Fehltritt à la Holly Noble? Ein richtiger Volltreffer diesmal.

»Dabei mögen wir beide uns nicht einmal.«

Er packte sie, und ihr Körper wurde steif vor Furcht. Er war so stark. Aber nein, es war ja nur Taylor, vor ihm hatte sie keine Angst. Es gab auch keinen Grund dazu. Sie entspannte sich, aber es war zu spät.

»Vergewaltigung ist nicht meine Art, Holly. Ich bekomme es umsonst, wann immer ich will. In der Regel schicke ich anschließend ein kleines Geschenk, genau wie mein Onkel. Was kommt denn infrage … Diamanten, Rubine – nein, Saphire. Die passen zu deinen unschuldigen blauen Augen.«

Sie ohrfeigte ihn mit aller Kraft. Er stand auf, stapfte ins Bad und knallte die Tür hinter sich zu. Hastig suchte sie ihre Sachen zusammen. Sie fand ihr Höschen nicht, zog aber ihre Strumpfhose und ihren Rock an, sah das Höschen, ein Hauch von Seide und Spitze, zu ihren Füßen am Boden. Sie griff danach und stopfte es in ihren Rock. Keine Zeit, es anzuziehen.

Er war angekleidet, als er aus dem Bad kam. Die Sachen, die sie ihm vom Leib gerissen hatte, lagen noch auf dem Boden. Er trug einen Freizeitanzug.

»Du kannst jetzt ins Bad. Ich hole den Wagen.«

»Danke«, brachte sie heraus.

Auf dem Weg in die Stadt schwiegen sie, und vor dem Eingang ihres Hotels beugte er sich über sie, um die Tür zu öffnen. Seine körperliche Nähe hatte eine magische Wirkung auf sie, so etwas hatte sie noch bei keinem anderen Mann erlebt. Sie fühlte sich wie eine Hure.

Der Portier kam und hielt ihr mit unbewegter Miene die Tür auf. Mit hoch erhobenem Kopf trat sie ein und marschierte tapfer durch die prächtig ausgestattete Lobby zum Fahrstuhl, der sie im

Handumdrehen in den fünfzehnten Stock brachte. Zu ihren Füßen sah sie einen Schriftzug. »Wir wünschen Ihnen einen schönen Mittwoch«, stand auf dem Teppich. Sie hatte das Gefühl, nie wieder einen schönen Tag erleben zu können.

Als sie die Chipkarte in ihre Zimmertür steckte, weinte sie.

Die Badewanne war so ausladend wie die mit den bemalten Zehennägeln. Holly ließ Wasser einlaufen und legte sich in das heiße duftende Bad, um Taylor wegzuwaschen. Als sie ihren Körper betrachtete, sehnte sie sich mit jeder Faser nach Taylors Händen, und Erinnerungen stiegen in ihr auf.

»O Gott, was habe ich getan«, schluchzte sie, griff nach der Badebürste und versuchte, die Erinnerungen wegzuschrubben.

KAPITEL 26

Torry Bay 1999, Torry Bay 1972

Onkel Feuer

Holly kniete vor dem offenen Kamin und betrachtete die Fotos. Alles, was man je erfahren hat, liegt im Unbewussten vergraben, hatte sie in ihrem Studium gelernt. Sie grub tief. Natürlich. Jetzt erinnerte sie sich, Onkel Feuer. Sie hatte ihn zweimal, vielleicht dreimal gesehen. Offenbar hatte Tony sehr darauf geachtet, dass sie sich nicht mehr begegneten, als Holly älter und vielleicht imstande gewesen wäre, einen weltberühmten Mann zu erkennen und, schlimmer noch, ihren altmodischen Eltern von ihm zu erzählen.

Holly setzte sich auf die Fersen und betrachtete das Bild. Blaise Fougère im Pelzmantel watete ins Meer hinaus und hielt ein kleines Mädchen an der Hand, das nur einen winzigen Bikini trug. Das Kind tanzte neben ihm her, unverkennbar im siebten Himmel und keineswegs frierend. Blaise, barfuß, die Hose unter dem Pelzmantel hochgekrempelt, drehte sich zu der Malerin um und lachte. Er sah jung, unbeschwert und unglaublich glücklich aus.

Und so sexy, besser geht's nicht, fand Holly, als sie das Bild des Mannes und der Vierjährigen betrachtete.

Er war unerwartet gekommen. Holly wohnte bei Tony, weil ihre Eltern wieder einmal ausgezogen waren, um die Heiden zu bekehren. Tante und Nichte bauten einen Weg aus hübschen weißen Muscheln, die sie am Strand gefunden hatten. Keine von beiden hatte das Auto gehört, aber ganz plötzlich schob sich eine Gestalt vor die Sonne. Holly blickte auf und sah ihn vor sich stehen.

Tony benahm sich in den Augen einer Vierjährigen wirklich seltsam. Sie sprang auf, warf sich dem Mann in die Arme und küsste ihn. Dieser Kuss unterschied sich allerdings deutlich von dem keuschen Begrüßungsküsschen, das Hollys Eltern austauschten, und dauerte auch erheblich länger, so lang, dass sie schließlich die Geduld verlor und an Tonys Bein zerrte.

»Der Weg«, forderte sie herrisch, und zu ihrer Überraschung ging der große Mann neben ihr in die Hocke.

»Hallo, Holly. Ich bin Onkel Blaise. Ich würde dir gerne helfen.«

Sofort gab sie ihm eine Muschel, die er mit gebührender Sorgfalt in den Weg einfügte. Sie belohnte ihn mit einem Lächeln.

Am nächsten Morgen wusste sie seinen Namen nicht mehr, und als er nicht am Frühstückstisch erschien, überlegte sie, wie er hieß. Dann, als sie schon fast die Geduld verlor, fiel es ihr plötzlich ein. »Wo ist er?«, wollte sie wissen. »Wo ist Onkel Feuer?«

Onkel Feuer – als er seinen Namen nannte, hatte sie *blaze*, »Flamme«, verstanden. Seltsam, dass sie ihn ganz vergessen hatte und ihr Blaise Fougère niemals irgendwie vertraut erschienen war. Sie kannte Plattenaufnahmen von ihm, gelegentlich hatte sie im Fernsehen Übertragungen aus Covent Garden oder der Metropolitan Opera in New York gesehen, aber seine Sprechstimme hatte sie wohl sonst nie vernommen. Bestimmt hätte sie die Stimme von Onkel Feuer erkannt, aber Blaise Fougère gab kaum Interviews und mied Talkshows. Wenn sie ihn live auf der Bühne gesehen hätte, wäre eine Erinnerung in ihr wachgerufen worden, aber die Eintrittskarten waren unerschwinglich für ein junges Mädchen.

Mit Tränen in den Augen betrachtete Holly die Fotografie des Gemäldes. Die kleine Holly hatte ihren Onkel Feuer geliebt. Das zeigte sich daran, wie vertrauensvoll sie neben ihm hertänzelte, wobei ihre kleinen Zehen kaum den Sand berührten. Neben dem zierlichen Kind wirkte der hochgewachsene Mann in dem unpassenden Pelzmantel noch imposanter.

Wie sehr wünschte sich das inzwischen erwachsene Kind, es könnte sich besser erinnern!

Tony hatte aufgeschaut, als er sich vor die Sonne schob, und ihr Herz machte einen Sprung. Sie hatte Holly, den Muschelweg, einfach alles außer ihrer Liebe vergessen und sich in seine Arme geworfen.

Schließlich hatte die kleine Holly an ihrem Bein gezerrt. »Der Weg.«

Blaise in seiner durch nichts zu erschütternden Höflichkeit war in die Hocke gegangen, um ihr zu helfen, und Tony hatte geschwiegen. Unsagbare Gedanken und Gefühle schwirrten ihr durch den Kopf. Er war da. Holly war da. Die beiden Menschen, die sie am meisten auf der Welt liebte, waren hier bei ihr. Sie beobachtete die beiden. Bald würde sie ihn mit dem Kind allein lassen und nachsehen, ob sie genug fürs Abendessen im Haus hatte, und später, später … Ihr Herz pochte, als wolle es zerspringen, und er wusste, was sie dachte, denn er blickte von den Muscheln auf und lächelte.

»Jetzt sind wir eine Familie, *ma mie*«, sagte er. »Singt die Kleine?«

»Nein, aber sie malt schöne rote Bilder.«

»Ich werde ihr das Singen beibringen. Alle Kinder sollten singen. Es ist so leicht wie das Atmen.« Er fing an: *»Sur le pont d'Avignon, l'on y danse …«*

Als Tony aufstand, um ins Cottage zu gehen, lispelte Holly in erkennbarem Französisch den Text mit und knickste vor dem großen Mann, der sich gemäß dem Text des Liedes vor ihr verneigte, als wäre sie die größte Diva der Welt.

»Keine Sorge, *ma mie*. Unser Abendessen wartet im Auto.«

Sie errötete, denn sie hatte vor, auch noch die Bettwäsche zu wechseln, und auch das wusste er und lächelte ihr schelmisch zu. »Aber du hast noch andere Dinge zu tun, während Mademoiselle und ich unsere Aufgabe erledigen.« Er beugte sich wieder über das kleine Mädchen. »Sag mal, Hollyberry, was magst du lieber – weiße oder braune Schokolade?«

»Beide«, antwortete sie und schenkte ihm ein Lächeln, das ihm zu Herzen ging.

»Du hast eine Rivalin«, sagte er später, als Tony in seinen Armen lag. »Die Eltern sind bestimmt nicht so übel, wie du immer behauptest.«

Tony seufzte und spielte mit den gekräuselten Haaren auf seiner Brust. »Sie mag dich.«

»*Certainement*«, meinte er selbstzufrieden. »Alle Frauen lieben mich. Ich muss mich dafür nicht einmal anstrengen.«

Sie zog ihn an den Haaren, um ihn zu bestrafen. Viel später lagen sie wieder eng umschlungen da, und das Mondlicht spielte auf ihrer Haut.

»Wann?«, flüsterte sie.

»Ich habe morgen noch frei, dann muss ich wieder fahren. Drei Wochen London. Kommst du?«

»Ich kann nicht.«

»Bring sie mit. Tagsüber zeigst du ihr all deine Lieblingsplätze, den Park, den Musikpavillon … und am Abend … was können wir am Abend tun, Toinette?«

»Gar nichts, mein Liebster, weil sie dich in London so sehr lieben. An den Abenden, an denen du nicht singst, bist du auf Partys eingeladen, zu denen ich dich nicht begleiten kann.«

Sie wollte nicht verbittert klingen.

Blaise setzte sich auf und stopfte sich die Kissen in den Rücken.

»Wenn du häufiger ausstellen, öfter nach London kommen würdest … nach New York …«

»Ich könnte meine Gefühle nicht verbergen, Blaise. Könntest du's?«

Er stützte sich auf den Ellbogen und betrachtete sie. Ihr Gesicht lag im Schatten. Als er mit dem Finger über ihre Wirbelsäule fuhr, spürte er, wie sie zitterte. Sie sieht wie ein kleiner Junge aus, dachte er. Sein Finger setzte seine Entdeckungsreise fort, und als er bei ihrem Fußgelenk angelangt war, hielten sie es beide nicht mehr aus. Bebend schmiegte sie sich an ihn. »Nein, *ma mie,* ich könnte meine Liebe auch nicht verbergen.«

Als sie zum Höhepunkt kam, rief sie seinen Namen, und erst eine Weile danach fiel ihnen das Kind wieder ein.

»Ich sehe nach ihr«, sagte Tony und stand auf.

Er wollte sie begleiten, aber sie schob ihn ins Bett zurück. »Du könntest sie erschrecken.«

Holly lag auf ihrer Decke, hatte ein Bein angewinkelt. In den Armen hielt sie eine Stoffkatze, das einzige Zugeständnis ihrer Eltern an die Kindheit. »Morgen kaufen wir dir eine Puppe, Holly«, flüsterte Tony, als sie das Kind zudeckte. »Katzen mag ich nicht.«

Blaise war inzwischen eingeschlafen. Lange saß sie noch da, betrachtete ihn und prägte sich seine Züge ein, bevor sie neben ihm unter die Decke schlüpfte. Sofort schloss er sie in die Arme. »Toinette«, murmelte er, während sie unbequem an seiner Brust lag und seinem Herzschlag lauschte, bis auch sie endlich einschlief.

Ein weiterer wunderschöner Tag brach an, und nach dem Frühstück ging Tony mit Holly an den Strand.

»Onkel Feuer?«

»Er kommt gleich. Er muss sehr hart arbeiten, Holly, deshalb war er gestern Abend furchtbar müde. Er ist eigens von Australien hergekommen, um uns zu besuchen.«

Das kleine Mädchen schaute von seinen Spielsachen auf. »Mama und Papa auch?«, fragte sie hoffnungsvoll.

Tony wünschte sich, sie hätte nichts gesagt. »Nein, mein Liebling. Sie haben viel zu tun.«

»So wie Onkel Feuer?«

»Sozusagen.«

»Er hat mir ein neues Lied vorgesungen. Singt er auch Kirchenlieder wie Papa?«

Die Stimmen ließen sich schwerlich vergleichen, aber Tony lächelte bei dem Gedanken. »Das glaube ich kaum.«

»Gut.«

Sie grub weiter im Sand und sang vor sich hin: »*Sur le pont …*«

Tony lehnte sich gegen einen Felsen und döste.

»*Café, Mademoiselle?*« Blaise beugte sich über sie mit einer köstlich duftenden Tasse Kaffee. »Du hast mit offenem Mund geschnarcht, *ma mie.* Hollyberry und ich haben gelacht.«

Tony sah ihn argwöhnisch an. »Das ist nicht besonders nett«, meinte sie, als sie die Tasse nahm. »Ich habe letzte Nacht recht wenig Schlaf bekommen.«

Er streichelte ihre Wange. »Ich werde auf das Kind aufpassen.«

Nein, sie ertrug es nicht, ihn hier allein zu lassen. Wenn er wieder fort war, hatte sie noch genug Zeit zum Schlafen. Er setzte sich neben sie in den Sand, sodass sie sich an seine breite Brust statt an den Felsen lehnen konnte. Friedlich saßen sie beisammen und sahen dem kleinen Mädchen zu.

So hätte es sein sollen. Wenn nur, wenn nur. Nein, daran durfte sie nicht denken.

»Du frierst, *ma mie*?«, flüsterte er in ihr Haar.

»Nein. Ich habe nur überlegt ...« Sie konnte nicht weitersprechen.

Er zog sie enger an sich. »Ich auch, aber wir haben diesen Tag, dieses Kind. Wir müssen dankbar sein, Toinette. Hollyberry«, rief er. »Tante Tony möchte dir eine Puppe kaufen. Wie soll sie aussehen?«

Das kleine Mädchen legte seine Schaufel beiseite, stand auf, klopfte sich den Sand von den rundlichen Knien, dann kam sie und sah ihm in die Augen. »Eine richtig echte Puppe?«

»*Ça va sans dire.* Was immer sich Hollyberry wünscht.«

»Eine Feenprinzessin mit einem schönen Kleid und einem Zauberstab.«

Tony war beunruhigt. »Blaise, Chrissie hat bestimmt keine solchen Puppen.«

Er zog das Kind auf seine Knie, und es sah ihn ernst an. »Holly, Tante Tony geht mit dir in Chrissies Laden, um die Puppen anzuschauen, und wenn deine Prinzessin nicht da ist, dann weiß ich genau, wo ich sie finde.«

»Wo?«

»In London.«

London sagte Holly nichts. Aber sie blickte ihn erwartungsvoll an.

»Morgen fahre ich nach London, Hollyberry, und ich werde in diesen wunderbaren Laden gehen, wo es alle möglichen Puppen gibt. Dort werde ich die allerschönste Prinzessin für dich aussuchen.«

»Eine Feenprinzessin«, betonte sie besorgt, »mit Zauberstab.«

Wieder musterte sie aufmerksam sein Gesicht und lächelte dann. »Gut«, meinte sie und kletterte von seinem Schoß. »Schwimmen wir jetzt?«

Er stöhnte – für seine Begriffe war sogar der Pazifik kalt – und stand auf. »Gut, wir schwimmen jetzt.«

»Blaise, das Wasser ist eiskalt. Du wirst dich erkälten.« Tony wusste, dass er nichts von übertriebener Sorge hielt, aber demnächst begannen die Proben zu *Tristan und Isolde*, und da musste er bei bester Gesundheit sein.

»Ziehen wir uns einfach um. Mademoiselle Holly wird schwimmen und ich planschen, wie man sagt.«

Oben im Haus zog Tony Holly ihren kleinen Badeanzug an, dann gingen sie hinunter ins Wohnzimmer, wo sie Blaise in seinem schweren Pelzmantel antrafen, den er nach seinem letzten Besuch im Winter hier gelassen hatte. Holly konnte an seiner Aufmachung nichts Seltsames entdecken, aber Tony lachte. »Meine Güte, wenn dich deine Fans jetzt sehen könnten! Du siehst so lächerlich aus, barfuß im Pelzmantel.«

Er beugte sich über sie und küsste sie. »Die Sonne ist warm, aber das Wasser ist kalt. Nicht wahr, Holly?«

Holly zuckte die Schultern. Sie war vier Jahre alt und fand sich mit allem ab, was Erwachsene taten. Ihre Unschuld rührte Blaise zutiefst, und seine Hand schloss sich fester um die ihre, während sie ihn zur Tür zog. »Ich habe einen Neffen, der heißt Taylor, Holly. Und ich habe ihn genauso lieb, wie Tante Tony dich lieb hat. Du musst ihn eines Tages kennen lernen und mit ihm spielen. Bestimmt versteht ihr euch gut.«

»Ist er groß oder klein? Große Jungen mag ich nicht.«

»Das wird sich noch ändern.«

»Du bist ein typischer Franzose, Blaise Fougère, und noch dazu reichlich albern. Wenn du jetzt ernsthaft mit einem Pelzmantel ins Wasser gehst, dann muss ich meinen Skizzenblock holen.«

»Ein neues Meisterwerk. Wie soll es heißen, *ma mie*? *Der Pelzmantel* oder *Siegmund im Meer*?«

Sie sah zu ihm auf, und er grinste. Er war so glücklich mit dem Kind und seinem albernen Mantel. Ihr Herz zog sich zusammen vor Liebe. »Nein«, sagte sie nachdenklich. »Es soll *Onkel Feuer* heißen.«

Onkel Feuer. Holly stand auf und hüpfte herum, weil ihr die Beine eingeschlafen waren. Wie lange hatte sie gedankenverloren hier gesessen? Das Feuer war erloschen, und im Cottage war es kalt und feucht. Onkel Feuer. Blaise Fougère war Onkel Feuer. Sie erinnerte sich an die Puppe. Er hatte sie geschickt, aber sie hatte zwei Jahre lang in ihrer Schachtel in Torry Bay gelegen, bis Holly damit spielen konnte. Hollys Eltern hatten eine Pfarrei in Glasgow übernommen, und so gab es eine ganze Weile keine Besuche in Torry Bay. Aber Tony war an jenem ersten Weihnachten gekommen und hatte die kleine Holly am Heiligen Abend ins Bett gebracht.

»Holly, erinnerst du dich an die Feenprinzessin, die du dir gewünscht hast?«

Holly sah zu ihr auf und erinnerte sich. »Er hat es vergessen«, sagte sie.

»Nein, mein Liebling. Sie ist an dem Tag gekommen, als du gefahren bist, und es ist die schönste Prinzessin auf der Welt.«

»Mit goldenen Haaren?«

»Natürlich, und mit blauen Augen und einem weißen Kleid, in dem Sterne funkeln.«

»Und einem Zauberstab.«

»Bien sûr«, sagte Tony und drückte ihr Gesicht gegen das Kissen, damit Holly nicht sah, dass ihr Tränen in den Augen standen.

»Bien sûr«, wiederholte Holly. »Sag ihr, ich komme, so schnell es geht.«

»Sie wartet. In unserer Familie verstehen wir uns aufs Warten.«

Die Prinzessin hatte zwei Jahre lang gewartet, und Holly hatte in den Ferien immer mit ihr gespielt. »Wo sie wohl steckt?«, überlegte Holly jetzt. »Ich weiß noch, dass ich mit ihr gespielt habe, bis …«

Bis wann? Was mochte mit der schönen Puppe passiert sein? War mit der Erinnerung an Blaise Fougère auch die Puppe verschwunden? Es hatte keinen Sinn, etwas zu erzwingen. Die Erinnerungen würden sich wieder einstellen, wenn die Zeit reif dafür war. Noch einmal betrachtete sie das Foto des Gemäldes, bemerkte die schelmische Freude im Gesicht von Blaise und sah Tony ganz deutlich vor sich – auch wenn sie auf dem Bild fehlte. Doch man fühlte ihr Herz.

Wie sie einander geliebt hatten! Das wünsche ich mir auch – eine Liebe, die allem widersteht, was das Leben ihr entgegensetzt.

»Dieses Gemälde will ich behalten, Taylor«, sagte sie laut und hoffte insgeheim, dass Taylor auch nur ein wenig daran lag.

KAPITEL 27

Torry Bay 1999, London 1999

An die folgenden Tage konnte Holly sich später nur noch schemenhaft erinnern. Sie war zum Flughafen gefahren – wie, das wusste sie nicht mehr. Hatte sie den Bus genommen oder entgegen ihrer Gewohnheit – eigentlich gab es ja keinen Grund zu sparen – ein teures Taxi gerufen? Auf dem langen Flug aß und trank sie nichts, und sie las auch nicht. Bei ihrer Ankunft stellte sie fest, dass sich ihre elende Stimmung auch in Schottland nicht aufhellte. In Glasgow regnete es.

Die Stimme des Mannes neben ihr in der Schlange an der Bushaltestelle riss sie aus ihren trübsinnigen Gedanken. »Das hätte man sich denken können – es schüttet wie aus Eimern.«

Natürlich. Irgendjemand da oben schickte das Zeug gleich eimerweise auf die Welt. Auf der Fahrt nach Torry Bay verteilte er unbarmherzig kalten Regen über die Insel. Der Regenvorhang und die eigenen Tränen verschleierten die Landschaft, die Tony immer so geliebt und so oft gemalt hatte.

Lieber Gott, mach, dass mir kein Lastwagen entgegenkommt!

Sie erreichte wohlbehalten Achahoish, fuhr langsam den Weg zum Cottage hinunter und sah das Meer, das wütender tobte denn je. Drinnen wartete ihr warmes, gemütliches Bett auf sie und, o Freude, eine Tasse heißen, süßen Tees, aber zuerst musste sie sich in diese Sintflut hinauswagen. Sie knöpfte den Mantel zu, holte den Schlüssel aus der Handtasche und rannte, gegen den Wind ankämpfend, zum Haus, während die Tropfen wie Nadeln auf ihr Gesicht prasselten. Tony hatte, zutiefst erschöpft, vor den Stürmen des Lebens hier Zuflucht gesucht und gefunden – wenn das wunderschöne Gemälde *Zuflucht vor dem Sturm* der Wahrheit entsprach. Holly öffnete die Tür.

Mein Schatz. Hollyberry.

Sie setzte sich in den Sessel am Fenster, weinte und fühlte sich gleichzeitig getröstet. Im Cottage war es warm, beinahe zu warm. Voller Freude lief Holly von Zimmer zu Zimmer, betrachtete die brandneuen Heizkörper und öffnete die Fenster.

Liebe Reids, ob laut oder leise, ich mag euch beide!

Die Handwerker hatten nicht einmal Unordnung hinterlassen, nur die unvermeidlichen kleinen Löcher, wo Leitungen durch die Wände oder die Fußbodenbretter geführt werden mussten.

»Mit meinen neu entdeckten Malkünsten kann ich das übertünchen. Zentralheizung und Telefon!«

Sie griff nach dem grünen Telefon und hielt den Hörer ans Ohr. Was für ein schöner Klang! Wie schade, dass sie niemanden hatte, dem sie von den Fortschritten der Renovierung erzählen konnte. Doch, sagte sie sich trotzig, ich kann Otto und Mr. Gilbert und die Reids anrufen oder meine alten Freunde in Glasgow, die sich fragen, was ich treibe. Und ich könnte natürlich auch eine Firma mit dem Außenanstrich beauftragen.

Alles, um nicht an die wunderbaren Stunden mit Taylor denken zu müssen.

Sie fühlte sich müde und lethargisch. Da der Wind auch an den nächsten beiden Tagen nicht nachließ, blieb sie im Cottage und telefonierte so eifrig, als sei der Fernsprecher gerade erst erfunden worden. Die Reids freuten sich und versprachen, demnächst die Rechnung zu schicken. »Sind Sie sicher, dass Sie die große Badewanne behalten wollen?«

Holly vermied es, die Wanne mit den leuchtend grünen Zehennägeln anzusehen. Vorerst hatte sie genug von Gefühlsausbrüchen. Sie rief Mr. Gilbert an und versprach, einen Termin mit einem Anlageberater zu vereinbaren. Dann wählte sie Ottos Nummer. »Sie werden nie erraten, wo ich gewesen bin.«

Allmählich konnte sie aus seinem Tonfall auf seine Gedanken schließen. »Das macht mich neugierig. Erzählen Sie's mir«, bat er, aber sie war sich fast sicher, dass er bereits Bescheid wusste.

»New York«, sagte sie. Einen Augenblick lang hatte sie das Gefühl, als sei ihr Körper in feinste Seide gehüllt. O Gott, warum bin ich nur geflüchtet? Was für ein Teufel hat mir eingeflüstert, dieses Geschenk abzuweisen?

Zurück in die Wirklichkeit.

»Otto, Taylor ist mit mir zu einem Sanatorium in Connecticut gefahren. Eleanor ist noch am Leben.«

Sie hörte, wie er Luft holte. Nach einer kurzen Pause sagte er: »Ich weiß. Ich wollte Sie anrufen, als die Berichte erschienen sind, aber Sie waren natürlich nicht da. Holly, jede Zeitung hat etwas gebracht, sogar die seriöseren Blätter, aber Sie wurden nicht erwähnt. Ich hatte keine Ahnung, dass Sie dort waren.«

Wie schön! Wenigstens das hatte er nicht geahnt. Er war Tonys Freund und verkaufte ihre Bilder. »Ich weiß, warum Taylor sich schützend vor sie stellt. Die arme Frau hält ihn für Blaise. Sie ist bei bester Gesundheit, obwohl man schon vor Jahren mit ihrem Tod gerechnet hat. Inzwischen ist sie zweiundachtzig. Verstehen Sie, Otto, er hat gar nicht an seine Mutter gedacht, als er mich bat, die Gemälde die nächsten zwanzig Jahre verstecken zu dürfen, sondern an seine Tante.«

»Holly«, begann er, und auf einmal klang seine Stimme sehr müde. »Ich, wir alle waren fest überzeugt, sie sei vor Jahren gestorben. Das müssen Sie mir glauben.«

Holly wurde misstrauisch. »Natürlich glaube ich Ihnen, Otto. Was wollen Sie damit sagen?«

»Ich habe es gewusst.« Nun schnappte sie nach Luft, aber er sprach schon weiter. »Taylors Anwälte haben es mir mitgeteilt, oder besser gesagt, sie haben meine Anwälte informiert. Das war der einzige Grund, warum er eine einstweilige Verfügung erwirken konnte.«

»Sie haben es gewusst – mir aber nichts gesagt.« Übelkeit stieg in ihr auf. Gab es eigentlich einen Mann auf der Welt, dem sie trauen konnte?

»Ich dachte, die Hartmans würden es vorziehen …«

Holly fiel ihm wütend ins Wort. »Die Hartmans? Wie konnten Sie *mich* anlügen, Otto?«

»Gelogen habe ich nie. Hören Sie, Holly, Miss Noble, ich bin Geschäftsmann. Ich möchte diese wunderbaren Bilder verkaufen und bin dafür vor Gericht gezogen, aber gleichzeitig brauche ich die Hartmans als Kunden und auch die Leute, die auf ihre Empfehlung kommen. Und dasselbe gilt für Sie.«

Jetzt schluchzte sie. »Sie hätten es mir sagen sollen, das hätte alles verändert. Ich hätte ...« Sie schnäuzte sich die Nase. Was hätte sie getan? Zum Beispiel nicht so viel mit Taylor gestritten? Und die Gemälde? Tony und ihre Bilder, nur darum ging es. *Nun lebt niemand mehr, dem daran noch etwas liegt.* Aber in Tonys Brief hatte noch etwas gestanden, und das hatte sie übersehen – *die Werke, die ich zu meinen Lebzeiten nicht verkaufen wollte. Ich habe einen Pakt geschlossen.* Einen Pakt? Mit wem, Tony?

Mein Schatz.

O Gott, Tony hat Blaise versprochen, nicht zu Eleanors Lebzeiten auszustellen! So ein Mist!

Hollyberry.

»Sie hätten es mir sagen müssen. Es war Ihre Pflicht, es mir zu sagen.«

»Es tut mir Leid. Diese Entscheidung habe ich nicht leichtfertig getroffen, meine Liebe, und wenn Sie nicht davongestürmt wären und gedroht hätten, die Bilder vom Markt zu nehmen, hätten wir die Sache vernünftig besprechen können.«

Am liebsten hätte sie aufgelegt, jeden Kontakt zu ihm abgebrochen und sich für immer in Torry Bay verkrochen. Aber nein, sie würde nicht mehr davonlaufen.

»Ich muss nachdenken, Otto.«

»Madame Fougère begreift nichts von alledem, oder?«

»Nein.«

Dracula hatte sich an Menschenblut gelabt und fühlte sich nun verjüngt und gekräftigt. »Welche Rolle spielt es dann, dass Sie es nun herausgefunden haben? Nachdem die Sache nun bekannt ist, wird in jeder Stadt mit einem größeren Opernhaus ein Bericht erscheinen, und die meisten werden durchaus wohlwollend sein.« Er machte eine Pause, und Holly konnte sich vorstellen, wie er Luft holte, um ihr etwas zu sagen, was sie nicht hören wollte. »Ich weiß, dass Sie den schnöden Mammon verachten, aber die Gebote, die per Telefon und Internet eingehen, werden buchstäblich durch die Decke gehen.«

»Das ist unsagbar geschmacklos.«

»Das ist die menschliche Natur.«

»Otto, ich habe wirklich im Augenblick keine Kraft und muss erst einmal nachdenken. Ich weiß nicht, welche Entscheidung am besten ist. Außerdem hatten Taylor und ich … einen grässlichen Streit.« Diese Erklärung traf es ganz gut.

»Ach du meine Güte! Und ich dachte, da bahnt sich etwas an.«

Es bahnt sich etwas an. So ein Mist. »Tja, wenn Schweine fliegen könnten, wie meine Oma nie zu sagen pflegte.«

Sie legte auf und starrte Löcher in die Luft. Immer wieder ließ sie die Ereignisse der letzten Woche Revue passieren, das Sanatorium mit seiner einzigen, traurigen Patientin, Ottos Geständnis und Taylor, Taylor, Taylor. Sie stand auf.

Reiß dich zusammen, Holly! Du hast es wieder mal verbockt – noch drei Züge, und du bist schachmatt. Also pack das Leben an und hör auf, dich selbst zu bemitleiden.

Wieder nahm sie die Fotos der Gemälde zur Hand und verglich sie mit ihren Erinnerungen an die echten Meisterwerke. Sie griff nach einer von Ottos teuren professionellen Aufnahmen. Blaise stand auf einer Wiese, die Füße in einem Meer weißer Kleeblüten. Er lächelte, ein zärtliches Lächeln, das offenbar der Künstlerin galt. Holly bemerkte, dass es auf dem Klee vor Bienen wimmelte. Ob er gewusst hatte, dass er auf Bienenstiche allergisch reagierte? Fand er das Summen der Insekten musikalisch oder Furcht einflößend?

Sie nahm ein anderes Foto zur Hand. Wirklich kurios, der

große elegante Mann und das magere kleine Mädchen. Er hatte Tonys schöne Tradition übernommen, bei jedem Besuch eines geliebten Kindes einen Stein zu datieren und aufzubewahren, und ihn seinem Neffen mitgebracht. Hatte er sich dadurch Tony näher gefühlt? Sie wünschte, sie könnte sich besser erinnern, aber offenbar war viel Energie darauf verwandt worden, die Erinnerungen an… Onkel Feuer auszulöschen. Es hatte eine Puppe gegeben, eine Fee mit Zauberstab und goldenen Haaren. Bestimmt hatte er sie gekauft, denn Hollys Eltern hielten nichts davon, Kinder zu verwöhnen, und die Puppe war teuer gewesen. Sie hörte das Echo einer Kinderstimme.

»Eine echte Prinzessin mit goldenen Haaren und Zauberstab?«

»Wenn sich meine Hollyberry das wünscht…«

Die Puppe, wenn es sie je gegeben hatte, befand sich nicht mehr im Cottage.

Lass los, Holly. Erinnere dich nur daran, dass ich dich lieb gehabt habe…

Onkel Feuer.

Der Nieselregen draußen schien ihr einladender als das Haus, aus dem sie die Gedanken an Taylor ja doch nicht verbannen konnte. Vielleicht würden sich die Erinnerungen an Fougère ja auf der Landzunge einstellen.

Die Welt schien in Selbstmitleid versunken. Holly ging weiter. Die Schafe auf der Wiese drängten sich unglücklich aneinander, und das Meer verbarg sich hinter einem grauen Regenschleier. Sie hatte vergessen, wie mild der Regen in Schottland sein kann, und nahm ihren Schal ab, damit er ihr Haar und ihr Gesicht benetzen konnte. An der Spitze der Landzunge blieb sie stehen und schaute aufs Meer hinaus, aber sie hörte keine Stimmen, keine leisen Erzählungen aus vergangenen Tagen. Auch die Schwäne ließen sich nicht blicken, nur ein paar Enten schaukelten auf den Wellen. Und – das passte nun wirklich nicht ins Bild – neben den Enten trieben zwei Bierflaschen! Holly kletterte hinunter und fischte sie aus dem Wasser.

Hast du in deiner einsamen Klause mit Bierflaschen gehandelt, Tony? Es ist so schön hier, aber reicht es mir wirklich auf Dauer? Ich bin anders als du. Ich kann nicht malen, und ich habe keinen Geliebten, der, wann immer er kann, zu mir eilt. Und ich werde nicht Tag für Tag hier stehen, nach einem Schwan Ausschau halten und Bierflaschen aus dem Wasser fischen.

Ihre Augen füllten sich mit Tränen, sie seufzte und trug die Flaschen zurück ins Cottage. Sie hatte das Gefühl, in die Arme eines lieben Menschen heimzukehren. Sie setzte sich ans Fenster in Tonys schmuddeligen alten Sessel und sah hinaus.

Das schrille Klingeln des Telefons riss sie aus ihren Gedanken.

»Wir haben es geschafft, Holly. Taylor gibt nach.«

Otto wirkte überglücklich. Nach monatelangem teurem Rechtsstreit hatte Taylor Hartman die Waffen gestreckt. Ohne Angabe von Gründen. »Miss Noble darf ihre Gemälde verkaufen. Mr. Hartman sieht keinen Grund, das Verfahren fortzusetzen, und hat seine Klage zurückgezogen.«

Holly empfand keine Freude bei dieser Nachricht. Sie fühlte sich sogar eher traurig. Dennoch versuchte sie Unbefangenheit zu heucheln. »Warum, Otto?« Weil das Geheimnis kein Geheimnis mehr war oder weil sie … Halt den Mund, Holly.

Sie ahnte, dass Otto die Schultern zuckte. »Offensichtlich spielt das jetzt keine Rolle mehr. Das Geheimnis ist gelüftet. Er hat aufgegeben, wir haben gewonnen. Ich werde sofort meine Freunde bei den Medien anrufen.«

»Warten Sie noch damit, Otto. Lassen Sie mich erst mit Taylor sprechen. Ich muss wissen, warum er nachgibt. Die Gemälde haben so lange gewartet, jetzt können sie noch ein bisschen länger warten.«

»Sehr unklug, Holly. Das Timing wäre perfekt.«

Aber ihr Entschluss war gefasst. »Otto, bitte, machen Sie keine Pläne, bis ich mit ihm gesprochen habe.«

»Nun, ich werde sicherlich keine Pläne in die Tat umsetzen, aber planen werde ich sehr wohl.«

Damit musste sie sich zufrieden geben.

Vor Nervosität wurde ihr ganz flau im Magen, doch sie zwang sich, Taylors Büronummer zu wählen.

»Mr. Hartman ist gerade von der Schweiz nach Japan unterwegs, Miss Noble. Darf ich ihn bitten, Sie zurückzurufen?«

»Geben Sie mir seine Nummer.«

»Dazu bin ich nicht befugt, Miss Noble. Sie erhalten einen Anruf von uns, sobald sich Mr. Hartman bei uns meldet.«

Auch damit musste Holly sich zufrieden geben.

Als ersichtlich war, dass sie von Taylor an diesem Tag nichts mehr hören würde, rief sie Otto an. »Ich nehme an, es liegt an der Zeitzone, Otto, aber ich werde den Verkauf erst genehmigen, wenn ich von ihm höre.«

Plötzlich verspürte sie einen Bärenhunger. Sie ging in die Küche, machte sich Rührei, Tee und Toast, stellte alles auf ein Tablett und setzte sich wieder ans Fenster.

Warum gab Taylor sich kampflos geschlagen?

Ist das mein Lohn für die Liebesdienste? Das ertrage ich nicht. Mach mich nicht zur Hure, Taylor.

Immerhin besser als Saphire, doch es war ein Pyrrhussieg.

Ach, Tony, was soll ich nur tun? Vielleicht ruft er nicht an, weil er nicht mit mir sprechen will, weil er mich hasst.

Sie hatte zu schnell und zu viel gegessen. Nun fühlte sie sich schrecklich und konnte sich gerade noch ins Badezimmer retten, wo sie sich erbrach. Das letzte Mal hatte sie sich übergeben, als Taylor ihr erzählt hatte, dass seine Tante noch lebte, also war das vermutlich eine verspätete Reaktion auf den Besuch im Sanatorium. Ihr Entsetzen über den Anblick der armen Eleanor war eine Weile von ihrer Leidenschaft für Taylor überlagert worden.

Am Morgen ging es ihr viel besser. Dann kam der Briefträger den Weg heruntergeradelt und lieferte ein Päckchen ab. Der Absender lautete Hartman Corporation. Mit zitternden Händen betastete sie das rechteckige Päckchen, brachte es aber nicht über sich, es zu öffnen. Offensichtlich hatte er seine Drohung wahr gemacht und Saphire geschickt.

Der Schmerz ging ihr durch und durch. »Nein, Taylor, bitte nicht«, heulte sie hysterisch.

Sie wollte das Päckchen öffnen, und gleichzeitig hätte sie es am liebsten weggeworfen. Ihre Gedanken drehten sich im Kreis, ihr schwirrte der Kopf, und ihre Finger kribbelten – sollte sie das Papier nicht doch lieber aufreißen? Taylor hatte keinen Grund, ihr irgendetwas zu schicken, aber es war rechteckig und hart, folglich war es kein Schreiben. Während sie das Logo betrachtete, spürte sie, wie in ihr etwas erstarb. Sie hatte gehofft und gebetet, und jetzt wusste sie, es war vergebens gewesen. Sie konnte es nicht ertragen zu sehen, welchen Wert er ihrer Hingabe beimaß.

Was war ich dir wert, Taylor? Tausend, zehntausend Pfund? Hunderttausend sicher nicht.

Sie hielt das Päckchen gegen das Licht, als könne sie durch die Verpackung sehen. Damit kann ich jetzt nicht umgehen. Ich bringe es einfach nicht über mich.

Sie ließ das Päckchen fallen, und als es auf dem Fußboden lag, schauderte sie geradezu davor zurück. Sie musste weg, nach draußen, frische, saubere Luft atmen.

Ein paar Minuten später stand sie auf der Landzunge und schluchzte verzweifelt.

Wenn meine Tränen ins Meer fallen, wer wird es merken? Taylor ist der Einzige, der mir etwas bedeutet, und er bezahlt mir das, was ich ihm wert bin.

Holly stand eine Weile da und betrachtete die Schwäne, die wie geisterhafte kleine Galeonen auf dem Wasser schaukelten.

Schweiß stand ihr auf der Stirn. Ihr war heiß und gleichzeitig kälter als je zuvor. Laut schniefend fuhr sie sich übers Gesicht. »Zum Teufel mit dir, Taylor Hartman«, sagte sie und rannte zurück ins Cottage.

Sie trat an den Wohnzimmertisch und wählte Ottos Nummer. »Ich habe es mir anders überlegt. Wir nehmen keine Rücksicht auf Taylor Hartman. Verkaufen Sie die Bilder zum höchsten Gebot.«

»Aber Holly, was ...«

»Tun Sie es einfach!« Sie knallte den Hörer auf die Gabel, dann versetzte sie dem Päckchen einen wütenden Fußtritt und beobachtete, wie es unter der Kommode verschwand.

Zwei Wochen später stand Holly im Designerkostüm und mit einem fast ebenso teuren Haarschnitt wieder in Ottos neu dekorierter Galerie und erwartete nervös die Horden der besseren Gesellschaft, der internationalen Kritiker und Käufer und Medienvertreter, die versprochen oder gedroht hatten zu erscheinen. Leider interessierten sich viele von ihnen nicht nur für den künstlerischen Wert der Gemälde. Die Malerin, das Modell und die Frau des Modells standen im Mittelpunkt des Geredes.

»Über wie viele Jahre ging eigentlich die Beziehung zwischen der Malerin und dem Modell?«

»Ihr ganzes Leben lang.«

»Oh, wie traurig.«

»Ach, wie niederträchtig.«

»Nein, wie dumm. Schade drum.«

»Seine Frau war schließlich verrückt. Ich finde die Geschichte wunderschön.«

Holly seufzte und schaute sich um. Schon traten sich die Besucher auf die Füße, so groß war das Interesse. Mehrere Gemälde trugen die Aufschrift »unverkäuflich«; diese Bilder hatten Nicole und sie für sich reserviert. Nicoles Scheck, ihre Spende für die Tony-Noble-Stiftung zugunsten künstlerisch begabter, aber benachteiligter Kinder lag in Hollys Handtäschchen. Was sollte eine Frau eigentlich in einem solch lächerlich winzigen Ding aufbewahren? Sie hatte einen Lippenstift, ein Taschentuch und den Scheck hineingestopft, und schon der Lippenstift war beinahe zu groß.

Irgendetwas erregte Aufsehen unter der anwesenden Prominenz. Hollys Magen zog sich zusammen, denn sie ahnte den Grund dafür. Taylor erschien im Eingang. Zweifellos war er sich dessen bewusst, wie umwerfend er aussah und welche Wirkung er auf Ottos Gäste hatte. Hollys Blick wanderte zu Nicole Fougère Hartman, die ihren Sohn mit leisem Lächeln betrachtete, sich aber dann wieder ihrem Lieblingsgemälde zuwandte.

Holly stand an der Tür zum Büro – er wusste, dass er sie dort finden würde, und schien keineswegs überrascht. Sie wich seinem Blick nicht aus. Was sie von seinen Saphiren dachte, die immer noch unter der Kommode lagen, würde sie ihm nicht verraten – es sei denn er fragte nach. Dann würde sie ihm die Stirn bieten und sich nicht unterkriegen lassen.

Er fragte nicht.

Begleitet von seinem teils männlichen, teils weiblichen Gefolge, bahnte er sich seinen Weg durch die Menge. »Miss Noble«, begann er mit höflicher, kühler Stimme. Dann lächelte er ein wenig. »Das Kostüm und der Haarschnitt gefallen mir. Ein neues Image?«

Sie überhörte das. »Warum bist du gekommen?«

»Meine liebe Holly, ich bin mit gutem Recht hier. Übrigens, hast du heute schon die Londoner Zeitungen gelesen?«, fragte er spöttisch mit diesem merkwürdigen Lächeln um die Lippen. »Du glaubst doch nicht etwa, dass sie schon mit uns fertig sind? Ob du's glaubst oder nicht« – einen Moment wirkte sein Blick freundlich und sein Gesicht entspannt –, »ich bin gekommen, um dich zu schützen, obwohl du mir zu verstehen gegeben hast, dass es dir völlig gleichgültig ist, was ich mache.«

Sie wurde rot. »Es war nicht zu verhindern, dass das Gerede wieder losgeht. Hättest du mir doch nur die Wahrheit gesagt.«

»Ich habe sehr viel Geld und unglaublich viel Zeit dafür aufgewendet, die Wahrheit zu verschleiern, hinter der die Aasgeier her sind. Ich bin gescheitert. Jetzt weiden sich die Klatschkolumnisten am Unglück meiner Tante. Ich werde es durchstehen und zuschauen, wie du reich wirst. Und ich hoffe aufrichtig, dass du die

Kraft hast, dich der Erkenntnis zu stellen, dass Geld nicht glücklich macht.«

»Ich gebe es weg.«

Er sah sie an und lächelte, ein Lächeln, bei dem ihr die Knie weich wurden.

»Gut gemacht, *ma mie*.«

Er drehte sich um und ging.

Holly stand da, gerade noch zitternd wie Espenlaub, plötzlich wie erstarrt. *Ma mie*. Das war doch ein französischer Kosename, sie hatte das schon einmal irgendwo gehört. Aber nicht von Taylor. Vor ein paar Tagen hatte sie noch über seinen amerikanischen Akzent nachgedacht, aber wie er *ma mie* sagte ... Das Gespräch mit ihm hatte sie aus der Bahn geworfen, und sie wünschte sich, irgendwo anders zu sein, nur nicht hier. Nein, nicht irgendwo. In Torry Bay. Der Frieden von Torry Bay. Sie war so müde und unzufrieden. Sie nahm ein Glas Champagner vom Tablett eines Kellners und mischte sich unter die Menge. Schließlich fand sie vor *Zuflucht vor dem Sturm* genug Platz zum Stehen. Sie wollte sich umdrehen, weil ihr das Bild Tränen in die Augen trieb, aber hinter ihr drängten sich so viele Leute, dass sie blieb, wo sie war, und die Bemerkungen der Vernissage-Besucher mit anhören musste – manche geistlos, manche tiefschürfend, andere nachdenklich, die meisten schmeichelhaft.

Dann trat Nicole zu ihr.

Holly war es anfangs schwer gefallen, mit Taylors Mutter zu sprechen. Sie hatte Holly angelogen oder ihr wenigstens nicht die ganze Wahrheit gesagt. Nicole hatte über Eleanor Bescheid gewusst. Als Holly sie zur Rede stellte, hatte sie, genau wie zuvor Taylor, nur gemeint: »Aber, meine Liebe, das ging Sie ja nichts an.«

Die Franzosen dachten eben praktisch.

»Manchmal wünsche ich, Tony hätte auch ein paar kleinere Bilder gemalt«, sagte Holly und lächelte gequält. Sie stellte ihr Glas ab, der Champagner bekam ihr nicht. Nicole sollte nur nicht merken, wie aufgewühlt sie war.

»Sie müssen eine Wohnung mit großen Wänden kaufen.«

Holly schüttelte den Kopf. »Nein, ich habe beschlossen, in absehbarer Zukunft in Torry Bay zu bleiben. Und die Wände dort sind wirklich zu klein für solche Werke.«

»Ich habe in der Zeitung etwas über Ihren Mr. Robertson gelesen. Gewiss hat doch ein aufstrebender Politiker Platz genug für gute Kunst.«

Das war jetzt zu intim, Nicole. »Er hat keine Ahnung von Kunst.« Eine schnoddrige Antwort war besser als gar keine.

Nicole sah sie an. »Aber das macht doch nichts. Mein Mann zum Beispiel hat die Oper verabscheut. ›Ich liebe die Oper‹, hat er mir einmal versichert, als wir in der Met waren. ›Nur die Singerei kann ich nicht ertragen.‹ Und er war der Schwager von Blaise Fougère! Der Gute, er hat sich Watte in die Ohren gesteckt, und wir waren fünfzig Jahre lang glücklich verheiratet.«

»Nicole, *darling*!«

»Amy, wie nett, Sie zu sehen. Miss Noble, kennen Sie Amy Rosenthal?«

Holly war den Klatschjournalisten bisher aus dem Weg gegangen, aber am Glitzern in Amys Augen erkannte sie, dass sie diesmal nicht so leicht davonkommen würde.

»Miss Noble, das ist ja wunderbar. Ich habe Sie gerade mit dem lieben Taylor plaudern sehen.«

»Smalltalk, Miss Rosenthal, wie er auf solchen Partys üblich ist.«

»Nicole, *darling*, ich darf doch Ihren kleinen Star entführen, nicht wahr?«

»Je vous en prie«, sagte Nicole und ließ die beiden allein.

Amy sah ihr nach. »Das Französische hat etwas, finden Sie nicht. Ich könnte es den ganzen Tag hören.« Dann aber erstarb das Lächeln in ihren Augen, und der Raubtierblick setzte sich durch. »Holly, eines möchte ich Ihnen sagen: Ganz gleich, was die anderen bieten, ich gehe höher.«

»Für Verhandlungen über den Preis der Gemälde stehe ich nicht zur Verfügung. Da müssen Sie sich an Otto wenden.«

»Sie wollen mich absichtlich missverstehen. Taylor, warum lassen Sie uns nicht für eine Weile allein?«

Taylor hatte seine Begleiter abschütteln können und war wieder an Hollys Seite aufgetaucht.

»Ihr Wunsch ist mir Befehl, liebe Amy, aber … verzeihen Sie, ich muss Holly mitnehmen. Wir haben ein Interview bei einem japanischen Fernsehsender. Wie steht's mit Ihrem Japanisch, Holly, *darling*?« Lächelnd hakte er sich bei ihr unter. »Was hast du dir dabei gedacht?«, zischte er, als er sie durch die Menge schob, die sich vor ihm teilte wie das Rote Meer vor dem Zorn Gottes. »Diese Frau ist die geborene Intrigantin.«

»Mrs. Hartman hat mich mit ihr allein gelassen.«

Er blieb abrupt stehen. »Mutter? Was führt sie im Schilde?«

Die nächste Stunde durchlebte Holly wie betäubt. Sie und Taylor posierten lächelnd im Blitzlicht der Kameras und wurden mit zahllosen Fragen in verschiedenen Sprachen bombardiert. Die höflichen, die sich um die Entdeckung der Bilder drehten, beantworteten sie, während sie andere, die zu sehr in die Privatsphäre vordrangen, mit wachsendem Geschick abwehrten. Holly war dankbar, dass Taylor nicht versuchte, die Beziehung zu leugnen, die zwischen der Künstlerin und ihrem Modell bestanden hatte.

»Miss Noble, wann haben Sie erfahren, dass es eine Liebesbeziehung zwischen Blaise Fougère und Tony Noble gab?«

»Welche Dokumente existieren dazu?«

Holly verwies mit einer weit ausladenden Geste auf die Bilder und schwieg.

»Mr. Hartman, Ihre Tante …«

»Sie hat in ihrem Leben genug gelitten. Wie Mr. Fougère und Miss Noble sollte man sie in Frieden lassen.«

»Da alles für eine Liebesbeziehung spricht, Miss Noble, können Sie uns vielleicht sagen, warum Tony und Blaise nie geheiratet haben? Wollten sie bis zu Mrs. Hartmans Tod warten?«

»Sie sind beide tot und haben ihre Tragödie und ihren Schmerz mit ins Grab genommen«, erklärte Holly tapfer, während sie die

Fäuste ballte und nichts sehnlicher wünschte, als der Journalistin einen Schlag zwischen ihre kleinen, glänzenden Augen zu versetzen.

»Mr. Hartman, ist es wahr, dass die Familie Ridgeway sich einer Scheidung widersetzt hat?«

Taylor lächelte immer noch, aber Holly spürte seine Anspannung. »Mein Onkel hat meine Tante bis zum Tag seines Todes geliebt. Keine weiteren Fragen, meine Herren, tut mir Leid, meine Damen. Schauen Sie sich die Gemälde an. Man sollte sie als große Kunstwerke genießen. Die Kenner werden sie rasch aufkaufen. Betrachten Sie sie, solange Sie Gelegenheit dazu haben!«

Er zog Holly mit sich, und sie flohen in Ottos Büro. Dort wartete Nicole auf sie.

»War es sehr schlimm, mein Lieber?«

»Wie klug, dass du dich versteckt hast, *maman*«, sagte Taylor, ohne auf ihre Frage einzugehen. »Hast du die Bilder gekauft, die ich wollte – mit Ihrer Erlaubnis natürlich, Miss Noble?«

»*Klee* und *Dents de Lion*, *mon ange.* Ist das in Ordnung, Holly?«

»Natürlich.« Holly war erschöpft. Am liebsten wäre sie geflohen, hätte sich wie ein verwundetes Tier irgendwo an einem ruhigen Ort verkrochen, um ihre Wunden zu lecken. Ihr Arm tat noch weh, so fest hatte er sie gepackt, und sie wollte nicht an das letzte Mal zurückdenken, als sie seine Hände gespürt hatte. »Wann ist das endlich vorbei?«

»Es ist schon eine ganze Weile vorbei. Alle Bilder sind verkauft.«

Holly, die sich gleichzeitig ausgelaugt und aufgeputscht fühlte, sah ihn an. »Woher wissen Sie das?«

Taylor deutete auf die Galerie. »Man sieht die roten Punkte natürlich auch von hier aus, aber ich wurde informiert. Meine Sekretärinnen sind wachsam.«

Holly lehnte sich zurück und schloss die Augen. Tony Noble war in der Welt angekommen, in die sie gehörte. »Die Käufer, Taylor?«

»Ganz nach deinem Wunsch«, meinte er trocken. »Galerien in

aller Welt und Privatsammler. Du hast Millionen verdient. Das sollte dich glücklich stimmen.«

Sie schwieg.

Er trat zu seiner Mutter und küsste sie. »Gute Nacht, *maman*. Ich habe eine Verabredung zum Dinner.«

Ohne Holly zu beachten, ging er hinaus. Holly und Nicole beobachteten, wie er durch den Raum schritt, während sein Gefolge hinter ihm hereilte.

»Er arbeitet zu viel«, meinte seine Mutter.

»Der Besuch einer Vernissage mit mehreren schönen Frauen, die ihm jeden Wunsch von den Lippen ablesen, sieht für mich nicht nach Arbeit aus«, brummte Holly bissig und ärgerte sich sofort über sich selbst.

Wieder dieses überraschende Lachen. »Holly, seien Sie fair! Die Mädchen sind seine Sekretärinnen und Assistentinnen. Sie mögen Partys, aber sie arbeiten auch.« Nicole stand auf. »Essen wir zusammen?«

Holly schüttelte den Kopf. »Ich habe unerträgliche Kopfschmerzen, Madame.«

»Das ist die Anspannung, mein Kind. Aber schauen Sie sich den lieben Otto an. Er vollführt geradezu Luftsprünge. Wir haben nämlich auch eine Stiftung, in die das Geld aus den Plattenaufnahmen von Blaise fließt. Habe ich Ihnen erzählt, dass ich die Re-Releases autorisiert habe? Wirklich vernünftig. Unsere beiden Stiftungen haben gut abgeschnitten, und für Sie, *ma belle*, ist es doch die Hauptsache, dass Tony Anerkennung findet, *n'est-ce pas*?«

Holly stand auf, und es wurde ihr schwarz vor Augen.

KAPITEL 28

Torry Bay 1978

Regenbogen

»Das ist erstaunlich. Tony, du hast wirklich keine Erziehung genossen.«

Sie drehte sich um und lachte ihn an. Es verschlug ihm den Atem, als er das Lachen und die Zärtlichkeit in ihren Augen sah. »Ich weiß, was ich mag«, neckte sie ihn.

Er nahm sich vor, sich nicht beeindrucken zu lassen. »Antoinette, ich meine es ernst. Was unterrichten die eigentlich an diesen englischen Mädchenschulen? Du kannst lesen und schreiben, und du kannst malen, aber das hast du nicht in St. Agnes gelernt.«

»Dort hab ich gelernt, die Schönheit zu lieben. Zum Beispiel Regenbogen. Und ein paar Gedichte noch dazu. *Seh ich am Himmel einen Regenbogen, jubelt mein Herz.* Und so ist es auch, Blaise. Es standen Regenbogen am Himmel, als ich dich an diesem wunderbaren Tag den Hügel herunterkommen sah, erinnerst du dich? Jedes Mal, wenn ich seither einen Regenbogen sehe, freue ich mich so. Stell dir vor, Blaise, alle Blumen, die verblüht sind, versammeln sich zu einem Regenbogen.«

Sie machte sich über ihn lustig. Das wusste er, aber sein französisch geschulter Geist wollte sich nicht damit abfinden. »Einen Augenblick. Das muss ich übersetzen.« Er schloss die Augen und überlegte, merkte aber, dass sie ihn ansah. Er spürte die Wärme, die von ihr ausging. Dann blickte er auf, so wie er es auf der Bühne tat, wenn er sich in eine Rolle hineingedacht hatte – das war schwierig, einmal Manrico, dann wieder Nadir, dann Lohengrin. »Ein Regenbogen ist ein … *arc*, ein Bogen bestehend aus den angeordneten Farben des Prismas, sieben Farben sind das, und die Ursache ist die Spiegelung und …« Er stockte, suchte das englische

Wort. »*la dispersion …* die Brechung der Sonnenstrahlen in den herabfallenden Regentropfen.«

»Blaise, mein Schatz«, sagte sie. »Wie langweilig! Die Theorie mit den verblühten Rosen gefällt mir viel besser, also werden wir dabei bleiben.«

Er schüttelte den Kopf. »Es ist nicht gut, so zu tun, als sei man unwissend.«

Sie griff nach seiner Hand und küsste seine Handfläche. »Du bist und bleibst ein Franzose.«

Er musste lachen. »*Bien sûr* bin ich Franzose.«

Sie waren oben auf dem Hügel angelangt. Das Meer tobte ausgelassen, ließ wild schäumende Wellen ans Ufer branden und zog sich dann wieder scheu zurück.

»Ist das schön!«

»*C'est vrai*«, stimmte er zu, schaute dabei aber nicht aufs Meer.

Viel später klopften sie sich das Gras von den Kleidern und wanderten Hand in Hand wieder den Hügel hinunter.

»Manchmal denke ich, ich bin nur dann ein Mensch, wenn ich mit dir zusammen bin«, sagte er.

»Du bist immer ein Mensch, mein Schatz, aber nur wenn du bei mir bist, bist du frei von Anspannung.«

»Wirst du mich auch dann noch lieben, wenn ich meine Stimme verloren habe?« Die allgegenwärtige Angst des Sängers.

»Sogar noch mehr, wenn das möglich ist.«

Er kochte, während sie malte. Monate später, als er das fertige Bild sah, bemerkte er bei näherer Betrachtung, dass der Regenbogen über seinem Kopf aus winzigen Blumen bestand.

KAPITEL 29

London 1999, Torry Bay 1999

Als Holly wieder zu Bewusstsein kam, lag sie auf einem weißen Sofa in Ottos Büro. Es war ein so angenehmes Gefühl. Sie wollte für immer dableiben. Kein Geräusch war zu hören. Holly seufzte.

»Das war ja eben bühnenreif, *ma chérie*«, sagte eine Stimme, die ihr nicht ganz unbekannt war. Sie blickte auf und versuchte das dazugehörige Gesicht zu erkennen. Nicole Hartman.

Wieder seufzte Holly und entspannte sich. Dann fiel ihr wieder ein, wo sie war. O mein Gott, die Ausstellung! Sie wollte aufspringen, aber eine energische, kühle Hand hielt sie zurück.

»Nur noch Otto und die Leute vom Partyservice sind hier – und ich natürlich. Es war wirklich sehr professionell, dass Sie damit gewartet haben, bis die Party fast vorbei war.«

Sie setzte sich auf. »Ich weiß nicht, was mit mir los war – die Hitze und die vielen Leute, nehme ich an.«

Ältere, weisere Augen lächelten sie an. »Ich glaube, Sie wissen ganz genau, was mit Ihnen los ist, Holly. Das Weiße in den Augen, *mon enfant,* daran erkennt man es immer.«

Holly stellte die Füße auf den Boden und setzte sich aufrecht hin. »Auf den Gedanken bin ich tatsächlich nicht gekommen. Es muss an meinem Alter liegen. Ich habe es nicht zu hoffen gewagt.«

»*Et maintenant* werden Sie wie Tony …«

Holly hob die Hand. »O nein, das werde ich nicht.«

»Liebes Kind, ich meinte, Sie werden wie Tony nach Torry Bay zurückkehren, um zu warten. *Pauvre* Otto, soll ich ihn hereinlassen? Er hat einen ziemlichen Schreck bekommen.«

Holly nickte und beobachtete, wie Nicole über den weißen Teppichboden zur Glastür ging.

Als sie zurückkehrte, war Holly bereits auf den Beinen und ordnete ihr Haar. »Es tut mir so Leid. Die Hitze und die vielen Menschen.«

»Mein liebes Mädchen, Sie haben mir richtig Angst eingejagt, aber Taylor war so hilfsbereit.«

Sie spürte, wie ihr diese verräterische Röte ins Gesicht stieg. »Taylor? Er war doch schon fort.«

»Glücklicherweise hat er sich umgedreht, um ein paar Worte mit Chandler zu wechseln, als Sie gestürzt sind, Holly«, erwiderte Nicole in betont sachlichem Tonfall. »Otto rang nur die Hände, und Taylor war als Erster bei Ihnen, hat Sie auf die Arme genommen und aufs Sofa getragen.«

Taylor hatte sie auf seinen Armen getragen. Mein Gott, ob er Bescheid wusste?

Offenbar konnte Nicole Gedanken lesen. »Er wäre geblieben, Holly, aber ich habe ihm gesagt, dass es wohl an dem Stress und der Hitze liegt. Und dazu der Alkohol auf nüchternen Magen.«

Wieder fühlte sie sich benommen, aber diesmal vor Erleichterung.

»Ich hatte gedacht, dass wir jetzt feiern, aber nun empfehle ich Ihnen doch lieber, eine leichte Mahlzeit zu sich zu nehmen und früh zu Bett zu gehen«, meinte Otto.

»Sie sind immer so nett, Otto! Ja, ich fahre lieber gleich in mein Hotel.«

»Aber ich bestehe darauf, dass Sie mit mir kommen«, erklärte Nicole.

Holly schüttelte den Kopf. Niemals, das konnte sie auf keinen Fall ertragen. »Sie sind beide so freundlich, doch es geht mir wirklich wieder gut. Es ist mir so peinlich. Otto, ich möchte Ihnen noch einmal für all Ihre Mühe danken.«

Natürlich steckte er eine saftige Provision ein, aber dafür hatte er mit Hochdruck gearbeitet, da seine Galerie so lange geschlossen gewesen war.

Sie musste fort. Diese wunderbare, aber zugleich beängstigende

Neuigkeit wollte sie allein verdauen. Am liebsten hätte sie gelacht, geweint, Freudensprünge gemacht, gesungen – all das konnte sie unter Nicoles fürsorglichen Blicken nicht tun.

»Nun gut«, meinte Nicole resolut. »Ich werde Sie in Ihrem Hotel absetzen, Holly. Und Sie, Otto, vielleicht wollen Sie ja mit mir dinieren? Wir haben so viel zu bereden.«

Keine halbe Stunde später war Holly allein in ihrem Zimmer. Sie hatte versprochen, sich am nächsten Morgen mit Otto zu treffen, um die Pressestimmen zu lesen, aber sie würde ihr Wort nicht halten. Das wird er mir schon verzeihen, dachte sie lächelnd. Und die Kritiken werden großartig ausfallen. Wir haben es geschafft, Tony! Du wirst deinen rechtmäßigen Platz in der Kunstgeschichte einnehmen, und niemand hat dadurch großen Schaden erlitten.

Behutsam, in atemlosen Staunen über das Wunder, legte sie die Hand auf ihren Bauch. In Torry Bay kann ich über alles nachdenken.

Sie bestellte beim Zimmerservice die von Nicole empfohlene leichte Mahlzeit, rief bei der Rezeption an, um sich die wichtigen Zeitungen zu reservieren, nahm ein Bad und machte sich fertig fürs Bett. Sie fühlte sich wunderbar. Endlich verstand sie die Stimmungsschwankungen, die Depression, das Hochgefühl und die Erschöpfungszustände der letzten Wochen.

Schließlich habe ich mich seit längerem nicht mehr um Verhütung gekümmert, überlegte sie lächelnd. Heute wollte sie nicht mehr über Taylor nachdenken, sondern den Abend in stiller Zwiesprache mit ihrem ungeborenen Kind verbringen. Wirst du ein singendes oder ein malendes Baby? Beides? Da müssen die Gene aber ein Kunststück vollbringen. Keins von beiden? Das stört mich gar nicht, mein Schatz, kleine Gottesgabe. Überhaupt nicht.

Am nächsten Tag stopfte sie die Zeitungen in das Außenfach ihrer Reisetasche und nahm den nächsten Zug nach Schottland. Wie anders war diese Reise als ihre letzte, da alles so dunkel und düster schien. Offenbar freute sich sogar die Sonne mit ihr. In

Glasgow holte sie ihren Wagen vom Dauerparkplatz, machte beim nächsten Supermarkt Halt und deckte sich mit gesunden Lebensmitteln ein, bevor sie den Weg nach Norden einschlug. Außerdem erstand sie die neueste Ausgabe der Obdachlosenzeitschrift *Big Issue*, obwohl sie dieselbe Nummer schon in London gekauft hatte. Am liebsten hätte sie die ganze Welt beschenkt.

In ihrer Einfahrt stand kein Auto, aber damit hatte sie auch nicht gerechnet. Sie verspürte keine Enttäuschung, nur Geborgenheit und überwältigenden Frieden.

Die Geisterstimmen schwebten ihr auf den Sonnenstrahlen entgegen, um sie zu begrüßen.

Mein Schatz. Hollyberry.

Unter die Kommode wollte sie aber nicht schauen.

»*Werke einer Meisterin entdeckt,* Tony. Die Zeitungen preisen das Geschick, mit dem du das Licht und mit dem du Gefühle malst, und dass du mit einem Pinselstrich so vieles ahnen lässt. *Onkel Feuer* und *Blumen im Fluss* kehren hierher zurück. Nicole hat *Zuflucht vor dem Sturm* und *Regenbogen*, außerdem hat sie *Schmerz* gekauft, um es einem Museum zu schenken. Taylor hat *Klee* und *Dents de Lion*. Junge, Junge, dafür musste er eine Stange Geld hinblättern. Eine grässliche Frau hat unentwegt irgendeinen Marvin angefleht, ihr das Löwenzahnbild zu kaufen.«

Plötzlich lachte sie laut auf. »Ich führe Selbstgespräche, aber das ist mir egal. Von jetzt an kann ich das meinem wunderbaren Zustand zuschreiben.« Sie setzte sich abrupt auf. Ihr wunderbarer Zustand? War er wirklich wunderbar? Sie hatte sich immer ein Kind gewünscht – aber nicht so. Eine Familie hatte sie sich gewünscht – aber nicht so.

Das Telefon schreckte sie auf. Bitte mach, dass es nicht Taylor ist. Mach, dass es Taylor ist.

Es war Otto. »Wissen Sie, dass Taylor gesagt hat, Sie hätten die merkwürdige Angewohnheit, immer wegzulaufen? Wir hatten eine Verabredung, wissen Sie noch?«

»Verzeihen Sie mir, Otto. Ich habe die Zeitungen gesehen. Die

Besprechungen waren so gut, dass ich nach Hause gefahren bin, um es meinen Freunden zu erzählen …«

»Richten Sie ihnen einen schönen Gruß von mir aus«, meinte Otto ungerührt. »Holly, Sie dürfen sich da oben nicht von der Welt abkapseln. Das ist nicht gesund. Wie geht es Ihnen heute Morgen?«

»Es ist mir nie besser gegangen.«

»Und reicher waren Sie auch noch nie. Selbst nach Abzug meiner bescheidenen Unkosten …«

Sie fiel ihm ins Wort. Von seiner Ehrlichkeit war sie überzeugt. »Das geht alles an die Stiftung, Otto. Ich berufe Sie in den Aufsichtsrat.«

»Das ist mir eine Ehre, aber wovon wollen Sie leben?«

»Tony hat mir ein ansehnliches Erbe hinterlassen, Otto, immerhin so viel, dass ich einen Termin beim Anlageberater brauche. Ist das nicht ein beängstigender Gedanke? Ich rufe Sie in ein paar Tagen wieder an. *Ciao.*«

In der Küche wurde sie richtig gut gelaunt, und als sie ihre Einkäufe auspackte, sang sie: *»Sur le pont d'Avignon, l'on y chante, l'on y danse …«* Aus welcher Erinnerungsschicht stammte das Lied? Sie sah einen Strand, einen großen Mann im Pelzmantel, der sich über ein kleines Mädchen im Badeanzug beugte …

»Alle Kinder können singen, *ma mie*. Sing, Hollyberry.«

Ma mie. Natürlich. Nicole hatte es ihr erzählt. Blaise nannte Tony *ma mie*, und Taylor … Warum Taylor?

Allmählich begann es ihr zu dämmern. Taylor. Sie konnte die Tatsache nicht ausblenden, dass er der Vater ihres ungeborenen Kindes war. Hatte er irgendwelche Rechte? Hatte das Kind ein Recht … auf Taylors Liebe, auf Nicoles Zuneigung? Eine Familie – aber wir werden nie eine Familie sein, weil er mir Saphire geschickt hat, um mir zu zeigen, dass ich für ihn nichts anderes bin als ein hoch bezahltes Callgirl.

Mein Schatz.

Ach, du kapierst das nicht. Er hat mir Saphire geschickt, um mich zu bezahlen. Ich habe sie unter die Kommode im Wohnzimmer befördert. Mein Gott, wie kindisch sich das anhört!

Sie ging ins Wohnzimmer, kniete nieder und spähte unter die Kommode. Da lag es, ein scheinbar harmloses, kleines Paket.

Verdammt noch mal, ich hätte es auf die Ausstellung mitnehmen und ihm vor die Füße werfen sollen!

Sie ließ das Päckchen, wo es war, stand wieder auf, setzte sich in den Sessel am Fenster und sah hinaus.

Hast du auch hier gesessen und dir den Kopf über dein Baby zerbrochen, Tony? Ich werde meines behalten. Die Zeiten sind jetzt anders. Niemand, an dem mir etwas liegt, wird schockiert sein. Der eine oder andere fragt sich vielleicht, was in mich gefahren ist. Und ich weiß, dass es allein nicht leicht wird, selbst wenn ich genug Geld zum Leben habe.

Das Päckchen zog sie an wie ein Magnet. Irgendwann musste sie sich ja doch mit den Saphiren befassen. »Ich werde ins Dorf hinaufgehen, einen wattierten Umschlag kaufen und sie zurückschicken – ohne Erklärung.«

Aber um sie zurückzuschicken, musste sie sie erst einmal aus dem staubigsten Winkel ihres Wohnzimmers hervorfischen.

Hollyberry.

Sie holte das Päckchen hervor, pustete den Staub ab, setzte sich wieder und betrachtete die computergedruckte Anschrift.

Ach, Tony, warum hab ich es so weit kommen lassen, dass ich ihn liebe?

Darauf gab es keine Antwort. Natürlich nicht. Sie war allein, immer allein.

Sie riss das Papier auf. Taylor hatte dem Geschenk einen Brief in einer kühnen, gut lesbaren Handschrift beigelegt.

Für das, was ich gesagt habe, gibt es keine Entschuldigung. Verzeih mir, aber ich habe dich so gehasst. Ich dachte, ich hätte endlich jemanden gefunden … ja, vielleicht jemanden, der wie Tony ist, eine Frau, die mich bedingungslos lieben könnte, die sich nicht von meinem Geld beeindrucken lässt, und du hast mich vor den Kopf gestoßen. Dann bin ich in die Schweiz gefahren, weil Mutter mich gebeten hat, die Originaldokumente in Blaise' Banktresor durchzusehen. Sie ist eine clevere Geschäftsfrau, meine Mutter. Sie hat beschlossen, die Publicity für unsere Zwecke zu nutzen. »Es lässt sich nicht mehr vermeiden«, sagte sie, »also machen wir das Beste daraus.«

Wir haben vor, alle Aufnahmen von Blaise neu aufzulegen und den Erlös der Fougère-Stiftung für Geistige Gesundheit zukommen zu lassen. Blaise hat niemals Crossovers aufgenommen, obwohl er beinahe alles singen konnte, und so war ich sehr überrascht, als ich das hier gefunden habe. Offenbar hat er unmittelbar vor seinem Tod daran gearbeitet. Ich gebe es zu, Holly, und will nicht mehr streiten … Blaise hat Tony geliebt, und das waren wohl seine Briefe an sie. Ich schicke sie dir. Bitte nimm sie an und mit ihnen – deinen Taylor.

Die Schatulle enthielt keine Saphire, sondern eine CD – allerdings ohne Label. Stattdessen standen darauf die Worte: *Pour ma mie.*

Ma mie. Mein Krümelchen, *ma mie,* meine Luft zum Atmen.

Holly starrte auf den Brief und die Schatulle. Steh auf, du Genie! Wenn sie nicht so vorschnell geurteilt hätte, dann hätte sie das Päckchen rechtzeitig aufgemacht, den Brief gefunden, begriffen, warum Taylor die einstweilige Verfügung hatte aufheben lassen, und ihn mit einem freundlichen Lächeln begrüßt, statt kalt und abweisend zu sein. Kein Wunder, dass er sich ebenfalls unterkühlt gezeigt hatte.

Bitte, lieber Gott, mach, dass es nicht zu spät ist.

Aber was war auf der CD? Tony? Tony? Tony hat einen Tenor geliebt. Es musste doch in diesem Cottage eine Möglichkeit geben, eine CD abzuspielen. In einem Schrank unter der Treppe fanden sich ein Plattenspieler und Schachteln mit Schallplatten.

Tosca, Othello, Lohengrin, Carmen. Mein Gott, gab es hier keinen CD-Player? Tony hatte mit der Technik auf Kriegsfuß gestanden. Elektrische Leitungen hatte sie immerhin noch verlegen lassen, aber kein Telefon.

Muss ich jetzt etwa nach Glasgow fahren, um einen zu kaufen?

Das Auto! Sie lief hinaus. Gott sei Dank, ein Wunder der modernen Technik. Sie setzte sich auf den Fahrersitz, ließ den Motor an und schob die CD in das Gerät. Nach wenigen Sekunden hörte sie die reinsten Klänge, die je an ihr Ohr gedrungen waren. Die Stimme war gleichzeitig schön und heroisch, gelegentlich verhalten, dann wieder kräftig und voll. Stil, Musikalität und persönliches Timbre, alles stimmte.

Tränen liefen ihr übers Gesicht, als sie den großen Tenor mit leichtem Akzent englische Liebeslieder singen hörte, die ihr süß erschienen wie schmelzender Honig.

Er sang Lieder aus Musicals, er sang Folksongs. Wer hatte sie je schöner gesungen?

Aus *Brigadoon* sang er: »Come to me, bend to me.« Komm zu mir, binde dich an mich. Wer hätte da widerstehen können?

Manche Lieder waren Glanzstücke, andere eher unbekannt. Es war, als spiele er damit, etwas Neues auszuprobieren. Die großartige Stimme wurde manchmal vom Klavier begleitet, dann wieder sang er a capella.

»Es hätte dir gefallen, Tony.

Mit zitternden Händen zog Holly die CD aus dem Abspielgerät und legte sie wieder in die Schatulle. Dann kehrte sie ins Cottage zurück. Eine unvergleichliche Stimme sang … Holly lächelte. Eine Schwangerschaft konnte allerhand auslösen. So setzte sie sich an den Tisch und griff nach dem Telefon.

»Mr. Hartman ist in Paris, Miss Noble.«

Wo war eigentlich sein Zuhause? Wo würde es in Zukunft sein?

»Könnten Sie Mr. Hartman bitte etwas ausrichten? Sagen Sie ihm, ich habe es erst heute aufgemacht. Ich dachte, es seien Saphire.«

Falls die Sekretärin seines Sekretärs überrascht war, dann ließ sie sich nichts anmerken. Sie wiederholte die Nachricht sorgfältig. Holly bedankte sich und legte auf. Nun konnte sie nichts mehr tun außer warten.

Er kam, als sie auf der Landzunge saß und auf die Bucht hinausblickte, wo die Schwäne heiter und gelassen über das Wasser glitten.

Sie hörte den Wagen, drehte sich um und lächelte. Taylor fiel es nicht ganz leicht, seine langen Gliedmaßen aus dem lachsfarbenen Mini zu manövrieren. Ihr pochte das Herz vor Glück. Wahrscheinlich war es das einzige Auto, das am Flughafen noch zu haben gewesen war. Nur ein Mann, der sehr verliebt ist…

Nun hatte er es geschafft, er wandte sich um und sah sie.

Le cœur a ses raisons que la raison ne connaît pas. Der Verstand begreift es nicht.

Er begann zu laufen.

KAPITEL 30

Connecticut 1990, Torry Bay 1990

Blaise setzte sich neben die Frau, mit der er seit dreiundvierzig Jahren rechtmäßig verheiratet war, mit der er aber während dieser Zeit nur drei Jahre lang eine Ehe im engeren Sinne des Wortes geführt hatte. Er war tieftraurig, und wieder plagte ihn ein überwältigendes Schuldgefühl. Bestimmt war er dafür verantwortlich. Er hatte sie nie so geliebt, wie er Tony geliebt hatte, aber wenn Eleanor an seiner Seite gewesen wäre, dann wäre er ihr treu geblieben. Selbst wenn er Tony monatelang nicht traf, hatte er allen Versuchungen widerstanden, und natürlich hatte es in den frühen Jahren viele Verlockungen gegeben.

»Ich bin müde, Eleanor. Ich bin fast siebzig. Ich kann nicht mehr singen, nicht mehr so wie früher, und du weißt, dass ich beim Singen alle Probleme in meinem Leben, all die großen und kleinen Sorgen abschütteln konnte. Ich konnte dich und sogar Toinette vergessen. Manchmal wäre ich fast verrückt geworden, weil ich weder dir noch ihr gerecht geworden bin. Zwei Frauen haben mich geliebt, und beiden habe ich das Leben verpfuscht. Ich gehe, Eleanor. Ich brauche Frieden, und ich weiß, wo ich ihn finden werde.«

Die Freude überwältigte ihn beinahe. »Toinette, meine geliebte Toinette.« Sie war seine Frau, wenn auch nicht vor Gott. Oder war Gott gütiger als die Menschen?

Er beschloss, sie nicht sofort anzurufen. Zunächst wollte er in New York alle rechtlichen Fragen klären. Er war seit Jahren nicht mehr aufgetreten, aber er hatte noch vielfältige Beziehungen zu Colleges, Stiftungen und Opernhäusern, und das alles wollte er hinter sich lassen. Er hatte Schmetterlinge im Bauch und fühlte sich wie ein Junge beim ersten Rendez-vous, ängstlich und voller

Vorfreude. Zweiundfünfzig Jahre. Über ein halbes Jahrhundert Liebe und Schmerz, Trauer und Wonne, und bald, wenn Tony einverstanden war, würde er sich vor der Welt zu ihr bekennen.

Der Milchjunge brachte eine Nachricht. »Es kommt ein Anruf für Sie – gegen neun Uhr will er's versuchen.«

Wie immer war Tony früh auf den Beinen, weil sie sich nach dem Licht richtete. Als sie ins Dorf hinauflief, war ihr Herz übervoll.

Im Laden wartete sie ein paar Minuten, dann klingelte das Telefon.

»Hallo.« Seine Stimme klang müde.

»Blaise, warum bist du um diese Zeit nicht im Bett?«

Ungeduldig ging er über die Frage hinweg. Nur kein Getue um seine Person. »*Ma mie, ma mie,* willst du mich heiraten?«

»Dich heiraten?«

»Ich habe vor ein paar Tagen in den Spiegel geschaut und habe den größten ...«

»Tenor?«

»*Imbécile,* den größten Idioten der Welt gesehen«, sagte er mit einem Lachen, doch dann fügte er verzweifelt hinzu: »Ich habe doch getan, was ich konnte, Toinette, nicht wahr?«

»Du warst wunderbar, mein Liebling.«

Sie wusste, dass er lächelte.

»Toinette, du hast mir keine Antwort gegeben.«

Tony seufzte. Welchen Unterschied machten in ihrem Alter schon ein paar Worte und ein Stück Papier? Aber sie konnten zusammen sein, das war doch etwas. »Ich war mein Leben lang deine Frau.«

»Willst du mich heiraten? Ich liege auf den Knien.«

Sie lachte. »Wie Lohengrin?«, fragte sie. »Die Augen zum Himmel erhoben, das Schwert in deinen wunderschönen Händen?«

»*Bien sûr*«, sagte er, »aber ein Schwert habe ich gerade nicht in Reichweite.«

»Ich nehme dich.«

Sie hörte einen erleichterten Seufzer.

»Hier gibt es viel zu tun, die Scheidung, die Aufkündigung meiner Verpflichtungen, rechtliche Fragen, Anwälte, Testamente und so weiter, und dann, Toinette, werden wir uns vor Gott und vor den Menschen vermählen und niemals auseinander gehen. Ich kann nicht begreifen, wie dumm ich war. Verzeih mir, Toinette.«

»Du hast dich immer sehr anständig verhalten, Blaise.«

»Um des Anstands willen habe ich dein Leben vertan und meines noch dazu. Sobald ich diese verdammten Papiere unterschrieben habe, komme ich zu dir.«

»Ich werde nach dem Schwan Ausschau halten, der dich zu mir über die Bucht bringt.«

Er lachte. »Für Schwäne bin ich zu alt«, sagte er, »aber nicht für die Liebe.«

Mit ihm kam auch Stefan ums Leben. Wie alle anderen erfuhr Tony es durch die Zeitung:

> BLAISE FOUGÈRE BEI FLUGZEUGABSTURZ GETÖTET. Blaise Fougère, der wohl bedeutendste Tenor seiner Generation und zweifellos der größte Sänger, den Frankreich je hervorgebracht hat, kam heute Morgen ums Leben, als sein Privatflugzeug beim Start explodierte …

Sie las nicht weiter. Er war zu ihr unterwegs gewesen, und nun war er tot. Mehr brauchte sie nicht zu wissen.

Außer vielleicht: Warum kann nicht auch ich sterben?

Von seinen Londoner Anwälten hätte sie den Termin seiner Beisetzung erfahren können. Aber nein. Was hätte das für einen Sinn gehabt? Er war tot, und hier konnte sie besser um ihn trauern. Sie ging auf die Landzunge hinaus und beobachtete Lohengrin. Bestimmt würde er nun auch davonschwimmen, sie im Stich lassen so wie Blaise. Dieses Mal war es endgültig. Keine leidenschaftlichen Anrufe mehr, keine Briefe, keine Überraschungsbesuche. Wie sollte sie das ertragen? Natürlich hatte sie noch Holly, aber sie konnte ihr nicht schreiben oder sie anrufen, noch nicht, denn Holly würde gleich merken, dass etwas nicht stimmte. Es war noch nicht der rechte Zeitpunkt, das Geheimnis preiszugeben. Aber eines Tages, sobald die arme Eleanor … Eines Tages würde sie es enthüllen.

Sie traf ihre Vorbereitungen. Blaise' Sachen, dazu ein paar ihrer Lieblingskleider schützte sie mit Plastikhüllen und hängte sie in den Schrank. Holly würde sie auf den Gemälden wiedererkennen. Sie sah ihre Schmuckschatullen durch. Hoffentlich würde Holly den Schmuck tragen. Juwelen würden dem Mädchen besser stehen als der Tante. Stundenlang saß sie da und dachte daran zurück, mit welchen Worten er ihr die Geschenke überreicht hatte.

»Sag nicht nein, *ma mie*. Du lässt so selten zu, dass ich etwas für dich tue.«

»Das habe ich bei Winston gesehen. Es ist wie für dich gemacht, Toinette. Es hat nach mir gerufen, als ich am Fenster vorbeiging.«

»Darf ich dir einen Ring kaufen, Toinette? Du hast nur meinen alten Siegelring.«

Sie hatte ihn überredet, den Ring zurückzunehmen und ihn seinem Neffen zu schenken. Natürlich hätte sie ihn gern behalten, aber Taylor war für ihn der Sohn, den sie ihm vorenthalten hatte, und der Ring sollte ihm gehören.

»Ich weiß doch, dass du mein Mann bist, Blaise. Ich brauche keinen Ring mehr, um es mir oder der Welt zu beweisen. Schau, ich werde die Rubine tragen.«

Er hatte gelacht. Ach, sein Lachen! Es war wie das Leben spendende Wasser im Bach hinter dem Haus.

»Rubine zu Jeans, *ma mie*. Du setzt den Trend.«

Jetzt sollte Holly den Schmuck tragen und sich daran freuen, aber nicht mit ihrem Freund, diesem spießigen Anwalt. Doch da habe ich natürlich nichts mitzureden. Das kann sie nur selbst entscheiden. Darf ich schreiben: »Gib dich nie mit dem Zweitbesten zufrieden, Holly«? Oder ist sie selbst so vernünftig? Soll ich ihr meine Beziehung in einem Brief erklären? Nein, Holly wird es verstehen. Ihre Erinnerungen sind dank ihrer werten Mutter verschüttet, aber sie werden wieder zum Vorschein kommen, und dann wird sie begreifen, dass er mich niemals verletzen wollte. Sorgfältig und sehr langsam, weil dieser Abschied so wehtat, packte Tony ihren Schmuck ein und ging nach oben, um ein letztes Mal ihre Gemälde zu betrachten.

Hier oben kann ich nicht aufrecht stehen, ma mie.

Hatte sie gewusst, dass sie ihn hier antreffen würde? Sie lächelte ihn an. Ich habe überlegt, ob ich Holly einen langen Brief schreiben soll.

Dein Lebenswerk ist ein langer Brief. Meine Hollyberry wird das verstehen, und sie wird auch Taylor dazu bringen, es zu verstehen.

Kannst du bleiben?

Ich werde immer bei dir sein, ma mie, *und ich werde warten, so wie du gewartest hast.*

Dank

Dieses Buch verdankt seine Existenz der Unterstützung sehr vieler Menschen, die ich zum größten Teil nicht persönlich kenne. Zu ihnen gehören die Autoren von Büchern, die ich im Laufe der Jahre gelesen habe: zum Beispiel *Canaletto* von J. G. Link, *Caravaggio* von Helen Langton, *David Donaldson* von W. Gordon Smith, *Veronese* von Clare Robertson, *Constable, The Man and his Art* von Ronald Parkinson, das hervorragende Buch von Doris Kindersley über *Tizian* sowie *Drawing and Painting* von John Divan. Der Kunstdozent in diesem Roman äußert einen Satz, der von dem großen Maler und Lehrer David Donaldson stammt. Er ist in W. Gordon Smiths wunderbarem Buch nachzulesen, und ich hoffe, alle werden mir vergeben, dass ich mich seiner bedient habe.

Außerdem möchte ich den Friends of Scottish Opera danken, bei denen ich hospitieren durfte, sowie allen Ensembles hier und anderswo, die mich in ihre Kunst eingeweiht haben.

Mein Dank gilt auch meinen Freunden Sister Meeda Inglis, die mich in die Geheimnisse des Lichts einzuweihen versuchte, Bill Littlejohn von der Royal Society of Arts und Alison Prince, die mir Auskunft über die Slade School of Fine Arts gegeben hat.

Ganz besonders danke ich meiner Freundin Catriona Campbell, die mir Mut machte, über eine Malerin zu schreiben, und die mich über die Bedeutung scheinbar leerer Flächen aufgeklärt hat! Habe ich das jetzt wieder falsch verstanden?

Dr. James Inglis hat mir wie immer meine medizinischen Fragen beantwortet.

Mein herzlicher Dank gilt auch Pascal Iovanovitch sowie

Chantal Underwood, die mir von ihrer Kindheit in Paris erzählt und einen Schnellkurs in Französisch erteilt hat! Sollten sich dennoch Fehler eingeschlichen haben, bin ich allein dafür verantwortlich.

Wie immer danke ich den Bibliotheksmitarbeitern von Arbroath. Mein ganz besonderer Dank gilt Yvonne Monks vom Dundee City Library Reference Room, Brian Osborne vom Imperial War Museum, den Mitarbeitern der National Library of Scotland und der London Academy of Music. Auch Ian Kirkby von der Edinburgh Reference Library war mir stets eine große Hilfe.

Außerdem danke ich David Spink von Zigzag Computers, der mich vor dem Nervenzusammenbruch bewahrte und dabei selbst einen riskierte.

Und meiner Agentin Teresa Chris sage ich – *merci mille fois.*